李卫当官

刘和平
毓钺
—— 作品 ——

南方出版传媒
花城出版社
中国·广州

图书在版编目（CIP）数据

李卫当官 / 刘和平，毓钺著. -- 广州：花城出版社，2018.2
ISBN 978-7-5360-8576-3

Ⅰ．①李… Ⅱ．①刘… ②毓… Ⅲ．①长篇小说－中国－当代 Ⅳ．①I247.5

中国版本图书馆CIP数据核字(2018)第002918号

出 版 人：詹秀敏
策划编辑：张　懿
责任编辑：陈宾杰　杨淳子
技术编辑：薛伟民　凌春梅
封面设计：荆棘设计

书　　名	李卫当官 LI WEI DANG GUAN
出版发行	花城出版社（广州市环市东路水荫路11号）
经　　销	全国新华书店
印　　刷	佛山市浩文彩色印刷有限公司（广东省佛山市南海区狮山科技工业园A区）
开　　本	787毫米×1092毫米　16开
印　　张	32.5　1插页
字　　数	600,000字
版　　次	2018年2月第1版　2018年2月第1次印刷
定　　价	68.00元

如发现印装质量问题，请直接与印刷厂联系调换。
购书热线：020 - 37604658　37602954
花城出版社网站：http://www.fcph.com.cn

| 目 录 |

第 一 集　险患迭生……………………………………………1
第 二 集　孤注一掷……………………………………………25
第 三 集　好风借力……………………………………………44
第 四 集　龙蛇首尾……………………………………………69
第 五 集　霸王开弓……………………………………………85
第 六 集　争强斗硬……………………………………………100
第 七 集　上兵伐谋……………………………………………113
第 八 集　明枪暗箭……………………………………………127
第 九 集　回头不易……………………………………………140
第 十 集　泥途曳尾……………………………………………152
第十一集　大案通天……………………………………………164
第十二集　矮树高墙……………………………………………182
第十三集　月黑风高……………………………………………199
第十四集　泥鳅翻江……………………………………………218
第十五集　景运天成……………………………………………241
第十六集　乱拳横出……………………………………………259
第十七集　瞎驴拉磨……………………………………………277
第十八集　美人裙裾……………………………………………294

第 十 九 集　左道旁门………………………………310

第 二 十 集　万法归一………………………………326

第二十一集　烫手山芋………………………………349

第二十二集　骑鹤扬州………………………………359

第二十三集　雾里淮扬………………………………381

第二十四集　南墙碰壁………………………………401

第二十五集　韬光养晦………………………………421

第二十六集　以毒攻毒………………………………440

第二十七集　天外有天………………………………455

第二十八集　黄雀在后………………………………471

第二十九集　张罗结网………………………………485

第 三 十 集　十面埋伏………………………………500

| 第一集　险患迭生 |

1. 江宁岳家书房　夜
老天发怒了！窗外的风声雨声铺天盖地而来，上了年纪的人都知道，几十年不遇的桃花汛到了！
一火如豆的油灯，将那顶套在帽筒上的白顶子凉帽照得特别孤独。
更为孤独的是正在伏案写折子的岳子风，我们只能看见他沉重的背影，随着他背臂部的起动，我们听见了他写折子时激愤的画外音："臣江南道御史岳子风，为河督贪墨修河工款，致使河堤失修，洪水冲决堤坝，淹没民田无数，百万灾民流离失所……"
窗外的风声雨声更大了，远远的还隐隐传来洪水的波涛声。

2. 北京畅春园康熙寝宫　夜
"立刻传旨四阿哥胤禛，斩！斩立决！"康熙愤怒的声音从床前帷幕里传出，接着岳子风那道奏折从帷幕里被猛地掷在帷幕外的方砖地上。
"嗻。"侍立在帷幕外的李德全连忙拾起地上的奏折，匆匆走了出去。

3. 畅春园大门内外　夜
两行火把举起来了，挎刀擎炬的侍卫从大门内一直排到了大门外。
来了！在两旁火把的照耀下，雍亲王胤禛抱着尚方宝剑铁青着脸向大门走来。

4. 河督驻北京的官邸　夜
唰的一下，跪在地上的河督头上的淡红顶子被侍卫摘下了。接着两名侍卫冲了上去夹住他的双臂向外拖去。

被一路拖走的河督厉声喊叫："四爷，奴才冤枉！四爷，奴才冤枉哪……"

5. 毓庆宫　夜

"什么？河督被斩了？！"太子倏地转过身来，一脸的惊恐，"他说出来没有？"

太子府詹事的画外音："回太子爷，还好，他没有供出别人。"

"那就好。快，立刻传谕江苏，将那条祸根除了！"太子的惊恐变成了满脸的狰狞。

6. 江宁岳家书房　夜

雨虽然停了，风仍然在窗外呼啸。

油灯旁，那支笔又在愤怒地疾书着。

岳子风沉痛的画外音："据臣访查，河督贪墨之二百万修河工款，分别存放于江苏臬台衙门和江北大营绿营军中……"

7. 岳家门外大街　夜

夜风中，一只只昏黄的灯笼在临街店铺的檐下颤摆。

一双双雨靴闪过，将街上的积水踏溅起朵朵水花。

一队挎刀的绿营军一个个面带杀气向岳府方向跑去。

8. 岳家书房　夜

一双女孩的手臂将一件夹衫披在了岳子风的背上："爹，夜深了……"

岳思盈关切地望着父亲的背影。

岳子风仍在振笔疾书，没有回头："明天一早这个折子就要送往北京，你带小满先睡吧。"

9. 岳子风卧房　夜

小满兀自坐在床上抱着膝埋着头在打盹。

岳思盈轻轻地走了过去："小满，爹的奏折还没有写完，你先睡吧。"

小满迷迷糊糊头也没抬，嘟哝道："我一个人睡觉怕，我等着爹……"

岳思盈："要不姐姐带着你睡？"

小满："你是女人，我怎么跟你睡……"

岳思盈浅浅笑了。

| 第一集　险患迭生 |

这时大门外传来了敲门声。岳思盈诧异地转过了头，小满也倏地抬起了头。

10．岳家院内　夜

"谁呀？"岳思盈带着小满在大门内问道。

大门外传来答声："衙门里的，有紧要公文交给岳大人。"

岳思盈脸上浮出犹疑。

小满趴到门上，朝门缝外望去——果然是几个穿着军服的官差。

小满转对姐姐："是官差。"

岳思盈拨开了门闩，那一队军士拥了进来。

"岳大人呢？"带队的将官一边问，一边将目光向亮着灯的书房投去。

岳子风正在疾书的身影在窗纸上清晰可见。岳思盈："在书房，请稍候，我去……"

那将官突然将头一摆，两名军士猛地扭住了岳思盈，同时捂住了她的嘴。

被惊呆的小满还没缓过神来，也被一名军士一把抱起，捂住了嘴。

那将官带着另外几名军士飞快地向书房跑去。

11．岳家书房　夜

那将官带着几名军士走进房后放轻了脚步。

岳子风仍在专注地写着奏折："是谁呀？"没有应答，岳子风一怔，放下了笔，回过头来。

——他看见了一双露出凶光的眼睛，又看见了几双露着凶光的眼睛！

岳子风惊觉了，刚想站起。

一道白光一闪，他连人带椅倒了下去。

12．岳家大院　夜

岳思盈惊痛的眼神！

窗纸上赫然现出岳子风被刀劈倒的身影！

她猛地挣脱了右臂，倏地抽出了左边军士腰间的挎刀，一刀砍在左边军士的腿上，那军士倒了下去。

右边军士刚把手伸向刀柄，岳思盈的刀锋已经砍向了他的手臂。这名军士也捂着手蹲了下去。

抱捂着小满的那个军士终于缓过神来，慌忙将小满扔在地上，拔出了挎刀。

几声崩脆疾响的钢刀相碰，那名军士没想到眼前这个貌似柔弱的女子刀法如此快捷，一时被逼得连连后退，慌忙喊道："走水了，快来！"

岳思盈钢刀猛地一绞，那名军士的挎刀飞了出去。

就在这时，那名将官带着另外几名军士提着刀奔了出来。

岳思盈咬了咬牙，连忙拉起小满，跑了出去。

13. 北京畅春园湖边　日

胤禛和胤祥沿着石径疾步向前走去。突然，他们停顿了一下，放轻了脚步。

不远处，现出了康熙正在垂钓的背影，和默默侍立在康熙背后的李德全。

李德全微笑着向已经走近的胤禛和胤祥默打了个招呼，接着对康熙轻轻说道："万岁爷，四阿哥和十三阿哥来了。"

胤禛和胤祥："儿臣叩请皇阿玛圣安。"

康熙仍然没有回头，甚至那根钓竿也像凝在那里，一动不动。

胤禛和胤祥对望了一眼，默默地候在他的身后。

康熙终于开口了："你们都知道了吧。几百万修河的银子被贪了，而且无影无踪。现在更好了，连御史都敢杀了。大手笔呀。"

"此案不破，是无天理！"胤禛激愤地答道，"儿臣和十三阿哥请旨到江南去查访此案。请皇阿玛恩准。"

康熙："怎么查？十万大军下江南？那就是查一百年也查不出来。"

胤祥："儿臣请问，皇阿玛的意思是不是叫儿臣等微服暗访？"

康熙："上有天堂，下有江南。扛着个钦差的名头，玩也玩不好。你们就当是'腰缠十万贯，骑鹤下扬州'吧。"

胤禛和胤祥对望了一眼，答道："洪水千里，灾民百万，儿臣等岂能如此没有心肝。"

康熙："天高皇帝远，你们玩不玩朕管不着，但查不出这个案子，就别回来了。"

胤禛和胤祥："嗻。"

14. 河边　日

风雨如晦，眼见大水越涨越高。

李卫背着母亲来到了河边。

李母干号个不停："今天我要死在这儿喽——老天爷呀，你干吗跟我们这些穷要饭的

第一集　险患迭生

过不去哟……"

　　李卫："娘，您放心，有儿子在，您老死不了。过了河便是江都县，到了那边，就不愁没活路儿了。"

　　李母："你说得容易，这么大的水，怎么过得去呀？我活不到那天了。"

　　李卫："那老道不是给您算过命吗，说您五十岁上这步大运要走到八十岁，还有三十年清福好享呢。"

　　李母："困在这里三天都熬不过去，哪儿去找三十年清福啊？杂毛老道给算的是反命哦——"

　　一身男装的思盈疲惫地拉着小满也来到这段残堤上。面对一片汪洋，小满腿一软，坐倒地上。

　　小满："我害怕……我害怕……"

　　思盈："不怕，要死咱们也死在一起。"

　　李母："罪过。日头才出山，说什么死哟。哎哟，我倒是真要死了……"

　　李卫："都别死了。辣块妈妈的，我就不信有过不去的雁门关！"

　　小满抬头望着思盈："雁门关？哥，这儿是雁门关吗？"

　　思盈瞥了一眼满嘴粗话不懂装懂却仍然站在那儿豪情万丈的李卫。

　　李卫被她这一眼望得有些泄气了，但很快又撑了起来："这是戏词。小兄弟，没事儿多看看戏就懂了。"

　　李母："看戏？哪里有戏看？"

　　李卫："妈，到了江都，我们再转到江宁府。到了江宁府，天天响锣鼓。你老就等着看个饱吧。"

　　李母："那还不赶快想办法过去？"

　　李卫突然眼睛一亮。

　　河里漂来了一个大木盆。

　　李卫连忙抽过李母手中的竹竿，沿着河伸了胳膊去钩那木盆的沿儿。

　　李卫："快帮我一把！快帮我一把！我快够不着了！"

　　思盈起身，过来帮李卫。

　　李卫将竿子交给了思盈："按住，我把竿子接长点儿。"

　　一转眼工夫，李卫不知从哪找来了一根破木棍。他想找根绳子将木棍接上，但是周围没有。

　　李卫一眼看到了思盈系裤子的腰带，一伸手，将思盈的腰带拽了下来。

思盈紧提裤子，回身给了李卫一个嘴巴。

李卫："哎哟！你打什么东西，打到我了。"

思盈："就是打你。你要什么流氓！"

李卫："流氓？哪儿来的流氓？"

思盈："你干吗解我裤子？"

李卫："都他妈是大老爷们儿，光屁股又怎样？要不，你来解我的裤子。"

思盈："你再说！"

"盆！盆！你急着提裤子干什么？盆都跑了！嗨！"李卫将竹竿往地上一扔，"还是我那死去的爹说得好，做什么人也别做好人。你一做好人，恶人全来了。看吧，我想把这只大盆钩过来，让我妈和你弟弟先过去。这回好了，等死吧。"

李母在那里又干号起来。

15. 河边　日

一条偌大的乌篷船在河面上逆流而上，船头上站着几个精壮的汉子。一个人站在前头，两个人站在他们的后面。

河风吹来，几个汉子蓝色的长衫向后猎猎飘起——一个人腰间的腰牌露了出来，又一个人腰间的腰牌露了出来。特写：金色的腰牌上赫然镌着"大内"两个大字。这几个人竟然都是大内侍卫！

"到了！再转过两道河湾就是江都县城了。"站在最前头那名汉子脱口说道。

后面的一名汉子："是不是禀报一下四爷和十三爷？"

"我来。"最前头那名汉子走到了船舱边，向里面禀道："禀报二位主子，前边就是江都县城了。"

舱内传来胤禛的声音："靠到岸边去，等到天快黑时再走。"

领头汉子："是。"答着向后面的船工挥了挥手。

大船向岸边驶去。

岸边，李卫背着李母，思盈背着小满深一脚浅一脚地向前走来。

李母眼睛一亮："船！有船！"

远处，那条船已经靠在了岸边。

思盈："是去江都的船，我去说说，让他们搭我们一程。"

李卫："省了吧您呢。这河上的船没有一条愿意搭难民的。"

李母："跟他们商量商量，说不准……"

李卫:"说不准就把您扔河里了。"

"那就只有等死了……"李母又干号起来。

李卫:"你老就别哭了,再哭我腿一软,两个人都得滚到河里去了。"

李母很快止住了号声。

李卫看着远处的船,眯起了眼睛……

16. 船边　日

李卫一路小跑,来到船边。

李卫气喘吁吁地对着船上的几名大汉:"如果我没认错,你们就是张员外家的船了。"

一名汉子刚想接言,领头汉子拦住了他,对着李卫:"有什么事?"

李卫:"你们听好了,员外老爷有吩咐,任何人不能随便上船。还有,上船之前,不管是谁,不管是姑姑是姨,是小叔子大舅子,一律要搜身。"

领头汉子:"搜什么身?"

李卫:"你们不知道?府里的一堵旧围墙让水泡塌了,谁知道那堵墙是空的,里边儿全是……"李卫故意不说了。

领头汉子:"全是什么?"

李卫:"黄的,一锭一锭的,用舌头一舔全是甜的。"

另一名汉子:"黄金?"

李卫:"当然。不是黄金,能是什么?估计是前几辈的人藏进去的,连老爷都不知道,一拉溜几十个大坛子,全装满了。墙一倒坛子全碎了。"

领头汉子:"你想要我们干什么?"

李卫:"我能叫你们干什么?现在府里全乱套了,谁有力气谁往上挤,谁捡着算谁的。行了,你们好好看着船吧,有跟你们说话这会儿工夫,我不知道能捡着什么宝贝呢!"说罢装着要走的样子。

领头汉子向身边的汉子望了一眼笑了一下,又转对李卫:"你的意思叫我们赶快去抢金子?"

李卫:"那不叫抢,那叫捡。"

领头汉子:"我们都去捡金子了,然后你把船开走。是吗?"

露馅了,李卫愣了一下,打肿脸捡面子嘟嘟囔囔道:"还是我死去的爹说得好,做什么人也别做好人。一做好人,恶人就来了。"一边说,一边抽身就要开溜。

"站住！"一个人躬着身从船舱里出来了——竟是胤祥。

李卫只好站住。

胤祥望着他上下打量了一下，笑着问道："你是不是想搭船？"

这下藏不住了，李卫也装着打量了胤祥一下，故作洒脱地说道："看来这个世道上还是有好人。实不相瞒，我不想搭船，只是看着那几个人有点可怜，帮他们来传个话。"

胤祥等人顺着李卫所指的方向望去——李母、岳思盈、小满正满怀希望地向这边张望着。

胤祥转对领头汉子："老弱妇孺，亮工，让他们上船吧。"说完，一躬身又向船舱钻去。

亮工——那位领头汉子："是。"转对李卫，"不要你的金子了，叫他们上船吧。"

17. 江都县城外　日

岳思盈背着小满还不如何累，李母趴在李卫的背上打起了瞌睡，累得李卫满头大汗。

小满仍然沉浸在无限神往之中，趴在思盈的背上向李卫问道："李大哥，你的朋友真多。"

李卫："不算多，也就一百零八个。"

小满："这么多？除了刚才船上的那几个，还有什么人？"

李卫："有一个叫宋江，还有一个叫李逵，还有……"

小满喊了起来："看！城门！城门！"

李母倏地睁开了眼睛："怎么没有听到锣鼓响？"

李卫："妈，你儿子早就听到鼓响，看到敲锣了。"

李母："我怎么没有听到看到？"

李卫："你老人家下来背我就能听到看到了。"

李母："这话怎么说？"

李卫："这几十里一路背来，耳朵里嗡嗡的，那不是鼓响？眼睛里冒金花，那不是敲锣？"

李母："儿呀，你妈生你的时候，耳朵里也是嗡嗡的，眼睛里也冒金花，比你还早二十年听到鼓响，看到敲锣了。"

李卫："那我们娘儿两个扯直了。"

岳思盈本是心情黯然，见这一老一少娘儿俩如此乐天，也不禁破颜笑了。

说话间，城门上方砖石上"江都县"三个大字已经清晰可辨了。城门外逃荒的难民也多了起来。

18. 江都县衙后堂　夜

师爷匆匆走了进来，向坐在那里等候的县令冯月清一揖："太尊，深夜相邀，有何盼咐？"

冯月清将一封信递了给他。

师爷匆匆展看，一惊："钦差要来？是谁，什么时候到，这个上面怎么都没写？"

冯月清："你问我，我不知道，上头也不知道，只是叫我们提防点。看样子那五十万银子的赈灾款吞不了那么多了。"

师爷琢磨了一阵子："难不倒。拿出十万买点米发给那些难民。"

冯月清叹了一声："也只得忍痛割爱了。"

19. 大街连米铺　日

一些百姓挤在米铺前。

老板甲："运来的米全泡了水，这时候哪有米卖？走了走了！"老板甲砰一下关上铺门。

李卫四人停在对街。

小满一拉思盈："我饿了！"

李母一拉李卫："我也饿了！"

思盈："忍忍……"

李卫："放心，有我李卫在，决不叫你们冻着饿着！"

思盈看向李卫。

李卫一动。

20. 城外一个小树林　夜

一堆篝火上，正烤着一只鸡。

李卫偷偷摸摸地爬了过来，看了看四下竟然无人，三蹦两跳来到篝火前，闻了闻火上的鸡，顿时大喜。

他将鸡从火上取下，一回身，两个满脸横肉的彪形大汉正站在他的身后。

这是两个真正的绿林人物——龙哥、虎哥。

龙哥："看看，真有不知死的，从我们的嘴里偷吃的来了。"

虎哥："糊上泥，把这小子一块烤了算了。"

龙哥上前捏了捏李卫："瘦了点儿。"

虎哥："一个蛤蟆还有四两肉呢，烤！"

李卫："等等，不知二位是哪路英雄？"

龙哥："行啊，让你死个明白，淮阳龙虎，听说过吗？"

李卫一拍大腿："哎哟，原来是龙虎二哥，误会误会！"行了个江湖礼："在下李卫，乃丐帮洪七爷门下的亲传弟子。有幸结识二位英雄！"

龙哥："妈的，丐帮的人跑我们这里干什么来了？"

李卫："兄弟只是路过此地，不知踏了二位的山门。"

虎哥："不对，丐帮的人我知道，从来是无利不起早，一定是闻到什么荤腥味了！"

龙哥："没错！丐帮的地盘在安徽，要是没有大油水，决不会上我们这里来。你说，你到底来这里干什么？"

李卫："我……我是……"

龙哥："不说？烤了！我可不怕洪七爷、洪八爷的。"

说着二人就要架李卫。

李卫："慢着慢着，都是一条路上混的，这是干什么？"

虎哥："那就快说！"

李卫眼珠子乱转顺嘴胡编着："不瞒二位，我是……我是来这里踩道的。"

龙哥："我一猜就这么回事。"

虎哥："踩什么道？"

李卫："二位哥哥，帮有帮规，我不能……"

龙哥："你说了，我赏你只鸡吃，你要是不说！"

龙虎二人抓住李卫的脑袋就往火上按。

李卫："我说、我说……我探着了一件事，这个这个……我们帮规甚严，二位哥哥千万别说是我泄的底。"

虎哥："你要是够朋友，我们也够朋友。"

李卫故作神秘地："这里的米号，不知道从哪里弄来了成百上千的银子，要进一大批米。"

龙哥："我明白了，你们丐帮……要劫米是不是？"

李卫："二位哥哥这么聪明，还用我再往下说吗？"

龙哥："妈的，就我们身边的事偏我们自己就不知道。"

| 第一集　险患逃生 |

虎哥："说得是，这种扬名立万的事能让他们抢了去？"

龙哥拍了拍李卫："不过你小子还算够朋友，给你！"

那只鸡被扔进了李卫的怀里。

21. 县府内堂　夜

师爷又匆匆地来了。

冯月清："办妥了吗？"

师爷："办妥了。是宏德镇陈老太爷家仓里十年前的陈米，给面子二两银子一石。"

冯月清："先压着，打听到钦差什么时候要到了再发放。多派点人手，到水陆各处关口留神，钦差一到即刻禀报我。"

师爷："早派好了。"

22. 一座破庙里　夜

李卫乐呵呵地跑进来。

李母、思盈、小满围坐在一堆火旁。

李卫："我这回，可算真是龙嘴里掏珠子虎口里拔牙！要不是我的脑子快，当时一通胡说八道，差一点就让那两个家伙把我烤了。"

小满："你到底弄着什么了？"

李卫从怀里掏出了那只鸡，得意地："看，多大的一只老母鸡！"

李母、小满、思盈相视一笑。

23. 县城里十字街口　日

大批的灾民涌进了县城。

李母和小满走在人群中。

小满："这么多要饭的，我们还要得着吗？"

李母："我告诉你，干什么都有门道，要不怎么说行行出状元呢，跟着我，我今天教你几手要饭的绝活。"

忽然，前面的人群大乱。

李母拉住一个人："怎么了？"

那人："有人把米号给劫了。"

正说着，只见龙虎二哥赶着一辆装满米袋的大车来到街口。

龙哥："各位，今天我们劫了粮行，不为自己发财，只求各位记住我们淮阳龙虎的名号！今天在场的人人有份儿，分米！"

龙虎二人拔出刀来，砍破米袋，白花花的大米流出。

人群大乱，纷纷上前抢米。

24. 县衙　日

一队官兵涌出县衙。

25. 十字街口　日

地上的米已所剩无几。

李母贪婪地往怀里搂米。

小满："别搂了，差不多了，我们快跑吧！"

李母："这么好的米上哪里找去呀！把裤子脱下来，装米！"

官兵扑上来了。

龙虎二哥早已不见踪影，李母、小满和几个跑得慢的被围在了中间。

李母再想跑时，已经来不及了。

26. 破庙里　日

李卫一跺脚就往庙门外跑。

思盈一把抓住他的后衣领，往一旁一拽："你还我弟弟。"

李卫一屁股坐倒在地。

思盈："你胡编些什么不行？为什么叫那两个家伙去劫米铺！"

李卫："我那不是随口一说吗，谁知道真的有米运来呀。你冲我撒气，我妈不是也进去了吗！"

思盈一跺脚，转身欲走。

李卫："你到哪里去？凑一起想个办法呀！"

思盈："还跟你凑一起？你那点本事我早看出来了，鸡零狗碎的歪门邪道，这辈子干不成大事！"

思盈离开。

李卫："我干不成大事……我干不成大事，我干件大事让你看看！"

| 第一集　险患迭生 |

27．一家裁缝店　日

李卫将一锭银子放在案上。

"做官服？"掌柜的将目光从眼镜上方瞟向李卫，"你家老爷在哪个衙门坐堂？"

李卫："我家老爷？我就是我家老爷。"

掌柜的："小兄弟，开玩笑过几天来，今天老哥这里正忙着呢？"说完低着头又去打起算盘。

李卫："哎，我说掌柜的，我出银子，你出工料，谁跟你开玩笑？"

掌柜的搁下了手中的笔，接着将手向门外一指："再不走，我就要叫他们进来了。"

李卫顺着他的手势向门外望去。

正好门前走过一队官差。

李卫吸了一口冷气，堆着笑说道："老哥，明人不做暗事，我是个唱戏的，做套官服做行头用的。"

掌柜的："那可都是前明的官服。做不做？"

李卫愣了一下，接着装出一脸凄然相："不说实话真不行了。老伯伯，在下的一个相好，被官家选了秀女，现在被集中关在一个客栈里，过不了几天，就坐船北上了。你老说她要是一进了皇宫，这辈子再想见就难了……这真是棒打鸳鸯啊！太惨了……你老帮我做套本朝的官服，我想混进客栈里再见她一面。"

掌柜的："你说这事……我还真是在戏文里才听到过。"

李卫："那您就……"

掌柜的："我还真的帮不了你。私做官服那是犯法呀，小的还想接着吃这碗饭呢。"

李卫："您就不能帮我想想办法？"

掌柜的："办法……有哇。你先去买一套四书五经，再往寒窗下一坐，坐上十年，然后到北京去，考上个状元，皇上一高兴，你就穿上官服了。"

李卫："这主意谁告诉您的？"

掌柜的："戏里听来的。"

李卫："你妈也爱看戏吗？"

掌柜的："什么意思？"

李卫："要不怎么生出你这个活宝呢？"说完操起银子拔腿就走。

那掌柜的气得愣在那里直翻白眼。

28. 裁缝店门外　日

李卫出来，朝地上狠狠地啐了一口："妈的！把我自己也骂了。"

29. 路边的一棵树旁　日

树下，李卫似乎在"守株待兔"。他四下张望着，终于等到了目标——一个衙役走了过来。

李卫转过身，抬眼往树上看，装出一副傻乎乎的样子，嘴里还念念叨叨着："真他妈急人……怎么上去呀！"

衙役从他身边走过，他假装没看见，又是抓耳挠腮，又是捶树干。

衙役奇怪地停住了脚："嘿，你干吗呢？"

李卫故意将目光移开："没干吗，什么都没干，那上面什么都没有……"

衙役想往树上看，李卫故意来阻挡。

衙役越发疑惑，推开李卫，他终于发现了高处的树枝上，挂了一个小小的黄包袱。

衙役："那是什么？"

李卫大急："没什么，不是什么……"

衙役一把抓住李卫的脖领："你说不说？不说就把你锁了去。"

李卫："我说了你老也会把我锁了去。"

衙役大大聪明了起来："嗯？只要你说实话，我就不锁你。"

李卫："大丈夫说话可得算数。"

衙役："那当然。告诉我，那是什么？"

李卫低声的："白的，一锭一锭的。"

衙役眼睛瞪得老大："银子？哪里来的？"

李卫："从一个淹死的人身上翻出来的。"

衙役："怎么跑树上去了？"

李卫："我和一个弟兄一起翻出来的，当时人多，周围全是逃难的，他怕人发现，就藏到树上去了。说好了今天在树底下分钱，他到现在还没来，八成出事了。我又不会上树，我都快急疯了。"

衙役："你倒早说呀，不就是上树吗？我会呀！"说着就要爬树。

李卫拉住他："不行，我不能不义气，我得等我那弟兄。"

衙役："我告诉你，有银子放在这里不来拿，那十成是出事了。这几天衙门里天天抓人。"

| 第一集　险患迭生 |

李卫："那……可得说好了，取下银子，你可一不许告官，二不许独吞。"
衙役："好说。"又要爬。
李卫再次拦住他："不行，你穿着这身官衣，爬到半截上让人看见了怎么办？"
衙役："那还不好办，脱了不就完了。"
衙役连靴带帽统统脱下。
李卫让他踩着自己的肩膀上了树。
衙役费了好大劲，终于够到了包袱，他急不可待解开一看，里面全是碎石子。
再往树下看，人没了，衣服也没了。

30．县衙牢房的院子里　傍晚

几个牢头正在开饭。
李卫穿着衙役的那身衣服，帽子压得低低的，进了牢房的大门。

31．厨房　傍晚

李卫闪身进来，偷偷地往一筒米饭中洒进了一包药粉。

32．牢房内　夜

外间，几个看牢的牢头东倒西歪地呼呼大睡。
李卫轻手轻脚地进来了，他从一个牢头的身上解下了钥匙。
李卫打开了通往牢房的大门。
牢里很昏暗，李卫东看西找，不知李母关在哪一间。
忽然，头顶一声响，李卫一低头，帽子不知被什么打掉了。
一个黑影从房顶上飘下，一把明晃晃的刀向李卫刺来。
李卫急忙招架，二人打成一团。
牢房里顿时大乱，几百个犯人一起乱喊起来。
那人将李卫压倒在身下举刀欲刺。
李卫高喊了一声："英雄饶命！"
刀停了下来——原来是思盈。
思盈："怎么是你？"
李卫恨恨地："你捣什么乱！"
此时外面的锣声、"有人劫狱"的呼喊声已经响起，火把晃动。

李卫："来不及了，快跑。"说罢拉着思盈夺门而出。

33．县衙内府　夜

冯月清："什么人劫狱？"

衙役："不知道。人已经跑了。"

冯月清："荒唐！加派人手，日夜巡逻。"

衙役下。

师爷进来了。

冯月清："怎么样？钦差那边有消息吗？"

师爷："刚刚得到消息，钦差绕开了各方官府衙门，早已经离船上岸了。"

冯月清："又是微服私访，我最烦的就是微服私访这一套！会不会先到我们这里？"

师爷："这很难说，仪征在北，我们在南，照说应该先到仪征。巡抚衙门的人已经派人四处巡访了。"

冯月清："我们还得多派人手，各个码头驿站，都给我盯严了。知会给各处，这是头等重要的事！"

34．破庙里　日

李卫、思盈相对而坐。

李卫气呼呼地："你说你捣什么乱，我好不容易想了这么一招，光为了找这身衣服你知道我就费了多大劲？你倒好，三拳两腿，全搅了！"

思盈："你怎么不早告诉我？"

李卫："我上哪里找你去？你不是看不上我吗？"

思盈哭了："我一定要把我弟弟救出来……"

李卫："我不急呀，那里面是我妈！你去打听打听，我可是三岁就没有父亲。"说着眼睛红了。

思盈动容了："那我们花点钱行不行？"

李卫："你当我没打听呀？放一个人你知道多少钱？二百两银子！两个人就是四百两！上哪找去？"

思盈："那也得想办法呀！"

李卫："除非……"

思盈："除非什么？"

| 第一集　险患迭生 |

李卫："那是我最拿手的本事，可是我爹死的时候，让我发过誓，不许再碰。"

思盈："你爹死的时候，你不才三岁吗？"

李卫愣了一下："说错了，我爹是托梦给我，让我发的誓。"

思盈："到底是什么拿手本事？"

李卫："先不告诉你，反正是刀口上滚鸡蛋的活。到时候你可得帮我顶着。"

思盈："只要能救人，天打雷轰我顶着。"

李卫："这可是你说的！"

35．一处熙来攘往的码头　日

李卫设局开赌。

一只骰子盒在李卫的手中上下翻飞、出神入化。手握骰子盒的李卫，完全是另一番气象：潇洒自如，神清气朗，宛若三军阵前的白骑将军。

入局者纷纷落马。

一旁观战的思盈目瞪口呆。

思盈："太神了！你哪里学来的？"

李卫一笑："这算什么？和我当初遇到过的大局面相比，这简直是哄孩子。"

思盈数了数囊中银两："钱不太多。"

李卫："说得是啊。没有大局啊。"

36．通往码头的路上　日

两个差役，押解着一队妇女来到码头。

那些女人被绳子拴住胳膊，穿成一串，像赶牲口一样。

他们大概是要在这里等船，见这里有赌局，便挤上来凑兴。

李卫早将这些收入眼中。

李卫对思盈低声说："你到江边找一条船来。"

思盈："干什么？"

李卫："你别问，就去找吧。"

思盈离去。

差役甲："来来，赌一把！"

李卫摆出一副老道江湖的样子："大官人见谅，小的虽略有薄技，但从来是三不与赌。"

差役甲："什么三不与赌？"

李卫："一不与师长赌，二不与妇孺赌，三不与官家赌。"

差役乙："怎么？怕我们这些吃官饭的输了不给钱？"

李卫："哪里，只是赌局之上无大小，怕有所得罪。"

差役甲："还他妈头头是道。不瞒你说，哥哥我也是个赌中圣手，你还真的赢不了我，信不信？"

李卫做出一副色迷迷的样子，指了指那些女人："这些女人是……"

差役甲指了指身后的那队女人："哦，这是一帮犯官的家眷，发到江北大营，给披甲人为奴的。"

李卫："兄弟我真有个毛病，见着女人就拔不开脚。这样吧，我们赌，我输了出银子，你们输了出女人，这样，既不算我破坏规矩，二位也不用破费。怎么样？"

两个差役对视了一下。

差役乙："这能行吗？上头查起来人数不对怎么办？"

李卫："那还不好办，就说船到江心，有几个性子烈的寻了短见不就完了？"

差役乙："这事倒是常有。"

差役甲："聪明！有你的！来！"

骰子盒又翻飞起来。

胤祥及年羹尧出现在人群外，见到李卫，不由互望一眼。

胤祥："是他！"

一把骰子亮出，一个女人被解了绳索，再一把骰子亮出，又一个女人被解了绳索……

37．江边　日

李卫笑眯眯地带着几个女人来到江边。

思盈带着一个船家过来了。

李卫对船家："把她们带到船上去。"

女人们跟着船家上船了。

思盈不解地："这是怎么回事？"

李卫："这是我赢来的！"

思盈："干什么，你养活？"

李卫喜上眉梢地："谁养活？东去水路八十里，是什么地方？秦淮河！我挑的都是最漂亮的，我们把她们往秦淮河的花船上一送，救人的钱就有了！"

李卫的话音没落，思盈举手就要打来。

第一集　险患迭生

李卫一闪:"你干什么又打我?"

随着一声"打得好",胤祥出现在他们身边。

李卫:"好什么好,你妈没关进去是不是?"一停,认出了胤祥和年羹尧,"原来是二位大哥。"

胤祥:"你身为人子,心存孝道,这是大德所在,我很敬佩。可是不能不择手段。"

李卫:"四百两啊,就是把我揉碎了论斤卖,也卖不出这么多钱!"

胤祥:"我刚才看你敢于戏弄官差,觉得你有些胆量,可是把人家的妻女卖到花船上去,就不是君子所为了。"说着掏出些银子:"我只有这么多,你拿去吧,千万别做有损阴德的事。"说罢要走。

思盈追上几步:"先前承蒙先生让我们搭船,现在又蒙先生赐给银两,恩德难忘。请问先生是什么人?"

胤祥:"胤祥,南闱贡生,进京赴会试,正好路过这里。好了,后会有期。"

李卫:"慢着。别好话都让你们说了,坏事都让我做了。要不是把我逼到这个分儿上,孙子才这么干。"说着将银子交回到胤祥的手里:"银子你留着,人我放了,让你们看看,我李卫也是站着撒尿的主儿。"

胤祥笑了。

38. 船上　日

女人们战战兢兢地挤在舱内。

李卫跨进舱门。

李卫:"你们听着,我叫李卫。大字不识,可心眼不坏。江湖人称活菩萨的就是我。是我小施一计,让你们免了一劫。这船钱你们自己付,能逃到哪里就逃到哪里去吧。"

女人们跪地磕头,"恩公""菩萨"地喊成一片。

李卫转身离开。

女人中站起一人,虽衣冠不整,但绝对是个美人。

美人:"恩公留步。"

李卫站住。

美人掏出一把扇子:"我是错入豪门的人,如今得罪被难,身无长物,这把扇子随了我多年,请恩公留下。"

39. 大街当铺外　日

展开的扇子，字画满纸。

李卫皱眉打量，一脸不解地问向身旁的思盈。

李卫："这么把破烂扇子也能当？"

思盈："听我的没错！进去吧！"

思盈停在当铺前。

李卫："你不一起进去？"

思盈看了看当铺："我……没进过这种地方。"

"没进过？"李卫诧异地打量了一下思盈，"难道你比我还穷？家里一样可当的东西都没有？"

思盈一怔："说这些干什么？换银子要紧，快去！"

思盈将李卫推入当铺，踱了两步又不甚放心地凑到门口，悄悄向里探头。

40. 当铺内　日

朝奉睁大了眼，诧异的眼光自扇面移向台前的李卫。

李卫期待地："怎么样？可以当多少？"

朝奉："二百两！"

李卫倒抽一口冷气："二……二百两？！"

朝奉看李卫一眼，急急加了句："顶多二百五十两，多了没有！"朝奉将扇朝柜上一放。

李卫点头如捣蒜："当！当！快给我银子！"

探头的思盈脸色一变，冲入，一抓朝奉正要拿扇的手："慢着！"

李卫兴奋转头："二百五十两啊！妈妈的，早知道我就跟那女人再多要三把……"

思盈一把抽过扇子展开，往柜上一拍："你瞧清楚了，"一指扇面，"吴梅村的梅花、陈迦陵、袁子才的题句，只值二百五十两吗？你不识货，我们找别家去！"思盈一收扇，拉着李卫就走。

朝奉起身："慢着，慢着！"

李卫二人停步回身。

朝奉："说吧，多少钱肯当？"

思盈："少说一千两！要不要随你！"

李卫又是倒抽一口凉气。

朝奉一咬牙："一千两就一千两吧！"

李卫一震，不敢置信地将眼光移向柜内疾书的朝奉。

41．大街当铺外　日

李卫二人走出当铺。

李卫开心地："这可好！你要有个妈，也能一起救出来了！"

思盈朝李卫白一眼，径直走着。

李卫犹不自觉，一手搭上了思盈的肩。

李卫："小兄弟，念过书，学过画吧？哪天你也学那吴什么村再画两把扇子，我们可就吃香喝辣了……"

思盈怒目，一伸手抓住李卫搭在肩上的手，李卫还没弄明白，已经飞出去，跌了个狗吃屎。

李卫跌得眼冒金星，抬头，只见思盈一个疾步而去的背影。

李卫："怎么回事？"

42．县衙　日

随着一声"府台大人到——"县衙中门大开。

江宁知府魏敏中下轿。

冯月清上前："请府台大人安。"

魏敏中虚接了一下。

冯月清："大人有事，传唤一声，属下到阶前就教就是了，何劳上宪亲往？"

魏敏中："进去讲。"

43．内堂　日

冯月清垂首听训。

魏敏中："如今上差已经到了江宁地界，我最放心不下的，就是你们江都、仪征两县。五十万两银子你是怎么用的？"

冯月清："尽数买了粮食，发放灾民。"

魏敏中："听说你的大狱里押了百十号人？"

冯月清："那是几个毛贼劫了一车粮，我怕灾民跟着闹事，弹压一下。"

魏敏中哼了一声："大清律典上有这一条吗？钦差来了，察你个无理抓人、谳狱不清，你如何答对？"

冯月清："请大人示下。"

魏敏中："只要有招有供，该定什么狱是你的事。关键是钦差若是真的过问了，我要有个说法。"

冯月清："二位钦差，现在到底在哪儿？"

魏敏中："你问我，我问谁？"

冯月清："是是，下官唐突了。"

44. 监狱外　日

李卫将两张银票交到了一个狱卒的手里。

李卫："您瞧好了，这是二百两的龙头银票，见票兑银，如假包换。还有二百两，见了人，咱们一拍两清。"

狱卒："行，老哥见过世面。"

李卫："有难处您说话。"

狱卒拍了拍银票："火到猪头烂，有这个就行了。明天一早你就接人。"

45. 县府内堂　夜

冯月清愁眉不展地在那里踱步。

几个师爷也在想对策。

师爷甲："既然如此，赶快放人就是了。"

师爷乙："不行，说抓就抓，说放就放，那才真的给人留下了谳狱不清的口实。"

师爷丙："上次抓人，是因为劫粮，如果抓来放去的，我担心的，是怕牵扯到那几十万赈灾银子上去。"

师爷甲："那唯一的办法，就是干脆把案做实！"

冯月清终于做了决定："说得对，一定要把案做实才行……你们去，到牢里找几个不识字的，哄他们画押。"

师爷甲："定什么罪？"

冯月清咬了咬牙："谋反。"

46. 一家饭庄　傍晚

李卫要了一桌丰盛的酒菜，大吃大喝着。

思盈坐在对面。

| 第一集　险患迭生 |

　　李卫已经有了几分酒意："这好心还真是有好报，你那一嘴巴没白打，那赶考的举子一顿骂也没白骂，我这天良一发现，嘿，歪打正着，人也救了，还给我们剩了几百两银子。你说这快活不快活？"

　　思盈："行了，别喝了，瞧你这点出息。"

　　李卫："哥哥我有出息的日子还在后边呢！兄弟，你就跟着我，没错。"

　　思盈笑了一下。

　　李卫掏出一些银子："你去，到对门那家客栈，租两间宽敞的北房，明天把人接出来，我们就仨饱一倒，先舒舒服服地住几天。"

47. 监狱内　夜

　　一张公案，青灯如豆。

　　两个师爷坐在案前，冯月清斜靠在旁边的一把太师椅上。

　　李母和小满被带了过来。

　　师爷甲将两张供状推到了他们面前："在上面按个手印，你们就没事了。"

　　李母要按，小满拉了她一把。

　　小满："老爷，这上面写的什么？"

　　师爷甲："你自己看。"

　　小满："我不识字。您给念念。"

　　师爷乙一笑："小精豆子。"

　　师爷甲："听着，这上面说，你们都是大清的顺民，因一时不慎，受贼人蛊惑，现在已经幡然醒悟，日后一定安守本分，就这个。"

　　李母："对对，说得对。只要让我们出去，一定安守本分。"

　　师爷甲："按吧。下一个！"

48. 鸿禧客栈　夜

　　李卫已经喝醉，东倒西歪地进了客栈大门。直奔北房而去。

49. 北房内　夜

　　李卫磕磕绊绊地将门撞开。

　　还没等他站稳，门边的两个侍卫刷地上来，将李卫扭住。

　　李卫醉眼惺忪地："干什么？干什么？"

侍卫低声地："你是干什么的？"

李卫："你们管我是干什么的呢？放手！"

里间的门帘一挑，普通的客商打扮的胤禛、胤祥从里屋出来了。

李卫还扯着脖子乱喊着："狗娘养的县太爷乱抓人，你们、你们他妈的也乱抓人？"

胤祥："你是什么人？为什么老是跟着我们？"

李卫："跟你们？不就搭了你们十几里水路的船吗？这个店，你住得，我就住不得？"

胤禛一笑，摆了摆手，侍卫放开了李卫。

胤禛："你刚才说谁乱抓人呢？"

李卫："还有谁，我倒想抓呢，我抓谁呀？我妈一个逃难的，招谁惹谁了，啊？抓不着偷牛的，把捡牛绳子的人抓了去，算……算他妈什么本事？"李卫的动作大了点儿，差点没把自己弄一个跟斗。

店主和思盈进来了，急忙扶住李卫。

思盈："你看你喝的，跑到别人这里来干什么？"

李卫："不是……北屋吗？"

店主："客官，错了，错了，是西边儿那一间。"

50. 县衙前　日

官榜高悬，人头攒动。

李卫挤过人群，他不认识字，所以榜上写的什么他也不关心。

李卫一眼看见那个衙役。

李卫："老哥，我妈呢？"

衙役将李卫拉到一旁："兄弟，不是我不帮忙，这回我是真的帮不上了。"说着将银票塞回李卫的怀里："我也不能坑你，银子我一个子儿都没动，你拿回去料理后事吧。"

李卫："你说什么？后事？什么后事？"

衙役："你没看见呀？榜都张出来了。你要救的那两个人，都定了谋反罪。"

李卫："什么叫……谋反？"

衙役："那就是造反哪！明天午时三刻，开刀问斩。"

李卫二目圆睁，啊呀一声，仰倒在地。

第二集　孤注一掷

1. 鸿禧客栈院内　日

男装的思盈满头大汗地背着仍然昏厥的李卫奔了进来。

"怎么了？客官。"客店老板拦住了思盈，凑上去端详他背后的李卫。

李卫满脸蜡黄，牙关紧闭。

老板对思盈："客官，他这个样子可不能背到客房去，万一死在这里，小店吃不起官司，就算不吃官司，今后生意也要大大受影响……"

思盈："不要说了，快去熬碗姜汤来！"

老板："姜汤我可以熬，人你得背到门外去。"

思盈急得要哭了："你这人怎么如此不近人情？"

老板丝毫不为所动，仍然挡在岳思盈的前面。这时，一个声音在他身后响起："再见死不救，你真要吃官司了！"老板回过头去——年羹尧从楼梯上大步走了下来："哪有开客栈不顾客人死活的？快去！"

那老板见年羹尧一脸冷硬，咽了口唾沫："客官……"

年羹尧双眼一瞪："去不去？！"

老板无奈，转对岳思盈："要是姜汤还灌不醒，赶快送药号……"这才悻悻地去了。

岳思盈感激地望了一眼年羹尧，背着李卫急忙向客房奔去。

2. 客栈北屋　日

年羹尧进来了。

盘腿坐在床上数着念珠的胤禛仍然闭着眼睛："怎么回事？"

年羹尧："回主子，是住在西房的那两个人。听说明天要杀的那批犯人中就有他妈还有那个孩子。"

"什么?"坐在桌边正擦着剑鞘的胤祥倏地抬起了头,"连老人和孩子都冤进去了?"

年羹尧:"是。那个叫李卫的混混听到这个消息急得昏死过去了。"

"哦?"胤禛睁开了眼睛,"看不出这人还是个孝子。"

3. 客栈西屋　日

一碗姜汤灌了下去,李卫的眼睛慢慢睁开了,模模糊糊地,他看到了站在床边的李母:"妈!"倏地坐了起来,一把抱去。

"谁是你妈?撒手,快撒手!"思盈使劲将他推了开去。

李卫又被推倒在床上,睁大了眼睛,这才看清楚了站在床边的是思盈。他又连忙坐了起来:"我妈呢?我妈在哪里?"

思盈黯然地:"在牢里……"

李卫一下弹起,又从床上跳到了床下,慌乱地套上了鞋,就向门边走去。

岳思盈:"哪里去?"

李卫停住了脚步:"救我妈。"

岳思盈:"怎么救?"

李卫愣住了,慢慢转过头来:"是呀,怎么救……怎么救?"一跺脚,抱着头蹲了下去。

岳思盈慢慢走近他的身边:"我有个办法……"

"什么办法?"李卫倏地抬起了头。

岳思盈:"去找能够救他们的人。"

李卫:"谁能够救他们?"

岳思盈:"钦差!"

4. 客栈北屋　日

"太黑了!"胤祥一掌击在桌上,站了起来,"四哥,这可不能不管了。"

5. 客栈西屋　日

李卫:"钦差?哪来的钦差?"

岳思盈:"我听说了,朝廷的钦差已经微服到江宁来了,这个时候十有八九就在江

第二集　孤注一掷

都。"

　　李卫："你怎么知道的？"

　　岳思盈："茶楼酒店，关津渡口到处是官府的人，都在暗中探访钦差的下落。"

　　李卫眼睛一亮："你是说我们只要找到钦差，将狗日的县衙门告了，就能救出我妈？"

　　岳思盈："还有我弟弟。"

　　李卫："那还不快去找！"

6. 客栈北屋　日

　　胤禛把盘着的腿松了开来，伸到床下准备穿鞋。

　　年羹尧连忙走了过去，蹲了下来，拿起床下的鞋子，帮胤禛套在脚上。

　　胤禛站了起来，慢慢踱到了门边："怎么管？管得过来吗？不要忘了，咱们这次是来查那二百万修河款的去向，还有查岳子风的背景。亮工。"

　　年羹尧："奴才在。"

　　胤禛："传我的话，都待在客栈里，谁也不许出去。"

　　年羹尧望了一眼胤祥："嗻。"

　　胤祥怔了一下，生气地坐了下去。

7. 一家酒楼　日

　　两个穿戴讲究，四方大脸的客商模样的人，操着一口京片子边喝边聊着。

　　客商甲："……皇城根儿底下虽说是沾着龙气儿，可是待长了也憋闷得慌。"

　　客商乙："这话您说着了，要不隔三岔五地出来走走，身上的骨头节儿还真痒痒。"

　　客商甲："也多亏了隋炀帝，把这条运河一直修到了这儿，不抬胳膊不动腿儿，顺水儿就能下来。"

　　……

　　李卫进来了，两眼穿梭般在酒客中搜寻，突然，他盯着了这两个显然长着北人脸相北人身板的客商。

　　老板凑了过来："您来点儿什么？"

　　李卫将头凑到老板耳边，指了指两个客商："这两个人你见过吗？"

　　老板看了看："没有。"

　　李卫："你看他们像干什么的？"

老板："他们头上又没写字，那谁知道。"

李卫："那可是……京城口音。"低声地："你看他们像不像……钦差？"

老板一愣："钦差？您找钦差干什么？"

李卫："这你别管。你见的人多，我就借你这双眼睛帮我看看。"

老板："我琢磨着……要是钦差，怎么也得弄身黄马褂穿着吧。"

李卫："嗯……来壶酒！"

李卫找了个离那两个客商不远的地方坐下，盯着他们琢磨了一阵子，又站了起来，向他们走去。

8. 另一家酒楼门口　日

岳思盈将一个正送着客人出门的小二招到身边，低声问道："兄弟，请问见到几个北京口音的客人在里面喝酒吗？"

那小二望了望她："北京口音？没有。"

岳思盈脸上立刻浮出了失望："打扰了。"匆匆离去。

9. 酒楼内　日内

县衙门的陈班头带着一个差役穿着便服进来了，两个人的眼睛也穿梭般向各张桌子扫去。

老板急忙迎上："陈大班头……"

陈班头："嗫声！"

那老板一愣。

陈班头身后的那名差役："我们有公事，不要大呼小叫。"

那老板堆出笑来："明白了，明白了。五爷，有什么吩咐在下做的？"

陈班头："见没见着有操北京口音的人？"

老板一笑："您是不是也来找钦差？"

陈班头一惊："你怎么知道的？"

老板指了指不远处坐着的李卫："刚才那位也打听呢。"

"哦？"陈班头举目望去。

——李卫正从那两个客商身边离开，那两个客商望着他的背影："莫名其妙。"

李卫走到了自己的桌子边："老板，会账。"

老板刚要过来，陈班头伸手拦住了他，接着带着那名差役向李卫走了过去。

| 第二集　孤注一掷 |

陈班头："这位爷面生得很，哪儿发财呀？"

李卫一边掏银子，一边胡乱地应着："离这儿不远，门口有两座大石狮子的便是。"

陈班头："哦……请问尊姓大名，您的那两座石狮子在哪个衙门口？"

李卫警觉了，抬起头打量着这两个人，反问道："请问尊姓大名，在哪儿发财？"

陈班头怔了一下，笑道："离这儿不远，门口也有两座大石狮子。"

李卫一惊："同行！那就都别问了，各人干各人的事吧。"说完站起身欲走。

"慢着。"陈班头使了个眼色，那差役挡住了李卫。

李卫："怎么，石狮子咬石狮子呀？"

陈班头："不要东拉西扯，说，你说的那两个石狮子是不是指县衙门门口的石狮子？"

李卫明白了，也瞪着陈班头："县衙门口？我说过县衙门口了吗？那两个石狮子也太小点了吧。"

陈班头一惊："您是府台衙门的？"

李卫："不要管我是哪个衙门的。反正我那个衙门的石狮子比你那个衙门的石狮子要大一点就是。还要问吗？"

陈班头："得罪，得罪。"

李卫："莫名其妙。"说完慢慢向门口走去。

10. 酒楼门口　日

李卫硬撑着抬起头四处张望着慢慢踱到了门口，兀自嘟哝着："莫名其妙……辣块妈妈的，莫名其妙是什么意思？"拐过大门，回头望了一眼，连忙拔腿飞快地溜了。

11. 酒楼内　日

陈班头的目光盯着门口又琢磨了好一阵子，才回过头来，带着那名差役又向那两名方面大耳的北京客商走去，一拱手："请问尊姓大名，在哪儿发财？"

12. 江都街上的东头　日

岳思盈失望地又从一座茶楼里出来了，站在门口抬头西望。

那轮太阳已经离西山不远了。

岳思盈更加惶急了。

13. 街头一家院墙的拐角处　日

李卫盘腿坐在地上，面前堆着一摞铜钱。

几个孩子跑了过来："找着了，找着了，是说北京话的。"

"在哪里？"李卫连忙站了起来，"快带我去。"

几个孩子的眼睛一齐盯着地上的那摞铜钱。

李卫："拿去，都拿去。"

为头那孩子拿起了铜钱："跟我们来。"

那群孩子带着李卫向街那头跑去。

14. 街头　日

"喏。"为头那孩子手一指，"那两个就是。"

李卫睁眼望去，两个身形高大的人正在前面慢慢走着。他连忙奔了上去。

走到二人身后，李卫高声叫道："二位尊姓大名，在哪儿发财？"

那两个人停住了脚步，慢慢转过身来。

李卫傻眼了——这不就是酒楼上两个喝酒的客商？见二人愣愣地望着自己，李卫慌忙把目光投向了前面另几个人："二位，二位，尊姓大名，在哪儿发财……"越过二人，向前面奔去。

两个客商："莫名其妙。"

15. 一条巷子里　日

天渐渐黑了，李卫显然也绝望了，拖着两条沉腿向前走着。

突然从哪儿传来一声高喊："钦差大人到！"李卫差点跳了起来，睁圆了眼睛四处急望。

——两边都是高墙，哪儿来的钦差？突然声音又传来了："不知钦差大人驾到，卑职接驾来迟……"李卫这才听出，声音来自身后的大门内。

他急向大门奔去，趴在门缝上，向内张望。

院子里正在唱戏，一个明朝的钦差套着一件盘龙黄色褂子站在台中，另一个官员跪在他的面前。

李卫将头缩了回来，朝地上狠狠地唾了一口唾沫："呸！"抬脚欲走，突然又站住了。

他的眼睛亮了。

| 第二集　孤注一掷 |

16. 县衙内府　夜

班头垂手站在那里。

冯月清和宋师爷围灯坐着。

宋师爷："……外府的人跑到咱们这儿来查探，怕是无风不起浪啊。"

冯月清："我们不也派人在外边查探吗？看起来大家现在都是没头的苍蝇瞎撞。"

宋师爷："不过眼前风声这么紧，我们还是要提防为是。一是这次刑狱，再有就是那剩下的四十万赈灾银子。不但不能让钦差知道，也不能让其他的衙门知道。"

冯月清："现在已经卖出多少粮食了？"

宋师爷："已经倒出二十多万担了。"

冯月清："先让他们停下来，大船小船进进出出的太扎眼了。"

宋师爷："我这就吩咐下去。"

冯月清："至于那些犯人……该杀就杀，不管哪个钦差来了，我看他们也未必敢搅和太子爷的事。"

17. 鸿禧客栈西屋　夜

李卫抱着一个布包进来了。

他一踏进门就愣住了——只见屋里明烛高燃，屋内临时设摆了一个供案，案子上有两个灵位，前面有些供品。

一个女子背对着门，跪在案前。

李卫："对不住，走错门了……"转身欲出，又停住了，"这是我的客房啊？"又回转了身来，不觉眼睛都直了。

一个清丽异常的女子，蛾眉淡扫，粉黛略施，正怔怔地望着李卫。

李卫愣愣地问："你是……"

思盈："身在难中，瞒了你们那么多日子，对不住了。"

李卫张大的嘴好久才合了拢来，回身望了望兀自敞开的门，又回头望了望思盈，这才将包袱扔下，转身将门关了。

思盈："你关门干什么？"

李卫指了指岳思盈，指了指自己，又指了指门外，这才说道："孤男寡女，被、被人家看见……多有不便。"

思盈："你想干什么？"

李卫："干什么？是呀，我想干什么……"说着眼珠子一转，转向香案，这才找到话茬，"你想干什么？"

思盈："看起来钦差是找不到了。我向死去的父母告了罪，明天去救弟弟，如果救不出来，我就跟他们一起去了……"

李卫："乱七八糟你说些什么？"

思盈："明天我要去劫法场。"

李卫缓过神儿来："什么？你……疯了？"

思盈："我没疯。我在这儿等你回来，想求你一件事。"

李卫："求我一件事？"

思盈："是的。我现在把什么都告诉你，我是江南道御史岳子风的女儿。"

李卫一惊："岳子风？就是那个告贪官被人杀了的清官岳子风？"

思盈："对。我爹被害了，我本想带着弟弟到京城去告御状，没想在这儿又遭了这一劫。我这里有一封信，求你带着它到京城去，找到都察院衙门，将它交给都御史。"说着掏出一封信跪了下去。

"哎，哎！"慌忙间李卫也跪了下去，"说事就说事，跪着干什么？"

思盈："你如果能将这封信送到，为我父亲申冤报仇，就是我的恩人。请受我一拜。"

李卫连忙搀住了她："你的事就是我的事，拜什么拜？交给我好了。"说着接过了那封信，站了起来。

思盈也站了起来，双眼充满感激之情："恩公，大恩大德，此生不能报答，来生衔环结草也要报答。"

李卫似乎清醒了："慢着！你是说你一个人明天去劫法场，叫我贪生怕死溜到京城去给你告状？"

思盈："这也不是什么贪生怕死，你没有武功，陪我去也是白送了性命。"

李卫："那我妈呢？你一个人救得了两个吗？"

思盈："放心，我会尽力去救。"

李卫："不行，不行，这事得再商量，再商量……"

18. 监狱内　夜

一碗炖肉，一碗雪白的大米饭摆在了李母的面前。

李母高兴："有肉！"

狱卒："吃吧，这顿饭管你够。"

李母："你们要是能天天给一顿这样的饭，我愿意再多留两天。"说着招呼小满：

| 第二集　孤注一掷 |

"来，孩子，不吃白不吃。"

小满也走了过来，一老一少蹲在碗前大吃起来。

李母满嘴的肉饭："你说你们这儿还真不赖，临让走了，还给大肉白米饭吃。"

狱卒："想什么呢老太太，您还不知道吧，这叫吃赶饭，又叫断头餐，那是真的吃了这顿就没有下顿了。"

李母："你说什么？什么饭？什么餐？什么吃了这顿没有下顿？"

狱卒："赶饭！断头餐！吃完了这顿您就得到阎王爷那儿去了，当然是没有下顿了。"

李母一口噎住。

19. 客栈西房　夜

李卫身上已经穿上了那件戏台上的盘龙黄马褂。

思盈："假扮钦差？这可是满门抄斩的罪！"

李卫："还有什么满门？那两个已经进去了，我们两个也不想活了，横竖没人了。拼一下，没准两个满门都能救下。"

更交五鼓，更梆之声阵阵传来，颇有些凄凉，又有些壮烈。

思盈低头沉吟片刻："好吧，把那个脱下来，我给你改改。"

李卫："改什么？"

思盈："你这是戏装，真正的黄马褂不是这样。"

李卫："你见过？"

思盈："别忘了，我是官宦之家。"

李卫："对，我忘了。"脱了戏装递了过去。

20. 牢房里　夜内

一缕月光照进牢房。

李母直挺挺地躺在地上，长一声短一声地呻吟着。

小满坐在她旁边。

小满："李大哥本事大，他一定会来救我们的。"

李母："……他那几下子我知道，歪嘴和尚，要救他早来了，想必是没有经念了……"

小满："还有我姐呢，她的轻功可棒了。他们两个联手，肯定有办法。"

李母："孩儿啊，别给我解宽心了。那算命的给我算的是反命，我早就知道……让老天爷保佑他们，让他们后半辈子平平安安吧……"

小满："但愿李大哥今后能娶我姐当老婆。"

李母："他娶谁我也看不见了……"

21. 李卫的房间　夜内

思盈在灯下改着黄马褂。

李卫怔怔地望着思盈那双穿针引线的手："……明天我要是能活着回来就好了。"

岳思盈抬起了头，李卫这时也抬起了头，二人目光一碰，李卫连忙将目光移开。

岳思盈轻叹了一声，又低头改着褂子。

李卫："哎你说，要是明天我们得手了，以后我们还能不能碰见？"

思盈："那也就看缘分了。"

李卫："缘分？你说我们有缘分！"

思盈把衣服一放，脸一冷："你说的是什么缘分？"

李卫连忙岔开："当然是别的缘分，比方说天地君亲师，东西南北中，还有哥哥呀，妹妹呀……"

岳思盈望了他好一阵子，突然站了起来："兄长在上，请受小妹一拜。"

李卫蒙了："你这人怎么这么爱拜？说着玩的，又拜什么拜……"

岳思盈仍然福了下去："君子无戏言。请大哥今后把我当妹妹看待。"

李卫："君子……我是君子？"说到这里他啪的在自己的嘴巴上打了一下，"我他妈几时变成君子了？这张鸟嘴！"

思盈一笑，这才站了起来："你这人心眼其实挺好，就是……太没正经。"

李卫："从小就出来瞎混，正经的早让野狗叼去了，只有这一身歪的邪的，才能换出口饭吃。"

思盈："你要是能多念几天书，一定是个人才。"

李卫："只要我们这次能活着回来，我一定听你的，念他几筐书。"

说话间，外面的鸡叫了起来。李卫一惊："天快亮了！"

岳思盈站了起来："也只能改成这个样子了。来，穿上试试。"

李卫伸过手去套上那件黄马褂。

岳思盈端详了一阵："随便点，头不要抬得那么高。"

李卫："戏里的钦差头都抬这么高。"

岳思盈："抬高了就真像做戏了。算了，反正是听天由命。还有，待会儿我还要到北

| 第二集　孤注一掷 |

房去一趟。"

　　李卫："去北房？去北房干什么？"

　　岳思盈："请那几个去北京的客人帮我把信送到都察院去。"

　　"那他们岂不成了你的恩人了？"李卫一句醋话脱口而出。

　　岳思盈瞥了他一眼。

　　李卫又连忙圆道："我不是这个意思。我是说，那几个人来路不明，怎么看也不像好人。"

　　岳思盈："也不像坏人。要真是坏人，也不会让我们搭他们的船。"

　　李卫："也是啊……这样吧，把信交给我，我去说。"

　　岳思盈："你怎么说？"

　　李卫："他们不是进京赶考吗？我就说都察院都御史是我娘舅，只要他们帮我送到这封信，状元榜眼探花十有八九就是他们的了。"

　　岳思盈："说过头了。你就说都御史是你娘舅就行了。"

22. 客栈大院里　凌晨

　　由于是在客栈，不能够拉开架势酣畅淋漓地舞剑，可不练一练一身的筋骨又难受，胤祥只得以气驭剑，在那里运步如猫形，潜龙吞吐。

　　李卫手里拿着岳思盈那封信探头探脑地走过来了。

　　假惺惺地看了一阵子，李卫喝彩道："好剑法！"

　　这套剑法有几人识得，何况是李卫？胤祥含着笑，仍在那里运步抹剑，望了他一眼："你也懂得剑法？"

　　李卫："我娘舅是都御史，一套剑法还能不懂。"

　　胤祥仍在运剑："你说你娘舅是谁？"

　　李卫："都御史！北京，北京那个都察院，都察院的都御史。"

　　"什么？都察院？"胤祥收了剑式，"你说你娘舅是都察院的都御史？"

　　李卫："这下相信了吧。"

　　胤祥重新将他端详起来："你找我有什么事？"

　　李卫："你要走运了。"

　　胤祥："我走运？走什么运？"

　　李卫："你不是要进京赶考吗？想不想考个状元榜眼探花……以下的什么官？"

　　胤祥知他又在胡诌，打趣道："想啊，你有什么路子？"

李卫:"还用问吗?我娘舅那么大的官,如果他发话了,皇上也要买几分面子。这下明白了吧。"

胤祥:"你是说让你娘舅关照我?"

李卫:"聪明!凭你这点聪明,此番进京,不要说状元榜眼探花以下的官,就是状元榜眼探花……"

胤祥打断了他:"快说吧,怎么让你娘舅关照我?"

李卫这才把那封信亮了出来:"这是我写给我娘舅的信,你进了京去找他,就说是我的铁兄弟,然后把信交给他,他自然会关照你。"

胤祥:"哦?"

李卫:"这封信牵涉到江南道御史岳子风……"

"哦?"胤祥一凛,将剑放下,伸手就要接信。

"慢。"李卫将手一缩,"关系重大,你千万不要丢了。"

胤祥:"绝不会丢。"

李卫这才将信递了过去。

胤祥接了信:"你在这里等等,我去去就来。"说完匆匆上楼去了。

李卫要走了,忽然瞥见胤祥留在一块大石头上的那把剑。

——那剑金黄色的流苏,剑鞘上还有堆金的龙纹!

李卫眼珠一转,顺手一抄,把那把剑揽进怀中。这才匆匆走了出去。

23. 客栈门外　晨

思盈已经换上男装,站在门外焦急地等着李卫。

李卫出来了,匆匆忙忙地,衣服里撑着那把剑。

思盈:"怎么去这么久?你衣服里是什么东西?"

李卫:"别问了,快走。"边说边匆忙向前走去。

思盈紧跟着走去。

24. 客栈北房　晨

胤禛看完了那封信,倏地抬起头来:"快,找着这个人,不要让他走了。"

年羹尧正要答应,一名侍卫急忙走了进来:"禀十三爷,您的那把剑不见了。"

胤祥接道:"不要找了。一定被那个人拿着,和岳子风的女儿去法场了。"

胤禛:"嗯……走,我们一起去法场。"

| 第二集　孤注一掷 |

25. 监狱外　日

一阵鼓擂过。

齐刷刷的两队兵卒列开两路。

冯月清在几名师爷的簇拥下走来。

冯月清："提人犯。"

执事官："提人犯——"

26. 法场内　日

十几根断头桩已然矗立在那里。

兵卒们荷枪执戟，列于两旁。

正面的监斩台上，已经设摆了公案。

27. 法场边上　日

围观的人群里三层外三层，如同集市。

那些做小买卖的也不失时机地跑来做些生意。

其中，有一个卖炸臭豆腐的，吆喝的嗓门格外洪亮。

一身灰色长袍的李卫，出现在卖炸臭豆腐的身边。

李卫掏出一块碎银："认识这个吗？"

卖炸臭豆腐的："这是银子啊，哪个不晓得。"

李卫："想挣吗？"

卖炸臭豆腐的："银子哪个不想挣？你要买呀，那我得找几个人来帮忙炸，您愿意等吗？"

李卫："你倒挺实诚。我不买你那臭豆腐，我买你这条嗓子。"

28. 街上　日

押解犯人的囚车，在净街差役的高声喝喊中，一辆接一辆地经过。

在其中的一辆上，李母、小满被五花大绑地捆在上面，嘴都被堵上了。

29. 法场外　日

李卫："你只要照我说的喊一嗓子，这银子就归你。"

卖炸臭豆腐的："喊什么？"

李卫:"就五个字儿,钦差大人到。"

卖炸臭豆腐的:"钦差大人到?"

李卫:"对,你给我拉长了声喊,明白吗?"

卖炸臭豆腐的:"晓得!"一伸脖子便喊:"钦……差……"

李卫一把把他的嘴给捂住了:"妈妈的,谁让你现在喊!"

30. 法场外　日

随着几声鞭响,衙役们驱开人群。

押解犯人的囚车一路烟尘地进了法场。

衙役们俩人架一个,将犯人们架下囚车,连拉带拖地架到了断头桩前。

一时间,号角齐鸣。

31. 一排长案前　日

十几名袒胸露背的刽子手,各自从长案上端起了一大海碗酒,先含一口,喷在了鬼头刀上。

看客们轰然喝彩。

刽子手们继而将酒一气喝罢,且将酒碗摔碎在地。

看客们又是一阵喝彩。

远处有人高喝:"时辰到——"

32. 监斩台上　日

冯月清在几名师爷的陪同下,登上监斩台,振衣落座。

司刑官跨前一安:"人犯到齐。请大人示下。"

冯月清:"验明正身了吗?"

司刑官:"查验无误。"

冯月清:"有临场喊冤的吗?"

司刑官:"没有。"

33. 断头桩下　日

堵着嘴的李母和小满,扭动着身子,发出呜呜的声音。

两旁的衙役将他们使劲按住。

| 第二集　孤注一掷 |

34. 监斩台上　日
冯月清慢慢站起身，清了清嗓子："本官，代天子司牧一方，行罚行赏。本官敬体圣意，素以宽仁为本，从不以杀戮为能事。但怎奈天道无私，纲常有自。今日行刑，本官已斋戒三日，以谢神灵。来呀，放炮。"

三声炮响中，一卷勾决名册，铺展开来。

一支毛笔，伸向朱墨。

35. 法场外另一侧　日
李卫猛地拍了一下那个卖炸臭豆腐的："喊！"

卖炸臭豆腐的："哦，喊。"一提气："炸臭豆——"

李卫又是一把捂住了他的嘴，咬着牙："你他妈的，喊钦、差、大、人、到！"

36. 法场边　日
胤禛、胤祥在年羹尧和几名侍卫的簇拥下，走进人群。

正欲张望，忽然，一声洪亮的"钦差大人到……"的喊声，陡然而起，划天而过。

胤禛、胤祥不由一惊。

37. 监斩台上　日
冯月清的朱笔脱手而落，他像被什么蜇了一下，噌地站起。

师爷们也各个脸色大变。

一个衙役眼见，惊呼了一声："黄马褂儿！"

人们一齐顺着衙役的目光望去。

38. 法场上　日
围观的人群唰地闪出一条道。

穿着一件明晃晃的黄马褂的李卫，摇着一把扇子，腰间挂着那把剑，从人巷中走来。思盈扮作一个贴身卫士的样子，紧随其后。

两个正在四下观望的侍卫，此时也看见了李卫。

侍卫甲："那把剑！"

年羹尧："快！去抓住他。"

"慢。"胤禛低声喝止道，"去两个人跟在他身边，不要惊动他，也不要让他溜了。"

年羹尧："是。"向两名侍卫一摆头。

两名侍卫急忙挤了过去。

护场的兵丁将他们拦住："干什么的？"

两名侍卫："一起的。"追着李卫向法场上走去。

两名护场的兵丁追了上来。

39. 监斩台前　日

冯月清等人已然看愣了。

40. 法场上　日

李卫抬着头已经走到了场中。

兵丁追着两个侍卫也进来了。

李卫拿腔拿调地："住手！这是干什么呀？动刀动枪的？还怕我跑了不成？"

兵丁和两个侍卫都停下了手。

两个侍卫接的是死命令，到了这个时候也不知变通，只好一左一右地站在李卫的两边，俨然真的成了李卫的侍卫。

41. 监斩台上　日

冯月清和宋师爷都变了脸色。

冯月清低声问道："怎么办？"

宋师爷："叩、叩头接驾。"

站在一旁的陈班头走过来了："禀太尊，这个人不是钦差。"

冯月清眼一亮："什么？他不是钦差？你怎么知道的？"

陈班头："回太尊，他就是在酒楼找钦差的那个人。"

一丝狰狞浮上了冯月清的嘴角："妈妈的，虎口找食来了！带几个人，将他拿下！"

陈班头："是。"手一招，四名差役跟着他向法场走去。

42. 法场上　日

李卫："这儿谁管事儿啊？"

陈班头带着四名差役走过来了："我。石头狮子，还认识我吗？"

李卫一惊。

| 第二集　孤注一掷 |

岳思盈做好了临死一拼的准备。
陈班头："拿下了！"
四名差役如狼似虎扑了过去。
扑通扑通几声，岳思盈还没动手，四名差役已经趴在地上——原来是那两名大内侍卫出手了！
摔完四名差役，两名侍卫将袍角向腰带上一掖，准备应付更多的来人。
陈班头蒙了，向两名侍卫从头往下扫视，突然他浑身一颤，如见鬼魅！
——两名侍卫撩起的袍子里面各挂着一块腰牌，上面赫然刻着"大内"二字！
陈班头扑通跪了下去："小人有眼无珠，冒犯了钦差，请钦差大人饶命。"

43. 法场边　日
胤禛和胤祥对望了一眼，都苦笑着摇了摇头。
年羹尧："主子，是不是将他们两个人叫回来？"
胤禛："晚了。"
年羹尧："是。"

44. 法场上　日
冯月清磕磕绊绊地跑下监斩台，远远地就请下了安："奴才迎候圣差！"
李卫高扬着脸，不睬不理。
冯月清："臣冯月清，恭请圣安。"
李卫："圣安？安什么安？莫名其妙！放着那么大的灾不救，跑这儿插旗子放炮杀人来了。这是哪个辣块妈妈的主意啊？"
冯月清："回……回圣差的话，这是岳子风一案的要犯，三审供押，报有司衙门谳定的。"
李卫："扯淡！你们这些撒谎撂屁的话，瞒得了别人，还瞒得了我吗？"
冯月清："大人有所不知……"
李卫："我不知，我什么不知？我告诉你，连你昨天晚上跟哪个小老婆睡的觉我都知道。"
围观的人群哄然而笑。

45. 法场边　日

胤禛、胤祥也被眼前这一幕惊得有些发愣。

胤祥："四哥，这小子的胆量倒还真大。"

胤禛紧紧地盯着李卫，在诧异中也带了几分欣赏。

胤禛："再看看。"

46. 法场上　日

李卫踱到李母前面："这个人姓李，是个要饭的婆子，对不对？"又走到小满的面前："这孩子今年十二，小名叫小满，对不对？行了，别的人我也不一个一个说了，我告诉你，我知道的比你还多！"

冯月清此时已是一头雾水了。

倒是冯月清身边的两个师爷先冷静了下来。

宋师爷："此处不是说话的地方，请大人屈尊过府，再容详禀。"

冯月清："对对，过府，过府！"

宋师爷："来呀，为钦差大人摆驾。"

一队兵丁上来，环佑在李卫的身边，说拱卫也行，说包围也行。

思盈凑近李卫，低声地："看来不行，我动手了。"

李卫咬了咬牙："再等会儿。"

47. 法场外　日

胤禛嘴角上似有若无地挂着一丝笑意，双目微合，像是在听戏，又像是在鉴赏一件古董文玩。

48. 法场内　日

李卫将自己手中的扇子开合了几下："这次……我临走的时候……皇上亲口跟我说，那些当官的，个个阔得流油，你想吃什么喝什么，我给你钱，啊……这个这个官府嘛，能不进就不进，一旦让人家用大鱼大肉的把嘴堵上，就不好替老百姓说话了。你说皇上说得对不对呀？"

冯月清："恭聆圣训、恭聆圣训……本县一向廉洁，绝无大鱼大肉之事。"

李卫："那你让我去干什么？"

思盈对围在周围的兵丁："你们还围着干什么？后退！"

| 第二集　孤注一掷 |

兵丁们往后退去。

李卫："别的话往后再说，先把人给我放了。"

师爷乙在冯月清的耳边嘀咕了几句。

冯月清："回圣差，这岳子风一案的始末，大人可知晓？"

李卫："我当然知道了。"

冯月清："不知圣差离京之时，东宫对此事有无交代？"

李卫没听懂，用扇子遮住嘴，低声问思盈："什么是东宫？"

思盈附耳："就是太子。"

李卫："哦，你是说……太子啊。"

冯月清："不错。"

李卫："这个太子嘛……太子跟我的关系很好……可你说，我是该听皇上的呀，还是该听太子的呀？"

冯月清："这个……大人言重了……"

李卫："知道言重就好。放人吧。"

师爷甲："大人，此案牵扯甚大，还望……"

李卫："牵扯？我怕牵扯？你知道我是吃谁的奶长大的吗？"

李母那里直呜呜。

李卫："我是吃狼奶长大的！"

李母那里又呜呜起来。

李卫朝着衙役们一瞪眼："愣什么？放人！"

衙役们跑向人犯。

冯月清："等等！大人到此尚是微服，放掉人犯，事干重大，如果臬台衙门追问此事，下官不好交代。"

李卫："臬台？不就是……一个三品臬台吗？算个屁！当年在山东兖州府，一个三品臬台，说宰我咔嚓一声就给他宰了。"说到这里他两眼向旁边一睃："你们说县令是几品？"

岳思盈："七品。"

李卫把腰中的剑解了下来，递给岳思盈："拿去，把他咔嚓了吧！"

冯月清吓得扑通跪了下去。

定格。

| 第三集　好风借力 |

1. 法场内　日

"还不放人吗？！"岳思盈瞪着监斩台上的宋师爷。

"放、放。"宋师爷哪里还敢犹豫，转对陈班头，"还不放人？"

陈班头也慌了，高声喊道："放人！快放人！"

岳思盈："走，快跟我走。"

小满："姐……"

岳思盈："低声。"

李母这时还晕晕乎乎："头砍了吗？怎么不痛？"

岳思盈："别说了，快走吧！"拉起二人就往下走。

2. 法场边　日

年羹尧急了："快，保护主子！"

3. 法场内　日

冯月清急得大喊："挡住，挡住，不要伤了钦差。"

陈班头大喊："挡住！挡住！"

李卫大急："笨蛋！撒钱，撒钱呀。"

李卫高声喊道："不要挤了，不要挤了，本大人替天行道，劫富济贫，有饭同吃，有钱同用！"

李卫对着台下的冯月清吼道："叫你的手下把钱都拿出来，撒，接着撒！"

冯月清："是，是。快撒！快撒！"

| 第三集　好风借力 |

陈班头对几个差役吼道："撒呀！"

李卫对着思盈："快走！"

4. 街上　日

思盈："黄马褂！快脱掉黄马褂！"

李卫："跟着我们干什么？"

一名侍卫："剑！把剑给我。"

李卫忙对思盈说："剑，把剑给他。"

李卫气急败坏："还跟着我们干什么？"

一名侍卫："奉命，不能让你们溜了。"

李卫："溜你辣块妈妈！"

5. 县衙内室　夜

冯月清昏昏沉沉："钦差……哎哟！钦差大人在哪里？"

宋师爷瞥了一眼陈班头："问你呢。"

陈班头："已经派人四处找去了。"

冯月清："千万不能让他出了城……有些话……我得当面禀明……"

陈班头："城门上说，没见钦差出城。"

冯月清："银子……多准备点银子……得用银子孝敬……"

宋师爷："光用银子不行了。鄙人的意思，得赶快禀报府台大人。"

冯月清："是是……快去，快去禀报府台大人……"

陈班头："是。"

6. 鸿禧客栈西屋　日

小满无限神往又有几分怯生生地走了过去："李大哥……不是，李大人……"

李卫："什么李大人？"

小满："你不要瞒我们了，你是钦差，是微服私访……"

"他哪里是什么钦差哟。哎哟！"李母嚷道，"他是钦差，我就是钦差他妈了……"

小满："您当然是钦差他妈。"

李母："不是不是。我是说他是钦差，我就是钦差……不是不是，我不是钦差……"

说到这里她倏地坐了起来，"这娄子你可捅大发了！收拾好了没有？快逃吧！"

李卫一跺脚："别吼了好不好？您捅的娄子还不大发？您是不是要招得县府道司都来伺候，再到牢里去吃白米肉饭？"

李母收住了嗓子："不吼不吼，不去不去……"

李卫："怎么样？哪条路好逃？"

岳思盈："城门都关了，每个路口都有人把着，哪条路都走不了了。"

李母又嚷了起来："走不了了……我要死了……还是到牢里去吃白米肉饭吧……哎哟！"

李卫急得在自己头上拍了一下："妈！你儿子还没有生儿子呢，你想我们李家绝后是不是？"

小满一阵害怕，靠向了岳思盈："姐……"

岳思盈望着李卫："怎么办？"

李卫好一阵想："等！等到天黑。"

7. 县府内堂　日

陈班头："江宁府台魏大人到了。"

冯月清："快，让到前厅……"

陈班头："来、已经来了……"

冯月清："朝服、我的朝服……"

"不要穿了！"江宁知府魏敏中："钦差在哪里？"

冯月清扑通跪了下去："救我！府台大人，您得救兄弟一把了……"

8. 隔壁北屋　日

胤祥："这下好了，真钦差没露面，假钦差倒劫了法场，过不了多久，北京城里参我们的折子有得看了。"

"奴才有句话，不知当讲不当讲。"年羹尧小心翼翼地插话了。

胤禛还是没有睁开眼睛："讲吧。"

年羹尧："是。两位主子是奉了上谕来办大事情的，被那小子这一搅和，传了上去，太子，还有八爷九爷十爷必定会借题发挥，如果说成是咱们指派他这样做的，干系可就大了。"

胤祥："你有什么想法？"

年羹尧："不能让他牵累两位主子。奴才的意思，把他们……"

| 第三集　好风借力 |

胤祥："杀了？"

9. 客栈西屋　日
岳思盈："这样子坐等，我担心等不到天黑。"

岳思盈："我最担心的是北屋的那几个客人。只有他们清楚是我们劫了法场，也只有他们清楚我们不是钦差。"

李卫："真是……真是……"

10. 客栈北屋　日
胤祥："算了算了。亮工也是替咱们两个担心，他的心还是忠的。"

胤禛："我没有说他的心不忠，我是说他见事糊涂。我们是来干什么的？是来查找杀岳子风凶手的。怎么能把岳子风的遗孤杀了！那样一来，我们和那些杀岳子风的人有什么两样？"

胤祥："听到了没有？往后想事，把心端正了。"

年羹尧："是。是奴才糊涂。"

胤祥："好了，到外面看着点去。"

胤禛："去吧。"

年羹尧："是。"这才站了起来，走了出去。

胤禛："老十三，你说隔壁那个愣小子，今天单枪匹马，假装钦差，怎么居然就能一招奏效？"

胤祥："要我看，除了胆子大，他占了一个邪字。"

"你说对了一半。"胤禛踱起步来，"他这样邪着来居然奏效，是因为他背后有一个正字！这个正字才使得冥冥中有人助他，譬如我们，才使得他能一招奏效……"

胤祥："你这一说倒把我绕进去了。要说正，他还正得过咱们？可咱们来了半月有余，一直觉得无法下手。咱们的正怎么就不管用？"

胤禛："说到点子上了。由此我悟出了一个道理：佛为什么说'道高一尺，魔高一丈'？就因为魔是邪的，什么手段也敢使，而道太正，太讲规矩，只知道明来明去，这就处处撒不开手，处处被魔所制。因此，正，是指正心诚意，可为了制魔，不妨用一点邪的手段。"

胤祥将手一拍："这就叫作亦邪亦正，外邪内正！"

胤禛："对。"

胤祥："好！四哥你的意思，咱们也学学那小子，来点邪的？"

胤禛："也不一定要咱们自己来邪的……"

年羹尧低声禀道："主子，那小子来了，说有要紧的事跟咱们打招呼。见还是不见？"

胤禛笑了："看，邪的来了。我就不跟他照面了。老十三，你和亮工到隔壁去见见他，看他又玩什么花招。过后再来告诉我。"

"好吧。"胤祥转对年羹尧，"把他带到你的房里等我。"

年羹尧："嚓。"

11. 客栈　年羹尧客房　黄昏

胤祥望着李卫皮里阳秋地一笑："哟，钦差大人。"

李卫却一脸正经："我知道，你们也当我是假钦差，是不是？"

胤祥又笑了："岂敢，岂敢。"

李卫："还记得本大人托你带的那封信吗？"

胤祥："记得。"

李卫："实话对你说了吧，那个什么都察院的都御史根本不是我他妈的什么娘舅，他只是我的一个奴才。"

胤祥假装吃惊："哦？那大人的官一定很大了？"

李卫："你自己揣摩去吧。告诉你，本大人这次私下江南，是奉了皇上的圣旨，查访岳子风被杀一案来的！"

"哦？"胤祥又装作吃惊的样子。

李卫："你知道杀岳子风的是谁吗？"

胤祥："不知道。"

李卫："来头不小哇。只怕还牵着朝里的大官。因此本大人不敢露了真相……"

胤祥："那为什么这一次又露了真相？"

李卫："弓在箭上……不对，是箭在弓上。他妈的江都县抓走了我的奶妈，还有我的一个小厮，没法子，只好露脸了。"

胤祥："那大人往下怎么办？"

李卫："我还得微服私访，直到查清了那个案子才能露脸。现在嘛，只有你们知道我的动向。我特地来跟你们打个招呼，见了任何人也不能说出来。要不就是满门抄斩的大罪！明白吗？"

| 第三集　好风借力 |

胤祥和年羹尧答道:"明白了。"

李卫站了起来:"明白了就好。这一次协助本大人劫法场,你们还是有功劳的,下面,那封信你仍然给我带到京里去。然后在京里等我,等我回了京,自有你们大大的好处。"

胤祥:"那我这里先谢过大人了。"

李卫将手一挥:"免了,免了。"

12. 客栈西屋　夜

"稳住了!稳住了!"李卫匆匆忙忙走了进来,"都准备好了吗?"

李卫:"咱们要饭的衣服呢?"

李母忽然一拍脑袋:"糟了,让我给扔了。"

李卫:"什么?"

李母:"怎么办呀?"

李卫:"什么怎么办?把脏水往身上泼,在地上打滚儿!把破衣服整新了不容易,把他妈新衣服弄破了还难哪?"

13. 客栈院内　夜

14. 客栈大门　夜

李母:"是不是天亮了?外面怎么这么亮?"

李卫:"您当这是乡下?这是县城。记住了,出了门就往北,不要走错了。"

李母:"还是你背我吧。"

李卫:"那也得出了门哪。"说着,就去把门闩轻轻地拨了开来。

众声如雷:"给钦差大人请安!"

15. 客栈北屋门外　夜

一名侍卫:"禀十三爷,是江宁知府魏敏中和江都知县冯月清带着人来找钦差了。"

胤祥:"各自回房,没我的话,谁也不许出去。"

年羹尧:"是。都回房。"

16. 客栈门外　夜

李卫的嘴里终于挤出了四个字："辣块妈妈！"说罢退进了门。

17. 客栈门内　夜

思盈："现在怎么办？"

李卫："怎么办？一锅烩呗！先回屋，回屋再想办法。"

18. 客栈门外　夜

魏敏中轻声地问身边的人："上差刚才说了句什么？"

官员："没听清楚。"

19. 客栈西屋　夜

小满："你行吗？"

李卫喘着粗气："本大人……我李卫什么时候不行了？不过今天这场面他妈的也太大了点了……我还真没、没怎么见过……"

20. 客栈门外　夜

冯月清："府、府台大人，钦差大人不愿意见我们，怎么办？"

魏敏中："心诚则灵！跪在这儿，谁也不许动。"

21. 客栈西屋　夜

李卫从水里抬起头，壮胆似的哈了两声。

22. 客栈门外　夜

23. 客栈西屋　夜

李卫："小孩子眼尖，你刚才看见他们是站着，还是跪着？"

小满："跪着，全都跪着。"

李卫："妈妈的！这说明他们还把老子当钦差……哎，你们说，现在是我们怕他们，还是他们怕我们？"

思盈："当然是他们怕我们。"

第三集　好风借力

李卫："既然是他们怕我们，我们怕个什么？走，见狗日的去！"

思盈："慢着，见了他们，你说些什么？"

李卫："还能说什么？把他们吓退了，我们好抽身哪。"

思盈："要是他们问起你这个钦差是来干什么的，你怎么说？"

李卫："我说……对了，你们谁知道这钦差来这儿干吗呀？"

思盈："只能说是江南受了灾，到这儿来查灾情的。"

李卫："对了！还有是到这儿放粮来了。"

思盈："放粮？放什么粮？"

李母："吃的粮。当年陈州遭了灾荒，包大人就是放粮去的。"

思盈："这样说也行。总之，不要说多了，把他们吓走，我们就好脱身了。"

24. 客栈门边　夜

魏敏中和冯月清："给钦差大人请安。"

众声如雷："给钦差大人请安。"

李卫："你，还有你，进来！"

魏敏中和冯月清："是，是。"

25. 客栈院内　夜

李卫："好，好，这下你们干了好事了。"

魏敏中："上差驾临江宁，未能专程迎候，若有失仪之处，请上差宽宥。"

26. 客栈北屋　夜

27. 客栈院内　夜

李卫："对我失不失仪的倒也无所谓，可是皇上……"

魏敏中和冯月清："臣等躬请圣安！"

李卫吓了一跳："嚷什么嚷？！"

魏敏中和冯月清："请上差垂训。"

李卫努力地镇定了一下："我自己也没什么要说的，要说嘛，也都是……皇上嘱咐的事儿。"

28. 客栈北屋窗边　夜

29. 客栈院内　夜

李卫："你们知道皇上派我来是干什么的吗……本钦差好比那八府巡按，平冤断狱；好比那包龙图陈州放粮，一把钢鞭拿在手，不管是谁，纵然是皇亲国戚、当朝驸马，也要押至在爷的那个大堂上！王朝马汉……辣块妈妈！你们坏了我的大事，知道吗？"

魏敏中和冯月清又吓了一跳："请、请大人明示。"

李卫："本大人本是来微服私访的，被你辣块妈妈的江都知县把我的人给抓去了，弄得我现了真身。好不容易脱了身，躲到了这里，又被你辣块妈妈的江宁知府带这么多人前来拍马屁，弄得满城风雨。这下好了，别的不说，就这住在客栈里的人，都知道我是钦差了。本大人如何办案？误了皇上的大事，你们都等着咔嚓吧！"

冯月清："府尊……怎么办？"

魏敏中："还能怎么办？你等着咔嚓吧！"说完生气地站了起来。

冯月清慌忙："府尊，府尊……"

魏敏中："还叫什么叫？先把这客栈里住的客人全都给我抓了，关到牢里去！"

冯月清："抓、抓他们干吗？"

魏敏中："你是吓昏了，还是耳朵聋了？没听见钦差大人说我们暴露了他的身份吗？先把这些客人都抓走，免得走漏风声。"

冯月清："高，高明……"

30. 客栈北屋窗边　夜

胤祥看着胤禛苦笑了一下："邪吧！这下邪得我们也要到牢里去坐坐了。"

胤禛："也太邪了……"

31. 客栈西屋　夜

李卫匆忙走了进来："摆平了！都准备好，等他们一撤，我们就溜……"

突然，一阵混乱的敲门声和吆喝声："开门！开门！都出来，都他妈的给我出来……"

李卫："怎么回事？！"

思盈："不好，他们在抓客人。"

李卫："抓客人？抓客人干什么？辣块妈妈的！"

| 第三集　好风借力 |

岳思盈："你都跟他们说些什么了？"

李卫："还能说什么，不就吓唬吓唬。"

岳思盈："你别去了，让我去。"

32. 客栈院内　夜

客栈老板急得不停地向陈班头作揖打拱："陈五爷，这是怎么回事？怎么回事？"

陈班头胡乱喝道："他们都与一件案子有关，全都要带到衙门里去审问。"

客栈老板："不会不会，这里面好些人我都认识，都是良善商人……"

一些客人："是，是，我们都是良善商人……"

陈班头："全都闭上鸟嘴！再多嘴的，先打二十板子再说！"

33. 客栈北屋门外　夜

年羹尧："干什么？"

一名差役："不干什么，还有里面的人，都跟我们走！"

差役大喊："反了！反了！来人！快来人！"

"站住！"岳思盈说。

陈班头赔笑一揖："上差，有何吩咐？"

岳思盈："你们还嫌闹腾得不够吗？放了这些客人，带上你的人，都出去！"

陈班头："上差……"

岳思盈："还不出去！"

陈班头："是，是。出去！都出去！"

34. 客栈门外　夜

冯月清："府尊，您看……"

魏敏中："我说三条：第一，严格保密钦差的行踪，这里住的客人就地看管，一个也不许出客栈一步；对外就说钦差大人已经离开江都了。第二，添派人手，一律穿便服，严密保护钦差的安全。钦差大人走到哪儿就跟到哪儿。第三，你得想办法摸清楚钦差大人此行究竟是来干什么的。弄清楚后，立刻向我禀告。"说完，招呼他带来的人，"我们走！"

冯月清慌了："府尊，您到哪儿去？"

魏敏中："我还能到哪儿去？当然是回府。"

冯月清更慌了："那我……我怎么办？"

魏敏中："你自己拉的屎，自己吃了吧！"

35．客栈西屋　夜

这时又有人敲门了。李卫："敲！敲你辣块妈妈！"

李卫："干什么干什么？住了！住了！"

客栈老板："小人有眼无珠，不知是钦差大人光临鄙店，上回大人身体有恙，小人险些误了大人的金命，小人有罪！小人有罪！"

岳思盈："好了。不知者不罪，你出去吧。"

客栈老板："大人饶了小人的罪过了？"

李卫手一挥："饶了饶了，出去吧。"

客栈老板大喜："请问大人还要用些什么，只管吩咐下来。"

李卫："老子还要在你这里过年吗？本大人今天晚上就要走。"

客栈老板："大人要走？大、大人，您可不能走，也走不了了……"

李卫一惊："怎么说？"

客栈老板："这里里外外全是衙门的人……"

李卫："怎么？他们还没有走？"

客栈老板："怎么敢？不知道大人在这里便罢，知道了他们便有护卫之责。要不然大人有个三长两短，他们都要满门抄斩。"

李卫懵了："完了……完了……"

客栈老板："什么完了？"

李卫："你妈妈完了！"

客栈老板："我妈妈……"

李卫吼道："还不出去！"

客栈老板："是，是。"

李母又号了起来："这下好了，走不了了，哎哟，我真的要死了……"

36．江都县回江宁府的路上　夜

下属甲："府尊，您说这个钦差大人怎么看，怎么都觉着有些怪癖。比方说什么八府巡按，什么陈州放粮，那话是什么意思啊？"

下属乙："绝非怪癖，绝非怪癖！我觉得……其中有深意存焉。"

| 第三集　好风借力 |

　　魏敏中："什么深意？"
　　下属乙："听话听声，锣鼓听音，这次钦差来，面上是赈灾，内里……"
　　魏敏中："说下去。"
　　下属乙："他露面做的第一件事是什么？是法场放人。那是和太子有关的。"
　　下属乙压低声音："容卑职斗胆直言，钦差这次来十有八九是来查岳子风被杀一案的。"
　　魏敏中："嗯……说下去。"
　　下属乙："其实不只是我们，皇上心里也明白岳子风是被谁杀的。只是牵涉太大，没有证据，不敢兴起大狱……"
　　魏敏中："如果这样，对八爷有利。"
　　下属乙："府尊所见极是。这江南一带，谁的势力最厚？上至督抚，下到藩臬道员，都是太子经营多年的羽翼。太子已经被废过一次，虽然复位了，不过是皇上执两用中而已。最近八爷那边传过信来，说太子复位之后，日渐专横，多行不义，恐怕是覆巢在即，所以……"
　　下属甲："然也然也，此次钦差南下，醉翁之意……"
　　魏敏中："那你们说，下面我们怎么办好？"
　　下属乙："府尊刚才那三条就是最佳决策。钦差大人现在身在江都，就让江都县出面周旋，咱们嘛……八个字，不传不到，不问不答。"

37．客栈北屋　夜
　　胤祥："这位仁兄真有高的，差点儿没叫板起唱儿，包龙图都出来了。也邪性，还真的让他给蒙过去了。"
　　胤禛："迟早要穿底！已经这样了，咱们反正也走不出去了，见机行事，在一旁看着，先摸摸穴位再说。"
　　胤祥："这小子看来没什么他不敢干的，弄得太邪乎，咱们可真脱不了干系了。"
　　胤禛："没关系，他如果真敢太邪乎，我第一个就饶不了他！"

38．客栈西屋　夜
　　岳思盈："李大哥，我有个想法……"
　　李卫："什么好办法？"
　　岳思盈："看这个阵势，反正也走不了了，我想趁这个机会，弄清楚是谁害了我爹。"

李母叫了起来："你害得我们还不够啊？你真想让我们李家绝后……"

岳思盈："伯母……"

李母还要叫，被李卫一声喝道："好了！你要是不去抢米，哪来这些事？现在倒怪起人家来了！"

李母："反了反了！她是你什么人，我是你什么人，还没过门，倒帮起她来了……"

岳思盈又气又急："你……小满，咱们走！"

李卫："哪儿去？"

岳思盈："别挡我，我回房去！"

39. 客栈思盈房中　夜

小满怯生生地："姐，你哭了……"

岳思盈："弟弟，你说姐该怎么办……"

40. 李卫房中　夜

李母："儿呀，妈知道你今年也二十了，到该娶媳妇的时候了，这不我们家穷嘛……眼下这个样子，她就是答应嫁给你，也带不走……"

李卫倏地坐起："妈，您说我们家穷了多久了？"

李母："没有十辈子，也有个八辈子吧……"

李卫："有财发，您想不想发？"

李母："发财？哪里有财发？"

李卫："这个钦差不当反正也当了，一个雷是顶，两个雷也是顶，我们何不大大地捞他一笔钱再走……"

李母："是哈……这倒是个好主意，你刚才为什么不早说？"

李卫："怎么说？人家还没开口，你就把他们气走了。她查她爹的案，我们捞我们的钱，这叫作两不误。为了您后半辈子三十年大运，我怎么也得蒙出这数儿来呀。"

李母："五千？"

李卫："太少了。"

李母："五万？"

李卫："太少了。"

李母："五十万？！"

李卫："有点靠谱了。"

第三集　好风借力

李母："哪来这么多钱？"

李卫："这些官一个个贪得库满屋胀的，狠敲一敲还怕他们不拿出来？"

李母笑了："我算没白养活你。"

41. 县衙内府　夜

冯月清恨恨地："魏敏中这个辣块妈妈的！脚底一抹油就跑了，把个钦差撂给了我，想看着钦差拿我开刀？真把我逼急了，我他妈告到八爷那儿去，谁也甭想好受！"

宋师爷："东翁少安毋躁，现在还没到意气用事的时候。当务之急是要让钦差大人先把火平了……"

冯月清："怎么平？"

宋师爷："不管怎么着，钦差驾临我县，这个接风宴总得要摆，只要他来了，摸摸口风，就知道他需要什么了。"

冯月清："嗯，有理。"

42. 李卫房间　日

李卫："他妈的，光吃管什么用啊！"

李母："吃！先吃去！指不定多少好东西呢。叫上他们，我们一块儿吃去。"

李卫："您就别跟着添乱了。您去干什么？"

李母："我是你妈！我怎么不能去吃？"

李卫："钦差出来有带妈的呀？"

思盈："叫我们来，有什么事？"

李母："县太爷要请吃饭。"

思盈："请吃饭关我们什么事？"

李卫："别斗气了。我妈昨天是胡说八道，现在她也想通了，黄泥巴掉在裤裆里，不是屎也是屎了。她也答应，趁这个机会查一查杀害你爹的凶手。"

岳恩盈："真的？"

李卫："你问她。"

李母连忙接言："真的，真的。"

岳思盈："伯母在上，小女子失礼之处，烦请海涵。"

李母："好说，好说。"

李卫："你们慢慢聊，我赴宴去了。"

岳思盈："记住，多吃少说。"

43．县府内堂　日

陈班头："来了，来了！"

冯月清："好！好！能来就好！"

随着一声"钦差到——"，李卫迈着方步进来了。

冯月清："下官冯月清为上差接风洗尘。"

冯月清："上差请。"

李卫："酒……不醇。"

冯月清："这是真正的陈年女儿红。"

李卫："多少年？"

冯月清："十五年。"

李卫："我喝过三十年的。"

冯月清："那是那是……"

李卫："这是……"

冯月清："清江鲫鱼。"

李卫皱了皱眉头，装作什么也吃不下的样子放下了筷子："哎呀……都说江南好东西多，看来看去，吃来吃去，也就是这几样东西。"

冯月清："区区江都，地处乡间，怎么能和京城相比。"

李卫："你是不是怕我打你们的秋风，有好东西不肯拿出来呀？"

冯月清："上差取笑了……"

李卫也笑了："你的心我领了，我也不想难为你。我的肚子不大，吃不了什么东西。好了，就这样吧。有什么事到客栈找我。"

44．客栈李卫房间　日

小满："这么快就回来了？"

李卫："什么都先别说，你快去厨房帮我拿二斤包子，我都快饿瘪了。"

45．县衙内堂　日

冯月清："挑好了？"

宋师爷："挑好了。这是董香光的《山居行旅》图，临的是范宽，算得上是晚年之作

| 第三集　好风借力 |

中的上品。如今京城里董香光的画乃是寸纸寸金，王公大臣趋之若鹜。"又打开一卷："这是文徵明的一幅中堂。"

冯月清："肯定不是赝品吗？"

宋师爷："翰香阁的刘掌柜亲自送来的，还特意请了几个掌眼的，都仔细看过了。确是真品无误。"

冯月清："备轿。"

46．鸿禧客栈李卫房间　日

冯月清："小县贫瘠，不比日下帝京的风物之盛。这是下官的两幅家藏，就怕不入上差的法眼。"

李卫故意不去看那两个锦盒："我就是一句玩笑话，不必认真嘛，你以为我真的要打你的秋风不成？"

冯月清："哪里哪里，这也是送一点雅玩，供上差清赏而已。绝无他意。"

李卫："唉，一遇到水旱飞蝗的，皇上急，我心里也急。"

冯月清："居庙堂之高，则忧其民，上差恤民之心，可比先贤。"

李卫一句也没听懂："啊……啊……这个这个，现在嘛，到处都是灾民，还是要把心思放在救灾上。"

冯月清："是是，下官一定用心当差。"

李卫："好了，你先去吧，有事我会叫你。"

李卫："听见没有，他说这是他家藏的宝贝！"

李母："看看是什么？"

李卫："慢点，别碰坏了。"

李卫横看竖看看不出个名堂："妈妈的，什么破东西！拿这么两张又黄又旧的破纸糊弄我，辣块妈妈的！小满！小满！"

47．客房门外　日

胤祥："那位县太爷干什么来了？"

小满："送礼呀。这不。"

胤祥："是什么？"

年羹尧："好手笔……董香光的珍品。"

小满："大哥让给退回去。"

胤祥有些诧异地："哦？你们大人不收？"

小满："我们大人说了，这又黄又旧的狗屁不是，连他们家糊墙的都比这白净。"

48. 县衙内堂　日

冯夫人进来："人打扮好了，是不是现在就送去？"

冯月清："让她进来。"

石榴："老爷。"

冯月清："去了干什么都知道了吗？"

石榴："太太跟我说了。"

冯月清："去了以后，有什么本事就要用什么本事，真能把钦差伺候顺了，也算你攀上了一个高枝。"

石榴："谢老爷抬爱。"

冯月清："还有，钦差那边儿的一举一动，你都要告诉我。一点事都不能漏！明白吗？"

石榴："明白。"

49. 思盈的房间　日

小满："你要走你走，我反正不走。"

思盈："不行，我们不能留在这么龌龊的地方！"

小满："姐，你这也太不仁义了吧，人家李大哥多对得起咱们呀。再说，我们还得指着他为爹申冤报仇呢。"

思盈："指他？你还看不出，这个人又贪财，又好色。这不连女人都收下了。"

小满："人家送来了，他不收怎么办？不收那不露馅了吗？"

思盈："住口！你怎么变成这样？爹当了一辈子的官，收了人家什么了？"

小满："李大哥这不是假的吗？"

小满："姐，你别气，跟他说，叫他别收就是……"

思盈："他收不收，关我什么事！"

这时，李卫进来了。

岳思盈："你来干什么？出去，给我出去。"

李卫："怎么了？这又怎么了？"

| 第三集 好风借力 |

50. 李卫房中 日

石榴："您说大老远地来,虽说是钦差,可也是车船店脚的辛苦不是。"

李母："辛苦,可不是辛苦吗。"

石榴："俗话说,在家千日好,出门半日难,您说要是再连个沏茶倒水、晚上能给暖暖脚的人都没有,那不就更没意思了不是?"

李母："这闺女可真会说话。"

石榴："瞧您这慈眉善目的,是他什么人呀?"

李母："我是……嘿,这么说吧,他是吃我奶长大的。"

石榴："哦……奶妈!难怪人家说吃谁的奶长大了像谁,要不说,还真当您是他的亲妈呢。您奶大的孩子如今那么有出息,日后一定是出将入相,您老的造化还在后头呢!"

李母眉开眼笑地："我就爱听这吉利话儿。你说你这么个可人疼的闺女,你们老爷也真舍得往这儿送?"

石榴："瞧您说的了,别人想来还没这个造化呢。"

李卫一拦："你从哪儿来回哪儿去,我这庙小,养不下这么多神儿。"

石榴眼泪说来就来："求老爷了,您千万别把我送回去,要是把我送回去,那边儿一定说是我不会伺候,得罪了钦差。那我可就没活路儿了……"

李母："哭什么,谁说让你走?进屋擦把脸去。我跟他说。"

李母："你缺心眼儿啊,送上门儿来个大姑娘你不要!"

李卫："您知道什么呀!"

李母："我知道什么呀,我什么都知道。你那眼神儿老往盈姑娘那儿瞟,当我没看见?你就拉倒吧!人家盈姑娘,那是正经人家儿的大家闺秀,就是遭了难也比你高一截儿,能看得上你呀!"

李母："听我的没错,就算你这把什么都没捞着,不花钱捞着个媳妇儿也值啊!"

51. 鸿禧客栈的一个角门处 日

陈班头："钦差有什么动静没有?"

石榴："看不出什么动静。"

陈班头："见什么人了吗?"

石榴："没有。不过……他好像挺着急,总是坐立不安的。"

陈班头："对你怎么样?"

石榴："他一开始要轰我走,是让他那个奶妈给劝住了。"

陈班头："那个老的是他的奶妈？真他妈摆谱！听着，你要尽量靠近他，他说什么，想什么，喜欢什么，能探听多少探听多少，明白吗？"

52. 李卫的房间　日

李卫："你听见他们说什么了吗？"

小满："没听全，我就听那个班头说什么让她探听钦差想什么、喜欢什么……"

李卫笑了："好嘛，送来个卧底的。"

小满："一脚把她踹出去！"

李卫："别，留着她……有用、有用！"

53. 胤禛的房间　日

胤祥："说些什么？"

胤禛："还能说什么。太子、老八他们很久没见到我们，都在打探，是不是我们俩下了江南了。"

胤祥："看这个样子，要瞒也瞒不了多久了。"

胤禛："瞒一天算一天吧。"

胤祥："我们被困在这里，还真便宜了旁边儿那浑小子了。看见了没有，县太爷又给他送了一个狐狸精来。"

胤禛一笑："让他美一天算一天吧。"

54. 李卫的房间　夜

石榴："老爷有什么不顺心的事吗？"

李卫："家家有本难念的经啊……"

石榴："是不是有什么人让您不高兴了？"

李卫："真要是有哪个当官的让我不高兴，我早就抬手宰了他了。可那是我的亲家公啊，真是伤脑筋……"

石榴听得很认真："老爷您位高权重的，还有什么办不成的事？"

李卫："我的那位亲家公，在保定那边看上了几百垧地，想跟我借钱，我哪里有让他买几百垧地的钱哪。"

石榴："我不信，您连买几百垧地的钱都没有？"

李卫："你们这小门小户的，哪儿知道我的难处。你知道我每年养活底下人就得用多

第三集　好风借力

少银子吗？我家里还养着两只老虎呢。一天得吃一头牛啊。"

石榴："哎哟，那可怪吓人的。"

李卫："皇上给的那点儿银子哪儿够用啊。"

55. 县府内堂　夜

冯月清："缺钱？哎呀。还有比这更容易的吗？早说呀！"

宋师爷："可是……明呼直令地往里抬银子怕是不好吧。"

冯月清："谁说银子了，金子！要送金子！"

宋师爷："那怎么说呀？"

冯月清："说什么，什么也别说，说什么都不合适，明天一早就送，从后门儿抬进去，放下就走。"

56. 鸿禧客栈角门处　晨

57. 院内　晨

58. 李卫房间　晨

59. 屋外　日

60. 胤禛房间　日

胤禛："有多少？"

年羹尧："两箱子，估计有四五千两的样子。"

胤祥："要我看，那小子这几天磨磨蹭蹭的，也许就等这个呢。"

胤禛："不能留他了，他要敢收，我就拾掇了他！连那个狗屁县令一块儿拾掇！"

胤祥："这个县令冯月清，可是老八的门生。"

胤禛："那就更不能留下话柄。现在是什么时候，皇阿玛病倒，乾清宫无主，太子在那里舞袖弄权，老八、老九还有老十四，几个阿哥都跟乌眼儿鸡似的。要是知道咱们在这儿收金纳银、贪墨索贿，那还不闹出个大天来。"转对年羹尧："你去给我盯紧了，只要他敢离开那个屋，就给我抓起来！"

61．李卫房间　日

小满："那小狐狸精呢？可别让她看见。"

李卫："我把她支使走了。等她回来让她看见什么都没了，让他们一块儿傻眼吧。我说妈呀，您就别在那儿瞎念叨了，赶快收拾东西，不管天塌下来，天一擦黑儿咱们就走。"

李母："别胡说，什么叫瞎念叨，我这儿敬菩萨呢。你说这菩萨睁眼还真是不分时候……"

李卫："这一包是你的，留着娶媳妇。"

小满："大哥，你这么做就见外了，咱们谁和谁呀？还用分吗？"

李卫："行！看见金子还能有这话，日后必是条汉子！"

小满："钱算什么，你要是不嫌弃，就收我当兄弟。"

李卫："就冲这句话，哥哥我认你了！"说着又拿起一包："这一份儿是给你姐的，不管往后是什么样，我得对得起她，总得给她留点儿压箱子底儿私房钱。"

小满："我把我姐叫来，你当面儿给她。"

思盈："不用叫，我来了。"

小满："姐？你……这是干什么？"

小满："姐，李大哥说，这是给你压箱底儿……"

思盈语中带泪地："你没出息！你不是我们岳家的后代！"

李卫："你……你这是干什么？"

思盈："李卫！我真没想到你是这样的人！你假装钦差，要真是行侠仗义，为老百姓做点儿好事，我愿意陪着你掉脑袋。没想到你就是为了这个！这是什么钱，这是哪儿来的钱？你口口声声贪官的钱不拿白不拿，一个七品县官一年的俸禄是多少你知道吗？这些钱还不都是百姓身上搜刮来的！我爹一辈子和这些人斗，最后落了个家破人亡。你倒好，坐在这儿分起钱来了！你分吧，你花吧，你和他们没什么两样！要不是看在……我现在就能杀了你！"

小满："姐……"

思盈："你跟着他吧，我没你这个弟弟！"

小满："你上哪儿去？"

思盈："我去给咱爹妈报仇！"

| 第三集　好风借力 |

62. 院内　夜

一名侍卫低声问道:"是不是现在就抓他?"

年羹尧:"不急,你们先回屋去待着。"

年羹尧:"这么晚了,大人在想什么呢?"

年羹尧:"大人是不是有什么发愁的事,需要小的们给你办?"

李卫:"说来你们这些做下人的也不明白,这做官哪还真有做官的难处。"

年羹尧:"什么难处?"

李卫:"比方说这钱吧,没有日子又紧,要多了又是个贪官。唉,左右为难哪。"

年羹尧:"大人说这话什么意思?"

李卫:"实话告诉你吧,那个狗屁县令给我送来了两箱金子,收嘛坏了我的名头,不收嘛我妈又生气……"

年羹尧:"那个老太太是你妈?"

李卫:"不……是我奶妈,从小喝她的奶长大,跟妈也差不多。"

年羹尧:"那您怎么办?"

李卫:"算了,不孝就不孝,这钱老子不能收。"

年羹尧:"您不收这钱了?"

李卫:"不收了。你不是说听我的盼咐吗,叫两个人帮我把这金子抬着送还那个贪官!"

63. 县衙　日

一声"钦差大人到——"

64. 县府内堂　日

冯月清:"上差驾临,不知有何示下。"

李卫:"我是来谢谢你给我送的东西。"

冯月清喃喃地:"一点薄仪,不足挂齿……"

李卫:"没你们的事了,回去吧。"

李卫:"你一个七品县令,一年的俸禄是多少?"

冯月清:"是……是……不知上差何意。"

李卫:"你给我送的那两箱子东西,就算从你爷爷那儿就当县官,也凑不齐那么个数儿吧?"

冯月清："那是、那是卑职……"

李卫一拍桌子："算了吧！什么卑职，你他妈就是一个贪官！"

李卫："你以为我没见过钱？我告诉你，我们家连喂猪的泔水桶都是玉的！"

冯月清："是、是……"

李卫："送点儿钱就能让我免了你的罪吗？"

冯月清蒙了："我不知道……钦差所指……"

李卫咬着牙："你记性不好，我的记性可不错。"逼向冯月清："我问你，到底是谁杀了岳子风一家？"

李卫："怎么，还是那天的那几个叫花子？你到底知道不知道？"

冯月清："我不知道……"

李卫："不知道你就杀人？"

冯月清："我、我知道……"

李卫："知道你不说？"

冯月清："回大人的话，此事干系实在太大，且与本县无关。"

李卫："那和谁有关哪？"

冯月清："上差乃是天子近臣，知道的应该比下官多才是。"

李卫："你想考我？"

冯月清："绝无此意。"

李卫："就是……就是因为我知道的比你多，我才要问问你知道了多少。我可告诉你，你要是说错一句话，我杀死你就跟碾死一只蚂蚁那么容易。"

冯月清："是是，大人说得极是。正因如此，下官才不敢妄置一词。"

李卫："这还算你聪明。你……现在就跟我一个人讲，闯进岳子风家杀人的，到底是什么人？"

冯月清："据下官所知……"旋即改口："请上差容以时日，我将尽全力追查复命。"

李卫："我给你三日之限，查不出凶手，你提头来见！"

65. 江宁府衙外　日

66. 府衙内　日

魏敏中："我明白了……"猛一击案："我明白了！"

| 第三集 好风借力 |

下属甲："我也明白了，自从钦差平地而出闯了法场，行踪如此诡秘，我就觉得里面另有文章，原来果然是这么回事……"

冯月清："学生还不明白。"

魏敏中："既然同是八爷的门下，也可以让你知道。据八爷那边传来的信说，自太子复位之后，行为日渐不轨。近来又趁皇上病卧之际，专权擅越，不臣之心已经显露无遗。看来钦差此行，一定是奉了上意。"

下属乙："要借岳子风被杀一事，来做倒太子、废东宫这篇大文章！"

下属甲："不错，确有深意存焉。"

冯月清："他现在要追查凶手。"

魏敏中："好啊，太好了！这是个马蜂窝，我们想捅都不敢捅，如今有人代这个劳还不好。"回问下属乙："知道闯岳子风府的是哪拨人吗？"

下属乙："有消息说，是江北大营的人干的。"

下属甲："那就对了，这江北大营的人是徐臬台奉了太子之命遥控的，人称臬台衙门的第二亲兵。"

魏敏中："好，交出去！"

下属甲："咱们出面？"

魏敏中："不，听钦差的，让他干！干好了咱们在八爷面前领赏；干砸了让他去面对皇上和太子。只赚不赔的事，何乐不为？"

冯月清："他要让我出人我给不给？"

魏敏中："调动关防是人家钦差的权力，府县两衙门的人听他调动，要人给人，要兵给兵！"

67. 李卫房中　日

李母："金子呢？金子呢？怎么一转眼的工夫就没有了？"

石榴："什么事，这么焦急？"

李母："你看见那两个箱子了没有？"

石榴："哪两个箱子？"

李母："就是昨天县太爷派人送来的。"

石榴："今天一早，李大人让人给抬回去了。"

石榴吓了一跳："您这是……怎么了？"

李母昏天黑地地："金子——金子——"

石榴劝慰:"老太太,没关系,不就是钱吗?这有什么的。现如今只要当了官就不愁没钱,我们老爷才是个县官儿,钱就哗哗的,咱们李大人是钦差,您想想……"
　　李母:"他狗屁钦差!一个穷要饭的,装钦差装糊涂了!见着钱都不要了……"
　　石榴一惊:"什么?穷要饭的……"
　　定格。

第四集　龙蛇首尾

1. 毓庆宫　日

太子好久才咬着牙说道："好哇，果然是派老四和老十三查我去了……"

詹事："太子爷，箭在弦上了……"

太子："把留守京城的上书房大臣叫来！"

詹事："嗻。"

2. 上书房　日

太子："让徐祖荫补江北大营提督一事，我已经让吏部和兵部合议过几次了，上书房马上拟一道旨意，徐祖荫以江苏按察使，兼领江北大营提督。"

太子："怎么，不领旨吗？"

隆科多："回太子的话，江北大营提督是二品衔，徐祖荫现在只是从三品的臬台，连跳三级，升迁过快了。"

太子："三级怎么了？大清律典上有三级不可跳一条吗？当年高士齐一天之内连升七级，当朝的事情，你们不记得吗？"

隆科多："那是不是派人到热河请示一下皇上？"

太子咬着牙："我一个监国太子，放一个二品提督，还要请示皇上吗？"说着猛一拍桌子，"拟旨！现在就拟旨！"

3. 鸿禧客栈外　日

4. 胤禛房间外　　日
侍卫："这是上书房隆科多大人传过来的密札。"

5. 胤禛房间　　日
胤祥："四哥，太子撤换了京城的九门提督，现在又想让他的人接管江北大营。"

胤禛一震："让谁？"

胤祥："江苏臬台徐祖荫。"递过信："这是隆科多刚刚传过来的。"

胤禛："自作孽，不可活啊……"

胤祥："莫非他真想趁乱逼宫不成？"

胤禛："皇阿玛那边有消息吗？"

胤祥："现在京城里已经很乱，隆科多希望咱们在这里留心。"

胤禛："他的担心有道理。别的不说，江北大营一定得稳住，如果真的生变，江北大营几万人马来个进京勤王，那可真要天下大乱了。"

胤祥："徐祖荫是个什么人？"

胤禛："他是太子的包衣奴才。"

胤祥："先搞掉他。"

胤禛："得有理由。"

胤祥："看样子，真的要来点邪的了！"

胤禛："亮工！"

胤禛："西屋那小子现在在做什么？"

年羹尧："暂时还没有动静。"

胤禛："盯紧点。"

年羹尧："是。"

6. 客栈西屋李卫卧房　　日
李母又怪笑了一下，低声地自言自语："有孙子了，就要有孙子了……"

7. 县衙内堂　　日
"妈的！"冯月清："好大的胆子！把老子戏弄惨了！抓起来！赶快去抓起来！"

陈班头刚欲应声，宋师爷："不急。太尊，还是稳妥一点的好。卑职的意思，这边让陈班头去守住他们，另外派人去禀报府台大人。不管真假，有府台大人在上面扛着，咱们

| 第四集　龙蛇首尾 |

就没有责任。"

冯月清:"有理,有理……"一指宋师爷,"你亲自去府台衙门,"又指陈班头,"你速速添派人手,给我死死地看住那座客栈!"

宋师爷和陈班头:"是。"

8. 县衙大堂口　日

陈班头大声吼道:"来人!"

一群差役:"头儿!"

陈班头:"带上家伙,跟我去鸿禧客栈!"

差役甲:"都带着呢。头儿,要不要去换衣服?"

陈班头:"换什么衣服?"

差役甲:"不是说护卫钦差大人要穿便服吗?"

陈班头:"钦差个屁!假的!"

众差役:"假的?!"

陈班头:"对,是假的,我们他妈都走眼了。走!"

9. 客栈李卫房间　日

李母轻声笑唤:"儿啊,儿啊。"

李卫蒙蒙眬眬答道:"睡觉呢……"

李母:"妈知道你们睡觉。初次为人……节省着点,别太伤着身子,啊。"

李卫:"乱七八糟,睡觉伤什么身子?"

李母:"妈知道你们睡觉。可太阳晒屁股了,让盈姑娘他们进来看到也不好……"

李卫:"妈,您今天吃了什么药,大姑娘似的……"

李母笑道:"儿啊,你是第一回,妈也是第一回嘛……"

李卫:"……什么我也第一回,你也第一回?"

李母:"傻儿子,你做丈夫是第一回,妈做婆婆当然也是第一回。"

李卫终于有些明白了:"做丈夫?跟被子做丈夫,跟枕头做丈夫?做丈夫有一个人做的吗?"

"一个人?"李母有些吃惊了。

李母:"她呢?"

李卫:"哪个她?"

李母："石榴呀。"

李卫："不是跟您睡吗？"

李母："没有呀，昨晚一吹了灯，她就下床了，我还当她……"

李卫一跺脚："拐场了！"

10. 思盈房间　日

思盈一脸怒气："贪财好色，害人害己！"

李卫："我什么时候贪财好色了？金子也退了，那个人……那个人一直跟着我妈睡的……"

思盈："她跟谁睡关我什么事？我只问你，她是不是已经知道你是假扮的钦差？"

李卫："我也没跟她说，应该不知道吧……"

思盈："你妈呢？你妈没跟她说吗？"

李卫："糟了！"

11. 李卫房间　日

李母怯生生地："我也没说别的，就说了一句你是一个穷叫花子……"

李卫："好，好。只说了这一句话就好。"

李母："我也说呢，这一句话打什么紧……"

"不打紧……"李卫，"不打紧！"接着又在另一边脸上打了一巴掌，"不打紧！"

"儿啊！"李母清醒过来，"就一句话，真的那么打紧！"

李卫："就一句话？这一句要顶一万句！辣块妈妈的老天，我怎么就生出这么个妈了！"

李母："你到哪儿去？"

李卫："找死去！"

思盈："真去送死吗？"

李卫叹了一口气："唉！我死了，你们怎么办？"

思盈："说正经的，你准备怎么办？"

李卫："到底下去探探风，他们知不知道，跟那些人一搭腔便明白了。"

12. 客栈北屋门外　日

胤祥："什么事？"

| 第四集　龙蛇首尾 |

年羹尧："看样子不对头，那些衙门里的人都换上公服了。"

胤祥和年羹尧碰一下目光："可能是露底了。都回房去，见机行事。"

13. 客栈院内　日

"哎嘿！"李卫干咳了一声。

李卫："这太阳蛮好啊……"

陈班头："是好。能看一眼就多看一眼。"

李卫："是呀。下了那么多日子的雨，好久没看见它老人家了……看起来，这雨也再不会下了，大水也会退了，本大人也可以回京交差了……"

陈班头："是呀。本小人也可以交差了。"

李卫又是一怔："对，对，我可以交差，你也可以交差，我们大家都可以交差了……哈哈哈哈……"

14. 县城北门　日

15. 李卫房间　日

思盈一惊："干什么？您这是干什么？"

李母："我对不起儿子，对不起我那死鬼，对不起李家的祖宗……盈姑娘，我求你一件事。"

思盈："有什么您起来说。"

李母："你不答应，我就不起来。"

思盈："您不说我怎么答应。"

李母："我说。我这儿子都二十出头了，还没有梦见老婆。现在他就要被抓去咔嚓了，盈姑娘你可怜可怜他，跟他拜个堂吧……"

李卫："妈，干脆你拿把刀把我咔嚓了吧！"

李母："你是我的儿，我干吗要把你咔嚓了？"

李卫："你咔嚓了我，省得我在这里丢人现眼。"

李母："妈想给你说门亲，丢什么人现什么眼了？"

李卫仰天长叹："辣块妈妈的老天，我怎么就生出这么一个妈了……"

小满对思盈轻轻说道："姐，我看李大哥蛮不错的……"

思盈："住口！"

李母又号了起来:"这下我们李家真要绝后了……"

16. 县府后堂　日

冯夫人:"这些就是她从那个假钦差那儿找出来的。"

冯月清:"……除了样子像,这料子做工都不对。"

冯夫人:"我也仔细看了,这是自己乱缝乱拼的!"

魏敏中:"还知道些什么?"

冯夫人:"她还从那个老太太那儿套出不少话来。"

魏敏中:"怎么说?"

冯夫人:"那老太太是假钦差的妈。假钦差把咱们孝敬他的金子退了回来,那老太太一生气漏了嘴,告诉石榴钦差是假的。"

"哦……"魏敏中转对冯月清,"先前,你查验过他的官防印信没有?"

冯月清摇摇头:"不过……我见过侍卫的腰牌,还有……那把剑!"

魏敏中:"连黄马褂都能自己缝出来,什么不能做假!他娘的,幸好没有点兵帮他去抓人……"

17. 客栈北屋　日

李卫说道:"你们立功的机会来了。"

胤祥:"什么立功的机会?"

李卫:"本大人可能有点麻烦,想借你们几样东西对付一下。"

胤祥:"什么东西?"

李卫:"一把剑,两个人。"

胤祥:"要这些干什么?"

李卫:"辣块妈妈的!那些个狗官老是怀疑我不是钦差。我呢,在下船的时候,又将钦差的官印落了。待会儿他们就会来和我过不去,我想借你们的东西唬一唬他们。"

胤祥:"等我们商量一下,再答复你。"

李卫:"要快。要不你们就没有这个立功的机会了。"说着走了出去。

胤祥:"怎么办?"

18. 鸿禧客栈外大街　日

| 第四集　龙蛇首尾 |

19. 鸿禧客栈外　日

20. 李卫房中　日
小满："不得了了，兵来了。"
李卫："妈的，东西怎么还不送来？"
李卫："辣块妈妈的！终于送来了。"
陈班头大吼的声音："把门守住！"
冯月清高呼的声音："钦差大人出来说话！"

21. 院内　日
李卫强作镇定："你们这是要干什么呀？"
魏敏中："我们查出最近有人在假冒钦差。为防有误，请上差出示官防印信。"
李卫："官防印信？"
年羹尧："钦差的官防印信是你们说查就能查的吗？"
李卫："是呀！老子的官防印信是你们说查就能查的吗？"
魏敏中："拿不出官防印信，就休怪我无礼了！来呀！"
"在！"陈班头和一众兵丁差役应声如雷。
魏敏中："都给我抓起来！"
"谁敢！"年羹尧一声大吼。
年羹尧："你是江宁知府魏敏中吧？"
冯月清："大胆！府台大人的名讳也是你能叫的？"
年羹尧："闭嘴！还没问到你。"对魏敏中，"你是康熙三十六年的进士？"
魏敏中有些蒙了："你怎么知道？"
年羹尧："如果我说得不错，你这官也当了快十年了吧。"说到这里他声音转厉，"久在官场，连冒犯了钦差是什么罪也不知道吗？"
"冒犯钦差……"魏敏中嘟囔。
魏敏中："钦差，我看是假的吧？"
李卫："辣块妈妈！你这官白做了。钱有假钱，货有假货，难道这钦差大人、八府巡按还有假的吗？"
魏敏中："我也是刚刚长的见识。拿来。"

冯月清："这是你穿的那件黄马褂，拿去看看。"

年羹尧："不就是一件黄马褂吗？来呀！"

年羹尧："他们都是钦差大人的随从，你们看好了。"

年羹尧："我这里还有一样东西，睁开你们的狗眼，看仔细了！"

年羹尧轻声说道："可以摘他们的顶子了。"

李卫半天没缓过神来："摘顶子、摘顶子……这还不容易？摘顶子！"

年羹尧低声说道："可以叫他们走了。"

李卫："对、对。妈的，还不走，在这儿等着过年吗！"

22. 客栈门外　日

魏敏中："明火执仗地来抓人，你、你到底想干什么？想找死你一个人去，还拉上我！我真恨不能现在、现在一脚踹死你！"

冯月清："我也……不知道，我真的不知道……"

魏敏中："知道是你说的，不知道也是你说的。现在好了，顶子没了，我这身家性命，十多年的官场前程……我告诉你，这件事你能摆平则罢，要是摆不平，你、你休想留下一具整尸！"

23. 客栈院内　日

李卫吓了一大跳："谁？！"

胤禛："钦差大人，司马懿兵退三十里了。"

李卫好像不认识："你是……谁呀？"

胤禛莞尔一笑："咱们屋里叙话如何？"

24. 县衙内府　日

冯月清："你这个吃里爬外的东西，害到你家主子头上来了！假钦差、假钦差，哪儿来的假钦差？是谁给你出的主意，让你给我下这个圈套的？"

石榴大口地喘着气："老爷……是老爷您让我去的……"

冯月清："嘿！你倒硬啊！"

冯月清："你说到底是怎么回事？"

石榴："我说什么啊……"

石榴哀号："老爷别再按了……"

| 第四集　龙蛇首尾 |

冯月清："府尊……"

魏敏中："这是干什么？"

冯月清："就是这个小蹄子，谎报军情……我现在要淹死她……"

魏敏中："淹死她我们的顶戴就回来了？！混账王八羔子！"

25. 县府后堂　日

魏敏中："我们本来是想干什么来着？"

冯月清："是……是……想起了，本是想协助钦差大人去抓杀岳子风的凶手……"

魏敏中："那你还待在这里干什么？！"

冯月清："可现在……现在咱们已经将钦差大人给得罪了，再去……"

魏敏中："不去更是个死！现在只有一条路，尽全力帮钦差大人抓到杀岳子风的凶手，戴罪立功！"

魏敏中一声大吼："还不去！"

冯月清："就去，就去……"对宋师爷，"走哇！"

26. 客栈北屋　日

胤禛对李卫："他真是这样说的吗？"

李卫："那个县令说，杀岳大人的是江北大营的人，驻扎在莫灵山庄……"

胤祥有些诧异："江北大营的人为什么会驻扎在一个山庄？"

思盈答道："那个庄主其实也就是徐梟台的死党，徐梟台将所有贪来的赃款都藏在那个山庄。为了保住这些赃款，徐梟台以防犯土匪为名，将江北大营的人调到了那个山庄。"

胤祥："这个徐祖荫来头不小哇。"

李卫："不就是那个什么梟台？梟台不就是三品吗？"

胤祥："你见过？"

李卫："当年在兖州的时候……"

胤祥气得发笑："行了，你也真敢胡说，那天在刑场上你就说你在兖州什么杀梟台。那是康熙二十四年的事，三十多年了，那时候还没有你呢。"

李卫："没我没关系，有你们二位呀，您二位不是真钦差吗？咔嚓一声，脑袋剁下来，不就结了？"

胤祥："就是真的钦差，没有证据，也不能随便杀人哪。"

胤禛："好了。我们现在也给你一个立功的机会。你敢不敢到莫灵山庄去把那些杀岳大人的人抓来？"

　　李卫："只要能为岳大人报仇，你们还能让我当两天钦差，没有什么我不敢干的！"

　　胤禛："好。只要你听我们的，按规矩办事，就没有关系。如果再一味邪着干，捅了娄子，我们也救不了你。"

　　李卫："嗨，大不了也咔嚓一声。我看你们二位挺面善，绝不是过河拆桥，忘恩负义的人。"

　　胤祥笑对思盈："我说盈姑娘，你们萍水相逢，他就能这么死心塌地给你报仇，看来这世上还真有好人。"

　　李卫："人家不领情。"

　　思盈："谁不领情了，还得给你跪下？"

　　李卫："跪倒不用，别动不动往这儿打就行了。"对胤祥："您不知道，她练过功，那一巴掌下来，也就是我吧。"

　　胤祥："打是疼，骂是爱嘛。"

　　思盈脸一红："说什么呢……"

　　胤禛："好，说正经的。你真想把这个忙帮到底吗？"

　　李卫："想又能怎么着？"

　　胤禛："认识这个吗？"

　　李卫："……这上面的字儿我认识俩，这是……门，这我知道，李卫的卫，本人的官讳。"

　　胤禛一笑："能认识两个就不错。我告诉你，有了这面腰牌，就算是名正言顺的给皇上办差的人。我把这个腰牌借你几天，你去给我将那些人抓来。"

　　李卫："好嘞！"

　　胤禛："咱们可说好了，第一，在案子没查清楚之前，你不许打我们的名号。第二，事情办成了，自然有你的一份功赏，如果办砸了……"

　　李卫："甭说了，我明白，"掂了掂手里的腰牌："办砸了，就说这玩意儿是从你们这儿偷的。咔嚓我，咔嚓不着你们。是这个意思吧？"

　　胤祥："你小子还真是个角色。"

27．县衙大堂　　日

　　魏敏中和冯月清一躬手："上差请——"

| 第四集 龙蛇首尾 |

李卫："搞什么搞……"

冯月清："请上差垂训。"

李卫："既然你们愿意戴罪立功,本大人就给你们这个机会……"

李卫："点兵!随本大人去莫灵山庄抓人!"

魏敏中和冯月清大声应道："是!"

28. 山路旁的一个茶棚 日

思盈："去莫灵山庄怎么走?"

卖茶的："从这儿往西,转过山就是了。"

29. 莫灵山庄 夜

30. 院内 夜

管带："什么人?"

兵丁："一个想翻墙的毛贼。"

管带："什么来路?"

兵丁："看样子不像有太大道行的主儿。"

管带："这几天风声有点紧,告诉上夜的弟兄们警醒着点儿。"

兵丁："嗻。"

31. 县衙前校兵场 夜

千总："各营集结已毕,请上差训示。"

李卫："兄弟我也没什么更多说的。一伙山贼假冒官兵意图谋反,你们给我一个不漏地捉来,卖命的事儿我也不让弟兄们白干,事成之后,每人赏银五两。"

李卫："出发!"

一名把总："请钦差大人上马!"

魏敏中："上差大人,卑职们怎么办?"

李卫："你们留在这里给我管粮草。"

魏敏中和冯月清："管粮草?"

李卫："对,管粮草!"

32. 莫灵山庄大厅　日

兵丁："主爷，管带大人，突然来了一队官兵把庄子给围了。"

管带："官兵？哪儿来的官兵？"

兵丁："是江宁府和江都县的。"

庄主："奇怪，他们到这里来干什么……"

兵丁："吵得很凶，说是来抓凶手。"

管带："莫非是那件事情露底了？"

庄主："不太可能。要是真有风吹草动，徐大人会给我们打招呼。"

管带："对。"转对那兵丁，"你从后边出去，骑匹快马，给徐大人送信，问问是怎么回事？"

军官甲："他们若是硬要闯进来怎么办？"

管带："把庄门关紧了，一个也不许进来！"

33. 山庄外　日

千总："现在看来，攻这个庄子不容易。光是这个庄门要想进去就很难。"

李卫："放把火烧了它！"

把总："靠近都很难，怎么烧？"

李卫："你们怎么不早说呀！咱们能不能弄两门炮来？"

武将："红衣大炮只有江北大营才有。"

李卫："那就给我愣打！"

陈班头："要我说……咱们围而不打，断其粮道。时间一长，也就不攻自破了。"

李卫："那得多长时候？"

陈班头："有个……十天半个月差不多了。"

兵卒："禀各位大人，抓住了一个送信的。"

李卫："带过来。"

李卫："你给谁送信？"

李卫："鼻子、眼睛、耳朵一样一样的给我往下挖。"

兵丁吓瘫了："我说，我是给徐大人送信。"

李卫："什么徐大人？"

陈班头："是不是臬台大人徐祖荫？说！"

那兵丁："是……"

| 第四集　龙蛇首尾 |

陈班头："把信拿出来！"

李卫："念！"

34. 一个小山丘上　日

35. 庄门外　日

李卫高声地："臬台人人有令，没有他的话，任何人不许擅自攻庄。你们都给我往后撤。"

36. 庄内　日

一兵丁："臬台衙门来人了，把攻庄子的兵给拦住了。"

管带松了一口气："我说嘛……人在哪儿？"

兵丁："还在门外。"

庄主："快请进来。"

37. 庄门外　日

一个兵丁："庄主有请。"

38. 山庄大厅　日

李卫："兄弟姓李，是徐大人的亲随。"

庄主："请李兄指教，官兵围寨是怎么回事？"

李卫："没有外人吧？"

庄主："都是自家兄弟。"

李卫："你们太大意了！"

管带："怎么讲？"

李卫："上次杀岳子风都谁去了？"

管带："我们几个都去了。"

李卫："你们为什么不斩尽杀绝？"

管带："我们该杀的都杀了……"

李卫："谁说的？他有一儿一女，你们知道吗？"

李卫："儿子叫岳小满，女儿叫岳思盈。对不对？"

81

李卫:"你们杀了吗?"

军官甲:"那个小妞有点身手,我们两个兄弟还被她砍伤了,想追,却被他们跑掉了。"

李卫:"他们跑到江宁府告了状。这个江宁知府也是个浑蛋,也不问问你们是谁,稀里糊涂地就派兵来抓人。"

庄主:"那现在怎么办?"

李卫:"徐大人已经知道了,他会赶过来亲自接手这个案子。让我先来告诉你们,绝对不会有事,让你们放心。"

李卫:"既然已经惊动了府县衙门,这个围要解,过场还是得走走。徐大人的意思是,江宁府不要去,地方大了太招眼。徐大人也不能到这儿来,他去江都县见你们,顶罪的人他已经选好了。那是个小地方,县官也好对付。"

庄主:"我们都去吗?"

李卫:"都去,徐大人说,让你们都把家伙带上,互相有个照应,真的要有什么人敢生是非,顺手做了他。"

管带:"好,就按徐大人说的做。"

39. 县府后堂　夜

李卫进来:"好了,徐大人刚才又传过话来,你们派去送信的人也见到了。徐大人那边已经起驾,用不了几个时辰就到。"

李卫:"上酒!"

李卫:"俗话说灯下黑,这里是县府,谁也不会找到这儿来。来,为各位兄弟压压惊。"

40. 后堂门外　夜

李卫低声地:"都放倒了,快招呼人。"

41. 后堂内　夜

42. 后堂门外　夜

李卫:"一个个的都给我绑结实了。上!"

第四集 龙蛇首尾

43. 客栈北屋 夜

"好！"胤禛，"亮工，你跟着岳小姐立刻到县衙去见李卫，叫他看好了那几个人，然后慢慢审问，一定要挖出指使他们杀害岳子风的主谋。"

年羹尧："嗻。走吧。"

胤禛有些兴奋："看来这个人还真是个可以造就之才。"

胤祥："那就收到你的府里去，调教调教，说不准能调教出一个怪才来。"

胤禛："再说，再说。"

44. 县衙内室 夜

魏敏中和冯月清同时急问："怎么样？"

陈班头："都抓住了。"

魏敏中："好！太好了！人赃俱获。"兴奋得来回踱着步："我大清有不杀言官的功令，这回是太子挟私，徐臬台授意，绿营兵动手，暗杀御史言官！有戏了！扳倒了太子，八爷那儿，我们也是大功一件！"接着又问陈班头，"那几个杀手现在是怎么处置的？"

陈班头："被钦差大人关在县衙。"

魏敏中："我们得立刻赶去，协助钦差看好他们，那是人证，一根汗毛都不能少。然后立即派加急告知八爷。"

45. 县衙后堂院外 夜

李卫："看清楚了，是不是这几个人？"

小满："没错，就是他们！"

李卫："你说咱们把他们怎么办？"

小满一脸的仇恨："杀了他们，给我爹报仇！"

李卫："杀了他们，你姐会高兴吗？"

小满："我姐会感谢你一辈子。"

46. 县衙大堂 夜

李卫："带上来！"

管带大喝："你到底是什么人？"

李卫："你现在才想起来问哪？晚了！"

庄主："用这种下五门的手段，下药抓人。你算哪路英雄！"

李卫："本路英雄常用这种手段。我兵不血刃，把你们请上了我的大堂，手段还不错吧？"

　　管带："你个下三烂的东西！"

　　李卫："辣块妈妈！暗杀言官，你们他妈的才是下三烂的东西！跪下！"

　　众衙役齐喝："跪下！"

　　管带："我劝你放聪明点儿，不用说你也知道我们是谁的人，徐大人话说就要接管江北大营，你就不怕尸骨无存吗？"

　　李卫："本大人一不怕骂，二不怕吓唬，下三烂对付了九烂，什么驴大人、马大人都是他妈的我手中的菜！"

　　管带："你敢怎么样？"

　　李卫："岳子风一家是你们杀的吧？"

　　管带："你审不着我！"

　　李卫："哦，我想起来了，在你们那庄子里的时候，你都招过了。行了，那就省事了。来呀，拉出去给我砍了！"

　　庄主和管带："敢？谁敢动！"

　　李卫："本大人没别的本事，就是胆子大！拖出去，咔嚓了！"

　　定格。

| 第五集　霸王开弓 |

1. 县衙外　拂晓
李卫："哎！"笑了，"这一招灵！拍哪儿？刚才是拍在哪个地方？教教我，教教我。"

2. 县府后堂外　拂晓
魏敏中："不要管我们了，快去，快去叫钦差大人刀下留人……"
陈班头："是。"

3. 县衙外　拂晓
小满："李大……人，别学了，先替我爹报仇吧。"
李卫："对，对，先报仇。"说着将手掌向下一劈，"动手吧！"
突然传来了陈班头的高声叫喊："刀下留人！刀下留人！"

4. 江宁臬台府后院　晨
知事："大人，大人……"
知事："王管带和郝庄主他们被钦差抓走了！"
徐祖荫："你说什么？"
知事："钦差在江都县出现了，带人到莫灵山庄抓走了郝庄主和王管带他们。"
徐祖荫："什么时候抓走的？"
知事："昨天晚上。"
徐祖荫："那些钱呢？"

知事:"还不知道。"

参将甲:"大人,不能让他们供出了您……"

参将乙:"还有那几百万银子……"

徐祖荫:"王参将。"

参将乙:"末将在。"

徐祖荫:"你即刻带人去莫灵山庄,务必将那些钱运出来,要隐蔽。"

参将乙:"是!"

徐祖荫:"你们嘛……"

徐祖荫:"为了太子爷的大事,要想办法让那些人永远闭上嘴巴……"

知事和参将甲:"明白了!"

5. 客栈去县衙的路上 晨

岳思盈:"人都抓到了,还这么急干吗?"

年羹尧:"你不知道,兹事体大。要是让徐祖荫得到了消息,会杀人灭口。"

岳思盈:"嗯。"

6. 县衙外 日

李卫:"听你们的,还是听我的……"

魏敏中和冯月清:"当然是听上差大人的……"

李卫:"听我的就好。"转对陈班头,"动手吧!"

陈班头:"大人!"

李卫:"嗯?!"

陈班头:"启禀大人,还得等等。"

李卫:"等什么?"

陈班头:"炮,炮还没有推来。"

李卫:"推炮干什么?"

陈班头:"大人有所不知,这杀人要是不放炮,他们便会冤魂不散,缠着……缠着……"

李卫:"缠着谁?"

陈班头:"缠着杀他的人!"

魏敏中和冯月清:"说得是,说得是。为了大人的金命,再等一等,再等一等……"

| 第五集　霸王开弓 |

李卫："不用了。我们到大堂里去等着，你们把人砍了就是。"对陈班头，"还不动手！"

陈班头："是……动手！"

7. 大堂内　日

陈班头大声禀道："禀大人的指命，八个人都杀了！"

李卫："杀了？"

陈班头又大声应道："杀了！"

李卫："杀了就杀了，吼什么？"

一个差役答道："启禀大人，没有放炮，他们不知道到底是谁杀的他们……"

李卫："好，好，说出来，好让他们来缠着我，是吗？好心思，好心思……"

李卫："是老子杀的！是老子杀的又怎么了？想当年在兖州……辣块妈妈的，谁敢来缠老子……"

陈班头："小人没有这个意思，小人们只是想让大人看一眼……"

李卫："免了！免了！……都给老子挂到外面的旗杆上去！"

陈班头和众差役："是！"

小满："杀了……"

李卫："杀了……我李卫，辣块妈妈的……也能杀人了……"

小满倏地哭跪在李卫面前："李大哥，你帮我爹报了仇，我和我姐谢你一辈子了……"

李卫："对了，你姐呢？你姐姐现在在哪儿……"

8. 县衙前　日

敲锣声和叫喊声："奉钦差旨意，杀人凶犯就地正法，人头示众喽……"

一个衙役喊着："奉钦差旨意，杀人凶犯人头示众喽……"

年羹尧："糟了！这个混混！"

9. 县衙后堂　日

魏敏中："我给八爷的信都发出去了，担保从这几个人身上要挖出拱倒太子的口供，现在好了，一句话没说，人都被砍了……八爷那儿怎么交代，怎么交代……"

冯月清："卑职一直在想一个问题，这钦差大人为什么急着要把杀害岳子风的几个人抓到？抓到了为什么一句口供也不问，又急着把他们都杀了？莫非钦差就是太子的人？"

魏敏中："妈的，我们着了道了……"

冯月清："不管怎么样，我们俩的顶子总算保住了……"

魏敏中："保住个屁！他们利用了我们，把那些人抓来杀了灭口，现在没有任何证据，他们就会把滥杀绿营官兵的罪名栽到我们头上。这一来，八爷以为我们投靠了太子，绝对饶不过我们，徐祖荫正好趁机把我们灭了！"

10. 县衙外　　日

衙役的敲锣声和叫喊声也传入他们的耳中："奉钦差旨命，杀人凶手人头示众喽……"

知事："这不太可能呀……"

参将甲："莫非这个钦差是太子的人？"

知事："不可能，太子来信说钦差是四爷和十三爷……"

参将甲："四爷和十三爷也可能是太子的人呀。"

知事："去，到县衙见到魏敏中和冯月清就知道了。"

11. 客栈北屋　　日

胤禛："正而不足，邪而有余！"

胤祥："这家伙真是邪得没谱了，一句口供没有，就把人给杀了。徐祖荫动不了了，太子追究起来，还能给咱们安个滥杀绿营官兵的罪名。"

年羹尧："他干的事，让他自己扛去！绝不能因他连累了主子。"

12. 县府后堂　　日

陈班头："启禀二位大人，臬台府张知事和一名参将来了。"

魏敏中："怎么样？这下好了……"

知事："真是辛苦二位了，你看看，又要迎奉钦差，还得协助钦差杀人，食君禄真是不易啊。"

魏敏中："哪里哪里……迎奉钦差是分内的事，杀人是钦差的事……"

冯月清："对，对。人是钦差大人杀的，与我们无关……"

知事："哦？钦差大人怎么想到要把江北大营的官兵抓来杀了？"

魏敏中："听说，听说他们是杀江南道御史岳子风的凶手……"

| 第五集　霸王开弓 |

知事："那一定有证据喽？"

魏敏中："证据嘛……钦差大人那儿想必是有……"

参将甲："什么证据？！"

魏敏中："这个我等就不太清楚了。"

知事："不清楚？不清楚就派兵协助钦差拿杀绿营官兵？！"

冯月清："知事大人切莫误会，我等有天大的胆子也不敢去抓江北大营的人哪……"

知事："可是你们已经抓了，而且杀了！等着听参吧！走。"

冯月清："看不得这副嘴脸……"

魏敏中："我更看不得你！徐祖荫要问起罪来，你一个人去扛！"

宋师爷和陈班头："太尊……"

冯月清："怎么办……我他妈的怎么办……"

宋师爷："只有一条路。"

冯月清："什么路？"

宋师爷："投靠钦差！"

冯月清："投靠钦差？要是钦差是太子的人呢？"

宋师爷："八爷这棵树太尊已经靠不住了。如果钦差是太子的人，太尊投靠了钦差就等于投靠了太子。要是钦差不是太子的人，就说明钦差是皇上的人，太尊投靠了钦差就等于投靠了皇上。"

冯月清："有理，有理！"

13. 客栈思盈房间　日

李母："听说你……杀人了。"

李卫："杀了，辣块妈妈的，八个，都杀了。"

李卫："怕什么怕？妈，没看见这些个家伙平时打起百姓来杀起百姓来那个狠劲。可在老子面前……我就这么一抬手，说一声，咔嚓了吧！就他妈的全都咔嚓了。哈哈！我们这些人平时都是等着挨他们杀的主儿，今天也能把他们给杀了……这鸟钦差当起来还真有点意思，要是能让我再多当两天，我把这些家伙，一个不漏地都给杀了……"

年羹尧："叫你呢。"

14. 客栈北屋　日

胤祥："还有那些赃银呢？"

李卫："赃银？什么赃银？"

胤祥："就是他们藏在莫灵山庄那几百万两银子。"

李卫："糟糕！辣块妈妈的，光顾了抓人，我把这事给忘了。"

胤禛："不要说了，你出去吧。"

李卫："要不我现在带兵去拿……"

年羹尧："出去！"

李卫："出去就出去，吼什么吼？"他又嘟哝道："过了河就想拆桥了，辣块妈妈的。"

年羹尧："主子，这个人……"

胤禛："不要说了！"

年羹尧："是……"

15. 客栈思盈房间　日

思盈："你杀了这些人，帮我爹报了仇，我感谢你……我们要走了，听我一句话，你和你妈也赶快离开这里，走得越远越好，"转对小满，"小满，我们走。"

李卫："就这样走了？"

思盈："杀我爹的真正仇人是徐祖荫，现在抓不到他了。我得到京里去告御状。"

李卫："哎，哎！没有抓到想办法去抓他就是，跑京里干什么？"

思盈："人证被你杀了，口供一句也没有，你凭什么去抓他？"

李卫被呛住了，过了一会儿："要不我们去求那几个真钦差，他们准定有办法……"

思盈："你以为他们还会在那儿等你吗？"

李卫："干什么不等我？他们不也是来抓杀你爹的凶手吗？"

思盈："你是个好人。这件事真不应该把你牵扯进来……"

李卫："你越说我越不明白了。干脆这样，杀错了人，我愿打愿罚。只要他们能想办法把那个什么姓徐的臬台抓起来咔嚓了，为你爹报仇就行。"

16. 客栈北屋　日

李卫："大人，大人……哥们！哥们……"

李卫："走了……他妈的真过河拆桥了……"

思盈："官场的事你不懂。他们是在利用你。现在没有了证据，他们不把你卖了出去已经是够仁义了。"

第五集 霸王开弓

李卫："你仁义吗？！"

李卫："我他妈为了给你报仇，跑到莫灵山庄抓人，差点连命也搭上了。现在……现在……他们一声不吭就走了。你呢也是说走就走。走吧！你们都走吧！我李卫说出去的话，吐出去的唾沫，绝不收回来。大不了搭上这条贱命，一定要把那个什么徐枭台抓来给咔嚓了！"

小满："姐，我们撇下李大哥他们就这样走了，是不够仁义……"

17. 徐枭台府客厅　　日

徐祖荫："很好，很好。你能明白这个道理就很好。起来，起来说话。"

魏敏中："大人不饶恕卑职，卑职就跪在这里不起来了。"

徐祖荫："你能够弃暗投明，今后就都是太子爷的人了，同事一主，说什么饶恕不饶恕？起来吧。"

18. 客栈李卫房间　　日

客栈老板在门外说话了："大人，钦差大人，本县冯县令来了，跪在院子里，求见大人呢。"

李卫："对了，还有江都县的兵役可以用，我们为什么不用？"

李卫："辣块妈妈的！一个雷是顶，两个雷也是顶！见！"

19. 院子里　　日

李卫："怎么，又把卧底的带来了？"

冯月清："岂敢岂敢？卑职上回冒犯上差，都是因为这个贱人。现在卑职将这个贱人带来了，交上差大人发落。"

李卫："发落了她你就没罪了？"

冯月清："卑职有罪，卑职有罪。还望上差念在卑职忠心耿耿，协助上差拿杀了凶犯。今后卑职唯上差马首是瞻，上差有何差遣，卑职愿意鞍前马后为上差效劳。"

李卫："哦……那好，你让我想想……"低声说："你是真的想跟我一辈子了？"

冯月清："想，想，卑职愿意侍候上差一辈子。"

李卫："砍下来的那几个人头还在吗？"

冯月清："已经埋了。"

李卫："挖出来，给我洗干净。"

冯月清："是是，这不难。"

李卫："你认识臬台衙门吗？"

李卫："你知道徐祖荫是谁吗？"

李卫："你把那几个人头，给我送到他那儿去。就说是我让送的。"

李卫："还干什么呢？等着我赏你呢，去呀！"

李卫："等等，"指了指石榴，"你把她带回去。"

冯月清："是是……但不知怎么处置才是？"

李卫："洗洗干净，把你现在的老婆休了，娶她当你的老婆。"

20. 县府院内　日

冯月清："我脑子不够用了，你帮我想想，钦差大人叫我将这八颗人头送给徐祖荫是什么意思？"

宋师爷："意思很明白，钦差大人是想告诉徐大人，人证已经除了，他可以高枕无忧了。"

冯月清："如此说来，钦差大人果然是太子的人了？"

宋师爷："十有八九。"

冯月清："那还不给我送去！"

21. 客栈思盈房间　日

岳思盈："你叫冯月清给徐祖荫送人头是什么意思？"

李卫："给他吃一剂迷药！"

岳思盈："迷药？"

李卫："对。让他以为我是太子的人，收下了人头，他就一定会跑到这儿来见我。等他一到，我就要江都县的人将他抓了，照样画葫芦，一刀咔嚓了他！然后我们'逃之夭夭，其叶蓁蓁……'"

22. 县府院内　日

冯月清："辛苦你了，立了这一功，本县升了官，依然带着你。"

宋师爷："谢太尊栽培。走！"

| 第五集   霸王开弓 |

23. 县衙门外　日

24. 县衙院内　日
一个家人："老爷，您快看看去吧，太太要上吊，绳子都拴房梁上了。"

冯月清："有福不享，添什么乱！"

25. 县府内堂　日
冯夫人："你写呀，写休书啊！你拦不住我。你写了休书我当场就死在这儿！"

冯月清："不是我，那是钦差……"

冯夫人："你少拿钦差说事！你巴不得呢！见着个小妖精就眉来眼去，见着个小妖精就眉来眼去，当我没见着过是怎么着。"

冯月清："天地良心，我从来没有……"

冯夫人："那好，这是一碗药，你当着我的面让她喝了！"

冯月清："可是钦差有话，真问下来……我可怎么……"

冯夫人："又是钦差，你少来这套！她不喝我喝！"

冯夫人："今儿我死定了——"

26. 臬台府后院　日
徐祖荫："你真的没有看错，这个钦差只有二十出头？"

魏敏中："没有看错，二十出头。"

徐祖荫："他那颗钦差官印是真的？"

魏敏中："青石印玺，龙钮阳文，千真万确！"

徐祖荫："你现在就回府去，有什么事我会找你。"

魏敏中："是。卑职恭候大人差遣。"

徐祖荫："好。"

知事："莫非那个钦差真是太子爷的人？"

徐祖荫："糊涂！太子的信里已经说了，钦差是四爷和十三爷，这个人才二十出头，是什么钦差。"

知事："是不是太子爷另派的钦差？"

徐祖荫："你这官真是越当越回去了！钦差只能是皇上派。连这一点都不明白？"

知事："卑职糊涂。那这个人……"

徐祖荫:"一定是四爷和十三爷挡在前面的替身!"

知事和参将甲恍然大悟地:"有理!有理!"

知事:"不管怎么样,他现在既然是以钦差的身份出现,知道了不去见他,总是不妥。"

徐祖荫:"真钦差是四爷和十三爷,既然他们不肯露面,就说明他们不敢现身。这个替身,我见不见他,他都奈何我不得。传我的话,按兵不动,一切等太子的信到了再说。还有,藏在莫灵山庄的那几百万银子一定要拿到。李参将,你即刻带人去接应王参将。"

参将甲:"是。"

徐祖荫:"取到了吗?"

参将乙:"启禀大人,找、找遍了整个庄子,都找不着那笔银子……"

徐祖荫:"再去找!找不到那几百万银子,提头来见!"

参将乙:"是。"

另一个下属:"启禀大人,一个人押着一车箱子来了,说是奉钦差大人之命送给大人的。"

知事:"莫非是那笔银子?"

徐祖荫:"叫他进来。"

27. 臬台府院内　日

28. 房内　日

徐祖荫:"什么?人头!"

知事:"对,是那八个人的人头。"

知事:"人头已经送来了,大人要不要出去见一下?"

徐祖荫:"银子没有了,倒把人头给我送来了……不见。人头也不收。那个人你去打发了。"

知事:"是。"

徐祖荫:"慢着。顺便探探口风,看那笔银子是不是被他们取走了。"

知事:"明白。"

29. 院内　日

知事:"这是什么人的首级?"

| 第五集　霸王开弓 |

宋师爷："就是杀死江南道御史岳子风的凶犯的首级。钦差叫本县的冯县令差我送给徐大人，叫徐大人放心……"

知事："钦差大人就叫你送人头来？"

宋师爷："是。就叫卑职送人头来。"

知事："没有别的东西？"

宋师爷："别的东西……"

知事："对。比方很多很大的箱子，沉沉的……"

宋师爷："很多很大的箱子，沉沉的。这个，小人就不清楚了。"

知事："那就算了。你回去回复钦差，就说徐大人说，本案的详情他并不知晓，钦差此举的意思也一时不能领会，所以，这几颗人头恕不能收。若有什么实在的盼咐，徐大人一定鞍前效力。这是答谢你的一百两银子，送客！"

30. 臬台府门外　日

陈班头问道："臬台大人这是什么意思？"

宋师爷："谁知道？回去吧。"

31. 鸿禧客栈　日

李卫："辣块妈妈的，不接招儿，这狗日的有两下子……"

思盈："我听钦差的手下说的，徐祖荫很快就要接管江北大营了。"

李卫："江北大营怎么了？"

思盈："如果接管了江北大营，这东南几省的兵权就归他了……"

李卫："就是说，那狗日的又要升官？"

思盈："这可不是一般的官儿。我听我爹说过，一旦升了武职，就不受地方刑律的约束，你想再抓就难了。"

32. 县衙内院　日

宋师爷："东翁，退回来了。"

冯月清："什么退回来了？"

宋师爷："人头退回来了。"

冯月清："退回来……你怎么这点事都办不成！钦差那里如何交差，钦差那里如何交差……"

冯夫人在里面大喊着："我让你看着我死——"

冯月清："我这是……我这是……我他妈的我！"

冯月清："死！咱们一块儿去死！"

33. 客栈大院　日

李卫："几颗人头都送不出去，你还来干什么？"

冯月清："卑职无能，特来向上差请罪。"

李卫："徐祖荫说了些什么？"

冯月清："他说……他说这几个人的事他一点也不知道……"

李卫："没有说要来拜见我？"

冯月清："没有。"

李卫："胆子真不小哇。"

冯月清："是，这个人出了名的骄横跋扈，谁也不放在眼里。"

李卫："那你就没有办法让他来见我了？"

冯月清："这个……这个……对了。我听宋师爷说，他们在打听什么很多很沉的箱子……"

李卫："说的是那笔银子？"

冯月清："大人，这个小蹄子……"

石榴哇一声哭了起来："求大人饶了我吧，让我干什么都行，千万别让我嫁给县太爷，那个母老虎太厉害了，她非把我一口一口地咬碎了不成啊……"

李卫："咬碎了好哇，咬碎了就真成了石榴了……"

石榴："干脆一刀杀了我吧，也比活受罪强……"

思盈："不要折磨她了，叫冯县令把她打发走吧。"

冯月清："不！这个小贱人害得卑职得罪了上差，饶她不得。"

李卫："那就把她留在我这里吧。"

冯月清："什么？上差愿意要她？"

李卫："我叫她留下来，什么愿意要她不愿意要她！"

冯月清："是。"

34. 思盈房间　日

思盈："你要她就要她，带到我这里干什么？"

| 第五集　霸王开弓 |

李卫："不急不急，等我说完。"说着转对石榴，"我本来可以杀了你的，知道吗？"

李卫："我让你嫁给谁你就得嫁给谁，你知道吗？"

李卫："我现在给你一条活路，你办好了，我就饶了你，办不好，我就还把你送回去。"

石榴："我办得好，一定办得好。"

35．客栈院内　日

李卫："冯县令，你真的愿意立功赎罪吗？"

冯月清："愿意愿意。"

李卫："那我问你，你知不知道朝廷拨下来修河的银子是什么银子。"

冯月清："知道知道，是官银，一色五十两一锭的台州锭。"

李卫："你那儿有吗？"

冯月清（支吾）："卑职那儿……"

李卫："有的话就给我拿十锭出来。"

冯月清："钦差大人要用，当然有。卑职这就去拿给大人。"

李卫："不要给我，给她。"

冯月清："给她？"

李卫："对，给她。"

36．臬台府大门外　日

37．西跨院的一间小房子里　日

知事："就是她，她说自己是冯县令府里的丫鬟。"

石榴："徐大人，您救救我……"

石榴："奴婢被冯县令和他的夫人逼得没有活路了，只有斗胆来求大人救命……"

知事："像，像是那笔银子。"

徐臬台："这些银子真是藏在你们县令的院内？"

石榴："是。好多大箱子，装得满满的。奴婢听那个冯老狗和钦差大人说是从莫灵山庄起出来的。还说要把它秘密运到京里去……"

徐祖荫："那个钦差是什么人，你见过吗？"

石榴："我也搞不清楚，反正有好些人，但是露面的只有一个二十来岁的钦差。"

徐祖荫："现在你们县的是哪些钦差？"

石榴："没有了，昨天晚上全走了。说是要去哪儿调兵来运这些银子。"

38．小院内　日

知事："大人真要亲自出马？"

徐祖荫："太子的大事迫在眉睫，没有这笔军费我无法掌管江北大营。冯月清那里只有我去，他才会乖乖地交出这笔银子。"

知事："万一……万一这是钦差的圈套呢？"

徐祖荫："我早想过了。四爷十三爷不敢露面，如果是别人冒名顶替，我就能以假冒钦差的罪名将他除了！"

知事："大人高见！"

39．客栈院内　夜

李卫："我妈就交给你了……万一我真的斗不过他，回不来，你就帮我养老送终。"

思盈："不要说了，你妈和小满我都安排好了，叫他们连夜就走，到一个地方去等我们……"

李卫："等我们？"

思盈："是。我不能让你一个人去冒险。"

李卫："你也跟我一起去？"

李卫（喜心望外、自言自语）："辣块妈妈，今天只许成功，不许失败……"

思盈："你说什么？"

李卫："没说什么。我就不信斗不过这个辣块妈妈的徐枭台！"

思盈："官场上的事你知道得太少了……"

李卫："我从来也没想知道。"

思盈："那你就很难斗赢他们。碰准了一次算你走运，不可能让你把把都碰上。"

李卫："没那事！掷起骰子来，我要几就能是几，我要长天就不来大地。你信不信。"

思盈（凄然一笑）："那我信。可是人家不跟你玩掷骰子。他们玩的你不会。他们心狠手辣，诡计多端，杀人害人眼也不眨一下。"

李卫："没事。跟你在一起，死了也值。"

第五集　霸王开弓

思盈："以后不要再说这样的话！"

李卫（大窘）："我说什么了……我说什么了……"接着将头望到天上，"今儿的月亮好大呀……"

思盈："不说了，走吧。"

40．县衙院内　日

冯月清："按您的吩咐，这都是挑选出来的，索绑拿人，都是里手。"

李卫："每人先赏五两银子，事成之后加倍。"

冯月清："为上差效力，何必重赏。"

李卫："你要是出不起我那儿有。"

冯月清："出得起，当然出得起。"

李卫："那就赏！"

冯月清："赏、赏。"

41．县衙　夜

李卫："上次杀那八个军官你们都在吧？"

众："在。"

李卫："上次是八个，这次可能要多一点，大家更要上点心。到时候我一声拉出去，你们不要管别人，只管拉住徐祖荫，拖出去，咔嚓一声，痛痛快快把脑袋给我剁下来完事。明白吗？"

众雷霆般的一吼："是！"

陈班头："来了！来了！"

李卫（大声喊道）："娃娃们，散开了！"

定格。

第六集　争强斗硬

1. 云水寺　夜

两个侍卫（低声）喝道："谁？"

年羹尧："我。"

年羹尧："十三爷，徐祖荫带人到江都县了。"

胤祥："哦？"

年羹尧："那个混混在县衙里埋伏了一些差役兵丁，看样子有一场火拼。"

胤祥（急得骂娘）："妈的！越搅越邪了！"

胤祥："快，告诉四爷。"

胤禛："法师，这里为什么叫作云水寺？"

和尚："取'云在青天水在瓶'之意。"

胤禛："'云在青天水在瓶'老和尚做什么解？"

和尚："顺其自然。"

胤禛："听见了吗？"

胤禛："顺其自然，不要管他。"

2. 县衙门外　夜

徐祖荫："停！"马队停住了。

知事："这么晚了门还开着，莫非有诈？"

徐祖荫："一个县衙，能诈到哪儿去！下马，大队留在外面，你们跟我进去。"

3. 大堂两侧厢房　夜

| 第六集　争强斗硬 |

4. 县衙院内　夜

参将甲（大声喊道）："臬台大人驾到！"

5. 大堂靠山后面　夜

外面喊声："臬台大人到了，有活人出来一个！"

李卫（低声）道："你出去接招。"

冯月清："我接招……"

李卫："怕什么？有我呢。"

冯月清："是……是……"李卫："抖什么抖？"

冯月清："启禀上差，卑、卑职想去方便一下……"

李卫："嗨！要上阵了偏遇上个尿裤子的。那好，你去方便，方便一辈子去吧！"

冯月清："上、上差息怒，卑职这就去接招。"

李卫："把胆子放大了，后面有我。"

冯月清："大，大……"

李卫："去吧。"

李卫："辣块妈妈的，我也想方便了……"

李卫："还是忍着吧……"

6. 县衙院内　夜

冯月清："卑、卑职江都县令冯月清给臬台大人请安……"

冯月清："大、大人深夜降临，有何吩咐？"

知事："你自己心里明白。"

冯月清："明白，明白……请问大人，明白什么？"

徐祖荫（笑，语气出奇地温和）："不必惊慌。来，大堂里说话。"

7. 县衙大堂　夜

徐祖荫："听说冯兄立了一件大功？"

冯月清："什么大功？"

徐祖荫："一下子就协助钦差杀了几名绿营官兵，这件功劳还不大吗？"

冯月清："大人误会，那是钦差大人的手笔，与卑职毫不相干……"

徐祖荫："那几百万银子呢？也与你毫不相干吗？"

冯月清（急）："几百万银子？天地良心，卑职一辈也没见过什么几百万银子……"

徐祖荫："石榴，见过吗？"

冯月清："石榴？见过，见过，那是五月开花，八月结果……"

知事："不要装疯卖傻了！"

知事（喝道）："带上来！"

冯月清："她，她……"

徐祖荫："她也是五月开花，八月结果吗？"

两名参将（助威）："说！"

冯月清："不干卑职的事，这都是……都是钦差大人的指命，不信……大人可以问钦差大人……"

徐祖荫："什么？钦差大人在哪儿？"

冯月清："就在……就在后面……"

徐祖荫："嗯？！"

8. 大堂靠山后面　夜

李卫（低声）："叛徒！王八蛋！"又对思盈，"藏不住了，出去吧。"

9. 县衙大堂　夜

李卫（铆足了劲儿）："哎嘿！"

李卫："下去。"

李卫："下去。"

知事："你、你说什么？"

李卫："这儿是你们站的吗？下去！"

李卫（大声）："上谕！"

岳思盈喝道："闲杂人等退下。"

徐祖荫（低声喝道）："退下。"

李卫（胆气大壮）："徐祖荫！"

徐祖荫："臣徐祖荫恭请圣安！"

岳思盈（低声）："说圣躬安。"

李卫："说圣躬安！"

徐祖荫："上差说什么？"

| 第六集　争强斗硬 |

李卫："没听清就算了！"

徐祖荫："是。"

李卫："你就是江苏臬台徐祖荫？"

徐祖荫："卑职就是徐祖荫。"

李卫："臬台是干什么的呀？"

徐祖荫："裁断一省谳狱，司秉法量刑之职。"

李卫："哦……那个……那个江南道御史又是干什么的？"

徐祖荫："查视官吏民情，开通言路，为朝廷拾遗补阙。"

李卫："那就是说你们俩一个卖萝卜，一个卖白菜，谁也碍不着谁是吧？"

徐祖荫："各有职司而已。"

李卫："江南道御史岳子风，和你有仇吗？"

徐祖荫："同朝为官，同事一主，何仇之有？"

李卫："那你为什么要派人杀了他？"

10. 县衙大门内外　夜

11. 县衙大堂两侧厢房　夜

差役甲："头，咱们这几个人手斗、斗得过吗……"

陈班头："等、等等再看……"

12. 县衙大堂　夜

徐祖荫（神气沉稳）："御史参奏的折子，从来都是明发邸报的，上差身在枢庭，想必都能看到。岳子风在江南执言路多年，上过的折子无计，但是从未参过我一本。徐某心怀感戴犹恐不及，为什么要杀他？上差说是徐某杀了岳子风，有什么证据？"

李卫："我送去的那几颗人头，你见到了吗？"

徐祖荫："我掌管刑狱，人头倒是常见。"

李卫："你不觉得那几个人头面熟吗？"

徐祖荫："这正是徐某要请问上差之处，那几个人是朝廷绿营的官兵，驻扎江宁，一直忠于职守，上差为什么将他们杀了？"

李卫："为什么将他们杀了……你是真不知道？还是假不知道？"

徐祖荫："请上差明示。"

李卫:"你倒真会装疯卖傻啊……你知道本大人杀那几个人的时候,他们说了什么吗?"

徐祖荫:"说了什么?"

李卫:"他们在喊一个人的名字。"

徐祖荫:"喊谁的名字?"

李卫:"在喊徐祖荫!也就是在喊你的名字!"

徐祖荫:"在这江苏一省,但凡是斩决的人犯,倒是经常有喊我名字的。上差觉得新鲜吗?"指了指一旁的冯月清:"冯县令,你也常常在法场监斩,是不是这样?"

冯月清:"是……是……"

李卫:"问他干什么?我问的是你!你以为那些人光喊你的名字吗?他们还有话,人都怕死,刀一架在脖子上就什么都说了。"

徐祖荫:"还有什么话?"

李卫:"他们说杀岳子风就是你指使的!"

李卫:"笑什么?!"

徐祖荫:"或许是上差对断案之道不甚明了,不管他们说了什么,您不该把他们的脑袋都砍下来,哪有先杀人,后呈供的?这种供叫死供,即便是上交三法司,也无人可以定案。"

李卫:"你说的倒比我还多。你以为我用得着什么三法司吗?别的没看过,戏你总看过吧?那戏里的八府巡按杀人,有那么多废话吗?"

徐祖荫:"上差如果爱听戏,改日我可以伺候几出。至于岳子风一案,还请上差另行查实吧。"

李卫:"谁叫你站起来的?"

徐祖荫:"上差如果没有别的事,恕本院告退。"

李卫:"你还想走?你今天走不了了。"高声喊道,"来人!"

13. 大堂两侧厢房　夜

14. 县衙后院墙边　夜

陈班头:"蹲下!让老子先走。"

陈班头:"还呆着干什么?扯乎呀!"

| 第六集　争强斗硬 |

15. 县衙大堂　夜

李卫："来呀！"

岳思盈："哪里走！"

李卫（高喊）："住手！"连忙奔了过来。

冯月清："上差息怒。"又向徐祖荫作揖，"臬台大人息怒。和为贵……和为贵……"

徐祖荫："说得好，和为贵……"

李卫："嘿！有两下，有两下，这一招是怎么使的？教教我，教教我……"

徐祖荫："好，好，我可以教你。但请你也告诉我，钦差大人现在哪里？"

李卫："说什么，你说什么……"

徐祖荫："你不说，我就代你说了，真钦差是四爷和十三爷！现在，你打着钦差的名头，想杀我这个朝廷的三品大员，我现在就可以将你杀了！但是我告诉你，我不杀你，因为你是四爷和十三爷的人，打狗还得看主人。也请你转告四爷和十三爷，不要妄想对徐某人动手，因为徐某人是太子的人，太子就是明天的皇上！不管是谁，得罪了太子都是自掘坟墓！走。"

冯月清："臬台大人！臬台大人！"

徐祖荫："好一个'五月开花，八月结果'！"

李卫："怎么样？伤着没有……"

李卫："不着急，不着急，再想办法，再想办法……"

岳思盈："走吧。"

石榴："大人，带我走。"

李卫："走吧。"

石榴（大喜）："是，是。"便要跟去。

冯月清："她不能走！"

李卫："你说什么？"

冯月清："上……上差的下差……这个人不能带走，我要把她交给臬台大人。"

李卫："好，好，说得好……我是上差的下差……我也告诉你，我就是上差的下差，照样能咔嚓了你！跟我走！"

石榴："老狗！"

16. 客栈李卫房间　夜

李母："你说这一桌子好菜好饭的，摆在这儿都摆凉了……"

小满："那个徐枭台杀了没有？"

李母："快了吧。也是，杀八个人一壶茶的工夫就完事了，现在也就咔嚓一个人，倒折腾了大半夜。到时候饿过了头，就什么事也喜不起来了。"

小满："我已经饿了……"

李母："孩呀，祖宗还没有吃，不能够动。"

小满："祖宗？祖宗在哪里？"

李母："待会儿你姐跟你李大哥一拜堂，祖宗就会坐到桌子上来了。"

李母："孩呀，你说你李大哥要是帮你们报了仇，你姐会和他拜堂吗？"

小满："应该会吧……"

小满："姐！"

岳思盈："你们怎么还在这里？"

小满："等你们哪。"

岳思盈："谁叫你们等的？"她脸一冷，"这是干什么？"

小满："李大妈说，李大哥帮我们报了仇，你们就可以拜堂成亲了……"

李母："儿呀，那个什么枭台咔嚓了吧？"

李卫："咔嚓了……咔嚓了……"

李母："咔嚓了就好。你看，这个客栈老板是个好人，我招呼了一句，他就把新房喜宴全给弄好了。你可得好好奖赏奖赏他。"

李卫："干吗？这是干吗？"

岳思盈："你、你们……嗨！"

李卫："盈姑娘！"

李母（悄悄）："儿啊，妈没有又做错什么吧？"

李卫："没有……没有……您怎么会做错事呢？您是我妈呀……哎，我拜托你再做件事好不好？"

李母："什么事？快说。"

李卫："把这些个字都扯了，把这个蜡烛给我扔出去。"

李母："嗯。"李母正要去扯，突然又停住了，"扯了干什么？"

李母："儿呀，盈姑娘不答应，这一个怎么样？洗干净了，也是要脸蛋有脸蛋，要屁股有屁股……"

| 第六集　争强斗硬 |

李卫："天哪，我怎么就生出这么个妈……"

17. 臬台府大厅　晨
知事："大人，依卑职之见，刚才就应该将那小子宰了。"

徐祖荫："听好了，立刻做两件事，给太子上一道六百里加急，将这里的详情禀报；再到莫灵山庄去，掘地三尺，也要找出那三百万银子！"

知事和两名参将："是。"

知事："大人，要是那笔银子在那个小子他们那里呢？"

徐祖荫："我已经安排了，真在他那里，一文钱也运不走！"

18. 客栈思盈房间　日
岳思盈："你们尽了力了，我还是那句话，感谢你……"

李卫："不急不急，不就是一个三品的臬台吗？想当年在兖州……"

思盈："当年在兖州，你干什么了？"

李卫："当然……那不是我……"

思盈："你回房去收拾一下吧，能逃走，你们尽快逃走。"

19. 县衙后堂　晨
魏敏中："哼！想走？！"

冯月清："府尊，看在你我同属八爷门下，卑职这些年侍候府尊也还小心……您就抬抬手，让卑职走了吧。"

魏敏中："普天之下，莫非王土。你走到哪里去！"

冯月清："深山老林，荒郊野外，哪里都行……总之，捡回这条命就行，这个官是当不下去了……"

魏敏中："要是命也捡回了，官也照当，你还走不走？"

冯月清："有这样的好事……"

冯夫人："不走不走，当然不走。"

魏敏中："听我的。八爷是靠不住了，四爷和十三爷摆明的也是怕了太子，改个门庭，不就什么都过去了？"

冯月清："府尊是说我们投靠徐祖荫？"

魏敏中："不是投靠徐祖荫，是投靠太子！"

冯月清："人家会要我们吗？"

魏敏中："附耳过来。"

冯月清："府尊何不早说！"说着拿下了肩上的包袱扔给冯夫人，"还愣着干吗？取我的官服来！"

冯夫人："是，是。"

20. 客栈门外　日

差役甲："头儿，这一次是保护，还是监视？"

陈班头："我也弄不清了。又说对他们要客气，又说不能让他们溜了……妈了个巴子，倒腾来倒腾去，一辈子没有当过这样的差。"

差役甲："要是那个什么上差的下差要出去呢？"

陈班头："跟着就是。"

21. 一个临街的小酒馆　日

李卫："要饭哪？来，坐我对面，吃！"

李卫："不就要饭吗，又没有要命，怕什么怕？吃！"

李卫："为什么要饭？"

小叫花子（含糊地）："大、大水……"

李卫："哥哥我也是发大水出来的，现在能请你吃馆子，你说我本事大不大？"

小叫花子（傻乎乎地）："大、大……"

李卫："什么大？哥哥这回跟头栽大发了……"

小叫花子："不发，不发……"

李卫："你他妈知道个屁！"

22. 客栈门口　日

差役："头儿，又出来一个。"

23. 小酒馆　日

李卫："你小子……今儿走、走运不走运？"

李卫："当叫花子就……这样好，吃一顿饱饭就叫走运。辣块妈妈的还想干什么……我问你，这人除了吃饭还想干什么，你知道吗？"

| 第六集　争强斗硬 |

李卫："真不知道？"

小叫花子："讨个好老婆！"

李卫："对，对！还有呢？"

小叫花子："当官！"

李卫："对，对！当官干什么？"

小叫花子："能够坐轿，能够打人的板子，还能够想咔嚓谁就咔嚓谁……"

李卫："小兔崽子，你吃饱了是不是？怎么专找我爱听的说？滚！哪儿远滚哪儿去……"

小满："李大哥，我、我姐姐走了……"

李卫："什、什么……"

小满："我姐姐留下了一封信走了！"

李卫："到哪儿去了？！"

24. 客栈李卫房间　日

李卫："人呢？"

李母："我不在这儿呢吗？"

李卫："我是说盈姑娘。"

李母："出来进去的谁在意了。你也听听，石榴这小曲儿唱的，要多甜有多甜。儿啊，你就把决心下了吧……"

25. 客栈思盈房间　日

李卫（蒙了）："她去找别人帮她报仇去了？"

小满："我姐姐说，指望你是报不了仇了。"

李卫："我的这点本事看来也用到头了……我的这点本事看来真用到头了……"

小满："李大哥，你……是不是真心喜欢我姐？"

李卫："喜欢又有什么用？"

小满："李大哥，我告诉你一个秘密，我姐跟我说过……"小满一边观察着李卫的动静，一边眼睛乱转地顺口瞎编着："她是……这么回事……我姐她发过一个誓，她说……谁要替她报了仇，她就嫁给谁。"

李卫："她真说了这话？"

小满："谁骗你呀？我姐长得多漂亮呀，找谁谁不愿意帮她呀。这回她要是真找到别人报了仇，我的姐夫就不是你了。"

李卫："你知道她找的那个人在哪儿吗？"

小满："知道。"

李卫："还不带我去！"

小满："我姐说了，那些人现在已经知道我们不是钦差了，只是认为我们是钦差的下差，才没有把我们怎么样……要走，他们会让吗？"

李卫："不让？谁敢不让？你姐不照样走了？"

小满："我姐有轻功，甩得掉他们。再说我们都走了，撂下你妈在这儿怎么办？"

李卫："这倒也是。"

李卫："你去，把那个陈班头叫来。"

26. 客栈门外　日

小满："陈班头。"

陈班头："什么事？"

小满："我哥叫你去一趟。"

陈班头："你哥？"

小满："就是李大人呀。"

陈班头："李大人？哦，就是那个上差的下差？"

小满："我的话带到了，去不去由你。"

陈班头："慢着。知道什么事吗？"

小满："不知道。反正我哥说了，你不去，就……就……对了，就过了这家村，没有这家村了……"

陈班头："是'过了这家村，就没有这家店'吧？"

小满："差不多，是这句话。"

陈班头："我去。"

27. 客栈思盈房间　日

陈班头："李……大人，叫我来，有什么吩咐？"

李卫："吃什么卡住喉咙了，这声'大人'叫得这么吃力？"

陈班头："哪里哪里。"

李卫："我实话告诉你吧，你们是听了徐祖荫的话，说我是什么上差的下差，就猴子

| 第六集 争强斗硬 |

脸又出来了，是不是？就算我是上差的下差，再不济也是个大内侍卫。大内侍卫最高有几品，你知道吗？"

陈班头："请……大人明示。"

李卫："还要我明示？你说，最大的官是几品？"

陈班头："当然是一品。"

李卫："知道一品你还要问？"

陈班头："可在宫里，领侍卫内大臣才是一品……"

李卫："放屁！在宫里领侍卫内大臣也是皇上的侍卫。"

陈班头："这倒也是。"

李卫："不跟你说这么多了。隔壁那位老太太你知道是谁吗？"

陈班头："那个不是大人的奶妈吗？"

李卫："我这么大了还带个奶妈出来干什么？"

陈班头："那是？"

李卫："实话告诉你吧，皇上都吃过她的奶。"

陈班头："大人取笑了……这个老太太也就五十来岁，可皇上也有五十来岁了……"

李卫："五十岁就不能吃奶了？皇上他老人家管这么多事，不吃奶能扛得住？！"

陈班头："您是说，皇上现在每天都要喝人奶？"

李卫："知道了还要问？这个老太太就是专给皇上供人奶的。皇上皇后见了她都是笑容满面。她想到江南来玩一玩，这才跟着来了。告诉你这些，就是给你提个醒，好好侍候她。她要有个三长两短，就不是我们跟你们过不去了。"

陈班头："多亏大人提醒。"

李卫："我有个事要出去一趟，丑话说在前头，你们不要跟着。"

李卫："昨天晚上，你带着人溜了，闪了我好大一下腰，我这里给你记着呢。现在，你得听明白了，下面你要好好地侍候皇上的奶妈，要是再敢闪我的腰，让她身上掉了一根毛，你身上的毛就全没有了。"

陈班头："是，是。小人明白。"

28. 紫岩精舍 日

李卫："呀嚯，有山有水的，还挺会找地方儿。"

小满："我爹在的时候也说过，这个人是世外高人，两江总督请他去当幕僚，他都不去。"

李卫："什么鸟高人，没有真本事当然不敢去。"

小满："任先生在吗？"

小溪奴："难怪我家主人说，'树欲静而风不止'。"

李卫："什么什么？什么静什么止？"

小溪奴："你们是什么人？"

小满："我是任先生的朋友岳大人的儿子……"

小溪奴："哦，你姐姐已经来了……"

李卫："在哪儿？在哪儿？"

小溪奴："他是谁？"

小满："他是我的朋友。"

小溪奴："我可以带你们去，但要告诉你们，我家主人正在睡觉，你们只能站在门边等，等他醒来，他说见，你们才能见。"

李卫："什么鸟人，摆这么大的谱？想当年在兖州……"

小溪奴："你说什么？"

小满："没说什么，请哥哥带我们去吧。"

小溪奴："走吧。"小溪奴说着又瞥了李卫一眼："没读过书的人也来找我们先生……"

李卫："你说什么说什么？"

小满："没说什么没说什么，走吧。"

小溪奴："真是。"

29. 精舍内外　日

男人（任南坡）轻轻地咳了一声。

男人（任南坡）："'大梦谁先觉，平生我自知。草堂春睡足，窗外日迟迟。'"

岳思盈（温柔甜蜜）："先生醒来了？"

男人（任南坡）："你是岳子风的女儿？"

岳思盈："是，小女子就是岳子风的女儿。"

男人（任南坡）："有女如此，可以无憾矣……"

李卫："住手！"

定格

第七集　上兵伐谋

1. 县衙后堂　日

冯月清："我、我一脚踹死你！"

陈班头："太尊，您别急，他走不了，也不敢走……"

冯月清："你说什么？"

陈班头："小人就是料定他不敢走，才放他走的……"

冯月清："混账王八羔子，越说越绕了，你要把我急死呀！"

陈班头："是。太尊，只要那个人还在客栈，就谁也走不了。"

冯月清："哪个人？"

陈班头："奶妈，皇上的奶妈。"

冯月清："你说什么，皇上的奶妈？"

陈班头："是。那个老太太不是别人，是专门供皇上喝奶的奶妈，动了游兴，想到江南来看一看，钦差才把她带来了。只要她还在，不光是那个上差的下差，小人料定，四爷和十三爷都会露面。"

冯月清："怎么不早说？你个王八羔子……"

陈班头："小人还没说，您已经踹上了……"

冯月清："还没踹着，你就记仇了。"

陈班头："小人不敢。"

冯月清："还不去侍候！"

陈班头："是。"

2. 精舍内　日

李卫："这一招不错，怎么翻的？怎么只见白的，不见黑的？教教我，教教我。"

任南坡："是谁将这个人引来的？带出去，快带出去。"

小溪奴："是。"站了起来，对着李卫，"出去。"

李卫："我……"

岳思盈："还不出去！"

李卫："出去，这就出去……"

3. 客栈李卫房间　日

李母："你们这个小地方，养的鸡也这么小……"

石榴："嬷嬷，这不是鸡蛋，是鹌鹑蛋。"

李母："我在宫里吃的鹌鹑蛋怎么不是这个味道？"

石榴："这里的蛋怎么能和宫里的蛋比。"

李母："也是。有柿饼吗？"

石榴："没有。"

李母："这些个混账王八羔子！叫他们进来。"

石榴："哪个混账王八羔子在外面，进来一个！"

陈班头："你老人家有什么吩咐？"

李母："告诉他。"

石榴："嬷嬷想吃柿饼，为什么没有？"

陈班头："失误失误，小人这就去找。"

石榴："快去。"

陈班头："是。"连忙走了出去。

石榴："没有柿饼，您先吃个柿子怎么样？"

李母："那是没钱的人才吃的，我们宫里谁吃这个。"

石榴："宫里人为什么喜欢吃柿饼呢？"

李母："你没有听见那个故事吗？"

石榴："没有，嬷嬷说给我听嘛。"

李母："好。有两个农妇，六月炎天的在太阳底下干活，又饿又累又渴。她们就在想，皇后娘娘这会儿在干吗呢？你说……"

石榴："在吃柿饼！"

| 第七集　上兵伐谋 |

李　母："聪明，我没有白疼你。那个农妇也就这样说，她说当个娘娘真好，这会儿一觉午睡醒来，对宫女说'拿个柿饼来吃'。就在吃柿饼。"

石　榴："可这柿饼并不怎么好吃呀……"

李　母："掌嘴！柿饼不好吃还有什么好吃？"

石　榴："那也是……"

4. 紫岩精舍堂屋　　日

小溪奴："待在这里，再有失礼，就要将你们轰走了。"

李　卫："不就会念几句鸟诗吗？什么鸟人，也值得你姐姐那么崇拜！"

小　满："我也看不出他高在哪里，可我爹在的时候说过，这个人是当今的诸葛亮。"

李　卫："就他那个鸟样也敢比诸葛孔明？"

小溪奴："你们说什么？"

小溪奴："我来是给你们打个招呼，这里的东西一样也不许动。而且，你们不要坐了这张椅子又坐那张椅子，我难洗。"

李　卫："坐了椅子要洗干什么？"

小溪奴："我家主人说过，你们这些俗人坐过的地方，站过的地方，都有俗气。因此你们走了以后，不光是椅子，就是地板我都要洗大半天。"

李　卫（喘着气）："什么鸟人……"

李　卫："这女的，我怎么那么眼熟？"

李　卫："这女的是谁，看出来没有？"

小　满："是好眼熟……"

李　卫："该不是她吧……"

小　满："是……是我姐……"

李　卫："这个鸟人，画你姐干什么！"

小　满："没错，是我姐。你看那月亮，我姐的名字叫思盈，你知道什么意思吗？她是八月十五生的，月亮正好圆，所以我爹给她取名叫思盈，生我的时候，月亮不太圆，所以叫小满。反正都跟月亮有关。你看，他画了一个女的，又画了一个那么圆的月亮……莫非……莫非他心里早就惦记上我姐了？"

小　满："这个时候，你可千万不能撒。我姐又发过那个誓，你想想，到时候一个早就想娶，一个不能不嫁。还有你什么事儿啊？"

李　卫："去！看他们在干什么！"

5. 精舍窗外　日

李卫："麻烦了，麻烦了，又画上了。"

小满："干什么？"

李卫："我得把他们给搅和了。"

小满："你要是想搅和也不能砍石头啊。这招儿也太臭了。"

李卫："那就让他这么粘下去？你看那家伙，摇头晃脑的那德行！"

里面传来任南坡的声音："朱砂怎么不红？这个朱砂怎么就不红！"

6. 精舍内　日

岳思盈（轻轻地解释道）："先生不要生气，这个人虽是蓬蒿中人，却很讲义气，也很孝顺，开始是为了救他妈，假冒钦差，险遇不测。后来为了给我爹报仇，冒着危险杀了那几个官兵败类，这一次为了杀徐祖荫，又差一点将命都赔上了。"

7. 精舍窗外　日

8. 精舍内　日

任南坡："天地造物，黑就是要黑，红就是要红！这朱砂都磨不出红色来，奈何？奈何？"

9. 精舍窗外　日

10. 精舍内　日

岳思盈："先生，你看现在够红了吗？"

任南坡（有些激动）："难得，难得。岳子风有女如此，可以无憾矣。"

11. 精舍窗外　日

12. 精舍内　日

岳思盈："先生，银子画成红色，有何深意？"

任南坡："世人都道此物好，一生竟为此物老。此物人皆称白银，几人知是血染成？"

| 第七集　　上兵伐谋 |

岳思盈： "先生画的是那笔被他们贪墨的修河银子？"
任南坡： "秀外慧中，难得难得。来，坐下，听我说。"
任南坡： "坐近些，坐近些。"

13. 精舍窗外　　日

14. 精舍内　　日

任南坡： "为了这一笔赃款，那么多无辜百姓葬身洪涛之中。你父亲也因此丧了性命。我劝你一句，不要去管这件事了。"

岳思盈： "杀父之仇，不共戴天！我怎么能不管。"

任南坡： "我和令尊交谊匪浅，照说你来找，又以血为酬，我断无袖手不管的道理。可是如今朝局混乱，大有一触即发之势，这个时候搅进去，就会身陷其中，你要知道，你要对付的，绝不仅仅是一个徐祖荫。君子报仇，可待十年，你不必急于这一时一地……"

李卫的声音响起了： "没办法就说没办法，没本事就说没本事，等十年，等到他自己死了好不好？不更踏实！"

岳思盈： "李卫，你又来干什么？任先生，您不要介意，他是……"

李卫： "盈姑娘，你千万不要信他的鬼话。这样的人我见多了，大事做不来，小事不愿做。只知道装神弄鬼……"

岳思盈（大急）： "李卫……"

李卫： "你要真有本事，就把……就把……就把这银子变回白色去！"

任南坡： "有点意思，有点意思。我要能把这银子变回白色，你便怎么样？"

李卫： "叩头捣蒜，擦背洗脚，你说就是。"

任南坡： "好，好。"

任南坡： "你看，银子白了没有？"

李卫： "小儿科！小儿科！这样的假把戏，谁不会做！"

任南坡： "我这把戏是假的，可毁了的是一张纸。你那个假冒钦差的把戏，眼看就要把自己的娘毁了！"

李卫一惊： "你说什么？"

任南坡： "念在你是个孝子，快回去吧，你妈正在难中，你先去看看，救不了就到莫灵山庄旁边的一座庙里去。"

李卫（惊疑参半）： "莫灵山庄旁边的庙里？干什么？"

任南坡："真钦差就藏在那里，只有找到他们，才能救出你妈。"

岳思盈："听任先生的，快去。"

岳思盈："慢点。"岳思盈站了起来，"照任先生吩咐的去做，千万不要蛮干。"

15. 客栈李卫房间　傍晚

李母："柿饼拿来了吗？"

16. 精舍内　傍晚

岳思盈："先生为什么推测他妈有难？"

任南坡："还是因为那笔赃款。你想想，徐祖荫要用那笔赃款掌管江北大营，而这笔赃款又必须着落在你们身上才能追到。现在你们都走了，他不找李卫的妈，找谁？"

小满："可李大哥已经说了，他妈是皇上的奶妈。"

任南坡："这样的把戏不要说徐祖荫，就是魏敏中也骗不过。别说他妈那一身土气，就那一口江南口音，也不像宫里的人。"

17. 客栈李卫房间　傍晚

知事："老疯婆子，竟敢冒充皇上的奶妈？说，你是干什么的？"

李母："等我儿子回来、等我儿子回来……"

知事："你儿子！你儿子到底是干什么的？"

李母："说出来吓你一跳！我儿子……"

石榴："她儿子是上差的下差！"

知事："什么乱七八糟的。带出去，关起来！"

18. 精舍内　傍晚

岳思盈："那先生如何知道真钦差躲在莫灵山庄的庙里？"

任南坡："徐祖荫要找那笔赃款，钦差也要找那笔赃款，当然会在莫灵山庄的附近。可莫灵山庄都是郝庄主的地盘，他除了在庙里藏身，还能躲到哪里？"

岳思盈："我担心李卫一时冲动去救他妈，也赔了进去。我是不是跟去帮帮他？"

任南坡："救不了人，他会照我说的去做。倒是钦差那里，得你去。"

| 第七集　上兵伐谋 |

19. 客栈后院墙外　夜

陈班头："关到柴房里去！"

李卫（画外音）："辣块妈妈，还真让他蒙对了……"

20. 云水寺禅房　夜

胤禛："他找到这儿来了？"

胤祥："正在门外。"

胤禛："把他带进来吧。"

21. 路上　夜

22. 云水寺禅房　夜

胤禛："怎么样？钦差不是那么好当吧？你以为这真是唱戏吗？八府巡按，一瞪眼，说杀谁就杀谁？"

李卫："唱戏也不是出出都能唱出彩来……"

胤禛："你这张嘴是真厉害，可惜呀……"说着掏出了一张银票："这是一千两银票，哪个银号见了都能兑给你。"

李卫："我妈都赔进去了，我要一千两银子干什么？"

胤禛："你是个孝子，也还讲义道，就因为这点，我没有把你怎样。放心，他们不敢把你妈怎样。到时候能救她，我们会救。这钱是干净的，拿着这个钱，回去置几亩地，等着好好侍奉母亲吧。"

李卫："怎么着？戏还没唱完就分钱？"

胤祥："你还想唱哪出啊？走吧，有什么娄子我们给你顶着就是了。"

李卫："我这人还有一毛病，八抬大轿抬我我不一定来，屁股后边儿着了火我不一定跑。不错，这戏我唱砸了，哪儿砸我哪儿捡起来，我还真不用谁给我顶着。"

胤祥："你还唱上瘾了？"

李卫："谁愿意唱这出谁是孙子。可我李卫天生来的牵着不走打着倒退，就这么个厌脾气。今天要是救不出我妈，你就是把北京的前门楼子分给我，我也不要。"

胤禛："送他出去。"

年羹尧："是。走吧。"

李卫："真要过河拆桥呀！那好，和尚没老婆，大家没老婆。我这就去救我妈，抓住了，我就供出你们。"

李卫："怎么着？想卸磨杀驴子了？！"

胤禛："我杀一品官好像踩死一个蚂蚁！不要说你这个小混混！带出去，看起来！"

胤祥："真是个烫手的芋头……"

岳思盈："那你们是什么呢？！"

岳思盈："我知道，你们就是什么四爷和十三爷，就是当今的皇子。难道皇家的人就都这样冷酷无情！我爹为了你们这个朝廷被害死了，你们不帮他申冤，李卫一个平民百姓，出来帮他申冤，你们不但不帮他，还撂下他不管。现在他有了难，你们反倒把他抓起来……你们还有没有天良！"

胤禛："说实话，我对李卫也是有几分喜欢的，他对你更是义气相许。可是……一旦牵动了朝局，我们不可能什么都顾及。"

思盈："朝局？哼！河道总督把治河的钱贪污了，最后是几处决堤死了多少人？淹了多少地？从上到下的大小官员，吃着皇粮、拿着俸禄，有一个说话的吗？我爹倒是以朝局为重，把该说的说了，可结果怎么样？连御史言官不是都能杀吗？我反正是劫后之人，没什么可怕的。我可以当着你们把话说明白，我要为我爹报仇，可是谁要是害了李卫，我也会为他报仇。"

胤祥："倒真像是岳子风的女儿。"

胤禛："那眼下这个局势，你说怎么办？"

岳思盈："我不知道，但有个人知道怎么办。"

胤禛、胤祥："谁？"

岳思盈："任南坡任先生。"

胤禛："你是说那个两江总督都请不动的任南坡？"

岳思盈："就是他。"

胤禛："我们怎么把他给忘了……"

23. 去紫岩精舍的路上　晨

胤祥："我在京里听张廷玉讲，这个任南坡，两任两江总督请他入幕，他连见都不见。"对思盈，"你怎么认识他？"

思盈："他是我爹的朋友。"

李卫："他是你爹的朋友？那应该年纪不小了。"

思盈："也就四十多岁吧。"

| 第七集　上兵伐谋 |

李卫："辣块妈妈的，我看也就三十出头的样子，真面嫩！他有老婆没有？"

思盈："问人家这个干什么？"

李卫："不干什么，也就问问。要是没有，给他找一个。"

思盈："给他找一个？哼，我听我爹说过，他大约在几年前遇到过一个人，从此就惦念上了她。而且发了誓，非此人不娶。"

李卫："谁谁谁谁？是不是画上那个人？"

思盈："画上？哪个画上？"

李卫："那个……那个他堂屋里那张画，一个女人……抬头望月……"

思盈："可能是吧。"

李卫："还真是！"

思盈："怎么了？"

李卫："那个人……那个人……是不是你？"

思盈："你说什么？"

李卫："不是你？"

思盈："那是另外一个人。"

李卫："是谁？"

思盈："一个秦淮名妓，好像叫什么顾盼儿……"

李卫："谁？！"李卫差点从马上跌了下来，"顾盼儿？你干吗不早说！"

思盈："干什么？"

李卫："别人不说，他想顾盼儿，只要我一句话。"

思盈："你又说疯话了。"

李卫："不信，你问他。"

胤祥："这回他没说疯话，他曾经救过顾盼儿。"

岳思盈："什么？"说着从马上下来了，"真的？"

李卫："当然是真的。那个顾盼儿还送了我一把她画的扇子……"

岳思盈："你当的那把扇子就是顾盼儿画的？"

李卫："是呀。"

岳思盈："别走了。你快去当铺把那把扇子赎回来，我们在这里等你。"

李卫："那可是当了一千两，现在没有个一千五赎不回来。花这么多钱赎那把扇子干吗？"

岳思盈："有了那把扇子，任先生就会出山了！花多少钱也得赎回来！"

李卫："辣块妈妈！我身上才剩下三百两，要不大家凑一凑。"

胤祥："我们也只带了几百两，最多也只能凑个原数。"

李卫："有原数就行！"

胤祥："现在那些人到处在找他，你陪他一起去。"

年羹尧："是。"

24. 当铺内　日

李卫："赎当！"

掌柜的："一共是一千六百八十两。"

李卫："我当了一千两，没几天怎么就滚出这么多？"

掌柜的："这就是当铺的规矩。赎不赎吧。"

李卫："赎。这就要。"

掌柜的："一千六百八十两。"

李卫："行，那我接着当一样东西，你看值不值这个数儿。"

掌柜的："看货。"

李卫："将你那个牌牌借我一用。"

年羹尧："什么牌牌？"

李卫："腰上，腰上那块牌牌。"

李卫："看仔细了！"

"乾清门侍卫"几个赫然的大字出现在那掌柜的眼前！

25. 紫岩精舍院外　日

小满："姐！"

思盈："任先生呢？"

小溪奴："今天是四月四，我家先生正在晒书。"

思盈："你告诉先生，是两位远道来的要紧的客人拜访他。"

小溪奴："随我来吧。"

李卫："他说什么？晒书？"

小满："四月初四是晒书节，这一天要把家里的书都拿出来晒一晒。"

李卫："又不是谷子，晒什么晒。"

| 第七集 上兵伐谋 |

26. 山坡旁　日

思盈："任先生，是我。"

思盈："有两位客人，自远道而来，久慕您的名声，想和您谈谈。"

胤祥："听说任先生是岳子风的好友，我们也是岳子风的朋友。他参倒河督，自己却不明不白地被害，我们想就此请教一二。"

任南坡："人都死了，就让他清静清静吧。他的事我没什么好谈的。对不起，我还要晒书。"

李卫："我看您这儿是在晒肚子，书在哪儿呢？"

任南坡："书在肚子里，晒晒肚子，权作晒书。"

李卫："我这肚子里，一本书没有，不过今天的太阳不错，我也晒晒。"

李卫："……这把扇子扇出的风还真有点儿香味儿。我说，您闻不出这香味儿是从哪儿来的吗？"

李卫："你说说……这顾盼儿人长得漂亮，连扇子都是香的。"

27. 精舍内　日

任南坡："'沧浪之水清兮，可以濯我缨；沧浪之水浊兮，可以濯我足……'"

李卫："我说有什么就快说，你别念诗了好不好？"

任南坡："好，好。既然皇上和雍亲王、十三贝勒都有心整顿吏治，给百姓一条活路，我就替你们谋划谋划。"

李卫："快谋划，快谋划……"

岳思盈："别插嘴好不好？"

任南坡："皇上派雍亲王和十三贝勒前来查访三百万两修河工款的去向和岳子风被杀的真相，其用意不仅在此，而在于敲山震虎！"

任南坡："太子知道这件事后，必然会铤而走险，加快篡权的步伐。尤其是接到徐祖荫的信后，会立刻派人到江宁来……"

28. 毓庆宫内　日

太子："果然动起手来，想搞徐祖荫……"

大臣甲："四爷这个人平常很谨慎，对太子也是颇尽臣道。这一回居然搞起太子的人来，是不是奉有皇上的密旨……"

大臣乙："最可疑的是他们自己不出面，却弄了一个二十多岁的人在前面假装钦差，是何用心？"

大臣丙："箭在弦上了！这个时候徐祖荫不能出事，得保住他，让他立刻接管江北大营！"

太子："琦亮。"

大臣甲："奴才在。"

太子："你去一趟江宁。马上动身，要快！"

琦亮："奴才以什么身份去？"

太子："我现在是监国太子，我派的人就是上差。"

29．精舍内　日

胤祥："请问任先生，京里不会出什么事吧？"

任南坡："应该不会。不要忘了，江宁的魏敏中是八爷的人，这里的事情也应该早就传到八爷那儿去了。有八爷九爷十爷他们在，就能掣住太子的肘，这也恰恰是皇上布的另外一步棋……"

30．廉亲王府　日

胤峨："老四他们在江南动手了！"

胤祀："看仔细，老四他们还没有真动手。也真绝，弄了个二十多岁的人假冒钦差，这是要干什么？"

胤禟："还能干什么？观望呗。打草惊蛇，先把徐祖荫弄急了，抓住把柄然后再动手。"

胤祀："文章可能就在这儿。"

胤禟："可这样一来，太子急了就会铤而走险。如果在京里搞起兵变来，皇阿玛又待在热河，我们怎么办？"

胤祀："他变不了！九门提督隆科多不是他的人。西山锐健营是咱们管着。他要真敢铤而走险，咱们正好借此平定叛乱，建一大功！"

胤禟："可要让老四他们在江南破了徐祖荫，起了那笔赃款，也是一大功劳。"

胤祀："老四这个时候真能拿一根牙签扎住徐祖荫，稳住江北大营，也是对江山社稷有利。"

胤峨："别老是江山社稷江山社稷了，我的八贤王。扳倒了太子，能够跟你争嫡位的就是老四了。"

| 第七集　上兵伐谋 |

胤祀："现在不能够两个拳头打人。先盯住太子再说！"

31. 精舍内　日
任南坡："如果我所料不错，太子派的人已经到江宁了……"

32. 臬台府　日
知事："太子府詹事琦亮大人来了！"

徐祖荫："快，开中门！"

徐祖荫："奴才徐祖荫请太子安，请琦大人安。"

33. 精舍内　日
任南坡："只要琦亮一到，李卫的身份立刻便会暴露。这样一来，徐祖荫他们便不会再有顾忌。只要李卫一现身，他们就会抓住你，作为攻击四爷和十三爷的口实！"

34. 臬台府客厅　日
琦亮："胡说！宫里哪有个二十多岁带江南口音的侍卫！这分明是假冒钦差，引你上钩！"

徐祖荫："卑职糊涂。"

琦亮："那个人现在哪里？"

徐祖荫："让魏敏中和冯月清他们弄丢了。"

琦亮："得赶快找到他！"

徐祖荫："是。那个人的妈现在还在我们手里，他肯定会露面。"

35. 精舍内　日
李卫："我妈还在他们手里呢，怎么办？"

任南坡："真佛既然露了法相，事情倒也好办了些。"对李卫："也是你命不该绝。"

胤祥："不瞒先生，我们也是投鼠忌器，犹豫再三。先生责备的也对。"

任南坡："要问怎么办，我先出个题目考考你们。"

李卫："什么题目？"

任南坡："猫是不吃辣椒的，对吧？"

任南坡："你要是想让猫把辣椒吃下去，有什么办法？"

李卫:"掰开嘴往里塞。"

任南坡:"太笨。"

李卫:"那就……把辣椒放在一条鱼肚子里。"

任南坡:"如果你遇到一只聪明的猫呢?"

李卫:"那……还是您说罢。"

任南坡:"你把辣椒抹在猫的屁股上,它一难受,就会自己去舔。"

胤祥:"请问先生,你说的辣椒是什么?"

任南坡:"就是你们手里的三百万赃银!"

胤祥:"先生怎么知道那三百万赃银在我们手里?"

任南坡:"如果没有找到那笔赃银,你们也不可能如此心安理得待在庙里参禅悟道了。"

胤祥:"高明。那您说,让谁把这把辣椒涂到猫屁股上去呢?"

任南坡:"他!"

李卫:"什么?我!"

定格。

第八集 明枪暗箭

1. 臬台府客厅 傍晚

参将甲："禀大人，各处的驿站码头都已经加派了人，到现在还没有发现那个假钦差的踪迹。"

琦亮："各处的旅馆客栈也要查，只要有一点儿像的，就先抓起来再说。"

徐祖荫："听见没有？"

参将甲："是。"

2. 精舍内 傍晚

胤祥："任先生，我们得赶回去和四爷商量，让岳小姐陪李卫去一趟如何？"

任南坡："不行。"

李卫："为什么？"

任南坡："你什么时候能把顾盼儿请来，我什么时候才能放盈盈姑娘下山。"

李卫："那总得让我先把这件事情摆平了才有空去找顾盼儿吧？"

李卫："盈姑娘自己有腿，你说不让走她就不走了！"说着眼睛瞟向岳思盈。

岳思盈："任先生没有答应，我当然不会走。"

李卫："你也放心让我一个人去，就不怕我这一去就回不来了……"

岳思盈："你这话什么意思？"

李卫："没有意思，没有意思。我他妈早就知道，我就是个有妈生没妈疼的混混罢了……"

3. 臬台府客厅　夜

魏敏中和冯月清："卑职叩见詹事大人！"

琦亮："你们就是八爷的门人魏敏中和冯月清？"

魏敏中："卑职惭愧。这么多年吃糊涂油蒙了心，上了八爷的贼船……多亏徐大人指点，这才迷途知返，今后鞍前马后肝脑涂地跟着太子，死也不敢再生二心了。"

冯月清："是，是，卑职们往后就是太子门下的一条狗，太子指东，卑职们决不往西。"

琦亮："好，好！走错了路，知道回头就好。客栈里有那个假钦差的消息没有？"

魏敏中："暂时还没有。不过客栈里卑职们都已布置好了，只要他一露头，立刻就能将他逮住。"

琦亮："他会露头吗？"

冯月清："会，会！他妈还在我的手里，他一准会露头。"

徐祖荫："也不能傻等。拷问他妈，从她嘴里没准能知道那个混混的去向。"

魏敏中和冯月清："是……"

冯月清："是！"

徐祖荫："你们都去，谁抓到了那个假钦差，找到了那笔银子，谁就是太子爷的功臣……"

魏敏中和冯月清："是！"

徐祖荫："快去吧。"

琦亮（冷笑道）："老八门下尽是这号人物，还想跟太子爷争天下。哼！"

徐祖荫："这样的人也就用一次罢了。"

4. 紫岩精舍堂屋　夜

年羹尧："十三爷，那个什么任先生不放岳姑娘，那混混又在那儿磨蹭，万一误了时机……"

胤祥："再等等，实在不行，也只好我们陪着李卫一起去了。"

年羹尧："可四爷说过，我们现在最好不要露面……"

胤祥："四爷说过的话是话，我说的话就不是话！"

年羹尧："奴才不是这个意思……"

| 第八集　明枪暗箭 |

5. 离紫岩精舍不远的一棵树下　夜

小满："李大哥，你现在是不是又想你妈，又想我姐？"

李卫："是呀，我原来只想一个女人，那就是我妈，现在……说什么？你刚才说什么？"

小满："我问你现在是不是又想你妈，又想我姐？"

小满："如果想我姐，她就在那边，你过去不就行了。"

李卫："没用，面对面坐着还是想……小满，我问你，要是我这次一去回不来了，你姐和你会想我吗？"

小满："我去跟任先生说，让我姐陪你一起去！"

李卫："别去。我答应过的，不帮他找来顾盼儿，你姐就待在这里，大丈夫一言，四匹马都难追。再说，这一次不比前几次，我也不想你姐去冒危险……"

李卫："麻烦了，麻烦了，又弹起琴来了……"

琴声中，任南坡的歌声也随之传来：

蒹葭苍苍，白露为霜。

所谓伊人，在水一方……

李卫："什么歌，唱得人心里怪难受……"

小满："《诗经》里的歌，写一个男的想一个女的。"

李卫："你怎么懂？"

小满："我爹教我念过《诗经》。"

李卫："哦……"

那歌的第二段又传来了……

6. 精舍内　夜

任南坡歌曰：

溯洄从之，道阻且长。

溯游从之，宛在水中央。

琴声突然变调，高亢激昂起来，任南坡刚才还从容缠绵的神态突然变得激动起来，他抬起了头，望着远方：

> 那日一见，映我心扉。
> 从此不见，使我心悲。
> 今生难觅，来生难追。
> 日月无光，此心如灰。

7. 树下　夜
小满："李大哥，你能听得懂？"

李卫："辣块妈妈，这个人不错，可以交朋友！"

小满："你怎么知道？"

李卫："他这是在想顾盼儿了……你想想，才见过一面的人，他就这样的真心，这样的人不可以交还有谁能交？"

8. 精舍内　夜
岳思盈已经坐在了琴前，弹唱了起来：

> 皎皎日月，照我寸草。
> 哀哀父母，生我辛劳。
> 母亲生我，父亲育我。
> 生我育我，舍身难报。
> 我欲报之，我母逝矣。
> 我欲孝之，我父逝矣……

9. 树下　夜
李卫："不行！我得去救我妈。"

小满："李大哥，你一个人去危险！"

李卫："再危险也不能撂下我妈在那儿受苦。小满，告诉你姐，感谢她在任先生那里说我的那几句话……"

小满："李大哥……李大哥走了！李大哥走了！"

第八集 明枪暗箭

10. 紫岩精舍堂屋 夜

胤祥："走吧。"

年羹尧："十三爷……"

胤祥（吼道）："走！"

11. 精舍内 夜

岳思盈："任先生，我不能让他一个人去。"

任南坡："慢。"任南坡也站了起来，"你当我真的让他一个人去冒险？"

岳思盈："那是？"

任南坡："你听。"

岳思盈："是十三爷他们？"

任南坡："官场的事李卫不懂，你也不懂。四爷和十三爷就想让你们在前面引出徐祖荫，然后他们再渔翁得利！至于你们有没有危险，他们才不管。现在我不让你去，十三爷就不得不去！明白吗？"

岳思盈："先生……"

小满："坏人！你是个坏人！重色轻友……"

岳思盈："住口！"岳思盈喝住他，"小孩子家知道什么？！"

小满："你也是个忘恩负义的人！"

任南坡："不要追了，我的小溪奴会陪着他。你得赶快下山，先到云水寺将这个交给四爷。"接着说道，"然后赶到客栈去救李卫的母亲。"

12. 客栈柴屋 夜

李母："你个混账王八羔子，跑哪儿去了，让本奶妈在这儿受苦！"

冯月清："该死，该死，卑职该死。奶妈，是谁把你捆在这儿？"

李母："他！就是他个混账王八羔子！"

冯月清："哦？"冯月清转过头去笑望着陈班头，"是你将她捆起来的？"

陈班头："回太尊的话，是小人将她捆起来的。"

冯月清："为什么捆她？"

陈班头："因为她儿子偷了咱们三百万两银子。"

冯月清："哦……"又转过头去对着李母，"你儿子为什么要偷我们三百万两银子？"

李母："胡七八扯混账王八羔子！我们宫里那么多银子，偷你们的银子干什么？"

冯月清："她说她们宫里银子多，没偷我们的银子。"

陈班头："太尊放心，待会儿她就会告诉我们，她儿子偷没偷银子了。"

李母："干什么？"

陈班头："你不说你儿子是个官吗？我来给你们加官。"

李母："什么加官？"

石榴："这是要捂死你……"

冯月清："闭嘴！"冯月清狠狠地瞪着石榴，"你个烂蹄子小贱人，待会儿就轮到你了！"

李母："你个混账王八羔子，等我儿子回来……"

13. 柴房后窗外　夜

胤祥（轻声）："他们要找你和银子，不会捂死她。"

胤祥（低声喝道）："不要急，依计行事。听见没有？"

14. 客栈柴房　夜

陈班头（轻言细语）："奶奶，这个味道不好受吧？"

陈班头："只要你说出你儿子到哪儿去了，那笔银子你们藏在哪里，我就不贴了……"

李母："混账王八羔子！你见过这世上有当妈的害儿子的吗？"

陈班头："还真没见过……不过我今天想见见。"

15. 窗外　夜

16. 柴房内　夜

石榴："放开她！"石榴大声喊了起来，"再捂她就死了！要贴……要贴……你们就贴我！"

冯月清："看不出你个烂蹄子还有点忠心！对我怎么没有这么忠心啊！"

石榴："人待人是无价之宝！她对我好，你对我不好……"

冯月清："好，说得好……"对陈班头，"成全她吧！"

| 第八集 明枪暗箭 |

17. 窗外　夜

胤祥："出手吧……"

18. 柴房内　夜

魏敏中："混账王八羔子！这是干什么？"

魏敏中："连宫里的嬷嬷你们都敢贴加官了……抓起来！"

冯月清："假的！你他妈明知道是……"

魏敏中："带走！"

魏敏中："卑职来迟了一步，让嬷嬷吃苦了……"

19. 柴房外　夜

大汉甲："失礼了。魏大人说，硬逼是逼不出来的……"

冯月清："妈的！他这是要抢功……"

大汉甲："放明白点！这是徐大人的意思。"

20. 柴房窗后　夜

李卫："辣块妈妈！敢这样折磨我妈……"

胤祥（低声）："不要冲动，照任先生说的去做。"

21. 柴房外　夜

差役甲："来了！来了！"

陈班头："混账王八羔子！什么来了？"

差役甲："上差……那个上差的下差……"

冯月清："李卫？"冯月清低声对陈班头，"走。"

22. 客栈院内　夜

李卫："辣块妈妈！奶妈呢？皇上的奶妈呢？"

冯月清："回上差的话，皇上的奶妈已经接到县衙里侍候去了。"

李卫："这还差不多……你这里有多少人手？"

冯月清："人手？大人要人手干什么？"

李卫："去运银子。"

冯月清:"银子？什么银子？多少银子？"

李卫:"准备两辆大车吧。"

冯月清:"请问上差，是不是那三百万两……"

李卫:"知道还问？有这么多车吗？"

冯月清:"有有，这就调车，这就调车。"

23. 柴房内　夜

李母:"你这个官还差不多，等我儿子回来。"说到这里她又蓦地上了个心，"先扶我回房去歇着吧。"

魏敏中:"您儿子现在哪儿？告诉卑职，这就派人去接。"

李母:"你是不是也要拷问我？"

魏敏中:"哪里哪里……"

大汉甲:"大人，走了，走了……"

魏敏中:"什么走了？"

大汉甲:"那个……来了，带冯月清运银子去了……"

魏敏中:"混账王八羔子！"骂着大步向门外走去，走到门边又停了下来，"绑起来，看住她们！"

大汉甲:"是。"

24. 臬台府客厅　夜

徐祖荫和琦亮:"找到了？"

魏敏中:"是，是。是卑职派冯县令他们去运的，现在正在路上。"

徐祖荫:"好！"转对知事，"你再带些人去接应，立刻运到这里来。"

知事:"是。走吧。"

25. 云水寺　夜

陈班头:"太尊，没有了。"

李卫:"还有一百万两！"李卫突然说道，"在另外一个地方。"

冯月清:"慢！"

李卫:"慢？慢什么？先把这些运回去，然后再跟我去运那另外一百万两。"

冯月清:"上差，这里是，这里是二百万两？！"

| 第八集　明枪暗箭 |

李卫："你会不会算账？二十万一车，十车不是二百万两是多少？"
冯月清："卑职糊涂，卑职糊涂。还不运走！"

26. 臬台府客厅　夜
徐祖荫："琦大人，这里有卑职守着，您先去歇着吧。"
琦亮："这是大事，等我亲眼见到那笔银子再歇不迟。"
参将乙："禀大人，来了几个客人……"
徐祖荫："这是什么时候，还让我见客人？"
参将乙："是……不过这个客人说是京里来的，有要事要见琦大人……"
琦亮："京里来的？"
一个声音从厅外传来（胤禛）："怎么？连我也不见了？"
琦亮："四爷？！"

27. 客栈柴房　夜
大汉甲："谁？"
门外："我。魏大人叫将这两个人带走。"
李母："盈姑娘！"
李母："我儿子呢？他没事吧……"
岳思盈："他没事。"
李母："这个剁千刀没孝心的家伙，妈在这里受罪，他也不来救我。"
岳思盈："伯母，就是李卫叫我来救你的。"
石榴："动了！他们动了！"
岳思盈："绑起来。"
李母："你个小蹄子，哪儿学来的？"
石榴："天天在衙门里，看也看熟了。"
大汉甲："你们这些反贼，要你们一个个都死……"
岳思盈："堵住他们的嘴！"
李母："会不会死？"
石榴："不会。"走过去在二人的鼻孔上扎了两个眼，"可以走了。"
李母："好蹄子，又聪明，又有良心……"
岳思盈："走吧。"

28. 路上　夜

冯月清："大人，这里只有二百万两，李大人说了，还有一百万两再带我们去取。"

知事："当然听李大人的吩咐……请问李大人，那一百万两藏在哪里？"

李卫："就在客栈。"

知事和魏敏中冯月清："客栈？！"

李卫："怎么了？客栈就不能藏银子？"

知事："当然能，当然能。魏大人冯大人，我把这二百万两运回去，你们随李大人去取那一百万两。"

冯月清："有卑职一个人去就行了。"

魏敏中："你说什么？！"

冯月清："魏大人何必动怒，这二百万两不就是卑职一个人取来的吗？"

李卫："不要说了，两个人去！"

知事："听见没有？"

冯月清："是……"

29. 臬台府客厅　夜

胤禛："你来了事先也不到我府上去一趟，我这头昏的病这一向又犯了，知道你来，福晋便会将药交你带来了。"

琦亮："来得太急，来不及到四爷府还有十三爷府去问个安，这是奴才的过错。"

胤禛："太子的哮喘这一向没犯吧？"

琦亮："回四爷的话，太子爷这一向福体安康。"

胤禛："我这里倒是给他找了一些好药，你走的时候记得带给太子。"

琦亮："是。"

徐祖荫："卑职向四爷告罪，要去方便一下。"

胤禛："去吧。"

30. 臬台府后院　夜

徐祖荫："快，迎着押银子的车，千万不要押回府里来。"

参将乙："请问大人，押到哪里去？"

徐祖荫："先存放到银号里去。"

| 第八集 明枪暗箭 |

参将乙:"是。"

31. 鸿运银号 夜
知事:"我们有多少银子存在这里呀?"
掌柜:"回大人的话,大人有二百万两银子存在鄙号。"
知事:"胡说!我们有银子存在这里吗?"
掌柜:"是,是,大人并无银子存在鄙号。"
知事:"算你聪明。"

32. 银号门外 夜
知事:"去鸿禧客栈!"

33. 客栈柴房门外 夜
魏敏中和冯月清:"在这里?"
李卫:"不能在这里吗?"
魏敏中:"那倒不是……只是不太可能吧……"
冯月清:"不可能……"
李卫:"你们到这里来过?"
魏敏中和冯月清:"那倒没有……"
李卫:"那怎么知道不可能?跟我来吧。"
李卫:"我先进去。"
李卫:"怎么还不进来?"
魏敏中和冯月清:"有诈!"
魏敏中:"你在这里守着,我去禀报臬台大人。"
冯月清:"呸!"冯月清狠啐一口,"抢功就来了,一点儿不对头就溜了,混账王八羔子!"
陈班头:"太尊,咱们是不是也先到外面候着去?"
冯月清:"没出息的东西,这么多人还怕他一个人!"
陈班头:"万一里面另外有人呢?"
冯月清:"这么屁大一点柴房,就是有人能有多少?去,给我带上一条最粗的链子,我要亲手锁上这小子,妈的,这个假钦差、王八蛋,这个时候还装神弄鬼!"

陈班头："要不把府台大人的人都叫来？"

冯月清："叫他来抢功呀？真的我对付不了，假的还不富余？去！"

34. 客栈大门内　夜

35. 客栈柴房外　夜

冯月清："进去！"

陈班头："听见了没有，进去！"

冯月清："拿住了！"

36. 客栈柴房内　夜

胤祥："这么好的嗓子你该唱戏去。"

胤祥："怎么，你来锁我？"

冯月清："你是谁？"

胤祥："你眼神儿再不好，也总能数得出我这衣服上几龙几爪吧？总能看得出这是一挂东珠吧！"

冯月清："哼，上次是个破黄马褂，这回又是假龙袍挂东珠……还想唬我……"

胤祥又笑道："那你就过来看看，我这龙袍和这挂东珠是真是假。"

冯月清："你，过去看看……"

陈班头："是、是真的……"

冯月清："你、你是……"

年羹尧："瞎了眼的东西，见了十三爷还不跪下！"

冯月清："十三爷……"

胤祥："都给我锁上！"

胤祥："来了，会、会去。"

37. 柴房外院子里　夜

参将甲："里面的人都给我出来！"

李卫："押出来吧。"

年羹尧："钦差十三贝勒爷在此，尔等还不跪下！"

年羹尧："对着钦差还拿着兵器不跪，你们想造反吗？"

| 第八集　明枪暗箭 |

38．臬台府客厅　晨

琦亮："四爷,坐了一夜,您也困了吧?奴才们侍候您到客房先歇着?"
徐祖荫："是的,给四爷准备的客房早就布置好了,奴才这就领四爷去?"
胤禛："不急,马上就有几个客人要到,咱们一块儿会会。"
琦亮和徐祖荫："客人?谁?"
达尔伦、方泰："奴才两江总督达尔伦、江苏巡抚方泰叩见钦差四王爷!"
定格。

| 第九集　回头不易 |

1. 客栈李卫房间　日

李母："这个剁千刀没孝心的家伙，还不进来看我。"

石榴："您省点劲吧，李大人还没进来呢，这会儿把力气都哼完了，待会儿他一来您反而哼不出了。"

李母："说得也是。"

李卫："妈！"

李卫："妈，才多久一会儿，儿子不在身边，就让您吃这么大苦……"

李母："嫁到李家我什么时候没吃苦？你那死鬼老爹在的时候，就一天十七八回地说好话骗我，让我享耳福，吃的菜，油星子也没有一点。你爹去了，你别的没学到，一天三十五六回地说好话骗我，也让我享耳福。这回更好了，让我扮什么皇上的奶妈，柿饼没吃着，差点儿让那个混账王八羔子捂死，哎哟……"

李卫："真有柿饼，您想吃吗？"

李母："在哪里？"

李卫："混账王八羔子，还不进来！"

李卫："瞎了眼的！走哪儿去了？这边！"

李母："你个剁千刀的，弄个鬼送柿饼来，存心不让我吃呀！"

李卫："妈，就是这个混账王八羔子，敢给您贴加官，儿子现在给他也升了一官，您说还要不要给他加官？"

李母："贴这么久，他怎么还没捂死？"

石榴："鼻眼上戳着洞呢。"

李卫："好你个混账王八羔子，老子也纳闷，还以为你学过气功，原来在鼻眼上扎

| 第九集　回头不易 |

洞，瞒天过海！"

2. 客栈北屋　日

年羹尧："是那张银票，二百万两。"

年羹尧："这下该说了吧？"

知事："没错，是卑职贪墨了二百万两修河银子，与其他人无关。要砍要杀，你们发落就是。"

胤祥："一个臬台府的知事，五品的小官，秦淮河里的王八也比你这号人少些，河道总督凭什么将贪污的二百万两银子给你？"

知事："河督当然不会将银子给我，他只是寄存在我这里。"

胤祥："是寄存在你这里，还是寄存在徐祖荫这里？"

知事："是寄存在卑职这里，与徐大人毫不相干！"

胤祥："你大概是得了什么病，烧昏了头，把徐祖荫的事记到了自己身上，不要紧，慢慢想，慢慢想。"

年羹尧："你大概揣摩在众多皇子中十三爷是出了名的好脾气，打量着不吭声就能过关是不是？告诉你，十三爷现在笑着，等他不笑了，你再招供也得掉层皮！"

年羹尧："招不招！"

3. 臬台府客厅　日

胤禛："你是太子派来的人，也算半个钦差，坐下吧。"

琦亮："谢四爷赏。"

琦亮："还有十三爷没来，徐大人你是否应该去迎接一下。"

徐祖荫："是。"

胤禛："不用了。十三爷现在正在干一件事情，干好了待会儿来给大伙儿一个惊喜。"

达尔伦和方泰："惊喜？"

胤禛："这个惊喜徐大人应该知道。"

徐祖荫："四爷这话奴才不明白。"

胤禛："会明白的。"

4. 客栈北屋　日
胤祥："你真要扛起这二百万两的罪名？你就不怕诛灭九族！"

5. 客栈柴房　日
李卫眯着眼，一会儿看看魏敏中，一会儿看看冯月清。

魏敏中、冯月清道："李大人……"

李卫："我是他妈的什么大人，我是大人你们还敢那样折磨我妈？"

李卫："刚才在外面你说什么来着，什么'丢布袋'？"

石榴："对，是丢布袋。就是用一根绳子从后面套住人的手腕，然后将绳子串在房梁上，拉上去手一松丢下来，拉上去手一松又丢下来。再硬的人也就丢那么三到四次便招供了。"

李卫："辣块妈妈，好办法！好办法！"

冯月清："你个烂蹄子小贱人，竟敢出这般主意……"

石榴："你个混账王八羔子，好几回都差点把我淹死，现在还敢骂我！"

李卫："好个小蹄子，手法还真准，待会儿教教我。"

李卫："辣块妈妈，不笑还好看点。"又问石榴，"你刚才还说什么来着？"

石榴："先把他拉得脚尖点地。"

李卫："哦……"

李卫："这有个什么说法？"

石榴："这是第一道工序，叫作'蜻蜓点水'。先把犯人吊得骨头架子散了，然后再拉起来一丢，就碎成十七八节了，他们还取了个名字，叫什么'平沙落雁'。"

冯月清："你个烂……"

李卫："辣块妈妈！这一招毒，比咔嚓还厉害！"

石榴："是的。有一次一个财主想霸占他家佃户的老婆，送了这老狗两千两银子，这老狗就说那个佃户是盗贼，那佃户不服，就这样被他蜻蜓点水点了两个时辰，然后拉起来丢一下就丢死了。"

李卫："哦……"

李卫："谁拉的？刚才是谁拉的绳？"

石榴："不是你拉的吗？"

李卫："没有哇，我他妈动也没动一下……我明白了，一定是那个被他害死的佃户显灵了……"

第九集　回头不易

石榴："你别吓我……"

李卫："看什么看！你这个狗官害死那么多人，真要找你索命，你他妈一百条命也早没了！"问冯月清，"认得我是谁吗？"

冯月清："假……钦差……"

李卫："蜻蜓点水！"

冯月清："救命……救命……真钦差！真钦差……"

李卫："停！"

李卫："知道我是真的就好。你以前欺压百姓的事咱们待会儿再说。现在我问你点急事，我问一句，你答一句，答错了一句就'蜻蜓点水'，答错了两句就'平沙落雁'，听清楚没有？"

李卫："听清楚了就好。我问你，姓徐的那个什么狗屁臬台为什么要杀岳子风？"

冯月清："徐祖荫是太子的人，下官是八爷的人，太子干的事，八爷九爷十爷也不是都知道，四爷十三爷来了，八爷九爷十爷……"

李卫："辣块妈妈，什么一二三四五六七八九的。老子不识数儿，你不知道？我就问你他们为什么要杀岳子风！"

冯月清："是、是……"

李卫："你不说？"

冯月清："银子、银子……"

李卫："什么银子？"

冯月清："大人知道，就是大人带我们取的那几百万两……"

李卫："打住打住。老子什么时候带你们取银子了？"

冯月清："是，是。是河道总督贪下的那笔治河银子，他们是怕岳子风把这笔钱的事再捅出去，所以杀了他。"

李卫："多少银子？"

冯月清："本来是三百万两……现在是二百万两……"

李卫："这些银子现在在哪儿？"

冯月清："被臬台府知事运走了。"

李卫："松了。"

魏敏中："我招！我招……"

李卫："辣块妈妈，官越大骨头越软，拿纸笔给他们！"

石榴："是嘞。"

6. 客栈北屋　日

年羹尧："十三爷，怎么办？"

李卫："怎了？拷不出来？我的两个可是都招了。"

胤祥："怎么让他们招的？"

李卫："蜻蜓点水！平沙落雁！还有……干脆，交给我吧。"

胤祥："好，交给你。"

7. 客栈柴房　日

李卫："这一招叫什么来着？"

石榴："叫作'贴加官'。"

李卫："做什么叫贴加官？"

石榴："这人要出气不是，这出气要靠鼻子和嘴巴不是，如果把嘴巴和鼻子都堵上了，就出不了气了不是……"

李卫："这个谁不知道，我问你为什么叫贴加官。"

石榴："就是将这个纸贴到人的脸上，然后一口酒喷去，纸湿了就贴在脸上了，鼻子和嘴巴就出不了多少气了。要是这个人再不招供，就又加一张纸，一口酒喷去，就更出不了气了，再不招又加一张纸，加到四五张纸，这个人就没气了。最后将这几张纸揭下来，就像唱戏跳加官戴在脸上的面具了，所以叫贴加官……那面具你见过吗？"

李卫："没见过，待会儿就能见着了。"

那知事："我是堂堂正正的五品命官，枭台府知事，谁敢贴我的加官！"

李卫："你看你看，真不识好歹，这五品命官也太小点了吧？贴一张给你加一品，再贴一张又给你加一品……"问石榴，"贴五张他就是几品官了？"

石榴："五四三二一——一品了！"

李卫："好，那就先从四品加起。"问知事："加不加这个官，全在你自己了。现在我问你，河道总督贪墨的那几百万两银子，究竟是给你的，还是给徐祖荫的？"

知事："我量你也不敢贴死我。"

李卫："哦，原来你是有这个胆才不招供啊。这回你真还量错了。十三爷不敢弄死你，因为他是真钦差，弄死了你不好向朝廷交代。我是谁你知道吗？我他妈的压根儿就是一个假钦差！前脚弄死你，后脚我就溜了。这叫作乱拳打死老师父，你信不信？"

知事："你走不了！"

李卫："你都死了，我走不走得了你哪儿知道。"

| 第九集　回头不易 |

李卫："想招了就蹬蹬腿。"

李卫："怎么样？"

李卫："取纸笔！"

8. 客栈北屋　日

胤祥："怎么，不招？"

李卫："十三爷，别看你在京里做大官，见的世面比我多，可是台上唱戏，我可没比你少看。戏里那些硬骨头一个顶一个全是忠臣清官。贪官硬骨头的我真还一个没见着！拿去吧。"

胤祥："辣块妈妈，真还有几招！"转对年羹尧，"下面怎么办，任先生的锦囊里是怎么说的？"

年羹尧："游街示众，让满城百姓都知道。"

胤祥："走！"

9. 街上　日

衙役："贪官臬台府知事、江宁知府、江都县令勾结河道总督，贪墨修河救灾银款，钦差奉皇上圣旨，枷号游街示众……"

10. 臬台府客厅　日

胤禛："押过来吧。"

胤禛："达尔伦、方泰。"

达尔伦和方泰："奴才在。"

胤禛："一个两江总督，一个江苏巡抚，坐镇江南，在你们的治下，有人贪墨了三百万两修河工款，你们知不知道？"

达尔伦和方泰："回四爷的话，三百万两修河工款是河道总督贪墨的，与两江无关。"

胤禛："要是这笔银子是你两江的官员贪墨的呢？"

达尔伦："立刻逮问严惩！"

胤禛："那好，你们听吧。"

胤禛："看看去吧。"

11. 僻静处一家小茶馆　日

李卫："我这里正忙得脚打后脑壳，你把我领到这儿来干什么？"

岳思盈："不急，坐下，咱们坐下说话。"

李卫："这是干吗，好像我们刚认识似的……"

岳思盈："你是个好人……"

李卫："什么？你说什么？"

岳思盈："你和你妈都是好人，你们会有好报的。"

李卫："怎么了？你又遇到什么了？"

岳思盈："没有遇到什么。你现在就回客栈，带着你妈还有石榴快走吧。"

李卫："为什么？"

岳思盈："任先生说的，你们得赶快走，再不走就走不了了。"

李卫："那你呢？你和小满呢？"

岳思盈："我们得跟着四爷和十三爷进京，看着徐祖荫他们正法！"

李卫："我说呢，你哪儿会对我这么好……到头来也是过河拆桥要赶我们走……"

岳思盈："你说什么？"

李卫："没说什么！现在你的仇也报了，我的事也完了，我们各走各的路，也犯不着借什么任先生做由头。我李卫天生贱命，牵着不走，打着后退！"

岳思盈："哎……"

12. 臬台府衙门前　日

琦亮、达尔伦、方泰和徐祖荫："给十三爷请安！"

胤祥："罢了。"冲着胤禛笑道，"看样子这江苏的水带着邪气，你看，太子的门人，八哥的门人原都好好的，一到了这里都成了贪官。"

衙役："贪官臬台府知事、江宁知府、江都县令勾结河道总督贪墨修河工款，钦差奉皇上圣旨，枷号游街示众喽！"

胤禛："不要停，接着示众！"接着对那几个官，"我们进去说话！"

13. 臬台府大堂　日

胤禛："你过来。"

胤禛："看看。"

胤禛："你是两江总督，该怎么办还要我说吗？"

| 第九集　回头不易 |

达尔伦："奴才明白。"对戈什哈大声喊道，"来人！"

达尔伦："将他拿下！"

徐祖荫："请问四爷，请问制台大人，卑职有什么罪？"

达尔伦："你还有脸问我，勾结河督，贪墨修河工款，杀害御史，你死定了！"

徐祖荫："证据呢？"

达尔伦："人证物证都在，还要什么证据？"

徐祖荫："琦大人，他们这是诬陷！"

琦亮："四爷……"

胤禛："有什么话，进了京到刑部和都察院说去！押下去。"

琦亮："四爷，您是主子，又是皇上派的钦差，按理奴才不应该驳您的话。但有一件事，奴才得问明白了，回去后也好向太子爷交代。"

胤禛："说吧。"

琦亮："有一个叫作什么李卫，这一向打着四爷和十三爷的名头，专在江宁一带假冒钦差，罗织徐祖荫等江苏官员的罪名。请问四爷，这个人是什么来头，凭什么就敢假传圣命，扰乱官场！"

达尔伦和方泰："有这回事？"

琦亮："这个人现在还在鸿禧客栈！"

胤禛："你知道有这个人吗？"

胤祥："不太清楚。"

琦亮："既然四爷和十三爷都不知道这回事，奴才们就得按王法行事了！达大人方大人，你们知道应该如何办理。"

方泰："当然。来人！"

方泰："立刻到鸿禧客栈，捉拿那个叫李卫的假钦差！"

几名戈什哈齐声吼应："嗻！"

14. 鸿禧客栈外　日

巡抚衙门的亲兵都是挑出来的，一个个虎背蜂腰螳螂腿，跑起来也就格外精神威风，一下子便把个客栈门外弄得鸡飞狗跳，杀气森严了。

15. 客栈院内　日

岳思盈："这里面都是女眷。"

一亲兵："不管是谁都得搜查。"

岳思盈："不管是谁都不许进去。"

亲兵："你是谁？"

岳思盈："前江南道御史岳子风的女儿！"

亲兵："失敬，我们是奉了钦差的旨命，前来缉拿钦命要犯。请岳小姐通融。"

岳思盈："你们可以进去看看，但不许吓着女眷。"

亲兵："这个可以。"

16. 李卫房间　日

李母："是不是接我们去吃酒席的？"

岳思盈："不是，他们是来看看还缺些什么东西……"

李母："哎，过来。"

李母："如果有好的绸缎衣服，给她整两套来。"

岳思盈："没有事了吧？你们可以出去了。"

李母："这是哪个衙门的，不吭不哈，怎么当差？"

岳思盈："您，您歇着吧。"

李母："不急，我高低要给你整几套新衣服穿。"

17. 李卫房间门外　日

思盈："你快出去，见到李大哥叫他赶快跑，千万不要回来。"

18. 客栈门边　日

几个亲兵："不许出去！"

小满："我是前江南道御史的儿子，为什么不让我出去。"

亲兵："不管是谁，不许出去。"

19. 半月楼香房　日

李卫："要弹，你就给我弹个'蜻蜓点水'吧。"

一个女人甜美的声音（顾盼儿）："恩公，你还想听什么？"

李卫："还想听什么……对了，《诗经》！《诗经》你会弹吗？"

顾盼儿："恩公，《诗经》有三百零五篇呢。你想听哪一篇？"

| 第九集　回头不易 |

李卫："一个男的想一个女的。"

顾盼儿："一个男的想一个女的？那也有十几篇，你说的是哪一篇？"

李卫："什么'在水中央……'？"

顾盼儿："那是《蒹葭》。我这就给你弹。"

李卫："算了算了，听着心里难受！"

顾盼儿："恩公是不是有什么心事？"

李卫："你说，这人活在世上什么东西最苦？"

顾盼儿："当然是想人最苦……"

李卫："你怎么知道的？"

李卫："难怪那个任先生魂都被你勾了……"

顾盼儿："你说什么？"

李卫："我的时间也不多了，我来是求你一件事。"

顾盼儿："恩公请说。"

李卫："我有个朋友，想你想得发疯，想见见你，你见不见？"

顾盼儿："恩公的朋友我当然要见。"

李卫："你答应了？"

李卫："辣块妈妈，自己没老婆，还给人家找老婆，总算做成了这件事。顾小姐，那个人会带着你送我的那把扇子来找你，到时候你就认那把扇子就行了。"

顾盼儿："准备一下，我要出门。"

门外传来一个婢女的声音："知道了。"

20. 客栈门外　日

21. 客栈门内　日

小满："李大哥快跑，有人要抓你！"

22. 臬台衙门后堂　日

胤禛："哪儿也不去了，我和十三爷就在这里住一宿，明天便押着钦犯起程。"

达尔伦和方泰："是。那奴才们暂时告退。"

胤禛："去吧。"

胤祥："慢，人犯可都交给你们了，看严实点，出了事你们知道会吃什么果子。"

达尔伦和方泰："奴才们理会。"

胤禛："你也歇着去吧，明儿一块回京。"

琦亮："是。"

胤祥："四哥，那个李卫如果押到京里去，只怕小命就保不住了。"

胤禛："他们会把李卫押到京里去吗？"

胤祥："什么意思？"

胤禛："这个人知道得太多，一下子把太子的人，老八他们的人全端出来了，你想想，让他到了京里一顿乱说，朝局还不乱了。"

胤祥："你是说，他们会在这里把他做了？"

胤祥："那咱们呢？难不成真像他说的过河拆桥吧？"

胤禛："我也为难，咱们的事他也知道太多……"

胤祥："这不行！这太不义道！"

胤禛："太困了，先歇着吧。"

23. 臬台府大门外　日

方泰："制台大人，那个人无论如何都不能留！"

方泰："如果让他到京里瞎说一通，太子饶不了我们，八爷九爷十爷也饶不了我们。"

达尔伦："流年不利，被一个小混混倒弄得我们鸡犬不宁。该怎么办就怎么办吧。"

24. 臬台衙门牢房　夜

牢头："大人，琦大人传话来了，说让大人稳住。"

牢头："待会儿那个害你的混混也会关到这儿来，您说，要不要小的们将他做了……"

徐祖荫："这还用我说吗？只怕早就有人给你打过招呼了吧？"

25. 牢房通道　夜

李卫："二十年后，老子又是一条好汉……"

牢役："瞎喊什么？瞎喊什么？"

李卫："老子憋闷，喊一声解解闷气，又怎么了？"

牢役甲："出红差的才这么喊呢。才押进来，又没拉去砍头，喊什么？不怕给自己招

| 第九集　回头不易 |

丧气呀？"

　　李卫："你们的意思我活着进来还能活着出去？"

　　牢役："什么意思？"

　　李卫："没意思，待会儿要动手，你们痛快点，别让老子难受！"

　　李卫："开门吧。"

　　牢役甲："进去吧。"

26. 通道顶头　夜

　　两个牢役："头儿，那小子好像已经知道了。"

　　牢头："他说什么了？"

　　牢役甲："他叫咱们做痛快点。"

　　牢头："看不出还是条汉子……那就用沙袋吧。"

　　牢役甲："小的们也是这样想，这不已经准备了。"

　　定格。

| 第十集　泥途曳尾 |

1. 客栈思盈房间　夜

岳思盈："谁？"

顾盼儿（声音斯文柔和）："请问岳小姐是住这儿吗？"

岳思盈："你找她干什么？"

顾盼儿："为了李卫的事。"

岳思盈，顾盼儿（同时）："你是？"

顾盼儿："你就是岳思盈小姐？"

岳思盈："你怎么知道？"

顾盼儿："因为我也是女人。"

岳思盈："你是顾盼儿？"

顾盼儿："你准备去救李卫？"

岳思盈："他是为了我遭的难，我不能不管。"

顾盼儿："那可是臬台衙门的大牢，你救得出来吗？"

岳思盈："听天由命吧。"

顾盼儿："男的痴，女的也痴……"

岳思盈："你说什么？"

顾盼儿："我知道，你只是为了报恩。"顾盼儿又望了一眼她，站了起来，"恕我冒昧，叫你一声妹妹好吗？"

顾盼儿："好妹妹，听我一句话，不要去冒这个险。"

岳思盈："我也没有别的办法了。李卫是一步一步陷进去的，这里面深险复杂，听任先生说，恐怕就在今天晚上那些人就会把他害了……"

第十集 泥途曳尾

顾盼儿："你去找过四爷和十三爷吗？"

岳思盈："去了。门口全是江苏巡抚衙门的人把着，怎么说也不放我进去。"

顾盼儿："因此你就铤而走险？"

岳思盈："有别的办法吗？"

顾盼儿："当然有！"

2. 江苏巡抚卧室 夜

帐幔中那女人咳了起来，接着骂道："瞧你那胆，咱们是大爷的人，他们狗咬狗的，怎么就把你吓成那样。"

方泰："我就是怕给大爷惹麻烦……"

帐幔中那女人："太子和八爷、四爷他们较劲，干大爷什么事了？"

方泰："是不干大爷的事，可你知道，河督也给咱们送过银子。"

帐幔中那女人："河道衙门给谁没送过银子？就你吓成那样。"

方泰："姑奶奶，小心无大错……"

门外亲兵头目的低唤声："大人，大人……"

方泰："什么事？"

亲兵头目："有点急事……"

方泰："妈的，折腾了一天，觉也不让人睡了……"

方泰："钦差那边有事？"

亲兵头目："是，钦差大人派人传话来了。"

方泰："叫他在前面等着，我就来。"

床上那女人："太晚了就别来吵我。"

方泰："好，好……"

床上那女人："还真好了！你打算到哪儿睡去？"

方泰："当然回这儿来睡。"

床上那女人："胆大了你！"

3. 巡抚衙门签押房 夜

方泰："姑奶奶，你跑到这儿来干什么？"

顾盼儿："来救你呀。"

方泰："救我？"在旁边坐了下来，"别逗了，有什么事就快说。"

顾盼儿："你不相信我是来救你？"

方泰："你这身打扮更好看……"

顾盼儿："我不是来让你逗乐的。"

方泰："你真是来救我的？"

顾盼儿："我问你，你们是不是抓住了一个叫李卫的人，关在臬台府衙门大牢里？"

方泰："你怎么知道？"

顾盼儿："你们是不是想在今天晚上把他害了？"

方泰："什么意思？"

顾盼儿："没有意思，如果你想太子和四爷八爷拿你当替罪羊，就叫你的手下把李卫害了吧！"

方泰："说明白一点，你是哪儿听来的消息？"

顾盼儿："巡抚大人，你要知道，到我那儿去的，不只你一个大官。"

方泰："你到底听到什么了？"

顾盼儿："你的话我不会传给别人，别人的话我也不会传给你。但我知道，在江苏这个地方，我要靠你照顾，这才来给你通个信，信不信由你。"

方泰："稍许给我透点信儿……"

顾盼儿："好吧。我问你，那三百万银子与你有没有关系？"

方泰："当然没有关系。"

顾盼儿："杀岳子风的事与你有没有关系？"

方泰："当然没有关系。"

顾盼儿："那你害李卫干什么？"

方泰："瞎七八扯，我什么时候要害李卫了？"

顾盼儿："那就好。你不但不能害他，还要保住他，让他平平安安地到北京去，这样这件事才扯不到你身上来。如果他死了，那三百万银子和岳子风的死就是一笔糊涂账，两江所有的官员都脱不了干系，你这个巡抚就更脱不了干系！"

方泰："来人！"

方泰："现在几更了？"

亲兵头目："好像有二更了……"

方泰："快去！"

亲兵头目："大人，到哪儿去？"

方泰："牢里去，救李卫！"

| 第十集　泥途曳尾 |

方泰："还不快去！"

4. 臬台衙门大牢　夜

李卫："你们说，这人活着图个什么？"

牢役甲："大口喝酒，大块吃肉。"

李卫："不是不是。"

牢役乙："睡她十七八个女人。"

李卫翻白了眼："有新鲜的话没有？"

两个牢役："那你说图个什么？"

李卫："眼里看到了什么不平的事，然后嘴一张，手一指，把这个事就摆平了。这样做人他妈才痛快！"

两个牢役："这咱们还真没想过。"

李卫："我他妈的从小就爱看戏，而且就喜欢看戏里的八府巡按，瞪着两只眼到处去找不平的事。发现了，对着那些贪官污吏恶霸坏人，说一声咔嚓，一颗头就滚在地上了。想当年在兖州……辣块妈妈，没想到我还真做了一把八府巡按，还真他妈把一个三品的臬台，还有什么狗屁知府县令全扳倒了。你们说人做到这一步，就死了也他妈痛快。"

牢役甲："还是他妈的不死更痛快。"

李卫："有不死的人吗？找一个我看看。"

牢役甲："这还真他妈找不出来。"

李卫："好了，吃饱了，你们干活吧。"

两个牢役："是条汉子，我们会做得干净。"

李卫："那就拜托了。是仰着还是趴着？"

牢役乙："当然是趴着。"

5. 臬台府衙门后院　夜

胤祥："她还在外面吗？"

胤祥："不行！老子得去管管！"

年羹尧："四爷……"

胤禛的声音："知道了，由他去吧。"

6. 臬台府衙门大牢　夜

牢头："有谁没有睡着吗？"

牢头："有没有睡着的吗？吭个声！"

7. 客栈李卫房间　夜

李母："李卫！李卫！"

石榴："您叫谁？"

李母："点灯，点灯！"

李母："快去，把李卫叫来。"

石榴："这么晚了，也不知道他在哪儿，怎么叫去？"

李母："找岳姑娘，让岳姑娘去叫。"

石榴："到底什么事？"

李母："李卫他爹找我来了……"

石榴："您又吓人……"

李母："吓你干什么！真来了，刚才就站在你站的这个地方……"

李母："死鬼跟我说，有人要害李卫……"

石榴："他在四爷和十三爷那儿呢，谁敢害他，天一亮我就把他叫来。"

李母："倒也是。可怎么我这心里就不踏实……"

8. 臬台府衙门大牢　夜

牢役甲："要不要再喝点酒？"

李卫："还喝酒干什么？让我醉着去呀？"

牢役甲："那我们就送你走了？"

李卫："有完没完？真啰唆。"

牢役甲和牢役乙："狱神在上，冤魂在下，千差万差，来人不差；千错万错，干活的不错。冤有头，债有主，不要认错人了！"

9. 路上　夜

10. 臬台府衙门大牢门外　夜

那亲兵头目："留人！留人……"

第十集 泥途曳尾

两个牢卒:"站住!干什么的?"

亲兵头目:"是你老子!瞎了眼的!"

11. 李卫牢房 夜

亲兵头目:"动手没有?"

亲兵头目:"糟了……"

牢头:"怎么了?"

亲兵头目:"怎么?你们等着抵命吧!"

牢头:"又变卦了?!"

亲兵头目:"变你妈的卦!谁叫你们这么干的?!"

牢头:"搬开!快搬开!"

牢头:"快看看,还有气没有。"

牢役甲:"兄弟!兄弟……"

牢头:"摸鼻子!摸鼻子呀!"

牢役甲:"没、没气了……"

亲兵头目:"十三爷……"

牢头:"不干小的们的事……"

牢头:"小的去救!小的这就去救!"

牢头:"翻过来……妈的,轻一点!"

牢头:"滚开!"

李卫:"你吃了蒜吧?"

李卫:"没事吃蒜干什么?"

牢头、亲兵头目和两个牢役(同声):"阿弥陀佛!"

牢头:"开个玩笑,您别当真……"

李卫:"开玩笑?来,压你身上试试!"

胤祥:"妈的,真邪!"

12. 客栈门内 晨

小满:"李大哥!"

李卫:"轻点。"

李卫:"老太太还不知道吧?"

李卫："你姐知道吗？"

小满："知道。"

李卫："她昨天夜里都和你在一起？"

小满："是的，昨天一夜都和我在一起。"

李卫："辣块妈妈，还不给我卸下！"

亲兵头目："十三爷吩咐过的，还望着我干什么？"

牢头："见完了老太太，您就赶快下来，别给咱们为难……"

李卫："死都死过一次了，老子还会跑吗？"

牢头："也是，也是。"

13. 李卫房间　日

李母（又惊又喜）："什么？你答应娶她！"

李卫："呆着干什么？倒茶呀！"

李母："是呀是呀，快倒茶！快倒茶！"

李母："你就不跪了？"

14. 李卫房间门外　日

15. 李卫房间　日

李母："喝了这杯茶，你就是我李家的人了。知道该干什么吗？"

石榴："侍候婆母。"

李母："这个不用说，还有更要紧的。"

李母："不孝有三，无后为大。你准备给我生几个孙子孙女？"

石榴："您说吧……"

李母："五个男的，两个女的。"

石榴："这么多呀？"

李母："这叫作五男二女，七子团圆。"

石榴："记住了。"

李卫："快喝吧您呢！"

李母："是是。"

李卫："我得跟四爷和十三爷押着那几个狗官进京。我妈就交给你了……拜托！"

| 第十集　泥途曳尾 |

石榴："都现在了，还说这个干什么。"
李卫："妈，我先走了。"
李母："总得圆了房再走吧……"

16. 客栈院内　日
李卫："你他妈就不能等到门外！"
牢头："是，是。"

17. 思盈房间　日
小满："你就连看也不看人家一眼了？"
岳思盈："你姐是这样的人吗？"
岳思盈："他是我们家的大恩人，往后你陪着他妈，要瞒着她，能瞒多久就瞒多久。姐要一路护送他到京里去。"
小满："姐，我说错了……"

18. 郊外　日
李母："我就弄不明白，为什么就不能一路走。"
石榴："他们是骑马，我们是坐车，他们快，我们慢。"
李母："这得走多久？"
石榴："我也不知道。"
李母："问问。"
石榴："到京里去得走多久？"
年羹尧："再快也得走一个月。"
石榴："他说了，要走一个月。"
李母："那还是让我下来走路吧，这样颠来簸去的，到了京里骨头架子还不散了。"
石榴："不散不散，我给您捏，给您捶。"

19. 江宁城外　日
任南坡："去，买两个油饼吃吧。"
小溪奴："油饼！油饼！两个油饼！"
任南坡："恶习难改，恶习难改……"

顾盼儿："这里的茶叶不好，要一壶白开水吧。"

婢女："是。"转对茶房，"来一壶白开水。"

茶房："白开水？"

婢女："按一壶茶算钱就是。"

茶房："好，好。"茶房冲了一壶水："您慢用。"

任南坡："将碗里的茶叶倒了，给我也换上白开水。"

茶房："好，好。"

围观的百姓不知是谁叫出了一声好："好！"

李卫："多谢！多谢！"

岳思盈："姐姐，你也来送他了。"

顾盼儿："也是来送你。"

顾盼儿："我主要是有几句话要问你。"

岳思盈："什么话？"

顾盼儿："你说，什么样的男人才是真正的男人？"

顾盼儿："我身陷青楼，可谓阅人多矣。达官贵人，富商巨贾，文人墨客……他们有的有权，有的有钱，有的自恃有才，可都缺一样东西，那就是真诚！"

顾盼儿："真正的男人应该是像他那样……"

顾盼儿："率性而行，可心里又有个标尺，愿意帮人，从来没想到要人家报偿他；嫉恶如仇，可又从来不是因为人家得罪了他。这样的人我还是第一次遇到。"

顾盼儿："当然，男女之间还得讲一个缘字。这一去，你不要老想着报恩，像他那样，该做的就做。我说得对吗？"

岳思盈："说得对。任先生你已经见过了？"

顾盼儿："任先生？在哪儿？"

岳思盈："你们还没有见过？"说着向任南坡走了过去，"任先生……"

任南坡："我、我还有点事，先、先告辞了……"

岳思盈："这也是个真诚的人。"

顾盼儿："你快走吧。"

岳思盈："我会回来找你们的。"

20. 河边　黄昏

琦亮："天黑以后，你再下船，要骑最快的马，把这封信送给太子。告诉太子，徐祖

| 第十集　泥途曳尾 |

荫和那个假钦差正一起押解进京。如果太子有什么旨意、有什么布置,一定要快。"

21. 另一条官船上　黄昏

胤祥:"四哥,这是任先生托人捎来的字条。"

胤禛:"写的什么?"

胤祥:"只有八个字,刘备招亲,尽人皆知。"

胤禛:"这是诸葛亮教给赵云的锦囊妙计之一。"

胤祥:"任先生聪明。这件事必须要弄得尽人皆知,这样一可以防太子杀徐祖荫灭口,二可以为李卫留下口碑,让太子他们不能轻易动他。"

胤禛:"我倒是也想到了。来人。"

胤禛:"这是徐祖荫一案的详细案情。我们的船慢,天黑以后,你上岸骑马,尽快赶到京里,大理寺、都察院和刑部各送一份,让这三法司的人都要知道这件事。"

胤祥:"你们见人就当故事讲,知道的人越多越好,添油加醋的也没关系。"

胤禛:"你放心,有嘴快的。咱们回去的时候,弄不好那书场里说书的段子都编出来了。"

胤祥:"那才好呢。"

22. 大理寺监狱　日

23. 大理寺监狱玄字号牢房　日

狱丞:"六!六!六……"

一个便服笑了:"完了!"

狱丞:"回各人房间吧。"

一个牢头:"大人,押进来了。"

狱丞:"什么押进来了?"

牢头:"江苏,江苏的那两个人。"

狱丞:"什么江苏江西的,关起来不就得了!"

牢头:"大人,这是江苏两个钦命要犯,照例您得先问话……"

狱丞:"哦……押进来吧。"

牢头:"是。"

24. 大理寺监审室　日

狱丞："去枷——"

狱丞："犯官姓名——"

李卫："李卫……"

狱丞："品秩——"

李卫："什么？"

狱丞："几品官？"

李卫："没品。"

狱丞："什么？没品？在哪个衙门任职？"

李卫："没衙门。"

狱丞："是不是搞错了？没职没品的送这儿来干什么？"

牢头："没错，这儿有法司衙门的解单。"

狱丞："李卫！你他妈的就是把两江搅得满城风雨的那个假钦差李卫？"

李卫："当过两天儿。"

狱丞："妈的，怎么不早说？"煞有兴趣地："你小子行啊！"

李卫："我说，我又没耍猴儿，看什么呢？"

狱丞："可比耍猴儿的热闹多了，知道吗，六部衙门里都嚷嚷动了。昨儿个我到吴裕兴打茶围，连说书的都拿这事儿抓哏呢。我说，你小子是怎么琢磨出来的？"

李卫："我还饿着呢。"

狱丞："好办。来呀，找间敞亮点儿的让他住进去。告诉厨子加俩菜，我得听听这下回书。"

25. 毓庆宫　夜

琦亮："奴才的差事没有办好……"

太子："没有办好还回来见我干什么？"

琦亮："奴才该死。奴才原本想在江宁将那小子做了，没想到十三爷出了面……"

亲随甲："看样子四爷和十三爷这回是吃了秤砣铁了心，要跟太子爷过不去了。"

琦亮："奴才后来想，回京以后，再想办法把两个人一块儿杀了就完了，没想到这件事一夜之间传得满城风雨。看来还真是不能轻易动手了。"

亲随乙："好在圣上没在北京，要抓紧时间，还来得及摆平。"

亲随甲："现在的关键，是要把这件案子的主审权拿到手，千万不能落到别人的手

第十集　泥途曳尾

里。"

太子："你们听着，现在要做两件事。第一，要告诉徐祖荫，让他把事情都兜下来，只要我在，就有他的命。退一万步讲，起码他的家人可以保全。第二，去大理寺监狱，单独提审那个假钦差，一定要逼他说出他做的一切都是老四和老十三指使的，抓住了他们的小辫子，就堵上了他们的嘴。"

琦亮："这不难，堵在监狱里不愁治不了他。"

太子："还有，派人监视老四和老十三，不管他们见了谁，都要告诉我。"

26. 雍亲王府　夜

胤祥："咱们的折子递到热河已经三天了，一直没有回音。现在太子在这里可以一手遮天，我真怕他们重演江宁府的故伎，把李卫杀了灭口。"

胤禛："灭口他们已经不敢了。倒是要防着他们逼供李卫，把事情推到咱们身上。现在的关键是要抢到主审权！"

胤祥："那也得快！如果一拖，就会让太子抢了先着。"

胤禛："你管着刑部！现在你就回去，以刑部的名义再派些人到大理寺去协同看守，就说圣旨下来以前，谁也不许提审李卫和徐祖荫！"

胤祥："这个办法好。我这就去布置！"

27. 廉亲王府　日

胤禩："如果我所料不错，命我主审的上谕今天就会下来。"

胤䄉："那么有把握？"

胤禩："这是常识。徐祖荫是太子的门人，皇阿玛当然不会让他的人主审，四哥和老十三已经搅进去很深了，也自然不会让他们主审。剩下来当然是让我主审。"

胤禟："要是皇阿玛还想保全太子呢？"

胤禩："那就不会让老四和老十三去查这个案子。"

管事："八爷九爷十爷，上谕到了！"

胤禩："取我的袍服，接旨！"

定格。

第十一集　大案通天

1. 廉亲王府　夜

这就是八贤王！胤禩走到门外，从下人手里接过灯笼，顶戴龙服恭恭敬敬地先到大门口把传旨太监接了，擎着灯笼亲自给他照路，恭恭敬敬地又将他护送到客厅，把灯笼还递给下人，这才自己走了进去，站在下方跪了下来。

传旨太监被他这一路接送感动了好一阵子，这才掏出圣旨展开，声音当然也就不太像平时宣旨，而是十分的柔和："上谕：尔于本月十一日上的请安折子朕已经看了。朕安，每日早晨都能喝一碗鹿血，午膳和晚膳也能进两碗米饭，闲暇又看了看《二十三史》，颇有心得。尔和九阿哥十阿哥安否？太子安否？四阿哥十三阿哥安否？其他阿哥俱安否？京城里要紧的事情，尔等兄弟都可以管，都应该管。此不劳朕多说。钦此。"

满腹期待却等来了这一通云遮雾罩的上谕，胤禩饶是城府深沉也一时摸不透老爷子的意图，跪在那里怔住了。

传旨太监等了一会儿，见胤禩还跪在那里发愣，只好温言催道："八爷，接旨吧。"

胤禩这才惊醒过来："哦。儿臣领旨。"拜了一拜，双手接过上谕。

传旨太监："奴才告退了。"

胤禩："我送送公公。"

传旨太监："不敢当。"

胤禩已经又从下人手里接过灯笼："走吧。"照着他走了出去。

隐身在里屋的胤禟胤䄉走了出来。

胤䄉是急性子，已经嚷了起来："老爷子葫芦里到底卖的什么药？真把人越弄越糊涂了！"

胤禟也发开了牢骚："贪墨了三百万修河工款，又杀了御史言官，现在人赃俱获，上

| 第十一集　大案通天 |

谕里竟然一句话没有，这怎么回事？"

胤祀已经回来了，显然在这短短的一段时间里他悟出了什么，止住了急于向他喧嚷的胤禟胤䄉："从今天起，咱们谁也不要提这个案子。"

胤䄉："什么？不提这个案子？"

胤祀："对，不提这个案子。"

胤禟和胤䄉："为什么？"

胤祀取下了顶戴，慢慢坐了下去："皇阿玛的上谕里只字不提这件案子，就是不让我们去捅破这层窗户纸。因为捅得不好，窗户纸虽然破了，里面很可能什么也没有。"

胤䄉："这什么意思？"

胤祀："你们想想，现在虽然抓到了徐祖荫，可所有的证据也就装在徐祖荫一个人脑子里。咱们去审他，他自恃有太子在背后撑腰，供出来一齐死，不供出来太子或许还会保护他的家人。因此他决不会供出太子。皇阿玛看到了这一点，当然不会让我们急着去审他。"

胤禟："那就这样把人关在牢里不闻不问？"

胤祀："自然有人去闻去问。人关在牢里，着急的是谁，当然是太子。他一定会有所动作，这样一来他就自然会露出马脚……"

胤禟胤䄉恍然大悟："哦……"

胤禟："要是他们玩出什么杀人灭口的把戏呢？"

胤祀："这就是皇阿玛上谕后面那段话的意思。"说着又展开了上谕。

胤禟胤䄉把头伸了过去。

胤祀："你们看，'京城里要紧的事情，你们兄弟都可以管，都应该管……'。这什么意思？不就是叫咱们看好几个人犯吗？"

胤䄉兴奋得嚷了起来："这个老爷子，有话老是不明说，叫人家去猜……八哥，你说咱们怎么去管？"

胤祀："这事还真得要你去。明天你就去一趟大理寺，找到那儿管牢的官，告诉他，不能让任何人提审这两个人犯，更不能让这两个人身上掉了一根汗毛。不然的话，他的头就等不到秋后了。"

胤䄉还没接言，胤禟立刻说道："万一太子他们今天晚上有什么举动呢？咱们明天去不就晚了？"

胤祀："放心，老四和老十三比我们更急。"

胤禟："你是说他们已经在防着太子了？"

胤祀："如果我所料不错，刑部的人现在已经到了大理寺监狱了。"

2. 大理寺监狱狱丞值房　夜
一桌子的酒菜，只李卫一个人在那里吃喝。

吃了几口，李卫抬头望着几个狱卒："哥们儿，动筷子呀！"

牢卒甲："头儿还没来，你吃，你先吃。"

李卫："那怎么好意思？"说着又夹了一大块肉塞进嘴里。

狱丞抹着汗进来了。

狱卒们："头儿，摆平了吧？"

狱丞："无所谓摆不摆平，是刑部派人来帮着看牢的。"

牢卒甲："没什么事刑部派人来帮着看什么牢？"

狱丞望了一眼李卫："是这位兄弟谱大，刑部传了十三爷的话，叫照顾好这位兄弟。"

狱卒们一齐望着李卫。

3. 毓庆宫　夜
太子抬头惊问："刑部派人去了大理寺监狱？"

琦亮："是。去了上百号人。"

太子眼中又露出了凶光："看样子老四和老十三真跟我摽上了！"

琦亮："咱们是不是也要派人去？"

太子："现在派人干什么，跟他们干仗吗？"

琦亮："万一他们在里面暗中逼问徐祖荫怎么办？"

太子："要逼问徐祖荫他们也不会等到现在，从江宁到北京这么久，早就逼问了。老八那边有什么动静？"

琦亮："我正要跟太子爷禀报。这是皇上在八爷请安折子上的朱批抄件。"说着拿出一份抄件递给太子。

太子急忙抢过展看，一脸的茫然，怔了好久才说道："老爷子这是什么意思，一个字也没提徐祖荫和那个假钦差的事？"

琦亮和几个亲随面面相觑，各自按照自己的意愿想了起来。

亲随甲："依奴才的看法，皇上这莫非是在保太子爷过关？"

众人眉头都是一展。

| 第十一集 大案通天 |

太子："这话怎么说？"

亲随甲："徐祖荫是太子爷的人，这是尽人皆知的事，犯了这么大的事，皇上一个字也不提，也不让八爷他们审讯，这不摆明了是在保太子爷您！"

太子沉吟了："话可以这么说，但怎么着也总觉得心里不踏实。"

亲随乙："莫非皇上是有意挪出时间让咱们把事情先摆平了？"

太子有些焦躁了："尽往好里想！有没有其他的意思？琦亮，你说！"

琦亮："这事情可以往好里想，也可以……最好不往坏里想……"

太子："废话！"

琦亮："是。奴才的意思，太子爷干脆上个折子，先请个罪，就说管教不严，门下出了徐祖荫这样的奴才，请求皇上将这两个人发交太子爷审讯。皇上如果真要保太子爷过关，就会同意太子爷的请求，如果……"

太子手一挥："就这样吧。"

4. 大理寺监狱狱丞值房　夜

一桌子酒菜已经杯盘狼藉。

这人只要把生死置之度外，还有什么放不开的？李卫敞开了也不知道喝了多少酒，这会儿正说得唾沫星子乱飞，狱丞和一帮狱卒听得津津有味。

李卫："其实兄弟我也没别的，第一就是胆子大，什么太子啊、王爷啊、贝勒的，我是谁也不认识！钦差是干什么的，我也不知道。只是想当年在兖州……辣块妈妈，那是从戏里看到钦差把一个三品的官给咔嚓了。就这样这钦差都当了好几天，我还没弄明白，那傻瓜县太爷最初往我这一跪，吓得我差点儿没坐地上。到后来他们跪习惯了，我他妈也就习惯了。"

众人大乐。

李卫："第二，兄弟我生来好赌，牌桌宝局是赌，假冒钦差也是赌，只要是赌，兄弟我就连妈也忘记了。"

听到这里，狱卒们都笑了，而且一齐将目光望向狱丞。

狱丞这个时候脸色却阴暗下来。

李卫这根弦是一碰就动，盯着狱丞问道："老哥也好这个？"

狱丞："也不是好，只是觉得这人活着如果不赌那就什么意思也没了……"

李卫："输得多赢得少？"

狱丞："也没输太多，就刚才把自己家里住的房子也输了，明天得到另外一个胡同里租几间房，叫老婆孩子搬家……"

李卫将桌子一拍："我说呢，我这条命明明应该在江宁就没了，怎么着还要把我送到京里来？原来这里还有个赌局在等着我！"

狱丞上下望了望他："这里赌的可都是现钱现物，从来不赊账的。"

李卫："我没钱，老哥你还凑不出点赌本？"

狱丞："你担保能赢？"

李卫："我只能担保不输。"

狱丞的眼睛亮了："赢了钱怎么分账？"

李卫："我这条命都没几天了还要钱干什么？赢了全是你的。"

狱丞喜心翻倒，说话间就把目光盯向了几个狱卒。

这几个狱卒如何不知道这一盯的意思，一个个下意识捂住了腰间的褡裢。

这狱丞看起来是个极随和的人，堆着笑对几个狱卒说："按理老哥不应该再找你们借钱，只是摆着这么一个扳本的机会，倘若错过了，原来借你们的钱这一时片刻也就还不了了……"

狱卒们对望了一眼。

狱卒甲："头儿，小的们也不是这个意思，只是觉得您不在赌运上，再多的钱倒了进去，也填不了那个无底洞。这位兄弟话是说得挺响，万一又输了，小的们的老婆孩子只怕也得搬家了。"

这话说得也是有理，狱丞将目光向李卫望去。

李卫："说来说去你们是不信大爷我的赌技？拿家伙吧！"

"好！好！"这个狱丞果然是个大赌癖，立马从公案下面的抽屉里掏出一个骰子筒，又掏出六粒骰子，走了过来，捧给李卫。

李卫接过骰子和筒子，摇了起来，却没有声音。

众人都是一愣。

李卫："骰子呢？"

狱丞："不是给你了吗？"

李卫将骰子筒朝天一放，里面是空的，又将两手一摊，手掌也是空的："哪给我了？"

狱丞："哦，哦。"又从抽屉中去翻骰子，抽屉里哪儿有？"哎，明明拿出来了，哪儿去了？帮着找找。"低着头找了起来。

几个狱卒也低头帮他找了起来。

第十一集　大案通天

就在这时摇骰子的声音爆响起来，狱丞和狱卒都抬起了头！

李卫正在那里手腕翻花，前后左右地摇起了筒子！

狱丞和狱卒都笑了。

狱丞忙对牢卒甲："去，把外面几道门都锁了，今儿晚上咱们跟李卫兄弟痛痛快快玩一宿！"

牢卒甲："好嘞！"

5. 胤祥府别院　日

岳思盈拎着包把李母、石榴和小满领了进来。

小满虽然是孩子，手里还只拿了一串冰糖葫芦；李母两只手中却各拿了七八串冰糖葫芦；石榴更好了，干脆把卖冰糖葫芦的那个插冰糖葫芦的草把一并买来了，扛在肩上，三个人一边吃着，一边东张西望。

"这是祠堂吧？"李母满嘴的冰糖葫芦，望着院子中的高檐大屋问道。

岳思盈："您说什么，祠堂？"

李母："不是祠堂？好像比我们乡下的祠堂还大些。"

岳思盈："这是十三爷府的别院。"

李母："十三爷府别院？他们家多少人？"

岳思盈："百十来口吧。"

李母舌头一吐："乖乖，那得拿多少东西来喂呀？"

岳思盈："别说了，人又不是牲口……这一套北屋您和石榴住，进去吧。"

李母："李卫呢？也住这里面吗？"

小满立刻望向岳思盈。

一片阴影从岳思盈的脸上闪过，很快她又强笑道："他要跟着四爷、十三爷当差，哪能住这儿。"

李母对着小满："你等一下就去找他，就说我说的，这里院子大，最好这几天让他跟媳妇圆了房算了。"说着又向石榴望去。

石榴笑着低下了头。

小满哪有好心气："不会叫她去找呀？"

岳思盈将李母她们的包递给石榴："小满，我们的房间是那间。"拉着小满往东屋走去。

6. 大理寺监狱狱丞值房　日

这个狱丞确实是个随遇而安的人，昨天晚上和李卫在这里大吃大喝大谈赌经，快天亮时，便和衣趴在公案上睡了。这个时候桌子也没收拾，杯盘狼藉。

外面的太阳已经很高了，从窗户照到他的头上，他这才醒来，揉了揉眼，打了好大一个哈欠，眼睛才睁开，首先就向案头的骰子筒望去。

万事此为先，他拿起了骰子筒，学着李卫摇了起来。

摇了几把扣在案上大叫了一声："大！"拿开骰子筒一看——里面一一二三四，却是个小。

"妈的。"他嘟哝着又将骰子扔进筒里，摇了起来。

牢卒甲到了门边，唤道："头儿！"

狱丞："别叫。小！"拿开骰子筒，这回却是六六五四四，一个大。

"要大来小，要小偏是大！真他妈见鬼。"他又将骰子扔进筒里准备再摇。

牢卒甲："别摇了，头儿，还有更大的在等您呢。"

狱丞："说什么？你说什么？"

牢卒甲凑近他："十爷来了。"

狱丞："什么十爷九爷的……你说哪个十爷？"

牢卒甲："十皇子，十爷！"

狱丞吓得手一抖，连忙将骰子筒拉开抽屉藏了进去："在哪儿？"

牢卒甲："被刑部的人挡在大门外，正发好大的火呢。"

狱丞一惊："快去！"

7. 大理寺监狱大门外　日

"啪"的一记耳光，刑部的一个头目挨了胤峨一掌！

胤峨两只眼珠子都红了："混账王八羔子！开口十三爷，闭口十三爷，十三爷是谁？那是我弟！"

那头捂着脸："是。"

狱丞奔出来了，立刻请了个安："卑职给十爷请安。"

胤峨："你个混账王八羔子，你跟我说，这里谁管事？"

狱丞："回十爷，这里是卑职管事。"

胤峨："我能不能够进去看看？"

狱丞："不要说进去看看，您就到里面吃饭睡觉都是该的……"

第十一集　大案通天

　　胤峨："你个混账王八羔子！叫我到你牢里吃饭睡觉？！"

　　狱丞："卑职口拙，卑职不是那个意思……"

　　胤峨："我看你们这些人一个个都该换了！"说着，对跟来的随从，"走！"昂起头走了进去。那随从紧跟着进去了。

　　狱丞也连忙跟了进去。

　　刑部那头目正没好气，转对身边的差役："还不去告诉十三爷！"

8. 大理寺牢房　日

这间牢房的铁门上标着好大一个"地"字。

　　胤峨贴着铁门小窗望去。

　　徐祖荫正盘腿坐在床上，微闭两目，在那里练气打坐。

　　胤峨："这个人就是徐祖荫？"

　　狱丞："回十爷，这个人就是徐祖荫。"

　　胤峨："他一天到晚就这样坐着？"

　　狱丞："就这样坐着。"

　　胤峨转对那个随从："还呆着干什么？"

　　那随从："是。"答着从拎着的袋子里掏出好大一把铁锁，套在门口另外一把锁边。

　　狱丞："十爷，这是干什么？"

　　胤峨："让你们这些混账王八羔子管这儿，老子不太放心，加把锁。那个什么假钦差呢？"一边说一边往前走。

　　狱丞急跟在他背后："十爷，十爷，您把门锁了，卑职们送个吃的，抬个便桶也不方便……"

　　胤峨："他就住在你这门口了，要开门叫他一起来。"

　　说话间又已经走到了标着"天"字号的牢房门口。

　　胤峨又贴着铁门的窗口向里面望去。

　　昨天折腾了一个晚上，李卫正仰天八叉躺在那儿打着酒鼾。

　　胤峨："这家伙就是那个假钦差？"

　　狱丞："回十爷，就是他。"

　　胤峨对那随从："加两把锁。"

　　那随从："是。"从袋子里掏出两把更大的锁，套在铁门上。

9. 别院东屋　日

小满："他们就不管李大哥了？"

岳思盈："要管得了在江宁就管了。这件事情最终得皇上说了算。"

小满："要不，我们直接求求皇上去？"

岳思盈："蠢话。见得着吗？我告诉你几句话，你得记在心里。对李卫的妈和石榴姐姐，一个字也不能透露。别的人问你什么，也不能说出去一个字。"

小满："知道，这一路上我不全瞒着吗。"

岳思盈："知道就好。待在这里陪着李大妈和石榴姐姐，不要乱跑。"

小满："你到哪儿去？"

岳思盈："我得想办法见见你李大哥，告诉他千万不要抖出四爷和十三爷，要不然连救他的人都没有了。"

小满："你想去探监……他们要是问你是李大哥什么人，你怎么说？"

岳思盈无语。

小满："我倒有个办法。"

岳思盈："什么办法？"

小满："你就说你是他老婆……"

岳思盈狠瞪了他一眼。

10. 大理寺监狱天字号牢房　日

狱丞领着牢卒甲悄悄地来到了李卫的牢房门前。

狱丞："看了一辈子牢，没见过加锁的。打开吧。"

牢卒甲从腰间解下好大一把钥匙，三下两下就把胤峨派人加的那两把锁打开了。

狱丞："去陪着十爷派来的那个人，别让他进来了。"

牢卒甲："空手可陪不住。"

狱丞："先垫点钱，买点酒菜，月底了我给你报销。"

牢卒甲："头，到了月底您可别不认账。"

狱丞："混账王八羔子，这么大一个大理寺监狱，赖你这点账！"

牢卒甲："您记得就好。"说完走了。

狱丞轻轻地推开了门，走了进去，又轻轻地将门关上。

李卫兀自仰天八叉在那里打鼾。

狱丞走了过去，蹲了下来："兄弟，兄弟。"

| 第十一集   大案通天 |

李卫不醒。

狱丞解下了腰间的袋子,掏出骰子和骰子筒,将骰子扔进筒里,在他耳边摇了起来。

李卫的眼睛猛地睁开了。

11. 大理寺监狱玄字号牢房　夜

四方桌子的三方已经坐着那三个犯官,只虚出了上方位子,桌子上筒子骰子也都已摆好。

门一响,三个犯官站了起来,狱丞领着李卫进来了。

狱丞:"引见一下,这位索大人是前任苏州织造,这位王大人原是户部的郎中,这一位侍卫领班本来是皇上身边的侍卫领班,半个月前才从热河发配来的。这三位大人都是讲义气够哥们儿的人,时运不济走了背字。"

李卫对前面那两位没有兴趣,倒是对那位侍卫领班生了好奇心:"你是皇上身边的侍卫领班?"

那位侍卫领班的态度却冷冷的,对着狱丞:"他什么人?"

狱丞:"不知道吧?我这位兄弟没有官职,却把一个两江闹得天翻地覆,现在连皇上也惊动了。"

前两个犯官都睁大了眼:"他就是那位假钦差?"

李卫:"怎么,不像?"

那侍卫领班却并不怎么惊诧:"好样的!好样的!连钦差都敢假冒,还有什么不敢?老哥,你叫这样的人来跟我们赌钱,我们可不放心。"

狱丞:"兄弟,这赌钱第一是个品字,你信不过就一边歇着去。"

那侍卫领班:"我先在旁边看几把。"

李卫:"不要在旁边,你就站我身边,有假就使出你那侍卫领班的手段,拿住我。"

那侍卫领班:"这话倒也痛快。"果然站到了李卫身边。

李卫拿起筒子一扫,将桌上的骰子扫了进去:"下注吧!"

12. 胤祥府别院　日

李母举着一个风筝、石榴拿着两个糖人有说有笑地进来了。

李母:"要说这北京城里头可真有得逛。"

石榴:"天桥戏园子我们还没去呢。"

李母:"歇歇脚,下午去。"

说话间小满从东屋出来了。

石榴连忙迎了过去:"小满弟弟,这两个糖人是给你的。"

小满没有接那糖人,却把眼睛瞅向了李母手中的风筝。

李母:"这风筝我先玩两天,过后给你。找着我儿子了吗?"

小满:"还没有。"

李母:"臭小子跑到哪里去了?"

小满:"他……他有事。"

李母:"还能有多大的事啊?把我们撂在这里,连面都不露,我要是让人贩子拐去了他都不知道。"

小满:"您放心,没人拐您。"

李母:"去,把他给我找回来!"

小满:"我姐也找去了,等她回来再说吧。"

13. 玄字号牢房　日

李卫将摇过的这把骰子又扣在桌上:"下吧!"嗓子都有些哑了。

那两位犯官满脸沮丧,满脸犹豫,一人拿着一张银票正欲下不下。

狱丞站在李卫的右边,手里已经捏着好大一沓银票,满脸放光,眉开眼笑,又给李卫的杯中倒满了茶,递了过去:"兄弟,再喝口茶,润润嗓子。"

李卫顺手接过那杯茶一饮而尽,又抹了一把嘴:"这样吧,你们干脆把手里这些银票一次下了,我呢赌一个豹子,你们什么也别赌,是豹子你们的银票全给了我老哥,不是豹子前面我赢你们的银票都归还你们。"

哪儿有这样的好事?两个犯官都有些犯疑:"真的?"

李卫:"赌场上哪有假话?"

狱丞却有些担心:"兄弟,这可是没把握的事……"

李卫:"不都是赢来的吗?你老哥就不敢赌这一把!"

狱丞也是个性情中人,被他一激立刻答道:"说得也是,赌吧!"

那两个犯官这才将银票押了下来。

骰子筒又响了,所有的眼睛都盯着李卫的手。

啪的一下,筒子扣在桌面上,李卫:"看好了。"说完将筒子掀开。

——筒子里清一色全是一点,虽然是小豹子,但确实是个豹子!

两个犯官满脸沮丧,面面相觑。

| 第十一集　大案通天 |

狱丞一把将桌面上的银票拿了过来,满脸堆笑地从银票中抽出两张,给那两个输了钱的犯官一人一张:"茶钱,茶钱。"

输了钱的两个犯官也知道这是不能不接的,接了钱铩羽而出。

狱丞接着数出几张银票,转对侍卫领班:"图大人,昨儿我输给你那所宅子是三千两,过了两天,我给你加五百两的利息,你把那张房契换给我。"

那侍卫领班却不接:"换是不换的。"

狱丞的脸掉下来了:"怎么?你硬要我那所宅子!"

侍卫领班:"你那宅子出不了王侯将相。"

狱丞:"那你要怎么样才愿意还给我?"

侍卫领班:"赌桌上来的,当然赌桌上见!"

"你愿意赌?"狱丞当然高兴,"那好哇!兄弟,你累不累?"

李卫:"不赌才累。"

侍卫领班:"爽快!不过我有个要求。"

狱丞:"说,说。"

侍卫领班:"你出去,给我看着门,我要跟这位小兄弟单独赌。"

狱丞:"好,好!"立马走了出去,锁上了门。

李卫和那位侍卫领班面对面地坐下来了。

李卫:"你输了是那张房契,我输了是多少银子?"

侍卫领班:"你输了我一两银子不要。"

李卫:"什么意思?"

侍卫领班:"我是皇上身边的侍卫领班,侍候皇上的时候出了点岔子,才被发配到这里来坐牢。我想将功赎罪。"

李卫:"你将功赎罪干我什么事?"

侍卫领班压低了声音:"干你的事。你只要把在江宁知道的事情告诉我一点,我去转告皇上,皇上便会饶了我的罪。"

李卫的眼睛眯成了一条缝:"哦,你是皇上派来的人!"

侍卫领班阴沉了脸:"不是!你不敢赌就算了。"说完站起就要走。

李卫:"慢着。只赌一把。"

侍卫领班:"你还赌豹子!"

李卫:"就这样。"拿起骰子筒摇了起来。

侍卫领班将房契摆在了桌上。

李卫一阵猛摇，将筒子一扣，飞快一开——这回全是六点，一个最大的豹子！

李卫伸手便要去拿那张房契，侍卫领班迅雷不及掩耳一把捏住了李卫的手腕，然后拿起桌上的骰子翻着一转——每一面都是六点！

侍卫领班笑了："我也不拆穿你，你把江宁的事情说出来吧。"说着抓住李卫手腕的五指慢慢加力，骨节发出啪啪的声响。

李卫额头上开始渗出汗来了。

那侍卫领班仍然笑着："说吧。"

李卫额头上的汗珠越来越大，眼睛却望着那个侍卫领班也笑了起来："兄弟，你知道我属什么？"

那侍卫领班也和他对笑着，手上却毫不松劲："不知道，你告诉我。"

李卫："属驴的。"

那侍卫领班："怎么说？"

李卫："牵着不走，打着倒退。"

那侍卫领班脸上的笑容慢慢消失了，手指却更加使劲了。

李卫汗流如注，脸上的笑容却依然不改。

14. 玄字号牢房门外　日

那狱丞守在门外好半天没听见里面的声响，有些诧异，眼望着外面叫道："兄弟，兄弟，怎么样了？"里面没有声响。

狱丞回转身去，趴在牢门小窗眼往里一望，大吃一惊，连忙将门开了，闯了进去。

15. 玄字号牢房内　日

"干什么！你这是干什么！"狱丞连忙过去扳住那侍卫领班的手臂。

那侍卫领班慢慢松开了手指。

李卫仍然笑着，转对狱丞："你说他是什么来着？"

狱丞："皇上身边的侍卫领班。"

李卫："我看他的功夫也稀松平常。"

那侍卫领班满脸愠色，张开五指又要去抓李卫。

李卫又把手伸了过来。

狱丞连忙插到二人中间："我说图大人，不管你原来是什么官职，到了这里还是我说了算吧，你怎么就敢对我的兄弟动手？"

| 第十一集　大案通天 |

那侍卫领班狠狠地瞪了李卫一眼，收回了手，对狱丞："带我见徐祖荫去！"

狱丞："什么？你说什么？"

侍卫领班掏出一张上谕递了过去。

狱丞接过一看，大惊："你……"

侍卫领班："还不带我去！"

狱丞："是，是。"

16. 地字号牢房　日

狱丞站在一旁眼睛都望直了！

那侍卫领班和徐祖荫面对面盘腿坐着，四只手交叉握在一起，不断地发出骨节的啪啪声！

徐祖荫两眼发出精光，侍卫领班的两眼也发出精光。

侍卫领班："看不出，哪儿学的？"

徐祖荫："我学的时候，你还在吃奶。"

侍卫领班："你以为凭这一身功夫皇上就不砍你的头了？"

徐祖荫："我从学的那天起就没打算善终。"

侍卫领班："你就不怕满门抄斩？"

徐祖荫："大清有律法，犯到哪条治到哪条。"

侍卫领班将手慢慢松了，站了起来："你狠！"大步走了出去。

狱丞连忙跟了出去。

17. 大理寺监狱大门外　日

刑部派来的人和胤峨派来的那个人都站在这里，挡住了那个侍卫领班。

狱丞连忙说道："不要误会，千万不要误会。图大人是皇上派来盘问徐祖荫和那个假钦差的。"

所有的人都是一惊，慢慢让开了一条路。

那侍卫领班哼了一声，大踏步走了出去。

18. 毓庆宫　夜

"老爷子看样子又要逼我了……"太子坐在那里，脸色十分阴沉。

琦亮和几个亲随也都一个个神情黯然。

太子："怎么办？你们倒是吭个声呀！"

琦亮和几个亲随对望了一眼，仍然没有吭声。

太子一掌拍在案上："哑了！"

众人都颤了一下。

琦亮："看起来只有奴才去一趟了。"

19. 大理寺监狱狱丞值房　　夜

狱丞将李卫带到了琦亮的面前。

琦亮紧盯着李卫："这几天你保养得不错。"

李卫："那是，吃得饱，睡得着。托您的福了。"

琦亮冷笑一声："你舒服不了几天了。你知道假冒钦差是什么罪吗？"

李卫："知道，过十八年又是一条好汉。"

琦亮气一堵，又咽了下去，对在旁的狱丞："你们退下。"

狱丞望了李卫一眼，领狱卒们退了出去。

琦亮绕着李卫走了一圈，缓和了语气："你要知道，我是抓你的人，我能够抓你，也能够救你。"

"那就放我出去吧。"李卫说着就走。

琦亮："慢！要出去不难，你说，谁让你假冒钦差的？"

李卫："我那么大人了，还用谁教我？"

琦亮："你是怎么认识四爷和十三爷的？"

李卫："我妈就生我一个儿子，连叔伯家的都算上，也数不出十三个来。"

琦亮："油嘴滑舌的救不了你。四爷和十三爷一直跟你在一起，对不对？"

李卫："上回那个狗日的县太爷就跟我一二三四五六七八的数了一堆爷，我说我不识数，你们怎么都有这个毛病啊？"

琦亮："看来你是不想好受是不是？"

李卫："我生下来就没好受过。"

琦亮大怒："那好，我就先教你数数数儿！来呀！"

狱丞连忙走了进来。

琦亮："把藤条裹上布，照软地方给我打一百藤条。"

狱丞："大人，有话慢慢问……"

"你打不打！"琦亮眼睛一瞪。

| 第十一集 大案通天 |

狱丞叹了口气:"兄弟,我也救不了你了。走吧。"

20. 天字号牢房门外 夜

狱卒甲胸前藏着一块牛皮走过来了,低声对狱丞说道:"头,这可不是讲哥们儿义气的时候,被太子知道了,吃不了得兜着走。"

狱丞:"打死了他,四爷十三爷还有八爷也放不过我们。按老办法,一九开!"

狱卒甲:"明白。"

21. 天字号牢房 夜

李卫又已经趴在那儿了。狱丞和狱卒走了进来。

狱丞高声地:"给我按住!"

狱卒将李卫按住。

李卫:"老哥,真打呀?"

狱丞推了李卫一下,低声道:"你趴着,别吭声。"

狱丞一使眼色,狱卒甲飞快地从身上抽出一块牛皮,又飞快地拉开李卫的裤子塞了进去。

狱丞低声道:"待会儿鞭子下去,你就大声地吼叫。"转而高声地大喝,"给我结结实实地打!"

狱卒甲大声地应了一声,挥起了藤条。

藤条落在牛皮上,发出一阵阵抽打的声音。

狱丞对李卫:"快叫呀!"

李卫:"又要装假。"大叫了起来。

22. 廉亲王府 夜

"……钦此!"侍卫领班将上谕递给了跪在那里的胤禩,转身便走了。

胤禩捧着上谕慢慢站了起来。

胤禟和胤䄉从里屋连忙走了出来,围向胤禩,一齐望向那道上谕。

胤禟:"我真他妈服了,这个老爷子,出神入化的,让人什么时候也摸不到他的思路。"

胤䄉:"我们是学不到这一手了,八哥,你得赶紧学学。"

胤禩:"不要扯这些了。太子现在也知道了,他一定会派人到牢里去逼供。老十,你带着上谕,赶快去!"

23. 天字号牢房　夜

"八十七，八十八……"狱卒甲还在抽着，李卫趴在地上做出一副睡着的样子。

狱丞站在门口望着外面，转对狱卒甲点了下头。

狱卒甲一边抽着，一边伸出手将李卫裤子里那块牛皮慢慢抽了出来。

李卫一惊，睁开了眼："怎么，打真的了？"

"九十……"狱卒甲一边数着，一边说，"没几下真的混不过去。九十二……"

"哎哟！"李卫这回真的大叫起来。

狱卒甲："九十三……伤皮不伤骨……九十四……"

24. 狱丞值房　夜

狱丞和狱卒甲搀着假装晕过去的李卫来到琦亮面前。

狱丞："回大人，打完了，您瞧。"说着把李卫的裤子往下一褪。

——李卫的屁股上鲜血淋漓！

琦亮满意地点了点头："喷醒他。"

狱卒甲取水喷向李卫。

李卫慢慢睁开了眼睛。

琦亮："怎么样？想起点儿什么来了？告诉我，四爷、十三爷是怎么给你布置的？"

李卫口齿不清地："一、二、三、四、五、六、七、八……"

琦亮气恼地："你个不知死的东西，来呀！"

一个声音答道："来了。下面该怎么打呀？"

琦亮头也没回："上老虎凳！灌辣椒水！把你们这儿十八般手段都使一遍，看他说不说！"

那个声音："那要是打死了呢？"

琦亮："你他妈哪儿那么多啰唆……"回过头时蒙了，"十爷……"

胤峨："你刚才骂谁的妈！"

琦亮咽了一口气，只好跪了下去："奴才不知道是十爷……"

胤峨："就知道了又怎的？你眼里除了太子，哪儿还有其他的主子？我问你，你这是在干吗呢？"

琦亮："奴才在问案……"

胤峨："这个人现在是钦犯，你一个人说问就问？"

琦亮将头一抬，拿出了太子手谕："奴才这是奉了太子的旨意的……"

第十一集　大案通天

胤峨接过那张手谕，左一看，右一看，接着笑了："我说呢，你哪儿就吃了豹子胆，敢闯到大理寺监狱打起钦命要犯来了。我现在叫你别打他了，把这个人交给我，你干不干？"

琦亮："那得请示太子。"

胤峨："那你就去告诉太子，我这儿没请示他，要把人带走了。"

琦亮："十爷，您不会这样做吧？"

胤峨："我当然不会这样做，可皇上要这样做呢？"

琦亮一惊，望着胤峨。

胤峨不再看他，转对狱丞："上谕！"

狱丞连忙跪下。

胤峨："徐祖荫和李卫从即日起交廉亲王胤祀主审。钦此！"

琦亮的脸白了！

李卫望着胤峨笑了，走了过来："你就是十爷？"

胤峨："你怎么知道？"

李卫："四爷的弟弟，十三爷的哥哥？"

胤峨："你问这个干什么？"

李卫："我在琢磨，这皇上老爷子到底生了多少儿子。"

胤峨："怎么了？"

李卫："一个儿子打我一百鞭，我可受不了。"说完，提起裤子向门口走去。

定格。

第十二集 矮树高墙

1. 胤祥府别院　日

"乒啷"一声,一只青花官窑的花瓶砸在院子地上,碎片四溅!

刚走进院门的胤祥和岳思盈一怔,接着又一个青花官窑的瓷碟砸了出来!

接着里面传来李母的嚷声:"来帮帮忙!"

石榴的声音:"这个这么重就别砸了……"

李母的声音:"你个小蹄子,也不听我的了!"

少顷,李母和石榴抬着一个偌大的彩釉瓷缸走出门来。

小满也怯生生地跟着走了出来。

李母:"我叫一二三,一起砸。一、二……"

"慢着慢着。"胤祥连忙走了过去,"您这是干吗呢?"

李母:"不干吗,砸到我儿子回来为止。"

胤祥:"您等一会儿。您知不知道您砸的这些是什么东西?"

李母:"反正不是我的,管它什么东西。"

胤祥:"放水淹别人的田不心疼,是吗?我告诉你吧,你刚才砸的那个花瓶和那个瓷碟是宋朝柴窑出的,现在市面上要卖五千两银子。"

李母眼睛睁大了:"就那两样破玩意儿要五千两?"

胤祥:"这个东西是唐朝的三彩,市面上最少也得一万五千两才买得着。"

李母望着石榴:"那还是别砸了。"放了下来。

胤祥:"现在你说吧,什么事发这么大火。"

李母指着小满:"你问他。"

胤祥转对小满:"到底怎么回事?"

| 第十二集　矮树高墙 |

小满："她要找儿子，我说李大哥在宫里陪皇上，她就发火了……"

李母："你们都当我是谁？我是李卫他妈。李卫那么鬼精鬼精，他是谁生的？我就真的那么傻了吧唧？这孩子说什么来着？他说李卫在宫里陪皇上赌钱。皇上老爷子吃顿饭都是一百零八个碗，哪有闲空赌钱？十三爷，你们也不要琢磨着骗我了，我儿子到底在哪里？活着给我个人，死了也让我……呸！呸！瞧我这张嘴。"

胤祥被他这一顿数落也弄得哭笑不得，望向岳思盈。

岳思盈："伯母，小满没有骗你，李卫是被皇上叫到宫里问江宁的事情去了。皇上不放他出来，我们也没有办法。"

李母："那好，他人出不来，你就让他写个字给我。"

小满插嘴了："李大哥识字吗？"

李母："你就那么知道他不识字？牌叶子上从壹到拾他都会写。就今天晚上，我要么见到他的人，要么见到他的字，见不到我就到皇宫门口撞景阳钟去！"说着赌气走回了房间。

石榴也连忙跟了进去。

胤祥望着岳思盈苦笑了一下："你不是说想见见李卫吗？待会儿我写个手谕，你拿着去见他。"

小满："我也要去。"

岳思盈："你闯的祸还小吗！"

小满也赌气冲回了自己的房间。

岳思盈望着胤祥一声低叹。

2. 大理寺监狱天字号牢房　日

李卫倏地站了起来："谁叫你把他们带到北京来的！"

李卫居然还会发火，而且是冲着自己发这么大的火！岳思盈站在那里有些蒙了。

李卫焦躁地来回走着："没错，我就他妈的一个混混，走到哪儿，死到哪儿，也是烂命一条。可我妈是个女人，她没见过世面，赔了个儿子还不算完，你们还要把她也弄到这个鬼地方来送死！"

岳思盈怔怔地望着李卫："好，我这就把她送回去。"说着连忙背转身，向牢门走去。

她眼睛里有泪！李卫慌了，连忙赶了过去，挡住牢门，挤出笑来："要送她走，总得……对了，你刚才不是说要我的字吗？我这就给你写。"

岳思盈到底是个识大体的人，轻叹了一口气："你写吧。"

李卫这才走了回去，伸出掌握拳似的握住那支笔，在砚台上蘸了墨，又抬头望向岳思盈："'妈'字怎么写？"

岳思盈："不要你写信，你就把牌上从壹到拾十个字写一遍。"

李卫："我妈告诉你的？"

岳思盈："写吧。"

李卫趴在地上开始写了。写字的他和平时判若两人，握笔的手十分笨拙，壹字的那一横刚写，便一笔画过去好长。

李卫尴尬地笑了："这他妈笔好久没用了，还真有点儿手生。"说着换了张纸，又认真地写了起来。

岳思盈望着趴在地上认真写字的李卫，一阵心酸涌了上来，连忙揩掉了眼泪。

"壹"字终于写完了，却像个茶壶。

李卫抬起了头，发现岳思盈正在看他的字，连忙挪过身子，挡住那字。

岳思盈在他背后轻轻说话了："算了，有这一个字就行了。"

"我说也是。"李卫连忙站了起来。

岳思盈又把目光投向了地上的字，李卫连忙说道："这么急？总得等字干了吧。"

"不急，我再陪你一会儿。"说着，岳思盈就要在李卫的地板床上坐下。

"慢点！"李卫连忙拿起了自己的长衫走近岳思盈，"这上面脏，给你垫上。"说着将长衫垫在岳思盈身后。

岳思盈又深深地望了一眼李卫，这才慢慢坐了下来。

李卫在隔她一尺多远的地方也坐了下来。

岳思盈："你刚才那话说得不对，你不是烂命，你的命比那些人金贵。你要想办法保住自己，我也会在外面想办法救你。"

长成这么大，谁这样说过自己，李卫心里猛地一暖，泪花子也有点出来了，好在他来得快也去得快，连忙抹了一把脸，笑道："你当然这样说，我什么人自己还不知道？从小就没爹，家里一间破茅房，田也没有一分，东逛逛西逛逛，打短工也没人要，全凭这张嘴，这十根手指头，弄点东西养活我妈。我这命金贵在哪儿？"

岳思盈："我们现在不说这个，我说几句话你一定要记住。不管谁问你什么，你都不能牵扯上四爷和十三爷，把他们牵了进去，最后连救你的人都没有了……"

李卫："别指望了。你当谁能救得了我？告诉你，到了这里以后我才算明白了一点事理。这都是些什么人？父亲算计儿子，儿子算计父亲；哥哥算计弟弟，弟弟又算计哥哥。

| 第十二集　矮树高墙 |

一个比一个厉害，一个比一个狠毒。绕进了这个圈子，算我倒霉……"

岳思盈有些吃惊了，她好像第一次认识李卫，怔怔地望着他。

3. 毓庆宫庭院　黄昏

"哈哈哈哈！"太子一路笑着，从宫门大步迎了出来。

胤祀也微笑着，从庭院门疾步向太子迎了过去。

二人走近了，胤祀将袍子一撩："臣弟参见太子。"

太子一把搀住胤祀："谁跟谁，拘这个礼干吗？"

胤祀笑着站了起来："二哥，这个时候叫臣弟来有什么吩咐？"

太子："一定要有吩咐才叫你来？"

胤祀："二哥现在是监国，日理万机，总不成叫臣弟来赏花看鸟吧？"

太子："说着了，昨儿盛京将军给我送来一只海东青，能啄死狼。难得的东西，特地叫你来看看。来！"

一个侍卫架着一只鹰走了过来，递给太子。

胤祀："哦？这东西可不好弄，抓到它死了不少人吧？"

太子："三个。全是在悬崖上被它啄得掉下来的。看看。"

胤祀："不了。这东西我可不敢碰。"

太子："待会儿我让人给你送过去。"

胤祀："二哥这是送给我的？"

太子："眼见就要秋狩了，到时候一块儿去热河，它能帮你多弄点猎物，让皇阿玛高兴。"

胤祀："那就谢过二哥了。"

侍卫架着那只鹰走了出去。

太子："接到皇阿玛的上谕了？"

胤祀："是。"

太子："叫你审徐祖荫？"

胤祀："是。"

太子："这个奴才，真把我的脸丢尽了……"

胤祀："二哥叫我怎么审？"

太子："我怎么能叫你怎么审？我的奴才，避嫌还来不及。"

胤祀："也不是臣弟说，这些个奴才一到下面去就胆大包天，也真得好好管教管教。"

要不然真把主子给坑了。"

太子望着胤祀好一阵子："那你就帮我好好管教管教。"

胤祀："二哥放心，臣弟知道该怎么办。"

太子笑了："这海东青得喂黑羊肉，要鲜的。"

胤祀也笑了："没其他的事，我就走了。"

太子："我送你。"挽着胤祀向庭院大门走去。

4．大理寺监狱天字号牢房　夜

"什么？背后指使杀害你爹的人是太子！"李卫睁大了眼睛。

岳思盈点了点头。

李卫："那好，我知道该怎么做了。"

岳思盈："怎么做？"

李卫："我答应你的，一定帮你报仇。你说我的命金贵，再金贵也金贵不过太子，拿我的命换了把他扳倒，也值！"

岳思盈："扳倒了他，你也不能死。"

"岳小姐，岳小姐！"狱丞在门边低声唤了起来，"完了没有？再不走，八爷的人就知道了。"

岳思盈站了起来："你妈那儿你放心，我拼了命也会保全她。不管怎么说，你得想办法保护自己。"

李卫笑了："你知道，我也就那么一点办法，跟他们闹腾。不管他妈的是太子还是什么八爷九爷十爷，把他们一个个弄得头昏脑涨，到了阎王爷那儿也落个'佩服'二字。"

5．廉亲王府书房　夜

胤禟和胤䄉在门外就接住了胤祀，三个人一起走进了书房。

"八哥，他给你送头鹰干什么？"胤䄉最急，冲着还在脱帽换衣的胤祀就嚷了起来。

胤祀端起桌上的茶喝了一口："他这是在学皇阿玛，旁敲侧击，暗示我不要动他，动了他就会像抓鹰的人那样从悬崖上摔下来。"

胤䄉："就他那尿样能比得上海东青？一头死老虎罢了。"

胤禟："话可不能这样说，怎么说他现在也是东宫太子，手里有兵。弄急了死老虎也咬人。"

胤祀："他要是真咬人就好了。"

| 第十二集 矮树高墙 |

胤禛胤峨都是一怔，望着胤祀。

胤祀走到门边，望着上方："上次太子被废是五年前的事了吧？"

胤禛站在他的身后："是呀，怎么了？"

胤祀："这几年来我一直在琢磨，皇阿玛将太子废了，为什么又要复立他！想不明白，我就去读《二十三史》，翻遍了一部《二十三史》也没看到有废而复立的储君。为什么没有呢？因为一个储君被废了一次，就在天下人面前德望扫地了，再让他当皇帝也绝不可能治理好天下。这么浅显的道理皇阿玛难道不知道？不是。皇阿玛废了他又复立他，是因为当时的情势所逼。因为太子当时还没有足够被废的罪证！因此只好先复立了他，然后再等待，等待他按捺不住了，多行不义，再行废黜！前几年太子很谨慎，皇阿玛也就只好忍耐着。果然到了这一次，太子露出了马脚，命河督贪墨了修河工款，又叫徐祖荫杀害了岳子风。但是他做得很隐秘，河督那儿宁愿死也不愿意供出他，好不容易抓到了徐祖荫，又是一个不愿供出他的死党。现在皇阿玛将这个案子交给了我们，就是希望我们能抓到再废太子的铁证。这个铁证只有两个，一是徐祖荫的口供，二是太子被逼急了铤而走险。二者有一，太子就万劫不复！"

一番话说得胤禛和胤峨佩服之情形于颜色。

胤禛："八哥的意思，或者让徐祖荫招供，或者逼太子有所动作？"

胤祀点了点头。

胤峨："那怎么弄？"

胤祀："先把徐祖荫还有那个假钦差从大理寺监狱搬出去。"

胤峨："搬到哪里去？"

胤祀："搬到一个谁也不知道的地方去。"

胤峨："我明白了，这样一来太子就会着急，一着急就会有所动作？"

胤禛："还有，老四和老十三也就会着急，因为那个假钦差后面牵着他们。"

胤祀鼓励地笑着点了点头："还有，把那两个人与太子和四哥他们隔开，不通音讯，他们就会感到没有了后援。这样一来叫他们招供，也就容易一些。"

胤峨："高！我这就去办。"

6. 毓庆宫庭院　日

那个狱丞被琦亮在身后一脚踹得趴跪在地。

太子露出一脸假笑："不要打他，不要打他。"说着蹲了下来，笑问狱丞，"你再想想，昨天晚上那两个人是怎么被押走的？押走他们的时候，十爷都说了些什么？"

狱丞爬着跪好了，委屈地答道："回太子爷，十爷他们押人的时候，什么也没说，微臣刚张嘴问，就被十爷赏了好大一巴掌。不信您看，现在脸上还有手指印。"

太子知道问不出什么了："你回去吧。"

狱丞叩了个响头："谢太子爷恩典。"爬了起来，退着就要出去。

"慢着。"太子又叫住了他，"要是有人问你，你刚才到哪儿去了，你怎么回答？"

狱丞转着眼珠子想了一下："回太子爷，微臣就说儿子病了，到药号里抓药去了。"

太子点了点头："快抓药去吧，要不你一家人就都没治了。"

狱丞打了个寒战："微臣明白。"这才真的退了出去。

琦亮走近了太子："太子爷，下边怎么办……"

太子一脚向他踹去："还不去找！"

7. 一处深宅大院的后巷　日

这条巷子两边的墙好高，因此衬得巷子就特别的深。

今天这条幽静的巷子里突然多了好些人，都是些精壮汉子，穿着便服，五六步一个，十来步一个，眼观六路耳听八方的，显然在这里等着什么人。

果然，两辆蒙得严严实实的马车开过来了，驶到巷子的一个门边停了下来。

押车的人掀开了第一辆车的车帘："下来吧。"

从这里钻出来的是李卫，他仍是那副什么也不在乎的神态，抓着链子下了车，抬起头东张西望："这儿好，这儿比那个什么大理寺安静。"

接着，后面那辆车的车帘也被掀开了——里面坐着戴着脚镣手铐的徐祖荫。他也仍然是那副神态，谁也不看，声也不吭。

再接着，那扇后门吱呀一声开了，一个管事模样的人——王福出来了。

王福对外面的众人："到了？进来吧。"

8. 宅院内　日

胤峨领着胤祀走了进来。

这是一个几进的大宅院，进了月洞门，抄手廊子分别通向东西跨院。

胤祀停住了："这地方不错，怎么找到的？"

胤峨："在北京找处关人的地方还不容易？"

胤祀望着他一笑："要瞒着太子和四哥就不容易了。干这种事你比九弟强。"

胤峨来了劲："阿弥陀佛！等你八贤王这一句夸奖我都等了二十年了。"

| 第十二集　矮树高墙 |

胤祀："你还用我夸吗？那两个人关在哪儿？"

胤峨指了指东边："那边是李卫，徐祖荫在西跨院。"

胤祀点了点头，朝西跨院走去。

9. 西跨院厢房内　日

徐祖荫仍然被粗粗的脚镣手铐锁着，闭着眼睛坐在地上的蒲团上打坐熬气。

胤峨把胤祀领了进来。

胤祀："怎么还锁着？把链铐去掉。"

胤峨："八哥，这个人功夫了得，去了链铐……"

胤祀："他不会跑的，去掉吧。"

胤峨对门外："去掉链铐。"

一名大汉应声走了进来，用钥匙打开了链铐，提着退了出去。

这一连串的过程中，徐祖荫一直闭着眼睛。胤峨忍不住了，张口要骂，胤祀止住了他。

胤祀望了望徐祖荫，撩起衫摆在他对面的蒲团上也盘腿坐了下来。

胤祀："你是康熙三十六年赐的进士出身对吧？"

徐祖荫只是眉毛动了一下，眼睛依然没有睁开，当然更没有接言。

胤峨动气了："聋了吗？这是八爷廉亲王在向你问话。"

徐祖荫这才慢慢将眼睛睁开了，望着胤祀："原来是八爷。恕奴才脚镣戴久了，两条腿不听使唤，不能给您请安了。"

胤峨的气又冒上来了："砸了你两条腿，那才真请不了安了！"

胤祀向他望去："你出去吧，让我跟他聊聊。"

胤峨哼了一声走了出去。

胤祀这才转过脸和煦地望着徐祖荫："下面的人不懂规矩，让你受了苦，你不要放在心上。"

徐祖荫："劳八爷关顾了。奴才转眼就是要死的人了，这么点苦算什么。"

胤祀："话不是这样说。有死罪，也有活法。关键要看你自己。"

徐祖荫没有接言，只是望着胤祀。

胤祀站了起来，慢慢踱开了步："我刚才问你是不是康熙三十六年的进士，什么意思你还没明白。其实，十年寒窗，熬到今天这个分上，你凭的是自己的真才实学，只要好好当差，为朝廷出力，凭正道开府建衙也不是没有机会，为什么要受别人指使，葬送自己的前程！"

徐祖荫不语。

胤祀："河道上贪下的银子，你一分钱没动。岳子风参的是河督，跟你毫无关系，你为什么要杀了他？不要说别人，皇上想不通，连我都想不通。可现在坐以待毙的却是你，你不觉得冤，我都想替你喊冤。"

徐祖荫："八爷您一向有贤王的美称，果然不假。祖荫不胜感戴。"

胤祀："我也不是滥施恩典的人。凡事要有个情理。我是觉得你如今自己担起个灭门之罪，实在是不合情理。"

徐祖荫："那就请八爷成全了。"

胤祀："你以为我来干什么？我把你搬到这儿来，无非是想保下你一条命。只要你说出实情，能不能官复原职我不敢肯定，但是灭门之祸可免。"

徐祖荫："不知道您要什么实情？"

胤祀："你是明白人。事情到了这一步，你背后的那个人现在是保不了你了。你把实情说出来，我上折子替你向皇上求情。你考取进士，是皇上亲笔御点，外任放官，也是皇上下的委任。除了皇上，你真不应该把其他的人看得那么重。"

徐祖荫："八爷您是管户部的，论算账我算不过您。我管的是一省刑狱，要说怎么讹讼套供，我多少也懂一点。您刚才说的，若真是为徐某好，我给您磕头就是了。"

胤祀脸一白："我领的是钦命，你有没有供词，六部衙门议不议，我都照样治你！"

徐祖荫一笑："这我信。您奉旨办好差事就是了。"说罢，将眼一闭，再不言语。

胤祀的眼中也闪出了一股寒气，但很快又敛了回去，盯着徐祖荫望了好一阵子，接着叹了口气，走了出去。

10. 西跨院门外　日

胤禟也来了，这会儿正和胤䄉一起站在那儿等着胤祀。

胤祀脸色阴沉地从西跨院走了出来。

胤䄉："八哥，怎么样，问出来点儿什么没有？"

胤祀："这个人今后我也不会再问了。只要能让他开口，该怎么着，你们就怎么着吧！"说着径直向院外走去。

胤禟和胤䄉对望了一眼，同时叫道："八哥！"

胤祀站住了却没有回头："还有东跨院那个土混混，你们也要想办法让他开口！"说完这句再不回头走了出去。

| 第十二集　矮树高墙 |

11. 雍亲王府庭院　日

这里，胤禛一脚踹在年羹尧的肩上，年羹尧顺势向后仰了一下，接着伸出双手扶住了胤禛的脚，又顺势将手一松，让他的脚轻轻落地——很显然，他不是挨不起这一脚，而是怕肩上用力闪了胤禛。

胤禛："我不要你这点假忠心！你说谁把他们带来的？"

旁边的李母接言了："四爷，您也不要杀鸡骇猴的，要踹您就干脆踹我，反正今天你不把儿子交给我，我也就不走了。"说着叉开腿坐在地上。

胤禛气得站在那里直喘粗气："架出去！架出去！"

年羹尧："是。"站了起来，走到李母面前，"老太太，你也看见了，捉弄人也不是这般捉弄法。说得好好的你是来看看四爷，一进了院子就这般闹腾，往后谁还敢帮你？走吧。"

李母："不说了，你们不是有刀吗，拿把刀把我给杀了，往后我也就不闹腾了。"

年羹尧："老太太……"

胤禛："啰唆什么？架出去！"

年羹尧只好一把夹住李母，一任她伸拳踢腿地哭闹，大步走了出去。

石榴也就只好跟了出去。

正在这时胤祥走了进来。

胤祥："四哥，这是怎么了？"

胤禛："'唯女子与小人难养也'。竟然敢跑到我这儿来哭闹着要儿子，要不是看着那个李卫……找到了吗？"

胤祥："刑部的人都在找，现在还没找到。"

胤禛的脸铁青了："不要找了。我倒要看看老八他们要干些什么！"

12. 西跨院厢房　日

徐祖荫又被戴上了脚镣手铐，坐在那里闭着眼睛。

胤峨带着五名汉子站在他身前，四名汉子空着手，一名汉子将手藏在背后——手里捏着一把好大的榔头！

望了望徐祖荫，胤峨头一摆——四名汉子奔了过去，两人各在一边拉住了他的手铐，两人各在一边拉住了他的脚镣，徐祖荫的手脚立刻被拉直了。

徐祖荫睁开了眼睛，望着胤峨。

胤峨向背藏榔头的那名汉子使了个眼色，那汉子将榔头亮了出来。

胤峨："你看到了，八爷是八贤王，他跟你好说，你不识好。我是有名的十霸王，我可没有八爷那耐性。现在我问你一句，你招是不招？"

徐祖荫笑了："十爷，我还真就怕八爷那样的八贤王，不怕您这样的十霸王。是砸头，还是砸手砸脚，您只管来。"

胤峨这一气非同小可，一声大吼："将他两条腿都砸了！"

四名汉子将锁链拉得笔直，提榔头的汉子走了过去，挥起了榔头。

榔头狠狠地砸了下去，徐祖荫一条腿立刻折了！

13. 西跨院厢房外　日

砸断了徐祖荫的腿，胤峨倒出汗了，走到房外抹了一把汗，狠狠地对那几名汉子："东跨院，整那个兔崽子假钦差去！"

14. 东跨院里　日

李卫正懒懒散散地坐在台阶上晒着太阳。他的面前放着一个土钵，不知道他从哪儿抓了两个蛐蛐，正拿着草签在那里拨弄蛐蛐。

王福进来了，望着懒洋洋坐在台阶上玩蛐蛐的李卫，嚷了起来："哦嗬！真美了你了？进屋去，进屋去！待会儿十爷来了，要是看见你这样子，你这身懒筋就全给抽了。"

李卫："聪明！你怎么知道我是坐在这儿等着十爷来抽懒筋的？"

王福："什么意思？"

李卫："我跟十爷约好了，待会儿他就会来跟我斗蛐蛐。"

王福有些迷糊了："十爷跟你斗蛐蛐？"一低头看见了蛐蛐："嗯？这蛐蛐还真不错，哪儿来的？"

李卫："你守着这院子就愣没发现？大青头！正经好蛐蛐。趁着十爷没来，咱们先斗一把？"

这王福看样子竟是个蛐蛐迷，被李卫这一说，蹲了下来："我要这只。"

李卫将一根草签递了过去，忽然一脸怪笑起来。

那王福："鬼笑什么？"

李卫："我笑你就算斗得赢我，也斗不赢十爷。"

王福："废话！我当然斗不过十爷……不过玩蛐蛐，十爷就不一定玩得过我了。"

李卫："这是你说的？"

王福："我说的又怎么了？"

| 第十二集　矮树高墙 |

　　李卫站了起来："我也不知道，你问十爷吧。"
　　王福抬头看李卫，接着似乎明白了什么，顺着李卫的目光向后面望去，一下子蒙了！
　　——胤䄉带着几名汉子拎着铁链提着榔头，不知道什么时候已经站在他的背后。
　　胤䄉："你的账待会儿再算，滚一边去！"
　　那王福丧魂落魄地小跑了出去。
　　胤䄉笑着走近李卫："好，从江宁一路玩到北京，玩到这个地步，还敢闹腾，有种！"说着一摆头。
　　几名汉子拎着铁链走过来了。
　　"慢着！"李卫叫了一声，止住了那几名汉子，转对胤䄉，"十爷，我先问你几句话。"
　　胤䄉望着他。
　　李卫："你是要我的命，还是要我的手，要我的脚？"
　　胤䄉："高兴了要你的手脚，不高兴要你的小命。就看你小子老不老实。你说，你假冒钦差，是不是四爷和十三爷在背后指使的？"
　　李卫："您问这话，我还真不会老实。要手脚要命趁早来吧。"说着坐了下来，叉开双腿，伸出两手。
　　胤䄉气白了脸："套了！"
　　几名汉子上来套住了他的手脚。
　　一名汉子提着榔头走了过来。
　　李卫又突然问道："皇上老爷子什么时候回京？"
　　胤䄉一怔："干什么？"
　　李卫："不干什么，我的意思皇上老爷子最好这一辈子都不要回来了。他要是回来了，肯定要提审我这个假钦差。要么我死了，死了呢他肯定会向十爷您要人。要么您把我的手脚打断了，打断了呢，他肯定会问，谁打断了你的手脚。您猜我怎么答？"
　　胤䄉："你他娘的怎么答？"
　　李卫："我就说，十爷愣要逼我诬陷四爷和十三爷，我不愿意冤枉好人，他就把我的手脚打断了。"
　　几名汉子听到这里都有些蒙了，一齐望向胤䄉。
　　胤䄉气得鼻孔里都冒烟了："你个狗日的，徐祖荫的腿老子都砸断了，别说你这个土混混……"
　　李卫："慢着！徐祖荫贪墨了几百万两银子不是？杀害了岳子风不是？你砸他的腿，皇上老爷子再生气，你也可以说是恨他妈的贪官。砸我的腿就没有什么道理了，是不是？"

胤䄉咬着牙蹲了下来，盯着李卫："四爷和十三爷给你什么好处了，你他妈的这样向着他们？"

李卫："您这话总算问到点子上了。我这人生下来就一个臭毛病，不怕人家对我不好，就怕人家对我好。谁对我好了，让我脑袋给他当凳子坐我他妈也认了。"

胤䄉的脸色慢慢缓和了："要怎么样才算对你好？"

李卫："这个一时片刻我还真想不起。对了，我现在就想干一件事。"

胤䄉："什么事？"

李卫："就想玩蛐蛐。"

胤䄉盯着他望了老半天："你他妈的知道多少事情？"

李卫："也不多，徐祖荫的事情知道一大半，太子的事情知道一小半。"

胤䄉慢慢笑了："这话怎么说？"

李卫："有好蛐蛐吗？"

胤䄉站了起来，对身边那名拿着榔头的汉子："去，到我府上把那只登州府的金元帅还有昨儿买的那只大将军给他弄来。"

那名汉子放下榔头走了出去。

胤䄉又对另外几个拿铁链的汉子："还呆这儿干吗？"

那几个人也提着铁链走了出去。

李卫这才站了起来："十爷，您不用急，我实话跟您说了，招不招供我都是一个死。只要您能让我在死之前过几天舒心日子，扳倒太子的事就交给我好了。"

胤䄉："我信了你。你什么时候给我全招了？"

李卫："您这就不够义气了。我现在一股脑全招了还有舒心的日子过吗？别急别急，只要您对我好，我不但把自己知道的事情全告诉你，徐祖荫肚子里那点阴谋我也能给您掏出来。"

胤䄉："此话当真？"

李卫："七天，怎么样？"

15. 东跨院门外　日

看见胤䄉走了出来，那王福连忙奔过来跪在地上，朝自己的脸一边抽了一巴掌："十爷，奴才知道错了，请十爷饶了奴才这一回。"

胤䄉："不知死活的奴才，你这一辈子迟早会死在玩蛐蛐上面！往后几天你就陪那个

第十二集 矮树高墙

混混玩蛐蛐吧。"

王福大惊："十爷，奴才不敢了，奴才不敢了……"

胤峨："妈的，老子叫你陪他玩，有什么不敢！"

王福又有些迷糊了："您真叫奴才陪那个混混玩蛐蛐？"

胤峨："只许输，不许赢。"说完背着手走了出去。

王福还跪在那里，瞪着眼直发愣。

16. 廉亲王府书房　日

听完胤峨的叙述，胤祀和胤禟对望着在那里思索。

胤禟："说不准那小子真知道徐祖荫和太子的事情。"

胤峨："他说了，徐祖荫的事他知道一大半，太子的事他知道一小半。"

胤禟："那就让他开口。"

胤峨："长这么大我还没遇到这么一个混混，张口闭口要对他好他才招。"

胤禟："要怎么对他好？"

胤峨："现在还不知道，只找我要几只蛐蛐。"

胤禟："他是不是在玩我们？"

一直听他们说话的胤祀这时才接言："他是在玩我们。"

胤峨睁大了眼睛望着胤祀。

胤祀："徐祖荫的事该知道的我们都知道了，不该知道的全装在他脑子里，连四哥和老十三都不知道，他个土混混能知道什么。至于太子的事他就更不可能知道了。"

胤峨："妈的，居然敢玩起我来了……"说着就要往外走。

胤祀："不要急。"

胤峨又站住了。

胤祀："这是个不知天高地厚胡七八扯的人，可我们现在也未必用不上他。你们想想，皇阿玛要废太子，需要的就是个口实。那只要是口实，不管是真的还是假的，咱们都可以用。"

胤禟："八哥的意思，那个小子只要肯招供，哪怕是胡编的咱们也要？"

胤祀："就看他编得像不像。"

胤禟："明白了。老十，你明白没有？"

胤峨："我就那么傻？"

17. 东跨院里　　日

一大盘时鲜瓜果，一大盘子什锦点心，边上一只雕着花的蛐蛐罐！

走廊上摆上了一张矮桌子，桌子旁摆着两把椅子，李卫坐在上首，王福坐在下首，两人正在起劲地斗着蛐蛐。旁边远远的还站着两名婢女，面无表情地等候李卫的招呼。

那只土钵子里，李卫的金元帅正骑在王福的大将军身上，振翅长鸣！

王福将手中那根草签一扔："他妈的，真邪了。"

李卫眉开眼笑："蛐蛐管蛐蛐，关键在于斗蛐蛐的人要有手法。"

王福："没那事儿，你那叫狗屎运。"

李卫："狗屎运？你走回狗屎运我看看？不要说这只蛐蛐了，三品臬台的牙口怎么样？老子也是三下两下就给他掐下去了。"

王福："胡扯！"

李卫："不信？那个人就在西跨院，你问问他去！一提我的名字他能吓得尿裤子。"

王福："你到底有什么本事？"

李卫："我要是能随便告诉你那还叫本事？你信不信，就是现在的东宫太子，我也照样把他给掐蔫屁了！"

王福瞪大了眼睛。

18. 廉亲王府后园门外　　日

一辆蒙得严严实实的马车停在这里。

园门慢慢打开了，接着披着斗篷的胤禟和胤䄉出来了，在下人的侍候下悄悄地钻进了马车。

那马车慢慢启动了。

园门又从里面关了。

马车向前面慢慢驶去，巷子这头一个人闪了出来，远远地跟着马车。

19. 毓庆宫庭院　　日

几个蒙古跤手正在那里捉对儿摔跤。

太子阴沉着脸站在一旁看着，突然他焦躁地喝了一声："停了！"

几个跤手停在那里。

太子："你们这是绣花呢？这是在叫你们练习拿人！动真格的时候也是这样？那个时候不管是谁，能扭断脖子就扭断脖子，能折断手就折断手！"

几个跤手："是！"答完狠狠地摔了起来。

| 第十二集 矮树高墙 |

琦亮疾步走进来了，走近太子身边："太子爷，找到了！"

太子眼睛一亮："哦。"

20. 东跨院里 日

胤禟和胤䄉含着笑站在那里望着李卫，李卫坐在椅子上也含着笑望着他们。

王福刚请完安，连忙走近李卫："你谱儿也太大了，九爷十爷来了，怎么着也得站起来吧！"

李卫："有你站着不就行了嘛。"

胤禟摆了摆手："就让他坐着，你出去吧。"

王福向外走去。

李卫："慢点。听说你们北京城里除了斗架的蛐蛐，还有一种比叫声的蝈蝈，劳驾也给我去弄几只来。"

王福停在那儿抬头望了望天，天早就阴沉了下来，这会儿一团一团的乌云正越来越浓。

王福望着胤䄉："要下雨了……"

胤䄉的眉头皱起了："淋不死你！"

胤禟却仍然笑着："去，到街上去给他买几笼来。"

王福："是。"噘着嘴巴走了出去。

胤禟和胤䄉对望了一眼，在李卫身边坐了下来。

胤䄉："怎么样？这对儿蛐蛐不赖吧？"

李卫："还行，看样子还真是原配。"

胤䄉："那就给我们说点什么，怎么样？"

李卫："想我说什么，你们问吧。"

这时一个闪电，那雨好大一颗滴了下来。

胤䄉站了起来，对两旁喊道："来人，把桌子搬到屋里去！"

21. 毓庆宫 夜

天色阴沉，雷声阵阵。

打着伞抱着蝈蝈笼子的王福被琦亮带了进来。

也不知是被雨淋得身上湿冷，还是因为看见了太子，王福打了好大一个寒战！

太子正站在窗前，似乎在很认真地听着远处的雷声。

琦亮："太子爷，人找来了。"

太子慢慢转过身，看了看王福："你在十爷那儿当差？"

王福："奴才在那边儿是管别院的副总管。"

太子："你偷了多少东西呀？"

王福："我……我……"

琦亮："你也是该着，西打磨厂的那家当铺的掌柜的，是我一包衣奴才，他把你当货的单子全拿来了。"

太子："十爷对下人一向管束得严，我要是把这些东西送回去，你也知道我们家老十处置家奴的法子。"

王福磕头如捣蒜。

太子："你不是就缺钱吗？"

王福："家里有人惹上了官司，老家的几十亩地都搭进去了……"

太子："老家是哪儿的？"

王福："保定府。"

太子看了看亲随送上来的当单："你当的那些东西我替你赎了，赶快放回去。保定那边儿我有几个庄子。划你三十垧地养家。怎么样。"

王福："太子恩典，变猪变狗我也报答您。"

太子："我也不让你变猪变狗，你还回去照当你的副总管。我也不会讹你一辈子，我只让你给我办一件事。"

王福："我办、我豁了命去办。"

太子："无量大人胡同那所宅子归你照应？"

王福："是。"

太子："那里边现在关着谁你知道吗？"

王福："关着一个臬台，还有一个假钦差。"

太子："你能见着他们吗？"

王福："能见着，那个假钦差时刻能够在一起，那个臬台要同他说话不容易。"

太子："不用你说，你听就行。从现在起，不管谁去问，谁去找，你把他们说的话要一字不落地告诉我。不难吧？"

王福："这个……不难，不难。"

太子："你要是敢反水，我让你们一家子连猪狗都变不成！"

一道好亮的闪电，接着是一声炸雷！

定格。

第十三集 月黑风高

1. 东跨院屋内 夜

外面的雨越下越大了,里面两位皇子打横坐着,正你望着我,我望着你。李卫却蹲在上首的椅子上嗑瓜子。显然这会儿三个人谈到这里又僵住了。

胤禛打破了僵局:"看来李先生对徐祖荫的事知道得不少,我们还想请教一二。"

李卫:"说吧。"

胤禛:"你说……徐祖荫只不过是太子山下的一块石头,是什么意思?"

李卫:"我的意思是……你们听好了。"

胤禛胤峨欠起身,凑上前。

李卫:"我的意思是……徐祖荫只不过是太子山下的一块石头。"

胤峨又按捺不住了:"能不能说明白一点!"

胤禛按下他:"你说的太子山,到底是什么?"

李卫:"这太子山嘛……它远看像座山,近看不是山,绕到后边儿看……"

胤禛胤峨又凑了过去。

李卫:"又像一座山了。"

胤峨倏地站了起来!

2. 大院王福房间 夜

一个炸雷打得王福也站了起来。

桌子上他买的那几笼蝈蝈都被雨淋得七痨八伤了,这会儿一只也不叫。王福望着这几个笼子在那儿出神。慢慢地他似乎下定了决心,把那件还湿漉漉的油衣拿了起来披在身上走了出去。

又一阵炸雷，雨下得更大了。

3. 东跨院屋内　夜

胤峨捋起了衣袖："妈的，我捏死你就像捏死一只蚂蚁！别拉我，大不了让皇阿玛训斥一顿！"

李卫依然靠在椅背上，慢慢睁开了眼睛："你把太子也像捏蚂蚁一样捏死给我看看。"

胤峨真要动手了，胤禵连忙拉住了他，转对李卫："好了好了，怎么说咱们也是一个心思，你也要扳倒太子不是？直说了，咱们一起动手，你也报了仇了，我们也好交差。岂不干脆。"

李卫："话虽然这样说，可他也不能把我的属相弄错了。"

胤禵："什么属相？"

李卫："我是属驴的，他干吗把我说成属蚂蚁的？"

胤禵有些迷糊："这话怎么说？"

胤峨插言了："他说他妈的是什么'牵着不走，打着后退'！"

李卫："对了。"

胤禵也有些哭笑不得了。

4. 窗外　夜

大雨如注。

王福悄悄地来到窗外，竖起耳朵听着里面的谈话。

5. 屋内　夜

胤禵："李先生，你的事我们也听说了一些，你敢假冒钦差，把个两江官场闹得天翻地覆，确有些过人之处。可这是北京，太子也不比两江那些官员，你要扳倒太子，为你那些被大水淹死的亲戚报仇，没我们帮忙可不行。"

李卫："等会儿，你老说我想扳倒太子，好像你们并不想扳倒太子，这话我不爱听。"

胤禵有些尴尬："当然，我们也想扳倒太子……"

李卫："慢着，老你们你们的，这'你们'是谁啊？"

胤禵："不妨告诉你，坐纛儿的是八爷，也就是廉亲王；还有我们，西北领兵的还有

| 第十三集　月黑风高 |

一位十四爷，大将军王，怎么样，金枝玉叶儿你见识了一大半儿，这总可以放心了吧？"

　　李卫："你们既然一个比一个脑袋大，还用我干吗？"

　　胤峨："你不是说太子的事你知道一小半吗？"

　　李卫："那还有一大半我不知道。"

　　胤禵："我们一起凑凑，不全出来了吗？"

6. 窗外　夜

王福在窗外仔细地听着……

7. 屋内　夜

　　李卫："好，咱们谁也不亏谁，我说一句，你们也得说一句。"

　　胤禵："好哇。你先说吧。"

　　李卫："徐祖荫是太子山下的一块石头。"

　　胤禵："所谓石头就是太子的门人。"

　　李卫："说对了。这河督贪墨了三百万两银子干吗要放到徐祖荫那儿去呢？"

　　胤峨："徐祖荫算个屁！这银子其实就是给太子的。"

　　李卫："又说对了。你说这岳子风跟徐祖荫无冤无仇的，徐祖荫干吗要杀他？"

　　胤禵："慢着慢着，这样倒变成是我们在招供了。咱们掉个个，我们来问，你来回答。"

　　李卫："你又说错了，我回答有什么用？这些话得徐祖荫来回答。"

　　胤峨："徐祖荫开口，还找你干吗？"

　　李卫："连个徐祖荫都摆不平，你们也忒没用了吧……"

　　胤峨："你能让徐祖荫开口？"

　　李卫："我当然不能让徐祖荫开口，但我手里捏着的一个东西能让他开口。"

　　胤禵："东西？什么东西？"

　　李卫："当然是徐祖荫害怕的东西。"

胤禵和胤峨又对望了一眼，将信将疑地一齐又转向李卫。

　　李卫："不过，你们就给我两个蛐蛐，是不是太小气一点了。"

　　胤峨："你要什么？"

　　李卫："暂时还没想好，明天再说？"

　　胤禵："你只要能让徐祖荫开口，一切都好说。"

8. 窗外　夜

王福一振，睁着眼想了想，悄悄地离去了。

9. 毓庆宫庭院　日

太子一拧眉毛："什么？那个土混混手里捏着徐祖荫的把柄？"

亲随甲："王福说，昨天九爷十爷他们在那个小混混那儿谈了一夜，就是想套出他捏着的那个把柄。"

太子："妈的，越绕越糊涂了！他手里到底捏着徐祖荫什么把柄？"

亲随乙："徐祖荫那么老成的人，会有什么把柄捏在那个土混混手里？这不太可能……"

琦亮："也不能掉以轻心，我和那个混混打过交道，那小子邪门歪道的东西不少。那几百万银子就是他装的套让徐祖荫上了当！"

太子眼中的凶光又露了出来："这两个人都不能留了！让王福想办法把他们都除了！"

琦亮："让王福除了他们？王福有这个能耐吗？"

太子："不会用刀子，还不会用毒药！"

琦亮和亲随甲、乙都颤了一下。

太子："怎么了？"

亲随甲："奴才这就去。"

10. 胤祥府别院　日

岳思盈和小满被石榴从东屋叫到北屋门口，反倒有些犹豫了——屋子里静悄悄的，李母什么时候如此安静过？

岳思盈问石榴："她在屋里吗？"

石榴："在呀。"

三个人这才走了进去。

11. 胤祥府别院北屋　日

李母坐在椅子上出奇的安详，望着他们还带着微笑。

小满首先忍不住了："您干吗不闹？"

李母："看你这孩子，好像我天生下来就爱闹。"

第十三集　月黑风高

岳思盈拉了小满一把："伯母，您叫我们来有什么吩咐？"

李母从身上掏出一颗碎银子："石榴，你带小满到街上去给我买一盒那个什么斋的桂花糕。"

小满："就买一盒？"

李母："买两盒，你们吃一盒，给我带一盒。"

"好嘞。"石榴接过银子，拉着小满走了出去。

岳思盈知道，李母支走这两个人是有话同自己说了，因此不待她开口，搬过一把椅子在她旁边坐了下来。

李母端详着岳思盈，真想伸过手去拉她的手，又缩了回来："到底是大户人家的女儿，看见眉毛就知道眼睛……你知道李卫是我什么人吗？"

岳思盈一怔："他不是您儿子吗？"

李母："还有呢？"

岳思盈更蒙了："还有什么？"

李母："我告诉你吧。李卫除了是我儿子，还是我丈夫，还是我爹，还是……"

岳思盈站了起来："您是不是发烧了？我给您找郎中去。"

李母："好端端的发什么烧。你坐下，听我说。"

岳思盈又只得坐了下来。

李母说开了："八字先生给我看了，我生下来就是个墙头草的命，专克亲人。两岁上就克死了我爹妈，被亲戚带着送到了李家做童养媳，熬到十六岁，跟李卫他爹圆了房，儿女没少生，可就是生一个克死一个。等到三十边上生了李卫，他命大，活下来了，他爹又去了。开始几年是我到大户人家打短工做针黹养他，人家嫌我手拙，娘儿俩有一顿没一顿的。把他带到十岁就开始是他养我了。这孩子不识字，可就是聪明，见什么会什么。还有一种，就是对我好，弄点吃的自己不吃准定要先给我吃，我不开心了，他也准有办法哄我开心。我要是瞎胡闹，他也能够镇住我。人家生一个儿子是一个儿子，李卫是把做儿子做丈夫做爹的活全揽了。"说到这里李母滴下泪来。

岳思盈被她说得有些震动了，掏出了手绢递了过去。

李母却用手揩了眼："岳姑娘，你实话告诉我，李卫是不是被官家抓起来了？"说着瞪着两眼紧盯着岳思盈。

岳思盈好生为难，也只是望着她，无言以对。

李母："要是因为我的命硬，克着了李卫，我可以去死，我死了就没人克他了……"

岳思盈："伯母千万不要这样说。李卫是被官府叫去问话了，可也没有到说生说死的时候……"

李母："你就别宽我的心了。连那个什么四爷，皇帝老子的儿子，我找他去要李卫，他都没办法……"

岳思盈："有些事一时片刻同您说不清楚。李卫开始是为了救您和小满，后来是为了给我爹报仇，这才牵了进去。您放心，拼了这个命，我也会保全他。"

李母："你怎么保全他？"

岳思盈："我爹是为朝廷死的，李卫又是为我爹牵进来的，万一不行，我去找皇上，告御状……"

李母："李卫真在皇上那儿？"

岳思盈："不，他在八爷那儿……"

李母："八爷？八爷是谁？"

岳思盈说漏了嘴立刻便有些后悔了："这些您就别管了，我，还有四爷、十三爷都会想办法。"

李母眼珠子一转，连忙说道："不管不管，有你们管，我还管什么……"

12. 东跨院　日

一蓬火从一个人的口里喷了出来！

"哎！"歪在藤榻上的李卫一下子站了起来，向那个杂耍艺人走了过去，"这一招不错，怎么玩的？教教我，教教我。"

那杂耍艺人有些为难了，眼睛望向王福。

王福连忙走了过来："李爷，这些事哪是您玩的……"

李卫："胡七八扯，他能玩，我为什么不能玩？"

王福："您是九爷十爷的贵人，玩这般冒险的事，万一有个闪失，小的吃罪不起。"

李卫："你是存心让我不高兴？"

王福："这样吧，等他们都演完了，咱们再商量？"

李卫："这还像句话。"说完又走回藤榻，歪在那儿。

接着，吞铁球的上场了，手里拿着几只铁球，开始还在那儿抛着，接着将一只铁球抛进嘴里，眼珠子一鼓，吞了下去。

"哎！"李卫又坐直了身子。

王福连忙按住了他："李爷，后面不准还有更玄的，咱们看完了再说。"

李卫这才没有站起。

| 第十三集　月黑风高 |

又接着，锣声响了，玩猴的上场了，那猴子手里提着锣一边敲着，一边走向衣柜，拿了顶官帽戴在头上。

突然，把院门的两个便衣汉子跪了下来，接着那些艺人都跟着跪了下来。

李卫目光向院门投去——原来是胤峨大剌剌地走进来了，一边走一边笑道："玩，接着玩！"说着走到了李卫身边，在对面的椅子上坐了下来，笑问李卫，"怎么样？爷们对你不错吧？"

李卫："凑合。"

胤峨："你什么时候去跟徐祖荫谈？"

李卫眼睛仍然盯着那只猴："你能不能让我舒舒心心地玩两天……"

胤峨："兄弟，你耐性好，爷们儿可没有那么多空闲。"

李卫："没有空闲，您还到这儿来陪我？"

胤峨："我也真不想陪你了，给你找了几个人来陪你，见了他们，你准会去找徐祖荫。"

李卫："什么人，这么牛！"

胤峨朝着院门那两个便衣汉子拍了拍掌。

李卫目光转去，一下子蒙了！

李母、石榴和小满一人肩上背着个包袱出现在院门口。

李母看见院子里的一切，立马嚷了起来："你个没良心渣滓的！真会享清福啊！老娘我今天……"说着直奔上前，捏住李卫的耳朵把他从藤榻上拽了下来。

这一下倒把胤峨弄蒙了，连忙上来拉住李母："干吗？你这是干吗？"

李母："娘不要了，老婆也不要了，一个人跑到这儿快乐来了。这样的儿子要他干什么！"

胤峨鬼笑着对李母："他这不把你们都接来了吗？"然后又转对李卫，"你们一家子想不想过好日子，就全看你了。徐祖荫那儿你什么时候去谈？我等你的信儿。"说完笑了两声，转身向院门走去，一边挥着手对那些愣在那里的杂耍艺人："玩！接着玩！"

李卫望着胤峨的背影："辣块妈妈，株连九族了！"

13. 胤祥府　日

胤祥倏地转过身来，对着那个守别院的下人："谁叫你们放她们走的！"

那下人："回爷的话，十爷亲自来了，那老太太自己又愿意，奴才拦不住。"

"现在关键是要知道他们去了哪儿。"岳思盈满脸惶急。

胤祥沉吟了少顷:"我知道。"

14. 茶肆　日
亲随甲穿着便服早已坐在靠角落的一张桌子边。

王福手里拎着一包食物走进来了,茶房迎了过来:"您几位?"

王福:"找人……看见了。"向亲随甲那张桌子走去。

王福在亲随甲身边坐了下来,向四周望了望,压低了声音:"十爷将那个李卫的妈和家人都关进来了,意思是逼他套出徐祖荫的口供。"

亲随甲:"不能等了,把他们都干掉。"

王福一惊:"干掉李卫?"

亲随甲:"还有徐祖荫,一块儿干掉。"

王福:"那、那么多人守着,怎么下手?"

亲随甲从怀里掏出一包药。

王福变了脸色:"下毒?"

亲随甲:"对。反正是这一包药,要么下在李卫和徐祖荫的食物里,要么拿回去你一家子吃了!"说完站了起来,走了出去。

王福站在那里愣了半天,最后还是咬了咬牙,将这包毒药塞进了怀里。

15. 东跨院屋内　夜
石榴和小满被安排住在外屋,这里只剩下了李卫和李母。

李卫还急得在那里来回踱步:"不行,你们得想办法离开这里。"

李母:"离开这里到哪儿去?"

李卫:"江南江北,不管哪儿,走得越远越好。"

李母:"把你一个人撂在这里?"

李卫语塞了,望着李母。

李母:"你过来。在我这儿坐下。"

李卫走了过去,坐了下来。

李母:"儿呀,从娘把你生下来那一天起,我们娘儿两个什么时候分开过?"

李卫:"现在不同……"

李母:"现在你就不是我儿子了?别打量着我只是要你养着,到了八十岁我还是你妈。说句不吉利的话,你坐牢我给你送饭。你要是当了官,我给你看衙门……别忘了,那

| 第十三集　月黑风高 |

老道给我算的，我有三十年晚运。只要我们娘儿俩在一起，没有过不去的坎。"

李母什么时候这样说过话，李卫一时都觉得有些陌生，瞪着眼望着李母："妈，这些话是不是岳姑娘教你的？"

李母："掌嘴！你当我只是个瞎闹腾的老婆子！儿呀，妈告诉你吧，你的事我都知道了。什么八爷九爷十爷没一个好东西，他们就是要诓住你，让你帮他们扳倒些什么人，然后再卸磨杀驴子。我们千万不要上他们的当，就同他们闹腾，拖日子。岳姑娘都说了，她会想办法，四爷和十三爷也会想办法把我们救出去。"

李卫站了起来："妈，你这一肚子韬略什么时候学的，平时怎么没有看见你施展出来？"

李母："平时有你施展，我还要施展什么？"

母子俩拍了一下手，都笑了。

16. 窗外　夜

高墙大树，在夜幕里都显得黑魆魆的，岳思盈从墙头跃到了树上，望向北屋亮着灯的窗户。她刚想跳下，又一惊觉，稳住了身形。

另一个黑影蹑手蹑脚地沿着墙根走到了窗外，趴在窗边偷听——那个人是王福。

17. 屋内　夜

李卫突然走到了门边，高声喊道："石榴，打一盆热水来。"

外面传来石榴的应声："好嘞！"

李母："打热水干什么？"

李卫："儿子给您洗脚。"

李母："媳妇都进门了，还要你洗什么脚？让石榴洗吧。"

说话间石榴端着热水进来了："我来给婆婆洗吧。"

李卫瞪了石榴一眼："婆婆？她什么时候成你的婆婆了？"

石榴和李母都是一怔。

石榴把目光望向李母，李母："我是喝过她茶的，可不许你变卦。"

李卫："好了好了，你先出去。"

石榴还想蹲下来给李母洗脚，李卫眼珠子一瞪："出去！"

石榴噘着嘴出去了。

李卫蹲了下来给李母脱鞋。

李母踩紧了脚："先说好，不许你变卦。"

李卫捏了一下李母的脚，目光望向窗外。

李母有些明白了："哦……"李卫连忙捂住了她的嘴。

李卫："妈，你就让儿子尽点孝心吧。"

李母："嗯，嗯。"

李卫给李母洗脚："妈，您刚才说的那些话全不对。八爷九爷十爷都是好人。儿子都想好了，准备……"说到这里他故意压低了声音，"一二三四五六七八九十……"

李母笑了，也压低了声音："十九八七六五四三二一……"

18. 窗外　夜

王福听不清楚了，从窗边把脑袋贴到了窗上，竖起了耳朵去听。

19. 屋内　夜

李母的一双脚湿淋淋地抬在空中。

李卫端着那盆洗脚水蹑手蹑脚地走到了窗边，突然推开窗户，将水泼去！

20. 窗外　夜

那盆水从王福的头上劈头淋下！

21. 屋内　夜

李卫："妈，您这双脚的味道还真不好闻。"

李母："掌嘴，你爹都没嫌我，你倒嫌我。"

李卫："不嫌不嫌。石榴，再打盆水来！"

22. 厨房　夜

胖厨子正叮叮当当地在案板上剁馅，一抬头吃了一惊。

王福一身湿淋淋地进来了。

胖厨子："头儿，您这是怎么了？"

王福："不小心弄湿的，到你这儿来烤烤。"

胖厨子放下了刀："我给您烧火去。"说罢在围裙上擦了擦手，走到灶口边，将柴塞进灶里。

| 第十三集　月黑风高 |

王福眼珠子向案板上望去——一团面已经揉好了摆在那儿，一堆猪肉馅子正剁了一半。

胖厨子吹燃了火："头儿，您慢慢烤着，我还得把包子包好。"

王福坐到灶口，烤着衣服："明天早上吃包子？"

胖厨子："可不是，从来还没听说过把两个犯人侍候得老爷似的。今天还来了个什么犯人的妈，点名要吃包子，还要猪肉大葱馅的。"

王福眼睛一亮："东跨院和西跨院都吃包子？"

胖厨子："谁说不是。"

王福："那也够辛苦的。"

胖厨子："有您这句话，辛苦点也值。"

王福："我那屋里还有一瓶好酒，你去拿来，待会儿我陪你喝两杯。"

胖厨子笑了："又赏我酒喝了。"

23. 窗外　夜
岳思盈的一双大眼正透过厨房的窗格子向里面望去。

24. 厨房内　夜
王福急忙走到案板前，眼珠子向四周溜了一转，接着从怀中掏出那个纸包，将里面的药撒进了馅里。

25. 东跨院院坪　晨
胤峨领着两名汉子大剌剌地从院门外走进来了，走进院坪就大声嚷道："怎么样，一家子团聚，该去找徐祖荫谈了吧！"嚷着向屋里走去。

26. 东跨院李卫房间　晨
跨进门槛，胤峨便不觉一怔。

屋子中间的桌上摆着一个盘子，里面只剩下了几个包子！

屋子的地上，躺着李卫、李母、石榴和小满！

胤峨吓了一大跳："怎么回事？这是怎么回事？王福！王福！"

王福跑了进来，见状也假装一惊。

胤峨铁青了脸："这是怎么回事！"

王福："回、回十爷，奴才不知道……"

胤峨对那两名汉子："把大门关了，把这里的人都看起来！"

李卫突然在地上说话了："不用，看住王福就行了。"

胤峨惊了一跳，王福这时吓得差点跳了起来。

李卫已经爬起来了，慢慢走到王福面前："还好，看起来还真不是十爷叫你干的。"

王福哪里答得上话来，李母、石榴和小满都已经爬起来了。

李母上去就是一边一记耳光："好毒的贼，想叫我全家死光呀！石榴、小满，给我打！"

石榴和小满也一下扑了过去撕扯王福。

"好了！"胤峨一声大喝，石榴和小满慢慢松了手。

胤峨黑着脸走到王福面前："狗日的反贼，谁叫你干的？"

李卫："还有谁，太子呗。"

王福扑通跪了下去。

李卫对着胤峨："有了这档子事，我们可以去找徐祖荫了。"

胤峨突然醒悟："徐祖荫吃了没有？"

李卫："我早就跟他通了气了。现在带上这个反贼，让徐祖荫看看，太子是怎么对他的。"

胤峨眉头展开了："这还真是一招。带他走！"

两名大汉拽起了王福。

27. 西跨院徐祖荫房间　日

徐祖荫坐在那里，还是那个样子，把眼睛闭着，一动也不动。

他的面前那一盘包子仍然摆在那里一个没动。

李卫晃晃悠悠地进来了。

胤峨跟着进来了。

李卫："嗯，还听话，一个没动。"说着蹲了下来，"伙计，要不是我，这会儿你已经到阎王爷那儿吃包子去了。你说是不是？"

徐祖荫还是闭着眼："还有什么花样，全使出来吧。"

李卫："哎，老子救了你，你还这副德行？"

徐祖荫："你为什么要救我？"

李卫竟被他这一问噎在那里。

徐祖荫："答不上来了吧？告诉你吧，这一招叫作'蜜里刀'！我在管刑狱的时候经

第十三集　月黑风高

常使。"

胤峨忍不住了："真他妈的茅坑里的石头，不识好歹！"

徐祖荫睁开了眼睛："十爷，我从押解进京那天起就没打算活着。您省点劲，也不用唱什么红脸黑脸。还像那天一样，拿一把锤子往我天灵盖一砸，就什么事也结了。"

胤峨："娘的……"

李卫拦住了胤峨："哎哎，你是不相信这毒药包子是太子叫人给我们吃的？"

徐祖荫没有答话，只是轻蔑地一笑。

李卫："那好，我让你见见那个人。十爷，把他叫进来？"

胤峨："带进来！"

两名大汉把王福拽了进来，推倒在地。

胤峨盯着他："谁叫你下的毒？说给他听。"

王福："十爷，奴才错了，您还是把我杀了吧。"

胤峨："我现在叫你说！"

王福："十爷，奴才实在不敢说……"

胤峨："你不说？那好，你就给我把这盘包子吃了。"

王福愣了一阵子，嘴巴动了动，结果居然还是不说，而是把手伸向了那盘包子，拿起了一个。

胤峨："我就不信你这狗奴才，真还敢吃！"

胤峨的话刚落音，王福竟然飞快地将包子塞进嘴里大口嚼了起来。

胤峨和李卫都是一惊，都想去拉他，王福已经倒了下去。

李卫："这家伙，比我还不怕死。"

胤峨已经气得脸孔煞白，蹲下去一把揪住徐祖荫的衣领吼道："你还不相信是太子要杀你灭口！"

徐祖荫一动没动，慢慢说道："不要玩了，十爷，装死这一套可瞒不过我。"

"装死？"胤峨将目光向躺在地上的王福看去。

王福虽然躺在那里，确实不像已经死了。

李卫："我早就将包子里的馅换了。"

胤峨气得将徐祖荫一推站了起来，对着李卫："你他妈的到底玩的什么把戏？"

李卫望着躺在地上的王福："这个人可是扳倒太子的铁证，我们不想死，也不能让他死。十爷，这时候再审他，他准招。"

胤峨的脸舒展一些了，转向两名大汉："拉起来！"

两名大汉将王福拉直了，跪在那里。

王福迷迷糊糊地："我没死？"

李卫："你是自己把自己吓死的。怎么样，死的味道不好受吧？这下可以招了？"

胤峨："再不招，我要你一家子死得苦不堪言！"

王福："十爷，太子也是这样说的，奴才害怕他害了奴才一家老少，没办法，才干了这件事情。十爷饶命，十爷饶命……"说着把头不断地在地上碰着。

胤峨："拉出去，看好了。"

两名大汉将王福拽了出去。

李卫又蹲到了徐祖荫面前："你都听到了？"

徐祖荫的脸色也有些变了，没有吭声，却还是闭上了眼睛。

李卫："我早就想通了，你也该多想想。你为太子出生入死，贪墨了河工款，淹死了那么多人，又杀了岳子风。图的什么？到头来太子还是饶不过你。"

胤峨："怎么样？该招了吧？"

徐祖荫仍然紧闭双眼。

李卫站了起来："让他多想想。"向胤峨使了个眼色，走了出去。

胤峨竟然有些服他了，也跟了出去。

28．廉亲王府书房　日

胤禟："不管这个混混什么意思，他的这个主意我看可以试一试。"

胤峨："那好。冒充刺客的人我去挑，我亲自带队，好玩也玩他一把。"

胤禟："可要装得像一点，要不然徐祖荫不会相信。"

胤峨："当然。我这就去挑人。"说着兴冲冲地就要走出去。

"慢着。"胤祀喊住了胤峨，"你们认为徐祖荫会相信是太子派人去杀他吗？"

胤禟："有了下毒的事在先，咱们的人再冒充太子的刺客去杀他，他应该会相信。"

胤祀："相信了以后，他肯定会招？"

胤禟和胤峨都沉吟了。

胤禟望着胤峨："这还真说不准。"

两个人又一齐望着胤祀。

胤祀："因此，咱们犯不着走这个弯路。"

胤禟和胤峨有些茫然了："八哥的意思……"

胤祀："让太子真派人去杀他不就得了。"

第十三集 月黑风高

胤禟："让太子真派人去杀他？怎么杀他？为了什么？"

胤祀："只要咱们将抓住了王福的事泄露给太子，太子就会狗急跳墙，派人去杀徐祖荫、李卫和王福灭口。那个时候，咱们的人埋伏在院子里，只等太子派来的人一到，等他们杀了那几个人，再把太子的人全数擒获。有了这个铁证，太子就非倒不可！"

胤禟和胤峨的眼睛亮了："好主意！"

胤禟："不过我还有一个担心。"

胤祀："说来听听。"

胤禟："现在皇阿玛不在京里，咱们这样一逼，把太子逼急了，真的造起反来，我们可制他不住。"

胤祀笑了："你们把皇阿玛也看得太简单了。如果我所料不错，皇阿玛早就做了部署。现在要等的就是太子谋反的证据。老十，你这就去部署人手，埋伏在庭院内外，不能够露了形迹。"

胤峨："好！"连忙走了出去。

胤祀："我现在就上折子，将王福的口供附在上面，立刻上奏皇阿玛。九弟，如何把王福被抓住的消息透给太子，就看你的了。"

胤禟："这个容易。"

29．毓庆宫庭院　日

太子气得脸色煞白，几乎失控地乱喊着："成事不足、败事有余！笨蛋、笨蛋！去！派一营兵，把无量大人胡同的那个贼窝子给我抄了，见一个杀一个！连只耗子都不许留下！都给我去！"

琦亮："太子爷少安毋躁，少安毋躁……杀人灭口可以，可不能派兵。"

亲随乙："琦大人说的是，还没到兵戎相见的时候。"

太子："那你们去，不管用什么法子，把他们除掉，徐祖荫我也不留了，除掉，一块儿除掉！"

30．毓庆宫庭院　傍晚

亲随甲将那些蒙古跤手都召集在这里。

亲随甲："天黑以后，你们换上衣服，埋伏在那所宅子四周，八爷的一个管家会在里面接应，只要见到火光，或者听到动静，就给我冲进去，不管是谁，见一个杀一个！"

众人："嗻！"

31. 胤祥府前院　傍晚

胤祥和岳思盈从屋内走出来了。

几名刑部的高手都已换了便装站在那里静静地候命。

胤祥走到这几名高手面前，将目光向他们扫了一遍："你们跟着她，到了天黑就进到那所院子里去，一定要保护那几个人的性命。"

几名高手："是！"

胤祥又转对岳思盈："后面的事我和四爷会有安排。你也得小心点。"

岳思盈点了点头："十三爷放心。"

32. 大院门外　夜

这个夜晚还真是月黑风高，只有门前的几盏灯笼被夜风吹得明灭不定。

胡同的东头，一群黑影出现了，跑了几步又沿着墙根蹲了下来。

胡同的西头，另一群黑影出现了，也是跑了几步沿着墙根蹲了下来。

33. 大院内　夜

这里更是寂静得反常。院落里黑沉沉空荡荡的，因此嵌在只有几颗星星的空中的屋脊就更显出黑魆魆的神秘莫测。

镜头向靠北的正屋推去，推进窗棂——屋内靠墙一带竟坐满了拿着钢刀的大汉！

胤峨一个人坐在正屋的椅子上，腿上也摆着一把钢刀，两只眼睛在黑暗中仍然能看出在闪着有点兴奋也有点紧张的光！

34. 东跨院李卫房间　夜

这里竟然此伏彼起一片鼾声。

镜头慢慢摇了过去，东厢的大床上躺着李卫和小满，两个人都睁大了眼在那儿打着假鼾。

镜头又摇向了西厢的大床，上面躺着李母和石榴，两个人也正睁着大眼在那里打着假鼾。

突然，窗外传来了轻轻的击掌声，李卫倏地坐了起来。

35. 西跨院徐祖荫房间　夜

这里的床上竟然是空的！

| 第十三集　月黑风高 |

徐祖荫平时盘坐的地方也是空的!

镜头搜索到了那张床靠北墙的空地——徐祖荫原来盘腿坐在这里，他的两眼仍然闭着，面前却摆着一排平时吃饭积留下来的竹筷!

36．大院内正屋　夜

胤峨的手倏地捏向了刀柄，一身也绷紧了!

靠墙根一带蹲着的大汉们也都捏紧了刀柄，一个个耳朵都竖了起来!

37．大院院坪内　夜

一个黑影从院墙上跳了下来!

又一个黑影从院墙上跳了下来!

接着是许许多多的黑影跳了下来!

显然是已经部署好的，一群黑影向东跨院潜去，一群黑影向西跨院潜去。

38．东跨院李卫房间　夜

李卫、李母、石榴和小满都已聚在了屋内。

岳思盈："不要出声，也不要害怕，跟着我们走。"

"慢着。"刑部派来的那名高手的头低声说话了，"四爷和十三爷有吩咐，叫你们就待在这里。"

岳思盈："什么，不让他们走？出了危险怎么办？"

那高手头："有我们保护，出不了危险。"

岳思盈："不行，我得带他们走。"

那高手头："他们走了，四爷和十三爷在皇上那儿都不好交代。"

岳思盈："是人命要紧，还是他们交代要紧……"

那高手头目光一闪："不要说了，来了!"

39．东跨院李卫房间门外　夜

几个黑影拿着刀果然来了。

黑影们潜到了门外，彼此点了点头，有两个人走向东边的窗户，有两个人走向西边的窗户，剩下的几个人都留在门外。

40. 李卫房间　夜

李卫、李母、石榴和小满都被安排钻到了床下。

岳思盈和几名刑部高手全都埋伏在大门两侧和窗户底下。

"砰"的一声，门被踹开了，几个黑影闯了进来！

"砰砰"两声，窗页被击开了，四个黑影跳了进来！

接着是一片负痛的号叫，一片刀光闪处，跳进屋里的黑影都被砍中了腿，纷纷倒在地上！

41. 西跨院徐祖荫房间　夜

盘坐在床头空间的徐祖荫眼睛猛地睁开了，接着他的手在地上一捞，将那一排筷子捞在了手里。

就在这时，门被踹开了，几个黑影手执钢刀闯了进来！

徐祖荫的手抖动了，一排筷子像箭一般飞射出去！

闯进来的黑影连哼都没有哼一声，纷纷倒在地上。

42. 大院院坪　夜

亲随甲领着另外一群人站在这里，坐镇接应。

突然东跨院门几个黑影仓皇跑了出来。

一个黑影向亲随甲喘着气："大、大人，有埋伏……"

亲随甲一惊。

另一群黑影从西跨院门仓皇跑了出来："有、有埋伏！"

亲随甲："撤！"

就在这时传来了一声巨吼："走不了了！"

接着四周突然燃起了无数的火把！从四面八方拥出了胤峨的人！

亲随甲也横了心，一声低吼："杀！冲出去！"

两拨人刀光乱闪，兵器脆鸣，厮杀起来。

43. 大院门外胡同　夜

马蹄声脆，无数火把从胡同两端向大门移来。

第十三集　月黑风高

44．大院院坪　夜

这里的厮杀已经渐趋冷落，太子的人只剩下了亲随甲和几个拼死顽抗的杀手。

胤峨好像也负了点伤，被几个人护着坐在正屋门口的石阶上，显然已经红了眼，在那里咬着牙吼道："杀！杀！"

就在这时，大门洞开，一大片火光照了进来。

胤祀出现在门口，一声断喝："住手！"

院子里安静了下来。

胤峨的人停住了手，兀自拿着钢刀围逼着亲随甲和他身边的那几个杀手。

亲随甲和他身边的几个杀手也停住了手，面如死灰怔在那里。

胤峨衣衫不整，脸上青一块紫一块，跌跌撞撞走了过来。

胤峨："八哥，他妈的还敢向我动手……"腿一软，被旁边的人扶住。

定格。

| 第十四集 泥鳅翻江 |

1. 大院院坪 夜

胤祀："来，将十爷送回府去调养。"

"死不了。"胤峨挥开了来扶他的人，"他娘的，连我也敢动了，我倒要看看有多少不要命的！八哥，你在这里掌蠹儿，我带人继续去搜，一个也不能放过！"

胤峨领着一群人向东跨院走去。

胤祀走近亲随甲："堂堂一个立朝之臣，月黑风高，杀人放火，来当刺客。太不体面了吧。"

亲随甲一扭头，不说话。

胤祀："这个宅子是皇上赏给十爷的，这里关的人，是我奉旨要审的。你来杀准呀？"

亲随甲："我只求一死，还问什么？"

胤祀："死？你当死有那么容易吗？你死了你的家人还在，你还有九族！说，谁派你来的！"

亲随甲："我和徐祖荫有仇，我自己要来的。"

胤祀："你和徐祖荫有仇？那好，将徐祖荫带上来，当面问问你们有什么仇。"

几名手下吼应："是。"向西跨院走去。

亲随甲的脸白了。

2. 东跨院 夜

胤峨带着那群人站在北屋的石阶下面，岳思盈和刑部的高手们站在北屋的石阶上面，双方都捏着刀对视着。

| 第十四集 泥鳅翻江 |

李卫从屋里出来了，走到胤峨面前："十爷，照你们北京人的话说，你也太不够哥们儿了吧！说好了做做样子哄徐祖荫，你倒安排这么多人真杀我们来了！"

胤峨："胡七八扯！要不是老子带人来救，你小子十个脑袋也被太子的人砍了。"

李卫："哎，我可不是你救的。如果没有他们，我真有十个脑袋也早已被砍了。"

胤峨："他们是谁？"

高手头站了出来："小人参见十爷，我们是刑部的人。"

胤峨："刑部的人？你他妈刑部的人到这儿来干什么？"

高手头："回十爷，我们探听到有人要谋杀钦命要犯，奉十三爷的命到这里来保住人犯。"

胤峨："你他妈刑部消息还真灵通。好了，现在没事了，回去，告诉你十三爷，这几个钦命要犯是皇上下旨八爷主审的，叫他少掺和。"

高手头："是。"转对岳思盈，"咱们走吧。"

岳思盈："里面的人我们也要带走。"

"什么？你说什么？"胤峨头一偏。

岳思盈："李卫还有他的几个家人放在这儿我们不放心，要把他们带走。"

胤峨："好，好，刑部要抗旨了……是十三爷说的吗？"

那高手头连忙插言："十爷不要误会，十三爷没有下过这样的指令。"

胤峨喝道："那她为什么这样说？"

高手头："回十爷，她不是咱们刑部的人。"

胤峨："是谁？"

高手头："她是……岳子风的女儿。"

"岳子风的女儿？！"胤峨一怔。

李卫："不要扯她，与她无关。十爷，够点哥们儿你就把我妈和那两个孩子放了。我在这里，包管徐祖荫招出你们要的东西。"

胤峨："你还想玩我？"

李卫："要玩我也是拿脑袋跟你玩，你犯不着生这么大的气。我妈和那两个孩子可没有钦命要抓他们。他们要是有个闪失，四爷和十三爷可有理由参你。"

胤峨："你狠。"转对手下，"那三个人放了，把他和徐祖荫关到一起去。"

李卫："好，够哥们儿！十爷，这么久了，就这一次我佩服你。"说完一个人走下石阶，向前走去。

岳思盈："李卫！"

李卫站住了。

岳思盈："我会照顾好你妈的……"

李卫没有回头，只答了一句："拜托了！"大步向院门走去。

3. 大院院坪　夜

徐祖荫坐在一把椅子上，被几个大汉抬来了。

胤祀："徐祖荫，你现在看仔细了，这个带人来杀你的人你可认识？"

亲随甲连忙插言："我和他……"

"掌嘴！"胤祀连忙喝止。

一个大汉一掌扇去，打得亲随甲晕头转向。

胤祀："封上他的嘴！"

那大汉伸出二指掐住亲随甲的两腮，将他的嘴掐得张开了，又扯下他的腰带塞进他的嘴里。

胤祀这才又转对徐祖荫："你认识他吗？"

徐祖荫如何不认识亲随甲？这个时候他也真是五内翻腾，睁着眼盯了亲随甲好一阵子，又长叹了一声："不认识。"

胤祀："到了这个时候你还执迷不悟？"

徐祖荫："八爷，有什么话三堂会审的时候您再问吧。"说完又闭上了眼睛。

胤祀的脸阴沉下来了："好，你总有开口的那一天。"转对手下，"把这几个人带走，通知刑部、都察院和大理寺会审，不愁他们不供出谁是主谋！"说完，转身走了出去。

手下们将亲随甲和那几名刺客押了出去。

椅子上的徐祖荫又睁开了眼睛，两眼第一次满是茫然。

4. 毓庆宫　夜

太子站在门边望着头上的夜空，从牙缝里挤出几个字："只有动手了……"

琦亮和几个亲随站在他的身后都是一颤。

太子转过了身："你们说呢？"

几个人都噤若寒蝉把头低了下来。

一阵孤独袭了上来，太子眼中开始是一片凄凉，接着露出一丝凶光："不动手也行，你们有没有其他的办法？"

第十四集　泥鳅翻江

众人慢慢抬起了头，亲随乙望着太子，嘴巴张了几下。

太子瞪向他："有话就说！"

亲随乙跪了下来："奴才有句话，望太子爷听了不要动气……"

太子直望着他。

亲随乙："太子，有道是地不与天斗，子不与父斗。您斗不过皇上。事情到了这个地步，您不如，不如……"

"不如怎样？说，说出来听听。"太子的声调竟然比刚才柔和了许多。

那亲随乙受了鼓励，提高了声调："不如抢在徐祖荫招供之前，您自个儿将事情向皇上说了。皇上仁慈，大不了暂时夺了您的太子名位。亲王总得封一个。留得青山在，今后……"

太子："不要说了。让我想想。"

众人都望向他。

太子两眼望天想了好一阵子，突然转向亲随乙："你到书房去，给我起草个向皇上请罪的折子看看。"

亲随乙至为感动："太子爷圣明，奴才这就去写。"说完，重重叩了个头，激动地走了出去。

琦亮和另外几个亲随都迷惘地望了望太子，又望着走出去的亲随乙。

亲随乙的背影消失在门外。

太子突然笑了，笑得有些惨然，对着琦亮和几个亲随："等他写完了这个折子，你们谁愿意给我送到热河去？"

众人似乎都明白了太子真正的用心，这时一个个都噤若寒蝉，哪里还敢吭声。

太子站了起来："既然都不肯去送，那他写这个折子也就没有用了。来人！"

一个侍卫走了进来。

太子："到书房去，把那个正在写反书的家伙拉出去砍了！"

侍卫："嗻！"大步走了出去。

太子的目光又转向了琦亮等人，琦亮等都跪了下来。

太子："你们还有没有其他的办法？"

琦亮："不是鱼死就是网破，太子爷您就下旨吧。"

其他亲随："请太子下旨。"

太子："好，好。跟我来！"说着向庭院走去。

5. 雍亲王府　夜

胤禛面色凝重地又在灯下写奏折了，写完了最后一个字，他搁下了笔，开始封折子。一个下人低着头双手捧着茶进来了。

胤禛仍在封折，头也没抬："你立刻准备一下，选一匹快马，天一亮就出城，带着这封奏折到热河去，呈给皇上。"说完将奏折递了给他。

那下人接过了折子，却仍然站在那里没动。

胤禛："嗯？"抬起了头，一惊，站了起来，"李公公，是你？"

李德全堆着笑："事情太急，惊了四爷，奴才给四爷请安了。"

胤禛连忙扶住他："你回来了，皇上呢？"

李德全严肃了面容，低声说道："皇上已于今天晚上到了丰台大营。"

胤禛这才真感到了事态的严重："皇上都知道了？"

李德全："太子私自撤换了九门提督，又将乾清宫的侍卫换了不少，这事皇上能不知道？！"

胤禛："皇上有什么旨意？"

"我就是为这个来的。"说完这句，李德全从贴身的衣服里掏出了一支金牌令箭，提高了声调："上谕，四阿哥接旨！"

那支刻着蟠龙的金牌令箭在昏黄的烛光照耀下，依然熠熠生辉，上面赫然刻着四个大字"如朕亲临"。

胤禛连忙跪了下去。

李德全："口谕：命四阿哥胤禛即日兼领侍卫内大臣，辖制步军统领衙门和紫禁城禁军。有私自调动京城军队者，立刻缉拿！钦此！"

"儿臣领旨。"胤禛一凛，双手接过金牌令箭，站了起来，接着一声长叹。

李德全当然明白他这一声叹息中的意思，温言说道："有些话本不是做奴才的应该说的，可事情已经这样，四爷，有您这声叹息，也算是圆了手足情义。皇上说了，他老人家还要再看看，只要太子不动，咱们就都不要动。但愿太子悬崖勒马。"

6. 北京某城门　夜

一匹马飞奔而至，马上是东宫的传令官。

传令官对守城的官兵："太子有旨，即刻封城，城内文武官员从现在起不准出城。外省进京官员，一律留在潞河驿候旨。"

黑漆漆的城门隆隆关闭。

第十四集　泥鳅翻江

7. 西跨院　夜

刁斗声声，五更瑟瑟。

大部分的兵已经随胤祀走了，只留下了几个，松松散散地守在西跨院门外。

院子里狼藉不堪，劫灰满目，但却显得十分安静，安静得甚至有些恬然。

徐祖荫独自坐在一旁，望着天空。

李卫走到徐祖荫的身旁，四仰八叉地躺在一堆凌乱的衣物上，两眼也望着天空，突然他拉开嗓子唱了起来："'有诸葛号孔明我稳坐在城楼上……'"唱着又倏地坐了起来，"我说老徐呀……"侧眼向徐祖荫望去。

这时的徐祖荫既没有当臬台时的冷酷威严，也失去了前些时候的那份凡人不理的高傲，灰发稀疏，目光迟滞，一夜间似乎冉冉兮老之将至，变得和那些市井老人别无二致了。

李卫盯着徐祖荫看了一会儿："三十年河东三十年河西的事情有，可这把诸葛亮和司马懿关在一起的事情还真有点儿怪。我当钦差的时候，我把你当贼；我那假钦差漏了底，你把我当贼。现在呢？我们两个人都成了贼，关在一起，坟地改菜园子，扯平了。"

徐祖荫一改平时沉默的习惯，接言了："你不错，是个可以造就之才，可惜没有时运。"

李卫："好！从你老徐嘴里说出这句话，我还真爱听。这事情也真有些意思，当时我恨你恨得牙根痒痒的。总觉得想不通，你贪墨了三百万两银子，既不花也不用，却害得那么多百姓不是被大水淹死，就是无家可归。还有那个岳子风，人家一个清官，也就是把实情告诉了朝廷，你下那狠手干什么？到了北京我才知道，原来你也是个垫背的。老徐呀，你比我吃得多、见得多，我现在也没别人好问，你能不能跟我说说，你们这到底是怎么回事儿？"

徐祖荫徐缓地说："……说什么？说什么你也听不懂。"

李卫："那不一定，我这人聪明。"

徐祖荫浅浅地一笑："你到底想知道什么？"

李卫："他们这爷那爷、这太子那太子，乌眼儿鸡似的，到底闹腾什么呢？"

徐祖荫两眼又望向了夜空："他们在争那把椅子。"

李卫："椅子？椅子有什么好争的？"

徐祖荫："那把椅子全天下只有一把……"

李卫："你是说皇上坐的那把椅子？"

徐祖荫："孺子可教。"

李卫："争上了又能怎么着呢？不已经是好吃好喝的了吗？"
　　徐祖荫："是啊，广厦千间，夜眠七尺。要都像你这么想得开，天下就太平了……"

8. 街上　夜
　　一队队兵卒举着火把奔跑着；
　　一匹匹快马交往穿梭着；
　　兵凶之气笼罩着黑沉沉的古城……

9. 雍亲王府　夜
　　两支熊熊的红炬，映照得供在长案中间那只金牌令箭熠熠闪光！
　　胤禛戴着宝石顶凉帽，穿着四团龙服，静静地坐在金牌下方的椅子上。
　　四个顶盔掼甲的将领手按宝剑肃然立在他的两旁。
　　年羹尧疾步走了进来，单腿跪下："禀主子，太子派兵封了九城！"
　　胤禛的眉毛颤了一下，徐徐站起，转身向金牌令箭深深一揖，然后双手请了下来，又慢慢转过身来："进宫。"

10. 丰台大营中军大帐　夜
　　从帐内可以看见，帐外满是火把兵将。
　　帐内站满了顶盔掼甲的将士。
　　胤祥在大案前倏地站起："进城！"

11. 西跨院　夜
　　李卫在自己和徐祖荫之间点了一堆火："要是有半条羊腿什么的烤烤就好了。"
　　徐祖荫："你倒真是万事不想。"
　　李卫："我现在就想有半条羊腿。不像你，想了那么多，替人卖了半天命，最后弄得几拨人都想杀你。你说想那么多有什么好处？"
　　徐祖荫凄然一叹："你这话说得虽然浅直，却是至理名言哪。要是能从头再来，我也真不会想那么多了……"
　　李卫："终于明白了。老徐，到这个分儿上了，我们什么也不犯忌讳，你活不了了，我也肯定会赔进去。我问你，下辈子你会不会这样干？"
　　徐祖荫："如果真有下辈子，我倒真愿意守着几亩薄田，做一个安分守己的良民。"

第十四集　泥鳅翻江

李卫："不想当官了？"

徐祖荫摇了摇头。

李卫："当个清官还是可以吧？"

徐祖荫："说了你也不懂，当清官比当良民更难。"

李卫："这话有点意思。你猜要是有下辈子我想干什么？"

徐祖荫："我劝你不要有当官的念头。"

李卫："你还真别劝，打那年我看了那出戏，那个钦差在兖州把那些贪官都咔嚓了，我就一直做梦也想当个八府巡按，没想到这辈子真的没当上，假的倒过了一把瘾。把你给弄得要咔嚓了……老徐，到了阴曹地府，咱们的恩怨一笔勾销如何？"

徐祖荫望着李卫笑了："要是我现在还是臬台，一定提拔你做我手下。"

李卫："太子和你那档子官，我还真不当。"

12. 街上　夜

火光中，领着一群将士的琦亮突然勒住了马，对身边一名将军："你带些人到无量大人胡同那所院子里去，将徐祖荫和李卫杀了。"

那将军："是。"转对一群士兵，"随我来！"

那将军领着那群士兵飞奔而去。

13. 城门内　夜

胤祥领着大队兵马冲进城来。

岳思盈领着刑部的那群高手迎向了胤祥。

岳思盈："十三爷，李卫还在那里，我们得想办法去救他。"

胤祥对身边一名将军："你带着一队人马跟他们去。"

那将军："是。"

岳思盈领着他们飞马而去。

14. 西跨院　夜

徐祖荫默默地扯开衣襟，从里面拿出几封信。

李卫："这是什么？"

徐祖荫："他们就是冲着这个来的。这是这几年太子给我的几道密旨，敛河道的钱，密藏江北军饷，杀害岳子风都在上边。"递给李卫，"拿去吧，说不定什么时候能救你一条命，看你命中的气数了……"

李卫接过，几乎不敢相信："为什么要给我？"

徐祖荫站起身："我累了……"说罢转身进屋。

15. 大院外胡同　夜

琦亮的那队人马从胡同东头出现了，向宅院大门奔来。

就在这时岳思盈领着的那队人马在胡同西头出现了，向东头的人马迎来。

两队人马在大门外相遇，厮杀起来。

16. 大院院坪　夜

守卫在这里的士兵都举起了枪刀："什么人？"

那将军："十三爷的人！让开！"

岳思盈不由分说领着兵士向西跨院闯去。

17. 西跨院　夜

李卫在火堆前慢慢站了起来，望着领人奔来的岳思盈。

岳思盈："十三爷派我们来救你了，快走。"

李卫："慢着。还有徐祖荫，把他一起带走。"

岳思盈："不要管他了，走。"

李卫："他就是扳倒太子的铁证，带他走。"说完径直向徐祖荫的房间走去。

岳思盈只好急忙跟去。

18. 徐祖荫房间　夜

李卫和岳思盈一进屋，顿时愣住了。

一条腰带悬于梁上——徐祖荫已经在屋中自尽。

岳思盈咬着牙："老贼，便宜他了……"

李卫却叹了一声："倒也是一了百了……"说着从怀中掏出那叠信，"这是他刚才给我的，你把它交给四爷十三爷。"

岳思盈接过一看："他怎么会给你？"

李卫："我也不知道。"

岳思盈将信塞进怀里："有没有这个，太子也是恶贯满盈了，走吧。"

| 第十四集　泥鳅翻江 |

19. 毓庆宫　夜

太子竟然坐在椅子上就睡着了。

灯十分昏暗，月亮却很好，几片光从敞开的殿门和窗棂中泻了进来，照得殿内的地上片片惨白。

一个偌大的身影投进了殿内，胤禛慢慢走进来了。

胤禛站住了，望着睡着在椅子上的太子，脸上浮出一丝悯然，但很快又凝肃了面容，大声说道："臣弟胤禛叩见太子殿下！"

太子突然惊醒，睁目望去——胤禛拜了一拜，又已经站起来了。

太子紧盯着胤禛，胤禛也紧盯着太子。

太子开口了："你是怎么进来的？"

胤禛："当然是走进来的。"

太子："我是问你，怎么能进来？"

胤禛："弟弟要见哥哥，有什么不能进来的？"

一点亲情又从太子心中涌了出来："你还认我这个哥哥？"

胤禛："三十多年的兄弟，能够说不认就不认吗？"

太子慢慢站了起来："那你为什么要到江南去查我？为什么还弄个假钦差抓我的人，刨我的底？皇阿玛逼我，老八他们逼我，你是我一手遮着长大的，为什么也要逼我？"

胤禛："二哥，没有谁逼你。你指使河督贪墨三百万修河工款是谁逼你的？你叫徐祖荫杀害御史言官是谁逼你的？现在你又封了九门，你难道真要篡逆谋反，自绝于皇阿玛，自绝于列祖列宗吗！"

太子："不要说了！我现在就问你一句话，你来，是为了拥我做一代令主，还是要跟我划地断义！"

胤禛："我是来劝太子赶快收回成命，解散了封九门的官兵，然后自行到皇阿玛那儿去请罪。"

太子笑了，笑得声震殿宇："你以为射出去的箭还能够收回来吗！"

胤禛："能够！我陪二哥一起去。"说着走了过去，左手一把握住太子的手臂，右手突然从腰间掏出链铐一把铐去，铐住了他的手腕！

太子厉声吼道："你！"

胤禛松开了左手，解下腰间链条另一端的一只手铐，又铐住了自己的手腕——一副链铐，铐住了两人！

胤禛："二哥，我全告诉你吧。现在皇阿玛已经回京了，你派去封九门的人也全都被抓获了。皇阿玛叫我来劝你，你执迷不悟。没法子，你反皇阿玛，我只能抓你；弟弟抓哥哥，我又只能将自己也套上。"

太子又笑了："好手段！好手段！老四，这几十年我真看走眼了。走吧。"

链子铐着二人，一齐向殿门走去。

20. 街上 夜

胤祥领着大队人马从街的这头逼上来了。

琦亮的那群人马向街的那头奔去。

那一头无数火把冒了出来，胤禟胤峨带着大队人马出现了。

琦亮一声长叹，将剑扔在地上。

琦亮的人马纷纷将兵器扔在地上。

胤禟胤峨赶着马向胤祥走来。

胤禟："老十三，你这场功劳不小哇。"

胤祥："这样的功劳我还真不想要。"

这时，岳思盈等人带着李卫也到这里来了。

岳思盈："十三爷，我们把李卫救出来了。"

胤峨："嘀！谁叫你们把他带出来的？"

岳思盈："太子的人要杀他，我们奉十三爷的命把他救出来的。"

胤峨："还有徐祖荫呢？"

岳思盈："自杀了。"

大家都怔了一下。

"那这个人就更重要了。"胤禟转对胤祥，"老十三，要不要功劳不管你，这个人你可不能带走。"

岳思盈："太子的阴谋多亏他才能发现，他有什么罪？"

胤禟："有没有罪轮得上你说话？老十三，这可是皇阿玛有旨命要审的人。"

胤峨："把这个人关到大理寺去。"

岳思盈将手中的剑一紧："谁敢？"

胤禟："老十三，皇阿玛就在城外，是不是要我们请了旨再带人？"

胤祥叹了一声："交给他们吧。"

岳思盈："十三爷……"

李卫："不说了，不说了。我还真想到大理寺牢房里去会会那些哥们儿。"说着走向

| 第十四集　泥鳅翻江 |

胤禟胤䄉，"走吧。"

21. 畅春园勤政殿外　日

胤禛、胤祀、胤禟、胤䄉和胤祥几个阿哥跪在第一排，其他一片红顶子大臣全跪在他们的身后，鸦雀无声。

"吱呀"一声，沉重的殿门打开了，两个侍卫押着除去了杏黄服色的太子走了出来。

太子慢慢地向跪着的人群走近了，他停了下来。

太子把目光投向胤禛："老四，你能不能猜猜我刚才跟皇阿玛说你什么来着？"

胤禛慢慢抬起了头，望向太子。

太子嘴角一扯，怪异地笑了："我跟皇阿玛说，我们这二十多个兄弟里，最能成大事的还是你，有心计，有手段，平时不吭声，动起手来决不留情，才可大用，才可大用啊……"

胤禛凛了一下，脸色立刻阴沉下来。

胤禟胤䄉飞快地对视了一眼，笑了，又望向胤祀。

胤祀却仍然跪在那里，脸上没有丝毫表情。

太子却已经踱到胤祀面前了："老八，我被圈了，三起三落的事会有，可是不会轮到我头上了。你这人的人缘好，人气盛，门生故吏布满天下。你猜老爷子对你怎么评价来着……"

胤祀抬起了头望向太子。

其他人也都抬起了头望向太子。

太子又怪异地笑了："算了，不说了，反正过后你会知道，大家都会知道。"说完径自走去。

跪着的人群立刻像炸开了锅，许多大臣悄声议论起来。

老臣甲悄声地："太子说这些干什么？"

老臣乙摇了摇头："心术不正者，莫过于太子。他是唯恐天下不乱哪……"

老臣甲明白了，点了点头："是啊，东宫的位子空了，他想看热闹。"

老臣乙："当今位下这些阿哥，非龙即虎，争起储位来，想拉都拉不住，还用他挑吗？"

突然人群又安静下来了，一齐向殿门望去。

李德全走了出来："有旨意！"

所有的人都是一凛。

李德全："太子一案，牵连甚广，近抵京畿，远至江南，上下其手者实非一人。着雍亲王胤禛、廉亲王胤禩召集大理寺、都察院、刑部会审一应从犯。务必审谳翔实，按律定罪。钦此。"

胤禛、胤禩："臣领旨。"说罢两个人几乎同时对望了一眼。

22. 大理寺正堂　日

胤禛和胤禩坐在正中间，刑部、都察院和大理寺的堂官坐在两边。

胤禛虽然还腰板挺直坐在那里，但脸上已经有了倦容。

那三部堂官就更不用说了，刑部尚书在捂着嘴打哈欠，都御史虚捏着拳在捶着后背，大理寺正卿干脆闭上了眼睛好像一不留神就能睡着。

只有胤禩仍然目光炯炯，毫无倦意，将目光对向正在闭目养神的大理寺正卿："审了几个了？还剩几个？"

"哦。"大理寺正卿睁开了眼睛，翻着面前的卷宗，"回八爷，已经审了十三个，还有一个就是琦亮。"

刑部尚书说话了："四爷八爷，是不是先歇一会儿……"

胤禩："不就一个了吗？再辛苦一点，接着审。"

大理寺正卿只好打起精神向堂下喊道："带琦亮！"

拔掉了顶戴脱去官服的琦亮被押上来了，推跪在大堂中间。

胤禩立刻转对胤禛："四哥，你也辛苦了，这一个我来问吧。"

胤禛警觉了一下，可还没有答话，胤禩已经喊开了："琦亮。"

琦亮："奴才在。"

胤禩："你的事是最清楚的，痛快的话，你的家人和你的后代，我和四爷都会上折子向皇上求情。你如果不招，有了那十三个人的口供，我们也不在乎有没有你一个人的口供。听明白了没有？"

琦亮抬起了头，看了看胤禩又看了看胤禛："回八爷，奴才早就想明白了。现在当着四爷和三部的大人在这里，请八爷应承我一句话，我的事是我一个人干的，和我家里的人一点关系没有。我招了，放他们一条生路。"

胤禩："我答应你，但你要说实话。四哥，你看呢？"

胤禛："可以。"

胤禩："你们三位呢？"

三个堂官齐声答道："当然可以。"

| 第十四集　泥鳅翻江 |

琦亮精神一振："好！有了二位王爷和三位大人这句承诺，我也不要你们问了，供状都已写好在这里，你们看吧。"说着从贴肉的怀里掏出一张供状。

一个书办走了过去接过供状，递到胤禛和胤祀的桌子上。

两个人的目光同时投向那张供状，两个人的脸上都有了表情：胤禛有些愠怒，胤祀则是眼睛一亮。

胤祀马上说话了："我看这张供状写得不错。只是你在最后一段提到那个李卫是什么意思？"

胤禛的脸马上阴沉下来。

琦亮大声答道："太子犯了律条，有祖宗的家法在，奴才们犯了律条，也有朝廷的律法在。可我大清总不能容一个不良刁民假冒钦差搅乱官场掀起政潮！这个人为什么敢这样做，也请四爷八爷详细审谳，给朝野一个交代！"

这是把矛头指向了胤禛和胤祥，至于他为什么这样做，是为太子出气，还是受了谁的指使，三部堂官不清楚，可这时都不作声，一齐望向胤禛和胤祀。

胤祀："四哥，琦亮这话说得没错，这个人如果不审谳定罪似乎说不过去。"

这正是胤禛虚脚的地方，被人家拿住了命门还有什么话说，只好答道："那就审吧。"

23. 大理寺衙门外　黄昏

李母愣着就要往里面闯。

守门的士兵连忙将她拦住："疯婆子，往哪儿闯！"

李母："你妈才是疯婆子！我儿子在里面，我要去见他。"

士兵："你儿子是谁？"

岳思盈赶过来了，连忙扶住李母，插言道："她儿子就是李卫。"

士兵："那是钦命要犯，正审着呢，怎么能让你见他。"

李母："我不管，见不到我儿子，我就死在这里！"

24. 大理寺正堂　夜

虽然天黑了，却加了很多只蜡烛，因此大堂里还是照得很亮。

由于李卫是突然提出加审的，这中间提调他就有了一段空闲。从早上审到夜晚，这个时候又不能停下来吃饭，大理寺是东家，很快便叫伙房热了一锅冰糖莲子羹，现在正一人一碗在那里喝着。

可就在这个时候李卫被带上堂来了，胤禛和胤祀连忙放下碗，三部堂官也连忙放下了碗。

胤祀："把碗收了，审案子吧。"

两个书办连忙过来收碗。

李卫突然开口了："慢着！"

胤祀："你要说什么？"

李卫："我在牢里正要吃饭，刚端起碗就被你们叫来了，现在肚子正饿着，能不能也给我一碗？"

这回是都御史生气了，一掌拍在桌子上："放肆！难怪琦亮说你是刁民，在这里还敢如此浮滑！"

李卫："不给就不给，犯不着拍桌子，不过我有言在先，肚子饿了没有力气，你们问什么我答不出来不要怪我。"

都御史更气了："反了反了！四爷八爷，我有几句话要问他。"

胤祀："当然可以。"

都御史翻了翻面前的案卷，气着问道："你在江都县的时候，是不是说我是你的娘舅？"

李卫："你是谁？这世上有不认识的娘舅吗？"

都御史："刁钻！刁钻！你说没说过都察院的都御史是你的娘舅？"

李卫："哦，你就是都御史，说是说过，不过说的不是娘舅。"

都御史："什么？"

李卫："没劲了，先弄碗东西吃。"

问到这个地方，胤祀当然希望他能当堂漏出胤禛和胤祥，连忙说道："给他盛一碗。"

书办只好也给他盛了一碗，递了过去。

这种现象大概有清以来所没有，两个王爷，三法司堂官坐在这里，等着一个犯人吃东西。谁也不吭声，因此李卫嚼莲子喝冰糖汤的声音也就格外大。

李卫也真绝，开始几口还是大口地吃喝，剩下小半碗，竟然用勺一点一点地舀着送进嘴里。

大理寺正卿也忍不住了，一拍桌子："你有完没完！"

李卫望了他一眼，一口喝完了剩下的汤："完了。你刚才问什么来着？"

都御史："你在江宁假冒钦差，还说我是你的什么？"

第十四集 泥鳅翻江

李卫:"有这回事,不过我说的不是娘舅,我说你是我的……"

都御史:"什么?"

李卫:"奴才。"

都御史这一气非同小可。连拍着桌子:"来人!来人!"

两个差役跑上来了。

都御史指着李卫:"打……打……"

"好了!"胤禛终于开口了。

两个差役停在那里。

胤禛:"下去。"

两个差役连忙退了下去。

都御史兀自在那里生气,站起来向着胤禛:"四爷,这样的刁民就当堂打死了也不为过。"

胤禛:"咱们到底是来审案,还是来斗气!"

都御史到底不敢再跟他顶嘴,咽了口唾沫,坐了下去,生着暗气。

胤禛转向胤祀:"八弟,这个人是我从江宁押来的,为了避嫌,还是你审。"

胤祀如何不知道他话中带刺,但这是最后一个机会,假装不明白他的意思:"那好,那我就问他了。"转对李卫,"你叫什么名字?"

李卫望了望他,又望了望胤禛,站了起来:"你们也不用问了,我一口气全说了。我叫李卫,现年二十出头,江南人氏,从小丧父,只有一妈,我妈被官府抓了,诬良为盗,屈问斩刑,为了救她,我假冒钦差。阴差阳错,欲罢不能,牵出了你们官府的什么贪污黑案,纯属偶然。以上全是我一个人做的事情,与他人无关。我的话完了。"说完转身就要走。

胤祀也动气了:"站住!"

李卫站住了。

胤祀:"我再问你一句,你一个草莽小民,没有人在背后指使,你就能掀出如此大的风波?!"

李卫慢慢转了身:"这位爷,你是不是一定要我指出有谁在背后给我做主?"

胤祀身子往前一倾:"你说!"

李卫:"我告诉你,这个人……"

所有的目光都望向了他。

李卫:"没有。"

胤祀倏地站了起来，厉声说道："你是不是非要动刑才肯招供！"

胤禛也站了起来："干脆，你说，是不是我和十三爷在背后指使你假冒钦差的？"

这话一出，三个堂官都是一惊，胤祀也被将在那里："四哥，我不是这个意思……"

"那你就继续问。"胤禛又坐了下来。

胤祀沉吟了，终于叹了一口气，也坐了下来："押下去吧。"

李卫不待人押自己已经走了下去。

首先是都御史，连连摇头："太不像话，太不像话……"

刑部尚书："我也审了几十年的大案了，如此刁民实为罕见。"

大理寺正卿："反正也问不出什么了，把他与那十四个人一同报呈皇上勾决吧。"

胤祀："我没有异议，马上结案，呈奏皇上吧。"说完转向胤禛，"四哥，你说呢？"

胤禛慢慢站起："那就报请圣裁吧。"说完离开座位，走了下去。

胤祀望着他的背影，转对大理寺正卿："立刻结案报呈！"

25. 大理寺衙门外　夜

李卫被押着走出来了，李母连忙冲了过去："儿呀，没事了吧？"

士兵连忙拉住李母。

李卫："放开她，我走不了。"说着走近李母，"没事。最多在里面再住几天。妈，你跟思盈姑娘回去吧。"

李母："要坐牢妈陪你，我哪儿也不去了。"

李卫强颜笑道："大理寺的牢您还真坐不进去。岳姑娘，你带我妈走吧。"

衙役们押着李卫走了。

被拉住的李母急得大跳："你个没良心的！就不管你妈了！"

径直往前走去的李卫，眼中闪出了泪花。

26. 东暖阁　夜

御案上，摆放着那册待勾决的名单。

李德全将那池朱墨研浓了，又双手将那支朱笔呈了过去。

一只手接过那支朱笔，在墨池里捺了捺，依次在一个个的名字边勾去。

朱笔勾到最后一行名字的时候停住了。

特写：那行名字十分清晰，是"李卫"二字！

第十四集 泥鳅翻江

朱笔顿了顿，终于在名字上勾出了红红的一笔。

27. 雍亲王府　日

思盈手里捧着那封谥号册子跪了下来。

胤禛和胤祥对望了一眼，都站了起来。

胤祥："令尊已被追谥为直毅公，入祀贤良祠。你捧着封谥册子，我们可当不得你这一跪。"

胤禛也接着笑道："令尊的这份哀荣是皇上给的，你也犯不着来谢我们。"

思盈："家父的这点哀荣，不是皇上给的！我也不是为了这个来谢你们！"

胤禛、胤祥俱是一愣。

思盈："如果不是李卫，你们从上到下，碍着太子，谁敢去撬这块铁板？要不是李卫，谁去碰那个谁也不敢碰的徐祖荫？死一个江南道御史有谁会在意！现在追封个好听的谥号不难，可当初都干什么去了？"

胤禛的脸阴沉了下来，胤祥则尴尬地苦笑起来。

思盈："如今太子倒了，泼天大案破了，赃官也抓了，天下臣民都称颂皇上圣明……不错，皇上是圣明，圣明就圣明在已经死了的可以追封谥号，活着的又要让他去死……"

胤禛："住口！这样说是大不敬，你知道吗？"

思盈声泪俱下地："我知道，无非也给我安上个死罪！李卫已经关进了死牢，他是为了我爹死的，我为什么不能为了他去死！告诉你们，如果不是为了李卫，我决不会迈你们的门槛，更不会给你们下跪。你们一个个手握乾坤，要是真的讲忠讲义，我看没几个赶得上他。"说着将徐祖荫的那几封信拿出来："这是徐祖荫藏在衣襟里的，他谁也没给，可他在临死之前却给了李卫。这到底为什么？李卫一个大字不识的人，干成了那一帮红蓝顶子、包括你们这些天潢贵胄都没干成的事！"

胤禛是有名的冷面王，这时也被岳思盈这股凛然之气弄得苦笑了起来，他望了望胤祥，又转对岳思盈："你真想救李卫？"

岳思盈怔了一下，眼中也开始闪出一些光来，望向胤禛。

胤禛和胤祥对笑了一下，又向岳思盈问道："为了救他，你什么都愿意做吗？"

岳思盈稍一犹疑，又毅然抬起了头："愿意！"

"那好。"胤禛在她面前踱了几步，又停下了，"那你就嫁给他！"

这回轮到岳思盈被镇住了！

胤祥："不愿意了？什么事情轮到自己就知道不是那么容易了……"

岳思盈："我愿意！这样真就能救他吗？"

胤祥："还得试试。你要知道，假冒钦差在大清律法上可是诛九族的罪，现在皇上只是定了他一个人的死罪，已经是法外施恩了。可连他都要救的话，就只有一个理由，除非他是岳子风的女婿！"

岳思盈又一振，睁大了眼望着胤祥。

胤祥："他是为了给自己的岳父申冤，这才出于无奈假冒钦差，有了这个理由，四爷和我好说话，朝廷也才好给天下臣民一个交代……"

岳思盈："不用说了，四爷、十三爷，你们就替我代上折子吧……"说到这里她不知道是出于感激，还是因为委屈，声泪俱下了。

28. 监狱　夜

这一顿断头餐比前几回都丰盛得多，一桌子酒菜，两副杯筷，还有两把壶——李卫面前一把壶，他对面坐着的狱丞面前一把壶。

狱丞拿起了李卫面前的壶给他斟满了酒，又拿起自己面前的壶，给自己斟了一杯："来，兄弟，老哥陪你喝了这一杯……"

李卫："慢着慢着。"放下了自己的酒杯，端过狱丞的杯子一闻，"老哥，这就不够兄弟了，我喝酒，你喝茶？"

狱丞讪笑了一下："兄弟，你这是断头酒，喝了以后就再也没有下顿了，老哥没法陪你喝。"

李卫将杯子一放，身子往后一靠："你这话不对，在江宁兄弟我就喝过一次断头酒了。这不，搁下来又喝了几个月的酒，吃了几个月的肉。"

狱丞："几个人能跟兄弟你比？你是属猫的，九条命……"

李卫："十二生肖里有属猫的吗？"

狱丞："你是十三生肖。"

李卫："说得好！来，你喝茶，我喝酒。"

二人各端起自己的杯子碰了一下，一口饮干了。

李卫将嘴一抹："拿出来吧，反正明天人都不在了，也不怕教会徒弟打师父。"

狱丞尴尬一笑："兄弟，你怎么知道我带着家伙？"

李卫："我这两只耳朵有时候打雷都听不见，就一样东西，不响也能听见。"

狱丞："骰子！"

李卫："当然。"

| 第十四集　泥鳅翻江 |

　　狱丞这才从腰间解下了那个袋子，打开，从里面拿出了那个骰子筒和六粒骰子，将骰子放下筒中，双手递了过去。

　　李卫接过骰子，摇了一下，扣在桌上："你想学哪一招？"

　　狱丞："要大就是大，要小就是小……"

　　李卫："你当这骰子是人哪？那么听话？"

　　狱丞茫然了："那……"

　　李卫："教你八个字的口诀：把戏把戏，全是假的！"

　　狱丞："假的？"

　　李卫："当然。来，看着。"操起骰筒，摇了起来，"说，要大还是要小。"

　　狱丞："大！"

　　李卫："看好了。"拼命摇了起来，然后将骰筒往桌上一搁，"打开。"

　　狱丞郑重地拿开骰筒——里面六个骰子全是红色的六点！

　　李卫拿着骰筒又将桌面上的六粒骰子扫了进来，又摇动了："这回要大要小？"

　　"我要不大不小！"狱丞和李卫都是一惊，回头望去。

　　说这话的竟是顶戴龙服的胤禛！

　　狱丞吓得连忙跪了下去。

　　李卫却慢慢坐了下来，径自端起酒杯，喝起酒来，看也不再看他。

　　胤禛把目光转向了狱丞："你这个官真当出谱来了。你这就回去，从明天起就不要再来了，在家里摇骰子吧！"

　　狱丞不断地叩头："卑职该死！卑职该死！"

　　胤禛不再理他，在他那把椅子上坐了下来，对着李卫："还有什么心愿，可以跟我说。"

　　李卫将酒杯一放："一个心愿。"

　　胤禛："照看你妈？"

　　李卫："阿弥陀佛！你还是让我妈回江南去吧，搁您身边我还真不放心。"

　　胤禛脸寒了一下，又敛了回去："那是什么心愿？"

　　李卫手一指："饶了他。"

　　胤禛往下看了一眼狱丞，又转对李卫："就这个心愿？"

　　李卫："是。我这人生下来吃的第一口东西是我妈给的，现在要死了，吃的最后一口东西，是他给的。我认他。"

　　胤禛望着他点了点头："依你。"望向跪在地上的狱丞，"还不走？"

狱丞又连忙叩头："谢四爷！谢李爷……"爬了起来。

李卫："慢着。老哥，我把这一招告诉你，你再走。"

那狱丞果然站住了。

李卫："你在袖子里藏两副骰子。左袖藏全是六点的。"说着从左袖里滑出六粒全是六点的骰子。接着说道，"右袖藏全是一点的。"又从右袖滑出全是一点的骰子，"要大就换左边袖子里的骰子；要小就换右边袖子里的骰子。"

那狱丞闻赌忘性："就这么简单？"

李卫："我假冒钦差比这个容易多了。"

狱丞还想问，胤禛刀一样的目光倏地射了过来，狱丞吓得连忙走了出去。

胤禛拿起了桌上的酒壶，给李卫斟满了一杯，又给自己面前的杯子里斟满了一杯，端了起来："你刚才说，谁陪你吃了最后一口东西，你就认谁，现在我来陪你吃最后一口东西，你认不认我？"

李卫望了他一眼，没有去端酒杯："对不住，我已经吃饱了。"

胤禛将酒杯慢慢放下："以后也不想再吃东西了？"

李卫怔了一下，望着胤禛："你是说下辈子？"

胤禛："就算是下辈子吧。"

李卫："废话。下辈子当然得吃东西。"

胤禛："下辈子让你挑选，你还假冒钦差吗？"

李卫："能当个真的更好。"

胤禛："就那么想当钦差？"

李卫："也不是想，是痛快！想当年在兖州……怎么又说到戏上去了。那么多贪官没人管，朝廷派了你们这些真钦差下去，全是走过场。也只有戏里的钦差才动真格的，咔嚓一声……他妈其实也是假的。不说了。"说到这里，端起酒杯一口喝了。

喝完又将酒杯一放："对了，你刚才问我还有什么心愿，我忘了，现在告诉你，你答应不答应？"

胤禛："你说。"

李卫："明天咔嚓的人还有哪些？"

胤禛："连你在内一共十五个。"

李卫："那十四个都是些什么人？"

胤禛："像你说的，全是贪官。"

李卫："还真让我猜着了。我说，咱哥儿俩也算认识不少日子了，你去跟监斩官说一

第十四集　泥鳅翻江

声，抬抬手，给我单找个地儿，别把我跟他们搁一块儿行不行？"

胤禛："怎么？那都是些不小的官儿，不体面吗？"

李卫："打我记事儿，我们村儿那地保就欺负我，一路儿走过来，骑我脖子上拉屎的狗官我见多了，临死还不让我清净？"

胤禛喝了一口酒："这我还真做不到。"

李卫盯着他望了一阵子："算我没说。那就请你抬抬手，让我一个人现在清净一下吧。"说完，不再看胤禛，自斟自酌起来。

胤禛："这个我也不能答应你。因为你还得跟我走。"

李卫："出红差也得等到午时三刻吧！"

胤禛："可还得做准备。"

李卫："做准备干我什么事？"

胤禛："当然干你的事。奉圣旨，我是监斩，挑了你跟我一起去把那些贪官全咔嚓了。"

李卫刚端起酒杯，突然一下有些明白了，将杯子停在空中："你刚才说什么？"

胤禛："叫你跟我一起去监斩。"

李卫："挨斩的人监斩？"

胤禛："挨斩的人能监斩吗？"

李卫："不杀我了……"

胤禛："现在不杀你。如果你今后敢做贪官，我当然杀你！"

李卫真的蒙了："哎哥们儿……"

胤禛脸一冷："叫四爷！"

李卫蒙在那里。

胤禛："从今天起，你就是我的门人，我就是你的主子！在我面前你得有规矩。"

李卫："收一个死人做门人……"

胤禛踱开了步："岳小姐跟我说，你是她没过门的夫婿，我把这个跟皇上一说，皇上说既然是岳子风的女婿，假冒钦差为岳父申冤情有可原，已经赦免了你的死罪。"

李卫这一下仿佛觉得天和地都乱转起来，自己不但死不了，还成了岳思盈的丈夫，这太有点像做梦。他啪的一下在自己脸上拍了一掌："他妈的还真不是做梦！"

胤禛："往后梦还有你做的。我跟皇上说了，为你捐了个官，先到苏北做县令去！"

李卫："哥们儿……四爷，您玩笑也太开过点了吧……"

胤禛脸一沉："我什么时候跟人开过玩笑！来人！"

年羹尧含着笑捧着一个托盘走了进来。

李卫注目望去——托盘上整整齐齐摆着一件官服，一顶铜顶子官帽！

李卫兀自蒙在那里。

年羹尧："还不接过去？"

李卫做梦一般接过那个托盘。

这时天已经亮了，一缕天光从铁窗里射了进来。接着一阵震天的法号响了起来，在牢房里回荡。

紧接着，一阵急促的跑步声，几个将官跑了进来。

将官甲将捧着的尚方宝剑双手呈给胤禛。

胤禛接过宝剑："都准备了吗？"

几个将官齐声吼应："回四爷，准备了！"

胤禛："把那十四个人押上囚车，解赴刑场！"

将官们又齐声吼应："是！"

将官甲向外高声喊道："押囚犯！"

法号还在响着，胤禛捧着尚方宝剑，大步走了出去。

年羹尧和将官们跟在他身后也大步走了出去。

李卫一个人兀自蒙在那里，好一阵才清醒过来，捧着那套官帽官服追了出去，一边喊道："四爷，四爷，等等我……"

他跑出牢门的身影定格在屏幕上。

定格。

| 第十五集　景运天成 |

1. 畅春园内　日

前面是两个小苏拉，后面是内务府的两名官员，中间是李卫，一行人沿着园内的甬道走来。

甬道两旁，大内的侍卫如同一个个石佛似的矗立着。

李卫东张西望着，眼睛好像有些不够使了。

李卫拍了拍引路的小苏拉的肩膀："伙计，这里边儿到底有多大？"

小苏拉如同没听见，垂手前行。

李卫又拍了拍小苏拉："这里边儿……好玩儿的地方是不是特别多？"

小苏拉不语。

李卫还想说话："一个人住这儿，就算一天换一间房子，一年也住不过来呀，你说是不是？"

小苏拉照旧不语。

李卫："你怎么不搭理人哪？"

小苏拉连头都不回。

李卫白了小苏拉一眼。

2. 城内某客店　日

这是一间一明两暗的房子。

堂屋里，李母冲北墙跪着，口中念念有词。

石榴进来了。

石榴："您给谁下跪呢？"

李母："你们怎么都跟没事人儿似的。见皇上哦……这事儿可大喽……"

石榴："见皇上有什么不得了的。"

李母："你知道个屁！跟我跪着。"

3. 垂花门外　日

小苏拉带着李卫在此站下。

四个身穿黄马褂儿的侍卫站在那里。

一个大太监迎出。

李卫身后的内务府官员上前一步："内务府奉旨，引李卫陛见。"

大太监："知道了。"

内务府的官员退下。

大太监对李卫："身上有铁器吗？"

李卫："什么？铁器？"

一侍卫："抬手。"

李卫抬起手。

侍卫很熟练地在身上搜摸了一下。

李卫："我说，你……找什么呢？"

侍卫也不说什么，搜完以后，退向一旁。

李卫："……你们这儿的人怎么都不爱说话呀？"

大太监对李卫面无表情地说："跟着我，别乱走。"

二人一前一后来到一个藤萝架下。这里看来是康熙经常歇息的地方，架下放着一张明黄敷面的椅子、一张脚踏、一个茶几，茶几上还散放着几本书。

大太监一指架前的石阶："就跪在这儿等。"

李卫四周看了看："我给谁跪呀？"

大太监："你的话怎么这么多呀？这是什么地方！跪着等。"

4. 厢房内　日

思盈站在窗前。

小满站在她的身后。

小满："姐，咱爹见过皇上吗？"

思盈点了点头。

第十五集 景运天成

小满:"李大哥这回连皇上都要见着了,今后一定能干大事。"

思盈不语。

小满:"你高兴吗?"

思盈:"你呢?"

小满:"那当然。爹见过皇上,我姐夫这又要见皇上。咱这一家子,多来劲。"

思盈:"一家子……"

小满看了看思盈的脸色:"……我怎么觉得一提这件事,你的脸色儿就不好看哪?到现在了,你还爱不上李大哥?"

思盈轻轻摸了摸小满的头:"你多好啊,是个男孩子,姐姐……真羡慕你。今后想去干什么都可以。姐姐呢,早晚是要成人家的人,连姓氏都要随着别人改。爹娘一去,就成了一个断了线的风筝,也不知道会飘到什么地方去,听天由命吧……"

小满:"你老是想那么多,悲悲惨惨的。李大哥见了皇上,皇上老子一高兴,说不定封他一大官儿呢。"

5. 藤萝架前 日

李卫跪得很累,浑身乱动着。

他抬头看见树枝上挂着一只八哥,嘘声逗弄着。

八哥学人语:"皇上驾到,皇上驾到。"

李卫笑了:"妈的,真是吃什么食儿学什么话,还会说什么?"

八哥:"跪下,跪下!"

李卫:"我这不跪着呢吗。你让我跪下我就跪下,你个小畜生。"

八哥:"大胆!大胆!"

李卫:"你他妈也敢吓唬我。我就大胆,怎么着!"

身后传来一个声音:"你倒真的是什么也不怕呀。"

李卫一回身,只见一身便装的康熙已经来到了他的身后。

李卫看了看康熙:"你也是……来等着见皇上的?"

康熙:"这个地方我倒是常来。"

李卫指了指身边:"那你也跪这儿吧。这地方规矩太多,省得人家说你。"

康熙:"上岁数了,腿脚不好,我就坐这儿吧。"

康熙说着坐在了李卫身边的台阶上。

李卫四处看了看:"现在没人,我也坐会儿。"说着也坐了下来。

康熙："你叫李卫？"

李卫："你知道？"

康熙："他们告诉我了。你假装钦差，把个江南闹得不善哪。"

李卫："这事儿你也听说了？嗨，那不是逼急了吗，当时是屎堵屁股门儿了，也想不出别的招儿了。"

康熙笑了："胆子不小。"

李卫："不瞒您说，那钦差装到后来，也就不光是为我妈了。几百万两银子，让这帮狗日的贪了，说句实话的还给暗算了。您是没看见，真把老百姓祸害惨了。大水一过，我们村儿没剩一间整房，死的人就更甭说了！这事儿不能没人儿管哪，您说是不是？"

康熙很有些开心地："依照大清的律令，身无功名，参倒一个朝廷命官，你就是告得对，也是要责罚的。如今下到江都县令，上到当朝太子，该获罪的都获罪了。你身在其中，干系难脱呀。"

李卫："您说的那些什么律令，我……都不知道。"

康熙："你现在知道了？"

李卫："知道怎么着，别让我碰见，碰见了……我该干还得干。"

康熙："朝廷养着那么多官吏，老麻烦你不合适。"

李卫："那么多官吏？您就拉倒吧！别的地儿没看见我不敢胡说，我这一路上来，没看见几个好东西。不是想往上爬，就是想往自己兜儿里抓钱。"

康熙："洪洞县里真的没有好人了？"

李卫："听说皇上那人还不糊涂，四爷我看着也是好人，可是林子大了什么鸟儿都有，就怕您逮不过来呀。"

康熙："你有什么好办法吗？"

李卫："办法……太好的我一时还没有。反正以后别再让我碰见，碰见那些伤天害理、祸害老百姓的，管他谁是谁的人，三品臬台怎么样，照样咔嚓他！"

康熙："咔嚓人是很痛快，咔嚓完了呢？"

李卫："那……没想过。"

康熙轻轻一叹："你知道咱们大清朝有多大的地方吗？"

李卫摇头。

康熙："你知道有多少人口吗？"

李卫："没算过……"

康熙："这么大的地方，这么多的人口，总得有人去治理……这就像一锅稀汤寡水的

第十五集　景运天成

烂菜粥，喝起来无滋无味，不喝又没有别的粮食来果腹。林子大了什么鸟都有是不错，可是也不能把林子砍光啊。"

　　李卫："让您一说……还真是件麻烦事儿……"

　　康熙："要是真让你去当一任地方官，你会是一只什么样的鸟儿啊？"

　　李卫："那……怎么说也得比他们强点儿。"

　　康熙："何以见得？"

　　李卫："因为我根本就不想当官儿。"

6.　垂花门外　　日

胤祥走来了。

大太监迎了上去。

　　胤祥："已经叫进了吗？"

　　大太监："在里边儿。十三爷，您领回来的这位可真是个宝贝。"

　　胤祥："怎么了？"

大太监向里指了指。

　　胤祥伸头看了一眼，一愣："干什么呢？"

　　大太监："说半天了。不敢惊动啊。"

　　胤祥也觉得有些匪夷所思："阿弥陀佛，异数、异数……"

7.　藤萝架下　　日

一老一少还在聊着。

　　康熙："万恶皆出于一个欲字，有容乃大，无欲则刚。你这一个本来就不想当官，实在是先得我心。你自己觉得能当个什么官儿呢？"

　　李卫："我估摸着……当个三品臬台就差不离儿吧。"

　　康熙笑道："你倒真敢张嘴。一个老虎班里候缺的两榜进士，也就实放个七品。"

　　李卫憨憨地笑了："这乱七八糟的事我哪儿知道，我反正是顺嘴瞎说呗……"

　　康熙："如果给你一个县治理一下，如何？"

　　李卫一拍胸脯："那没问题。不就一个县嘛。"

　　康熙："一个受了灾的穷县，你弄得好吗？"

　　李卫："瞧您说的，我就是从受了灾的县里来的。八九不离十。"

　　康熙："你凭什么敢大包大揽？"

李卫:"一看你就没在县里待过。老百姓受的什么苦咱心里有数。"

康熙:"几万黎民嗷嗷待哺,官场上还有一套是是非非。当好一任县令,怕也不容易。"

李卫:"说难也难,说不难也不难,想法儿不让老百姓受苦,官场上的那些玩意儿去他妈的,别人绕弯子,你走直趟儿,不就结了。"

这样的奏对,实所未闻。连康熙都顿了顿。

康熙笑着看了看李卫,一回头:"来人。"

大太监一路小跑而来。

康熙:"十三阿哥来了吗?"

大太监:"已经候着了。"

康熙抬了抬手。

大太监转身将胤祥迎进。

李卫连忙站起。

胤祥没理李卫,向康熙跪叩:"请皇阿玛安。"

李卫吓得一屁股坐下了,又骨碌爬起,慌手忙脚地欲跪。

康熙看着李卫这一通手忙脚乱,宽怀地笑了笑,指了指身旁李卫刚才坐过的地方:"刚才不是挺好吗,还坐在这儿。"

李卫不知所措地看了看胤祥。

胤祥:"领旨就是了。"

李卫战战兢兢地坐回了原处。

康熙对胤祥:"刚才我们聊得不错,朕是有所得的。他本来想当个三品臬台,后来合计着,还是先治一个县吧。"对李卫:"是这么说的吧?"

李卫眼泪都快出来了:"您怎么成心吓唬我呀……"

康熙大笑:"爱民以诚心,事君以性情,孺子可教也。"对胤祥:"这次受灾的几个县里,哪个县出缺?"

胤祥:"儿臣刚看了吏部的呈单,有三个县出缺,目前苏阳县尚未实补。"

康熙:"苏阳县……高士奇就在苏阳县吧。"

胤祥:"是,高相休致以后,现居苏阳。"

康熙:"李卫呀,委屈委屈,就为朕在苏阳县治上一任吧。"

胤祥对李卫:"李卫,这圣上钦点。谢恩吧。"

李卫:"谢……拿什么谢呀,我今天什么也没带呀……"

| 第十五集　景运天成 |

　　康熙开心地笑了："没关系，先欠着，以后再补。不过不许动用官币。"对胤祥："三百万两银子，放还河道了吗？"

　　胤祥："已经发下去了。"

　　康熙："拨你五十万两，你要把每一分钱都花在老百姓的身上。"

　　李卫："您放心，我要是干那些伤天害理的事，今后生了孩子没屁眼儿。"

　　胤祥："李卫，这是君前奏对，不可失仪。"

　　康熙一笑："算了，词能达意就好。提起生孩子，听说你还认了一门亲？"

　　李卫："您倒什么都知道……"

　　胤祥："是前江南道御史岳子风的女儿。"

　　康熙："好啊，登进士第，做新郎官。"对胤祥："汉人有句俗话是怎么说？"

　　胤祥笑答："叫大登科后小登科。"

　　康熙："你给我做好一任县令，然后，生一个屁眼儿大大的孩子。"

　　李卫："看我的。"

8. 胤禛府院内　日

　　李卫已经头戴官帽身着袍服跪在那里。

　　雍邸的管事带着一伙家人进来，家人们各自捧着一些妆奁、细软、绸布之类的东西。

　　李卫："四爷呢？"

　　管事的："四爷这会儿已经去户部了。这是四爷赏给你的。四爷说，皇上亲自过问了你的婚事，无论是亲聆圣意，还是主仆之谊，都断断没有袖手的道理。李卫，你有福气。收拾收拾，和岳小姐一起去谢赏吧。"

9. 客店岳思盈房间门外　日

　　店主又带着伙计到这里贺喜来了。

　　店主跪在门外："小的给少奶奶贺喜了！"

10. 岳思盈房间　日

　　岳思盈倏地一下站了起来，脸上立刻掠过了一丝慌乱。接着，她定了定神，走到门边，没有开门，只是隔着门问道："贺什么喜？"

　　店主在门外："你们家老爷李卫蒙皇上钦点为县令了！"

　　尽管李卫可能会遇上异数的事已在意料之中，可此时岳思盈仍然是一怔："发布了吗？"

　　店主在门外："岂止是发布，这是上谕钦点的，吏部立马就下了委任。少奶奶，您家相公那是一跃龙门身价百倍，前世修了汾阳福，富贵荣华到白头。老爷必会一路高升，您日后封个一品诰命那是水到渠成……"

　　岳思盈此时有些惊醒了，立刻喝住了他："胡说什么？谁是少奶奶了？什么一品诰命？"

　　店主在门外："是小的没说清楚。少奶奶还不知道，您和李大人已经蒙皇上御赐成婚了！"

　　岳思盈一下靠在了门上，有些惊呆了，接着两点泪花闪了出来。

11．李母房间　　日

　　李母这时已俨然一副老太夫人的派头，又盘腿坐在炕上了，伸手去拿石榴递过的果盘中的一只橘子，一眼瞥见了石榴，不觉一怔："你怎么了？大喜的，哭什么？"

　　原来石榴这个时候也在流泪，听李母这么一问，连忙揩了泪，强笑道："回太夫人话，我是欢喜……"

　　李母放下了橘子："你是见皇上把岳姑娘赐给了我们家李卫，心里不舒服？"

　　石榴："看您说的，人家岳姑娘是官宦小姐，配给我们家老爷，那是老爷的福分，奴婢是什么人，怎么敢吃这个醋……"

　　李母："你能说出这个话来，眼见的是你懂事，放心，放在我手里，迟早让李卫收你做二房。"

　　石榴连忙跪下了："谢老太夫人！"

　　就在这时外面小满在高声喊道："咱们家李大哥……不是，李大爷，不是，李老爷回府了！"

12．院内　　日

　　李卫一身簇新的官戴袍服别别扭扭地走来了，雍王府的下人抬着赐给他的那些东西热热闹闹地跟在他的身后。

13．李母房间　　日

　　李母翻开了一个箱盖，被里面簇新的绫罗绸缎耀得眼睛一阵一阵发亮。

　　接着，她又奔向另一只箱子揭开箱盖，更是喜得满面发亮。

| 第十五集　景运天成 |

李母把头转过去，直愣愣地望着李卫："这都是赏给我们家的？"

李卫笑着点了点头。

李母啪地将箱盖盖上："那个杂毛老道，真他妈神了，愣让他算出了我有三十年大运！儿子，娘没有白生了你！"

李卫："才一个七品县令，就把您喜得。告诉您吧，您儿子怎么样也得混出个三品臬台……"

李母："那个官咱不当！想当年在兖州钦差大臣杀的，现如今在京里死的都是什么臬台……"

李卫："那就混个巡抚干干？"

李母："那可以。"

母子俩相对笑了。

李卫突然想起："盈姑娘呢？"

李母也突然想起了："看我，光顾着欢喜，把媳妇给忘了……兴许是害羞躲在房里吧？"

李卫："我看看她去。"

14. 岳思盈房间内外　日

房外，李卫一边敲着门，一边说道："好多东西，都是四爷赏给我们的，你过去看看。"

房内，岳思盈仍然靠在门上，眼睛失神地望着上方："交给你妈收下吧，我不看了。"

房外，李卫："那你把门开开，我有话跟你说。"

房内，岳思盈："我现在什么话也不想说，你忙你的去吧。"

房外，李卫一怔："怎么了？这么大的事……"

"什么这么大的事？不就当了个七品县令吗？你就神气成这样！"房内岳思盈突然爆发似的大声说道。

房外李卫被她这一顿劈头盖脸的喊弄得开始是有些蒙了，接着便有些明白了，问道："你是不是对皇上赐我们的婚事……"

房内岳思盈没让他说完又大声打断："不就靠着皇上御赐的名义吗？我嫁给你，一辈子侍候你就是，可以走了吧！"

房外李卫蒙在那里半天作不了声，好一阵子才轻轻说道："我明白了，我明白了。"说着转身慢慢离去。

房内岳思盈靠在门上，眼泪夺眶而出。

15. 李母房间　日

李母："什么？她不肯出来？"

雍王府的管事："那可不行，领了王爷的赏，得立刻到府里去谢恩。"

李卫："那个恩我已经谢了，她就免了吧。"

管事："李大人，您是初次为官，识不得礼数，王爷的赏是赐给你们两个人成婚的，怎么说你也得带着夫人去谢恩。"

李卫突然一下无明火起："人家不肯去，你叫我怎么办？"

不光是那管事，李母和石榴都是一怔。

就在这时，岳思盈的声音在门外响起了："谁说我不去？"说话间她走了进来。

李母立刻堆起了笑："我说呢，我媳妇还是官宦人家的小姐，怎么会不识得礼数。"说着拉过岳思盈的手，"你看看，你过来看看，好东西，这都是好东西。媳妇，你说你多有造化，王爷府给办嫁妆，看看，这都是从大内出来的贡品哪。"

石榴拿起一个镶珠的玉簪走了过去："思盈姐，你平时总装成个男的，这一打扮起来就更漂亮了……"说着递了过去。

岳思盈没有接玉簪，只是冷冷地说道："放下吧。"

石榴一怔，将手慢慢缩了回来。

岳思盈转对李卫："我们走吧。"说着径直向门外走去。

管事连忙笑道："走，走吧。"

一丝苦笑掠上嘴角，李卫："走吧。"

16. 雍王府书房　日

李卫穿着那身崭新的官衣，和思盈一起跪到了胤禛的面前。

胤禛从书桌旁侧过身子："起来吧，在皇上那儿你都不跪，我怎么能让你跪着啊。"

李卫："您别说了，我差点儿吓出毛病来。"

胤禛从桌上拿起一纸文书："这是户部的调款凭证。现在那三百万两已经发回了河道，你拿着它从河道衙门调出五十万。还记得陛见的时候你说的什么吗？"

李卫："记得，我要把每一文钱都花在苏阳县的老百姓身上。"

胤禛点了点头，又看了看李卫："你就是穿着这身衣服从街上走过来的？"

李卫："是。"

| 第十五集　景运天成 |

胤禛："一路上有人看你吗？"

李卫傻笑了。

胤禛对思盈："你也不管管他？"

岳思盈只是浅浅一笑，没有回答。

胤禛对着思盈："官场上的事，他是一点儿不懂啊。今后，你们在一起，你要多跟他讲讲。别让他闹出太大的笑话。"

"四爷！"李卫突然接话，"她明天就走了，往后我们不在一起了。"

此言一出，不仅是胤禛，就连岳思盈也都是一怔，一齐望向李卫。

胤禛："你说的什么？"

李卫："回四爷的话，岳姑娘说我是她的夫婿，那原是为了救我，是不得已的事。现如今我李卫这条烂命已经捡回来了，怎么能够不知天高地厚顺竿子爬上去打人？人家是诗书官宦家养出来的小姐，我李卫什么人？往上数祖上八辈子就没人读过书，我怎么能娶岳姑娘……"

胤禛明白了，望了一眼岳思盈，又转对李卫："话不是这样说，你虽然没读过书……"

"四爷别说了！"李卫不惜犯颜打断了胤禛，"请四爷做主，到皇上老爷子那儿去说一声，就说他老人家的恩典李卫心领了，这个婚事不合适，恕李卫不能领这个恩！"说完重重地叩了个头，趴在那里。

胤禛也被他这一番话说得有些为难了，转对岳思盈："你怎么想？"

岳思盈："四爷，一切都是命，我认了。"

胤禛又转问李卫："听见没有？人家岳姑娘都答应了……"

李卫："四爷，我知道岳姑娘是个好人，她这不是答应婚事，她这是在拿自己为父亲报恩，我李卫再浑，也知道，她跟着我不快活……四爷，您就算是成全我，免了我们这桩婚事，李卫这里给您谢恩了……"说着连连地叩头，将头在地上叩得山响。

"干什么？你这是干什么？"岳思盈又惊又急又感动，说话时已经带着哭音连忙拉住了他。

李卫被她将头强拉起来，也已经泪流满面。

"你们哪……"胤禛一声长叹，"这样吧，皇上那儿我去说，你们可以暂不成婚……"

李卫："不是暂不成婚，请四爷放岳姑娘走了吧。"

胤禛转对思盈："你真的要走？"

岳思盈抹干了泪水："谁说我要走了？他大字不识，怎么当官？我走了谁帮他？"

胤禛："那怎么办？"

李卫："那干脆，这个官我也不当了。"

"胡说！"胤禛一声喝断，"越闹越上脸了！这可是皇上钦点的。婚事也不答应，官也说不当就不当，你当皇上跟你儿戏！"

李卫："那怎么办？四爷，这样好吗，我跟岳姑娘认作兄妹，她可以暂时跟在我的身边帮我……等到有了合适的人我再把她嫁出去……"

"我是你什么人？你能把我嫁出去！"岳思盈又被他说急了。

李卫："那你说怎么办？"

岳思盈："李大哥，你是个好人，我愿意认你做兄长，可你不能再说什么嫁不嫁的话了……"说到这里她又流泪了，重重地向李卫叩下头去。

"别！别！"李卫连忙扶住了她。

胤禛又是一声长叹站了起来："那就先这样吧。皇上那儿我去说……"

李卫："谢四爷！"

17. 李母房间　日

李母："什么？不办事儿了？这是谁的主意？"

李卫："这是四爷的旨意。四爷说，她父母没有了，连墓还没扫过，怎么也得先祭告祭告再说。"

李母："这四爷也是的，这婆婆妈妈的事儿怎么比我还多。"

李卫："别人的话我能不听，四爷的话我能不听吗？"

李母："那……这婚不成婚，房不圆房，在一起算怎么回事？"

李卫："算兄妹。"

李母："兄妹？！"

李卫："是，是兄妹。这也是四爷做的主！"

李母瞪着李卫气得好久说不出话，最后说道："什么都是四爷！我这个做妈的还管不管事！"将手中的东西一甩，气呼呼地出去了。

18. 店门外　日

一头健骡驾着一辆体面的大车，等候在门外。

店主、伙计前呼后拥地将李母护送出门。

| 第十五集　景运天成 |

身着便装的李卫、思盈等人跟在后面。

早有人将一个脚踏放在车辕边。

店主将李母扶上脚踏。

车夫奉承了一句："老太太您的精气神儿可真不错。"

李母站在脚踏上把腰一挺，嗓门儿大大地："那是，跟我儿子上任去！"

19. 官道上　日

一辆马车，李卫、思盈各骑一匹快马，扬起一溜烟尘。

20. 苏阳县衙内府　日

即将离任的葛春霖站在那里，看着家人仆役搬搬抬抬地收拾东西。他面色红润、保养有方，加上升迁在即，更显出一副踌躇满志的样子。

两个家人将一副裱装精良的横额从墙上慢慢地摘下。横额上写的是"顺天应民"四个大字。

葛春霖走过去看了看横额，对家人："收好，如今高相的字也是不好求的了。"

家人应了声"嗻"，捧着匾额退出。

一个衙役进来："启禀太尊……"

葛春霖："你要是还想跟着我，就得改改口了。"

衙役打了一下自己的嘴："小的嘴拙。乞禀府尊老爷，吏部的滚单已经从苏州府传来了。接任的县令，估计明后天就能到了。"

葛春霖："知道了。告诉两班衙役，把县衙里外都弄干净点儿。"

衙役："嗻。"

葛春霖："还有，告诉那些送万民伞的，等新知县到了以后，当着他的面儿送给我。"

衙役："嗻。"

21. 苏阳驿站　暮

李卫一行来到驿站门前。

思盈："这儿离县城还有四五十里，看来赶不到了。"

李卫："在这儿先住一晚上。"

李母一撩车帘："这是什么地儿？"

石榴看门额上的牌子："苏阳驿站。"

李母大为兴奋地："啊，到咱们自己的地盘儿了。"

22．县府后堂　夜

这是一次小小的家宴。

坐在上首的是彭、董两位师爷。

葛春霖正欠身为两位师爷斟酒。

董师爷绍兴口音很重："啊呀，东翁，怎么好让你给我们斟酒呢。"

葛春霖："二位就不要客气了，这也是葛某一分敬意。在这三年的县任中，要不是二位师爷倾力相助，也没有葛某今日的迁升。"

彭师爷的绍兴口音也不轻："您这一任还算顺利。"

葛春霖："也是风风雨雨啊。"

董师爷："谈不上风风雨雨，还没遇到什么拎不清爽的事。去年发这么大的水都没冲掉什么。"

葛春霖："二位出自高老相爷的门下，自然是见多识广。刚来的时候，我真是两眼一抹黑，多亏二位从旁点拨。我本来想求阁老放二位再到知府任上帮我一帮，可是他老人家没有答应。"

彭师爷："阁老今天还向我们提到这件事。"

葛春霖："怎么说？"

董师爷："老相爷说让我们再留一留。"

23．驿站内　夜

这是一个四合院。

北屋的正房内，此时是灯火通明，划拳行令之类的喧嚣声阵阵传出。

役卒们端盘递盏，进进出出。

24．驿站的一间厢房内　夜

这里就显得冷清了。

简简单单的四个菜摆在桌上。

李卫、李母、思盈、小满、石榴围桌而坐。

李卫低着头，狼吞虎咽地吃着。

李母看着桌上的菜，撇了撇嘴："到了咱们自己的地盘儿上了，就给咱们这个吃啊！

| 第十五集　景运天成 |

石榴，告诉厨子，再让他们给加俩菜。"

石榴："那可不行。"

李母："怎么了？"

石榴："这不是一般的旅店，这是官家的驿站。"

李母："官家的驿站怎么了，咱现在不也是官家了嘛。"

思盈："这您就不知道了。这地方是专门接待过往官员的。几品官，吃什么、住什么，都有规矩。"

李母："你们都比我明白。"

石榴："我在衙门里待过。"

李卫："妈，您就知足吧，不花钱能吃上这饭，还怎么着。"

这时，驿卒端了一碗汤进来。

李母看了看汤："这碗汤还不错。"

驿卒："您说着了老太太。这碗汤本来是给北屋的人做的，人家临时换了，我就给您这儿端来了。"

李卫向北屋望了望，那边依然是喧哗阵阵。

李母指了指汤："得是几品官才能喝上这样的汤啊？"

驿卒："那是高老相爷的侄子，您说是几品哪？人家今年刚刚中了举，回来看看。"

李卫："怎么，一个举子，也能在你们这儿吃饭？"

驿卒："那是高相爷家的人，吃我们这儿的饭已经委屈了。"

李卫站起身。

思盈："你要干什么？"

李卫："我去看看。"

25. 院内　夜

李卫、思盈一前一后出来了。

李卫来到北屋的窗下，抠开一块窗纸向里看了看。

李卫回身对思盈："你不是说几品官吃什么、住什么都有规矩吗，你看看，这是几品官的规矩。"

思盈也向内看了看，回身对李卫："这种事管不过来，到了官场上，这样迎来送往的，是家常便饭。"

李卫："花谁的钱？"

思盈："你没听他说吗？这是高老相爷的侄子，到了驿站，能自己花钱吗？"

李卫："这是苏阳县的驿站，是不是得花我苏阳县的钱。"

思盈："各县的驿站都是各县出钱的，这是有定例的。"

李卫眯起眼睛。

思盈一看李卫的样子，就知道他又要干点儿什么了，笑了笑道："你要干什么？可连官印都没接呢。"

李卫："我答应了皇上和四爷，要把每一文钱都花在老百姓的身上。"

李卫一眼看到那个驿卒："去，把你们头儿给我叫来。"

26. 一间房内　夜

驿丞正在那里拨拉算盘，这是一个猥猥琐琐的小吏。

驿卒推门进来："头儿，您看看去吧，来了一个找碴儿的。"

驿丞："找碴儿？"

27. 李卫房中　夜

李卫已经换上了官服。

驿丞进来了。

驿丞打量了一下李卫："这位爷是……"

李卫："认识一下？本人姓李名卫，我是新来的苏阳县令。"

驿丞急忙点头鞠躬："听说了听说了。给大人请安。"

李卫："我问你，你这儿迎来送往的，钱怎么算？"

驿丞："过往的公差，都有登记，按朝廷的规矩，从藩库里领。"

李卫："几品官吃什么住什么，那是规矩。对吧？"

驿丞："是。"

李卫一指北屋："那桌饭还外带陪酒的，是几品官的规矩？"

驿丞看了看李卫，又看了看桌上的菜："啊……您看，我这一忙，也没顾上伺候，这么着，我让他们重新给您炒俩好的……"

李卫："不用，有这个吃我就过年了。我就问你，那屋那桌，钱是谁出的？也能到藩库里领吗？"

驿丞："那是……那是……"

李卫："你甭害怕，我刚来，这些事我都不知道。我向你请教请教不行吗？"

第十五集　景运天成

驿丞："这是……这是县里单拿的，就放在我这儿，专门是……是打点这些的。"

李卫："拿多少？"

驿丞："不多，每年也就是万把两银子……"

李卫："妈的，五十万两我还屁毛儿没见着呢，这儿就先来万把两。"

驿丞："您说什么？"

李卫："没什么，你接着说。"

驿丞："这事儿哪儿都一样，不瞒您说，咱们这儿穷，来的人少，万把两不算多。真到了扬州、湛江、苏锡常那些大口岸的驿站，每年三五万两都不答应。"

李卫："钱给了你，你就可着劲儿往他们身上花是吧？"

驿丞："哎哟！爷，您别难为我行不行，进这门儿的，哪个都比我大。能按规矩的，我尽量按，可是……再说，这些开销，都有县太爷的签字，我较什么劲。"

李卫："走，我见识见识去。"说着就向北屋走。

驿丞急追："那是高老相爷的侄子……"

二人一离开屋，李母、思盈他们出来了。

李母对思盈："你快拉拉他去，还没找着县衙门的门儿呢，就开闹还行。"

思盈一笑："知子莫如母，他要干的事您管得了他吗？"

李母："他听你的。"

思盈："那好，我去。"

思盈出了屋。

小满追出来："你真去管？"

思盈调皮地一笑："咱们助威去。"

28. 北屋内　夜

高侄带着两三个清客坐在那里，每个人的身边，还有一个陪酒的妓女。

桌子上已经是杯盘狼藉。

门开了，李卫推门进来了。

驿丞跟在后面，两腿直打晃儿。

李卫把驿丞往前一推："说吧。"

驿丞光张嘴没有声。

坐在上首的高侄站了起来。

高侄："出什么事了？"

驿丞还是说不出话来。

李卫对驿丞："瞧你这德行。"转对高佴："其实也没什么大事儿，饭菜不错，别剩下。吃完了以后，咱们结结账。"

高佴似乎没听明白："什么？"

李卫："结账。"

高佴有些莫名其妙："在这……在这破驿站吃这点儿破东西，还什么？结账？"

李卫也不理他，看了看桌上的菜，问驿丞："这桌饭多少钱？"

驿丞："五两多银子。"

李卫又看了看两个妓女："叫一个姑娘多少钱？"

驿丞面带难色。

李卫："你甭说了，这价码儿我清楚。"

高佴："你是谁啊？"

李卫低下头，指了指自己的顶子让高佴看了看："看见了吗？本县现在归我治理。"

高佴一笑："你就跑到这儿收我的饭钱来？你穷疯了吧？"

李卫："不穷，真的不穷。皇上刚给了我五十万两。"

高佴像看什么新鲜动物似的围着李卫转了一圈，转对驿丞："你带来的？"

驿丞满脸哭相，头紧着摇。

高佴对李卫："您这位大人真要想当个模范官吏，有的是招儿，我都能教你几手，没听说自己跑到驿站来敛这点儿饭钱的。知道吗？"

李卫："看来您是真没带钱？"

高佴："说对了，今天我是真的没带钱。怎么办吧？锁了我？"

李卫忽然换了一副笑脸："没关系，没关系，酒喝不成人情在。出来混的，都不容易。"说着一让："您请。"

29. 屋外　夜

小满疑惑地问思盈："怎么让他走了？"

思盈当然是懂得李卫的，她没说什么，只是笑着拍了拍小满。

高佴大摇大摆地走过他们的身边。

李卫站在那里，因为夜暗，看不清他的表情……

第十六集　乱拳横出

1. 阁老府第花园　日

深宅大院，鸟语花香。

高士奇——曾经极受康熙器重的上书房首辅，如今年事已高，休致归里，虽已白发萧萧，但精神尚好。此时正在花园里缓缓地练着太极。

一大群仆役丫鬟托巾捧盂，远远近近地环侍在侧。

2. 花园门外　日

葛春霖随着一个家人，轻手轻脚地走来，远远地站住。

葛春霖不小心碰到了一个花盆，弄出了一点响动。

管家回头，拧眉训斥："怎么回事，肃静！"

葛春霖连忙低首："是是……"

3. 园内　日

高士奇收式。仆役们急忙上前，披衣的披衣、奉巾的奉巾……

管家这才屈身近前，轻声地说："太爷，苏阳县令葛春霖，到府辞行。"

高士奇待仆婢们侍奉完毕，抬了抬手，算是叫进。

管家一招手，葛春霖躬着身、踏着碎步，来至近前。

葛春霖伏身请安："学生葛春霖，请老相爷安。"

高士奇和蔼地："啊，父母官来了，失迎啊。"

葛春霖谦卑地："您老人家折我的寿了。能在老相爷的福地做一任小令，时聆面教，是葛某的福分。"

高士奇："前程是你们自己挣的，我只是个闲居之人，卒保天年而已。什么时候临任？"

葛春霖："回相爷，新任县令已经说话就到，交割一下，即赴任所。"

高士奇："实心用事吧。这一任拉亏空没有？"

葛春霖："嗯……上一任留下了些，去年又是大水，东挪西堵的，多少还是拉了点儿。"

高士奇："能补还是想办法补上。朝廷正在西边儿用兵，日子很紧。你不像我，不在其位，你还是要多为社稷做些实事。"

葛春霖："是。学生记住了。只是……这一向学生心中总有些忐忑。"

高士奇看了看葛春霖。

葛春霖："新来的这个县令，就是假冒钦差、大闹江都的那个家伙。圣上钦点了这么一个人来接我的任，不知道……"

高士奇："不必有什么忌惮。这不是针对你一州一县的。如今天下的官场，有负天心。用针用砭，皆是圣心独运。"

葛春霖："唉，听说这个李卫，连大字都不识几个，上来就是实缺，真是让我们这些苦挣苦拽的两榜进士意气消磨。"

高士奇转了话题："去年过水，河水在南坡改了道，我那几亩薄田，恐怕也要泛碱了……"

葛春霖也是聪明的，稍一打愣，也就急忙随上了："啊……说话要兴河工，筑个坝，把河道再改回去就是。"

高士奇："说话桃花汛就要来了，你到了知府任上，这是当务之急。"

葛春霖："我马上着手。"

一个下人进来，手里拿着一张纸。

管家迎上："什么事？"

下人："苏阳驿站的人，送来了这个。"

管家："什么？"

下人："账单。是新任知县让送来的。"

管家："胡闹！你怎么什么都接。"

下人："说是和表少爷有关……"

管家一瞪眼："打出去！"

高士奇："怎么了？"

| 第十六集 乱拳横出 |

下人上前："回太爷。表少爷在驿站歇了歇脚，让新来的知县碰上了，"一捧账单，"他派人把这个送来了，说是得……要账。"

葛春霖一把拿过："岂有此理！出什么风头。"对高士奇："学生去管束管束他。"

高士奇抬了抬手："都是些什么账？念给我听听。"

葛春霖犹豫了一下，照单念："冷荤八碟，银子一两八钱；热菜十六个，银子三两六钱；黄酒四坛，银子二两整；还有……付胭脂钱……六两。合计……"

高士奇："好了……"

众人都暗暗地盯着高士奇的脸色。

高侄进来了："听说有人来要账？"

葛春霖将账单交给了高侄。

高侄看了看："真他妈的荒唐！"

高士奇："你不荒唐吗？"

高侄及众人都一愣。

高士奇："驿站是什么地方？那是国家的传驿之所，因公过往的官员才可以止宿。你是几品哪？不就是刚刚中了个举人吗？居然跑到那里去吃喝，还叫了堂子。像话吗？"

高侄嘟囔着："现如今……也不是我一个人这样……"

高士奇："可现如今只有一个高士奇。我跟你们说过，不要打着我的名号胡来。虽然我现在地处江湖之远，依然要有伴君之心，依然要懂得知恩畏罪。你们怎么就听不进去！"

高侄低头："听进去了……"

高士奇："去吧，把账付清。就说我知道这件事了。"

4. 驿站内　日

驿丞坐在台阶上，抱着脑袋，长一声爹短一声妈地哎哎哟哟着。

小满和石榴站在他的旁边，有些好奇地看着他。

石榴："怎么了，不就送一张账单吗，至于吗？"

驿丞哭声赖韵地："……倒是跟我说一声再送啊，高老相爷……那是什么人哪？"

小满："你怕什么呀？"

驿丞："人家可是一朝宰相，辞官离京的时候，万岁爷派了一皇子送到通州驿，那是什么势份儿，十三行省有四个省总督是他学生，这不是要我的命吗……"

石榴扑哧乐了："你唠唠叨叨地说什么？我一句也听不懂。"

小满："不就要几两银子吗？三百万两我李大哥都弄回来了。"

驿丞："你们俩毛儿孩子懂什么？"

石榴一拉小满："咱们走。"转身要走进屋。

驿丞大喊："你们可不能走啊！"

石榴："瞧你这点儿德行。"

小满："放心，有事领他到县衙门去找。不就是一个什么的侄子吗。三品臬台我李大哥都敢咔嚓。"

5. 县衙内　日

葛春霖进了门。

葛春霖问一个衙役："新县令到了没有？"

衙役："还没见。"

彭、董二师爷迎上

彭师爷："见过阁老了？"

葛春霖不无忧虑地点了点头："二位，这回你们真的要勉为其难了。"

董师爷："怎么讲？"

葛春霖："这个李卫，人还没到，麻烦先到了！高相的一个侄子，在驿站里叫了桌饭，让他碰见了，居然把账单送进了阁老府。"

彭师爷："新官上任三把火，这也是常有的事。"

葛春霖："真要这样也则罢了。要不他就真是个狗屁不懂得的生荒子，如果不是的话……"

董师爷："您担心什么？"

葛春霖："我担心他会无事生非。"

6. 驿站门外　日

高侄带着一些人，抬着两个大箩筐来到驿站门前。

一个恶奴上门大喊："有喘气儿的没有？出来！我家少爷来还账！"

7. 驿站内　日

驿丞接着门缝看了一眼，转过身，腿一软，靠着门溜坐下去。

外面紧着踢门。

| 第十六集　乱拳横出 |

驿丞大叫："不关我的事儿，他回县衙门了——"

8. 县衙内　日

葛春霖："虽说他是我的下属，可他的背景不可小觑，又是四爷又是皇上的，我真担心深了不是，浅了不是。"

彭师爷："我们在下面倒也想了想，对付这样的人，要以事对事。"

葛春霖："怎么讲？"

董师爷："去年刚过了水，灾民安置、春粮种子、盐碱地，单就河工这个烂摊子，就够他招架的。"

彭师爷："要钱钱不够，要人人不齐，您从上面再压一压，下边再乱一乱，他又是第一次当官，这七头八绪的，愁也要把他愁死。"

葛春霖："多想想也没坏处。你们二位守着他，就要多辛苦了。"

董师爷笑了笑："我们做师爷的，其实看得最清楚，官场和戏台也差不多。一上了台，生末净旦丑，该是什么行当，最终还是什么行当。"

彭师爷："上面有您，旁边有我们，更何况这里还住着个虎威犹存的太平宰相。他就是个千手千眼佛，又能怎么样呢？乱不了，乱不了。"

董师爷："不出三年，我们准给朝廷调教出一个模范官吏来。"

三个人会心地笑了。

9. 县衙外　日

李卫一行来到了。

李卫下了马。

李母一撩车帘，扬头望去，大为兴奋："哈！这就是咱们的地儿了！"

李卫对门前的衙役："进去说一声，李卫来接任。"

忽然身后传来一声喊："你跑得倒快！"

李卫转身，见是高佾领着一帮人追赶而至。

李卫："干什么？"

高佾来到李卫跟前："你有种，把账单捅到老爷子那儿去。"

李卫："孩子在外边儿惹了事儿，我不找老家儿找谁呀？"

高佾："你嘴硬啊！你知道吗，如今的七品官，比街上的狗都多。"

李卫："小子，甭跟我耍贫嘴，那都是我玩儿剩下的。如今我也是朝廷命官了，不能再弄这小打小闹的玩意儿了。那十三两零六钱银子带了吗？"

高佴一掀箩筐，里面都是小铜钱儿。

高佴："整银子我怕你不会花，一两银子换一千个大子儿，我都给你换来了。数吧！"

高佴说着，捧起一捧铜子，撒向李卫的脸。

10. 县衙内　日

一个衙役急急跑进，对葛春霖说："老爷，出事了，高老相爷的人和新来的太尊在门口打起来了！"

葛春霖和两个师爷都跳了起来。

11. 县衙门外

人群越围越多了。

李卫站在那里一动不动，

高佴似乎在等着李卫发火。

李卫从脖子后面摸出一个铜币，往筐里一丢："如果天天有铜子儿往我脸上撒也不错。"

高佴一咬牙："好啊……"对家奴："给我撒！"

家奴抬起箩筐，漫天漫地地乱撒起来。

人群大乱。

葛春霖这时也出来了，他本来要上前，但是被彭师爷轻轻拉住了。

高佴气急败坏地："都在这儿。小子，你慢慢地数吧。"

高佴一挥手，转身欲走。

思盈出现在门前："别走，等我数清楚！"

在一片混乱中，思盈的冷艳和气势，使在场的人众顿时一静。

高佴盯着思盈："哪来的小妞儿？"

思盈："没想到区区十几两银子，把你一个官宦子弟，弄成了这个模样。"

高佴："我有的是钱。"

思盈："那你还住在官家驿站白吃白喝？"

高佴："我也没吃你的。"

思盈："那是民脂民膏。"指了指满地的铜钱："少一个也不行。"

| 第十六集　乱拳横出 |

高佾:"识数儿吗?就怕你数不过来。"

思盈冷笑了一声:"我陪家父数过三百万两银子,直到数掉了一个二品河督的项上人头。"

众人都是一凛。

高佾:"你爹是……"

思盈逼进一步:"江南道御史岳子风。准入贤良祠,追谥直毅公。"

人群一阵骚动。

高佾有些胆怯:"你……想冲我来?"

思盈一脸轻蔑地:"你还不配!"

李卫往高处一站:"各位乡亲父老,我是新任的本县县令,皇上给了我五十万,让我为百姓做点儿事,金銮殿上我拍了胸脯,要把钱一分不落地花在你们身上。这地上的钱虽然只有十几两,可也在这五十万之内。我要一个个地数,少了一个,算我对不起老少爷们儿。"

人群中的一位老者:"这话中听!来,咱们帮他数。"

众人哄地一声好。

铜子儿飞花般地纷纷落进了笸筐。

葛春霖的脸色很是凝重。

高佾满脸茫然地呆立。

李母出现在高佾的面前,猛喝一嗓子:"抬脚!"

高佾吓一跳:"干、干、干什么?"

李母:"你脚底下还踩着一个呢。"

12. 县衙内　日

李卫兴高采烈地带着一些帮忙的人,将两个笸筐抬进了县衙的院子。

外面刚才围观的也有不少人跟了进来。

李卫向众人拱了拱手:"多谢各位捧场。这要是当年在我们那儿,就是家里再没东西,也要给大伙儿一人上一碗甜米醪糟儿。"

刚才那个老者:"不用了,你们这些父母官儿,只要能多想着我们一点儿,比让我吃什么都强。"回头对抬筐的人:"都数清楚了吗?"

抬筐的人:"数两遍了,一个都不少。"

李卫:"咱们今儿个能在这儿见面,是缘分,也是我李某的福分。我这门儿你们也认识了，有什么事儿你们就来，你们只要发现我李某做了什么伤天害理的事，你们就一人一脚，把我从这儿踹出去。"

葛春霖出现在台阶上："什么人在这里喧哗？"

看来在场的百姓是认识葛春霖的，马上静了下来，一一后退。

葛春霖："县衙虽小，也是天子治民之所，朝廷的教化之地。闲人都退出吧。"说完转身进去了。

众人一哄而退。

偌大的院子里，只剩下李卫一行人。

李母："怎么？这儿还有比你大的？"

李卫也有些莫名其妙问思盈："这是怎么了？"

思盈一看这个阵势，顿时明白了，冲李卫一笑："你犯了点儿官场的规矩。"

李母："什么，忙活到现在一口热水都没喝上呢，就犯规矩了。"

彭、董二师爷走了过来。

彭师爷上下打量了一下李卫："如果我没猜错，您就是要来接任的李卫李大人吧？"

李卫："是……"

董师爷："如果我没猜错，你是第一次为官上任吧？"

李卫："是……"

彭师爷："没关系，没关系，一回生，二回熟嘛。"

董师爷："有我们在，你就放心好了。"

李卫被他们说得有些蒙。

彭师爷一让："随我们来。"

二师爷转身引路。

思盈笑着轻轻地拍了拍李卫。

李卫使劲地晃了晃脑袋。

13. 县衙大堂内　日

葛春霖背身站在那里，面无表情。

李卫进来了。

葛春霖也不转身。

李卫很尴尬地站在那里，不知道应该干什么。

葛春霖缓缓地："请问阁下来此有何贵干？"

| 第十六集　乱拳横出 |

李卫："我是……来上任的。"

葛春霖："到哪儿上任？"

李卫："我……你是谁呀？"

葛春霖："告诉他。"

彭师爷："这是本县原任太尊葛大人，现补苏州府台，这苏阳等四县，都在其辖内。"

李卫睁大了眼睛。

葛春霖声音不高，但是却很逼人："你说你是上任的对吗？印信何在？"

李卫："……我还没见着呢。"

葛春霖："你既然连印还没见着，那你有什么资格在这衙门口上，招街告市，张口闭口本县如何？"

李卫："我……本来就是。"

葛春霖："你和原任属官公文交割了吗？你拜过印了吗？"

李卫被问得张口结舌。

葛春霖："空凭一张嘴，你就能接管一县吗？"

李卫："这事儿……我不知道啊。"

葛春霖转过身，轻轻地嘘了一口气："来人。"

一班头进来："去把李大人的家眷安顿一下，告诉下面的人，新太尊莅任，不许欺生轻慢。"

班头："嗻。"

葛春霖："李大人，不是我为难你，无论立朝，还是治家，礼不可无，仪不可废，即便是一朝天子，也有祖训要依，有仪典要守。何况你一个刚入末品的县令。"

李卫："是是，您老兄说得对……"

彭师爷："怎么称呼，要尊上宪，称府台大人。"

李卫："又错了……府台大人说得对。我这是大姑娘上轿头一回，这杂七杂八的咱真的不懂。"

葛春霖一脸苦笑地直摇头："唉，也许是圣上独具慧眼吧……你身边的这二位，是我留给你的两位师爷，都是老道的人。有什么不懂的事，可以倚重。"

李卫："是。"

葛春霖："你去沐浴更衣吧。"

李卫："我昨儿晚上刚洗的澡。"

葛春霖也乐了。

彭师爷："拜印之前要沐浴更衣，以示隆重，这也是官场的规矩。"

李卫："我跟着你就是了。"

李卫走到门口又站住了，对葛春霖："对了，放在驿站的那一万两银子可得拿回来。"

葛春霖："拜印之后，那是你的权限，想怎么做就是你的事了。"

李卫自信地点了点头。

14. 县衙内院　日

一个管事的带着李母和石榴四处"视察"着。

李母让石榴扶着，跟在管事的后面，尽量摆出个官府老太太的派头。

管事的："那边儿是大灶，是衙役们开大伙的地方儿。"

李母："孩子们吃得怎么样啊？"

管事的："能吃饱就是了。"

李母："每月开几次斋啊？"

管事的："有个两三次就不错了。"

李母："少了，出家在外混个差事不容易。能多点儿荤腥儿就多点荤腥儿。"

管事的："是了，老太太。"

李母："菜园子在哪儿？"

石榴轻声地提醒："这县衙门里没菜园子。"

李母指了指："那边儿种的是什么呀？"

管事的："那是原来的葛太尊种的几畦芍药。"

李母："挺好的地种芍药干什么，种几垄黄瓜好不好。猪养在哪儿啊？"

石榴直咧嘴。

管事的："您说什么？"

石榴："老太太是说书，书在哪儿。"

管事的："在书房，那边儿就是老爷的书房，您去看看。"

李母："书房就甭看了，我儿子反正也用不着。"

管事的："什么？"

石榴："我们老爷……喜欢在院儿里看书。"

15. 县衙内堂　日

彭、董二师爷各抱了一大摞卷宗，放在了李卫面前的桌子上。

第十六集 乱拳横出

彭师爷:"这是本县近几年的刑狱档案。"

董师爷:"这是县里的钱粮账目。请太尊过目吧。"

看着眼前堆得小山似的卷宗,李卫直发蒙。

彭师爷:"事情多呀,首先,春粮种子欠十几万担,如果春播不足,夏粮再歉收,那可是要饿死人的。"

董师爷:"灾民已经陆续返乡,也要赶紧安置,居无定所,就会造成流民闹事。那可不得了。"

彭师爷:"还有河工,咱们县有十几里河堤被冲,桃花汛一到,真要是再决了口子,可就灾上加灾。"

李卫被他们说得一头雾水,两眼直发呆。

两个师爷对视了一下,隐隐一笑。

李卫:"带我去看看……"

彭师爷:"好啊,我带路。"

16. 苏阳郊外一座长亭 日

一些体面的乡绅聚候在路边。

亭子里摆了酒盏。

官道上,一辆马车过来了。

见车过来,乡绅们迎了上去。

17. 车内 日

葛春霖坐在里面。

车停了,葛春霖撩开车帘。

一个随从报道:"老爷,苏南士绅长亭钱行。"

18. 苏南郊外 日

这里一片荒凉。

白草茫茫、江风凄紧。

高一点的地方,灾民们临时搭了几个窝棚,不时传来婴儿的啼哭。

两个师爷带着李卫来到了这里。

彭师爷:"看看吧,这真是百废待兴啊。"

李卫朝着一个窝棚走去。

19. 窝棚外　日

一个瞎眼的婆婆正在那里摸索着摘野菜。

李卫走了过来。

老婆婆："谁呀？"

彭师爷："咱们新来的县太爷过来看看。"

老婆婆："县太爷？"摸摸索索地爬起来要磕头。

李卫上前扶起了她。

李卫："家里有什么人哪？"

老婆婆："有俩儿子，老大去年淹死了，老二出去扛活了……"

李卫："您原来住哪儿啊？"

老婆婆："离这儿不远，那边儿房子都冲了，粮食也没了……大老爷，我是早该死的人了，多一天少一天不在乎了，我还有俩孙子，您行行好，别再让他们淹死饿死了……"

李卫："您放心，皇上已经拨了救灾的钱，咱们粮食要种、河要修，不会让您的孙子再淹死饿死。"

老婆婆扑通跪下，痛哭失声。

李卫便扶起老婆婆，转对两个师爷："把春粮种子拨齐，再把该修的河段修了，你们算算得用多少银子？"

董师爷："少说要三十万两。"

李卫："那就赶快拨钱。"

董师爷："三十万？哪儿有那么多呀？"

李卫眼睛一下子瞪大："没有！皇上给了我五十万两。"

董师爷："别急、别急。您说的是不是从河道衙门转下来的。"

李卫："是啊，说是三百万两发还给河道，让河道转到县上五十万两。"

董师爷从怀里掏出账本："在这儿，在这儿。"说着抽出一本账册。

李卫舒了一口气："我说呢，皇上哪儿能说话不算数啊。"

李卫接过账册。

董师爷为他指了指。

李卫盯着一看，脸色又变了："欺负我不认识字儿啊，我再不认识字儿，一二三四五六七八九我还认识。你们俩看看，这写的是五十万吗？这是十五万！怎么回

| 第十六集 乱拳横出 |

事？！"

董师爷："黑纸白字写着呢，就十五万两。多一分没有。"

李卫："不可能！"他的眉毛渐渐地锁起来："这笔钱是谁经的手？"

董师爷："是葛太尊去河道衙门提回来的。"

李卫牙关一咬："葛太尊……"

20. 苏阳郊外一个亭子内　　日

几个乡绅正在郊送葛春霖。亭子里的石桌上，摆着一个酒壶和几只酒杯。

葛春霖轻装简从、衣着朴素。

亭子的不远处，停着一辆马车。

葛春霖拱手道："葛某在任三年，政绩平平，实在是乏善可陈，当不得诸位乡贤父老的这一杯饯行酒。"

乡绅甲："哪里，我县穷困，又逢水灾，葛太尊为官一任，实实不易。我们是看在眼里的。"

乡绅乙："是啊，县令三年一任，我们在这里不知道迎送了多少任了，葛太尊确是一任勤政爱民的廉吏呀。"

乡绅丙："要不怎么能由县到府，又有升迁呢。"

葛春霖："惭愧、惭愧。有负天恩，妄食君禄啊。"

乡绅丁："来来，薄酒一杯，为太尊饯行。"

众人举杯。

葛春霖喝罢："天色不早了，还要赶路，向各位告假。山长水远，日后还望多多指教。"

21. 亭子外　　日

一番揖让后，葛春霖走向马车。

葛春霖刚要登车，只见李卫从车旁闪出。

葛春霖一愣："李大人……也是来……送行的？"

李卫看送行的人跟在后面，便闪过葛春霖，对众乡绅一挥手："好了好了，就这样儿吧，这份儿心意咱们葛大人已经领了。各位请回吧。"

乡绅们有些奇怪，但还是退去了。

李卫对车旁的葛春霖的几个随从："你们也往后退退。"

葛春霖脸色很不好看："李大人,这是干什么?"

李卫："有些话让他们听了去不好。"

葛春霖挥退随从,转身看着李卫。

李卫："皇上答应给本县五十万两银子,是您经手领的,对不?"

葛春霖："不错。"

李卫："银子呢?"

葛春霖："全在账上。"

李卫："我要没看还不追来呢。"

葛春霖："什么意思?"

李卫："那只有十五万,差老鼻子了。"

葛春霖："就为这个?"

李卫："我想知道知道那些银子都上哪儿去了。"

葛春霖盯着李卫看了一会儿,忽地冷笑了一下："你看我这辆车上能装多少银子?"

李卫："神不知鬼不觉的事儿我见过,当初那个徐祖荫,几百万两不都让他倒腾出去了。"

葛春霖："你要搜吗?"

葛春霖撩开车帘,只见车里只有半车厢书。

李卫一愣："那……说不定你已经……换成了银票。"

葛春霖猛地一拍车辕："李卫,你放肆!"

李卫也一拍车辕："你是贪官!"

葛春霖气得浑身直抖,一口痰上来,伏在车辕上大口喘着气。

随从们拥上来。

葛春霖挥手让随从离开。

葛春霖点着李卫："……你的胆子也太大了。不要说我是你的上宪,就是同级的官员,你这么胡闹行吗?告你一个辱没同僚、无端诬陷,你的前程就完了。"

李卫也觉出了冒失,但嘴依然很硬："我上边儿应了皇上,下边儿应了百姓,拉出去的屎我不能坐回去。"

葛春霖喘着气："你不顾为官之道,我还得顾。你的来头我也听说过,何况还是圣上钦点,我不跟你置气。"

李卫："这些我不懂,五十万两反正一个子儿不能没。"

葛春霖："这笔钱是众人皆知的,我要是真想拿,也不能就这么往车上搬。"喘息了片

| 第十六集　乱拳横出 |

刻:"来龙去脉你什么都不知道,你当这官儿……唉,你就摸着石头过河吧!"要上车。

李卫:"别走!五十万两不够数儿,到底哪儿去了?"

葛春霖看着李卫一摇头:"你真以为你能拿齐了五十万两吗?"

李卫一愣。

葛春霖:"一笔能拨下十五万已经算是不少了。这还是因为我升了知府,河道的那些司官多少给了些面子。"

李卫:"怎么讲?"

葛春霖:"我没那么大的气力跟你说这些,你不是四爷的人吗,回去问四王爷吧。"说罢上了车。

李卫绕到车前:"银子还在河道?"

葛春霖:"那个衙门口大得很,你找去吧。"

李卫:"找就找,最大的头儿不就是河督吗?三品臬台怎么样……"

葛春霖:"河督是二品。"

李卫:"二品就二品。"

葛春霖:"好,我给你透个风儿,新任河道总督叫贺文宣,说话就到任,咱们县还是必由之路,看你的本事了。"

大车缓缓地离去。

李卫站在那里眨眼睛。

22.　阁老府第　　日

高士奇在一处水榭边喂鱼。

彭、董二师爷站在一旁。

高士奇的心情似乎被二位师爷逗哄得很好。

彭师爷:"这些说给您是可以解解闷的。您说一个刚上任的县官,居然追着自己顶头上司的车轿去抓赃。"

董师爷:"这种事要是写在戏里,谁看了都会觉得是胡编乱造。"

彭师爷:"真不知道当时葛大人的脸是红还是白。"

高士奇笑了笑。

彭师爷:"还有可笑的,葛大人种了几畦很不错的芍药,去年春天还请您去赏过。您还记得?"

高士奇点了点头。

彭师爷："他们家的那个老太太，一定要把芍药给砍了。"

高士奇："干什么？"

彭师爷："要种上黄瓜。"

高士奇又被逗笑了。

董师爷指了指池中的鱼："这池鱼要是养在葛大人那儿，现在一定也被捞出来吃了。"

高士奇："这些笑话，说到这里为止。官箴体面，还是要尽量维护的。"

二师爷称是。

高士奇："河道上到底拨了多少。"

彭师爷："就十五万两。"

高士奇顿了顿："还是先修河吧。"

董师爷："明白。"

高士奇："你们两个要尽心一些，不要出太大的差池。"

这时，一个家人用漆盘托着一个名刺上。

家人："回太爷，新任河道总督贺文宣，路经本县上任，特派人提前送来了门生帖子，说到驿站落脚之后，先要到府请安。"

高士奇没有接："就说我知道了，告诉他不必往我这儿跑了，歇歇脚，赶快赴任要紧。"

23. 县府后院　日

李卫垂头坐在那里。

思盈："贺文宣？我知道这个人，他和我父亲是同科进士。"

李卫："那又怎么样，那姓葛的说，河道那帮人，是看着他升了知府的面儿，要不连十五万都拨不到。"

思盈："有多少钱先办多少事吧。"

李卫："不够。春播没种子，桃花汛马上要来，河堤我看了，一冲准垮，加起来没三十万不行。"

思盈："要钱不是件容易的事。"

李卫："磕头作揖叫爹行了吧，你去看看，老百姓活不下去呀。"

24. 县衙内　日

驿丞一脑门子细汗地跑了进来。迎面碰上石榴。

驿丞："快去帮我回一下李大人。"

| 第十六集 乱拳横出 |

石榴："又出什么事了？"

驿丞："河督过县要在驿站住脚，咱们的巡抚大人还要来接……"

石榴："来就来吧，你急什么呀？"

驿丞："李大人把放在我那儿的银子抽回去了，我给人家吃什么呀！"

石榴："该吃什么吃什么呗。"

驿丞："两个二品大员，我让人家吃四菜一汤？"

石榴："你说是谁？"

驿丞："新任河道总督贺文宣贺大人。"

石榴："贺……我们老爷好像还要找他办什么事。"

驿丞："连顿像样的饭都端不上去，还办事？"

25. 县府后院 日

石榴将驿丞领到了李卫面前。

李卫一脸丧气地坐在那里，半天才开口："……那弄一桌饭得多少钱哪？"

驿丞："不光他们俩，河道上任，家眷、跟班、长随、执事那可是一大帮子人，巡抚大人来接，也不可能是一个人……"

李卫不耐烦地："你就说多少钱。"

驿丞："紧打紧算的也得二百两。"

李卫一跳："什么？我一年的俸禄才多少！"

驿丞："要不怎么得单弄一笔钱放那儿呢，一年到头迎来送往的没那个数儿真不行……"

李卫："唠叨什么，没人把你当哑巴卖了！"

驿丞一缩。

李卫攥了攥拳头："一百两行不行？"

驿丞："真不行。"

石榴："不是说还要找他办什么事儿呢吗？"

李卫冲石榴大喝："用得着你告诉我！"

石榴瞪了李卫一眼，甩手出去了。

驿丞试探着："那您看这事……"

李卫原地转了一个圈儿，爆发地说："吃！吃！让他们去吃！噎死这帮狗日的！"

26. 县府内室　日

李卫用被子蒙着头躺在床上。

思盈端着一碗饭进来了。

李卫不动。

思盈坐在了他的床头。

思盈："让人家吃了，你自己是不是该吃点儿啊？"

李卫依然不动。

思盈："你这是跟谁怄气？"放下碗叹了口气："你没进过官场，还不要说想办成什么事，你就是想把官做稳，没这些是不行的。做清官，也只能是自己不贪钱、不枉法，那就已经是难得了。就拿河工来说吧，当年我爹就跟我说过，每年的河工银子，只要是能有五成用在河工上，他就什么话也不说了。"

李卫撩开被子露出了半个脸，用于指了指天："……上边儿知道吗？"

思盈："谁都知道。"

李卫："皇上呢？"

思盈："你说呢，咱们这位康熙爷，比谁不聪明。"

李卫："我还以为就我最聪明呢，闹了半天就他妈我傻。"

思盈一笑："你要不这么傻，四爷还不会要你呢。"

李卫："回头你帮我给四爷写封信，告诉他，这官儿我当不了。"

思盈："那五十万两银子呢，你不是跟谁都拍胸脯，说要一子儿不落地花在老百姓身上吗？"

李卫："你恶心我是不是？我刚把二百两喂了狗。"

思盈："你要不去争，可就不是二百两喂狗了。争一分是一分吧。"

李卫一撩被子坐了起来，两眼直直的。

思盈看着他。

李卫："我就他妈的再傻一回。"说着往出走。

思盈："你去哪儿？"

李卫："驿站！"

第十七集　瞎驴拉磨

1．驿站外　日

两乘绿呢大轿停在门前。

官差、衙役、亲兵、仆从里三层外三层地护拥在驿站的门里门外。

过路的行人都远远地绕开。

李卫大步走来，他直冲大门而进。

两个威武的亲兵横身拦住了他。

亲兵："什么人？"

李卫："里边儿的饭吃完了吗？"

亲兵："干什么？"

李卫："我要见见新来的河道总督。"

一个侍从武官走过来。

武官："什么事？"

亲兵："这个人要见督帅。"

武官："有传唤吗？"

李卫："什么传唤？这顿饭都是我请的。"

武官："你是谁呀？"

李卫："我是本县县令李卫。你去说一声，就说我要见贺大人。"

武官："这一路过来几十个州道县府，谁想见就见行吗，总得有个规矩嘛。有事自然会叫你的。请回吧。"说罢转身要进去。

李卫："吃了我二百两银子，连个面儿都不让见？"说着就往里闯。

两个亲兵横枪一拦。

李卫:"我说你们俩堵着门儿干什么!"

武官回身一皱眉:"你这人怎么回事,当过官儿没当过。怎么乱来呀,真告你个搅扰驿站,那也是个不轻的罪名儿。"

李卫正要发火,小满出现在他的身后,拉住了李卫。

李卫:"我让他们满嘴流油了,见都不让见。"

小满:"走吧,我姐叫你。"

2. 驿站外不远处　日

思盈站在那里。

小满将李卫拉了过来。

李卫气得呼呼的:"请客的不让上桌,我他妈的干赔呀!"

思盈:"官场上都是对等接待,人家河道总督是二品,你没看见那是巡抚的轿子吗,那也是二品。你闯进去干什么?"

李卫:"趁着他刚吃了我的饭,我得跟他要。"

思盈:"你这么两眼一抹黑的愣闯,能要来吗?"

李卫:"说争一分是一分的是你,这又说我两眼一抹黑。你去呀。"

小满:"我姐来了就是要帮你去见河督。"

李卫一撇嘴:"你见?"

思盈一笑:"我试试吧。"说着整理了一下衣服,向驿站大门走去。

李卫一愣:"怎么……我都进不去,她……"

3. 驿站正房　日

看来是进膳已毕,仆从为贺文宣和巡抚上茶、递毛巾。

巡抚:"现在是青黄不接的时候,再过一段,你就可以吃上阳澄湖的闸蟹了。"

贺文宣:"再过一段时候,桃花汛也就要来了。"

巡抚:"贺大人真是不忘使命。"

贺文宣:"上一任有负君恩,了无下场,岳子风年兄还为此丢了性命。殷鉴不远,怎么敢掉以轻心。"

守门的武官进来:"贺大人,有人求见。"

贺文宣:"不是说不见客人吗。"

武官:"她说让我通一下姓名。"

| 第十七集　瞎驴拉磨 |

贺文宣："谁呀？"

武官："她说是岳子风的女儿。"

贺文宣笑了："这人真是不禁想的，刚刚说到岳子风。"对武官："让她进来，我见。"

4. 驿站外　日

武官出来，将思盈请进。

不远处，李卫和小满都看到了。

小满："看见了吧，进去了。"

李卫颇为惊异地："怎么回事？"

小满："这个河道总督和我爹有年谊。"

李卫："年谊……是什么？"

小满："就是一榜出来的同科的进士。这都不知道？"

李卫一瞪小满："用得着你教我！"

5. 驿站正房内　日

思盈已经落座。

贺文宣对巡抚："这就是直毅公之后，也算是岳家的余幸了。"

巡抚："果然是大家风范。"

思盈："大人夸奖了。"

贺文宣："子风年兄，一代清流，文臣风骨，不愧是我辈的楷模。只是罹难之时，我远在京城，鞭长莫及啊。"

思盈："家父在世时，也时常提起您贺伯伯。"

贺文宣："是啊，我们是同年同甲，琼林宴上还是同席，怎么会忘呢？你怎么会在这里？"

思盈："家父被害、我们姐弟二人落难江都的时候，有人救了我们。"

贺文宣一抚额："对，在京的时候还真听说了。"对巡抚："这段故事，我居然是在老顺承郡王家的一个堂会上，从一个说书人的嘴里听到的。"

巡抚："我也听说了。杀徐祖荫，废东宫，事情闹得很大呀。"

贺文宣："据说由四爷做主，你们还结了一段姻缘？"

思盈脸一红，低头道："我就是随他到这里上任的。"

贺文宣："这么大的事情，你怎么不早告诉我！"

6. 驿站外　日

李卫和小满蹲在墙角处。

李卫一副可怜兮兮的样子。

小满："看见没有，我姐说进还就真的进去了。"

李卫满脸不屑地："有什么的，我要是女的，我也能进去。"

小满："这跟女的有什么关系。"

李卫："小毛孩子你懂个球。管大用了。"酸酸地："你姐长得又挺那个，往那儿一站，"学着媚声媚调："我要见见我爹的年谊——看门的腿一软，不就进去了。"

小满："你还别说，弄不好你办不成的事儿她就能办成。"

李卫："放屁！"

小满："你信不信？"

李卫："我一个皇上钦点的七品官都办不成的事，她能办成？"

小满："打赌？"

李卫："打什么？"

武官过来了："你是李卫？"

李卫："是我，干吗？"

武官："贺大人有请。"

小满乐了。

7. 驿站正房　日

李卫被领了进来。

屋里的气氛似乎很融洽，思盈也是一副笑脸。

李卫看着眼前这两个红顶子大员有些发愣。

思盈："向二位大人见礼吧。"

李卫笨手笨脚地请了一个安。

贺文宣笑道："既然是岳年兄的姑爷，我们今天就只叙家谊，不闹那些官场的规矩。坐吧。"

李卫很不自然地坐在了思盈的旁边，还真有点儿像一个傻姑爷。

巡抚看着李卫笑了笑："你可真接引了一位贤内助，连我这一方土地都没敢跟贺大人

第十七集　瞎驴拉磨

打秋风，她张嘴就向她贺伯伯给你讨银子。"

思盈："我说的是实话，这么穷的一个县，又遭了灾，就给十五万两能干什么。"

贺文宣："那你要多少啊？"

李卫急切地说："皇上答应了我五十万两，您最好一气儿给齐了我。"

贺文宣和巡抚都哈哈大笑了。

李卫被他们笑得有些发蒙。

巡抚："你可真是实心眼儿啊。一气儿给齐？从上至下拨发银两，什么时候给齐过啊？"

李卫："那都……哪儿去了？"

贺文宣："说得清吗？经一道手，就会少一成，真的到了下面，用在实处，能有十之三四，那已经是很不错了。"

李卫："有人贪污？"

贺文宣："真要是贪还好办些，可以抓，可以杀，你不是就捅出了一个徐祖荫吗？有很多事情是没办法的。"对巡抚说："这你最清楚。"

巡抚对贺文宣："是啊，发愁的事多哟。不说别的，我下面很多州县的办公衙门，房子都不像样子了，动动土木，要钱吧？轿子旧了，马老了，添顶轿子买匹马，这不过分吧，都是一笔钱，谁出？唉，更不要说各级官吏迎来送往，每年向部司衙门送的冰敬炭敬，多了。不东截一点儿，西挖一点儿的怎么办呀。"

贺文宣对巡抚："你这还是看得见的，我管的是河道，是河工，一动工程，黑来黑去的消耗更是一笔糊涂账。"对李卫说："你出仕未几，慢慢地你就知道了。"

李卫被他们说得一愣一愣："可是……我们的春播种子，还有桃花汛……"

贺文宣："大同小异，我要多给了你，那别的县怎么办？"

李卫："可是皇上说是给我五十万……"

贺文宣："是说一下给齐吗？三五年之内，还可以慢慢掂对。"

李卫傻了："三、三五年……"

思盈笑得很妩媚："贺伯伯，你就高抬贵手吧，看在家父的面子上，你也不能不管呀。您说像我一个女孩子家，本来应该是大门不出二门不迈的，大老远地跑来找您，就真让我空着手回去啊？"

贺文宣："要将我的军是不是？"

思盈："您现在当那么大的官儿，动一个手指头的力气就比别人使上全身的劲儿还管用嘛。"

巡抚:"你这张嘴,给个七品官都换不来。"

思盈:"说的是实话嘛,人家替全县的百姓求您还不行?又没让您干坏事。"

贺文宣指了指李卫:"你可真是有造化呀。"对巡抚:"这是逼我定城下之盟啊。"

巡抚:"既然有同年之谊,人家又伯伯长伯伯短地叫着,通融通融吧。"

贺文宣对思盈:"说吧,要多少?"

思盈:"那就看您对我心疼多少。"

贺文宣笑着点了点思盈:"伶牙俐齿。好吧,我再拨你十万,行了吧,这可是破天荒了。"

思盈一福:"谢谢贺伯伯。"

8. 路上　日

李卫一个人在前面闷着头走得很快。

小满和思盈脚步很急才能跟上。

思盈埋怨地:"你走那么快干什么?"

李卫一下慢了下来,慢得半个脚尖半个脚尖地往前挪。

小满乐了:"你怎么了?"

李卫不咸不淡地:"让快就快,让慢就慢,还怎么着?"

小满看了看李卫,又看了看思盈。

思盈一笑,拍了拍小满:"咱们走。"

9. 县衙后府　日

花圃边,李母领着石榴把那片芍药花园的篱笆都拆了。

李母拿了一把锄头,正准备刨芍药花。

思盈进来了。

思盈:"您干什么呢?"

李母:"我看这块地挺肥的,我打算种上两垄黄瓜,两垄豆角。"

思盈:"挺好的芍药花儿,刨了多可惜呀。能长成这样,得好几年呢。"

李母:"那不是能吃上点儿新鲜菜吗,再说了,省俩是俩。"

思盈:"这能省多少。"

李卫来到了她们身后:"是啊,那能省多少,叫一声伯伯来十万,叫一声叔叔又来十万,还在乎这点儿。"

| 第十七集 瞎驴拉磨 |

思盈回身看着李卫。

李卫假装没看见:"我呢,当官儿摸不着门道,赏花儿赏草儿的照样不懂,什么芍药牡丹的,从来没正眼瞧过,我就认识黄瓜豆角儿。妈呀,我帮您刨。"

李卫拿起锄头,抡起来就刨。

思盈扭头跑了出去。

石榴对李卫:"你这是干什么?"

石榴说罢追思盈而下。

李母按住李卫的锄头:"人家刚给你要下十万两银子来。"

李卫怪里怪气:"我没说什么呀,她去找年谊,帮我做官儿;我种黄瓜,这不是挺好吗。"

10. 院子里 日

石榴四下寻找着思盈。

小满过来了。

石榴:"你姐呢?"

小满:"没看见。怎么了?"

石榴:"李大哥不知道是怎么了,鼻子不是鼻子、脸子不是脸子的。"

小满:"冲谁?"

石榴:"好像是冲你姐。说什么叔叔伯伯的,听着还挺酸。"

小满小大人似的:"哦,这个事嘛……你们女人当然不明白了。"

石榴:"毛孩子,你才多大呀!"

11. 院落一角 日

思盈坐在那里,颇有些失神。

石榴过来了。

石榴:"李大哥发神经,你别生气。"

思盈:"我生什么气……"

石榴:"上边儿的什么人训他了?"

思盈摇了摇头。

石榴:"是不是……你一直没和他拜堂成亲,他心里不高兴?"

思盈:"……你知道什么。"

石榴："他们这些男人的心思，我比你懂得多。"

思盈："毛丫头，你才多大呀！"

一阵哎哟声由远而近。

李母提着李卫的耳朵，将他拽到思盈前。

李母对思盈："我说他了。捡了顶帽子就当官儿，狗屁不懂，有个没过门儿的媳妇肯出头露面地帮你，还矫情什么。你倒想叫叔叔伯伯呢，你有吗？去吧，说点儿中听的！"

李母把李卫往思盈面前一推。转身走了。

石榴还傻笑着呆在那里。

李母回头对石榴："等酒呢还是等菜呢？走，咱们给芍药上粪去。"

石榴冲李卫做了个鬼脸儿，跟李母跑去。

思盈一直没抬头。

李卫磨磨蹭蹭地说："其实……我是……不想让你出头露面。"

思盈："我也是闲操一份心，凭你的本事，多少钱都能要下来。"

李卫："你那套……明摆着比我的好使……皇上答应都没用，最后还得……"

思盈："什么？"

李卫："没什么，我慢慢学吧。"

思盈："你不是要办事吗？我去帮你找找父亲的老同仁，即便没有你的事，我去见见也没什么不应该。你有什么过不去的？"

李卫："我看他们也不是什么好东西，把钱都花在那杂七杂八的地方，放着老百姓的灾荒不着急，先想着修衙门买轿子，说起来还理直气壮。什么什么……十之三四花在老百姓身上就不错了，是人话吗？你还真能还叔叔大爷地叫着。"

思盈："尊师敬长是礼节，这和灾荒没关系。再说他们说的也都是实话，现如今官场就是这个样，连皇上都没办法。"

李卫："到我这儿还多一条，想干点儿什么事，还得拉着女人的裙子边儿。"

思盈站起身："谁让你拉了？"

李卫："我也没求你去呀！"

思盈气得眼泪直涌："李卫！"转身就走。

李卫："你去哪儿？"

思盈："我去给爹娘修坟守墓。"

| 第十七集　瞎驴拉磨 |

12. 县衙内院　日

石榴跑进来："盈姑娘走了。"

李母："走了？哪儿去了？"

石榴："说是去修坟守墓。"

李母："去多久？"

石榴："看怎么说了，按规矩，守墓得守三年。"

李母："妈呀，三年，孩子都能满地跑了。"

石榴："她是让李大哥给气走的。"

李母："让他快追去呀。真要守三年，那不什么都耽误了。"

石榴："李大哥不肯，说是……没了张屠户，也不会吃带毛的猪。"

李母："这个兔崽子！"

13. 县衙议事厅　日

彭、董两位师爷正在这里商议着。

彭师爷笑着："什么高粱都能打下子儿来，还真让他弄来了二十五万两。"

董师爷："咱们俩得合计一下，到底怎么用。"

彭师爷："两个用途是必需的，上一任的窟窿必须要补上，去年收上来的几万担蚕丝现在还是白条，老百姓一旦闹起来，葛太尊下不了台。"

董师爷："这个好办，钱不是来了吗，也就是几万两银子，赶快补上，把账面做平就行了。"

彭师爷："再有就是修堤。"

董师爷："把陈工头找来，按老套路来呗。"

彭师爷："还不能全都是那样，南坡那几里今年要足工足料。其他的无所谓。高相说过几次，他那一千多亩地已经有些泛碱了。"

董师爷："到时候咱们安排就是了。"

彭师爷："我就怕这位二百五的大县令到时候要杠头。"

董师爷："他懂什么，咱们把道儿一步步地划好了，把他当顺毛驴胡噜着，只要让他觉着自己英明，就万事大吉。"

李卫铁青着脸走了进来。

两个师爷急忙站起，注意观察着李卫。

李卫："商量什么呢？"

彭师爷："我们正在赞叹不已呀。李大人真是出手不凡，到任不几天，就已经为民造福了。"

董师爷："一伸手，十万两银子……"

李卫被扎痛处，一瞪眼："十万两银子怎么了？十万两银子怎么了！有什么不得了！"

俩师爷被他的莫名光火弄得一愣。

李卫："你们听好，我就是单枪匹马，也能干出个样来。"

董师爷急忙附和着："那是当然，李大人是何等样的人才。"

彭师爷："是啊是啊，十万两银子算什么，当初挖出三百万两，也不过是探囊取物。"

李卫总算缓下一口气。

彭师爷："虽说您是初次为官，但我们也看出来了。一是忠君爱民之心，二是精明强干之处，都不是一般庸庸碌碌的循吏可比的。否则也不会御前加恩、钦题特简。"

董师爷："您到之前，我们还在议论，虽然我们做了几任的师爷，但在您这里，非兢兢业业不可。"

这些话说得李卫很受用。

董师爷："我们做师爷的，既要唯大人马首是瞻，又要替东翁思虑在前。"

彭师爷："我们留意了您的几次提示，看来您现在最关心的，也是皇上最关心的，就是修好河堤。是吧？"

李卫："不错。"

彭师爷："我们一定给您好好规划。"

董师爷："当然，大印在您手，拍板的还是您。"

李卫："那还用说。"

14. 一座坟茔前　日

墓庐修葺得很好。墓碑上书："敕封直毅公岳子风之墓"。

墓前的供案上，摆放着香炉祭品。

一个老看坟人在扫着落叶。

思盈远远地走来，望庐扑跪。

| 第十七集　瞎驴拉磨 |

15. 一个僻静的茶社内　日

林工头坐在两个师爷面前。

彭师爷："林工头，这次你又有财可发了。"

林工头："那还不都仗着二位师爷的提携。"

董师爷："咱们的这位新县令，三拳两脚的，还真的要下来了一大笔银子。"

林工头："多少？"

彭师爷："一听见银子俩字，你眼睛就放光。告诉你，今年的河防工程，承接起来可不容易。"

林工头："承接河工，又不是一次两次了。"

董师爷："这位李大人，和平常几任不大一样啊。"

林工头："回扣要得高？"

彭师爷："真能直来直去地用回扣把他哄住还好些呢。我只告诉你：难伺候。"

林工头："我听二位师爷的就是。"

董师爷："大路子不用变，要嘱咐你的只有两件事。"

林工头："我听着。"

16. 墓前　日

思盈看着打扫得一尘不染的墓庐和墓前供案上的祭品。

看坟老人走了过来。

思盈："老伯，这个墓有人来祭扫过？"

看坟老人："是岳大人的一个老朋友，接长不短的就来看看，连这块碑都是他花钱刻的。"

思盈："您知道他的名字吗？"

看坟老人："名字……不知道，这个人挺怪，来了以后除了放点儿祭品，就是拿出个棋盘，对着墓摆一阵子棋。"

思盈明白了。

看坟老人："下次他再来，我帮你问问名字？"

思盈："谢谢您，不用了。"

17. 茶社内　日

这回换了人，是林工头召见手下的几个小兄弟。

林工头："白花花的银子已经堆着了，都给我打起精神来。"

小兄弟们："大哥放心。"

林工头："彭师爷嘱咐了两件事，你们给我听好。第一，南坡下面的那一段河堤，不许偷工减料，怎么结实怎么修。"

小兄弟甲："为什么单那一段儿？"

小兄弟乙："你木啊，不看看那段堤外边儿是谁的地？"

小兄弟甲想起来了："哦，阁老的地在那边儿……"

林工头："自己明白就行了。那段堤要好工好料弄结实。其他的河段，按老章程办，还用我教吗？"

小兄弟们："不用。"

林工头："第二件事，也是师爷交代的。你们给我准备点儿响器，锣了鼓了的，再找几个能说会道的给我准备着。"

小兄弟乙："修河还用那个？"

林工头："不是修河用，是对付那个新来的县令。只要他一到工地视察，你们就给我来个锣鼓喧天，弄出个轰轰烈烈的样子。要说的词儿师爷会写出来给你们，让能说会道的给我背熟就行。"

小兄弟甲："糊弄得住？"

林工头："当官儿的都吃这套，又不是没见过。你们只管把事儿给我办圆。"

小兄弟们："大哥放心。"

18. 紫岩精舍门外　日

思盈来到这里。

小溪奴开了门。

小溪奴："是你呀！"

思盈："任先生在吗？"

小溪奴："先生不在。有事吗？"

思盈："我是来感谢他的。他什么时候回来？"

小溪奴："桃花汛快到了，每年这个时候，先生都要去江边钓几天鲈鱼。"

思盈："那我改日再来吧。"

小溪奴一笑："你肯定还会再来的。"

思盈："你怎么知道我肯定会再来？"

第十七集 瞎驴拉磨

小溪奴："先生说的。"

19. 河边大堤上　日
几面大鼓沿河排开。

河边上，还插了些彩旗。

除了锣鼓手，一些荷锄担担的民工，也候在河边——一副开工在即的阵势。

小兄弟甲跑了过来："来了！"

林工头一挥手。

锣鼓敲得震天响。

20. 沿河道上　日
李卫在两个师爷的陪同下走来。

李卫哪里见过这种锣鼓喧天的场面，被这彩旗锣鼓弄得直发蒙。

彭师爷对李卫："这是沿河百姓感戴皇恩浩荡。"

董师爷："也是为了朝廷给他们派了您这样的一个好父母官儿。"

李卫的脚下有点儿像踩了棉花。

21. 一处江汊的苇丛边　日
这里倒是江天如画、波澜不兴。

一叶小舟荡荡撑出。

任南坡青蓑绿笠，坐在船头，静心垂钓。

锣鼓声远远地传来，似有若无。

22. 江堤上　日
一群人跪在了李卫前面。

小兄弟甲向人群中的一个人一点头。

那人膝行一步："大老爷圣明啊，我们苏阳的百姓，盼星星盼月亮，就盼着天公开眼，皇恩浩荡，早日把河堤修好，过上太平日子。今天我们总算盼来了。"

另一人："太尊大人来到苏阳以后，秋毫无犯，爱民如子，时时刻刻把我们老百姓记挂在心，海瑞包龙图也不过如此，能在李大人的治下为民，真是我们苏阳百姓的福分啊！"

李卫哪里受过这种吹捧，想说些什么，但又找不着词，憋得脸通红："这个这个……还是……挺好的啊……"

彭师爷上前一步："咱们太尊心中最为记挂的，莫过于苏阳百姓的安危福祉。这次太尊离京之前，圣上亲自召见，殷殷嘱托。李大人可谓是上擎天宪，下抚黎民，大家一定要知恩图报。"

众人伏地。

董师爷："如今河工在即，有李大人亲临督阵，你们一定要把河修好，即便是百年不遇的大洪水，也要能挡住！"

林工头带头一呼："请大人放心！"

众人："请大人放心——"

李卫有些摇头晃脑了。

锣鼓又敲了起来。

23. 对岸的河堤上　　日

一匹马停下了。

思盈骑在马上，她静静地望着河对岸的一片喧闹。

24. 江上渔舟　　日

艄公循着声音往远处望了望："……那边儿乱乱哄哄的干什么呢？"

任南坡闻若未闻，只是神情专注地看着钓丝。

一条鱼终于上钩了。

任南坡从钩上摘下鱼，对鱼道："这只是一条小蚯蚓，不可犯糊涂。"

任南坡将鱼放还水中……

25. 河堤上　　日

彭师爷端上一杯酒："李大人祭河神——"

李卫接过酒，不知怎么祭。

董师爷低声地对李卫："您往河里一洒就行了。"

李卫洒酒。

锣鼓又响。

彭师爷："李大人回府——"

第十七集　瞎驴拉磨

李卫转身之际，一个老农手拿一张单据，跪到李卫面前。

老农："老爷，去年收了小的几担蚕丝，到现在没见着银子，请老爷开恩。"

二位师爷和旁边的林工头都是一愣。

李卫欲接单据。

彭师爷抢上前，一把拿过："哦，去年一过水，很多人都搬了家，一定是漏了几户。"

那个老农还要说什么。

彭师爷横身一挡："你放心，李大人一向实心用事，敬民如父母，决不会亏待百姓。"回身对李卫："您说是吧，李大人？"

李卫："嗯，那当然。"指了指单据："欠老百姓的钱，一文都不能少。"

彭师爷高声地对在场人众："听见没有，这才叫青天白日！"

那个老农跪地磕头。

李卫此时的感觉颇好。

后面，董师爷狠狠地瞪了一眼林工头，低斥道："怎么搞的！"

26. 一片小树林中　日

林工头的小兄弟拦住了刚才的那个老农。

小兄弟甲："你刚才干什么来着？"

老农："我……"

小兄弟甲："你交了几担蚕丝是不是？就你没拿着银子是不是？"

老农："你们……要干什么？"

小兄弟甲："给你银子！"说着就是一拳。

老农倒地。

几个小兄弟蜂拥而上，拳脚相加。

一声"住手"，思盈出现在旁边。

小兄弟甲："怎么，是你老公啊？"

思盈："你放肆！"

小兄弟乙："你这细皮嫩肉的想干什么？"伸手就要摸思盈的脸。

思盈顺势一挑，将他甩了出去。

几个小兄弟一愣之余，齐齐出手。

思盈打倒几个，拔出剑来，抵住小兄弟甲的咽喉。

小兄弟甲大叫："不关我的事！"

思盈："为什么打人！"

小兄弟甲："是师爷让我们干的。"

思盈一顿："……师爷？"

趁着思盈一打愣，几个小兄弟撒腿跑掉了。

思盈回身扶起倒在地上的老农："到底出了什么事？"

老农："姑娘，你管不了，什么爱民如子的县太爷，他们都是一路的……"

老农说罢，爬起来蹒跚走去。

思盈飞身上马，跑了几步，又将马勒住了……

27. 紫岩精舍外　日

思盈敲门。

小溪奴迎了出来。

小溪奴笑道："你果然又来了吧。"

思盈："先生什么时候回来？"

小溪奴摇了摇头："有什么事跟我说吧。"

思盈一笑："跟你说？"

小溪奴："是不是又让我们家先生去帮李卫呀？"

思盈："小精豆子，你怎么什么都知道？"

小溪奴歪头一笑。

思盈："李卫现在当了县令，他现在身边没人能帮他。"

小溪奴："有你在他身边不就行了？"

思盈一时无以答对。

小溪奴："不就一个县令吗，能有多大的事。"

思盈："你口气不小。"

小溪奴："两江总督来请，我们家先生都说不值得一管。那是一年三千两黄金的润席呢。"

思盈："是啊，一个小县令，怎么请得起任先生……"

思盈转身欲走。

小溪奴："不过……"

思盈站住："什么？"

第十七集　瞎驴拉磨

小溪奴："先生倒是留下了话，说李卫要是真的来请，倒也不用三千两黄金。"
思盈："要什么？"
小溪奴："只要半升黑豆、半升红豆。"
思盈想了想，笑了。
小溪奴："你笑什么？"
思盈："你知道半升黑豆、半升红豆是什么意思吗？"
小溪奴："不知道。"
思盈拍了拍小溪奴："小家伙，你的聪明还差一点点。"

| 第十八集　美人裙裾 |

1. 县衙内堂　日

董师爷将一个账本摊到李卫面前。

李卫："都在这儿了吗？"

董师爷："一笔不落，都在这儿。"

李卫："到底欠了多少人的？"

董师爷："顶多不超过十户，不信您看，都在这儿。"

李卫对着密密麻麻的账本，哪里看得懂。

董师爷："那天那个家伙也是个十三点，乡里有乡保、衙门里有账房，手里攥着条子，来结就是了，哪里用得着拦驾喊冤。"

李卫指了指账本："留这儿吧，我好好看看。"

董师爷："好啊。"

2. 阁老府第　日

高士奇在打着太极。

彭师爷站在一边。

彭师爷："河工已经开了，南坡那段堤我让他们再加高三尺，我已经亲自去安排了。石料土方、民夫工匠选的都是最好的。"

高士奇："能保几年？"

彭师爷："十年没问题，再大的水也不会垮。"

高士奇："河工上的偷手很多，往往是防不胜防。"

彭师爷："这段堤他们绝对不敢。这个轻重他们还是知道的。"

| 第十八集　美人裙裾 |

高士奇："其他的地段呢？"

彭师爷："其他的地段嘛……如果都按这种工料，钱是不够的。话说回来，哪儿能年年发那么大的水。"

高士奇没再说什么。

3. 县府后院　日

李卫把账本摊在那里，李母、石榴、小满也都围着看。

李卫："你们谁能看出什么毛病来吗？"

三个人都不说话。

李卫对李母："您不是挺能算账的吗？"

李母："针头线脑的还行，这密密麻麻的看一眼都晕。"

石榴："把那师爷叫来，一条一条问清楚不就行了吗？"

李卫："要问他我还抱回来呀。"

小满："那俩师爷……一天到晚叽叽歪歪的，我怎么看怎么不顺眼。"

李母对李卫："你到底疑惑什么？"

李卫："我总觉着什么地方不对劲儿……"

李母对着账本："咱看不懂啊。"

小满一机灵："这么办，咱们找人帮帮忙。"

4. 王记米号外　日

李母夹着一个包，小满、石榴跟在身后，来到了米号外。

小满指了指米号的招牌："这家店铺挺大。掌柜的一定精明。"

李母："嗯，你们俩在外边儿给我望着点儿，有熟脸儿的过来赶快告诉我。"

小满石榴留在门外，李母抬脚进门。

5. 米号内　日

李母来到柜台前。

李母："掌柜的，帮个忙。"说着将包打开，把账本拿了出来："这是一本账，您帮我看看，里里外外的有什么毛病没有。"

掌柜感到有些奇怪，但还是接过账本。

李母拿出一块银子："你只要挑出了毛病，这两银子就归你。"

掌柜的翻开看了看。

柜后摆着一把算盘，掌柜的悄悄地拉过一张纸，将算盘盖上了。

掌柜的对李母："我去拿把算盘。"说罢挑帘进去了。

6. 帘后　日

掌柜的招手叫过一个伙计，低声地："快去衙门里报案，有人把官府的账偷出来了。"

伙计跑下。

7. 米号内　日

掌柜的拿着算盘出来了，慢慢腾腾，像煞有介事地扒拉起来。

掌柜的故意拖延地："您是查出账还是查入账啊？"

李母："都给我看看。"

掌柜的："你不放心什么啊？"

李母："我……"

掌柜的："家里有买卖？"

李母："有，大着呢，动不动几十万两银子的出入。"

掌柜的："有人算计您？"

李母："嗨，我那儿子……常年不在家……"

掌柜的："少奶奶呢？"

李母："还少奶奶，一个比一个脾气大。"

掌柜的："怎么，儿媳妇给您气受？"

李母："你怎么算着账嘴里还不闲着啊。"

小满、石榴跑了进来。

石榴："衙役来了。"

正说着，伙计带着一群衙役闯了进来。

伙计朝李母一指："就是她！"

班头："来呀，给我……"抬头见是李母，吓一跳："给我……撤！"掉头就走。

8. 门外　日

伙计追出门："怎么不管哪？"

第十八集 美人裙裾

班头回身给了伙计一巴掌:"那是我们县太爷的妈!"

9. 顾盼儿的别馆外　日
青楼红瓦掩映在翠竹丛中。

竹影斑驳处,横放一条石案,上面是一张琴。

顾盼儿在琴上轻慢挑着。

管事妈妈过来,待顾盼儿一音落定:"姑娘,有人要见。"

顾盼儿:"什么人?"

管事妈妈:"是岳家的女公子。"

顾盼儿:"盈姑娘,快请进来。"

10. 县衙外　日
彭师爷叫住了董师爷。

彭师爷低声地:"你知道吗,李卫正拿着那账本四处找人看呢。还跑进一家米号,让衙门里的人撞见了。"

董师爷:"他还是起疑心了……"

彭师爷:"你那账做平了吗?"

董师爷:"账是没问题,神仙也看不出毛病。可俗话说,不怕贼偷,就怕贼惦记。拖久了难免出麻烦。"

彭师爷:"先去探探他的口风。"

11. 县衙内　日
二师爷进门,迎面碰上小满。

彭师爷:"太尊在吗?"

小满:"老爷出门儿了,出去散散心。"

彭师爷:"散散……心?"

小满:"是啊,老爷说,有你们二位张罗着,他没什么不放心的。"

董师爷:"去哪儿了?"

小满:"谁没个三亲六故的。"

董师爷:"哦……太尊的账查得怎么样?"

小满:"挺好。"

彭师爷:"挺好……是什么意思?"

小满:"挺好的意思就是挺好。这还不明白。"转身跑去。

董师爷疑窦丛生地:"他去散心?"

彭师爷:"派人跟一跟他,看他到底要干什么。"

董师爷:"我去安排人。"

彭师爷:"还要去见见葛太尊。这些事要让他知道。"

12. 顾盼儿的别馆外　日

思盈和顾盼儿坐在了一起。

顾盼儿:"……半升红豆、半升黑豆。"笑了:"亏他想得出来。"

思盈:"你知道什么叫一片痴情吗?"

顾盼儿:"我这个门他从不曾踏进半步。"

思盈:"他要真是想你就来的话,和那些阿猫阿狗的还有什么区别,那也就不是什么江东名士了。"

顾盼儿黯然地:"我毕竟是风月场中的人,心再高,也是命薄如纸,最不敢面对的,就是一个情字。"

思盈:"要是没有点儿坎坷,都那么一帆风顺,也就没有那些千古佳话了。当年柳如是、李香君她们也身在秦淮,不照样敢爱敢恨,轰轰烈烈一番吗。"

顾盼儿:"你真会高抬我。"

思盈:"你不比她们差。要是论才情,任先生也比得上钱牧斋、侯方域。"

顾盼儿摇摇头。

思盈:"我替你想过了,你们也不必像世间俗人那样,轻言嫁娶。南坡先生弹得一手好琴,让他来做你的教习琴师,师出有名、光明正大。"

顾盼儿看着思盈笑了:"思盈啊,你这样把死人都能说活了,到底为了谁呀?"

思盈:"当然是为了……"

顾盼儿:"言不由衷的话不要说。"

思盈:"主要还是……为了你们呗。"

顾盼儿笑道:"你要请神,让我敲钟。对不对?"

思盈:"人家任先生连万两黄金都不屑一顾,只要这半升红豆、半升黑豆,不是我编出来的。"

管事妈妈进来:"姑娘,你的那位救命恩人来了。"

第十八集　美人裙裾

顾盼儿："李卫？快请。"

管事妈妈离去。

思盈站起。

顾盼儿指着思盈："好啊，成双结对来当说客。"

思盈着急地："别告诉他我在。"

顾盼儿好奇地："怎么了？"

思盈："反正……你别告诉他我来过。我不想见他。"

顾盼儿笑了："哎？又帮忙，又不想见。"

思盈："他那人……我这辈子不见他。"

顾盼儿大乐："你们这是什么千古佳话？"

13. 竹林外　日

李卫身着便装、抱着两个竹篓站在那里，里面是两株带土带泥的芍药。

管事妈妈过来："先生请。"

李卫随管事妈妈绕进竹林。

不远处的树丛里有人探出了头，那是个盯梢者。

14. 别馆外　日

顾盼儿："你这泥菩萨自己还过不去江呢，居然还来超度我。既然如此，你还管他这些烂事干什么？"

思盈："谁为他了，我是……为了苏阳县里的百姓。"

顾盼儿笑了："为了苏阳县百姓？"

脚步声传来。

顾盼儿："好，为了苏阳县百姓，你就躲躲吧。"

思盈绕进竹林。

管事妈妈引李卫来到这里。

顾盼儿："什么风儿把我们的李大知县给吹来了？"

李卫抱着芍药："这是我现在那院子里的芍药花，他们都说不错，给你挖了两棵来。我琢磨着你一定懂这玩意儿。"

顾盼儿笑了："大老远的就为给我抱两棵芍药来？"

李卫放下芍药，用衣角擦了擦汗："瓜子儿不饱是人心呗。"

管事妈妈端来一杯茶。

李卫一仰头牛饮而下。

顾盼儿："哎呀,那是最好的老君眉,有你那么喝的吗?"

李卫脸上又是泥又是汗,一道一道:"还什么老君眉,我的眉毛都快掉光了。"

顾盼儿看着他那样子,颇觉可笑:"怎么了?"

李卫:"不怕你笑话,"四下看了看,"我那县太爷当得太累了,那里边儿的事咱都不懂啊!"

顾盼儿:"那你找我有什么用?"

李卫:"想来想去,只有一个人能帮帮我,那就是任先生。"

顾盼儿:"那你把花儿直接送给任先生,何必拐到我这儿来?"

李卫:"哎哟,你非让我把话说那么明白吗!当初四爷、十三爷都请他不动,你那一把扇子,就把他逗下山了。架不住……卤水点豆腐,一物降一物啊!"

顾盼儿:"你这人倒真是直肠子,有什么说什么。"

李卫:"我哪儿还有那心思拐弯儿抹角儿。皇上也是的,让我当什么县太爷。秃子当和尚也不是这么个当法儿啊。五十万两银子刚要来一半儿,那还是……算了,先不说我,咱还说任先生……我说哪儿了?"

顾盼儿:"你说卤水点豆腐。"

李卫:"对,那任先生吧,心里有,嘴上不说,他心里想你想惨了。"

顾盼儿:"我可不知道。"

李卫:"人家是什么人哪,当像我似的直肠子放响屁?曲里弯拐的人都闷在肚子里,要的就是那劲儿。再说了,你们要真能往一块儿拢拢,也挺好,真跟戏里唱的似的,那叫什么什么……"

顾盼儿:"别什么什么了。我问你,你跟思盈姑娘怎么样啊?"

李卫:"挺好啊。"

顾盼儿:"人家没离开你?"

李卫:"怎么可能。听话着呢,乖得像猫儿似的,让她往东就往东,让她往西就往西。"

顾盼儿:"真的?"

李卫:"那是。能碰上我这么一个好心眼儿的不容易。"

顾盼儿盯着李卫看了看,抿嘴一笑。

李卫有些不自在:"你笑什么?"

第十八集 美人裙裾

顾盼儿:"我真不知道应不应该帮你的忙……"

李卫:"除了你没别人能帮了。"

顾盼儿看了看思盈转去的方向:"唉,都是冤家……好吧,你欠了人家半升红豆、半升黑豆,知道吗?"

李卫:"什么半升红豆……欠谁的?"

顾盼儿:"自己去想明白,记住,心诚则灵。"

15. 葛春霖书房　日

葛春霖的桌上放着那本账册。

彭、董两位师爷站在一旁。

董师爷:"账做得是一点儿漏洞都没有。可是自从那天在河边儿,有个人冒冒失失递上了一张欠条,我看他就一直有点儿疑神疑鬼。"

葛春霖:"他现在在干什么?"

彭师爷:"这两天不在,有点儿神出鬼没的样子。"

董师爷:"我已经派人去跟了,去哪儿都会知道。"

彭师爷:"我看……要不先从河工的银子里,悄悄挪出一笔来,把这几万担蚕丝的窟窿先补上。"

董师爷:"这太显眼了。几万担的欠条分散在十里八乡,总不能挨家挨户地送吧。消息一旦传出,再有几个举着欠条跑到衙门里去,就是麻烦。"

葛春霖:"这样,你们先想办法从河工里提出钱来,单独放好,看好时机再动。"

二位师爷点头称是。

葛春霖说着拿出两封银子,放在二位师爷面前:"把你们留在县里清苦了,以后每个月我再给二位各加一百两。"

16. 县衙内李母房间　日

李卫、李母、石榴、小满围在一处,都在冥思苦想。

李母:"半升红豆、半升黑豆……干什么用啊?"

石榴:"想蒸点儿豆包?"

小满:"你就知道吃。"

李卫:"一到了任先生这儿什么都邪门儿。"

李母:"他们这些人我知道,说什么、喜欢什么,都不能按照咱们的想。从树上掉下一片叶子，都能站在那儿唉声叹气的弄半天。"

石榴："那叫学问。"

李母："你管那叫学问，我说那是毛病。什么半升红豆半升黑豆，指不定又想起什么来了。"

李卫："盼儿姑娘说让我想明白了，我往哪儿想呢？"

李母："对了，你不是有师爷吗？"

李卫："倒也是，这时候不用什么时候用。"

17. 县衙院内　日

董师爷神神秘秘地叫住了彭师爷。

董师爷："你知道咱们这位太尊大人去哪儿了吗？"

彭师爷："跟去的人回来了？"

董师爷点了点头："告诉你，顾盼儿！"

彭师爷："顾盼儿？那不是……"

董师爷："想不到吧？还抱了两棵芍药呢！"

彭师爷："不会吧……"

董师爷："跟去的人一直看他进了门儿。"

彭师爷大喜："好事、好事啊！"

董师爷："当然是好事。饱暖思淫欲，这就开始了。"

石榴出来了。

二师爷急忙收住。

石榴："老爷有请二位。"

18. 厅内　日

桌子上放了两个木斗，里面红豆黑豆各放了半升。

李卫坐在桌后，彭、董二位师爷站在桌前。

李卫："有位朋友不缺吃、不缺穿，可是偏偏要向我讨半升红豆半升黑豆，你们俩都聪明，帮我想想，这里面儿是什么意思？"

彭、董二师爷眼光一对，不禁会心一笑。

彭师爷故作思考地玩弄了一下豆子："太尊……的这位朋友一定对什么人心存爱慕吧？"

第十八集 美人裙裾

李卫一愣:"你怎么知道?"

董师爷:"而且还是相思甚苦。"

李卫:"你会算命啊?"

彭师爷指了指豆子:"这是明显的嘛。"

董师爷:"此人正在为情所苦。"

李卫:"可别瞎说去。"

董师爷:"当然不会、当然不会。"

彭师爷:"人之常情。"摇头晃脑地:"《诗三百》开篇第一首,便是关雎之唱,圣人删六艺,尚且不讳言,遑论他人者乎?"

李卫:"来点儿我听得懂的行不行?"

彭师爷:"关关雎鸠,在河之洲,这有什么难懂?"

李卫瞪了彭师爷一眼:"我问你这跟这豆子有什么关系。"

董师爷:"三岁蒙童都会背的一首诗您总听过吧?"也摇起头来:"红豆生南国(音'过',读入声),春来发(读入声)几枝,劝君多采撷(音'借',读入声)此物最相思——"

李卫叨叨地:"我妈说得没错,是有毛病。"

董师爷:"晓得了吧?"

李卫差点儿急了,指着豆子:"这到底是什么!"

彭师爷:"南国红豆就是一半黑、一半红,也叫相思豆。太尊,这是欠了人家一升相思豆。"

李卫笑了:"娘希匹,这弯子兜得也太大了!"

19. 紫岩精舍外　日

任南坡一手拿着鱼竿,一手提着鱼篓,沿山径走来。

小溪奴拿着一封信迎出。

小溪奴:"先生,有人给您送来一封信。"

任南坡:"信总有,鲈鱼不总有,先吃鱼。"

小溪奴:"您不想知道是谁写来的吗?"

任南坡:"鱼,我所欲也。就是熊掌,也要先放一放。"

小溪奴:"是盼儿姑娘。"

任南坡手中的鱼竿和鱼篓,通通被扔了出去。

20. 厢房内　日

董师爷拨着算盘。

彭师爷急步走进来。

彭师爷对董师爷："李卫又奔顾盼儿那儿去了。"

董师爷："好，我看是时候了。"

彭师爷："钱已经挪出来了吗？"

董师爷："我从河工的料钱中挤出来了。沙袋里一律改装黄土，压坝的青石改成碎石头。"

彭师爷："不会看出来？"

董师爷："都埋在坝底下，谁看得见。"

彭师爷："你去府衙把这些知会一下葛大人，我去召集各乡的地保，让他们把手里有白条的招呼齐，到这儿领了银子赶快散。"

21. 乡间　日

有人鸣锣在喊："去年卖了蚕丝的听着，衙门里来了告示，手里有欠条的，明天上午到县衙门兑银子喽——"

一头毛驴驮着任南坡，慢悠悠地走过。

任南坡骑在驴上，打着瞌睡，似乎对那锣声喊声毫无所觉。

22. 顾盼儿的别馆外　日

李卫将一个小罐放在顾盼儿面前。

顾盼儿："这是什么？"

李卫："这是任先生要的，我总算弄明白了。"

顾盼儿一笑："等你弄明白了就晚了。"

李卫："什么……晚了？"

顾盼儿："我已经写信请任先生下了山。他可能已经快到你那里了。"

李卫跳起："真的？！"向顾盼儿一揖到地："盼儿姑娘，我李某来日必有一报。"

顾盼儿："谢我干什么，你应该谢思盈才对。在你来之前，她早就找过我了。"

李卫一愣："她来过？"

顾盼儿咄咄逼近："上次你和我说实话了吗？"

李卫哑然。

| 第十八集　美人裙裾 |

顾盼儿："你对得起她吗？"

李卫："我现在想明白了。老天爷没给我这缘分。"

顾盼儿叹了口气，顺手拿起小罐："这里是什么？"

李卫："相思豆。"

顾盼儿："是吗……就怕你这辈子也弄不清这里装的是什么。"

李卫顿了顿："如果你能再见着她，你就跟她说……"

顾盼儿："跟她说什么？"

李卫："就说……"自嘲地一笑："说我李卫原本就是个白丁儿，现在是八十岁学扎猛子，什么都得从头儿来了。"

李卫说罢，默默地转身走去。

顾盼儿伫立在那里，望着李卫走去的背影。

一只手伸来拉住了顾盼儿——思盈出现在顾盼儿的身后。

顾盼儿回身看了看思盈，拉过她的手，紧紧地攥了攥，什么话也没说……

23．县府后门　日

李卫急匆匆地进了门。

小满迎上，低声地："任先生来了！"

24．书房内　日

桌上放着一张琴，任南坡没有弹，闭着眼睛哼着什么。

李卫进来了："任先生。"

任南坡没理他，继续哼完，又在纸上记了些谱。

李卫领教过任南坡的做派，一声不响地候在旁边。

任南坡放下笔："……这首古曲没几个人会了。"

李卫："我刚从盼儿姑娘那儿回来。"

任南坡："她请我做她的教席琴师，总要拿出些大雅之作来传授，你说对吧？"

李卫："那是。"

任南坡："该你了，让我干什么？"

李卫："我这小县衙门，让您来真是……"

任南坡："君子一诺，不在大小。"

李卫："我这儿的事挺多，首先那笔糊涂账我就看不懂。"

任南坡："有什么可糊涂的，无非是上任拉了些亏空，账上做平，下边儿补上而已。"

李卫："用谁的钱补。"

任南坡："当然是你的。"

李卫："没门儿！"

25. 县府内堂　日

案子上摆好了纸笔墨砚。

李卫站在案前，手里拿着笔，比比画画的，似乎是在腹拟什么锦绣文章。

小满将彭师爷领了进来。

彭师爷抬头看见李卫，一愣："您回来了？"

李卫："我去哪儿了？"

彭师爷："我还以为您……不在呢。"

李卫："县太爷不在衙门里，还能上哪儿溜达去？"

彭师爷："那是、那是……"

李卫低着头："董师爷呢？"

彭师爷："他去……会个朋友，有绍兴的同乡来了……"

李卫："这事你一个人也行了。"

彭师爷："什么事？"

李卫慢腾腾地："我想出张告示，借你这笔好字用用。"

彭师爷："没问题。您把意思说说，我去拟个稿来。"

李卫："不用，稿我都拟好了。"把笔一递。

彭师爷接过笔，看了看李卫，不知他要干什么。

李卫："蘸墨呀！"

彭师爷只好捺墨。

李卫："凡是去年交了蚕丝，到现在手里还有欠条的，"看彭师爷发愣："看我干吗，写呀！"

彭师爷手有些抖："就这么写？"

李卫："对，就这么写。凡是去年交了蚕丝，手里还有欠条的……"

彭师爷一急："这件事已经拎得很清爽了，其实，不用再出什么告示了。"

李卫："县官儿出告示，犯哪条官场的规矩吗？"

彭师爷："那倒不是……"

第十八集 美人裙裾

李卫："那你就写。"

彭师爷："写这个没有什么用嘛。"

李卫："写了没用我自己留着当帖看行不行。"

彭师爷："您要想临帖我那里有很多……好帖。"

李卫："我就看你的,写吧。"

彭师爷无奈,只得写下。

李卫："凡是去年交了蚕丝,手里还有欠条的,见告示之后,都去知府衙门找葛大人兑银子。"

彭师爷笔一抖,急得脱口而出:"这怎么行?"

李卫："又没让你出,你急什么?"

彭师爷："这件事……还要商量……"

李卫："我不是在这儿吗,跟谁商量。"

彭师爷："按规矩……"

李卫："你是我的师爷,我说什么你就写什么,这就是我的规矩。"一捶桌子:"写呀!"

彭师爷的笔落下,墨染一团。

李卫："挺好的一张纸。重来!"

26. 县衙门口 日

石榴、小满搬了一把凳子,放在墙边。

小满："贴这儿行不行?"

石榴："行。"

27. 彭师爷的房内 日

彭师爷急得团团乱转。

彭师爷："这里就剩我一个人哪……"

他将窗户捅个洞,向外看了看。见院子里没人,便回身穿了件衣服,抓起帽子,贼头贼脑地溜出了屋。

28. 院子里 日

彭师爷蹑手蹑脚地向后门走去。

一拐角处，李卫拿着那张告示正坐在那里。

师爷一露头，正好面对面。

李卫："是要帮我去贴告示吗？"

彭师爷："我是……"

李卫："那就来吧。"

29．县衙门口　日

石榴、小满拿着糨糊、刷子守在凳子边。墙边上还竖着一面锣。

李卫将两脚直拌蒜的彭师爷拉到了凳子边。

石榴、小满将告示涂好糨糊。

小满站上凳子。

李卫："不行，太矮了。"

小满："我就这么高。"

李卫对彭师爷："师爷代劳一下吧。"

彭师爷愣愣地站在那里。

李卫："我自己上去？我怎么也是县太爷啊。"

彭师爷还在发愣。

李卫对小满、石榴："去，扶师爷一把。"

小满、石榴连扶带架，将彭师爷弄上了凳子。

彭师爷抖抖索索地将告示贴上墙。

小满拿起锣："看告示喽——"

一锣敲响，彭师爷一惊之下，凳子一歪，摔倒在地。

30．县衙大门外　夜

班头对门前的衙役："太尊有话，今天晚上，任何人都不准离开。你们两个，轮班守好告示。听见没有。"

众衙役："着。"

一乘轿子停下，董师爷出来了。

班头："师爷回来了。"

董师爷："出什么事了？"

班头："没什么，您请进。太尊只是盼咐说不能离开。"

| 第十八集　美人裙裾 |

董师爷一皱眉，急忙进了门。

两扇大门轰隆关上。

31. 厢房内　夜

彭师爷在屋里急得转着圈，对董师爷大叫着："你怎么回来了！"

董师爷："我哪儿知道啊！"

彭师爷："趁他不在，我刚让乡保们传下话，来这儿兑条子。你说这人都来了，一看告示，这不麻烦了吗！"

董师爷："我刚刚和葛大人说一切都在咱们手里攥着，这不是抽自己的脸吗！"

彭师爷："是你派人跟的，不是说去什么顾盼儿那儿了吗。怎么神出鬼没地他又回来了！"

董师爷："我哪儿知道怎么回事！"

彭师爷："李卫李卫李卫……平常一副狗屁不懂的样子，那是真的还是假的？"

董师爷："我早就看出来了，那不是个省油的灯。"

彭师爷："你早说呀！"

董师爷："现在不是吵的时候。要赶快给葛大人通个消息。真要是各乡的人都涌到知府衙门去，咱们怎么交代。"

彭师爷："门都关了，只许进，不许出。"

董师爷："爬墙也得出去。"

32. 院子里　夜

墙根处，彭、董二师爷在搭人梯，似乎是想翻墙。

可是这二位哪有翻墙越脊的本事，彭师爷踩在董师爷的肩膀上，站起还没一半儿，便已是人仰马翻，声音大得像倒了一堵墙。

二人还没来得及爬起来，石榴已经来到他们旁边。

石榴："二位师爷在练功呢？"

彭师爷："练功……"

石榴："老爷有话，说二位师爷最近辛苦了。老爷让厨房准备了些下酒的菜，说先陪二位喝喝酒，然后再好好陪二位打四圈麻将。"

彭、董二师爷刚爬了一半，腿一软又坐下了。

第十九集　左道旁门

1. 府衙议事厅内　日

葛春霖正召集属下的三个县令做着训示。

三个县令毕恭毕敬地斜身坐在那里。

葛春霖正襟而坐："你们这几个县也都是不同程度受了灾的，越是治理受灾的县分，越是要处事谨慎、为官清廉，朝廷都给你们拨了些银子，要把钱花在老百姓身上。"

县令们唯唯应是。

葛春霖："你们手底下都有亏空没有啊？"

县令们摇头。

葛春霖："那就好。手里的钱要精打细算，朝廷现在也不富裕。我把话说在前面，如果事后被我查出什么来，可不要怪我不顾同僚之谊。"

2. 府衙门外　日

一群百姓，拥向府衙门口，他们的手里都拿着条子。

门官拦住人群："干什么？干什么？"

3. 议事厅内　日

一个差役急急忙忙地跑到了门口："老爷……"

葛春霖："什么事？"

差役有些犹豫。

葛春霖起身出来。

差役："苏阳县的人来兑银子。"

| 第十九集　左道旁门 |

葛春霖："什么银子？"

差役："说是去年卖蚕丝您欠他们的。"

葛春霖猛一抬手，制止住了差役。

这些话屋里的三个县令自然都听到了。

葛春霖回身看了看屋里。

三个县令故意装得什么也没听见，喝茶的喝茶，望天的望天……

4．府衙门外　日

兑银子的人越围越多。

这时，一乘轿子远远地来了。

小满满脸兴奋地跟在后面。

两个师爷也深一脚、浅一脚地跟在后面，但是形容狼狈，还不停地打着哈欠。

轿子在不远处停下。

见到这么多手里拿条子的人围在府衙门外，两个师爷都快哭了。

轿夫撩开轿帘，李卫斜靠在那里睡得正香，鼾声很大。

彭师爷要上前推醒李卫。

小满过来拦住他们："老爷昨天陪你们打了一晚上麻将，还不让他睡会儿，有什么事，你们办你们的。"

董师爷一拉彭师爷。

5．议事厅内　日

葛春霖已经离开。

三个县令正襟危坐，不言不动，使人想起"不听、不看、不说"的那三个石猴。

6．外间的院内　日

葛春霖气得脸色苍白，来回地踱着步。

彭、董二师爷蹒跚走来。

彭师爷刚要开口，已经脆脆地挨了葛春霖一嘴巴。

7．门外　日

李卫揉着眼睛从轿子里出来了。

李卫:"给钱了没有?"

小满:"还没动静。"

李卫伸了个懒腰:"我进去看看。"

小满:"看看热闹得了,别进去。"

李卫:"怎么了?"

小满:"你不怕他把你吃了!"

李卫:"理在咱们这儿,怕什么?"

8. 议事厅内　日

李卫进了门。

三个县令视如不见。

李卫向三个县令抱了抱拳:"各位都在?"

三个县令都欠了欠身,但是都没说话。

李卫:"葛大人呢?"

三个县令互相看了看,僵直地坐着。

李卫见无人理睬索性也不再说什么。拿起葛春霖桌上的茶,咕咚咕咚地喝了起来。

9. 外间院内　日

葛春霖已经沉静下来。

两个师爷垂手站立。

葛春霖阴沉着脸:"他是怎么查出来的?"

董师爷:"不知道啊,账做得绝对是没有一丝纰漏。"

彭师爷:"莫非他真的有什么过人之处……咱们没看出来?"

董师爷:"他大字都不识几个。"

彭师爷对葛春霖:"算上您,我们已经跟过四任县令了,没见过这样的,真的没见过。他怎么……不知道什么叫害怕呀。"

董师爷:"不能让他这么闹,由着他下去,鬼晓得还要干什么……"

葛春霖闭目不语。

差役过来了,对葛春霖试探地:"老爷,门口的人……可是越聚越多了。"

葛春霖顿了顿:"把领库的找来,出库银,给他们兑。"

差役:"都给……兑了?"

| 第十九集　左道旁门 |

葛春霖眉毛一立："还怎么说才明白？有一张兑一张！"
两个师爷大气不敢出地互相看了一眼。

10. 议事厅内　日

李卫和三个县令面对面地、呆呆地坐着。
李卫有些不自在："我说，各位老兄这是怎么了？怎么连大气儿都不出啊？"
三个县令干笑了笑，还是不说不动。
李卫似乎想用没话找话说的办法来缓解一下气氛中的紧张："我们县里不少人去年卖了蚕丝，钱没拿着，攥了一把条子。皇上是给了我点儿钱，还没到齐，就是到齐了，这钱也不该我出啊，你们说是不是？"
三个县令没有一个正眼看李卫的。
李卫："你们几位……那儿有这事儿没有？"
三个县令依然东张西望。
李卫："你们怎么都不说话呀？"
一阵脚步声传来。
三个县令都站了起来。
李卫也站了起来。
葛春霖走进。他径直走向自己的座位，端起茶要喝，但发现杯子已经空了。
葛春霖放下杯子，气色平静地："刚才我们正说到朝廷不富裕，自己手里的钱要精打细算。在这方面，苏阳县的李卫李大人为大家做了表率。很好。"
三个县令都一抬头。
李卫也一愣。
葛春霖徐徐地："本府因为离任比较匆忙，尚欠了几担蚕丝款没来得及付，多亏了李大人及时提醒，要不时间一长，还真的成了一项亏空。"转对三个县令："你们各自回到县里，也要细心地查一查，看看还有什么遗漏没有，不管是自己这一任的，还是上一任的，都要像李大人这样兢兢业业，有一是一、有二是二，方不负朝廷的恩典。"
三个县令急忙称是。
葛春霖："好了，说话桃花汛期快到了，修河治坝，乃是当务之急，都回去抓紧吧。"

11. 府门外　日

李卫出来，人群已经散去。

李卫来到自己的轿边，一时似乎有些茫然。

小满："出事了？"

李卫摇了摇头。

小满："他没咬你一口？"

李卫："他要是真的咬我一口……"

三个县令走过李卫的轿旁。

其中一个拍了拍李卫的肩，要说什么，但只张了张嘴，话又咽了回去。转身离开。

李卫一把拉住他："有话你就说，算我请教了还不行？"

县令看了看四周："你这官儿来得挺容易是不是？"

李卫："怎么了？"

县令凑近："如今哪个衙门口没亏空？还不要说你的原任葛大人，现在成了你的顶头上司，就是没这一层，接了差事也不能这么跟前任较劲哪。你还想不想在官场上待下去？这不是毁自己的前程吗？"

李卫："我给他补上了……我怎么办哪？"

县令："你可以接着亏呀，再往下一任留不就完了吗。哪儿有你这么干的。"

李卫："皇上给我的钱……不是来补窟窿的。"

县令："好啊，你觉着怎么好就怎么来吧。可是老兄啊，我告诉你，你呀……悬了。"

12. 县府内李母房间　日

李母正指挥石榴叮叮当当地钉窗户。

李母不放心地东晃动晃动、西晃动晃动，生怕钉不严实。

13. 后院门处　日

两个衙役正在安门闩，也是叮叮当当地一阵乱响。

李卫进来了。

李卫问两个衙役："你们这是干什么？"

衙役："安门闩。"

李卫："不是有门闩吗？"

| 第十九集　左道旁门 |

衙役："老太太说了，再加一道。"

李卫："为什么？"

衙役："您问老太太吧。"

李卫听到了里面也有叮叮当当的声音。

14. 李母房间外　日

石榴正从外面往窗户上钉钉子。

李卫走过来："钉死了干吗？"

石榴："老太太说怕来刺客。"

李卫："什么？什么刺客，挺好的窗户，把钉子拔了。"

李母出来："拔什么，再加俩。"说着一把将李卫拉进门。

15. 屋内　日

李母关上门："你忘了岳子风是怎么死的？"

李卫："岳子风？"

李母："你连你老丈人怎么死的都忘了？他不就是得罪了上边儿，夜里来人杀的嘛。"

李卫："那是他得罪了太子。"

李母："甭管得罪谁，反正得罪了比你大的就没好事儿。我听小满回来说了，人家说你悬了。"

李卫："那您钉窗户就管用？"

李母："有用没用的防着点儿。你也甭害怕，干了就干了，有妈呢，要是真有人来，妈先替你挡一道。"

李卫："您也不用替我挡，从今天晚上起，我睡院子里。"转身出去。

李母冲着李卫："你这是跟谁咬牙啊！"

石榴："还钉不钉？"

李母："钉！"

李母拿过锤子，使劲地敲了几下，乒乓乱响。

16. 顾盼儿的别馆外　日

琴音徐缓，任南坡在竹下调琴。

一曲未毕，任南坡将音按下："什么人在听琴哪？"

思盈从一丛竹后转了出来。

思盈："有人听琴，任先生都能知道？"

任南坡："琴通魂魄。这宫商角徵羽外加文武二弦，各对人的五心七窍，无论弹琴还是听琴，心稍有不定，就可感知。"

思盈："任先生已经来到盼儿姑娘这里，心还乱吗？"

任南坡："我只求以琴会美，就已经知足了。现在心乱的不是弹琴的人，而是听琴的人哟。"

思盈不语。

任南坡微微一笑："不用担心，他还不会招出什么杀身之祸。"

思盈："我知道您喜欢这里，可是……现在您真应该在他那里帮帮他。"

任南坡："帮他什么？"

思盈："他对那里面的事一点儿都不知道，全凭着一股蛮劲。"

任南坡："让我去教他些官场套路？那是他最不必学的。你不要看不惯他那一套，不该出拳的地方他出拳，该收势的地方他不收势。虽然不好看，可是管用。"

思盈："就让他这么乱打下去？"

任南坡："不是我让他乱打。你以为咱们这位康熙爷，放他李卫出来，是一时心血来潮吗？千古帝王，当到他老爷子这分儿上，也算是出神入化了。"

思盈："可是这儿毕竟天高皇帝远。"

任南坡："不就是一个知府，两个蹩脚师爷吗？你小看李卫了。"

思盈撇了撇嘴："您还有心夸他。"

任南坡笑了："不帮他是我的错，夸他也不行。你呀，以其昏昏，使人昭昭。想让我陪你一起扯不清？"

思盈脸一红，嘴却硬："我反正……不再帮他。"

任南坡："真的？哈哈，我知道，你也有半升数不清的红豆黑豆。这样吧，不帮他，你帮我怎么样？"

思盈："盼儿姑娘不是已经请您做琴师了吗？"

任南坡："我是让你帮我到河堤上走一走。"

思盈："河堤？"

任南坡："几万担蚕丝是小事，重头戏在河堤上。"

| 第十九集　　左道旁门 |

17. 河堤上　日

葛春霖身着便装，沿河堤走来。

两个师爷紧紧地跟在他的身后。

葛春霖用脚踏了踏河堤："这段堤上，你们俩得了多少好处啊？"

两位师爷对视了一下。

葛春霖："不用紧张，看在你们跟我那么多年的分儿上，只要不过分，我不会出面害你们。"

彭师爷："您也知道，修河治坝的从来就是这么回事。要真修成个固若金汤，十年二十年不坏，不要说我们，沿河的衙门每年还怎么伸手要银子。光一个河道衙门就养那么多人，吃谁去。"

董师爷："是啊，不管修河修路，只要不是自己的，都一个路数。"

葛春霖："修墓的和盗墓的，从来是一家，这个我懂。我不想挡你们谁的财路。但是我要用它做做文章……李卫不是说要修个十年二十年不坏的吗？"

董师爷："是，他说要修个能顶住百年不遇大洪水的。"

葛春霖阴阴地一笑："好，我要到河督衙门给他请一个治河模范县的招牌。"

彭师爷："您还要……捧他？"

葛春霖："过些日子，我带上其他几县的人，来看他的治河政绩。我要当场刨开这儿的河堤！"

不远处的河堤下，一个渔翁在垂钓。只见他拿出一把小匕首，在河堤上挖了几下，土边露出了一个草包的角，那人将草包割开一个口，用手攥了攥里面露出的土——这人却是思盈。

18. 那个僻静的茶肆中　日

彭、董二师爷和林工头在这里碰头。

林工头："要刨也不能刨那段儿啊，刨南坡的那段儿，那底下是真材实料。"

彭师爷："谁要你真材实料，刨的就是破草包。"

林工头："这一段儿一刨就漏底，那不……就把兄弟们都搁进去了？"

董师爷："你糊涂，要想害你，我还跟你商量吗？"

彭师爷："到时候，你们就一口咬定是李卫的指使，钱被他吞了。放心，没你们的事。"

林工头："这一面儿官司就怕打不赢啊。"

董师爷："你不看看判官是谁。上有知府，下有我们，你怕什么。只要你一口咬定，他长一身舌头也没用。把李卫弄下去，河你照修，钱也照拿。"

林工头："咱们可把丑话说在前边儿，有事你们兜着，真要翻了船……"

彭师爷："你放心，要整的是李卫，也不是冲你来。"

董师爷："这也是帮你，李卫那人不傻，如今乱事一大堆，他是没腾出手。时间一长，就你们修河的手脚，他未必不会看出来。真到了那时候，咱们谁都没有安生日子过。"

彭师爷："有葛大人坐镇，闹他一把，长痛不如短痛。"

林工头点头。

19. 县衙内　日

在一阵喧闹的锣鼓唢呐声中，衙役们抬着一块"治河模范县"的匾牌由中门而入。

20. 内堂　日

小满跑进来，对李卫："快去看看吧，河督衙门送匾来了。"

李卫："什么匾？"

小满："治河模范县。"

21. 院内　日

李卫随小满来到送匾的差官前。

差官："恭喜呀，李大人。"

李卫看了看匾："这是干吗？"

差官："对治河治得好的县，河督衙门每年都要按例表彰，送匾一块。经有司衙门推荐保举，贵县和李大人您今年荣膺此誉。李大人，接匾吧。"

李卫："我这儿刚开工没多长时候，什么都没见着呢，怎么就……"

差官："嗨，您可真实在，这是好事儿啊，有好事儿就接着呗，别的不说，年终吏部考绩的时候，有这么块匾，那就加优一等。三年任满，说不定还有一步升迁呢。来，李大人接匾了——"

唢呐又吹。

李卫："等会儿等会儿。"

唢呐停住。

差官："怎么了？"

| 第十九集　左道旁门 |

李卫："这事儿我还真得弄明白了。这河督衙门连看都没看过，稀里糊涂就送匾？"

差官："我不是说了吗，有司衙门保举推荐，那不就行了。"

李卫："您再说明白点儿行不行，哪个有司衙门？"

差官："你们的知府葛大人，从所辖四县中，挑出了你们，保奏河督，河督一画圈儿，这回明白了吧？"

李卫："哦……"

22. 内院　日

那块匾靠在柱子上，李卫、李母、石榴、小满都围着它。

李卫托着腮、眯着眼，使劲地盯着那块匾。

石榴对李母："您还急着钉窗户，您看，刺客没来，匾送来了。"

李母蹲下来仔细地看那块匾。

石榴："您看什么呢？"

李母："我看里边儿藏了暗器没有。"

小满："哪儿有往匾里藏暗器的。"

李母还在找："难说。"

李卫幽幽地："甭找了，我闻出了一股怪味儿……"

李母用鼻子凑近匾闻了闻："没什么味儿啊……"

李母话音没落，一只响箭飞来，砰的一声，钉在了柱子上。

李母喊了一声："暗器！"跌坐在地。

小满上前要拔。

李母大叫："小心喂了毒。"

小满指着箭："这上面有封信。"

众人看去，果见箭杆上捆着一封信。

小满上前将箭拔出，取下信。

石榴低声地："师爷来了。"

随着一声："恭喜太尊！"彭、董两位师爷进了院。

李卫急忙将信揣起。

彭师爷："恭喜太尊，河督衙门送了匾，这真是天大的喜事。"

董师爷："沿河上百个县，能得到这块匾的，每年不过十之一二。"

彭师爷："太尊不愧是圣上钦点，果然是出手不凡。"

董师爷："修河治道，百年大计，您真的给苏阳百姓造福了。"

两个师爷围着匾，说得又认真又虔诚。

李卫笑眯眯地看着两个师爷："我李卫初来乍到，也是闭着眼睛瞎撞，撞准了，福是大伙儿的，闯不准，我自己脑袋磕一包。"指了指匾，装出一副傻得意的样子："谁知道，还就让我撞准了。你们说是不是？"

彭师爷："福将！李大人是天生的福将。"

董师爷："逢山有路，过水有桥，李大人日后必有一步高升。"

李卫更加乐不可支地："这吉祥话我爱听。有了好事儿，也不能没个表示，你们把河工上的工头儿管事都给我找来，就是再没钱，这顿酒我得请。"

二师爷："遵命！"乐呵呵地离开了。

李卫傻笑顿收，拿出信，递给小满："快，帮我看看。"

小满展信，眼睛一亮："是我姐的笔迹！"

23. 衙门外　日

彭、董二师爷出来了。

彭师爷嘿嘿一笑："这家伙乐疯了。"

董师爷："要的就是这个。"

彭师爷："派人告诉葛大人，下一步该干什么可以干了。"

董师爷回头看了看："举着一块治河模范的匾，看自己的草包工程被挖开，这个跟头栽下去，别想再翻身了。"

彭师爷："他还要请喝酒呢。"

董师爷："喝呀，有酒还不喝？"

二人相视而笑。

24. 河堤上　日

此时的河堤上空无一人。

李卫、小满走来。

李卫四处张望着。

小满："你找什么呢？"

李卫："我看看……"

小满："你是不是找我姐呢？"

| 第十九集 左道旁门 |

李卫:"我找她……她就出来？神神道道的，连面儿都不露……"
小满:"人家可是真心实意地在帮你。"
李卫:"这么点儿事还用谁帮我。"
小满:"你这话我可见面就告诉她。"
李卫:"你敢！你……你能见着她吗？"
小满:"当然，她来看过我。"
李卫:"再见着她，你跟她说……"
小满:"说你谢谢她？说你想她？"
李卫瞪了小满一眼:"你……你让她有事当面找我，别动不动地放支箭过来。"
小满:"那还不是想她。"
李卫:"我要干点儿漂亮的让她看看。"
石榴跑过来了:"快，知府衙门来人了。"
李卫:"什么事？"
石榴:"说过几天，葛大人要带几个县的县令来看你的模范工程。"
李卫点了点头:"……这就是我闻出来的怪味儿。"
小满指了指脚下的河堤:"我姐说，这河堤底下有鬼。"
李卫哼了一声:"妈的，想闹鬼，那我就闹一个他们看看！"

25. 县衙议事厅 夜

一桌酒菜摆开。
李卫、两个师爷、林工头和几个小兄弟围桌而坐。
彭师爷:"来来，为李大人的喜事干杯！"
李卫高兴地与众人干了杯。
李卫神神秘秘地:"其实这些事我早就知道。"
众人倾听。
李卫:"十年前，我就知道我不用考进士就能当官。五年前，我就知道我能单独见皇上。上个月，我就知道我能得到这块匾。"
众人听得一愣一愣。
李卫:"你们知道是怎么回事吗？"更加神秘地:"我娘五岁的时候，遇见一个女道士，她一眼就看出我娘有天眼，于是收我娘在她身边学了三年。从那儿以后，我娘就能请神。我说的那些，都是我娘在请神的时候知道的。"

众人不由瞪大了眼。

董师爷:"子不语怪力乱神。"

彭师爷:"孔子还说敬神如神在呢,敬畏神灵,总是没坏处。"

李卫:"你们信不信我不知道,我算是真信了。样样都灵验了!"

林工头:"信,这事我从来都信。"

小兄弟甲:"我二姨也会一点儿,可能没老太夫人灵,可是请下神来,也都说得八九不离十。"

李卫一脸诡异:"就在我接匾的当天晚上……"

说到这里,李卫不说了,他慢慢悠悠地喝了口酒。

林工头:"当天晚上怎么了?"

李卫压低声音:"你有谁见过河神吗?"

小兄弟乙:"听说过,可是没见过。"

李卫:"就在我接匾的当天晚上,我娘见着河神了!"

众人都是一凛。

林工头:"说什么了?"

李卫:"河神跟我娘说,这道堤的根脉有些不正,好像冲撞了什么。"

彭师爷:"冲撞了什么?"

李卫:"你们开工的时候祭过河神吗?"

林工头:"祭过。"

李卫:"怎么祭的?"

林工头:"设了香案。"

李卫:"杀三牲了吗?"

林工头摇头。

李卫:"那怎么行?难怪河神不肯说。哎呀……这可不是闹着玩儿的。"

林工头:"不会有事吧?"

李卫:"备好祭礼,明天我要亲自祭祭河神。"

26. 堤上　日

一条香案摆下,上设三牲祭礼。

香案后,李母盘腿闭目,坐在一张太师椅上。

李卫朝服顶戴,站立一旁。

| 第十九集　左道旁门 |

师爷、工头及一班衙役站立两侧。

李卫朝香案一揖:"下官李卫,恭祭河神。来呀,放生——"

衙役将一条活鱼放入河中。

李卫回身向李母:"河神到了吗?"

李母闭着眼睛不说话。

李卫:"来呀,投下三牲供品。"

衙役将案上的供品投向河中。

这时李母动了动,嘴里发出了一些怪声。

李卫一本正经地:"来了,来了。"

众人都静了下来。

李母怪声怪调地:"你是谁——"

李卫:"下官李卫,恭请河神。"

李母:"这道堤是谁修的?"

李卫:"是臣属下面的工匠。"

李母:"你让他们在我身边放了些什么?"

李卫:"为了四方百姓的安宁,我要修堤,让他们放了青石沙袋。"

李母:"真的是青石沙袋吗?我看见了脏东西,那是不吉之物、不吉之物……你们中间有人戏弄我!"

李卫跪下:"河神息怒,您说什么,我都照办。"

李母又乱动了动:"……一横一竖、一撇一捺,这是什么字?"

李卫问彭师爷:"这是什么字?"

彭师爷:"这是木头的木。"

李卫:"河神,这是木头的木。"

李母:"你很聪明。两个木字是什么?"

董师爷:"那是……林。"

李卫对李母:"启禀河神,那字是林。"

李母:"你们当中有没有一个姓林的?"

林工头吓了一跳。

李母:"让他来见我。"

李卫:"不知怎么才能见到您。"

李母:"在香案前面的水下一丈。"

李卫走向林工头:"河神让你下去。"

林工头后退。

李卫对衙役:"帮帮他。"

衙役拿出一个大布袋——看来是早有准备——二话不说,抓住林工头就往里塞。

彭、董两个师爷见势不妙,想溜出人群。

李卫回身一瞪眼:"河神没发话之前,谁也不许离开!谁得罪了河神,我就拿他的脑袋祭河!"

彭、董二师爷吓得不敢再动。

几个衙役七手八脚将林工头塞进了袋子,袋子下坠了石头,袋子口上还系了一根长绳。

林工头在袋子里扭动着。

李卫看也不看,对衙役:"放下去。"

衙役将袋子推入河中。

河面上留下了一串气泡。

人群顿时一片肃杀。

李母在那里怪里怪气地念念有词。

李卫又回身跪下。

河里的气泡越来越少。

李母在估摸时间:"嗯……行了,问问他、问问他,他要见你了,要见你……"

李卫一招手,衙役们提起绳子,将麻袋从河中拉出。

李卫来到袋子旁边,解开了袋口。

林工头翻着白眼,大口大口地往外吐着水。

李卫蹲下:"河神有什么旨意?"

林工头除了吐水,哪里还说得出话。

李卫站起身,对衙役:"他说他忘了?还得再下去问问。"

衙役们把口袋一拴,又推了下去。

李卫来到那几个面如土色的小兄弟面前:"看来他的记性不太好,刚上来就忘了,如果他再想不起来,你们就找个人下去帮帮他。"

小兄弟们腿一软,都跪下了。

李卫也不再理他们,又转身回到了河边。

这回河里连气泡都没了。

| 第十九集　左道旁门 |

李卫一挥手，袋子拉了上来。

李卫让林工头露出了脑袋，又蹲到了他的身边："这回听清楚了吗？"

林工头气息奄奄地点头。

李卫："河神说的不吉之物到底是什么？"

林工头大口地喘着气。

李卫："还想再去问问吗？"

林工头气微地："饶命……"

李卫凑近，低声地："这坝你是用什么修的？"

林工头嘴唇动了动。

李卫几近耳语："你是想跟我说实话，还是想下去待着？"

林工头："说实话……我说实话……"

李母在太师椅上乱抖着。

李卫起身回到李母处："启禀河神，他说他见过您了。"

李母："我已经向他交代了，他会把什么都告诉你。"

李卫："他已经说了实话。我全知道了。您还想见谁？"说着抬眼看了看两个汗流浃背的师爷。

两个师爷惊恐地睁大眼睛。

李卫："要不要见见我的两位师爷？"

李母："让他们都下来。"

两个师爷听到李母的话，眼前一黑，双双倒地。

| 第二十集　万法归一 |

1. 知府衙门　日

葛春霖又在召集几个县令议事。

葛春霖："今天找你们来，还是说治河的事。李卫还没来？"

一个差役回复道："已经派人知会了。"

葛春霖："上次我已经说过，桃花汛就要来了，我要你们各县把它当作头等的事情来抓。都动起来了吧？"

众县令点头。

葛春霖："从河道来的消息说，苏阳县治河治得不错，河督衙门还特别给了表彰，送了治河模范县的牌匾。你们把你们手下的河工头领和手下的人都给我召集一下，过几天我带你们到苏阳县去看看。既然河督衙门都给了表彰，他们的治河方法必有可资讨教的地方。"

县令甲、乙相互看了一眼，会心地一笑。

一差役进来："禀府台，苏阳县令李卫进见。"

葛春霖："李卫？好啊，快让他进来。"

差役领李卫进来。

李卫这次完全换了一副谦恭的面孔。除了给葛春霖规规矩矩地行了礼之外，还一一给各位县令见了礼。

葛春霖："我正说到你们县，你们苏阳治河功绩不错，过些日子，我要领着他们去看看，功自然不会抢你的，只是把你的门路和大家说说，以资效法嘛。"

李卫有些胆怯地："最好……还是别去吧。"

葛春霖脸上露出了一丝得意的笑："哎，这是好事，让大家学一学、看一看，利在民

| 第二十集　万法归一 |

生、功在社稷，何乐而不为？"

李卫递着笑脸："小打小闹的，我怕实在拿不出手。大伙看了笑话。"

葛春霖越发咄咄逼人地说："治河模范县的金字招牌都在你手里了，有什么不可出手的？李大人一向敢作敢为，在如此风光的事情面前，怎么居然退缩起来了？"

李卫："只是……河道的钱拨得不足，几十里河堤，怕有的地方……"

葛春霖打断他："谁的钱拨足了？只要实实在在把钱用在百姓身上，就是清官、就是能吏。"对几个县令："你们说是不是啊？"

几个县令急忙附和。

李卫："您是说把钱花在老百姓的身上？"

葛春霖："怎么，这是为官的第一要义，用我说吗？"

李卫："不，不用。"

葛春霖："我记得你说过，你修的堤，是要能经受百年不遇的大水，不错吧？"

李卫："是，是我说的。"

葛春霖："那就还照你说的做。要不怎么是模范县呢？"对众县令："修堤治河，要的就是真材实料，一方一寸都不能马虎。"

李卫："我听明白了。把真材实料，都用在百姓身上。"

葛春霖："那就好。"

李卫："可还有一点我得禀明大人。"

葛春霖看着李卫。

李卫："现在我手里就二十多万两，要是都按我说的那样修，只能先修十几里。"

葛春霖："可以啊，百年工程，要的是宁缺毋滥。能做到吗？"

李卫好像有些畏缩的样子。

葛春霖乘势追问："能不能做到啊？"

李卫："——那当然……"

葛春霖呵呵地笑了。

2. 府衙院子里　日

李卫慢吞吞地往门外走。

县令甲又过来了，拍了拍李卫："老兄啊，还记得我上次跟你说的话吗？"

李卫："忘了。"

县令甲："看在同僚的分上，我再多说一句。你赶快想想办法，消消眼前的灾吧。"

李卫:"不就是要去看看河堤吗?看就看吧。"

县令甲:"我看出来了,为官之道,你真是半点儿不懂啊!真的去了你那儿,你可就……你上边儿有什么人没有?"

李卫:"我上边儿就一妈。"

县令甲:"你妈管什么用。你们县里有一尊现成的大菩萨,你拜过没有?"

李卫:"我们县里……没什么像样的庙啊。"

县令甲:"我说的是高阁老,高士奇啊!赶快找最好的香去烧几炷,亡羊补牢,也许还有救。堂堂阁老,十年宰相,谁能不买他的账。"

李卫:"我早惦记上他了。"

县令甲:"还算你明白。万岁爷要开千叟宴,听说了吧?"

李卫:"'牵手宴',要大家手牵手一起吃饭?干什么啊!"

县令甲:"千叟宴。就是请一千个七十岁以上的老人,在紫禁城赐宴。高士奇肯定是座上有名。你要想办法趁着他高兴,求他说句话,也许能免你一灾。"

3. 高士奇府第　日

中门洞开、乐声大起。

巡抚满面春风地进来了。

高士奇穿戴齐整,已经候在院子里。

巡抚快行两步,上前给高士奇请了安:"相爷大喜了。"

高士奇:"你是来传旨的?"

巡抚:"是啊,旨意刚到,我是片刻不敢耽误。"

高士奇:"你是堂堂一省的上宪。这种事怎么还要亲劳前往?"

巡抚:"哪里话,能为这百年旷典传一道旨意,又是给相爷您,那是我的福分。来呀,请旨。"

高士奇恭恭敬敬地跪下:"老臣高士奇,恭请圣安。"

巡抚面南而立:"圣躬安。"读旨:"朕上叨天恩,假以暇寿,享祚有年。此实列祖之泽,岂可独忝。朕拟于端午佳节开千叟宴于畅春园。此时犹念老臣,着高士奇于端午前进京,见见老主子。钦此。"

高士奇声音有些颤抖:"臣高士奇领旨。"

巡抚宣罢旨,急忙上前扶起高士奇:"地上凉,相爷快起来吧。"

高士奇:"麻烦你跑这一趟。你不缺金不缺银的,想要点儿什么呀?"

| 第二十集 万法归一 |

巡抚:"我怎么敢在您这儿讨赏。省里的同僚们都知道了,说是到时候一起过府祝贺,您老只要不闭门不纳,学生们就高兴了。"

高士奇也是喜上眉梢:"好,那就一同谢天恩吧。"

4. 县衙内 日

衙役们把林工头和几个小兄弟押到李卫面前。

李卫看了看他们:"你们的死期到了,知道吗?"

林工头等人哭喊饶命。

李卫:"偷工减料,把堤修成那个王八蛋样儿,到时候你们拿了钱走人,上边儿查下来,屎盆子尿罐子都扣在我脑袋上。真一发了水,苦的是老百姓,你们损不损哪!"

林工头:"靠山吃山,靠水吃水,哪儿的河工都是这样,大人明察,我们不算太黑的。"

李卫:"别的地儿我管不了,在我这儿不行。你们想怎么死啊,是想用刀砍哪,还是想用绳儿勒呀?"

林工头和小兄弟一片哀号。

李卫扣着腮:"都不想死?那你们说……我怎么才能不让你们死呢?"

林工头:"只要能饶小的一命,您让干什么我们干什么。"

李卫:"你们也不是不会干,我听说,南坡下的那段堤,你们就弄得挺好?"

林工头:"那段堤我们绝对不敢马虎,备的都是最好的沙石料。"

李卫:"那好吧,三十里河堤,全按那样的工、那样的料给我修,修好了,我一高兴,也许能免你们一死。"

林工头和小兄弟们都显出一脸苦相。

李卫:"那我看,还是用绳子勒吧。"

林工头急呼:"大人明鉴,大人明鉴!不是我们不修,要是都按那样的工料,就是我们一文不拿,您那二十来万两银子那是说什么也不够啊。"

李卫:"那怎么单单把好工好料都堆到南坡那一段儿上去?"

林工头:"那不是……"

李卫:"那段地的外边儿是阁老的地,对吧?"

林工头:"这是两位师爷反复嘱咐过的。"

李卫:"那好,从现在开始,你们照我说的做,管他师爷师奶奶的,谁也用不着告诉。做错一点儿,我拉回来就砍。"

5. 阁老府第　日

这里正张灯结彩，一片喜气洋洋的样子。

仆人使女，往来穿梭着。

6. 厅堂内　日

管家托着一个册子，送至高士奇面前。

管家："老爷，这是初备的一份进京入贡的礼单，您过目。"

高士奇看了看，一摇头："俗气了。你们不懂这位老主子，送这些珠宝翠玉干什么。我自己列一份，你们抓紧去置办。"

高士奇说罢，拿起笔重写礼单。

一个家人来到门外。

管家出来，家人对管家轻声说了些什么。

管家皱了皱眉头，进了屋。

高士奇："什么事？"

管家："咱们派到河堤的监工说，已经备在南坡河段的工料，都被拉走了。"

高士奇的笔顿了顿。

管家："话说桃花汛就要到了，河堤上不能出什么差错。"

高士奇："这段河道是谁管？"

管家："应该是归苏阳县管。"

高士奇："你去关照一下。"

管家："嗻。"

高士奇："苏阳县令叫什么？"

管家："您应该知道，叫李卫，上次表少爷……"

高士奇抬了一下眼睛，没说什么。

7. 府衙内　日

葛春霖正在向几个手下布置着。

葛春霖："明天我要到苏阳视察河堤，你们给我找几个懂河工的，跟我一块儿去，发现哪儿有毛病，当场就给我挖开。"

手下人应是。

葛春霖："还有，派人告诉一下彭师爷和董师爷，让他们收拾一下，把该拿的拿上，

| 第二十集 万法归一 |

马上离开县衙，回到我这儿来。"

8. 县衙内　日

小满跑进来："李大哥，相爷府来人了。"

李卫："好啊，我还担心他们没人来呢。有请。"

小满离开。

石榴进来了："那两个师爷正收拾东西呢，好像要走。"

李卫："别走啊，这热闹没他们还行？让他们来，一块听听。"

9. 师爷房间　日

彭、董二师爷收拾了大包小包，开门就往出走。

石榴站在门口，身后跟着两个高高壮壮的衙役。

两个师爷一愣。

石榴："你们二位上哪儿去啊？"

彭师爷："我们……去看看朋友。"

石榴："那怎么把家都搬上了？"

董师爷："这里面是……"

石榴："行了，甭管是什么了，先放下，老爷有请。"

彭师爷："我们去去就来。"说着就想走。

石榴对两个衙役："帮帮他们。"

两个衙役上前，不由分说，拽下两位师爷的行李，扔回屋内。

10. 议事厅　日

相府管家趾高气扬地坐在那里，从心里就全然不把李卫放在眼里。

李卫坐在他对面，一副不温不火的样子。

管家："把沙石工料都撤走，县太爷给个说法吧。"

李卫慢吞吞地："皇上给了我五十万两银子，修河赈灾，可是哭着喊着、满打满算地到我手里，也就二十五万刚挂零儿，不够，真不够。"

管家："我不是你的师爷，这些细账不要跟我算。我只想请教一下，南坡那段堤，太尊准备怎么修。"

李卫："您是想马马虎虎地修呢，还是往好了修呢？"

管家:"你敢马虎吗?"

李卫:"不敢。我要规规矩矩地、修一个能防百年不遇大洪水的堤。"

管家:"那你把工料都撤走了怎么说?"

李卫:"因为钱不够,我只能一段一段地修。"

管家:"那你先修哪一段儿?"

这时,石榴带着两个衙役,两个衙役像拎小鸡似的一人拎了一个师爷进来了。

石榴:"师爷请来了。"

李卫:"来得正好。二位请坐。"

两个衙役将师爷推放在椅子上。

李卫对二师爷:"这是相爷府来的人,宰相门人七品官知道吗?要认真回话。"

彭、董二师爷已经懵懵懂懂。

李卫:"要说账,你们比我算得清楚。我们正说先修哪一段儿的事。你们说,河的北堤外边儿,有多少亩地?"

彭师爷:"河的……北堤外?"

李卫:"说呀!"

彭师爷:"有……一万多亩。"

李卫:"南坡那一段儿堤的外面儿呢?"

彭师爷:"将近一千亩。那可是……高相爷家的……"

李卫:"我知道。葛大人把我叫去了两次,当面儿跟我说,一定要真材实料地把钱花在百姓的身上,而且要我宁缺毋滥。我得照着办哪。那边儿有一万多亩地是老百姓的,这边儿只有几千亩,是老相爷的。按照葛大人的吩咐,我只能先把好工好料用在老百姓身上。"

管家冲李卫一拍桌子,大声地:"这是什么道理!"

李卫冲两个师爷一拍桌子,声音更大地:"这是什么道理!"

两个师爷张着嘴,哪里还有话说得出。

李卫转过身,对管家满脸堆笑地:"我这官儿还想当下去,实在是谁也不敢得罪,您说是不是?这么办,葛大人这两天就来,到时候,您请相爷问问他。"

管家哼了一声,拂袖而去。

李卫恭恭敬敬地送了两步,说了声:"您走好。"

管家远去后,李卫转回身,来到两位师爷面前。

两个师爷傻呆呆地看着他。

| 第二十集　万法归一 |

李卫："你们不是要走吗，放心，我不留你们。先把你们从河工那儿分来的钱还给我，再在河堤上给我挖一个月的河泥。然后，我保证全须全尾儿地把你们还给葛大人。"

两个师爷僵直在那里。

李卫看着他们一笑："你们真以为我把你们当师爷？告诉你们，老子请的师爷你们连个屁毛儿都赶不上。"

彭师爷："我想知道……是什么高人……"

李卫："说出来吓你们一跳。任南坡，听说过吗？"

彭、董两个师爷像泄了气似的瘫将下去。

11. 河堤上　日

就如同欢迎李卫视察河堤时一样，又是一片锣鼓彩旗。

"治河模范县"的那块匾被高高地挂在一根竿子上，十分醒目。

有人高喊了一声："知府大人到——"

一时间，锣鼓喧天。

不远处，葛春霖下了轿。

三个县令跟在他的后面。

葛春霖远远地看着这场面，冷笑了一下。

12. 河边　日

一叶小舟漂荡着。

任南坡、顾盼儿和思盈坐在船上。（岸边）

锣鼓声隐约可闻。

任南坡在垂钓。

思盈有些失神地凝望着江面。

顾盼儿推了推思盈："想什么呢？"

思盈摇了摇头。

顾盼儿："你听听，那边儿多热闹，不看看去？省得在这儿魂不守舍。"

思盈："我要真是个男的就好了。"

顾盼儿："有一个李卫就够了。"

思盈："他什么都不懂。一本像样的书都没读过。"

顾盼儿："男儿何不带吴钩，收取关山五十州。请君暂上凌云阁，落个书生万户侯？"

任南坡："别把我说进去。"

顾盼儿："那边儿都闹翻了天，你还钓得挺安稳。"

任南坡："姜太公、严子陵，都是钓鱼的好手。"

13. 河堤上　日

葛春霖走上河堤。

李卫远远地迎来。

葛春霖对身边的一个人："你们给我仔细看，看出什么破绽马上告诉我。"

李卫上前，给葛春霖请了个安："请大人仔细看，看哪儿不行您尽管挖。"

葛春霖愣了一下："哪里，你治下的工段还会有什么纰漏吗？"

李卫朝敲锣打鼓的人一挥手，锣鼓停下。

李卫对在场的人众："各位父老，葛大人今天亲自巡堤，是对咱们苏阳百姓的最大最大的……那个，我心里也特别特别的……那个。"

葛春霖冷眼地看着李卫。

李卫："葛大人跟我说了好几次，要把心思用在百姓身上。钱虽然不多，可是要花也要先花在百姓身上。"

众人齐呼："葛大人圣明——"

又是一阵锣鼓。

正在这时，相府管家过来了。

管家对葛春霖："葛大人，老相爷有请。"

14. 河边　日

思盈："他搬走了南坡的工料，居然碰到高士奇头上去了。"

顾盼儿："也亏他有这奇思妙想。当朝的官吏，没有一个人能做出这样的事。"

思盈："我真担心他不好收场……"

顾盼儿笑了："想劝劝他？"

思盈："他敢肩并肩地跟皇上坐在台阶上说话，还有什么不敢的？"

任南坡幽幽地："一个怕字，可把天下官场拴牢，熬出一品不容易，最后就只会两眼朝天看。李卫不怕，反而倒会出入其中，如孩童戏水，可得大自在。不用替他担心。"

顾盼儿："您还是给四爷写封信吧。高士奇毕竟是通天的人物。"

第二十集　万法归一

任南坡："遵命。"

15. 高士奇府第　日

葛春霖战战兢兢地站在高士奇面前。

高士奇抚弄着一个根雕："这是我要进献的，你看怎么样？"

葛春霖："天子富有四海，星月可得。这样天然质朴的东西，万岁倒是会喜欢。"

高士奇："是啊，天子富有四海……可我休致之后，不过几亩薄田而已。还请葛大人多多照顾。"

葛春霖一愣："相爷有话……尽可吩咐。"

高士奇："不敢，我怎么可以去损别人爱民如子的清名。听说你是来视察河工的？"

葛春霖："是。"

高士奇："如果有剩工余料，把我的南坡一段修整修整。老朽也就不胜感激了。"

葛春霖一头细汗冒出来："您老的意思……"

高士奇："过几天，我就进京了，万岁要开千叟宴，这是圣世旷典。我的一些门生旧吏，要在临行前来打打我的秋风，如果不忙的话，不妨来凑凑热闹。"

葛春霖："学生荣幸。"

高士奇对管家："陪葛大人到我的那段堤上去看一看吧。"

管家对葛春霖："请。"

葛春霖脑袋一阵发蒙。

16. 河堤上　日

李卫正领着那几个县令"参观"。

县令甲拍了拍李卫，低声地："你还真行啊。"指了指："那几个人一直在挑毛病，到现在也没抓住你什么。"

李卫用脚踏了踏堤："挑什么，一水儿的真材实料！"

一个衙役跑过来："李大人，府台让您快去一下。"

县令甲："当心。"

17. 河边　日

葛春霖独自一人磕磕绊绊地走来。

那个负责查堤的人走来："禀府台，那段堤上没查出什么漏洞。"

葛春霖好像没听见，自顾发愣。

那个人又说了一遍："府台，那段堤的工料都不错……"

葛春霖好像是被什么咬了一口，大吼一声："滚！"

那人吓了一跳，转身跑去。

葛春霖有点儿神经质地："李卫……"一跺脚："李——卫——呢？"

李卫出现在他的身后，轻声细语地："下官在。"

葛春霖盯着李卫看了半天，好像不认识。

李卫还是那股劲儿地："下官在。"

葛春霖眼泪都快下来了，嘴唇抖了半天，才挤出一句话来："你……你想找死，你、你拉着我干什么——"

李卫看了一会儿葛春霖："您……怎么了？"

葛春霖："你、你……干点儿什么不好啊……"

李卫："我除了照您的吩咐好好修堤，我没干什么呀。"

葛春霖原地转了一个圈儿："我求求你了，我求求你了。什么都甭说了，您把南坡……南坡的那段儿，高老相爷的那段儿……你给我、你给我……"连说带比画，几乎要口吐白沫。

李卫慢慢悠悠地："您不是说先把钱花在老百姓身上吗？"

葛春霖："我叫你一声活祖宗行不行？老百姓，老百姓算个屁！高相爷一句话，你、我……你是他妈真糊涂还是……"

李卫："二十五万两银子修不了那么多。"

葛春霖："就是把你老婆卖了，也给我修上！"

李卫："我还没老婆呢。"

葛春霖七窍生烟地："李卫、李卫、李卫……我能熬到这分儿上不容易，要是为这点儿事儿毁了我，我、我告诉你，我就是变了鬼，也先把你吃了！"

18. 河堤上　日

一阵锣鼓响过。

一衙役高喊："苏阳百姓，恭送府台大人——"

葛春霖铁青着脸，闷着头走过人群。

| 第二十集　　万法归一 |

19. 轿子边　　日

葛春霖刚要上轿，彭、董两个师爷不知从哪儿钻了出来。

但见这二人一副民工的样子，满脸泥、满身水，一人还拖着一把铁锹，人不像人，鬼不像鬼。

二人哭着扑向葛春霖。

彭师爷："东翁，您不该把我们留在这儿……"

董师爷："您跟李卫说一声，让我们还是回去伺候您吧……"

葛春霖正满肚子邪火，冲着俩师爷狠狠地一咬牙："你们两个……就他妈的……给我修河吧！"

20. 县衙内　　日

李母、李卫、石榴、小满围坐桌前。

李母给李卫倒上酒："儿子，这事儿干得挺漂亮。我犒劳你一杯。"

小满："您是没看见葛大人的那张脸，拉得比驴还长。"

石榴："还没看见那俩师爷呢，追着轿子跑了好几里。两把铁锹还让人给偷跑了。"

大家笑得很开心。

李卫没笑，他喝了一口酒："闹是闹，不过，这个地儿咱们恐怕住不长了。"

李母："要搬家？"

李卫："准备往老家搬吧。"

石榴："我看老百姓都挺喜欢你的。"

李卫："葛大人讲话，老百姓算个屁。我得罪了小鬼儿，也得罪了菩萨。这座庙里没我的地儿了。"

小满："不会吧。"

门外有衙役喊道："李大人在吗？"

石榴去开了门。

一衙役捧上一个大红请帖："明天为了给阁老送行，相府有个局。这是相爷府刚下的帖子。"

石榴接过帖子，关上门，将帖子交给了李卫。

小满："我说不会吧，这事儿还想着你呢。"

李卫掂了掂帖子："你们以为这是好事儿？鸿门宴。"

李母："那就不去。"

李卫想了想："干吗不去？死了臭块地，臭块地我也得让他们恶心恶心。"

21. 高士奇府第　日

大厅内，一片翎顶辉煌。

高士奇坐在正面的首席上。

两列座中，尽是大员——贺文宣、巡抚亦在其中。

按品铁，葛春霖只能排在最末，那几个县令，更是站在门边，连个座位都没有。

高士奇满面春风地："我求田问舍，乞骸骨归乡，本想就此终老田园。谁知天恩雨露，还顾念老臣。我真是望宸舞拜，难报万一啊。"

贺文宣躬了躬身："老相爷虽处江湖之远，依然是心忧其君，梦耽社稷，依然是人臣的楷模。此等宰相胸襟，是我等后学不能望其项背的。"

巡抚："是啊，这次圣上招宴千叟，相爷位列其首，也是实至名归，相爷十年太平宰相，天子自然是眷顾有加。我辈能在相爷这里当一任小吏，时聆教诲，也是我们的造化。"

虽然都是官样文章的奉承话，但依然令高士奇受用。

高士奇："老朽无用了。今天你们百忙抽身，我领情倒在其次，咱们共谢天恩吧。"

众人："天子万年——"

22. 院子里　日

一家人引着李卫来到厅堂外。

家人向门口处指了指："就站那儿吧。"

李卫："连个座儿都不给？"

家人白了李卫一眼："你们那顶头知府都只能坐在门边儿上，你还想坐哪儿呀？"

23. 厅内　日

高士奇谈风正健："如今的天子乃是旷古难求的明君圣主，要伺候好这样的主子，绝不可心存侥幸。我驾前当值多年，心得无非八个字，实心用事，心系黎民。"

门口处传来李卫的声音："这我最清楚不过了。"

厅堂内为之一静。

众人把目光转向门口，见说话的竟是一个小小的七品县令，各个面呈诧异之色。

葛春霖更是一口茶呛出嗓子。

第二十集　万法归一

李卫一步跨进了门，向高士奇一揖："高老相爷吉祥。刚才您的话我听见了，还真是这么回事，上次我见皇上的时候，皇上就是这么跟我说的。我听得真真儿的，一点不假。"

高士奇："你是……"

李卫："李卫，在您家门口当县官儿。"

高士奇眯起眼睛看了看李卫："……久仰啊。"

李卫："早就该来看看您，今天就算我认认门儿。"

李卫说着，走到高士奇的座位前，拉过一个低矮的脚踏，一屁股坐在了高士奇的椅子边。

巡抚低喝："李卫，你太造次了吧！"

李卫："上次在畅春园，皇上见我的时候，我就这么坐在台阶上，皇上呢，就这么肩膀挨肩膀地坐在我旁边儿，也坐在台阶上。皇上都没说我造次，你们现在坐得比皇上当时还高呢。"

此话一出，包括高士奇在内，所有人都离席站起来了。

李卫："坐、坐，我就那么一说，这儿又不是畅春园，我就是走累了，有个地儿坐会儿就行。"

高士奇示意众人归位，对李卫："李大人既然有如此的恩遇，就坐在这么一个脚踏上，未免委屈了，来呀……"

李卫："不用，这地儿能坐踏实就不错。不瞒您说，我现在一天到晚是提心吊胆，不知道什么时候一块黑砖头就砸我脑袋上。"

高士奇："你有圣眷在身，谁敢打你？"

李卫："葛府台葛大人那天就说，他就是变了鬼，第一口也先把我咬死。"

众人将目光投向葛春霖。

葛春霖脸色一白，深深地吸了口气："李卫，这是你胡闹的地方吗？"

李卫："那天您把我吓坏了。不瞒您说，我回家把后事都交代了。"

高士奇："有这种事？"

李卫一指葛春霖："您问他。"

葛春霖有些颠三倒四："那是……他……他把、他把……把相爷的……"

众人一时没弄懂葛春霖之所云。

李卫："这有什么说不明白的。各位大人，是这么回事，我管的那段河，有三十多里，北坡外边儿是老百姓的田，有一万多亩，可是工头跟我瞎对付，全都是碎石头烂草包,一泡尿都能冲一个窟窿。南坡外边儿只有一千多亩,可是好工好料都堆到那一段儿上去了。我让他们把南坡的工料先用在北坡上。就为这个,葛大人就要变鬼咬死我。"

葛春霖:"南坡外边的那一千多亩,是……"

李卫:"我知道,那是高老相爷的。可是您也听见了,刚才老爷子还说,给皇上办事,无非八个字,实心用事,心系黎民,我先把老百姓那边儿的堤给修了,你就要咬死我?"

众人终于弄明白了,但这些本是心照不宣、谁都明白的事,一旦放置明堂,还真的是不知怎样搭言。

贺文宣:"这个嘛……水火无情,大水一来,是不分官绅百姓的。所以嘛,不管是哪面坡,谁家的田,都是要修好的。"

李卫:"我也想都修好,可是钱呢,钱不够,这事儿您最清楚。皇上答应了五十万两,可是我到现在只拿了一半儿,那还是您看着我老丈人的面儿才给的。"

贺文宣被噎了回去。

李卫对高士奇:"他们都是冲着您来的,您老大人大语,您说一句话,顶我说一车话,这么着,您开开金口,您让他们把那五十万两给齐了我。我保证南南北北都修成个铁桶一样。"

高士奇淡淡一笑:"我现在已经休致归里,和百姓无二,能随便插嘴地方政务吗?就算我现在仍是枢廷宰辅,为自己的几亩薄田去督催下属,是人臣之所为吗?李大人如此深明大义,想置我于何地呀?"

这回轮到李卫被噎住了。

高士奇起身:"几亩薄田,身外之物,不足挂齿,各位乘兴而来,还是要兴尽而归。后面备了些酒馔,各位要尽兴啊。"说罢,率先离去。

众人也都起了身。

巡抚向门外走了几步,即有跟班的迎上。

巡抚阴沉着脸,压着火气低声地对跟班:"把他给我扔出去!"

24. 高士奇府院大门　日

李卫被人像扔包袱似的从门里扔了出来,四脚朝天摔到了地上。(可从厅扔到院子里)

25. 雍亲王府　日

胤禛拿着一封信,看着看着,径自笑了。

第二十集 万法归一

胤祥进门:"自己这儿偷偷地乐什么呢?"

胤禛将信一递:"你看看吧,任先生的信。这个李卫,真是弼马温闹天宫,为追要那五十万两银子,居然去捅高士奇的马蜂窝。"

胤祥看了一眼信,也是一笑:"一滴凉水掉油锅里,倒是真有响动。"

胤禛:"总比死气沉沉的好。"

胤祥:"高士奇已经奉诏进京了。内务府进了千叟宴的席单,他还是排在第一桌。弄不好还要单独召对。"

胤禛:"高士奇毕竟是一朝宰相,腹内行舟不敢说,倒也不会去搬弄一个小县令的是非。"

胤祥:"可下边的那些巴结家伙,一人一巴掌,李卫的屁股也得给打烂了。"

胤禛一笑:"那我倒不担心,慢慢地磨砺吧。只是……皇阿玛越往近来,施政越求仁厚,最近我看了好几道参劾折子上的朱批都是:此系老臣,先放一放。我实在担心,仁政之下,反会姑息养奸,内外官场闹个尾大不掉……"

胤祥:"也不尽然,我刚从刑部来,上书房传谕,要抄扬州知府的家,那扬州知府还是个外戚呢。"

胤禛:"户部也接了廷谕,要查扬州的盐税。那是个烂摊子。想起来就头疼。"

胤祥晃了晃手中的信:"这个李卫可是你收的,你真看着他的屁股让人给打烂?"

胤禛:"我让任先生转告他,只要他心无邪念,为民请命,也尽可以去打那些油条官吏的屁股,只要打准了,扳倒个知府我让他当知府,扳倒个道台我让他当道台。"

胤祥:"哈,你要真放他去折腾,弄不好还真能奔个总督当当。"

胤禛:"有什么,高士奇当年也不过是个抄抄写写的书办。王侯无种,焉知不可?"

26. 县衙内李卫房   日

李卫趴在床上,李母正在往他的腰上贴膏药。

李母:"你看看,这下子还真摔得不轻,这么多天了都不好。以前你从树上掉下来,都没摔这么厉害过。"

李卫:"都是那把县令椅子坐的,一天到晚干什么都得坐着,没病也坐瘫了。妈的,就那么把破椅子还谁都抢。"

石榴跑进来:"快点儿,巡抚大人来了!"

27. 议事厅内　日

巡抚阴沉着脸坐在那里。

李卫一瘸一拐地进来了。

李卫："我这腰摔坏了，请不了安……"

巡抚不耐烦地一摆手："行了，我不是来跟你闹虚礼的。南坡的那段堤你准备怎么修？"

李卫："那得等来了钱，五十万两还差我一半儿呢？"

巡抚："那要是明年到呢？"

李卫："那就明年吧。"

巡抚："今年的汛期要到了，要是冲了呢？"

李卫："依着您怎么办？"

巡抚："你是什么来路我不管，上次你闹阁老府的事我也不再追究。你现在在我的治下为官，总要有个令行禁止的规矩。你就当高士奇也是个老百姓，南坡那段堤你马上给我修好。"

李卫："没钱买不起料，您让我怎么修？"

巡抚一拍桌子："别跟我说这个！你怎么搬过去的怎么给我搬回来。"

李卫："都砌在堤上了，您让我再找人扒了？"

巡抚盯着李卫，恶狠狠地："那你说怎么办？"

李卫："要钱人家不给，要料我用完了，再往下就不好说了。"

巡抚："要命还有一条？对吗？"

李卫："江湖上有这么一说。"

巡抚一声冷笑："你搭得起，我搭不起！"

李卫："不错，我就是天生的贱命。这么办，我也别连累谁，您跟阁老说，我自己到南坡的地上去，冲了口子我跳下去堵行不行？"

巡抚："好，就这么办，从现在起，衙门里的事你先停了，给我搬堤上去，只要一个口子没堵住，即按渎职论处！我把你一家老小，都发到宁古塔去！"

28. 畅春园　日

康熙召见高士奇。

康熙一身便装，高士奇也未着朝服，倒更像两个老人闲叙。

胤祥陪在一旁，垂手侍立。

| 第二十集 万法归一 |

康熙似乎很闲散："最近有几个敢说话的老言官，上的请安折子里，颂中有谏，用些春秋笔墨，言外之意，说朕施政过宽了。你是朕的老臣了，听到什么物议没有？"

高士奇："天子的宽严，不能以常人的宽严论。寻常人家，当家的主人遇喜则宽，遇怒则严，天子治理万邦，只能从国是着眼，天家无私念。"

康熙对胤祥笑道："听见没有？毕竟是一朝阁老，君前奏对，不失枢臣的风度。"

高士奇："也都是主子调教的。"

康熙："最近国事艰难，西北用兵不断，国库空虚。太平的年月久了，一家一部小九九，关起门来敛财过日子，官场上也就越发庸暗了。这个时候，朕要严一严，"转对胤祥："从扬州府抄出多少东西？"

胤祥："还没细点，浮财和银票一项有一百多万两。"

康熙："听见没有？一个小小的知府，上任不到两年，日子比一个王爷过得还富贵，你们那里怎么样？有不像话的不要回护，递个折子给我，官场的颓风日甚，要挡一挡了。"

高士奇："我们那里不比扬州，是个穷地方，官员们也还自爱。"

胤祥不失时机地："阿玛还记得李卫吗？"

康熙："就是坐台阶上和我说话的那个？"

胤祥："他就在高相爷的苏阳老家当县令。"

康熙对高士奇："那是个愣头青，政绩怎么样？"

高士奇不动声色地："还好。"

康熙："我给了他五十万两银子，他说要一分不少地花在百姓身上，口气不小。"指了指胤祥："他们听了都笑。回去帮他算算账，他只要能在百姓身上用足七成，朕就赏他廉吏二字。"

高士奇："是。"

康熙微微沉吟："青青子衿，悠悠我心……"

高士奇："我明白，主子现在也是思贤若渴。"

康熙拍了拍高士奇："还是老臣，洞悉朕心……"

29. 河堤上 夜

夜色如磐，江风号号。

堤上有一间茅草棚，在风雨中摇摇，且有微微的光亮透出。

30．简陋茅草棚内　夜

一盏小油灯，在风中摇曳着。

李卫盘腿坐在灯下。

外面传来一个声音："渔家，可有鱼卖？"

李卫叨叨着："奶奶的，跑这儿买鱼来。"大声地："我这儿就卖命，不卖鱼。"

随着一声笑，任南坡和顾盼儿进来了。

李卫："任先生。"

任南坡："夜雨江边系钓船，你这里什么时候多了些诗意啊？"

李卫："这破窝棚说话就漏，哪儿都是湿的。"

顾盼儿："你真要是跳进河里堵窟窿，那就更湿个透。"

李卫："妈的，将老子的军，我说跳就跳，看那帮狗日的还叫唤什么。"

任南坡："没关系，有人会用绳子拉着你。"

顾盼儿走到门边："进来吧，还等什么？"

思盈走了进来。

李卫一愣。

任南坡："风雨会佳人，又是一番诗意。"

李卫对思盈："你不是……走了吗？"

思盈："我就喜欢看你倒霉的样子。"

顾盼儿："人家一直没离开过你。"

李卫："还用你说，我就知道……"

思盈："你知道什么？"

李卫："看我怎么闹笑话呗。"

思盈："你还真说对了。你牛哄哄的时候，我还真不爱理你。"

李卫："说话我这官儿也没了，弄不好得发配到宁古塔去。那你就跟着我吧。"

思盈："听说那边儿的雪下得特别大，我还真想去看看雪呢。"

31．贺文宣处　夜

一个仆人拿着一封信跑进来。

仆人："大人，高相爷回来了，这是他给您的信。"

贺文宣急忙接过。

第二十集 万法归一

32. 简陋茅草棚内 夜

任南坡掏出一封信:"书归正传吧,四爷来了信,他已经知会了吏部,让你提前卸任进京。"

李卫:"干什么?"

任南坡:"信上没说。"

李卫:"好事坏事儿……"

顾盼儿笑了:"你担心什么?"

李卫看了一眼思盈。

思盈:"你看我干什么,这可跟我没关系。"

顾盼儿:"他现在就想着怎么能倒霉,好能和你共患难。"

李卫:"鬼才愿意倒霉呢。不过就是再好的事儿,我现在还不能走。"

顾盼儿:"你这七品芝麻官还当上瘾了?"

李卫:"我有毛病啊。"

思盈:"你毛病还少啊?"

李卫:"只要你别再说跑就跑,我就能好点儿。"

任南坡:"还惦记你那五十万两银子是不是?"

李卫:"我答应了皇上,五十万两都花在老百姓的身上,现在还差一半儿呢。钱要不来,我不走,我就这毛病。"

33. 河堤上 夜

一行人马,举着灯笼,拥着一个轿子,穿过夜幕,逶迤而来。

34. 简陋茅草屋棚内 夜

任南坡:"不要儿女情长,意气用事了。国事艰难,正是用人之际。"对思盈:"令尊直毅公,毕一生之功,就是要直刺昏愦的官场,你要真能辅佐这位有毛病的李卫拳打脚踢一场,搬掉几个赃官,护念几许众生,也算是对令尊行了孝道。"

思盈:"可是……他现在连这间破屋子都不肯出。"

任南坡:"不用着急,不就五十万两银子吗?"

李卫指了指思盈:"还让她去找什么贺伯伯?"

思盈瞪了李卫一眼。

顾盼儿对李卫:"你的嘴就不能老实点儿!"

任南坡一笑："皇上要整治吏治了，风头所在，自会有聪明人。那是比叫一声什么叔叔伯伯更有用的。"

门外人声："李大人可在？"

李卫："谁呀？"

门一开，贺文宣进来了。

李卫："贺大人。"．

贺文宣满脸祥和地："你看看、你看看，还真的跑到这里来打算堵窟窿？"一眼看见思盈："思盈也在？"

思盈："贺伯伯。"

李卫瞥了思盈一眼。

贺文宣："眼看桃花汛就来了，今天我连夜视察了一下，堤还真是要抓紧抢修。倒不在乎是谁家的田，真要再决了堤，你我难辞其咎还是小事，不知又要耗费多少官银，涂炭多少百姓。这才是大利弊。好了，不要耽误了，赶快动手修堤吧。"

李卫："没银子拿什么修？"

贺文宣："欠你的那一半儿，我已经让他们拨到你县里的账上了。回去你就可以看到。"

李卫大奇："是谁这么大的面子？"

贺文宣："修堤筑坝，利在于民，还要谁的面子？如今国家正在西北用兵，不能再让主子分心。这种事情上，你怎么会犯糊涂？"

李卫："我？我一直都这么糊涂。"

贺文宣笑了。

李卫笑了。

任南坡也笑了……

35. 河堤上　日

桃花点点，落红无数。

两排整齐的堤坝，伸向远方。

一江桃花春水，在夹岸的杨柳中，直向东流。

"治河模范县"几个字这时已经刻成了一块石碑，矗立在河岸上。

| 第二十集　万法归一 |

36. 县衙内　日

这是一个细雨蒙蒙的清晨。

一些行李堆放在院子里。

李母、思盈、小满、石榴都各自背上了自己的行囊。

李卫关上了屋门。

思盈对小满："牲口雇好了吗？"

小满："昨天晚上就雇了。可是钱太少，找不到好牲口。"

李卫："什么好坏的，只要能拉到北京就行了。"

李母："天还这么早，不知道城门开了没有。"

石榴："差不多了。"

李母四下看了看，似乎有些伤感："唉，这就走了……"

石榴："您还没住够？"

李母："遮风避雨的，我还真把它当家了。"

石榴："日后有您的好房子住。"

李母："那谁能保准呢。"

小满："我去叫俩人帮咱们拿拿行李吧。"

思盈："算了，这么早人还都没起呢。又不是拿不动。"

李卫："车在哪儿？"

小满："我让他们在后门儿等。"

这时，雨淅淅沥沥地下来了。

思盈："下雨了。"

李卫弯腰拿起一捆行李："走吧。"

一行人走向后门。

37. 后门外　日

后门一开，所有人都愣住了。

只见后门外，不知什么时候，早已经站满了人，有府里的衙役，更多的是百姓。人们静静地站开两行，在清晨的细雨中……

李卫呆愣地站在人群面前，一句话也说不出来。

一个老人，拿着一把伞走了过来。

老人将伞递向李卫："这是一把万民伞，拿着它，遮遮雨吧。"

细雨蒙蒙。

李卫的脸上淌着水,可能是雨,也可能是泪。

思盈帮李卫接过了伞。

伞在思盈的手中慢慢地撑开了。

人群静静。

思盈紧靠在李卫身边,为他高擎着伞。

万民伞在人群中移动着,穿过人群,穿过清晨的雨幕……

| 第二十一集　烫手山芋 |

1. 官道上　日外

2. 车内　日内
李卫："快到哪儿了？"
小满："前边儿好像是定州府了。"
李卫："那离北京不远了。"

3. 城门外　日外

4. 车内　日内
小满："看，城门口站着好多官儿。"
李卫："他们等谁呢？"
小满："那还用说，准是接您呢。皇上不是说您是模范县令吗，邸报一发，他们还能不知道。"
李卫："我又不是来定州府上任。送往的事儿我最烦，假惺惺的。"
小满："这是进京的必经之路，像您这回京述职的、进朝廷领差事的，再放出来，不知道会是个什么官儿，弄不好就是他们的上司，勤快点儿，接送接送，只有好处没坏处。这是官场老套子。"
李卫："你什么时候比我还聪明了。"
小满："看跟谁学的呀。"
李卫："那你估摸估摸，这回我能领个什么差事？"

小满："在那穷地方儿窝了好几年，这回四爷还不得给您调剂调剂，弄个好点儿的地方？"

李卫："你说哪儿好？"

小满："俗话说，上有天堂，下有苏杭。我看那地方儿就不错。"

李卫："你说了不算哪。"

小满："这事儿多一半儿是撞大运，谁知道哪块云彩有雨。"

李卫："这倒也是……哎，你做几个阄儿，把你知道的好地方都写上，不是撞大运吗？咱们先试试手气。"

小满："您先去假惺惺吧。"

李卫："把帽子递给我。"

5．城门外　日外

李卫："各位各位，出门在外，都是兄弟，何必这么客气，大太阳底下晒着，李某不落忍。"

身后有人喊："这是谁的破车，什么乱七八糟的玩意儿也往道中间摆！"

小满："干什么！干什么？"

差役："干什么，拉走，别挡道儿！"

有人喊道："来了！来了！"

李卫："什么人……"

小满："不知道。"

李卫："我说，这是什么人呢？"

小吏："怎么？你不认识？"

小吏："我还以为你也是来接人的呢。"指了指黄伯仁："这可不得了，扬州盐商总会的黄会长。"

李卫："那不就是——……盐商吗？这么大谱儿。"

小吏："去过扬州吗？"

李卫："我妈的娘家好像是扬州的……"

小吏："你没去过？"

小吏："回去问你妈吧。"说着指了指黄伯仁："从他们脚底下抓把土，都能攥出油来。"

李卫："他妈的，牛什么牛……"

小满："算了,咱们还是抓咱们的阉儿去吧。"

李卫："把扬州也给我算进去!"

6. 雍亲王府　日 内

胤祥："你倒闲散,我那边儿可是手忙脚乱。"

胤禛："快到秋决了,应时当令,自然是你刑部的事。"

胤祥："什么呀,刚接了旨,要把前三任的扬州知府一律改判。"

胤禛："怎么判?"

胤祥："一律是斩立决。"

7. 骡车上　日 外

李卫："看看!"

小满："祝贺老爷高就。"

李卫："哪儿啊?"

小满："扬州,您哪!"

李卫："嘿嘿!"

小满："老太太她们的车跟上来了。"

李卫："你把这阉给我妈看看,她准乐。"

8. 雍亲王府　日 内

胤禛："看来老爷子这回是发狠了……"

胤祥："我领刑部这么多年,这是没碰见过的事。向来是恩自上出,刑部判了什么,到皇上那儿,都会减半等。这回怪了,把十多年前的斩监候都要拿出来砍。"

胤禛："……西北的战事停不下来,国库快空了,最重头儿的两淮课赋,又连年锐减,去年扬州的盐税,连三成都没收上来,窟窿太大了……我这户部也连接了几道上谕,言辞之厉,也是出乎平日。"

胤祥："要一块儿连杀三个扬州知府,看来也和这有关系。"

胤禛："皇上向来不爱杀人,每年秋决,斋戒三日不说,报上十个,顶多勾点两三个。这次却要把旧案都翻上来惩治。"

胤祥："我拉出去杀人,那是油炸蚂蚱,撒手就完事儿。你那户部要想把盐税追上来,可是锅难熬的慢火汤。苏北的盐商,我是见识过。我真怀疑,大清治下,有没有能迈过盐商这道坎儿的人。"

胤禛:"钱能通神哪。"

胤祥:"也能通鬼！三任扬州知府，齐刷刷一刀砍，我看谁还敢去。"

9. 吏部门外　日 外

李卫:"怎么回事？赶集呢！"

一个执事:"胡常青胡大人、赵梦麟赵大人进——"

李卫:"老兄，您这儿天天这么多人吗？"

执事:"天天这么多人不累死几个。"

李卫:"那……这是怎么回事？"

执事:"刚从外边儿回来吧？"

李卫:"没错，您指点。"

执事:"你赶上了。"

李卫:"我赶上什么了？"

执事:"出了个肥缺，正挑人呢。"

李卫:"什么缺，一下子招这么多人，跟抢着吃蜜蜂屎似的。"

执事:"比蜜蜂屎甜多了。告诉你吧，扬州知府！"

10. 京城某旅店　日 内

李母:"甭说，还真没准儿那个阉应了验了。"对李卫:"别的事我不管你，这事儿你听我的。扬州这差事你得给我要下来。"

李卫:"您怎么说风就是雨。那吏部衙门是您开的？"

李母:"谁开的我不管，你小子有多大本事给我使多大本事，我是认准这扬州了。"

石榴:"扬州就那么好。"

李母:"傻丫头，你是没见过。我娘家就是扬州的，那地方，要什么有什么，吸一鼻子气儿里边儿都带着香味儿。再说了，我儿子当了回父母官儿，不让我回去露露脸，我也对不起祖宗哪！"

小满:"您没看见，吏部衙门前边儿快打破脑袋了，比舍粥的那粥棚前面儿排的人还多。"

李母:"没事儿，有我呢，多长的队我帮你排去。不就粥棚吗，过去挤粥棚，人再多，我也没空着手儿出来过。"

| 第二十一集　烫手山芋 |

思盈："我刚才在外面听说，前三任扬州知府，都要问斩。"

李卫："什么罪名？"

思盈："听说都是受了盐商的贿。"

李母："那不正好吗，有人给腾地儿了！"

11. 雍亲王府　日 外

胤禛："李卫到了没有？"

家人："门上还没见。"

胤禛："怎这么磨磨蹭蹭。"

家人："好不容易从那个烂知县的任上下来，还不得松泛松泛，一路上逮哪儿看看哪儿。"

胤禛："他要是来了，马上引他见我。"

12. 廉亲王府　日 内

十阿哥："扬州这份儿差事，说什么也得想办法抓过来。前几任，不是太子的人，就是大阿哥的人，把上一任，私房钱就能鼓一块。如今也该轮咱们一把了。"

九阿哥："八哥现在管着吏部，要想抓过来还不容易。"

家人："八爷回来了。"

九阿哥："怎么样，选定人了吗？"

胤禩："像是一群无头苍蝇。真有不知死的鬼。"

十阿哥："两淮盐课，是棵摇钱树，轻易放不得。"

九阿哥："老十四西北用兵顺利，已经得了个先，是好兆头。那叫定边；要是再能在两江两淮的课赋上出一出头，那则是富国。"

十阿哥："文治武功咱们都占上。"

胤禩："道理是不错。可现在这个差事太烫手了。老爷子已经冷了脸，上上下下都盯着。你们也知道，扬州的盐商难斗。一旦用人不当，损兵折将不说，在老爷子那儿反而会丢筹码。"

亲信甲："我倒是有一个人，是甲辰恩科的进士，我和他谈过两次，有些见地。"

九阿哥："怎么个见地？"

亲信甲："在我问过的几个人里，他是唯一说不想去扬州的。"

胤禩："哦？"

13. 吏部门前　日外

李母："我就在对面那个茶馆等着你，就是排一天你也给我排着。"

李卫："我看您也别指望。"指了指门口："您瞧，那一个个儿的，鼻子是鼻子、眼睛是眼睛的，我就是抡圆了往里挤，也未见挤得进去。"

李母："你那任县官儿当得连皇上都夸了你，轮不上你还能轮上谁啊？"

李卫："天底下能人多了。"

李母："你就没出息吧！你要是弄不下来我就跟他们说去。"

李卫："您说去吧。"

李卫："回来，那儿不是咱们家的炕！"

14. 吏部　日内

官员："下官从榆次任上下来的时候，当地乡绅是送了万民伞的。吏部的考绩，连续三年也都是优。"

侍郎："你的座师是谁？"

官员："下官是康熙三十年进士，本帏主考是高士奇大人。"

侍郎："哦，是高相的门生。"

主事甲："你懂得课税吗？"

官员："懂，我在崇文门当过一任监税官。"

侍郎："两淮盐务，可比崇文门的税口大多了。"

官员："只要心里装着朝廷，实心任事，必能不负圣恩。"

主事甲："好了，你可以退下了。"

侍郎："还有多少？"

执事："还有二十来个。"

侍郎："今儿就到这儿吧。"

侍郎："瞎耽误工夫……"

15. 门外　日外

执事："各位大人都请回吧，今儿个散班了。"

李卫："我说，排一下午了，能不能……"

第二十一集　烫手山芋

16. 吏部门外　日　外

思盈："怎么样啊？"

李卫："真他妈的是……钱难挣，屎难吃啊。"

思盈："你真想讨上这个扬州知府吗？"

李卫："你没看我妈呢，猴儿急猴儿急的，你知道我这个人又孝顺。"

思盈："你自己呢？"

李卫："我？"

思盈："说实话。"

李卫："也有点儿……想去。从小就听说扬州这么好那么好的，要能铆上也不错。"

思盈："走，我带你去个地方。"

17. 扬州会馆　日　外

思盈："这是扬州会馆。从扬州过来的盐商，现在就住在这里。"

李卫："盐商？对，我在路上见过他们，气派大了。"

思盈："你看见这些进进出出的人了吗？"

思盈："我今天帮你打听了一下，人家告诉我，真正决定谁当扬州知府的人在这儿。"

李卫："不会吧，那都是朝廷命官哪……"

思盈："你不信吧。几任扬州知府，实际上都是盐商花钱买上去的。当年我父亲就参过，可是没参动。盐商的势力太大了。"

李卫："盐商花这钱干什么？"

思盈："你知道他们要能漏上一成盐税，就是私吞多少钱吗？"

李卫："不知道。"

思盈："你什么都不知道，就想往里挤？"

李卫："照你这么说……这扬州，我算没戏了？"

思盈："想有也行，你跟着他们进去，给盐商磕个头。"

李卫："姥姥！给他们磕头？我还没那么贱骨头。"

18. 街对面的一家茶馆　日　内

道士："从时辰上看，你儿子的命属火。心宿二是令公子的本命星，大火在南，下一步官运必在南方。"

李　母："对对，在南、在南。你算算，会不会是扬州？"
道　士："扬州乃是临水之地，水不生金，中间隔了一个土，须有贵人相助才行。"
李　母："您算算，这贵人在哪儿？"
道　士："别急、别急……"闭着眼睛掐算起来。
李　卫："我说，您有钱没地儿花了？"
李　母："别搅和，正给你掐算贵人呢。"
李　卫："这三脚猫的玩意儿也来骗人？"
茶　房："他的买卖可火，您不看对面儿是哪儿。"
李　卫："这钱好挣。"
茶　房："管他呢。官府收盐税，我们按天儿收他的算命税，比一壶茶进得多。"
李　卫："我三岁的时候就算得比他强。"
胤　祥："你就没给你自己算算？"
李　卫："十三爷……"
胤　祥："回来了不去见你家四爷，跑这儿瞎起什么哄！嗯？"
李　卫："不说这是规矩吗，回来得先到对面儿应个卯才行。"
胤　祥："甭跟我打马虎眼。你们家老太太已经和那个杂毛老道磨叨半天了。当我没听见？"
李　卫："糊涂老太太，甭听她的。"
胤　祥："馋上扬州知府了？"
李　卫："不瞒十三爷，让我妈这一撺掇，我还……真动过心。"
胤　祥："你倒不怕说实话。走吧，跟我见四爷去。"
道　士："我知道了。"
李　母："贵人是谁？"
道　士："太白金星。"

19. 雍亲王府　日外

李　卫："四爷，李卫真想您。"
胤　禛："你还知道想我呀？应该七天的路，你走了十四天，上哪儿疯去了？"
李　卫："奴才雇不起好牲口，那头噘嘴儿骡子，比我妈走得还慢。"
胤　祥："你肚子里没书，倒是有词儿。全靠一张嘴。"
李　卫："我还有好玩意儿。"李卫从怀里掏出一个包："我们那县里有一个奇人，一

第二十一集 烫手山芋

瞎老太太能剪纸，没图没样儿，就一把剪子。年上她人死了，这手还真的活绝了。我专门给您留了一张。您瞧！"说着打开，那是一张半人高的剪纸，用现在的话说，倒是真正的民间艺术。

胤禛的目光中露出了欣赏："是不是临时从你哪扇墙上揭下来，糊弄我的？"

李卫："主子，这可是天地良心，我一直是用油纸裹着，怕雨淋、怕虫咬。连盈姑娘那么细嫩的手，我都不许她碰。"

胤禛："三年县太爷，就给我捧回一张剪纸，倒是看出了你这任官当得不赖。好，我喜欢。"示意家人接过。

李卫上前亲手为胤禛斟上茶。

胤禛："听你十三爷说，你馋上扬州了？"

李卫："好地儿谁不爱去？"

胤祥："要是真让你去当这个扬州知府，你敢不敢？"

李卫一蹦老高："真的？我妈非乐死！"

胤禛："别说你妈，说你。"

李卫连想都没想："您问我敢不敢，您也不是不知道我，我李卫哪有什么不敢的事！"

胤禛："你知道扬州是什么地方吗？"

李卫："知道，那地方不错，从小就听老人讲，活在扬州，死在柳州。柳州出好棺材板，可我一时还用不上，去扬州活上几年，那倒真是个乐子。"

胤禛："乐子？你知道吗？扬州也出棺材板。"

李卫："没听说……扬州出什么好棺材板哪？"

胤禛、胤祥对视一笑。

胤禛："行了，先别想入非非。眼下派你个差事。话说临近秋决大审，你十三爷的刑部那边儿，嚷嚷人手不足，你到刑部大狱去给我支应几天。"

李卫有些不情愿："让我去看大狱？"

胤祥："你不就是喜欢咔嚓赃官吗？这回秋决，就是要好好地咔嚓几个赃官儿。你不想过过瘾？"

李卫咧嘴笑了："早说呀。这活儿我太爱干了。咔嚓他们之前，我还要好好问问他们到底是怎么贪的，问完了再砍，那乐子才叫大。"

胤禛："很好，就照你说的来。"

20. 廉亲王府　日　内

亲信甲："见过八王爷。"

闵靖元："学生闵靖元，请王爷安。"

胤祀："你是甲辰恩科的进士？"

闵靖元："二甲第七名。"

胤祀："那一科我还是领衔的阅卷大臣。"

闵靖元："请恩师受弟子礼。"

胤祀："起来吧。如果我放你扬州任，督两淮盐课，你想不想去？"

闵靖元："扬州是肥缺，可学生不想去。"

胤祀："说说道理。"

闵靖元："两淮盐课，之所以连年流失，且久治不愈，说到底，是官商勾结所致。苏北盐商，富甲天下，再硬的骨头，怕也经不住在银子堆里磨。"

胤祀："那就眼看着大清的家当，往无底洞里流？"

闵靖元："要治，必须得从吏治上下手才行。都说您是贤王，是八佛爷，可是在扬州这样的肥缺上，您手软不得。这个官总会有人去当，您与其费力挑人，不如精心铸剑，在府衙的房梁上，时时悬上一把削铁如泥的剑。"

第二十二集　骑鹤扬州

1. 刑部签押房　夜

这是要杀人的前夜。照例管刑部的王大臣必须来核准第二天处决人犯的名单，察视行刑的准备。

胤祥坐在签押房的大案前，正在一页一页地翻阅人犯的卷宗。几个刑部的官吏站在旁边屏声静气。

胤祥抬起了头："明天午时处决的这些人分两拨。三个前任扬州知府分一拨，其他的人犯分一拨。出的告示上要标明了哪个扬州知府是哪一年上的任。"

一名刑部主事答道："是。"

2. 刑部一号牢房　夜

这时候李卫已经和那个白从俭面对面地坐在方桌边了。

李卫："知道明天就要处决你了吗？"

白从俭："等这一天我已经等了十六年了。从康熙三十五年把我抓到这里关起来，我就知道我该死了。承蒙皇上天恩，一直没有处决我，让我多反思了十六年，我知足了。"

李卫："你都反思出了些什么？"

白从俭："不会写字就好，不会写字就好……人生识字糊涂始。我要是不会写字，也不会有今天……"

李卫："听你说话，我还真觉得你这个人是有点糊涂。你把话说明白点行不行？"

白从俭："是。我家世代书香，到了我这一代，父祖都把希望寄托在我的身上。十年寒窗好不容易金榜题名。自入仕以来，我也一直清廉自律，不越雷池一步。正因为如此，朝廷才把我放到扬州当知府。"

李卫："前三篇儿翻过去，说你犯的糊涂。"

白从俭："还记得我到扬州上任之前，蒙皇上天恩，特地召见了我，谆谆教诲我，说扬州是个花柳繁华之地，纸醉金迷最容易乱人的心性。叫我一定要守住一个廉字，戒一个贪字。所以到扬州以后，我恪遵皇上的教诲，不贪金、不纳银……前半年还博得了一个白青天的雅号。"

李卫："就当了半年青天？后来是怎么犯的糊涂？"

白从俭："糊涂就犯在我的字写得太好了……"

李卫："慢着慢着，字写得好怎么会犯糊涂？"

白从俭："这正是我十六年来终于反思出来的道理。一个人总有一些长处，这些长处有时候恰恰就是他的致命弱点。我这个人不会喝酒，没有酒量。平时同僚们都笑我，说我在官场不会喝酒，就等于丢了半个乌纱帽。我没有这个长处，没有丢乌纱帽。我从小身子弱，不近女色，平时自己也以为是个遗憾，可这个遗憾也没有使我丢乌纱帽。我唯一的长处，就是书法好。前不久人家告诉我，皇上那儿现在还有我的墨迹。每一年秋决皇上要勾决人犯，都是因为看到了我写的字，心里不忍，说我是个不可多得的书法大家，才一直没有处决我。因此让我多活了十六年。"

李卫："越说我越糊涂了。你这不是沾了会写字的光吗？怎么说是因为会写字害了你？"

白从俭："上差不要着急，听我道来。我在扬州当了半年清官，那些人……主要是那些盐商都着急了。我不贪，他们就不敢放手贩卖私盐偷漏国税，后来就抓住了我会写字的弱点，设了个套让我钻了进去。"

李卫来了兴趣："会写字也能够设套？快说来听听。"

白从俭："记得第一次，他们请来了一个人，这个人来见我就自称是黄山谷的后裔……"

李卫："慢着，黄山谷是什么人？"

白从俭："是宋代有名的书法家，也是我平生敬仰的前贤之一。"

李卫："因此你就对这个人很感兴趣？"

白从俭："正是。这个人一来就极力夸奖我，说我的字学的是他的祖上，又超过了他的祖上。恳请我为他们家供黄山谷牌位的祠堂写一块匾。我当时心中激动，恭恭敬敬给他写下了一幅匾。"

李卫："这也是挺好的事嘛，怎么就是圈套？"

白从俭："是呀。本来是件好事，可就是这件事情上，让我落了圈套。这个人拿了我

| 第二十二集 骑鹤扬州 |

写的字，说非要答谢我不可，我连忙说，我是一文钱的私赠都不会收的。他说他不送我钱，只送我黄山谷遗下来的墨宝。上差你不知道，我们学写字的人能得到黄山谷的墨宝是何等的幸运。我当时十分高兴，谁知他一送我就是十幅黄山谷的真迹。我是兴奋得三天三夜没有睡觉，日夜赏看那十幅真迹……"

李卫："我有些明白了，其实这十幅真迹就是一大笔钱！"

白从俭："上差英明。过不久不知道是谁漏的消息，上司们都知道我有十幅黄山谷的真迹，一个个都来向我索看。后来又一个个用语言挤对我，说我一个人藏有这么多墨宝，未免太有些奢侈。我知道不送一些出去是不行了。开始是给江苏巡抚送了一幅，后来又给两江总督送了一幅，再后来是京里的一些大员也给我暗示，想要一幅墨宝。不到半年我就送出去了八幅。当时我想，官场之上再清廉也得有些礼尚往来，这不算拍马屁……"

李卫："就是拍马屁也不犯罪，怎么又算是个圈套？"

白从俭抬起头长叹了一声："那些人不是人，都是些鬼，使人防不胜防。半年以后，那个人又来找我了，求我给一家商号写招牌，我不好拒绝，给他写了，他包了两千两银子的谢仪，我哪里敢收？这个时候他就变了脸色，说我收也得收，不收也得收。说着拿出了一张买墨宝的收据，我一看有些蒙了。原来这个人并不是黄山谷的后人，前面请我写的字也不是给黄山谷的祠堂写字，而是给一个盐商的别墅写的字，送我的那十幅真迹，根本不是他祖上留下来的，而是盐商花了五万两银子四处收买来的。他说我前面五万两银子都收了，这个时候两千两却假装不收，既然不收，就要我把那十幅真迹也退还给他。那十幅真迹有八幅我都送了人，拿什么还他？没办法，我只好收下了他两千两银子的润笔费……"

李卫一拍桌子："辣块妈妈！真的是好手段！是不是后来就不断有人请你写字送钱？"

白从俭："上差英明。有了第一回，第二回也就没有办法收手了。就这样我天天给他们写字，他们天天给我送钱，开始我还想，我是用字换的钱，不算贪污。可后来他们送的钱越来越多，一个字就是一千两银子，比王羲之的真迹还贵出许多，说这不是贪污也真说不过去。根据大清的律法，贪墨三万两银子就要革职，贪墨十万两银子就要杀头。我的字再好，也值不了一个字一千两银子，这不是贪污是什么？裤裆已经撕破了，后来他们不要我写字了，也经常给我送钱来……"

李卫："反正你已经犯了糊涂，有送就收，是不是？"

白从俭："上差英明……"

李卫："三年下来收了多少？"

白从俭："有一二百万吧……"

李卫："辣块妈妈！那就是有十颗头都应该砍了！"

白从俭："一百颗头都该砍了。因为，我收了这些银子就不能够不纵容他们走私官盐，三年下来国库里至少损失了两三千万的税银……"

李卫："那就应该砍他们的头！"

白从俭："砍不了。他们走私都十分隐秘，我当时不抓，过后就没有了证据。"

李卫坐在那里有些蒙了。正在这时，狱吏带着一个牢役捧着一托盘的酒菜进来了。

狱吏："李大人，您审完了吗？"

李卫："哪是在审案，整个儿是看了一部戏。完了。"

狱吏："完了就好。白从俭，这是你的最后一顿饭了，好好吃吧。"

那白从俭脸色白了，慢慢站了起来。

李卫没再说什么，转身走出了牢门。

李卫向前走了几步，身后的牢房里，传来白从俭凄厉的呼号："皇上！我不想死啊……"

李卫不禁打了个寒战。

3. 扬州会馆内　夜

到了夜里，这里哪儿像一个会馆，简直成了第二个吏部衙门。

黄伯仁坐在屋里一个大公案前，他的对面摆着一把椅子，椅子上正坐着白天在吏部的那个李伯伦。

李伯伦："黄商总，别的李某不敢说，我只要能够到扬州当知府，一定会造福一方。你们都是扬州的大商家，是给国家纳税的大户，我去了当然首先要维护你们的利益。"

黄伯仁露出了一些满意的笑来："你是个明白人，你的履历我留下了，吏部那边我会去说，能不能够让你去扬州当知府，那就半在人谋，半看天命了。"

李伯伦十分激动地站了起来："多谢商总抬爱，李某如果能去扬州，一定会报答你们的厚意。"

黄伯仁也站了起来，端起了茶碗："那我就不送了。"

李伯伦连忙作揖："岂敢岂敢。"

黄伯仁："送客。"

一个下人把李伯伦送了出去。

正在这时，吏部白天考察官员的那名主事进来了："黄商总，不要接见这些人了。"

黄伯仁："怎么了？"

| 第二十二集　骑鹤扬州 |

那主事："刚接到的消息，有上谕，扬州知府已经派了人了。"

黄伯仁一怔："谁？"

那主事："李卫。"

黄伯仁："李卫？李卫是谁？"

那主事："是四爷的一个门人。"

黄伯仁："他的档案带来了吗？"

那主事："带来了。"连忙将档案递了过去。

4. 刑部二号牢房　夜

狱吏又把李卫领到了这一间牢房门前。

狱吏一边开门，一边说道："郭春海，六年前直接从扬州任上抓回来的。"

李卫一愣："又是个扬州知府？"

狱吏："据说抄家的时候，褥子里缝的都是银票。"

李卫："十三爷呀十三爷，原来是吓我来了……"

那狱吏："您说什么？"

李卫："没说什么。进去吧。"

狱吏领李卫走进了牢房。

5. 刑部签押房　夜

一个书办将男装的岳思盈领了进来。

胤祥抬起头笑望着岳思盈。

岳思盈："十三爷，这么晚了叫我来，是为了李卫的事？"

胤祥："聪明。坐。"

岳思盈坐了下来。

胤祥："知道下面会给李卫派个什么官吗？"

岳思盈眨了眨眼睛笑道："扬州知府？"

胤祥也笑了："任先生算出来的？"

岳思盈："当然是。"

胤祥往椅子后面一靠："有了任先生，又有了你，让李卫去扬州当知府，四爷和我也就放了一半的心了。"

6. 刑部二号牢房　夜

这里的待遇显然不及白从俭，没有桌椅，连床也没有，只有地铺。这个时候，那个郭春海躺在草席上，不动不起。

李卫："嗨，我说，进来个大活人，你连眼睛都不睁一下？"

郭春海还是不动。

李卫一回头："端进来！"

狱吏将一托盘酒菜端进来了。

李卫："你装你的死狗，我办我的差事。好酒好菜的照赏你，别糟践了。"

郭春海瞥了一眼酒菜："哼，这也叫人吃的东西！"

李卫："呀嗬，吃过见过是吧？"

郭春海："我吃过的你没吃过，我见过的你没见过。秋审勾决了对吧？"他竟然一笑："人生一世，草活一秋。有扬州的三年太守，不枉此生！"

李卫："你是走坟地，唱小曲，给自己壮壮胆儿吧。"

郭春海一笑："你往河里撒过金子吗？"

李卫："什么？往河里干吗……"

郭春海："那年钱塘观潮，盐商们给我抬来了一筐金叶子，让我迎着潮头撒，看的就是银浪漂金。"

李卫瞪大了眼睛："往河里……撒、撒金叶子？"

郭春海："怎么样？老子值了！"

李卫："你不怕作孽？"

郭春海脖子一梗："你倒是想呢，就怕没这个福分。"

李卫一个劲儿地按太阳穴。

7. 扬州会馆内　夜

那个黄伯仁正在朝几个下人发脾气："这么大的北京城，弄一尊黄金的太白金星就没有？"

一个下人："回老爷，有黄金的财神，也有黄金的观音菩萨，就是没有黄金铸的太白金星。照奴才的意思，那个李卫的妈喜欢的不就是个黄金吗？不管什么菩萨，送一尊金的去也就行了。"

黄伯仁："放屁！既然她认定太白金星是她儿子的福星，就只能送太白金星！买一尊黄金的财神，连夜送到金号去，叫他们加班加点改铸成太白金星，要多少银子都行。"

第二十二集 骑鹤扬州

下人："是。"

8. 刑部三号牢房门前 夜

狱吏又把李卫领到了这间牢门前。

狱吏还没开口，李卫就抢着说道："不用说了，这又是一个扬州知府。"

狱吏笑了："是上一任的扬州知府，叫俞承圣，关进来才半年，大人一猜便中，果然聪明。"

李卫："我都被十三爷当猴耍了，还聪明个屁。"

狱吏："大人这话什么意思？"

李卫："他这是在吓唬我，叫我不要争当扬州知府。"

狱吏打开了门："哦。"

9. 刑部签押房 夜

胤祥背着手在那里踱开了步："光是让他不贪还不行，还要知道怎么样才能不上盐商的那些当。只有这样，才能整治他们，将偷漏的国税收上来。"

岳思盈："这个担子是不是太重了点。十三爷，您和四爷再商量商量，另外派一个人去。"

胤祥："我们都商量过了，那个鬼地方只能李卫去。"

10. 刑部三号牢房 夜

李卫进了牢门不觉一怔。

李卫探头一看，只见那个俞承圣手里捧着一块香帕之类的东西，嘴里念念有词。

李卫："他怎么了？"

狱吏："打来了就这样，听说是为了一个女的，说是扬州城里挺有名的红姑娘。花钱花扯了。您瞧，魔怔了。"

李卫："哦……"又举目望去。

那俞承圣的脸深深地埋在帕子里，蹭来蹭去。

李卫没好气儿："嗨嗨，蹭什么呢！"

俞承圣对着香帕："红儿，我的红儿……"

李卫："行了，别红了绿了的了，你大限到了。"

俞承圣瘫倒大哭："红儿，我对不起你，咱们月下有约，下半生相依为命……"

李卫将他拽了起来:"我说,不就是为了一个婊子吗?你老婆就没管管你?"

俞承圣:"……半世光阴,没有她……我真是虚度了半世光阴……"

李卫装得十分亲切地坐在他身边:"你有什么话要留给她?"

俞承圣:"那座园子还没盖好,我不能对不起她……"

李卫:"不就一座园子吗?有什么对不起她的?"

俞承圣:"我是仿苏州拙政园给她盖的,现在还差一座水榭,你让她去找黄会长,他答应我的。"

李卫:"又花人家盐商的钱?"

俞承圣:"你们为什么都嘴不离钱?俗!俗不可耐!"

李卫气不打一处来:"你小子让人耍了!我刚从那边儿过来,你的那个什么姑娘……"

俞承圣:"红儿,红儿怎么了?"

李卫:"你前脚走,她后脚就跟了别人了。"

俞承圣:"你胡说!"

李卫:"我亲眼看见的,就是那个黄会长,胖胖的,对不对?我见过,在定州……"

俞承圣:"你说什么?你快说!"

李卫:"我看见他在扬州城里,搂着你那红儿正满街遛呢。"

俞承圣先是瞪大了眼睛,接着大喊了一声:"黄伯仁,我跟你拼了——"

俞承圣一头向墙上撞去,顿时头破血流。

11. 连升客栈北屋 晨

那尊太白金星由于是刚铸出来的,摆在北墙的供案上端的金光闪闪,耀人眼目!

李母又是兴奋,又是虔诚,点燃了好大一把香,正跪在那儿,口中念念有词,叩头礼拜。

12. 北屋门外 晨

李卫神情木讷、疲惫不堪地进来了。

石榴迎了上去。

石榴:"轻点儿。老太太正接贵人呢?"

李卫:"什么贵人?"

石榴:"太白金星。"

| 第二十二集　骑鹤扬州 |

李卫："鬼扯！饿了，弄点儿什么吃啊？"

石榴："那是一座黄金的太白金星，是扬州的盐商送的。"

听到这里，李卫脚下一绊，差点儿摔倒。

13. 屋内　日

李卫进屋，二话不说，从墙上搬起那尊太白金星便向地上一砸。

李母大吼："那是贵人，金的！"

李卫："什么狗屁贵人，金的银的，这是毒药刀子杀人不见血！"说着又一脚踢去。

李母嗷的一声扑将上去，撕扯李卫。

思盈、石榴进来，将二人拉开。

李卫的脸上被划了好长一条血印，官服也被撕破了好长一条。

李母不依不饶地："你个穷命鬼！这辈子不想出头了……"

小满跑进："四爷府来人了。"

李卫："一个个都不依不饶，审了一夜的案子，总得让人喘口气。知道什么事吗？"

小满摇头。

岳思盈："我知道，是放了你扬州知府了。"

李卫还来不及发蒙，李母便立刻眼中闪出光来，坐在地上抬起了头："真的？"

岳思盈："十三爷告诉我的。"

李母立刻大喜，捧起那尊菩萨："不知好歹的，没有这尊菩萨保佑，哪来的扬州知府！"

李卫："糊涂！是先有了扬州知府，才有这尊菩萨。思盈，拜托你送回扬州会馆去！"说着大步走了出去。

14. 雍亲王府　日

李卫衣服也破了一块，脸也被抓了一道血印，走到胤禛面前，兀自在那儿喘气。

胤禛一怔："跟人打架了？"

李卫："我妈……想害我。"

胤禛："哦？还有这事？怎么害你？"

李卫："哭天号地说什么也得让我去扬州。"

胤禛："前两天你自己不是说也想去吗？"

李卫："前两天是前两天，这两天是这两天。"

胤禛："什么话？你当这是赶集，想去就去，不想去就回？"

李卫："奴才……没准主意的时候多，有准主意的时候少……不过扬州这档子事儿，我有准主意了。那狗日的地方，打死我也决计是不去的了！"

胤禛："现在说不去，晚了！"

李卫："怎么了？"

胤禛从桌上拿起一张吏部的文书："自己看去吧。"

李卫急忙接过，刚一看就傻眼了——文书上赫然写着"兹简任苏县县令李卫升任扬州知府"！

李卫蒙了好一阵子，接着涎下脸来，笑道："主子，你是不是嫌奴才身上衣服少了？"

胤禛："什么意思？"

李卫："怕我冷，把我搁到火炉上去烤哇。"

胤禛："这话你说对了，扬州就是个火炉！前三任扬州知府你都见过了，去之前也都不是坏人，为什么到了扬州全成了贪官？就因为他们不是金子，扔到炉子里就化了。你李卫是不是金子，也得到火炉里去炼一炼。是金子，我用你没用错，不是金子，今后我也不会要你。这就是我的主意。"

李卫被胤禛这番话说得豪气又涨了上来："主子，有您这番话，我要是再不去，好像我李卫真是一块破铜烂铁了。不过，那个地方我心里还真没底，您得给我指条路。"

胤禛："我给你的路就是六个字：'公生明，廉生威'！"

15．廉亲王府　日

这里，胤禩也正在召见闵靖元。

胤禩："我还是要把你放到扬州去。"

闵靖元："还让我当扬州知府？"

胤禩："不。扬州知府已经有人了，是四爷的一个门人，小混混出身，叫李卫。"

闵靖元："就是那个假冒钦差的李卫？"

胤禩："怎么，你认识？"

闵靖元："是，我在江南的时候见过他，这个人虽然不识字，但是胆子大点子多，是个不学有术之徒。"

胤禩："你了解他就更好了。我已经安排了，他去当扬州知府，你去当江南道御史。"

| 第二十二集　骑鹤扬州 |

闵靖元："就是原来岳子风那个职位？"

胤祀："对。你到江南去，主要的差事是盯住扬州的盐商盐道衙门，还有就是盯住李卫。"

闵靖元："学生明白。"

16. 连升客栈北屋　日

李卫一进屋又要发气了！

李母怀里紧紧地搂住那尊金像，拿着一块布，围着那尊塑像正在擦来擦去。

李卫："怎么，还没送去？"

思盈苦笑了一下。

李母将金像搂得更紧了："要把它送去就先拿把刀把我杀了。"

李卫："哪用杀你，您儿子早就被人杀了。"说着转对小满："你帮我送个帖子到扬州会馆，明天让他们过来，就说本新任知府有请。"

17. 连升客栈大门外　日

一个挺大的招贴，张于门首，上面的字句昭然："扬州新知府，答谢送礼的。"

门外。围观者众。

人群中，有闵靖元。

18. 雍亲王府　日

胤禛、胤祥听家人入告。

胤禛："你看清了吗？"

家人："那么大字儿还看不清，就是写的'扬州新知府，答谢送礼的'。"

胤禛："这倒像他的词儿。"

胤祥："这小子又要闹什么？"

胤禛对家人："到时候你去看看。"

19. 连升客栈大门外　日

一抬大轿，前呼后拥而至。

门前看热闹的人很多。

黄伯仁下了轿。他看了看招贴，不禁一皱眉。犹豫了一下，还是进了店门。

店主向围观的人招呼着："李大人说了，随便进，各位爷随便进，有好事儿，来晚了赶不上了。"

随之进门的人中，有闵靖元，有四爷府的家人。

20. 连升客栈北屋　日

房门大开。

正中摆了一张桌子。那尊太白金星塑像迎门放在桌子上。脑袋上还用红绳系了一个草标。

一个店里的伙计，拿着一面锣站在桌旁，一见有人进来，敲锣就喊："新任知府大人有话，扬州盐商，功德无量，捐献纯金雕像一座，就地拍卖，所得银款，当众施舍……"

众人轰然叫好。

黄伯仁一愣，脸接着铁青了，一甩手走了出去。

人群中，胤禛的家人一笑钻了出去。

闵靖元的眼睛慢慢眯成了一条缝。

21. 雍亲王府　日

胤禛听罢家人的回禀，哈哈地笑了。

胤祥："李卫他人呢？"

家人："已经离京了。"

22. 驿道上　日

那辆破骡车，又悠悠上路了。

思盈骑着一匹马，换成了男装，跟在车旁。

李母躺在车里，脸上蒙着一块布。哼哼哎哟地装成一副要死的样子。

车停了。

石榴："停车吃饭了。"

李母："我不吃！"

李卫过来，托进来了几个包子："您最爱吃的猪肉大葱馅的包子。"

李母把头一蒙，不理李卫。

石榴向李卫比画了一下那个塑像又指了指李母。

李卫甩手离开了。

第二十二集　骑鹤扬州

石榴："您躺着吧，我吃饭去了。"

李母看人都走了，干脆自己哭号起来："造孽喽……半天儿好日子也不想让我过啊……"

23. 扬州总商会　日

好大一个厅，一帮盐商聚集在这里。

盐商甲手里拿着一封信疾步而进："这是黄会长派快马送回来了一封信，大家看一下。"

信在众盐商手中传递。

盐商甲："你们谁听说过这个李卫？"

众盐商都摇头。

盐商甲："这个人就是当年在江宁假冒钦差的那个混混，现在是四爷的门人，黄会长在北京被他耍了一下，来者不善。"

盐商乙："我看也没什么，大大小小两榜进士出身的官员咱们见得多了，几任扬州知府，来的时候，比他喊得还凶。一个不识字的混混，还怕他？"

盐商丙："他有千变万化，我有一定之规。把银子化成水，就是一头大象，我也把它泡软了。"

盐商甲："新官上任，不摸底细，各位的门户要严一些。"

盐商丁："这话说得对，我们是不是去拜见一下盐道大人，看他怎么说。"

盐商甲："我已经见过季大人了，就是他说的，叫各位小心一点。"

24. 盐道府内　日

盐道道台季东平此时正在看信，他看得很认真。看完一遍，又用指甲在重点处画了一画。

家人进来："老爷，河防营熊管带和盐帮的冉副帮主来了。"

季东平起身："请。"

熊九如和冉成杰，两人都人高马大，走进来，一个啪啪地刷下了两只马蹄袖，一个抱着拳，向季东平请安行礼："末将、小人参见盐道大人。"

季东平："不必多礼了，你们先看看这个。"将信交给熊九如。

熊九如接过信，冉成杰也把头凑了过来。

熊九如："李卫……没听说过这个人。不就是新来个地方官嘛，什么大不了。"

季东平："今年秋决，三任扬州知府一起杀了，这次简派，非同一般。是冲着我两淮盐务来的。"

熊九如："盐务上的事，没什么漏洞。"

季东平："真要明查，倒也没什么。盐税多少，都是有说法的，我倒也不怕。我最不喜欢的就是放进一个不知根底的人来，若明若暗，让你骨鲠在喉。"

冉成杰："各个环节上加些小心，我看也不会有太大的差池。"

季东平："最近，你们码头上的进出太乱了，那天我去看了看，你们盐帮的那些挑夫，居然把官盐私盐混在一起挑，堆得哪儿都是。还有你们河防营，两个码头，你就放了不到五个士兵，还有四个在茶馆里打麻将。太显眼了。"

熊九如和冉成杰一齐答道："我们这就回去清理清理。"

熊九如："不过嘛，刚来扬州的，不管什么人，眼前这花花绿绿，就够他先晕一阵子，且找不到码头呢。"

冉成杰："再说到处都是我们的眼线，他干了些什么我们立刻就会知道。"

季东平："小心无大错。你们这就回去，跟河防营和盐帮的弟兄们打招呼，这几个月都收敛些。"

熊九如和冉成杰："是。"又行了个礼，转身走了出去。

季东平："来人。"

一个家人走了进来。

季东平："大公子在吗？"

家人："回老爷，接伊林阿伊公子去了。"

25. 雍亲王府　夜

胤禛："不急，你先听我念一段他写的信。……奴才也没有别的法子，只记住了四爷一句话，公生母，鸡生蛋……"

胤祥："慢着慢着，公生母，鸡生蛋，四哥，你教他这话什么意思？"

胤禛："我什么时候教他这话了？我说的是公生明，廉生威……"

胤祥笑得一口茶喷了出来："这小子，就会和岔糊。你接着念，接着念。"

胤禛接着念了起来："奴才这只蛋没有缝，任它什么苍蝇叮奴才不上。奴才和奴才的妈每天吃豆腐，吃得那些盐商天天喊阿弥陀佛。主子放心，奴才已经谋划好了，总在这一年内将那七百万偷掉的税给主子弄回来，再抓他十七八个贪官奸商让十三爷咔嚓，过过手瘾……"

| 第二十二集　骑鹤扬州 |

念完，胤禛放下了信，对胤祥："你觉得怎么样？"

胤祥："我担心这小子要跌一个大跟头……"

胤禛："没错。扬州什么地方？官府、盐商、绿营还有盐帮，一张好大的网，盘根错节，朋比胶固，牢不可破！朝廷都拿他们没办法，李卫却把他们看成了一张窗户纸，一捅就破。我也担心，他会跌一个大的跟头。"

胤祥："一定是那些人在耍他，四哥，得赶快去信给他提个醒。"

胤禛："光提醒还不够。叫他赶快找到任先生，让任先生去帮他。"

26．伊林阿下榻的园林　日

好精美的一座园林，水榭回廊，树竹掩映，里面传来悠扬的琴笛声。

镜头沿着小桥慢慢推了过去，一座四面环水的亭榭里，气宇翩翩的季允梅正在弹着琴，山东巡抚的公子伊林阿在吹着曲笛，琴声笛声渡着水向四面散去，直让人有出尘之感。

小桥上，季允梅和伊林阿的跟班走来了，又远远地停住了，一直等到这一曲的最后一个乐句奏完，二人才走到近前。

季允梅的跟班："公子，都谈好了，一共是十船二十万引盐……"

季允梅长长的剑眉抖了一下："跟你们说了好多回了，这些俗事你们办好了就行。"

那跟班："是。"

季允梅："我跟伊公子还有事谈，你们都走吧。"

那跟班："公子，老爷传话来了，说是叫您回府一趟。"

季允梅："又什么事？"

那跟班："好像是扬州知府的事。"

季允梅一振："扬州知府定了？是谁？"

那跟班："不是我们的人，听说是雍亲王四爷的一个门人。"

季允梅和伊林阿都是一怔，二人对望了一眼。

季允梅："伊兄，你不要在这儿待了，赶快把那二十万引盐运到山东去吧。"

伊林阿笑了："不就一个扬州知府吗。盐叫他们运回去，我可要在这里再和你盘桓几天。你答应我的，要和顾盼儿泛舟秦淮河。"

季允梅："也好。"转对跟班，"你回去告诉老爷，叫他放心，一切我会安排。"

那跟班："是。"

27. 一条河边　日

一块刻有"扬州界"字样的界碑，矗立在官道边。

思盈来到界碑前，向跟上来的车辆一扬手。

小满跳下车，高叫一声："扬州到了……"

李母跳下车，直扑界碑，不禁泪水婆娑地："回来了，我回来了……"忽然挺起了腰，一时间神气起来："回来了，老娘回来了！当年在扬州，谁知道我是谁，把我卖出去当童养媳，就换回了两担带皮的谷子。我回来了！我儿子是扬州知府，我是扬州知府他妈！这回我要不把这里翻个个……"转身向李卫："过来！"

李卫没向李母那里走，一伸腿，躺进了大车底下，脖子正好垫在轱辘沿上。

众人一愣。

李卫把鞭子递给李母："您照那牲口给一鞭子。"

李母："你找死啊！"

李卫："你们谁来？"

李母急对小满："把牲口拉住！"

李卫："别拉！这牲口往前走一步我就没命，是吧？我当这扬州知府，跟这一样，多往前走一步，我脑袋就掉下去了。大家听着，我现在定三条规矩，照着办，我们就进扬州，谁要是办不到，现在就抽牲口。"

李母："什么规矩你爬出来再说行不行？"

李卫："不行。就这么说。"

车辕的另一侧，思盈悄悄地将一块石头塞在了那边的轱辘下。

李母："牲口一惊就麻烦了。"

李卫："那就是老天爷不让我当这任扬州知府。"

李母："你怎么什么不吉利就来什么！说，说！快说。"

李卫："到了任上，一不许收钱，二不许收礼，就算是他转了十八道弯，托了三十六拨人送来的，也给我原路退回去。没有白来的东西，就算是从我们家的床边上自己冒出来，也就地埋回去。办得到办不到？"

李母："你就接着说罢。"

李卫："这二，不许沾盐商的边，对面碰见绕开三尺。他们说什么都不要听不要信，夸你胖了，你就想自己是瘦子；他说你美，你就把自己当猪八戒的二姨；哪怕他们说太阳从东边出来了，也自己伸头看看再说。"

石榴："这容易，快说第三条吧。"

第二十二集 骑鹤扬州

李卫:"第三条……我还没想好,反正一共十条。条条都得记住。"

正在这时,一行差役策马而来。

为首的差役滚鞍下马:"可是新任府尊李大人的官乘?"

思盈上前:"什么事?"

差役:"本州各衙署官员暨地方士绅,在望江楼设宴郊迎,特命我等前来护驾。请行个方便,我们先给李大人请安。"

众人一时不知怎么答复。

差役:"请问……李大人可在?"

李母:"在,往车辖辘底下看。"

两个差役歪着头往车辖辘下一看,吓了一跳:"这是干什么?"

李卫把脑袋抽了出来:"看看我们扬州的地面有多宽。"

说话间小满将那只白顶子官帽递了过来,李卫接着戴上,两名差役才知道这便是府台大人,连忙跪了下来:"小人参见府台李大人。"

李卫:"免了。就你们两个来接我?"

差役:"回大人的话,他们都在望江楼候着,给大人接风。"

李卫:"鸿门宴?"

二差役对望了一眼:"小的们不懂。"

李卫:"你们懂了,我还当什么扬州知府?前面带路吧。"

二差役:"是。"

28. 望江楼　日

一桌丰盛的酒宴摆开。

地方官员和盐商甲乙丙丁都聚在这里。

这时外面一声传呼:"李大人到……"

众人都站了起来。

李卫进来了。

众官员和盐商一齐躬下腰去:"恭迎府台李大人!"

李卫看了看席面:"这是请我呀?"

官员甲:"李大人出知扬州,据闻是四爷举荐、皇上钦点,这也是署僚的荣幸。我等设宴郊迎,一是为李大人洗尘,更有望阙谢恩之意。"

盐商甲:"正是正是。扬州的父老,久沐圣恩,才有这一方之盛,日后还要多承府尊大人的庇护。"

　　李卫："好说，好说。这桌席够排场。"

　　盐商乙："区区几道乡土风味，算不上破费。"

　　李卫端起一条鱼。

　　官员乙急忙介绍："这是鲥鱼，现在乃是应时当令，这鲥鱼的磷脂正肥。"

　　李卫扒开鱼嘴，眯着眼睛一个劲儿地往鱼肚子里看，看得还很认真。

　　众人不知李卫在干什么。

　　盐商甲试探着："李大人……在看什么？"

　　李卫："我听四爷说，扬州的盐税，光是去年一年就跑了七成，我想看看，是不是都跑到鱼肚子里去了。"

　　一句话说得众人面面相觑。

　　李卫放下鱼，又指着一个盘子："这是什么？"

　　没人敢应答。

　　李卫："你们这些人怎么都不懂开玩笑啊？我真能饭桌上找盐税吗？那皇上就不用派什么知府了，派俩厨子来不就完了。"

　　众人挤出笑来："李大人真随和。"

　　李卫："今天掌勺儿的厨子是谁呀？"

　　一排厨子进来，领头的向李卫请了个安："奴才们伺候李大人。"

　　李卫："给我报报菜名。"

　　领头厨子飞快地报起了菜名："糟煨熊掌、冬笋鹿肉、什锦烩驼峰、龙井鸭舌、六郎神鞭……"

　　李卫一抬手："这淮扬菜还真是有名堂。你们说，这些东西对我来说，是什么新鲜玩意儿吗？"

　　众人又面面相觑。

　　盐商甲："大人是雍亲王爷的门人，天家富贵，自然什么大场面都见过。"

　　李卫："你的意思，这些东西我都吃过？"

　　盐商甲："当然。"

　　李卫："当然个屁，这些东西我一样也他妈没吃过。"

　　众人又被弄得一愣。

　　李卫："我连听都是第一次听说。"转头问一个盐商："你看我胖吗？"

　　盐商甲连忙递上笑脸："富态、富态。"

| 第二十二集　骑鹤扬州 |

李卫又问另一个："我长得还说得过去吧？"

盐商乙："贵人之相、的确有贵人之相。"

李卫一乐："我从小没吃过什么，白菜豆腐就过年。可是该长的也都长全了。皇上给的俸禄，白菜豆腐足够养活我一家子。"指了指桌子："这都是好东西，可李某克化不了。人为财死，鸟为食亡，这东西要是真的吃顺了嘴，说不定什么时候，小绳子就先让人拴上一道。俗话说车拦头一辆，今天算我领情，饭你们留着吃，各位要是真想抬举我李某，就陪我做个清官，把盐税都给我交上来！"说罢起身，径直向外走去。

众官员盐商全都怔在那里。

29. 楼外的廊子上　日

季允梅和伊林阿手扶栏杆远远地望着走去的李卫。

季允梅："伊兄，你看这个人是哪一条路子？"

伊林阿："哪一条路子也不是。"

季允梅："法眼！这个人是得上点儿心。"

30. 街头　日

李卫领着小满在一个馒头摊边上停了下来。

李卫："饿惨了！买几个馒头先垫垫。"

小满从袋子里掏出铜钱："买馒头。"

那卖馒头的正低着头在那儿拾掇，这时抬起头来不觉一怔。

李卫手里捧着的那个官帽上的白顶子被太阳光照得正一闪一闪。

卖馒头的："您老是个官？"

李卫："不是不是，我是个唱戏的。"

卖馒头的："我说呢，这扬州一府当官的人哪有在这里买馒头吃的。"说着递过来几只馒头。

李卫和小满各将一只大馒头往嘴里塞去。

定格。

31. 总商会　日

盐商们又聚在这里了。

一个跟班进门："会长回来了。"

众盐商一齐向门口迎去。

黄伯仁急匆匆进了门。

众盐商:"会长终于回来了。"

黄伯仁:"坐,都坐。"

众人都坐了下来。

盐商甲:"会长,那个新来的知府李卫……"

黄伯仁把手一挥:"先不说他。商量一下把伊公子的二十万引盐赶快运走。"

32. 河道府庭院内　日

季允梅在弹琴。

黄伯仁进来,远远地站住,待季允梅最后一音落定,才走上前去。

季允梅扬了扬下颚,算是给黄伯仁让座。

黄伯仁欠身坐下。

季允梅:"什么时候回来的?"

黄伯仁:"刚到。"

季允梅舒展了一下手指:"今天我去了一下望江楼,见到你说的那个什么李卫了。"

黄伯仁:"怎么样?"

季允梅一笑:"看来是被什么人调教了一下,想跑来当青天。"

黄伯仁:"听说这个李卫很被四爷看重,连任南坡都出入过他的幕府。"

季允梅:"任南坡?是江州的那个任南坡吗?"

黄伯仁:"是。不过目前好像没跟来。"

季允梅顿了顿:"他这次是顶盔掼甲而来,一身血气。咱们先不要正面碰他。摸摸他的脾气再说。"

黄伯仁:"我试了一下,在钱财上,他的门户还挺严。"

季允梅:"因人而异嘛,钱能通神,三炷香也能敬佛。看他喜欢什么。你放心,只有扎不准的脉,没有扎不透的脉。"

家人进来:"伊林阿公子到了。"

熊九如陪着伊林阿到了。

伊林阿见到黄伯仁便是十分亲热:"真是一日不见,如隔三秋啊。"

黄伯仁打趣地:"是没见到我如隔三秋,还是没见到我们的盐如隔三秋啊?"

伊林阿:"两淮的盐一半儿在你们手上攥着,见不到你们不就见不到盐嘛。上次的利

| 第二十二集 骑鹤扬州 |

润很大，各位的那份儿，我都带来了。我阿玛说，得便的时候，请你们到山东走走，他要做东。"说着转对季允梅，"听说令尊担心那个新来的知府，对我要出的那二十万引盐有点儿顾虑？"

季允梅不以为然地："上点儿岁数嘛，也不想再谋什么了，求稳怕乱而已。"

伊林阿："那倒是，署理一任两淮盐运，三辈子也吃不完。可咱们还得接着干哪。"

黄伯仁："可我听老爷子的意思……官防盐引都暂时不能动了。"

季允梅："有我在，那还不容易吗？不就是一个光杆知府吗？只要我们互为犄角，他就是千手千眼佛也没用。"

伊林阿："这是实话，有你黄会长各路来盐，有熊管带的河防官军护驾，有盐帮的人挑盐走镖。还有你季大公子出具官防盐引。万无一失。"

黄伯仁："你就坐享其成。"

伊林阿："我给你们送钱来还不行？"

众人笑。

季允梅："哎？盐帮的冉副帮主呢？你没请他来吗？"

黄伯仁："请了。怎么还没来？"

33. 码头　日

一条大船，停靠在那里，正有人往船上背盐。

几个彪壮的汉子，守在船边。

思盈一身男装来到河边，她观察着。

一个挑夫模样的人，正在歇脚。

思盈凑上前去："你是挑盐的吗？"

挑夫点了点头。

思盈："咱们这儿出盐有几个码头？"

挑夫："两个，南边还有一个。"

思盈："这两个码头一天能走多少船盐？"

挑夫："说不太准，四五十船吧？"

思盈："您这一天下来，能挣多少？"

挑夫："看给谁干了？要是给官家干，挣得就少，要是给……"说到这里，他不说了。

思盈："没关系，我也是找活儿干的。我是想多挣点儿。怎么知道不是官家的呢？"

挑夫:"那还不容易,看麻袋就行,官家的盐,麻袋上都有记号。"

思盈看了看挑夫身边的盐袋:"那您这麻袋上没记号啊?"

挑夫向四周看了看:"你要找活儿就低着头儿找,问这么多干什么,知道多了惹祸。"

就在思盈起身离开的时候,有一个人走向挑夫。

34. 码头边 日

冉成杰带着两个亲信走过来。

刚才走向挑夫的那个人走了过来,向冉成杰行了帮礼:"启禀副帮主,刚才有一个生人在码头上盘道。"

冉成杰:"什么来路?"

那人:"从来没见过。"

冉成杰:"熊管带刚刚跟我通了风,怎么就冒出个盘道的……"对亲信甲:"你派两个人,跟他去,把那小子给我按住,说不明来路就做了他。"

亲信甲有些犹豫:"老帮主不是嘱咐过,在扬州城里不要出头闹事吗?"

冉成杰眉毛一立:"听他的还是听我的?"

亲信甲应声退。

第二十三集 雾里淮扬

1. 江岸 夜 外

夜色漆漆，江风凛凛。

一条船无灯无火地停在江边，在暗暗的江面上，似乎只是一个影子。

思盈引李卫来到了江边，他们隐身于暗处。

李卫："那天你看见的就是这条船吗？"

思盈："是这条船。"

这时，河岸上出现了一队带刀的人，在码头处站列开来，似乎是在警戒。

接着，大队的挑夫，挑着盐担向码头走来，开始装船。

这一切，都在夜幕的笼罩下，静悄悄地进行。

李卫要冲出隐身之处，思盈拉住了他。

思盈："你干什么去？"

李卫："我得去看看，不能让他们在我的眼皮底下……"

思盈："你一个人能干什么？"

李卫想了想："你去，拿着我的印信，马上去河防营。"

2. 船边 夜 外

李卫从船边的水中冒出，爬上船沿，只见船舱里堆起了一袋袋的盐，挑夫们还在不停地装船……

3. 府衙 夜 内

河防营管带熊九如和一个参将正在厅里候着。

李卫一身水淋淋地进来。

熊九如起身："李大人这是……"

李卫："我下河了，看了个正着，妈妈的，满满的一船私盐。"

熊九如："在哪儿？"

李卫："码头。"

熊九如对参将："前两天不是说夜里就来了一条船吗？扣住没有？"

参将："咱们的人到的时候，他们已经跑了。也许又是他们。"

熊九如："这帮私盐贩子，真是胆大妄为！那是几营的防区？"

参将："是河防三营的。"

熊九如："让三营的守备马上来见我，让他立即叫醒人马，再调四十名弓弩手，我一到就点名。"

参将："嗻。"领命出门。

熊九如："李大人刚到，有所不知，我们河防营，为了抓这些贩私盐的，真是疲于奔命。"

李卫："这一段儿都归你管？"

熊九如："南到太湖，北到运河口，上百里的水路。我们河防营不过千把人马，真是防不胜防。"

李卫："那就干看着没辙？"

熊九如："又抓又杀的，一年到头闲不住，可是铤而走险的还大有人在。这回李大人到任，动手就抓私盐，我真是求之不得。咱们一文一武，好好整整这帮私盐贩子。"

李卫："你下边的人手好使吗？"

熊九如："一帮兵痞，不好调教，好在我有军法，毕竟是朝廷命官嘛。您换换衣服，我去点兵。"

4. 府衙门外　夜　外

熊九如出门。

那个参将正候在门外。

熊九如低声地："告诉黄会长了吗？"

参将："我已经让三营的守备，直接去码头了。"

熊九如："这个黄胖子，怎么就不能忍两天？不是说好了先稳一稳嘛。"

参将："空一天不就是一天的钱嘛。"

| 第二十三集 雾里淮扬 |

熊九如:"一帮钱串子!挣的钱三辈子都花不完。告诉黄胖子,从下个月起,按人头份儿,一个兵再加三两银子。中军的灶上,每天多给我拉十头猪来!哄不好咱弟兄,我他妈就撒手。"

5. 府内　夜内

李卫穿上了官袍。

李卫:"小满,给我把剑拿来。"

小满将剑递给他:"你会用吗?"

李卫:"会不会我也带着。"

思盈进来:"要我跟你去吗?"

李卫:"那么多兵呢。不用。"

6. 河边　夜外

李卫在前,一副雄赳赳气昂昂的样子。熊九如走在他的身边。

守备迎上,后面跟着一队河营兵,举着灯笼火把。

守备给熊九如打了个千:"禀管带,兵点齐了。"

熊九如:"巡夜的今天哪儿去了?"

守备:"可能……出来得晚了点儿。"

熊九如:"回去每人打二十军棍。"

守备:"嗻。"

熊九如:"愣着干吗,等我赏你呀?把码头给我围起来!"

忽然,一阵丝弦之声传来。

7. 码头　夜外

刚才停泊运盐船的地方,船是有一条,但已经变成了一条华丽的画舫。

那画舫轻纱遮帏,红灯高挑,明明亮亮。

李卫走近,不禁愣住了。

参将:"就扣这条船吗?"

李卫:"妈的,搞什么搞……"

参将:"这不像走私的盐船哪。"

李卫一咬牙,向船走去。

8. 画舫上　夜　内

一个歌妓正抚琴而歌。

黄伯仁坐在船上，微合双目，按律击节。左右各有艳妓侍候。

李卫登船，黄伯仁似乎全然未觉。

一旁伺候的一个管家郑重其事地入报："老爷，有访客。"

黄伯仁起身："啊，是府台大人。不知府台大人也有月下观花的雅兴。来呀，添盏。"

李卫环顾左右，哪里有什么盐。

黄伯仁笑眯眯地："这支曲子是新谱的，无锡顾贞观的两阕《金缕曲》，李大人一定是深通曲律了……"

李卫："深更半夜的，你干吗呢？"

黄伯仁："李大人刚到任，可能有所不知，这扬州嘛，历来是金粉繁华之地，花前月下，拥妓听曲，是不犯法的。万岁南巡，驻跸扬州时，都曾临江赐赏过。大人觉得有什么不妥吗？"

李卫只剩下喘粗气的分儿了。

9. 季公子府　日　内

季允梅大笑。

伊林阿拍了拍黄伯仁的肩："亏你想得出来。"

黄伯仁："您没看见他当时的那个样子，脸憋得像块猪肝儿。"

伊林阿："乐是乐，我那几千担盐可是得快点儿了。山东最近的盐价很高，我已经答应他们二十天之内把盐运到，如果错过了时机，那可就是上百万两的出入。"

黄伯仁："不仅是你们，安徽、江西、福建好几个省的盐号都催呢。"

季允梅："压了多少？"

黄伯仁："可不少，咱们自己的两个盐仓都快满了。南北两个码头，就是日夜不停地装，也得装个十天半个月。"

季允梅："不能昼夜不停，白天还是按部就班地走户部调拨的官盐。"

黄伯仁："李卫他一个光杆儿知府，还能怎么样？"

季允梅："此人毕竟有雍亲王的背景，还是小心一些为是。"

黄伯仁："那就全都晚上装船，我再备下两条花船，他什么时候到，我什么时候让他听曲儿。"

| 第二十三集 雾里淮扬 |

众人笑了。

10. 府衙内 日内

李卫一个喷嚏打得声音很大。

看来那晚连冻带气，染上了风寒，他正身裹被子，坐在床上发汗。

思盈端了一碗姜汤进来。

思盈："喝碗姜汤吧。"

李卫："妈妈的，敢他妈的耍老子。"

思盈："这是明摆着的，肯定有人被他们买通了。"

李卫："谁呀？"

思盈："我怀疑是河防营的人。"

李卫："河防营那可是朝廷的官军哪。"

思盈："你知道漏掉七成盐税，那得是多少盐吗？不买通河防，他们连码头都出不了。"

李卫想了想："有钱难买回头看……来人！"

一个差役进来。

李卫："跟我回河边儿看看去。"

思盈："我去吧。"

11. 画舫上 日内

那个守备正躺在船上呼呼大睡。

昨天那个歌妓守在一旁。看来昨晚上的画舫、歌妓，黄伯仁都犒劳他了。

思盈带着两个衙役进来，一看见眼前的情景，立时眉毛皱起："这是怎么回事？"

那个歌妓起身后退。

衙役："谁管事儿？"

老鸨甲从后仓出来，递着笑脸："姑娘吉祥。二位官爷吉祥。"

思盈指了指："他怎么睡在这儿？"

老鸨甲错会其意了："只要有人出钱，谁睡在这儿都行。我们怎么能替你看着呀？"

思盈："他是什么时候上来的？"

老鸨甲："听我的，问多了找气生。男人就那么回事，别往心里去。花花草草的有几个不沾点儿的？"

思盈："你说什么？"

老鸨甲笑了："不光你，七老八十的还有上来闹的呢。"

思盈恼怒地抽剑："你！"

老鸨甲吓了一跳："哟，至于吗？"

思盈："我问你他什么时候上的船？"

老鸨甲："昨天后半夜……"

思盈："谁给他出的钱？"

老鸨甲："商会的黄会长。"

思盈对两个衙役："抬走。"

12. 府衙内　日外

两个差役用一张门板，将守备抬了进来。放在了院子里。

李卫出来："怎么回事？"

思盈："看吧，河防营的。醉在那条花船上了。黄会长出的钱。"

李卫让差役退下。

李卫围着那守备转了一圈儿："石榴，拿壶酒来！小子，你不是爱喝吗？我让你喝个踏实。"

13. 屋内　日内

那个守备被抬到了床上。

四面的纱帐放下，床头还点了一盏红纱灯。

小满坐在床里面，托着守备的脑袋。石榴坐在床头，手里拿着酒，正往守备的嘴里灌。

李卫和思盈站在纱帐后。

石榴故作娇滴地："喝呀，官人，这酒可好了。"

守备迷迷糊糊地喝了一口："好，喝！这是……哪儿啊？"

石榴："这是哪儿您都忘了，我们白伺候您了？"

守备："记得，那还能……不记得？"看了看石榴和思盈："呀？又换了俩！黄胖子……可、可真够大方的，又给我弄了俩漂亮的……真不错……"

小满想乐，又忍住了，捏着嗓子："既然来了，就好好地喝，好好地玩儿。"

守备："那还用说，我什么时候……客气过？"

石榴："老是晚上出来巡河察夜，老总们够辛苦的。"

第二十三集 雾里淮扬

守备："你们不知道了吧？白天能有什么事儿啊？就是晚上……才有事儿呢，跟你们一样……"

石榴："什么事儿非晚上干不行啊？"

守备："还能有什么事儿？他们不是要装船吗……"

小满："白天不能装啊？"

守备："你们……知道什么？白天能装吗？就得赶晚上……特别是最近……"

小满："最近怎么了？"

守备："不是新来了一个……什么鸟知府吗，一天到晚事事儿的……已经压了有好几十船了，黄胖子他们三天出不了盐，急得就尿炕。不晚上抓点儿紧怎么办。"

石榴："别光说话，喝呀。"

守备："喝，那还能闲着……这些日子，你们的船离码头远点儿，别碍事。"

小满："那我们总得做买卖呀。"

守备："让你们离远点儿……就离远点儿，那么多担盐，都装你们船上去啊……"

石榴又是一口酒灌下。

守备头一歪，睡着了。

李卫向外一招手，两个差役进来。

李卫指了指管带："把他给我抬到盐道衙门去。"

14. 盐道府内　日

守备醉昏昏地躺在门板上，停放在当院。

季东平脸色铁青地站在一旁。

季允梅进来："您叫我？"

季东平气恼地："我叫你们停两天，怎么就停不下来？"

季允梅："山东的钱咱们已经收了，不能因为一个什么狗屁知府，就把十几年的老主顾丢了。"

季东平："可就这个狗屁知府，也能咬人知道吗？你看看，他把河防营的守备扣在了花船上，送到我这儿来了。你让我怎么办？管还是不管？如果真让他从河防营撕开了口子，哪怕有半点口实，报到朝廷，就是泼天大案！有一个算一个，谁也别想跑。"

季允梅走到躺在那里的守备跟前，看了看："来呀。"

一个家人进来。

季允梅："拿一万两银子，送给河防营，交给熊管带，让他好好安顿这个人的家眷。"说罢,从守备的身上抽出刀,朝守备的脖颈一刀抹下。

鲜血如注。

季东平惊得后退几步。

季允梅扔掉刀,对家人:"就说这个守备畏罪自杀了。"

15. 府衙会客厅　日

熊九如到访。

熊九如面色阴沉地坐在一旁。

李卫惊诧地:"畏罪自杀?"

熊九如:"李大人拿到什么口供了吗?"

李卫:"他……明摆着私通盐商,暗中报信,我是从花船上把他抬下来的。"

熊九如:"我治下一向严厉,你说的这些,哪怕只有夜宿花船这一项,也足以行军法。畏罪自杀是便宜了他。不过,李大人,你作为一介地方官,插手我的军务,不恰当吧?"

李卫一愣。

熊九如:"如果什么人都能把一个在役的军官抓来抓去,你李大人再是青天,也不合适吧?"

李卫:"眼看着私盐往船上装,你的人堵不住,还不许我堵啊?"

熊九如冷冷地:"河防营就是口岸缉私的专设营武。河防营的总宪是在下,我上面还有江苏提督,别人嘛,大可不必越俎代庖。"站起:"我有军务在身,不宜久坐。告辞。"

熊九如转身而去。

李卫气得原地直转圈:"嘿!我还没怎么着呢,他倒来劲了!"

思盈出来了:"我都听见了。看来河防营是指望不上了。"

李卫:"畏罪自杀?比我还狠!老子不能让他们耍呀。"

思盈:"你手里没有兵,别说几百里运河的河道,单就扬州的两个码头,你就一天也堵不住。"

李卫一拍桌子一瞪眼:"我就不信!"

16. 府衙大堂　日外

一群老鸨子跪在那里。

| 第二十三集 雾里淮扬 |

李卫："大清有法律，在任的文武官员，不得召妓宿娼，你们知道吗？"

老鸨们点头应是。

李卫："可是让我抓住了一个，还畏罪自杀了，你们怎么说？"

老鸨甲："老爷您圣明，这……上了船就都是客人，我们也不能往下轰啊。"

李卫："你们就不怕吃官司？"

老鸨甲："山神土地，过路的大仙儿，我们个个都怕。"

老鸨乙："是啊，您别难为我们。今儿不让他上船，明天抓个茬他就能把船烧了。"

李卫："你们听着，本府到任，就要好好地整整官场上的风化。敢去你们那儿叫台子的，不管多大官儿，这要在我扬州地界，我见一个整一个。"

老鸨乙："大人明鉴，我们吃的是笑脸儿饭，谁也不敢得罪。"

李卫："不用你们得罪谁，我来。你们只要老老实实地听我的布置就行。从今天起，把你们手底下的花船，都给我集中到南北两个码头，谁家的船要是少一条，我就消了你们的籍！"

老鸨甲："把船拢到两个码头不难，我们的买卖……还能照做吗？"

李卫："谁不让你们做买卖了？我整的是官场风化，没整你们的饭碗。你们的买卖照做，该接的接，该唱的唱，越热闹越好，剩下的归我。明白吗？"

老鸨们点头应是。

李卫："把你们船上的灯都给我点得亮亮的，最好能把两个码头给我照成个大白天儿。"

老鸨乙："敢问老爷，我们的船要在码头停多久？"

李卫："我还没想好，先照着俩仨月停吧。"

17．码头 日外

花船画舫堵满了码头河岸，丝管弦歌不绝于耳。

河岸上还立了几根高高的杆子，上面挂起了大红灯笼。

这么多花船画舫齐集一处，对扬州人来说，似乎也不多见，码头上游人如织……

李卫出现在人群中，他不慌不忙地迈着方步，东看看西看看，像个寻花问柳的嫖客。

小摊小贩们也不失时机，在码头边摆出了各自的吃食。

——一个馄饨摊前，几个人在边吃边议论：

甲："这倒真是少有的事，全扬州歌娘粉头大大大大……大聚会。"

乙："开眼了吧？乐疯了你！"

丙："真是有点儿意思，平常这些小婊子儿都是东一个西一个的，遮遮掩掩，要想都看全了还不容易。"

丁："咱这扬州真是好地方，我敢打赌，这热闹，别的地方，找不着第二家儿！"

甲："但愿天天能有，那可真美了——"

李卫在他们身后听了听，晃晃脑袋走开。

——一个卖茶的摊儿前：

赵："你说这是谁想出来的？"

钱："甭说，想出这种热闹的，准是一大色鬼。"

孙："嘘——听说这是咱们新来的知府大人下的令，我是听一个船上的妈妈说的。"

李："咱们这知府，准是在兵营里蹲了几年，那地方连蚊子都是公的。一来扬州，别的不想，先把这花花瘾过足了。"

周："别瞎说，辱没上宪，当心铁链子锁了你。"

李卫又出现在了他们身后，撇嘴一笑……

18. 码头一角　日　外

人群中，黄会长急匆匆地出现了。

几个盐商满头是汗地迎上。

黄会长疑惑地："这是怎么回事？"

盐商甲："我也是刚知道。"

盐商乙："这可怎么装船？"

黄伯仁："简直胡闹！"

19. 一条花船上　内

黄伯仁叫来了老鸨。

黄伯仁气急败坏地："你们搞什么搞！马上给我散了。"

老鸨甲："回老爷的话，这是知府大人下的令。"

黄伯仁："是他让把全扬州的花船都开到码头上来的？"

老鸨甲："是。他说发现了官员宿娼，说是要好好整整官场……风化。"

黄伯仁："这儿是我说了算还是他说了算？"

老鸨甲："我就是长半个脑子，我也明白。当官的是爷，您是祖宗。没当官儿的我们活得更好，没您我们就得要饭。"

第二十三集　雾里淮扬

黄伯仁："明白就行。把船都给我撤开。"

老鸨甲："新来的那个府台大人不知道搭错了哪根儿筋，说是不按他的办，要消我们的籍。他那根绳儿不粗，可也勒脖子啊。"

黄伯仁："他让你们在这儿待多久？"

老鸨甲："说起码两三个月。"

黄伯仁气得一拍桌子："这个王八蛋！"

20. 船外　日外

黄伯仁走下跳板时，心急意乱地脚一崴，一条腿踩进了河里，随从人等急忙将他拉上来，十分狼狈。

李卫就在不远处，将这些看在眼里，满脸是坏坏的笑。

21. 季公子处　日内

黄伯仁、熊九如、冉成杰都来到了这里。

伊林阿已经急得蹦了起来："什么？两三个月？两三天我都等不了了。"

黄伯仁："我不比你急啊，安徽、江西两省压的盐比您的数儿大。"

伊林阿："我不管什么安徽、江西。"对冉成杰："今天晚上就给我装船。"

冉成杰："您到码头上看去，全扬州的花船都停在那儿了，我能让我的人在花船堆儿里给您装私盐吗？"

伊林阿大喝了一声来人。

进来一个随从。

伊林阿："把咱们的人带上，跟我去码头！不就是几条破花船吗，一把火烧了它！"

一直在一旁没说话的季允梅回过了身："伊林兄，使不得。"

伊林阿："不来点儿浑的我看他就老实不了。"

季允梅："你要真想来浑的，未见得是他的对手。"

熊九如摇头："我真没见过这号当官儿的，居然能想出这种烂招数，拉出一群婊子来堵码头。"

季允梅淡淡地："走，看看热闹去。"

22. 花船码头　日外

季允梅一行人来到了码头。

季允梅眯着眼睛，看了看这熙来攘往的人群和那满河的花船。

季允梅："好嘛，这才是扬州的景色。"

伊林阿大不以为然："你老兄倒真有心凑兴！"

季允梅："这本来就是抛金撒银的地方。更朝换代也罢，江山易主也罢，更不用说走马换将、流水的官员，可扬州一直还是扬州。你知道为什么？就是因为这是抛金撒银的地方，金银是不会变颜色的。"

伊林阿还未解其意。

季允梅对黄伯仁："去，告诉船主人，这河上的花船，有一条算一条，我全包了。"

23. 码头边上的一个小茶肆　日　内

李卫坐在里面，看着外面的花船、人流和不夜之天，颇为自己的"战果"而自得。

小满满脸不是颜色地进来了，附在李卫的耳边说了几句。

李卫一愣："什么？让她们进来。"

小满一招手，几个老鸨进来了。

老鸨甲："禀大人，有客官来包船。一千两银子一晚上。"

李卫："多少？"

老鸨甲："一千两……一晚上。"

李卫："有毛病啊？一晚上……"

老鸨乙："这价儿我们也不多见。"

李卫："包几条？"

老鸨甲："全包了。"

李卫一傻："全、全包？这一晚上得……得多少钱哪？"

老鸨乙声音也有点儿颤："不是一晚上，是……连包三个月。说是要去逛太湖。"

李卫眼睛一瞪："你们答应了？"

老鸨甲："人家真掏钱哪。"

李卫一拍桌子："掏钱你们就答应？"

老鸨一脸哭相地跪下："您以为我们是谁呀？下辈子托生个红袍大将军，我们也保家卫国去，这辈子不是托生错了吗？除了哄着别人乐，我们还能干吗呀？"

李卫："你们、你们就没说我有话？"

老鸨甲："说了，他们说是没官没爵的，碍不着您老人家的事儿。"

李卫："包船的人在哪儿？"

老鸨甲:"已经上船了。"

24. 花船上 夜 内
黄伯仁稳稳地坐在里面。

李卫脸色铁青地进来了。

黄伯仁:"府台大人,您怎么也有这样的雅兴?"

李卫盯着黄伯仁:"你包的船?"

黄伯仁:"是啊。外面来了几个朋友,要在扬州乐乐,李大人如果也喜欢,不妨也一起喝上几壶花酒。"

李卫:"我在整饬官场的风化,你不知道吗?"

黄伯仁:"好,太好了,如今官场的确是污浊不堪,早该整饬。不过我这几个朋友嘛,没有一个是领俸禄的,江湖布衣、行商坐贾而已。不信的话您可以一一察验。"

李卫一时语塞。

黄伯仁:"这些花船都是在您扬州府上了籍的,我们将船买酒,她们按人头上税,如有什么违法的地方,请大人赐教。"

李卫:"你们……出手真大方。"

黄伯仁:"有朋自远方来,花这点儿钱算不上排场。扬州这个地方嘛,就是这样,您多待些日子,就明白了。"

李卫牙咬得紧紧的。

黄伯仁:"李大人,这是花船,既然要整饬官场风化,您自己在这里站久了……怕会给人以口实吧?"

李卫转身离去。

25. 船外 日 外
这回是李卫一条腿崴进了水里。

他还没有站稳,身后便传来一声嘹亮的吆喝:"开船喽——"

这声音,似乎是向李卫示威。

26. 船内 日
帘笼一挑,季允梅和伊林阿从后舱走了出来。

黄伯仁隔着窗户指了指岸上的李卫。

季允梅和伊林阿都笑了。

27. 岸上　日外

船都开走了。只剩下李卫孤零零地站在江边。

思盈来到了他的身边，无言地为他拧干身上的水。

李卫呆呆地："……人跟人斗有输有赢，人要跟钱斗，要想赢可不容易了。"

思盈："前几届扬州知府，都是在钱字上败下来的。"

李卫："一条船一晚上一千，几十条船，连包三个月……我脑子不好，你帮我算算，得多少钱？"

思盈："算它干什么，官司输了，把道理弄明白了也不错。"

李卫："别给我吃宽心丸儿，我宁可糊涂，也得赢他们。哥哥我从小就这脾气，有一次，一臭小子偷吃了我们家的一只鸡，我为了把他们家的鸡偷了，撒出去半担谷子，比那只鸡值钱多了。"

思盈笑了："你现在对面儿的这只鸡可太大了，你上哪儿找那么多谷子去？"

李卫："别把我逼急了，逼急了我什么都敢往出扔。"

思盈看着李卫这副狼狈相，亦怜亦痛："人家要是能混上一任知府，那是风风光光的事，看你……"

李卫："哥哥我没本事啊……"

正在这时，江上传来一阵悠扬的琴声。

思盈："这琴声……我怎么听着耳熟？"

只见江面上一条花船渐近。

船上的帘笼一启，走出了一个人。

李卫："任先生……"

28. 船上　夜内

李卫、思盈上了船。

任南坡："扬州的这幅八阵图，不易破解吧？"

李卫摇头叹气。

任南坡："四爷给我写了信，四爷觉得你报功报得太早了，扬州的事没那么容易。"

李卫："让他说着了……"

任南坡："你身上怎么这么湿啊？"

| 第二十三集　雾里淮扬 |

李卫："兄弟我从花船上掉下去了。"

任南坡："我给你请了一位把你拉上画船的人。"

李卫："谁？"

任南坡用扇子一指。

帘后出来了一个人。

李卫："顾盼儿？"

顾盼儿向李卫深深地施了一礼："恩公。"

李卫："你怎么来了？"

顾盼儿："任先生拿着那柄扇子去找我，说你遇到了难处，让我来帮帮你的忙。"

李卫苦笑着摇了摇头："我弄了几十条花船都泡汤了！你这一条花船，还想把这个码头堵住？"

任南坡一笑："你鬼点子不少，可是用花船堵码头，实在不是什么高明的办法。"

李卫："这帮狗日的，也不知道有多少钱……"

顾盼儿："你就是有几百条花船又能怎样，堵得了今天，堵得了明天吗？"

李卫："我堵一天是一天，往碗里扔个苍蝇，先恶心恶心他们。"

任南坡："四爷给你的差事，不是恶心恶心他们，更不是要你来和盐商斗气。是让你堵住私盐漏税的窟窿。"

李卫："我这儿不是正想辙堵呢吗？"

任南坡："治标不治本，你追不回盐税。"

思盈："他们藏得太深，根本抓不住什么。"

任南坡："你们一来，就虎视眈眈，摆出一副大打出手的样子，人家当然要藏了。古人说，意欲取之，必先与之。"

李卫："什么意思？"

任南坡："要想办法让他们去掉戒心。要让他们觉得你已经没有威胁了才行。"

李卫："已经铆上劲了，还有什么破绽可卖？"

任南坡看了看顾盼儿。

顾盼儿："任先生有个主意，让我拉你下水。"

29. 商会　日内

盐商甲兴冲冲地进来："你们知道吗？顾盼儿的花船到了扬州！"

盐商们的眼睛都是一亮。

30. 花船边 日 外

几个盐商来到了江边。

顾盼儿的船就停在那里。

一个管事的守在船边。

盐商甲："我们想约见一下盼儿姑娘。"

管事的摇了摇头："各位改日再来吧，姑娘今天已经有客人了。"

盐商乙："谁呀，比我们跑得还快。"

管事的："各位爷应该知道我们行里的规矩，这些事不便说的。"

盐商们甚是不屑。

31. 伊林阿下榻处 日 内

黄伯仁进来。

黄伯仁："您找我？"

伊林阿："听说顾盼儿到了扬州？"

黄伯仁："您也知道这个顾盼儿？"

伊林阿："别的我不知道，这么一个名动江南，高张艳帜的尤物，我怎么能不知道。老黄啊，你神通广大，帮我安排一下，我想会会她。"

黄伯仁："我听商会的同仁讲，顾盼儿这些天一直有客。"

伊林阿："谁呀？"

黄伯仁："不知道，他们去了几次，都没上得了船。"

伊林阿："什么浑蛋，敢跟我抢乐子？来人。"

一个家人上。

伊林阿："去给我瞽瞽，看是什么下三烂爬那个顾盼儿的船。看清楚了，先把他的腿给我打折再说。"

32. 江边 夜 外

两个盐商来到江边。

顾盼儿的船就停在那里，不时飘出歌弦之声。

盐商甲："我到底要看看是什么人？"

盐商乙："我的艳福一直不浅，我就不信还有比我更厉害的。"

| 第二十三集　雾里淮扬 |

不远处，江边的一条小船上，伊林阿的那个家人和几个打手也期候在那里……

33．船内　夜内

李卫、任南坡、顾盼儿坐在那里。

任南坡："已经憋了三天，估计已经有人等得不耐烦了，你可以露露脸儿了。"

李卫："盼儿姑娘，这回真是委屈你了。"

顾盼儿："你是我的恩公，说这些干什么？"

李卫："妈的，我大小也是个知府，屁事干不成，连个盐商都斗不过，居然要你来帮忙。"

顾盼儿："你能有这份心思，我就敬重你。我见的人太多了，这个世上，有几个堂堂正正的，太脏了……"

李卫："其实我他妈的什么也不是……"

李卫说罢，起身离去。

顾盼儿对任南坡："他是个好人，您一定要好好帮他。"

任南坡："当然……"

34．船外　夜外

李卫对等在外面的小满："把灯笼给我点上。"

明亮的灯笼照耀在前，李卫招摇而过。

盐商甲乙看清了，脸上露出极为诧异的神色。

那边，小船上的人也看见了。

打手："出来了，动不动？"

伊林阿的家人急止："动不得，是扬州知府……"

35．商会　日内

黄伯仁和几个盐商聚在这里。

盐商甲："哈！什么清官知府，人模狗样的，原来也有这一口。"

盐商乙："咱们出去给他散散，两天就搞臭他。"

黄伯仁摆了摆手："你们怎么了，这是好事！我还真担心他是个不沾荤腥的海瑞包龙图。这下行了。不就一个顾盼儿吗？让他好好玩儿吧。告诉伊林公子和安徽、江西的盐商，让他们进船吧。"

36. 通往码头的路上　夜 外

又有一队队的挑夫在挑盐了。

黑暗中，思盈闪出，她顺着挑夫来的方向寻去。

37. 一处高墙大院　夜 外

挑夫们就是从这里出来的。

思盈钩绳搭索，跃上高墙，见院中灯火通明，一袋袋的盐堆积如山……

38. 顾盼儿的花船上　夜 内

思盈进来了。

思盈："我查到地方了，起码有几千担私盐。"

小满："咱们召集人吧？"

李卫："召集谁？河防营的人你也不是没看见，里里外外全烂透了。"

任南坡："对，本地的差役是绝对不能用的。"

思盈："那找谁？"

任南坡："年羹尧。"

李卫咧了咧嘴："他现在是镇江总兵，就是江苏巡抚指使他，也得客客气气，我能说句话就调他的绿营兵？"

任南坡："年羹尧是个好大喜功的人。你让他帮你随便抓几个毛贼，他自然不会管。这样罢，你在这里接着唱你的《独占花魁》，我到镇江去见年羹尧，给你搬兵。"

39. 季公子府内花园　日 外

季允梅正在观鱼。

伊林阿兴冲冲地进来："行了行了。万事大吉。再过两天，你就能客去主安了。"

季允梅："已经装船了？"

伊林阿："一切顺利。"

季允梅："你不是还惦记着顾盼儿呢吗？"

伊林阿："也多亏了这个顾盼儿。当年为了一个陈圆圆，吴三桂献出了山海关；如今一个顾盼儿，也为我解了扬州之围。"

季允梅："怎么讲？"

第二十三集 雾里淮扬

伊林阿:"那个炸刺儿的知府,已经被粘在顾盼儿的花船上了。"

季允梅疑惑地:"李卫和……顾盼儿?"

伊林阿:"我的人亲眼看见的。红颜祸水啊。"

季允梅越发地警觉起来:"伊林兄,你知道顾盼儿这样的秦淮名妓,是什么样的台面吗?多少名动一时的江南才子,能在她那儿喝上一杯茶,已经算是美人青眼了。李卫怎么可能……你还看见什么?"

伊林阿:"还看见了顾盼儿的琴师,弹一手好琴。据说此人也很有名。"

季允梅:"叫什么?"

伊林阿:"任南坡。"

季允梅眉头一紧:"来人。"

40. 年羹尧的大营内　日内

年羹尧已叫人给任南坡上过茶。

年羹尧面无表情地:"我这江南的绿营,是朝廷的野战营旅,除非出现了反贼叛逆,一般讲,不宜参与地方的治安。"

任南坡:"整饬盐税关防,追缴盐课,绝不仅仅是地方治安。"

年羹尧:"还有河防营,漕运上也有驻防啊。"

任南坡:"河防营泡在扬州,年深日久,您觉得还真的能用吗?"

年羹尧:"和我一样,四爷也给李卫请了密奏匣子,他可以参嘛。"

任南坡:"与其参掉几个墨吏,不如直接建功立业的好。"

年羹尧眼睛稍睁了睁:"这话怎么讲?"

任南坡慢悠悠地掏出一封信:"这是四爷给我的信,信中提到,西北用兵不停,国库难支。江南的税赋已经是命脉所在,皇上最近召王大臣们议对,甚为感慨,说谁要能把住江南盐税的关,封他个王都不为过。"

年羹尧的眼睛一下子睁大了。

41. 那座高墙大院处　日外

一乘轿过来。

熊九如、黄伯仁、冉成杰都等在这里。

季允梅下了轿。

季允梅:"这两个大库里,存了多少咱们自己的盐?"

黄伯仁:"不算这两天运出去的,还有将近三千担。"

季允梅看了看院子:"让挑盐的民夫停下来,这里谁也别让靠近。"

黄伯仁:"怎么了?"

季允梅:"要学会用用自己的鼻子,味道不对的时候,得闻出来。我派人盯了顾盼儿的花船。你们应该知道任南坡吧?"

黄伯仁:"听说他是顾盼儿请的琴师。"

季允梅:"他也是李卫的琴师。我的人发现,前天他去了镇江。"

黄伯仁:"去镇江干什么?"

季允梅:"李卫是谁的人?"

黄伯仁:"说是雍亲王的人。"

季允梅:"雍亲王还有一个心腹爱将。"对熊九如:"这你应该知道。"

熊九如:"年羹尧。"

季允梅:"对,他现任何职?"

熊九如:"镇江总兵……"

所有的人都深深地吸了一口气。

季允梅:"这三个人连到一起,不会是巧合吧。"转对冉成杰:"把你的人,能叫的都叫来,我给双倍的脚钱。"

第二十四集 南墙碰壁

1. 官道上 日外
年羹尧带兵进发。

2. 河道府外 日
熊九如滚鞍下马,跑进河道府。

3. 河道府内 日
季东平父子迎出屋外。

熊九如:"我的探马回来了,镇江的年羹尧,果然带兵向这里运动。"

季东平一听便怒了:"一个五品知府,真想骑到我脖子上吗?备轿!"

熊九如:"您去哪儿?"

季东平:"见江苏巡抚。"

季允梅:"父亲,现在倒可以不着急了。不叫的狗才可怕,他现在叫起来,就不可怕了。"

季东平依然愤愤不止:"拿了什么尚方宝剑,到我的地盘儿上来斗法!居然还从外面借兵来!"

季允梅一笑:"让他来吧,不碰一碰,他总是不甘心的。"

季东平:"你有安排了?"

季允梅:"放心,我会让他来给您磕头的。"

4. 顾盼儿的花船边　日

季允梅的家人来到船边。

管事妈妈出来。

家人送上一张帖子:"我家公子想会一会盼儿姑娘和任先生。这是一点薄仪。"说着递上一个锦盒。

5. 船内　日

顾盼儿接过帖子:"季允梅……"

管事妈妈打开了锦盒,里面是两颗硕大的珍珠。

管事妈妈一声惊呼:"我的妈呀,好大的手面!你看看,这么大的珠子,我还真没见过。"

顾盼儿看都没看那珠子一眼:"退回去,这些扬州的财主,我一律不见。"

管事妈妈:"这位好像是个官府家的公子。"

顾盼儿:"官商一气的东西,更是可恶。"

管事妈妈:"那倒是,这个季公子,就是两淮盐运使季东平道台的儿子。"

顾盼儿转过身:"等等,谁的儿子?"

管事妈妈:"盐道季东平道台的儿子。"

顾盼儿:"先不要回绝。派个人,去看看任先生回来没有。"

6. 扬州郊外一座迎客亭　日

李卫等候在这里。

小满:"看,他们来了。"

年羹尧、任南坡各骑一匹马,向迎客亭而来。年羹尧的身边,只带了两名亲兵。

李卫迎出。

年羹尧下马,笑着拍打着李卫:"你小子这回是想砸出个大响动啊。"

李卫:"不瞒你说,兄弟我快憋死了。这他妈鬼差事,真不是人干的。"

年羹尧笑道:"当初放个扬州知府,你不是也乐得屁颠儿屁颠儿的吗?"

李卫:"当时没人告诉我呀。我还真以为能弄个香饽饽吃呢。"

年羹尧:"你不是青天大老爷吗?"

李卫:"只要黄的白的一见了响儿,个把儿青天大老爷,那是屁用不管。"

年羹尧大笑:"行了,这回我给你带来了两百兵爷,帮你提提气。"

第二十四集 南墙碰壁

李卫:"人呢?"

年羹尧:"让他们停下了。天黑以后再往里开。"

顾盼儿花船上的管事,喊着"任先生",从远处跑来。

管事拿出那张帖子递给任南坡:"这是姑娘让我送来的,这个人今天晚上要上船见您和姑娘。"

任南坡看帖子:"季允梅?什么人?"

管事:"这是两淮盐运使府上的公子。说是要以琴会友。"

任南坡敲了敲帖子:"大人物露面了……"

李卫:"他要干什么?"

任南坡想了想:"不管干什么,我要把他稳住。你们动你们的。"

7. 那处高墙大院外　傍晚

思盈男装,和小满一起又来到这里。

他们四下观察着。

只见此时院子的大门紧闭。

小满走到一个卖东西的小摊前。

小满问摊主:"他们又往里运盐了吗?"

摊主:"今天可热闹了,进进出出的折腾了一整天。"

8. 墙外　傍晚

小满望风,思盈甩出绳索,跃上院墙。

只见院内整齐的码放着一垛垛的盐包,都盖着苫布。

9. 顾盼儿的花船上　夜

琴声远远就能听到了。

船内,烛影摇红,两张古琴对面摆着。

任南坡、季允梅相向而坐。

顾盼儿抱着一张琵琶,坐在纱帘后面。

季允梅正在一张琴上弹奏。

任南坡闭目听琴。

季允梅弹罢:"献丑了。任先生可知道这首曲子吗?"

任南坡:"这是一首古曲,名叫《仲尼之叹》。"

季允梅:"不错,果然是方家。这是颜回死后,孔夫子弹的一首曲子,叹颜回才高命短。颜回这个人,才高八斗,可惜却是不得施展,落得一个短命的下场。"

任南坡:"孔夫子叹颜回,其实也是叹他自己。他厄于陈蔡之间,即便是圣人,也有走投无路的时候。"

季允梅笑了:"任先生是自比颜回,还是自比圣人呢?"

任南坡:"不敢。南坡何能啊。不过我听说,圣人之道嘛,在于审时度势,真到了礼崩乐坏的时候,圣人也没有回天之力。"

季允梅一拱手:"领教。"

任南坡:"我这里有一曲《十面埋伏》,比《仲尼之叹》明快一些。盼儿。"

顾盼儿手指一抖,琵琶上弹出《十面埋伏》。

10. 高墙大院外 夜 外

曲声中,一队兵卒疾步跑来。

李卫、年羹尧来到了门前。

年羹尧一挥手:"围起来!"

松明火把一起点燃。

11. 船上 内

琴声继续。

任南坡和季允梅稳稳地坐着,似乎都听得很专心。

12. 高墙大院外 夜

李卫紧紧地盯着大门。

年羹尧:"动手吗?"

李卫一咬牙:"动!"

年羹尧:"上!"

绿营兵一拥而上,门一下子被撞开了。

13. 院内 夜 外

众人来到院内。

第二十四集　南墙碰壁

苫布苫着高高的盐垛。

李卫："来呀，把这些盐都给我封了！"

随着一声"慢着！"——黄伯仁出现了。

黄伯仁："府台大人这是要干什么？"

李卫："老子跟你玩儿腻了，让你见识见识真格的。"

14. 船上

琴声戛然而止。

任南坡："如何？"

季允梅："这里只有春江月色，琵琶美人。既没有刘邦，也没有项羽。即便是从什么地方找一个韩信来，恐怕也埋伏不成。"

任南坡眉心一动。

季允梅起身弹了一个音："我再送先生一曲《平沙落雁》。"

15. 高墙大院内　夜

李卫："几千担私盐就在你眼前摆着，你还装糊涂？"

黄伯仁："这是私盐吗？"

年羹尧："揭开！"

士兵们上前，揭开苫布。

苫布下一垛麻袋。

李卫咧嘴一笑："这是什么？难道是沙土啊？"

黄伯仁也笑了："要真是沙土呢？"

李卫从一个兵手里拿过一把刀，砍向盐袋。

袋子破了，从里面流出来的，真是黄黄的沙土。

李卫、年羹尧都愣了。

黄伯仁："李大人看清了吗？家里要修房子，这是刚备下的。"

年羹尧低声地问李卫："这到底是怎么回事？"

李卫围着黄伯仁转了一圈，脸一冷："干吗呀？跟我玩大变活人是不是？告诉你，老子耍叉的时候还没你呢！绑上，带回去！"

16. 府衙内院　日

李卫大步走了进来，回身吩咐衙役："把那姓黄的给我看严点儿，别又来个畏罪自杀！"

年羹尧跟在他后面进来了，脸色有些阴沉。

17. 屋内　日

李卫、年羹尧进来。

任南坡、思盈、顾盼儿都在屋内。

李卫搓着手："妈妈的，我这回要是不审他个底儿掉，我这李字儿……"

李卫话说到一半停下了，因为他发现屋里的气氛不对。特别是任南坡，一张椅子转过去，他面墙而坐。

李卫看了看思盈，思盈也不说话。

倒是顾盼儿为他们一人端上了一杯茶。

年羹尧尽量平静地："我说老弟，我跨着辖区给你派兵，已经是担风险的事，你倒是弄清楚了再让我来呀！一堆沙子！"

李卫看着他们，有些发愣。

任南坡说话了，但依然面向墙："大意了、大意了，《十面埋伏》弹早了……七成盐税，怎么少的？这是一张网，一张大网，比我想象得还要大得多。"

李卫："人我抓了，我不信撕不开这张网。"

任南坡："愣撕是撕不开的。你只要动一处，整张网就都会扑过来，缠住你。"

院内有人喊："河防营管带求见年总兵！"

任南坡："扑过来了。这是第一拨儿。"

18. 府衙院内　日

熊九如站在院内："哪位是年总兵？"

年羹尧出门："在下年羹尧。"

熊九如："熊九如，本镇河防营管带。"

年羹尧与之见礼。

熊九如："总兵昨天星夜带兵进城，想必是有什么官防要务吧？"

年羹尧："嗯……我的关口上发现了私盐，贩盐的水匪还和……弟兄们交了手，我是……追踪而来的。"

| 第二十四集　南墙碰壁 |

熊九如："年总兵的防区，应该在镇江河口一带吧？"

年羹尧："怎么了？"

熊九如："按关防惯例，兵员跨界，应该有个交接，既然贩盐的水匪进了扬州，河防营务又正是标下的管辖，我自当效力，请年总兵指点吧。"

年羹尧一口气憋住。

熊九如："其实这并不关熊某个人的什么事。只是兵员调动，非同小可。你我两镇，都属江苏提督节制，如果年总兵不是奉调而来，只怕在军门那里不好交代。"

年羹尧咬着牙："我带兵多年，这点儿规矩还不懂吗？放心，我会给你个交代。"

熊九如："那好，熊某在门外恭候。"转身离去。

李卫出来了："他要干吗？"

年羹尧对李卫："我虽然是四爷的人，可到了地方，也要受上宪的节制。李卫呀李卫，你把我弄来，真要是人赃俱获，也还算师出有名。现在……"

李卫："甭说了，有什么事我替你担着。"

年羹尧："军有军法，你一个地方官，能插得上嘴吗？再说我年某行事，胜败都归我一人。"

年羹尧说罢，大步出了门。

19. 府衙门外　日

熊九如等在那里。

年羹尧出来。

二人面对面站立着，都是面挂清霜。

年羹尧冷冷地："我越界抓人，对吗？"

熊九如："这是扬州。"

年羹尧："我是因怕走漏风声。说白了，别人我信不过。"

熊九如："那置军规军法于何地？"

年羹尧也不说什么，从守门的衙役手里拿过两条哨棍，交给了自己的亲兵。

年羹尧从牙缝里蹦出了三个字："行军法。"说罢挺腰而立。

两个亲兵毫不犹豫，举起哨棍便打向年羹尧的后背。

落棍的力量很大，只听咔咔两声，两条哨棍都打断了。

熊九如饶是行伍，但也没见过这样的阵仗，他瞪大了眼睛呆住了。

年羹尧直盯着熊九如的眼睛，纹丝不动。

熊九如脸色铁青地："你……够狠！"说罢，头也不回地离去了。

这时，李卫等人闻声出现在门口。他们也被年羹尧的这一举动惊呆了。

年羹尧身子这时一晃，一口鲜血喷出。

李卫上前欲扶。

年羹尧抬手制止了他："当好你自己的差事。"说罢，上马而去。

李卫呆呆地站在原地，喃喃地："下一拨该谁了……"

石榴蔫悄悄地出现在李卫身后："老爷，算豆腐账的来了……"

李卫："嗯？"

20．府衙内院　日

院内，李母正叉腰瞪眼地冲豆腐店老板喊着："你再说一遍？多少？"

店老板："三个半月，一共是一百一十三斤。合两千五百七十两。"

李母："你怎么不识数啊，十六两的秤，一百斤的分量是一千六百两。再加上十三斤……一六得六，二六得十八……"

店老板："老太太，您算的分量，我说的是银子。"

李母："算清了分量再说银子啊。"

店老板："我都算清楚了，一百一十斤豆腐，合银子是两千五百七十两。"

李母掏了掏耳朵："多少？"

店老板："两千五百七十两。"

石榴："你那是豆腐啊，还是活人脑子啊？"

店老板："姑娘您老说着了，本号做的豆腐，就叫三脑豆腐。每斤豆腐里，是三两活鱼脑，三两鸭脑，三两猴脑，鱼得是桃花季上水的鳜鱼；鸭子得是当年的太湖红脸柴鸭，猴子分两种。一种是……"

李母走到店老板面前："你看我有多少斤？你按斤约约，我论斤卖，看能不能顶你那豆腐钱。"

店老板："您这是什么话。"

李母一瞪眼："两千五百七十两？我他娘的我、我、我吃什么哪！你知道我那儿子一年从皇上那儿拿多少银子？一年的俸禄吃不了你几斤豆腐！"

店老板："您不是已经吃了吗？"

李母："我给你吐出来行不行！"

店老板："吐出来……就不是豆腐了。"

| 第二十四集　南墙碰壁 |

李母："废话！跟你说吧，要人我跟你走，要钱，没有！"

店老板一屁股坐在地上哭号起来："有没有人管哪，青天大老爷，吃豆腐不给钱了——"

石榴引着李卫进来了。

李卫蹲到了店老板的身边，拍了拍店老板的肩膀，细声细语地："对面儿那家豆腐店是你开的？"

店老板点头。

李卫："开了多长时候了？"

店老板："三个多月……"

李卫："就是说，我前脚来，你后脚开，对不？"

店老板眨了眨眼。

李卫一笑："专门儿往我这儿送豆腐，对吗？"

店老板："谁有钱谁吃……"

李卫："我一年的俸禄是一百三十两，我算有钱吗？两千五百七十两，我得干多少年呢？我还真的还不起你。"

店老板又要哭号。

李卫："别哭。"

李卫起身，从墙角处拿过一根扁担。

店老板盯着李卫。

李卫："兄弟我在江湖上混过，还不起钱挨扁担，打折一根，算十两银子，给你，打吧，我给你数着。"

店老板愣了。

李卫将扁担塞到店老板的手里，大喝："打呀！"

店老板后退了。

李卫："我要是哼哼一声，我是你孙子。打呀！"

店老板扔下扁担就跑。

李卫似乎有些发泄地，边追边喊："今天你不打折一百根扁担，你是我孙子！"

思盈、小满过来，拉住了他。

李卫还不依不饶地喊着："你卖豆腐的也算一拨儿。妈了个巴子的……"

思盈："李卫！现在是闹的时候吗！"

一个衙役慌张地跑进来："老爷，不好了，盐商们罢市了！"

21. 街上一家盐号前　日

街上的人群乱乱哄哄。

一家盐号门前，贴出了告示："盐行停市"。

一些买盐的敲打着铺面门。

大门紧闭。

22. 另一家盐号前　日

一些挑夫，担着盐担，聚在这里。

有人在敲门板。

伙计探出头来："敲什么？"

挑夫："我们从盐田把盐挑来了，一来一去上百里地，说不收就不收还行？"

伙计："别嚷了别嚷了，知府老爷把兵都带进来了，商会的会长也抓了，还收什么收？"说着，哐的一声关上了门。

众挑夫也是一片叫喊……

冉成杰的一个亲信出现在人群里，高声地："是知府老爷不给咱们活路，副帮主有话，都到知府衙门前请愿去。"

23. 府衙门前　日

门前的空地上，已经黑压压地坐了一片，还不时有人陆续到来。

呼喊声、喧哗声不绝于耳：

"管管我们的死活呀——"

"没有盐可不行啊——"

"求求老爷给我们一条活路啊——"

一个衙役出来，声音沙哑地："大家都回去，聚众闹事那是犯王法的事，这是知府衙门，此地不能久留——"

他的话还没说完，已经有破草鞋、烂菜帮子之类的东西扔了过来。

衙役狼狈而退。

任南坡出现在混杂的人群里。

24. 府衙内　日

思盈、小满、李母、顾盼儿、石榴都围在任南坡的身边。

| 第二十四集　南墙碰壁 |

大家谁也不说话。

任南坡终于开口了："……既然捅了马蜂窝，那些要飞出来的马蜂，就不能不让它飞出来。现在没有别的办法，一个字：忍。"

思盈："李卫呢？"

石榴："我看见他往大牢那边儿去了。"

思盈起身。

任南坡一抬手："让他去吧，那马蜂窝捅一竿子也是捅，捅两竿子也是捅，无所谓喽。"

25. 府衙大牢内　日

李卫进来。

李卫："带黄伯仁。"

狱卒："带黄伯仁——"

可是半天没有回音。

狱卒又高声地喊了一嗓子："带黄伯仁——"

还是没动静。

李卫："怎么回事？死了？"

一个狱卒自内出："大人，他说……他饿得走不动了。"

26. 一间牢房内　日

黄伯仁直挺挺地躺在一张草席上。

李卫进来。

黄伯仁连眼睛都不睁一下。

李卫席地坐下，坐得离黄伯仁很近。

李卫似乎很亲切："你们的招儿不少。行，有两下子。把盐换了，是吧？左一拨右一拨地来叫板，是吧？连我们家吃豆腐都让你们算计了，是吧？如今你们盐商又罢市了。没事，我不怕，一俩月的不吃盐，我头发白不了。告诉你，穿上这件衣服，我是知府，脱了它，我比你们坏多了。我是来追盐税的，这口子我就决定从你这儿撕。谁爱来谁来，撬不开你这张嘴，算我没本事，"

黄伯仁依旧一动不动。

27. 府衙门外　日

依然是黑压压的一片，吵吵嚷嚷。

冉成杰在一旁看着。

公春玉出现在他身边。

公春玉："师哥。"

冉成杰："你怎么来了？"

公春玉脸冷冷地："这些人都是你拉来的？"

冉成杰："怎么是我拉来的……"

公春玉："有一半儿是盐帮的人，你还想骗我？"

冉成杰："这是被逼嘛。"

公春玉："我爹说过多少次，不让咱们跟盐商和官场的人搅在一起，我爹刚病，你就跑出来……"

冉成杰："老帮主的话我牢牢记着，盐商一罢市，兄弟们就没饭吃，我身为副帮主，不能不管呀。"

任南坡就离他们不远，这些话他都可以听到。

忽然人群骚动起来。

只见一乘大轿停下，季东平走了出来。

人们闪出了一条路。

季东平径直走到门前的大鼓前，拿起鼓槌，一下一下地敲了起来。

28. 牢房内　日

鼓声隐约传来。

一个衙役进来，对李卫低语几句。

李卫面色一沉，站了起来。

黄伯仁说话了："我饿……"

李卫对衙役："让他吃。"

29. 府衙门外　日

门开了，李卫走了出来。

外面一下子安静下来。

季东平就迎面站在李卫面前。

第二十四集　南墙碰壁

　　李卫压住火："谁敲的鼓？"

　　季东平："我，两淮盐运使，季东平。"

　　李卫："平常要敲这面鼓，有理没理先打二十板子。季大人嘛，您要是觉得我这鼓好听，随便敲就是了。"

　　季东平："那我得谢知府大人赏脸了。"

　　李卫："您是四品，我是五品，我哪儿敢赏您的脸。"

　　季东平："您赏不赏我没关系，我只请大人不要作难扬州的百姓。"

　　门前的人众一片附和声。

　　季东平："扬州市民，吃饭不能没有盐；这些挑夫船脚，没了盐同样没有饭吃。"

　　李卫："新鲜了，你是盐道，管的就是这摊儿，怎么跑这儿敲我的鼓来了？"

　　季东平："李大人居然还记得我是盐道？您调兵围我的盐仓，聚花船堵我盐运码头，无名无实就抓起商会会长，你怎么就没想起还有个盐道来？"

　　李卫一字一顿地："我真不愿意想起你来！都是朝廷命官，孔子孟子的也都念了不少，俸禄拿着，皇粮吃着，应着名儿的是为国家办事，为百姓谋福。"凑向季东平的脸："七成盐税，那是多少钱哪？我真不愿意往你那儿想。"

　　季东平气得大叫："当着扬州百姓，你把话说明白。"

　　李卫："我还没说明白呢，您就急成这样儿了。算了，还是别往明白里说了。给咱们大清朝留点儿脸面吧。"转对众人："你们听着，咱们季大人什么坏事儿也没干，盐商罢市是冲我来的，你们要骂，骂我李卫，我他妈的没本事，没抓住这些胡作非为的王八蛋！"

　　人群中，公春玉听得很认真，神色中，不无欣赏与钦敬。

　　冉成杰捅了捅公春玉："别听他胡说八道。"

　　公春玉："这个人有良心……"

　　季东平："李卫！你口出秽言。你、你、你官箴何在！你不怕丢脸吗？"

　　李卫："我光脚不怕穿鞋的！"

　　众人哄声叫好。

　　李卫来了劲："大不了我回家种地去！"

　　忽然响出一个低沉的声音："成何体统！"

　　人群一静。

　　有差役喊："巡抚大人驾到——"

　　人群退向两边。

在几名护卫的簇拥下，江苏巡抚福桐走了出来。

李卫、季东平急忙扎下安去。

福桐并没有理这两个人，转对众人，诚恳可亲地："各位父老，各位乡亲，扬州事情我听到得晚了些，不管是什么事，作为江苏一省的总宪，福某都难辞其咎，我这里先向各位告罪。各位都是为家为小，为一时之生计，才到这里来，实出无奈，福某感同身受。只是围坐在这里，终究不是最好的办法。若能给老夫一个薄面，暂且归家，容我些工夫，我必会给各位乡里一个交代，如何啊？"

冉成杰在下面向众人挥了挥手。

围坐的人群纷纷起身、后退。

任南坡隐去。

福桐转身，并没有看站在身后的李卫、季东平，只是淡淡地说了句："跟我进来。"

30. 府衙内堂　日

福桐进来也没落座。

李卫、季东平跟在身后。

福桐轻声细语地："你们一个从四品的道台，一个是五品的知府，论阅历、论年龄，都不是初出茅庐的黄口小儿了，一个横着脖子一个竖着脸，大庭广众之下，一副市井泼妇的样子，还有体面可存吗？"

季东平："李卫欺人太甚。"

福桐声音一高："没让你回话！"

季东平低首。

福桐："你盐道上的缺失还少吗？虽然你只管盐运周转，课赋厘税划不到你那儿，可私盐贩运屡禁不绝，连黑道上的盐帮都能跑到扬州登堂入室，你十分有理吗？"

季东平跪下。

福桐："回去，写个服辩折子，先给我过目，说得过去则罢，否则，我领衔参你！"

季东平战战兢兢地倒退而下。

福桐这才坐下来，长长地舒了一口气，似乎轻松了些。

石榴轻手轻脚地上来递上茶。

李卫低头垂手，当堂而立，不时偷抬眼睛扫几眼这位城府颇深的顶头上司。

福桐抚弄着茶盏，和颜悦色地："四爷是镶蓝旗籍，我呢，也是镶蓝旗佐领下。若按满洲旧俗，我也当得成你半个主子呢。"

第二十四集　南墙碰壁

李卫急忙甩脱双袖，要行家礼。

福桐摆了摆手："说说就算了，我不受你的家礼。坐罢。"

李卫哪里敢坐。

福桐也不继续让，喝了口茶："四爷现在管着户部，为咱们大清着柴米油盐的急。我知道，你的这个差事是雍王爷派的。对吧？"

李卫："让我……追缴盐税。"

福桐："你追回了多少？"

李卫："有五十万两……"

福桐："杯水车薪。你扪心自问，你对得起自己的差事、对得起你家四爷吗？"

李卫低下头。

福桐："去年的盐税少了七成，起码还有三成，可如今盐商一罢市，恐怕连那三成都要往下减了。"

李卫："我明明看见……那库里都是私盐。"

福桐："你抓到真凭实据了吗？"

李卫语塞。

福桐语带威严地："你也太莽撞了吧！居然还搬请镇江的绿营兵，明火执仗地去封盐库，没有证据就捆了商会会长，把这扬州城搅成了什么样子！我领江苏这么多年，还没碰到过盐商罢市这样的事，更没见过堂堂的一镇太守，大庭广众面前耍泼皮。"

李卫蔫了。

福桐恩威并用地："我作为一省的封疆，不能看着康熙爷治下的太平年景里，有什么停行罢市之类的事情！你知道吗？新来的江南道御史，他要动本参你呢。"

李卫张了张嘴，可是没说出话来。

帘后人影一动，是小满躲在那里。

福桐："你也不要等人参你了，你是知府，平抑地方是你的分内。如今由于你的举措不当，闹得市井无序，说到哪里也是难辞其咎。你自请罚俸三月吧。"

李卫委屈得眼泪都快出来了。

福桐又转平和地："我知道你初来扬州，立功心切，初衷并不坏，上面要是问下来，是兵部也罢，是吏部也罢，我都帮你挡一挡。四爷那里怎么交代就是你自己的事了。你别忘了，四爷管的是户部，这里的盐一旦出不去，第一个急的就是他。"

李卫腿一软，蹲在了地上。

福桐见已收效，便起了身，很似长者地拍了拍李卫的肩："你别的先不要管，当务之急,是要放人,要让盐商开市。懂吗?"

31. 任南坡的房间 日
任南坡写信。

32. 思盈的房间 日
小满急匆匆进来。

小满:"姐,咱爹当初当的是不是江南道御史?"

思盈:"是啊,怎么了?"

小满:"现在又来一个,刚才我听那个巡抚说,新来的江南道御史,要参咱们李大哥。"

33. 牢房 日
李卫黑着脸进来。

李卫对狱卒:"把那姓黄的放了。"

狱卒:"他说……"

李卫:"说什么?"

狱卒:"他说他还要多住几天。"

李卫:"什么?"

34. 黄伯仁的牢内 日
一桌的鸡鸭鱼肉摆在那里。

黄伯仁舒舒服服地坐着。

李卫进来。

黄伯仁:"李大人是来放我出去的?"

李卫:"小日子过得不错。"

黄伯仁:"是啊,不错。我还真不知道,扬州城里还有这么清静的地方。所以呢,我就先不准备出去。"

李卫:"想坐牢?"

黄伯仁:"我这一生作孽太多,就算是苦修还愿罢。如今街上罢市,百姓都受苦呢,什么时候重新开市,我什么时候再出去。也算是争一功德。李大人,别惦记我了,干您的

第二十四集　南墙碰壁

事儿去吧。"

李卫的脸上红一阵白一阵。

35. 任南坡的房间　日

任南坡写罢信，装进信封。

任先生走出屋门，将信交给一个差役："派一个信差，把这封信送北京，雍亲王府。"

顾盼儿进来了："先生，那个季公子又送来了帖子，他说……要在船上听您的琴。"

任南坡："上阵父子兵……"

顾盼儿："不要去吧，这个时候见您，来者不善的意思。"

任南坡："……盼儿，我多想让你见到我风光的一面，就像火烧赤壁之时，公瑾当年面对小乔；就像好句初成之际，后主李煜有小周后在侧……可是，天公作难，要练我心智啊……"

顾盼儿："先生心不要太重，就是诸葛孔明，也有六出祁山，无功而返的时候。"

任南坡："你的一句宽解，可抵十次封侯……你说得对，该认输的时候，就要认输。"

顾盼儿："要去？"

任南坡："去。我给他弹了《十面埋伏》，自己不能学楚霸王。记得我教你《十面埋伏》时，让你背的诗吗？"

顾盼儿："至今思项羽，不肯过江东……"

任南坡向顾盼儿投上深情的一顾。

36. 府衙大厅内　日

小满进来了，见厅内空空，嗅无人迹。

小满刚要走，忽然发现一个头朝下脚朝上的人正在靠墙倒立。

小满吓了一跳，近前一看，是李卫。

小满："你干什么呢？"

李卫："我脑子乱，控控。"

小满："你是不是怕人参你呀？"

李卫："去他妈的，人死鸟朝上，爱怎么着怎么着罢。"

小满："你这么老控着也不是事儿啊。我姐和任先生，都在帮你想办法呢。"

李卫："干吗？"

小满："任先生给那个什么季公子弹琴去了。"李卫手一软，摔倒在地："什么？"

小满："我姐去找那个江南道御史了。"

李卫歇斯底里地冲小满大喊："咱们是站着撒尿的大老爷们儿，知道吗！怕个球！把他们找回来！"

37．闵靖元府　日

闵靖元正在秉笔而书。

一个小书童进来："有人求见。"

书童："他说他的父亲是前任江南道御史。"

闵靖元："快请。"

闵靖元随着书童迎出了屋。

思盈站在当院，她是一身男装。

闵靖元："我们好像……见过。"

思盈："您曾经路见不平，帮过我。"

闵靖元："对了，想起来了。原来你是……岳老前辈的后人？"

思盈："那是家父。"

闵靖元："失敬，快请进。"

38．闵靖元府外　日

李卫、小满来到门前。

李卫上前抬手要敲门，忽然他又犹豫了。身心疲惫地转身走开，像一个游魂荡鬼。

小满："你怎么了？"

李卫打了自己一个嘴巴："妈的，我这是怎么了……"

39．闵靖元府　日

闵靖元："你不让我参李卫？这可不像直毅公后人的作为。"

思盈："你参他什么？"

闵靖元："盐商罢市，官盐停运，这事还小吗？"

思盈："你就不问问是什么原因？"

闵靖元："他脱鞋去帽，当众撒泼，将一介知府变成一个市井无赖，只凭这一点，什么原因也不足抵。"

第二十四集 南墙碰壁

思盈："你只看见了事，为什么不看看他心呢。"

闵靖元："急功近利，一心只知邀宠于朝廷和自己的主子，置官箴礼法于不顾，这就是他的心，我没说错吧？"

思盈一时语塞。

40．闵靖元府外 日

这时，闵靖元府的门开了，思盈一脸清霜地走出。

小满迎上："姐！"

小满的叫声被跟送出来的闵靖元听到了。

闵靖元对小满："你叫他……什么？"

小满："叫她……"看了一眼思盈。

思盈顿了顿："算了，做这种戏还有什么用？"说着摘去帽子，露出了一头秀发。

闵靖元愣住。

思盈："我是岳子风的女儿，我叫岳思盈。"说罢头也不回地去了。

闵靖元似有一种惊艳之感。

41．顾盼儿的花船上 日

任南坡面窗而立。

季允梅挑帘而入。

两个人谁也没讲话，但双方的心思却都是了如明镜。

季允梅终于开口了："良辰美景，怎么能没有笙管歌喉伺候。来呀，摆琴。"

管事妈妈摆上了两张琴。

季允梅："只要一张。弹琴是要费心的，我今天只想舒畅舒畅。任先生，赏一曲罢。"

任南坡神情落寞地走向瑶琴。

季允梅一时间满面春风。

42．船外 日

李卫跑来了。

这时，琴声响起。

顾盼儿唱："生当作人杰，

死亦为鬼雄，

至今思项羽，

不肯过江东。"

李卫虽然不懂什么易安居士，但他却知道任先生在因他而受罪。

每一声琴音，似乎都刺痛着他……

43. 船上　日

歌声落处，季允梅击节赞叹："好。那天是《十面埋伏》，今日兵败垓下。倒也是因果相连。"

顾盼儿："季公子深通音律。"

季允梅："不敢，里手面前，怎么能讲深通二字。"

顾盼儿："盐商们罢市了，老百姓没有盐吃。公子若是能解罢市之围，令盐商开市，我会请任先生再谱几个新曲。"

季允梅："盼儿姑娘居然是菩萨心肠，也来为民请命。"

顾盼儿风尘地一笑："您看我像吗？"

季允梅："让盐商开市……其实也不难。知府李卫你见过吧？"

顾盼儿："见过。"

季允梅："告诉他，只要让他到盐道衙门前磕三个响头。"

第二十五集 韬光养晦

1. 盐道衙门外 日
李卫如梦游般地走来。
他站在了盐道衙门的门口，他呆呆地看着盐道衙门的大门。

2. 府衙内 日
石榴正在洗菜。
小满进来："看见李大哥了吗？"
石榴："出去了，说是去什么盐道衙门。"
小满一惊："他真磕头去了？"
石榴："给谁磕头？"
小满："任先生回来说的，姓季的那个王八蛋，说要想让盐商开市，就得叫李大哥在盐道衙门的大门口磕三个响头。"
石榴把菜往水盆里一摔："欺负人！"
水溅了小满一脸。
石榴拿起一块布给小满擦脸上的水："还要怎么欺负人哪？豆腐不敢吃了，俸禄也罚了，你看看，老太太都挖起野菜来了！还磕头！还磕头！"越说擦水的手越重。
小满："你轻点儿，我这是脸……"
石榴给小满揉脸："你说咱们老爷真能去磕？"
小满："不踹他们两脚就是好事！磕头？"被揉得挺舒服："你多给我揉两下。"
石榴没好气地："美的你！"

3. 盐道衙门前　日

门官探头探脑地出来了，但见李卫还是那样愣愣地站着。

门官试探着走上前去："李大人……有事啊？"

李卫只是愣愣地盯着大门。

门官："您找谁？"

李卫不语。

门官："要我……通报一声？"

李卫终于憋出一句话来："我找你奶奶！"说罢，掉头就走了。

4. 府衙的门口　日

小满坐在台阶上，双手托着腮——他在等李卫。

思盈走了出来，在小满身边静静地坐了下来。

5. 街上　日

李卫摇摇晃晃地走来。

一家盐号门前，依然高悬着"停业"的告示。

李卫在那告示前站下，眼睛发直。

6. 盐道府衙内院　日

季允梅正在喂鱼。几个盐商围着他。

门官正在禀报："他在那儿站了半天。"

盐商甲："磕头了吗？"

门官："骂了句人就走了。"

季允梅摆了摆手，门官退下。

盐商甲："一晃快十天了，这里里外外可都是钱哪。真这么跟他抗下去？"

盐商乙："安徽、江西那几个省盐号急得直叫。"

季允梅："你们不要目光这么短浅。一任知府要当三年，不让他尝够苦头，他会没完没了地闹下去。赔得起吗？"

盐商丙："就怕他不肯磕这个头。"

季允梅眼睛看着鱼："他会回来的。太平年景，盐商罢市，别说他一个李卫，就是那位四爷，恐怕也担不起这个罪名。"

| 第二十五集 韬光养晦 |

盐商乙："我担心他什么都不怕。"

季允梅一笑："有什么都不怕的草民，没有什么都不怕的官员。别小看了那个顶戴，能让人把腰伸直，也能把人的腰弄弯。"

门官又跑进。

门官："他又回来了。"

季允梅指了指石凳上的一个蒲团："把这个给他送出去。"

7. 盐道衙门外 日

李卫果然又站到了门口。

门开了，门官拿着一个蒲团出来，也不说什么，直接放到了李卫脚下。

李卫愣了片刻，弯腰拿起了那个蒲团，拍打了几下，夹在腋下，转身又走了。

8. 府衙内院门外 日

小满和思盈还坐在台阶上。

李卫挟着那个蒲团，神情有些恍惚地走来了。

小满和思盈站起了身。

李卫和他们擦肩而过。

9. 院内 日

石榴用衣襟兜着一兜野菜正要进厨房。

李卫："我娘呢？"

石榴："后院挖野菜呢。"

李卫："挖野菜？"

10. 后院 日

李母正跪在墙根挖野菜。

李卫进来，呆愣愣地看着母亲。

李母抬起头："还拿个蒲团来干什么，这地不硬。"

李卫忽地扑跪在了母亲面前："娘啊，儿子无能，儿子不孝……"他竟哭了起来。

李母这时倒显得很平静："卫儿不哭，豆腐咱不吃了。苦日子又不是没过过，年年闹饥荒，咱们都是野菜接短儿，你不是也长这么大吗？"

李卫："儿子当了官儿，却让您老人家吃起野菜来了……"

李母用手给李卫擦了擦泪："这官儿不好当是吧？"

李卫点了点头。

李母："不好当咱就不当了，天底下那么多人，不当官儿不也照样活着吗？"

李卫："这口气我咽不下去。"

李母："咱们逃荒挨饿的时候，观音土都能咽下去，还有什么咽不下去的呢？"

李卫："娘说得对……可儿子怎么就这么笨哪——"

思盈、小满、石榴都远远地站在那里，默默地看着这对母子。

小满哭了。

石榴给他抹眼泪。

任南坡手提鸡鸭老酒，笑呵呵地进来了。他对这里的景象似乎全然未觉。

任南坡："南京板鸭、湛江硝肉外加绍兴黄酒，什么清官儿不清官儿的，都是狗屁，来，打牙祭！"

11. 厅内　日

酒菜摆下。

一家人围坐在一起。

李卫仍然没缓过神来。

任南坡神态轻松地将一杯酒递向李卫："老弟，这可不像你。大到两国交兵，小到下棋打赌，都是有输有赢。有什么大不了的？"

石榴愤愤地："那也不能跪地下磕头啊，太欺负人了。"

任南坡拍了拍李卫："还真有人疼你。男子汉嘛，能吞能吐，能伸能屈。韩信乞食漂母，受辱胯下，照封淮阴侯。不就是磕个头吗？"

思盈盯着任南坡："先生又有胜算了吧？"

任南坡："胜算不敢说，起码是要往前走。"喝了口酒，指了指中间的鸭子："这是私盐，一只肥鸭子，肥得流油的鸭子。"将几个杯子摆在了周围，一一指着："盐道衙门、官员子弟、盐商、河防营、盐帮，所有沾上油水的，把这只鸭子围得水泄不通。你只要想伸手碰这只鸭子，这一圈儿人就会一齐扑过来。你们说，这次我们输在哪儿了？"

李母："那还用说，没把这只鸭子抓着。"

小满："这只鸭子太大了，一只手抓不住。"

石榴："这只鸭子长翅膀了。"

第二十五集 韬光养晦

任南坡笑了，对李卫："知府大人说呢？"

李卫还有些发愣。

思盈推了推李卫："说呀！"

李卫："我脑子还是不够用……"

任南坡看着思盈。

思盈想了想："我们不该直接去抓这只鸭子。"

任南坡："聪明！说得对，不该直接伸手去抓鸭子。现在要做的第一件事，就是把手缩回来。"

李卫："第二件呢？"

任南坡："别急，连第一件还没做呢。把手缩回来，要让他们看着你把手缩回来。"

李卫："怎么缩？"

任南坡："你说呢？"

李母："我明白了，不就是磕头吗？儿子，磕就磕，观音土都能咽下去，没什么大不了的。"

小满摇头晃脑地："小不忍则乱大谋。"

思盈："跟谁学的，油嘴滑舌。"

李卫一仰头，将酒喝干："辣块妈妈的，不就装孙子吗？我就韩信了！"

12. 李卫房间 日

李母、石榴为李卫整理着官服。

石榴："要不，我陪你去吧？"

李卫："又不是喝喜酒去，陪我干吗。"

思盈进来了："用不用我陪你去？"

李母乐了："你瞧瞧，多少人疼你。左边一个右边一个的。"忽又触及心事："……唉，话说回来了，丫头都不错，可是……一个成亲了没拜堂，一个拜堂了没成亲，你说你混的。"

李卫："妈呀，我就够烦的了。"出门。

石榴跟了出去。

李母叫住思盈："思盈，这真是我的一块心病。你说……我也知道，跟了他，你有点儿委屈；不跟他，他就更委屈，你说这事儿……"

思盈："哎哟，我的老太太，您想起什么来了？现在不是说这个的时候。"

思盈出门。

石榴回来取蒲团。

李母又拉住她:"石榴,要不你就跟他圆了房算了。"

石榴:"您说什么呢!"抓起蒲团跑下。

李母叨叨着:"最后哪个都没落着可惨了……"

13. 府衙门外　日

李卫夹着蒲团出来了。

石榴和思盈送他出门。

走了几步他又停住了,反身往回走。

思盈:"你上哪儿去?"

李卫:"我不能便宜了那王八蛋。"

14. 牢房　日

黄伯仁这里,除了一桌子酒肉之外,又多了两个婢女,一个捶背,一个敲腿。

李卫进来了:"你还挺舒服。"

黄伯仁:"还行。"

李卫:"你还是不想出去?"

黄伯仁:"还是那句话,盐行什么时候开市,我什么时候出去。我不能白进一回大牢,总得有个名堂啊。"

李卫:"盐行开市算什么,我说让它开它就开。"

黄伯仁笑了。

李卫:"你不信?"

黄伯仁摇头:"请神容易送神难。"

李卫:"咱们打个赌怎么样?"

黄伯仁:"好啊,怎么打?"

李卫:"三个时辰之内,我让盐行开市。"

黄伯仁撇嘴一笑:"你输了呢?"

李卫:"听你的。"

黄伯仁:"我让你学狗叫,学吗?"

李卫:"行。赢了呢?"

第二十五集 韬光养晦

黄伯仁:"那就听你的。"

李卫:"你给我磕仨头。"

黄伯仁:"好。"

李卫回身对一个牢头:"你做个证。"说着拿起一根筷子,折断,将一截丢给黄伯仁:"一言为定。"

15. 商会内　日

家人进来:"那个李卫又来了。"

季允梅和众盐商一愣。

季允梅对家人:"去告诉老爷……"

16. 盐道衙门外　日

李卫衣袖垂垂地站在那里,面前放着那个蒲团。

中门开了。

季东平走了出来。

李卫:"看好,李卫磕头了!"说罢,伏地就是三个头。

季东平忽地对衙役大喝:"愣什么,快把李大人扶起来!"

几个衙役上前扶起李卫。

季东平一副笑脸地上前:"这是干什么,除了天地君亲师,怎么可以随便叩拜?"

李卫满脸严肃、十分认真地:"我这是真心诚意。"

季东平:"李大人过分了。同地为官,磕磕碰碰的事难免。快快,给李大人压惊。"

李卫越发诚恳:"盐商还没开市,我心里着急。"

季东平:"这帮盐商,讨嫌至极。"对衙役:"快,把方方面面的人都请来,商议开市,就说这是李大人的面子。"

季东平说罢,挽着李卫一同进门。

17. 顾盼儿的花船　日

管事妈妈进来:"公小姐到了。"

顾盼儿:"快请。"

公春玉进来了。

顾盼儿迎上前去:"春玉,咱们多久没见了。见你一面真难。"

公春玉撇嘴笑道："你真会说甜话，咱们俩谁难见？你现在红得发紫，要见你的人把钱举过头。你都不看人家一眼。"

顾盼儿："那不都是逢场作戏吗？"

公春玉："你怎么想起我来了？"

顾盼儿："下月初四，是公老帮主的七十整寿了吧？"

公春玉："亏你还记得我爹的生日。"

顾盼儿："要是连盐帮老帮主的寿辰都忘了，我们还怎么在江湖上混哪。"

公春玉笑了："你倒真说实话。你要去给我们老爷子去做寿？"

顾盼儿："光做寿还行，我要送给老帮主一份厚礼。"

18. 盐道府内　日

这里大开筵宴。

季东平、熊九如、众盐商均到了。

李卫一改平时的"风范"，在这些人面前，摆出了一副受气包的样子。

季东平："李大人跑来跪我的盐道衙门，虽说大可不必，但也足见忠于朝廷、体恤民情的诚意。前些时候，实在是闹了些误会，借此机会，也是尽弃前嫌吧。李大人，您说呢？"

众人将目光盯向李卫，这些目光中，依然充满了疑惑与敌意。

李卫装出了一副愁苦万状的样子，先深深地叹了口气："我这次来，在四爷那儿领的是咬牙的差事，你们也知道，扬州前三任知府都给砍了，我要是交不了差，我可怎么办哪。"

众人不说话，等着李卫往下说。

李卫："这一来，我也就急了。谁知道闹到这一步……今天借着季大人的酒一盖脸儿，大伙儿也就别跟我计较。"

季东平："怎么会呢？李大人的难处也是可以体谅的嘛。"

李卫："这么着吧，你们也成全成全我。盐税少了七成，也是太多了点儿。在我这一任之内，哪怕多缴上两成去，我就能交代了。"

说到这里，众人的眼光都变柔和了。

盐商甲："好说好说，李大人要是把这点儿意思早点儿说了，何苦舞刀弄杖的。"

熊九如："是啊，三年之内，多缴两成，从船舱缝儿里扫扫，也扫出来了。"

李卫："真的？"一拍大腿："我哪儿知道啊！"

第二十五集　韬光养晦

李卫的这通傻装得很成功。

在座的人都被李卫的傻气逗笑了。

19. 花船内　日

顾盼儿："老帮主到底得的是什么病呀？"

公春玉摇了摇头："我也说不清，反正是一种怪病。请了几个郎中都没看好。"

顾盼儿："那帮里的事情谁管？"

公春玉："帮里的事情都掌握在师兄的手里……"

顾盼儿："你师兄不是一直对你好吗，上次见到老帮主，我还听说……"

公春玉："嗨，算了，提起来就让人烦。"

顾盼儿："怎么了？"

公春玉："我师兄那个人，现在越来越不像话了……不说这个了。老爷子做寿的时候，你去不去？"

顾盼儿："当然要去了，我还要送一份儿厚礼。"

公春玉："先让我看看。"

顾盼儿笑着摇了摇头："到时候再让你看。"

公春玉："卖关子。"

花船后面的隔间里，任南坡靠窗坐着，外面的对话，他听得一清二楚……

20. 盐道府内　日

李卫把一盘鸭子往中间推了推："比方说，这就是盐，"学着任南坡的样子也摆起了杯子，"这是诸位，盐道衙门、河防营、各位盐商老板，这是本官，大伙只要把盐围住了，每人多出一点儿力，朝廷的差事也交了，我也不至于里外不是人儿。"

众人看着李卫的憨态，甚觉可笑。

李卫发现自己手里还有一个杯子："对了，我忘了，还有盐帮。"四下看了看："哎？盐帮的人怎么没来呀？"

盐商甲："盐帮嘛，不过就是一帮臭苦力，这种台面儿是上不来的。"

李卫："人家在江湖上也有一号啊。"

盐商乙："再有一号，也是黑道儿上的，用用他们就是了。"

熊九如："那姓冉的小子，现在越来越不像话，那天居然跑我那儿去，要跟我河防营划地盘儿，不知道自己是老几。"

李卫眼睛眨了几下："哦……"

季东平："算了算了，不说盐帮了。来，为了李大人当好这一任扬州知府，也为了大家更好地报效朝廷，同饮一杯。"

李卫低侧过头，很认真地对季东平："那……罢市的事，咱是不是……也一块了了？"

季东平笑了："那还用操心吗？"

李卫故做痛心状："巡抚老大人罚了我三个月的俸啊……"

众人再一次忍俊不禁。

一道屏风后，季允梅坐在那里，微微地眯着眼睛。外面的话他自然是听得一清二楚。听到这里，也不禁一笑。

21. 街上　日

有执役者敲锣而过："开市喽——盐行开市喽——照常买卖，盐价不动——"

22. 府衙大门外　日

锣声可闻。

一乘轿子停在门前。若干仆从候在那里。

两个婢女扶着黄伯仁出来了。

仆从们急忙上前请安："老爷受苦了。"

黄伯仁走向轿子。

执役者一路吆喝着，敲锣走过。

打赌时做证的那个牢头挟着一个蒲团追出："等一下，老爷让我把这个给您。"

黄伯仁一看，牢头手里拿着的是半根筷子。

黄伯仁的脸立时紫涨起来："什么意思？"

牢头："俗话说，欠债不欠赌债，三个时辰之内盐行开市了，您输了赌。老爷问，您是在这儿磕，还是进去磕。"说着将蒲团往黄伯仁的面前一扔。

黄伯仁愣住。

牢头："打赌的时候我是证人，输了赌不认账，该打该罚，可是我说了算。"

黄伯仁有些胆怯地后退："你要怎么样？"

牢头："看您的，您要是认了账，那就什么事儿都没有。"

黄伯仁："我要是不磕呢？"

| 第二十五集 韬光养晦 |

牢头:"您那儿是什么规矩我不知道,按我们牢里的规矩嘛……"顺手拣起一块鹅卵石,在手里掂了掂,目测了一下大小。"我看这块大小差不多……"

黄伯仁睁大了眼睛盯着牢头。

牢头将石头在黄伯仁的面前晃了晃:"输赌不还的话,您把这个嚼嚼咽下去。"

黄伯仁:"那是石头……"

牢头:"嚼不动的话,"走近黄伯仁,"按规矩,那就从后边儿给您塞进去。"

黄伯仁想跑,早有两个衙役站在了他的后面,一边一个挟住了他。

牢头:"您是磕头啊,还是我叫兄弟们扒裤子?"

黄伯仁:"我是会长!"

牢头:"赌局上面可没大小,不管您是会长,还是驴蹄子马掌,输了赌就得认。来,把裤子给他扒了!"

两个狱卒一架,牢头上去就解裤子。

黄伯仁哇哇大叫。

小满出来了:"停了停了。老爷发话了,说不想磕就算了,别难为黄会长,老爷说这叫和为贵。黄会长,您就先欠着吧。"

牢头掂着石头:"我还真想看看能不能塞进去呢。"

牢头一摆手,两个狱卒放开了黄伯仁。

黄伯仁逃也似的往轿子里钻,脱了半截的裤子将腿一绊,狠狠地摔了个跟斗。

23. 府衙内 日

众人听罢小满的学说,都笑得很开心。

思盈指着李卫:"火都着上房了,你还有心思干这种不正经的事。"

李母:"我看挺好,这世道,没什么正经的。"

李卫对任南坡:"头我也磕了,孙子我也装了,下边儿该听您的了。"

任南坡又在桌上摆起了一圈杯子:"上次我们说了,这是私盐周围的一圈儿。要想抓住里边儿的东西,必须要撕开一个口子,你们说说,这口子从哪儿撕好呢?"

思盈指着杯子:"盐道衙门是不可能的;盐商不好碰;河防营连年将军都没办法……"

李卫:"今天在饭桌上,只有一拨人没到,他们说这拨儿人上不了台面儿。"

小满:"哪拨儿?"

李卫:"盐帮。"

任南坡笑对李卫:"你这个头没白磕。"掏出一个信封:"我写信跟四爷要了个东西,今天传驿过来了。"

任南坡将一个黄绸敷面的折册放在了桌上。

李卫看了看:"这是什么?"

思盈拿起:"太医院的官牒。"

李卫:"干吗用?"

任南坡:"进盐帮。"

24. 盐帮总舵大宅　日

一个寿字悬于中堂。

喜庆的唢呐声响起。

冉成杰和六堂的堂主候在当庭。

一司执上:"帮主到。"

四个帮丁抬着一把躺椅进来了。

公买秋迷迷糊糊地斜靠在躺椅上,头歪向一边,一只手还不停地抖动着。也不知他得的是什么病,像是中风,样子怪怪的,还多少有些滑稽。

公春玉紧随其后。

公买秋被抬到了正位。

冉成杰与众堂主向其行礼,齐声地:"愿老帮主寿比南山!"

公买秋的嘴动了动,公春玉伏向耳边,听了听。

公春玉:"我爹说,你们都是有孝心的。"

门外传来亮亮的一声:"难道我就没孝心?"

人群一闪,花枝靓丽的顾盼儿进来了。

顾盼儿走到公买秋面前,款款地一福:"寿星老吉祥。我祝您老长命百岁。"

公买秋嘴动了动。

公春玉翻译:"爹很高兴,说一听到你的声儿就高兴。"

顾盼儿:"光听声儿算什么,我还有更实在的东西送给老帮主。"

公春玉对公买秋:"对了。盼儿跟我说,还给您准备了一份厚礼。"对顾盼儿,"你那关子卖够了吧,什么好东西?"

顾盼儿掏出那个太医院的文牒,交给公春玉。

公春玉看了看:"这是什么?"

第二十五集　韬光养晦

顾盼儿："这是太医院的文牒。给皇上看病的太医们，都有一份这样的文牒。"

公春玉："送一份文牒干什么用？"

顾盼儿："给老帮主看病呀。"

公春玉笑了："这一张纸片儿就能看病？"

顾盼儿一侧身："公孙先生请——"

人群一闪——李卫出现在门口，只见他贴上了五绺长髯，左眼上还蒙了个黑眼罩，神气活现地走了进来。

李卫身后跟着两个人——任南坡化装成一个老仆；思盈化装成一个跟包的小厮，手里还提着一个药箱——一左一右跟随而进。

冉成杰眉头紧锁起来。

李卫行至公买秋的面前，也不说话，又摸脑门、又翻眼皮地乱鼓捣了一气。

顾盼儿："公孙先生，先不急吧。"

李卫："急不得，这个病还真是急不得……"

顾盼儿："今天是公老帮主的寿辰，大家都等着给老帮主上寿呢。"

李卫："你看你看，我这眼中只有病人，还真把这个忘了。不过，做医生嘛，不轻易给人祝寿，我前脚祝寿，后脚就死了，怎么交代呀？"

如此不吉利的话在这种场合说出，弄得在场的人都是一愣。

李卫到了这种场合，倒显得游刃有余了。他看了看诧异的众人，徐徐地："不过，公老帮主又当别论。一辈子跟盐打交道，自然会长命。"

冉成杰不无挑衅地："我倒想领教先生的高论，这和盐有什么关系？"

李卫："你是谁？"

冉成杰："本帮副帮主，冉成杰。"

李卫："你吃过猪肉吗？"

冉成杰被问得一愣："猪肉？"

李卫："对，就说猪肉，你说是一块鲜肉放的时候长，还是用盐腌起来放的时候长啊？"

在场的人都大笑起来。

连公买秋也笑得直动。

顾盼儿："公孙先生就是这样人，还常把皇上逗乐了呢。"

李卫："这也是一道方子，一个人每天要是能大笑几次，比吃什么药都管用。"转对公买秋："在下公孙西，御前五品太医，见过公老先生。"

公买秋的嘴动了动。

公春玉："家父问，公孙先生怎么到了这里？"

任南坡："我家主人，最近眼疾复发，和皇上讨了个假，回乡休养一段。"

顾盼儿："我和公孙先生几年前就认识，这次恰巧被我碰上了。"

李卫："当年我落魄的时候，盼儿姑娘就曾帮过我，她张了嘴，我是不能不来的。再说，我也想就此结识一些江湖上的朋友。"

公买秋的嘴动了动。

公春玉："公孙先生是上宾，既然来了，不妨小住几日。"

李卫："好啊，我也趁这个时候，向老帮主学学怎么做腌肉。"

大家又笑了。

只有冉成杰双眉紧锁。

25. 冉成杰房内　日

冉成杰相当气恼，三四个堂主在他左右。

冉成杰猛将桌上的杯子扫出很远，爆发地："臭婊子多事，上哪儿找来了这么个鸟太医！"

堂主甲："他要是真把那个老不死的治好了，对咱们太不利了。"

堂主乙："以前来的几个郎中，咱们不是都想办法打发了吗，照方抓药就是。"

冉成杰捶着桌子："这回不一样！没看见吗，那是御前五品，能轻易下手吗？"

堂主丙："盐行罢市十几天，各处都急得要命，现在开始了，正是大干一下的时候。"

堂主乙："老头子的病也难说，都那个样子了，太医能怎么样？"

堂主丙："真要治好了呢？"

堂主甲："大不了做掉那个老头子。这个不许，那个不让，我早烦死他了。"

冉成杰心情矛盾地摇头。

堂主乙："我知道，你舍不得那个公春玉。我说副帮主，和接手整个盐帮比起来，一个女人算什么！"

冉成杰怒喝："我用不着你教训！"

堂主甲："不要动怒、不要动怒。咱们毕竟是行走江湖的，动手做掉帮主，真要传扬出去那名声就完了。还是要想想应对的办法。"

堂主丙："那最好的办法，就是维持现状。既不让他死，也不让他好。"

堂主甲:"可谁知道这个太医有多大门道啊?"

冉成杰阴鸷地:"让他看吧,他总得开方子吃药吧……他开药方,咱们抓药。"

堂主乙:"咱们给他抓假药,吃了也好不了。"

冉成杰对身后的一个亲信:"派人监视着,看清他们的一举一动。不能让他们随便接近帮主。"

26. 河边　日

公春玉送顾盼儿上船。

公春玉:"我爹很少这么高兴了。我真得谢谢你。"

顾盼儿:"等看好了病你再谢谢我吧。"

公春玉:"真看不出,这位公孙先生是个五品太医……"

顾盼儿:"怎么?五品太医得是什么样?"

公春玉:"我也不知道……不过,他这个人倒挺有意思的。"

顾盼儿:"那是你看惯了五大三粗的人,像你那位师兄。"

公春玉:"说他干什么。"

顾盼儿:"上次我一提他,你就不高兴,你们俩也算是青梅竹马了。"

公春玉:"人也会变。他现在的野心越来越大。几个香堂的堂主他都拉拢过去了,整天和那帮什么盐商了、什么官府的衙内的裹在一起……"

顾盼儿:"有钱赚还不好?"

公春玉:"我们盐帮从来是只运盐,不贩盐,小打小闹地夹带点儿私盐也是有的,可从来不和盐商裹在一起,更不会大张旗鼓地走私。可自从师兄翅膀硬了以后,就越来越不像话,现在我爹一病,他就更无法无天了。"

顾盼儿:"行了,别发愁。赶快把你爹的病治好,有人管他就行了。"

顾盼儿上了船。

公春玉目送船离岸。

冉成杰走了过来。

冉成杰:"师妹,太医什么时候给帮主看病?"

公春玉:"人家刚到,总得安顿安顿。"

冉成杰:"看病的时候叫我一下。"

公春玉:"你要学医?"

冉成杰:"给皇上看病的人嘛,开开眼。再说,你身体弱,我要是真能学两手医药,日后也好帮你时时地调理调理。"说着拥了一下公春玉。

公春玉轻轻地闪开了……

27. 客房　日

李卫、任南坡、思盈都在这里。

李卫:"咱们进是进来了,下边儿该怎么办?"

任南坡:"你看出什么来了吗?"

李卫:"这帮人的心眼儿不是太多,比那帮家伙好对付。"

任南坡:"我觉得,这里的气氛不对……"

李卫:"是不是因为老帮主得病闹的?"

任南坡摇头:"如果我看得不错,盐帮可能要闹内讧。"

思盈忽然察觉到了些什么,警觉地向他们摇了摇手。

28. 客房外　日

冉成杰的那个亲随正在山墙外。

客房的山墙上,有一块砖是活的,看来这盐帮的宅子里,这类的暗道机关不少。

亲信轻轻地捅开了机关,屋里人的动静,都可以看到。

29. 客房内　日

思盈贴在墙边,细细地听着动静。

一缕尘土落在她的肩上——这是那块砖头活动时落下的。

思盈似乎已经知道了机关的所在。

思盈向李卫、任南坡示意了一下,轻轻地离开。

李卫又做起太医状。故意大声地:"这个方子嘛,还是要再斟酌一下,还应该再加上两味吧……"凑到任南坡跟前,低声地:"告诉我个药方。"

任南坡低声地:"紫河车五钱。"

李卫大声地:"这样吧,紫河车再加五钱。"

任南坡:"驴皮阿胶一两。"

李卫:"驴皮阿胶再加一两……"

第二十五集　韬光养晦

30. 客房外　日

思盈隐在一棵树后，四下察看着。

很快她发现了躲在那里的亲信。

思盈没有惊动他，悄悄地隐退。

31. 冉成杰处　日

亲信向冉成杰做了报告。

冉成杰："怎么，连脉还没看过，就开上方子了？"

堂主甲："是啊，看病讲的是望、闻、问、切，只看了一眼，他就开方子，也太厉害了。"

冉成杰想了想："不管开什么方子，还是那个办法，咱们去抓药。"

32. 客房　日

亲信走来。

思盈向李卫和任南坡示意。

任南坡低头磨墨；李卫往藤椅上一靠，装模作样地看起书来。

亲信进来："公孙先生，副帮主让我问问，有什么可以效劳的。"

李卫："看病这种事，别人帮不上啊。"

亲信："跑跑腿、抓抓药之类的事，还是我们去做。我们和城里的几家大药铺常年交着买卖，关系不错，保证拿到成色最好的。"

亲信说着，用眼睛瞟了瞟放在桌上的药方。

李卫已将亲信的神态看在眼里，佯装不知地："好啊。我倒也是人生地不熟。"头也不抬地指了指桌子："桌上有个方子，拿去配配吧。"

亲信拿起药方走了。

思盈："他们为什么急着去抓药？"

李卫："我奇怪的是，咱们来了两天了，好吃好奉承，那老头为什么不着急让咱们看呢？"

任南坡自顾低着头磨墨："墨要细细地磨，墨色才能发出来……"

33. 药铺　日

亲信将方子递给老板。

药铺老板看了看:"怎么?你媳妇生孩子了?"

亲信:"我连老婆还没有呢。"

药铺老板拍了拍方子:"那你抓药要干什么?"

亲信:"这是给我们老帮主抓的。"

药铺老板看来和亲信很熟:"说实话,你小子一定在外面惹事儿了吧?"

亲信:"我惹什么事儿?"

药铺老板:"想瞒我?哪家的媳妇?"

亲信:"瞎说什么,这真是给我们帮主的。"

老板笑了:"你胡闹什么,这药是治女人产后出血的。"

亲信:"嗯?"

34. 冉成杰处　日

几包药放在桌子上。

冉成杰对亲信:"废物,你倒是看清楚了啊?"

亲信:"我哪儿懂啊。谁知道……他是给别人开方子呢。"

有人进来报:"禀副帮主,大小姐领着太医去给老爷子看病了。"

冉成杰站起。

35. 公买秋处　日

李卫坐在了公买秋的面前。

李卫摇头晃脑、拉腔拉调地:"老帮主不要着急,病来如山倒,病去如抽丝,慢慢调理,是会好的。"

思盈拿出一个脉枕放在公买秋的手下:"听脉吧。"

公买秋的嘴动了动。

公春玉翻译:"家父说,不要听脉了。"

李卫等人一愣。

公买秋的嘴动了动。

公春玉翻译:"家父说,先生是摸过龙脉的,怕自己的福薄,经受不起。"

李卫:"这个……不听脉,不听就不听吧。把以前用过的方子给我看看。"

公春玉拿过一叠旧方子。

李卫像煞有介事地看方子:"热药多了些,老帮主受补吗?"

第二十五集 韬光养晦

任南坡上前:"我家主人用药一向谨慎,这样,我替主人请一请脉吧。"

公春玉:"您也会?"

任南坡:"开方子自然不行,可看看火大不大,还是可以摸出来的。"

李卫:"是啊,火大了就不能用补药。"

公买秋没反对。

任南坡号脉。

冉成杰进来了。

冉成杰见是任南坡在号脉,有些奇怪,对公春玉:"怎么……"

公春玉:"爹说公孙先生是把过龙脉的,怕折寿。"

冉成杰反倒释然了。

任南坡退下来。

李卫的眼睛还在方子上:"怎么样?"

任南坡:"中焦火有些盛。"

李卫:"正如我所料啊,这是弱不受补的迹象。好了,这些天不要吃油腻,先弄些菊花竹叶水喝喝,我回去斟酌斟酌。再给你们方子。"

36. 客房 日

亲信托进一个托盘,放在李卫面前。

亲信:"这是三百两银子,请公孙先生润笔。"

李卫:"我的方子还没开出来呢。"

亲信:"这是规矩。"说罢退下。

李卫:"妈的,这病谁见过啊。"

思盈:"我看像是中风。"

李卫对任南坡:"您胡乱开个方子罢。"

任南坡闭着眼睛,徐徐地:"有意思,有文章……"

李卫:"您号出什么来了?"

任南坡:"如果我没有弄错的话……这位公老帮主,根本就没病。"

| 第二十六集　以毒攻毒 |

1. 老君堂外　日

　　这里显然是盐帮一处极神圣的地方，冉成杰和公春玉一个在左一个在右搀着公买秋，四个堂主还有盐帮的几个小头目跟在后面，一个个走到这里都极为肃穆地站住了。

　　门楣上方那块年深月久被香烟熏得都有些发黑的堂匾上写着"老君堂"三个大字。

　　公买秋的嘴又在翕动着，公春玉不像是用耳而是用眼在看着他说些什么。

　　公春玉听完后，对冉成杰："大师兄，爹说今天是他的七十大寿，他要向列代祖师叩个头，叫你们都退下去。"

　　冉成杰脸上立刻又露出了不豫之色，沉默了好一阵子才答道："好吧。"松开了手。

　　冉成杰转对后面的人："都退下去。"然后带着众人走了出去。

　　公春玉搀着公买秋走进了堂门。

2. 老君堂内　日

　　两扇大门发出沉重的咔咔声，被公春玉反身关上了。

　　就在这一瞬间，刚才还神情呆滞的公买秋立刻变成了一个精神矍铄的老人，两眼也闪出光来，望着前上方。

　　——堂口北墙的供桌上，正中是一尊老君的塑像，下面几排列着历代帮主的牌位！

　　公买秋肃身跪了下去，公春玉在他身后也跟着跪了下去，二人恭恭敬敬地叩了三个头，又站了起来。

　　公买秋在牌位下的太师椅上坐下了。

　　公春玉走到他身后，替他按揉肩膀："爹，一天到晚这样装着，您也太苦了。"

　　公买秋没有接她的话，而是突然问道："玉儿，你看没看出那个太医是什么来路？"

| 第二十六集　以毒攻毒 |

公春玉："盼儿姐姐举荐的，又有太医院的文牒，还能是什么来路。"

公买秋："不，那几个人绝不是太医！"

公春玉一怔。

3. 客房　日

李卫："他为什么要装病？"

任南坡："这在兵法上叫作示弱。就是说当自己的力量不足以制约对方的时候，就装出弱小的样子麻痹对方。"

岳思盈："他示弱给谁看？"

任南坡："我开始也有些纳闷。如果说是示弱给我们看，可在我们来之前他就已经在装病了。如果是示弱给别人看，也犯不着把自己的手下全瞒着……"

李卫眼睛一亮："他是示弱给自己手下人看？"

任南坡："对。他是示弱给那个副帮主冉成杰看！"

4. 总舵大厅　日

冉成杰果然桀骜不驯，这个时候已经大刺刺坐在公买秋刚才坐过的帮主椅上倾听几个堂主说话。

四个堂主坐在两边的椅子上。

沉默了一刻，堂主甲开口了："盐行罢市了十多天，现在正是大批出盐的时候，突然来了几个陌生人，属下总觉得有些不对。"

堂主乙："莫非是朝廷派来的探子？"

冉成杰一震。

5. 老君堂　日

公买秋长叹了一声："我担心的事终于要发生了……列祖列宗几百年积下的盐帮的家业弄不好就会毁于一旦……"

公春玉："您真认为他们是朝廷派来的人？"

公买秋："我观察了，那几个人和冉成杰没有关系。如果是盐道衙门和盐商派来的，盼儿不会不知道，冉成杰更不会不知道。这几个人十有八九是朝廷派来的。"

6. 客房　日
李卫："干脆,给他来个扔石头吓老虎。"
岳思盈："什么扔石头吓老虎？"
李卫："他不是没病装病吗？老子给他开一剂毒药,就说是专治中风的,看他敢不敢吃。"
岳思盈笑了："那叫敲山震虎。"
李卫："对,对,震一震那只老老虎。"
任南坡也笑了："还有,震震冉成杰那只猛虎,看看他和底下几个堂主是什么反应。"
岳思盈："他们会不会起疑心？"
李卫："你当他们还没有起疑心？他们早就疑心我们了。"

7. 总舵大厅　日
冉成杰站了起来,对堂主丁："你立刻到盐商总会去找黄会长,请他帮忙弄清楚一下,朝廷有没有一个叫作公孙酉的太医,最近是不是到江南来了。"
堂主丁："是。"立刻站起来走了出去。
冉成杰对堂主甲："去看看那个人的药方开好没有,我去把老家伙请出来。"
众人都站了起来。

8. 客房　日
任南坡将已经开好的一纸药方拿在手里："记住了吗？"
李卫："不就十几味药吗？"
岳思盈："还是背一遍,要不待会儿你嘴里念的和纸上写的对不上号,就露底了。"
李卫叹了口气："这辈子也就吃了不识字的亏。好了,我背你们听。"说着便飞快地背了起来,"七步蛇蛇胆十二颗,银环蛇骨十二节,毒蝎三十只,整蟾蜍三十只,追魂曼陀罗散十二钱,砒霜十二钱,泄盐十二钱……"

9. 总舵大厅　日
"老天爷,这不都是毒药吗？"堂主甲忍不住嚷了出来。
公春玉、冉成杰和另几名堂主也都满脸惊愕望向李卫。
只有公买秋仍是那副木木的样子坐在那儿毫无表情。

第二十六集 以毒攻毒

"不错，都是毒药。"李卫将那张药方朝冉成杰递去。

冉成杰接过药方厉声问道："什么意思！"

李卫："什么意思？你说什么意思？"

公春玉："这样的药人吃了还不立刻被毒死！"

李卫望着公春玉："你说得一点没错。这样的药没病的人只要喝上一口立刻便会七孔流血，浑身发黑而死。像令尊这个病却刚好相反，吃了之后不但不死，而且能够将体内的毒攻了出去。"

公春玉和冉成杰下意识地对望了一眼，几乎同时："真有这么神奇吗？"

李卫："你们不要忘了，我是宫里的太医。平时吃我药的，不是皇上就是后宫的各位贵主儿，一味药错了，那就是天大的罪。没有这点医国的手段，我就敢乱开药方？你们这里虽然不是紫禁城，但道理还是一样的，病人贵为帮主，我乱开药方岂不是和自己过不去？贵帮主要真是这个病吃了这服药只好不坏。除非贵帮主没有病！"说完两眼直向公买秋盯去。

他这话一说，公春玉、冉成杰和三个堂主都是一惊，下意识地齐向公买秋盯去。

公买秋仍是那副木木的样子，毫无表情。

冉成杰似乎悟到了什么，立刻大声喝道："胡说八道！我们帮主难道会没病装病！"

李卫："那你就去抓药吧。"

冉成杰紧盯着公春玉："师妹，你说呢？"

公春玉只好答道："那就抓吧……"

10. 院外　日

几个堂主簇拥着冉成杰走了出来。

堂主甲："副帮主，我在想那个太医的话似乎有些深意，莫非老家伙真在装病……"

冉成杰下意识地停了一下脚步，其他人也都停了一下脚步。

"说，往下说。"冉成杰又走动了。

堂主甲："属下在想，他要是装病，为了什么呢？"

堂主乙："莫非是另有图谋？"

堂主丙："真要是这样，这倒是个试探他的好机会。我们就将那服药抓来，看他敢不敢吃。"

堂主甲："属下少年时曾学过一些岐黄之术，多少通一些医理。照那个什么太医的药方，不管老家伙是不是装病，这服药下去也是凶多吉少。要是他真有病，吃了这个药，就算不死，也不见得就好；要是他装病，吃了这个药，死了也不关我们的事。这样一来春玉小姐也就怪不到副帮主头上了……"

冉成杰点了点头。

11．药铺　日

冉成杰的亲信到这里来抓药了。

药铺老板将药方递回给他："这样的药鄙号可不敢卖。"

亲信："我给你十倍的价钱。"

药铺老板顿了一下，接着还是摇了摇头："人命关天，鄙号可吃不起这个官司。"

亲信脸一黑，掏出一块白银做成的牌子往柜台上一拍："你是不是不想在这里做生意了！"

药铺老板看见那块银牌，吃了一惊，苦笑道："原来是盐帮的大哥……实话对您说吧，就是不做生意，小号也确实不敢卖这样的药。除非……"

亲信："除非怎么样？"

药铺老板："除非您不要拿出这个药方，多走几家药铺，一家药铺买一两味药。这样您的药也抓齐了，药铺也不担罪责。"

亲信的脸舒展开了："怎么不早说。"

12．河边　日

李卫假装在钓鱼。

岳思盈、任南坡围在他的身后。

岳思盈警惕地向四下望了望，确信此处无人监视才开始说话："现在可以断定，那个老帮主装病是为了向冉成杰示弱。"

李卫："这一点我还没想清楚，他已经是一帮之主了，为什么要向一个副帮主示弱？"

任南坡："当初为了再废太子，皇上不也在热河称病不出吗。江湖也罢，官场也罢，其实都是一样的。如果我所料不错，老帮主是不愿意和官场盐商勾结，担心走漏的私盐太多，有朝一日朝廷追查起来，他的盐帮就毁了。因此盐商和盐道衙门就拉拢了冉成杰，和他勾结起来贩运私盐。这样一来老帮主的势力自然就弱了。无奈之下他只有装病，等待时机。"

李卫："咱们还真赶上好戏了。"

第二十六集　以毒攻毒

任南坡："要抓住这个机会，帮助他，取得他的信任。有了他，咱们就能从这里撕开口子。"

李卫："病还接着看？"

任南坡："看。"

李卫："药呢？"

任南坡："接着吃。这个谎现在不到戳破的时候。现在要做的，是让他看出来，咱们知道他没病，但是有意成全他。"

岳思盈："他们的人已经去抓药了。那可是一堆毒药，他们真要给他喝了怎么办？"

李卫："那还不好办。"对思盈："你去趟药铺。"

13. 药铺　日

岳思盈将药方递给药铺老板。

药铺老板看了一眼，奇怪地："怎么又是……这服药？对不起，这服药鄙号凑不齐。"

岳思盈掏出一锭银子搁在柜台上："我给你十倍的价钱。"

药铺老板叹了口气："客官，你就是给百倍的价钱，我也凑不齐。"

岳思盈："凑不齐没有关系，你给我按方子上的药，找一些相像的凑一服就行。"

药铺老板："相像的，怎么个相像的？"

岳思盈："比方说七步蛇的蛇胆，你给我找无毒蛇的蛇胆；砒霜你给我找些芒硝……总之，只要外形相像，将有毒的都换成无毒的，怎么样？"

药铺老板望向柜台上那锭银子："也是十倍的价钱？"

岳思盈："当然。能凑齐吗？"

药铺老板眼睛一亮："真的凑不齐，假的还不容易？"一边说一边将那锭银子拿了过去。

14. 客房　日

火炉上那个药罐在咕嘟咕嘟地冒着热气。

冉成杰的那个亲信坐在药罐旁，两只眼珠子一动不动盯着那只药罐。

岳思盈有些着急了，又拿眼睛向李卫望去。

李卫站了起来，走到药罐前，把头凑了过去，用鼻子嗅了嗅冲出来的热气，突然一个趔趄。

岳思盈连忙扶住了他:"怎么了?"

李卫:"好险!好险!"

那亲信也连忙问道:"什么好险?"

李卫:"忘了一味药引子了。只好烦你赶快去找找。"

那亲信:"什么药引子?"

李卫:"蛤蟆!老鼠!蟑螂!只要是活物,随便抓一只来。"

那亲信:"抓这些干什么?"

李卫:"这是虎狼药,必须先用一只活物投进去吸一吸药性,要不然谁喝了谁死。"

那亲信有些犹疑。

李卫:"你不去,我叫你们公小姐去抓?"

那亲信:"好吧。"磨磨蹭蹭地走了出去。

李卫走到门边,眼瞅着那亲信远去,连忙说道:"快换呀!"

岳思盈:"嗯。"急忙拿出另外一个药罐,换下了火上的那个药罐。

15. 总舵大厅 日

公买秋又木木地坐在那把帮主椅上了。

冉成杰、公春玉还有几个堂主的目光一齐盯向一个方向,虽然都掩饰着,但仍然能看出都透着紧张。

冉成杰那个亲信端着那个药罐小心翼翼地走进来了。

李卫、岳思盈、任南坡跟在他的身后。

那亲信端着药罐向公买秋身边的一张茶几走去。

茶几上摆着一只大空碗,空碗上横架着一根竹筷。

那亲信端着药罐走到茶几前站住了,有些胆怯地望了望冉成杰,又望了望公春玉。

冉成杰和公春玉对望了一眼,又一齐望向那只仍然冒着热气的药罐。

李卫:"还等什么?倒药呀。"

亲信望着冉成杰,冉成杰点了点头,亲信这才开始向空碗中倒药。

那药确实吓人,倒到空碗里立刻冒出一层白沫!

所有人的眼神都更紧张了!

只有公买秋仍然木木地坐在那里毫无表情。

李卫:"将药渣倒在病人脚下,让他踩着。"

那亲信遵嘱将药渣倒在了公买秋的脚下。

| 第二十六集　以毒攻毒 |

众人一齐向那堆药渣望去——乱七八糟果然有蝎子蟾蜍蛇骨那些吓人的东西！

李卫走了过去，在公买秋耳边说道："老爷子，将脚踏上去。"

公买秋的脚慢慢移了过去，踏在药渣上。

公春玉忍不住了，问道："这是怎么个说法？"

李卫："这叫脚踏生死关！得了老帮主这个病的人喝了这个药包管日渐好转，这叫生。没有这个病喝了这个药包管立马断气，这叫死。上药！"

那亲信去端药了，两手却管不住发起抖来，额头上也开始冒出了汗珠，可怜的他只好望向冉成杰："副、副帮主……属下有些害、害怕……"

"废物！"冉成杰亲自走了过去，端起了那碗药，不是递给公买秋，而是向李卫面前一递，"你亲自喂药！"

李卫："我亲自喂药？"

冉成杰："对！喝下去要没事，我们自当重重地谢你，要有个三长两短，不要说你是什么太医，就是玉皇大帝，也走不出这个大堂去！"说完眼睛向几个堂主一瞥。

几个堂主刷地将刀抽了出来！

李卫笑了："有意思，有意思。老子在养心殿侍候皇上老爷子喝药还没有人动刀动枪呢。好，我喂。"接过了药，递到公买秋面前。

李卫的眼睛直望向公买秋的眼睛："老爷子，你面前是一碗毒药，我背后是几把钢刀，信得过我，你就喝了这碗药。信不过我，你就把这碗药泼了！"说完将药塞到公买秋手里。

公买秋的两只手僵僵地捧住了那碗药。

所有的眼睛都向公买秋望去。

公买秋把那碗药慢慢地向嘴边送去。

公春玉急忙插话了："爹，您还是别喝了！"

冉成杰也插话了："是呀，我们犯不着拿命去冒这个险。师妹，你说是不是？"

公春玉这时候也顾不了许多了，急忙说道："泼了吧！"

所有的眼睛又向公买秋望去。

公买秋将那只碗慢慢举高了——突然头一仰咕嘟咕嘟喝了下去！

"啊！"公春玉扑了上去将那只碗夺了下来——碗内已经空了！

冉成杰和几个堂主死死盯着公买秋。

公买秋却大声地咳嗽起来。

李卫笑了，用手轻轻地拍着他的背部："好了好了。老爷子，生死关过了。"

岳思盈和任南坡也笑了。

公春玉的脸这才恢复了血色，连忙扶住公买秋："爹，没事吧？"

公买秋木木地摇了摇头。

几个堂主一齐望向冉成杰。

冉成杰也露出几丝假笑："好！果然是皇宫里的太医。我们会重重地谢你！"

16. 帮主内室　日

公春玉扶着公买秋在床上躺了下来，又转身将门关了。

公春玉走到床边坐下，低声说道："爹，吓死我了……那么毒的药，您喝了怎么就没事？"

公买秋露出了一丝苦笑，低声答道："别忘了你爹在刀口上滚了几十年，药里有没有毒，瞒不了我。"

公春玉："那不是毒药？"

公买秋："当然不是。"

公春玉："我亲眼见大师兄派人抓回来的，怎么又不是毒药了？"

公买秋："被那个假太医换了。"

公春玉："是被他换的？他为什么要这样做？"

公买秋："现在还不知道，但有一点可以断定，这几个人对我们有利！"

17. 盐帮公事房　日

冉成杰阴沉着脸坐在那里。

堂主甲、乙、丙也阴沉着脸站在两边。

那个亲信跪在地上赌咒发誓："帮主、堂主，列代祖师在上，小人一直守在药罐旁，一刻也没有离开，可以担保他们没有做手脚。小人如果说了半句假话，叫我刀头上滚钉板，浑身扎上百十来个透明的窟窿，不得好死……"

冉成杰不耐烦地："滚吧！"

那亲信叩了个头，爬起来走了出去。

堂主甲："看起来老家伙还真有病。"

堂主乙："那要是让他病好了，可不是好事。"

堂主丙："实在不行，干脆……"将手往下一切，做了个割刀子的手势。

"好了好了。"冉成杰将手一挥，"眼下正是大批出盐的时候，求稳还来不及，这些

第二十六集 以毒攻毒

事暂时都不要说。"

三位堂主："是。"

正在这时，堂主丁匆匆忙忙进来了："帮主……"

冉成杰："住口！说了多少回了，叫副帮主。说吧。"

堂主丁："是。帮……副帮主，查那几个太医的事，我已经跟黄会长说了，他也做了安排。黄会长说叫您立刻去盐商总会，要商量出盐的事。"

冉成杰站了起来："帮里你们看紧点，同时做好调船运盐的准备。"

四位堂主："是。"

冉成杰大步走了出去。

18. 盐商总会 日

季允梅、黄伯仁、熊九如和众盐商都已等在这里了。

冉成杰匆匆忙忙走了进来："对不住，帮里有点儿事耽搁了。"

季允梅："是不是来了个什么太医给你们那位老帮主治病的事？"

冉成杰点了点头："是。也真邪了，一大碗的毒药喝了下去居然没事。"

众人都是一怔。

季允梅："你亲眼见他喝下去的？"

冉成杰："药也是我的人亲手抓的，亲手熬的。"

季允梅沉吟了少顷："这件事过后再说，老黄，你把出盐的事跟大家说说吧。"

黄伯仁："好。大家都知道，出盐的旺季到了。今年的手笔比往年又要大一些。第一批盐引，季公子已经拿来了，五十船！"

众人都是眼睛一亮，立刻兴奋起来，议论纷纷：

"第一批就有五十船！"

"今年可有得做了。"

"肃静，肃静。"黄伯仁将双手抬起往下压了压，"这五十船是我们的。但官盐也得运，一共是十船，从漕运押往山东，大面上做一做，然后马上平仓。要紧的是河防营的关卡和盐帮的船只。熊管带，冉帮主，你们还有什么难处没有？"

熊九如："我那儿无非是派兵押运，都是自己的手下，有什么难处？"

黄伯仁满意地点了点头，又转向冉成杰。

冉成杰："我那儿船和人手都没难处，我担心在这个关口来了几个什么太医……"

季允梅："已经说过了，这件事过后再说。你只说有难处没难处？"

冉成杰："没难处了。"

季允梅："那就分头行事。我这里有几句丑话说在前头，朝廷现在对私盐查得很紧。那个什么李卫你们都看见了，虽说在我们手下跌了个跟头，但他决不会死心。还有一个暗藏的，就是那个江南道御史闵靖元。我们都得留个心眼。钱要赚，事不能出。要是在你们哪个人的手里出了事，不只是我一个人容不了你们！"

黄伯仁接言道："都听见没有？"

众人肃然："听见了！"

19. 盐帮总会后院　日

季允梅走在前面，向后院的小门走去，冉成杰紧跟在他身后。

季允梅边走边问："那个太医多大的年纪？"

冉成杰："有四五十岁吧。"

季允梅："另外两个人呢？"

冉成杰："一个也有四五十岁，另一个跟班二十来岁。"

"二十来岁？"季允梅停住了脚步，"长得什么模样？"

冉成杰："模样挺俊。"

季允梅又走动了："他们现在还在盐帮？"

冉成杰："是。"

季允梅没有再问什么，径直向后院的小门走去。

20. 盐道衙门　日

一个差官向季允梅禀报。

季允梅："病了？"

差官："说是已经好几天了。"

季允梅："见到人了吗？"

差官："我等了半天，可是没见着。"

季允梅严厉地："我不是让你一定要见到人吗！"

季东平出来了："怎么回事？"

季允梅："我派他到扬州府去见李卫，没用的废物，人没见着就这样回来了。"

季东平："李卫？他又闹事了？"

季允梅："没有。"

| 第二十六集 以毒攻毒 |

季东平:"没闹事惹他干吗?"

季允梅:"就是因这些日子他太安静了,我有点儿不放心。眼下是大批走盐的时候,冉成杰说他盐帮里来了几个什么太医,而李卫也不见动静。我怀疑……"

季东平也是一怔:"这倒不得不防……"

季允梅:"既然他自称是病了,正好我借您的名义去看看他。"

季东平点了点头。

季允梅对差官:"你去,把府里的郎中叫来。"

21. 路上 日

李卫和岳思盈骑马疾驰。

22. 府衙外后门 日

岳思盈上去敲门。

石榴打开后门。

李卫四处看看,闪身溜了进去。

23. 门内 日

李卫急忙撕去胡子:"来的人呢?"

石榴:"正在大厅里等着呢。"

李卫:"辣块妈妈!真会折腾人!"急忙向前走去。

24. 府衙内 日

李母和石榴正在帮李卫将沾在脸上的胡子一缕一缕撕下来。

李卫痛得大叫:"哎哟!你们就不能慢一点?"

石榴:"那个什么季公子带着郎中在大厅里等了好久了,说是特地请了个好郎中来给我们家老爷看病。"

李母:"什么姓鸡姓鸭的,看病?我看是来催命。干脆把他们轰出去!"

李卫:"能轰出去当然好。好了好了,叫他们到我的卧房来。"

石榴:"老爷,你可没病呀。"

李卫:"装个病还不容易。去叫!"

25. 李卫卧室　日

石榴将季允梅和那个郎中引进来了。

李卫斜靠在床上……他还真弄得一脸病容，脸黄黄的，嘴唇白白的，也不知道抹了些什么，脑袋上还顶了一块湿手巾。

季允梅："听说李大人贵体欠安，家父特让我来代致问候。"

李卫声若游丝地："让你们操心了……我这身子骨儿啊，真是一年不如一年了。前几年，在苏阳县任上的时候，百十来斤的麻袋，还能一手挟一个，现在……"

季允梅："那是劳力，现在是劳心，劳心者治人，劳力者治于人。"

李卫："还治谁呀，我连我自己都治不好了……"

季允梅："没关系，"将郎中往前一让："这是扬州城里有名的郎中，专门为您来请请脉。"

李卫："好，好，让季大人……惦记了。"

郎中上前把脉。

李卫对季允梅："季大人召唤我有什么事吗？"

季允梅注意着郎中，嘴上敷衍着："这个……话说到了出盐的旺季，盐道管理官盐的转运，税赋方面，还要由贵府协调。"

李卫："上次，大伙儿答应我多提上两成，我这心里……已经踏实多了……"

郎中号着脉，眉头时松时紧，似乎遇到了疑难病症。

李卫："我这病……是不是不容易治啊？"

郎中："不难，不难……我回去……斟酌一个方子吧……"

郎中退了出来。

26. 外面　日

郎中出来了，他直擦汗。

季允梅跟了出来："脉相怎么样，是真的病了吗？"

郎中："脉相……很怪、很怪……既弱且滑，还时有时无，这种病……实在是不多见。我师父……"

季允梅打断他："我问你他是不是真的有病？"

郎中："从脉上看……是个疑难之症、疑难之症。这个方子……要斟酌、要斟酌。"

季允梅松了一口气："斟酌什么，随便给他开一个吧。"转身离去。

郎中跟在后面，嘴里还不停地叨念着："也不是反关脉……怎么……时有时无

第二十六集　以毒攻毒

呢……"敲着脑袋离去。

小满和石榴从柱子后面探出了头，见人已离去，便向屋内跑去。

27．屋内　日

李卫已经坐了起来。

石榴、小满进来了。

小满："那郎中的头都大了，你怎么弄的？"

李卫解开外衣，从腋下拿出了两个土豆："就用它。"

小满感兴趣地："怎么回事？教教我！"

李卫将土豆往胳肢窝下一挟，胳膊一使劲："摸摸，脉就没了，我一松，再摸，就又有了。"

小满、石榴试了试，大乐。

小满："李大哥，你神了！"

李卫："小把戏。嘿嘿，那公老帮只要早跟我学两招儿，装得就更像了。"

一差役在外面报："禀府尊大人，驿站有京城的专递送到。"

李卫急忙开门出："谁来的？"

"是雍亲王府的封泥。"差役说着将那封专递双手呈上。

李卫转身进屋，一迭连声地叫道："快！快！粘胡子！备马！我得赶到盐帮去。"

石榴："总得吃顿饭吧……"

李卫："吃个屁！得赶快找到任先生，让他看信！"

28．盐帮客房　日

任南坡展开了胤禛的来信。

李卫、思盈围在左右。

李卫对思盈："周围有没有人？"

思盈："我看过了，没有。"

李卫对任南坡："四爷说什么？"

任南坡："……户部周转不灵了，银根吃紧。现在已经是出盐的旺季，四爷指望着今年的两淮盐税，能堵一堵窟窿。"

李卫："还说什么？"

任南坡念信："闵靖元参尔的折子上来了，皇上留中未发，这是对你海样的恩典。尔在扬州，举步艰难不假，但不可无功。皇上的顾念，我对你的回护，皆看在你尚且实心任事。若今年的盐税再减，尔……提头来见。"

李卫挠了挠脑袋："妈的，我还真没退路了……"

任南坡："现在是逆水行舟啊……上面最急的时候，也是这里的这帮人防犯最严的时候。"

思盈："他们是铁壁铜墙。撕不开口子，就什么也做不成。"

任南坡："我已经感觉到，这扇墙最薄的地方已经露出来了。你得立刻去见那个老帮主，同他摊牌！"

定格。

第二十七集 天外有天

1. 帮主内室 日

公春玉轻轻地放下了床上的围幔。

有人敲门了。

公春玉："谁？"

"我。"应声的却是冉成杰。

公春玉又撩开了帐幔望向公买秋。公买秋使了个眼色，示意让他进来。

公春玉放下帐幔，前去开了门，冉成杰进来了。

冉成杰："师父呢？"

公春玉："躺下了，有什么事到外间说吧。"将冉成杰引到了外间。

冉成杰："师父吃了那个药没有事吧？"

公春玉："托你的福没有被毒死。"

冉成杰："师妹，你这是什么意思？"

公春玉："没有意思。那个太医开了一服这样的毒药，你居然派人去抓了，还派人守着熬了，让我爹硬喝了下去。你就这么迫不及待要坐帮主的位子！"

冉成杰脸一红："师妹，我是师父一手带大的，我怎么会想把师父害死？这不都为了给他治病吗？"

公春玉："你是真想我爹的病好，还是真想他早一天死了，你接了帮主的位子就能够放开手和那些盐商去赚大钱了！"

冉成杰："说来说去你们还是看不得我为帮里赚了一点钱。我们盐帮流血流汗地干，赚的钱还不及人家盐商的一个尾数。帮里这么多兄弟，哪一家不是穷得苦滴滴的？再看看那些盐商，那些官员金山银山地往家里搬，你甘心吗？再说，为了你，我也得攒点钱……"

公春玉:"谁让你给我攒钱了……"

冉成杰:"你别说了,我也不是贪得无厌的人。我弄上一两年,只要能供上你后半辈子花的,我就金盆洗手,带着你离开江湖。"

公春玉:"我答应跟你过后半辈子了吗?你要是真心为了我们盐帮,就走正道,别把祖宗几百年积下的基业毁了!爹要休息,你走吧。"说完将门又打开了。

冉成杰的脸一沉,负气走了出去。

公春玉关好了门,转身又走到床前,撩开帐幔在床边坐了下来。

公买秋望着她:"不能再等了。你去,将那个假太医请来。"

2. 老君堂内　日

老君堂的门开了。

公春玉将李卫、任南坡和岳思盈领到门口站住了。

公春玉:"我爹说了,只请公孙先生一个人进去。"

李卫和任南坡、岳思盈对望了一眼。

公春玉:"怎么?不敢进去?"

李卫哈哈一笑:"你这个地方不比养心殿厉害吧?"说完大步走了进去。

李卫刚走进,那两扇门便被公春玉在外面拉关了。

李卫举目望去,北墙的供案上摆着太上老君的塑像,底下摆着几块神主牌位,案前那把椅子空空的——哪里有公买秋的身影?

李卫向四周又看了看,接着又笑了:"空城计?好,可惜我不是司马懿,你也不是诸葛亮。"说着便往那把椅子上一坐,将眼睛一闭,胡乱又唱了起来,"我正在城楼观山景……"

一阵喝彩声起:"好!好!"

李卫倏地将眼睛睁开了。

公买秋不知什么时候已经站在了他的面前,神采奕奕!

李卫跳起老高:"哈哈!神仙显灵了!"

公买秋一屁股坐到了那把椅子上。

李卫:"我坐哪里?"

公买秋嘿嘿一笑:"这里是盐帮,你的位子在扬州府大堂!"

这回李卫真的一惊了:"嘿嘿!看不出你还真有几下子。告诉我,你是怎么知道我

| 第二十七集　天外有天 |

的？"

公买秋："不要忘了，我这盐帮已经有二百多年的基业，手底下管着几千号兄弟。如果随便来了几个人，我不知道他的来龙去脉，就喝你的毒药，这个盐帮也就早该散了。"

李卫："有理，有理。不过怎么说我总是你的父母官吧？你就这么大刺刺地坐在上面，让我站着跟你说话？"

公买秋这时站了起来："既然你自认了身份，请上坐。"说着双手扶着李卫往椅子上一按。

别看这公买秋已年过七十，依然身手矫健，这一扶一按，李卫竟然丝毫没有抵抗的余地，被他按坐在椅子上。

接着公买秋又倏地跪了下去："扬州府治下盐帮公买秋拜见府台李大人！"说着拜了下去。

"免了免了！"李卫连忙站了起来，就要搀他。

一搀，没动；再搀，又没动。

李卫童心又起了："这一招不错！什么时候教教我？"

公买秋这才哈哈一笑站了起来："李大人，老夫说一句不当说的话，你要是在江湖上，还真是一号人物。"

李卫："这话一点没错。干脆，我们俩换个位子，你去当扬州知府，我来当盐帮帮主如何？"

公买秋："说句笑话，大人那个位子老夫也坐不来。我们到里面说话。"

李卫一怔："里面？这儿还有里面？"

公买秋没有答话，笑着走到了公案前，拿起一块神主牌，将手一按——供案下面的墙壁慢慢移动了，露出好大一个暗洞："请进！"

李卫一乐："好家伙！"趴下身子便往里面爬去。

3. 老君堂内　日

李卫的头刚一伸进暗洞又缩了回来："你先进去。"

公买秋笑道："怕我害你？"

李卫："害我倒不怕，就怕我钻了进去，你在外面把门一关，我一个人待在里面可不好玩。"

公买秋："那好，我先进去。"说着一矮身便钻了进去。

李卫："好家伙！哪像七十岁的人。"这才跟着钻了进去。

4. 老君堂暗室　日

这里面好暗，李卫刚一钻进来便急得嚷道："老家伙，点灯呀！"

就在这时眼前亮了，李卫不觉一怔——原来这间暗室十分宽敞，不但桌椅俱全，靠墙还摆着四张床。

公买秋这时已经坐在正中的椅子上，他的两旁各站着两名精悍的汉子！

李卫："四大天王？四大金刚？四大太保？"

公买秋："是我的四个堂主。"

李卫："四个堂主？那外面不是有了四个堂主吗？"

公买秋："那是冉成杰的人，是现在的堂主；这是我的人，是原来的堂主。"

李卫："被冉成杰弄下来的？"

公买秋点了点头，转对四位堂主："还不拜见府台大人。"

四堂主将手一拱："拜见府台大人！"

李卫也将手一拱："免礼免礼，幸会幸会！"手举在那里，眼睛却亮了。

——原来中间的桌子上摆着好大一个骰筒，边上摆着两颗好大的骰子！

公买秋："特地为你备下的。"

李卫乐了："好家伙，怎么知道我好这一口？"

公买秋："我不但知道你喜欢什么，而且知道你的主子雍亲王喜欢什么。拿过来。"

甲堂主将一个布包递了过来，公买秋接过摆在身边的桌上。

李卫："什么东西？"

公买秋："就在昨天四爷给你来了一封信是不是？信里催你赶快把偷漏的盐税追出来是不是？"

李卫有些蒙了，怔怔地望着公买秋。

公买秋接着说道："朝廷在西北用兵，急着要这笔盐税做军饷是不是？告诉你吧，这里面记着这几年扬州的盐商和盐道衙门偷漏盐税的详细账目，要能追回来至少有两千万两白银！"

李卫眼睛大亮，伸手便要拿那个布包："给我！"

公买秋伸手按住了布包："赌一把，你赢了，就拿去。"

李卫乐得跳了起来，伸手在公买秋肩上拍了一掌："辣块妈妈，怎么今天才遇上你！"立刻抄起了骰筒，一边摇一边问道，"赌大赌小？"

公买秋："当然是赌大。"

"好！"李卫爆摇起来。

| 第二十七集 天外有天 |

5. 帮主内室外　日

冉成杰走进来。

冉成杰看四下无人，问一个帮众："大小姐呢？"

帮众："随帮主和太医去后山的老君堂了。"

冉成杰皱了皱眉头："去老君堂干什么？"

帮众："不知道。"

冉成杰大步走了出去。

6. 老君堂暗室　日

李卫的手要开骰筒了。

四个堂主的眼睛一齐盯着。

李卫："看好了！"将骰筒拨开——两个"长天"，全是六点。

"该给我了吧。"李卫伸手便要去拿那个布包。

这回是甲堂主伸手按住了布包："我们帮主还没有摇呢。"

李卫："再摇，能大过我去？"

甲堂主："要是跟你一般大呢？"

李卫将手缩了回来："那好，你摇。"

7. 老君堂外　日

公春玉、任南坡和岳思盈都不觉一警。

冉成杰走来了。

冉成杰对着公春玉："他们来这儿干什么？"

公春玉："公孙先生在里面给爹治病。"

冉成杰："治病？治病为什么要到老君堂来？"说着便要去推门。

公春玉拦住了冉成杰："没有帮主的命令谁也不能进老君堂，大师兄你连帮规也忘了吗？"

冉成杰："我是管事的副帮主！"说着推开公春玉，抬腿便要去踹门。

就在这时门吱呀一声开了，李卫出现在门内："老帮主有话，让他进来。"

冉成杰反而犹疑了一下，这才走了进去。

8. 老君堂内　日

公买秋这时又病歪歪地瘫坐在躺椅上，一如往常。

李卫走到公买秋面前："不要急，我们接着来。"说着便走到他的背后，将双掌顶住他的背部。

冉成杰："这是干什么？"

李卫眼皮不抬，慢吞吞地："帮主已经服了药，每服一煎，应该行药九十步，可是公帮主不能行走，我只好发些外气，帮病人运行运行……"说罢不再理冉成杰，半眯着眼睛，向公买秋"发起气"来。

冉成杰有些尴尬："但愿帮主早日康复吧……"

冉成杰见李卫再不言语，无趣地退出。

门在外面被关上了，公买秋走了过去将门拴上："被他打断了，进去，我们接着赌！"

9. 老君堂暗室　日

四个堂主这时候一个个怒形于色，义愤填膺。

甲堂主："连老君堂也敢闯，不能再容他了！"

乙堂主："干脆，我们几个人出去将他除掉！"

丙丁堂主："对！除掉他！"

公买秋森严着眼向他们一扫，四个堂主都不吭声了。

公买秋这才转对李卫笑道："该我了。"说着抄起了骰筒摇了起来。

李卫还有四个堂主这时都一齐望向了公买秋摇着骰筒的手。

一阵爆响之后，公买秋将骰筒朝桌上一按："你开吧。"

李卫瞥了公买秋一眼，这才伸手拿着骰筒慢慢拔开，接着他的眼睛直了！

——桌子上两颗骰子这时都被他摇劈成两半，变成了四边骰子，两个六点，两个五点！

李卫蒙了半天："辣块妈妈，骰子还有这般的摇法……"

公买秋："怎么，不服？"

李卫："愿赌当然服输。不过，你是怎么摇的，能不能教教我。"

公买秋笑道："祖宗有规矩，不是帮里的弟子不能够教。"

李卫："你想叫我入帮，拜你为师？我可是堂堂的朝廷五品命官！"

公买秋："我可没有这样说，来呀。送朝廷的五品命官李大人！"

四位堂主："是。"一齐走近李卫，"请！"

| 第二十七集　天外有天 |

10. 客房　日

岳思盈："不行！你一个扬州知府去拜盐帮的帮主为师，传了出去，这个官还怎么当！"

任南坡："没错。上一次闹得盐行罢市，还是多亏了四爷的周旋才没有追究，要是又弄个私入盐帮有失官体的事，被人参上一本，四爷也没有办法说话。"

李卫："可那几本东西里面就是两千万两的盐税！"

任南坡："他要是真心给你，迟早会给你，他之所以这样做，另有深意。"

李卫："什么深意？"

任南坡笑了一笑："过后自然明白。"

李卫："还过到什么时候？四爷的信你们都看到了，西北的战事吃紧急需要军饷，要是再不能把偷漏的税银弄出来，不光是我，四爷也无法交差。到时候，八爷他们就要插手了。"

11. 廉亲王府　日

"两淮巡盐使？"闵靖元捧着那份吏部的委任一阵激动，跪了下去，"学生一定不负八爷的举荐。"

胤祀笑了："起来，起来坐着说话。"

"是。"闵靖元站了起来，斜欠着身子在椅子上坐了下来。

胤祀却没有坐，又踱开了步："西北军事吃紧，朝廷急需军饷，皇上着急，我们也都着急，你这一次到扬州去担子不轻。你准备怎么干？"

闵靖元又站了起来："请八爷训示。"

胤祀："我也没有什么训示，你去了之后不管用什么办法，先弄出两成盐税来，暂时解一解朝廷的燃眉之急。"

闵靖元："学生尽力去办。"

胤祀："不是尽力去办，而是一定要办到。"

闵靖元："是。学生一定办到。"

胤祀："这只是第一步。更为关键的是，你要想办法把这几年扬州偷漏朝廷的盐税都追上来。这样一来你就为朝廷立了一大功劳，也不枉我举荐了你。"

闵靖元："学生明白。学生不会像四爷举荐的人那样，给八爷丢脸。"

胤祀："说到这里，我要提醒你。你参李卫的那份折子，上得有些唐突了。你写他闹得扬州官商市井都很不安，这正说明他在用心办事，办法即便不得当，但起码他在努力施展。皇上扣下折子，留中不发，你应该明白其中的道理。"

闵靖元："李卫实在缺少一任太守应有的官箴做派。他的那些所作所为……形近市井无赖。"

胤祀："现在朝廷更需要的不是什么官箴做派，如今国库用度艰难，急需两淮税赋。谁能在这上面做出文章，谁就是能臣。"

闵靖元："可他是四爷的人……"

胤祀："苟利社稷，何分彼此，你现在是两淮巡盐使，管理盐务是你的职责，如果能够利用李卫帮你把盐税收上来岂不是更好？"

闵靖元："是，八爷的话学生记住了。"

胤祀："你能够明白这个道理就好。我再送你一样东西。"说着从书案上拿出了几本还透着墨香的新书递了过去。

闵靖元双手接过，刚一看便是眼睛一亮。

——那叠新书的封面上赫然印着"岳直毅公文集"！

闵靖元："岳子风的文集……"

胤祀："对，这套书是我以你的名义刊印的，你把它带到扬州去，送给岳子风的女儿，她自会感激你，也就会实心实意地帮你。"

闵靖元一阵激动："八爷如此为学生劳心，学生不胜感佩！"说着跪了下去。

胤祀笑了。

12. 府衙内　日

任南坡从差役手里接过一封信。

思盈出来了："是四爷的信？"

任南坡："——闵靖元？"

思盈："闵靖元怎么了？"

任南坡："闵靖元当了两淮巡盐使，是八爷的委任。"

思盈："偏在这个时候，他来巡查盐道。"

任南坡："这很明显，如今储位虚悬，最后可能问鼎神器的，只有三个人，四爷、八爷，还有西北领兵的那位大将军王。当今的国事，重中之重的莫过两件，一是西北战事，二是江南课赋。西北那边已经有了十四爷，大捷有望。谁要想君前获宠，再得一分，那就是拿下这两淮的盐税。这个时候不争，什么时候争呢？"

| 第二十七集　天外有天 |

思盈："桃子要熟了，他们来伸手。"

任南坡："出力的未见得有功，有功的未见得出力，古来如此。正所谓冯唐易老，李广难封啊——"

13. 巡抚衙门　日

巡抚福桐正在写折子。

家人引季东平进来了。

季东平："请中丞大人安。"

福桐："不必多礼了。等我写完这几个字。"

福桐沉稳地写着。

季东平规规矩矩地垂手侍立。

福桐放下笔："是为了闵靖元的事吧？"

季东平："中丞大人已经知道了？"

福桐："我也是刚得到的消息，廉亲王一向不管户部的事，这一次为什么要委派自己的人来当两淮巡盐使呢？"

季东平："属下也弄不明白，廉亲王是管吏部的，怎么也管起盐道的事来了？"

福桐叹了一声："说来说去还是为了一个钱字呀！"

季东平："他会怎样干？硬查账？还是查盐库？还是……"

福桐："你不要问我，我只想提醒你，你们对李卫的办法，不能用在闵靖元身上。"

季东平："雍亲王派来了一个李卫，廉亲王派来一个闵靖元，为了争功，就拿我们这一块出气……"

"季大人！"福桐一声喝止，"身为臣子，有这样子说话的吗？"

季东平："是。属下唐突了。"

福桐："不过心里明白也好。闵靖元来了以后，你们要顺从些，不可以再给我惹祸。"

季东平："是。"

福桐："我正在拜一份折子，这一任之后，我也要告老还乡了。"

季东平："福大人圣眷正隆，怎么可以……"

福桐："没有不衰的圣眷，也没有不谢的红花。我想告诉你的就是，盐道上的事，你要好自为之。如果再出什么差池，我恐怕也不能再作周旋了。明白吗？"

14. 盐道府内　日

季允梅愤愤地："老东西，好处拿足了，就告老还乡，想当富贵闲人了！"

黄伯仁："他是不是闻出什么味道了？"

季允梅："拿了我的钱想跑？无事则罢，有什么风吹草动，我先把他抬出来。"

季东平一拍桌子："我不是叫你们来发牢骚的。闵靖元到任，说明八爷也插手了。事情到底如何，现在还不知道。你们听着，第一，先把你们要运的东西停一停；第二，不能再用对付李卫的那一套。"

15. 知府衙门后堂　日

任南坡看完信愣在那里没有吭声。

李卫走进来："四爷书信说什么？你吭个声呀。"

任南坡："朝廷派闵靖元当了两淮巡盐使，马上就要到任了。"

李卫跳了起来："派闵靖元当两淮巡盐使？这不是摆明了将四爷的军吗！"

岳思盈这次的态度却有些费解："那也未必，如果闵靖元也是实心实意来追查盐税，未必不是好事。"

李卫："闵靖元是八爷的人，你不知道？"

岳思盈："只要都是为朝廷办事，一定要分是谁的人吗？"

李卫被她呛得一噎，好久才说道："你说得对，你说得对……那就让闵靖元来查好了，谁叫他是读书人，又做过一任江南道御史呢？"

"你说这话是什么意思？"岳思盈有些生气了。

李卫："我还能有什么意思？摆着那么多贪官他不参，倒上了一道折子参我，你倒帮他说起话来了。"

岳思盈："我什么时候帮他说话了？"

李卫："你现在不就为了他跟我怄气吗？"

岳思盈气得泪花都有些闪出来了："我是你什么人了？开口你和他的！"说完一转身走了进去。

李卫也气得一屁股坐在椅子上。

任南坡叹了一声："公中有私，私中有公，历来如此呀。我不愿意涉足官场，就因为这些原因。这件事摆明了，是八爷和四爷在争功。如今太子一位空在那里，最有可能争这个位子的，只有三个人，四爷、八爷，还有西北领兵的十四爷。当今的国事，重中之重的莫过西北战事和江南盐税。而西北的战事又要靠盐税来支撑，谁要是为朝廷争到了盐税，

第二十七集　天外有天

在皇上那儿自然就得了分。实话说吧，于私你是四爷的人，于公四爷也比八爷他们要实心用事，这个时候无论如何你都要抢在闵靖元的前面把盐税追出来！"

李卫站了起来："辣块妈妈，我也只有拜师去了！"说完便大步走了出去。

任南坡苦笑着摇了摇头。

16. 老君堂　日

香烟缭绕，红烛高烧。

公买秋端坐在正中的太师椅上，四个堂主肃立在他的两旁，李卫跪在他的面前。

公买秋："一入盐帮，即是弟子，得处处遵守帮里的规矩，维护帮里的利益，你能做到吗？"

李卫："你们要是跟朝廷作对，我可帮不了你。"

公买秋："盐帮也是朝廷的子民，怎么会和朝廷作对。"

李卫："要是这样，我当然做得到。"

公买秋："一日为师，终身为父，你可不能在我面前摆五品命官的谱，做得到吗？"

李卫："就冲你那一大把年纪，我也不会在你面前摆谱。"

公买秋："不但不能摆谱，有些事你还得听我的。"

李卫："什么事？"

公买秋："比方你要娶老婆了，生了个儿子要取名字了……"

李卫："哎！管天管地，你还要管我娶老婆生儿子的事？"

四个堂主都笑了。

甲堂主："李大人还听不出来？我们老帮主这是看上你了。"

李卫："看上我？看上我什么？"

公买秋将那个布包一拍："你答不答应？"

李卫略想了想："不就娶个老婆生个儿子吗？有什么大不了的？答应你！"

公买秋："好！上香！"

甲堂主取下三炷香，递给李卫。

17. 府衙内　日

小满进来："闵靖元来了，要见李大哥。"

任南坡："他真是一刻也不耽误啊。"

小满："李大哥还在盐帮呢，我去找他。"

思盈:"我去见见他。"

18. 府衙客厅　日

闵靖元在这里等候。

思盈出来了,神情有些幽怨。

闵靖元站起来:"岳小姐——"

思盈:"请坐吧。"

石榴端上茶。

闵靖元:"上次见面,我们不欢而散,事后想来,实感内疚。"

思盈:"李大人病了,不能见客。不知巡盐使大人有何见教。"

闵靖元:"毕竟朝廷有人,我还没报出家门,已经直呼官阶了。"

思盈:"先生来此,是又想参劾什么吗?"

闵靖元:"人非圣贤,孰能无过?上次我动本参劾,本万岁留中未发,如今想来,的确是我行事操切了。不过我当时身为御史,与先尊直毅公忝在同畴,我参李卫,绝无私怨,扪心自问,我是出于公心。"

思盈:"这些道理,我从小就知道。"

闵靖元:"好,毕竟是大家出身。论出身门第、论修养学识,你远在李卫之上。为什么——好了,说远了。"

思盈:"说正题吧,闵大人现在是两淮巡盐使,一定有什么见教吧。"

闵靖元:"其实我和李大人一样,都是来清理两淮盐务的。李大人的目的,就是我的目的。所以我特来和李大人沟通一下。"

思盈:"你说吧,我转告。"

闵靖元:"也好。"

19. 知府衙门李母房间　日

翻箱倒柜地找了半天,李母也不知道在那儿找什么,没有找着,便气得抄起一把凳子,准备朝门外扔去。

就在这时石榴来了:"怎么了?又怎么了?"

李母:"人都死绝了?自己的儿子当了个知府,整天不见人影,使唤丫头也没一个。现在更好了,连你也溜着边到外面玩去了!"

石榴装出十分委屈的样子:"我也就才出去一会儿,您也没说有什么事情。葫芦奈何

第二十七集　天外有天

不了，便拿冬瓜出气，就知道骂我……"

李母："你是我媳妇，不骂你我骂谁去。"

石榴："这话您就留着说给您儿子听吧，他什么时候把我当媳妇了。"

李母："我把你当媳妇还不行？"

石榴叹了口气："管用吗？人家可是在心里把岳姑娘当媳妇。可岳姑娘这会儿却把别人当心上人了……"

李母："你也犯不着斗气，不管是大房二房，总有一天……你刚才说什么来着？什么岳姑娘把别人当心上人？"

石榴："我也不知道，您自己到客厅隔壁听听去吧。"

李母："未必偷汉子偷到我知府衙门来了？"

石榴："我可没这样说……"

李母："小蹄子！要气死我呀？还不带我去！"

20.　府衙客厅隔扇后间　日

李母和石榴蹑手蹑脚地刚走到这里，便听到了岳思盈和闵靖元说话的声音。

岳思盈："送给我的？什么东西？"

闵靖元："你看看就知道了。"

石榴拽了一下李母，二人屏住呼吸站住了，将脸贴向隔扇望去。

21.　府衙客厅　日

穿着便服的闵靖元这时正解开了桌上的布包，捧起里面那一匣书递给岳思盈。

岳思盈接过书，刚看一眼便是一震，抬起了头深深地望向闵靖元。

闵靖元微笑着："没有别的意思，我这个人一生敬服的人不多，令尊直毅公便是其中一位。天缘巧合，让我也当了一任江南道御史，仰慕先贤，无以为敬，便刊印了令尊的文集，略表心曲而已。"

岳思盈捧着那匣书，一阵激动，泪花闪了出来，接着突然跪了下来："大人如此褒扬先父，小女子何以为报？"

闵靖元连忙去搀她："言重了，言重了……"

22.　府衙客厅隔扇后间　日

李母的眼中都要射出火来，张嘴便要嚷了出来，石榴连忙伸手捂住了她的嘴，拼命摇了摇头，示意继续看下去。

李母将一口气憋了下去，又和石榴贴着隔扇继续观看。

23. 府衙客厅　日

闵靖元将岳思盈搀了起来，却仍然没有松手。

岳思盈与他四目相对，惊觉间连忙松开了手："大人，请、请坐。"

闵靖元这才笑着坐了下来。

岳思盈也在他隔桌的椅子上坐了下来。

24. 知府衙门隔扇后间　日

李母哪里还忍得住，手一扬便要冲出来，石榴一把将她抱住，在她耳朵边低声说道："去找任先生。"

李母愣了一愣，接着狠狠地点了点头，二人又蹑手蹑脚地走进去了。

25. 府衙门客厅　日

闵靖元："李卫当官，用的是江湖上快意恩仇的一套，焉能不铩羽而归。"

思盈："不管他江湖是快意，还是铩羽而归，起码他是打在当面，输在当面。比背后说风凉话的好。"

闵靖元："我身为御史，从公而论，为朝廷开言路，风闻奏事，是我的职责；从私而论，我是令尊的后尘，秉笔直书，明折拜发，并非小人之举。思盈小姐不应该这样耿耿于怀吧。"

思盈一时语塞。

闵靖元微微叹了口气："细想来，你们岳家是何等门第，你思盈小姐更是千金难聘的大家之后——即便是家门不幸，依然可以择良木而栖，为什么要甘受这种颠簸——"

思盈的眉间闪过一丝惆怅。

闵靖元："我这也是替古人担忧。俗话说，宁拆十座庙，不破一门亲。我只是百思不得其解呀——"

思盈："请闵大人谈正事吧——"

闵靖元："好，谈正事——我这次所受之命，你也知道了。追缴两淮盐税，功在必成。我将用的办法，可能和李大人不同，请转告李大人，千万不要再横生枝节，乱我的步骤。"

思盈:"请问是什么步骤?"

闵靖元:"既是同僚,我也不必隐瞒。兵法上讲,意欲取之,必先与之。要想打人,就得先缩回拳头。我准备私下答应盐商,把盐税减至五成。"

思盈:"减至五成?"

闵靖元:"他们盼的就是这一天,一旦应允,必然会弹冠相庆,门户大开。到那个时候,就可以出其不意,攻其不备。"

26. 老君堂　日

李卫这个时候正捧着那几本账簿在那里一阵乱翻。

公买秋笑问:"看出名堂来了吗?"

李卫:"它认识我,我不认识它。"

四个堂主都笑了。

公买秋:"实话说,我还真佩服你那位四爷,居然就敢用一个大字不识的人来当知府。"

李卫:"要是你,当然不敢用我。"

公买秋:"错了,如果你现在没当知府,我就将帮主的位子传给你。"

李卫:"这话当真?"

公买秋:"你舍得那个知府吗?你要是真愿意来当帮主,我现在就给你让位。"

李卫:"再等等,等到我将这档子事了了如何?"

公买秋:"那四爷还饶得了我?说句笑话而已。谈正事吧。这几本账是最后的撒手锏,当务之急,是要抓住他们眼下大批贩运私盐的机会,一把将他们拿住!"

李卫:"什么时候,在什么地方,我可是摸了几个月了,辣块妈妈还真一点儿也没摸到门径。"

公买秋:"不急,到时候我跟你联手,包管你一举成功。眼下最要紧的是不能够打草惊蛇。"

27. 李母房间　日

李母正急得在那里跳脚:"一个个都着了鬼了,连任师爷也不见影子!"

石榴:"您别急,他一定在顾盼儿那儿,我去找。"

李母:"还不快去!"

28. 知府衙门客厅 日

闵靖元这时正两眼诚挚地深望着岳思盈，等候她的回话。

岳思盈经过一段思索，终于下定了决心："闵大人，我实话告诉你，李卫已经打进了盐帮，而且很快就能掌握那些人走漏私盐的罪证。"

闵靖元眼睛大亮："好！这件事情我不会对任何人说，你也不必告诉李大人他们说我知道了。当务之急，我必须去稳住那些人，不要让他们有所警觉。等我做好了准备，自然会来和李大人商量。"

岳思盈深以为然地点了点头。

第二十八集　黄雀在后

1. 盐道府内　日

季东平猛一回头："闵靖元在望江楼等我们？"

家人："是。闵大人派来的人正在前厅等候，说闵大人在望江楼等着要见老爷还有黄会长他们。"

"快！取我的官服！"季东平急忙吩咐，接着又唤住家人，"还有，快去告知黄会长他们，速去望江楼！"

家人："是！"

2. 望江楼　日

这就是李卫初来时，盐商为其接风的地方。接风的还是季东平、黄伯仁、熊九如、冉成杰和那些盐商们，只是酒席的上首换成了闵靖元。

季东平举起酒杯站了起来："大家都知道，两淮的盐税是朝廷重要的赋税之一，这几年由于景况不佳，出的盐一年比一年少，因此赋税也一年比一年减了。身为盐道，我真是觉得心力交瘁，愧负朝廷。现在好了，朝廷派了闵大人出任两淮巡盐使，一定能够带领大家整顿盐务，我身上的担子也就轻了。这杯酒权当为闵大人接风。"

所有的人都站了起来，举起了酒杯。

闵靖元却仍然微笑着坐在那里没动："季大人这样说，这杯酒我可不敢饮。"

众人都对望了一眼。

季东平："是不是我说错了什么话？"

闵靖元："也不算说错。但有一点闵某不敢苟同。我虽然奉了朝廷的指命前来出任两淮巡盐使，但盐务还得靠季大人管理，盐税还得靠在座的各位全力缴纳。如果说闵某来了就能带领诸位整顿盐务,季大人这是卸担子。这杯酒我当然不敢饮。"

季东平笑了:"闵大人如此虚怀以待,更令季某惭愧。闵大人但有什么吩咐,我等自当遵命。先饮了这杯酒再说,如何?"

闵靖元举着酒杯站了起来:"我只有一点请求。"

众人:"闵大人请说。"

闵靖元:"这一席酒让闵某做东,就当是我初来乍到拜诸位的码头。季大人,你们能否卖我这个面子?"

这又是大家没有想到的,众人面面相觑了好一阵,只好都望向季东平。

季东平:"好!这席酒,就当是闵大人赐给我们的。"

闵靖元这才笑着将酒杯高高一举:"请!"

3. 府衙内　日

任南坡微微地合着眼。

思盈和小满看着他。

任南坡:"螳螂捕蝉,黄雀在后。这位闵大人好厉害,真会找出手的时机。"

思盈:"咱们在盐帮已经撕开了口子,万事俱备了,他现在来用什么孙子兵法。"

任南坡:"聪明啊。他已看出李卫蓄势待发,此时出手,可以四两拨千斤。"

思盈:"他后面是八爷。"

任南坡:"当然是八爷。可是八爷做得巧妙,任命一个巡盐使是他吏部的职责。他自己不出面,让奴才来争功。"

小满:"您给四爷写信,让他把咱们的人撤出来。看他闵靖元一个人能干出什么来。"

任南坡拍了拍小满的脑袋:"你以为这是小孩子打架吗?四爷管着国家的粮米,现在急等着两淮盐税上来,那是大局。他不单是李卫的主子,更是大清朝的皇子。他不会为了奴才争功之类的事而不顾自家的社稷。"

小满:"那这事——还真麻烦。"

思盈:"是啊,不动手,咱们的力气就白费了;动手吧,别人已经布局在先,弄不好这份功劳会落入他人之手——"

小满:"要告诉四爷,四爷会怎么说?"

任南坡:"四爷只会说三个字:问李卫。"

4. 李母房间　日

李卫已经赶回来了，正在那里摘胡子换衣服一阵乱忙，李母却气急败坏："信不信由你，我和石榴亲眼见到，两个人你扶着我我扶着你，那个亲热劲……"

李卫："好了！我把话说在前头，岳姑娘可是个性子刚烈的人，你们要是再嚼舌头，传到她的耳朵里，惹出事来，我可不管。"

李母："你个没出息的东西！自己没本事把她娶到手，还眼睁睁地看着她在我们府里勾引男人……"

李卫气得将官帽往桌子上一掼："你是不是要把我逼死！"

李母："我逼你了，我什么时候逼你了！她可是皇上老爷子开金口露银牙给你赐的婚，你倒好，不跟她完婚，倒认了个什么干兄干妹。石榴是喝过我的茶的人，你也不跟她圆房……我不管！不孝有三无后为大，你现在就给我生个孙子出来！"

李卫听说岳思盈跟闵靖元交往一事，本就心里难受，被她这一阵逼闹，更是懊恼到了极点，一跺脚便向外面走去。

李母兀自在后面叫着："你走！你走了便不要回来！"

5. 知府衙门庭院　日

李卫正气着往前走，任南坡迎面来了。

任南坡："你还在这里……"

李卫："我不在这里还在哪里？"

任南坡："闵靖元已经到了你知不知道？"

李卫："他狗日的到没到关我什么事？"

任南坡一怔："哦，好，好，在哪儿惹了气，发到我的头上了。你李卫才是朝廷派的扬州知府，不关你的事，还真不关我的事呢。"说完手一甩，转身便走。

李卫清醒过来，连忙追了上去，赔着笑脸："你看，说句笑话，又把师爷惹恼了。我不识字不是？你犯得着跟我怄气？"

任南坡这才站住了脚步，轻叹了口气："告诉你吧，闵靖元正在望江楼和季东平还有那些盐商们喝酒呢。"

李卫："辣块妈妈，搞什么名堂？"

任南坡："现在还不知道。那些账簿你拿到了吗？"

李卫："正要跟你商量，那些账簿已经拿到了，下面的戏怎么唱也有了底了，别叫他妈的闵靖元给搅黄了。"

任南坡:"不急,你现在就赶到望江楼去,看看闵靖元如何动作再说。"

李卫:"我还真不愿意见那个酸不溜丢的人,没法子,去吧。"

6. 望江楼　日

李卫一脸的汗,也已经在席上坐下了。

季东平向黄伯仁使了个眼色。

黄伯仁举着酒杯站了起来:"二位大人,一是两淮巡盐使,一是我们的父母官,我们见了都是要磕头的。今天能够和二位大人同席,我们实在荣幸。我先饮一杯为敬。"说着一口喝了下去。

闵靖元笑望着李卫。

李卫也笑对着闵靖元:"闵大人是第一次吃这样的酒席吧。我可是第二次了,这些菜我还真的都认识,这是鲥鱼,这是糟煨鸭掌,这是什锦烩驼峰,都是好吃的东西。这一席下来,至少要花个一百多两银子。黄会长,你又要破费了。"

黄伯仁:"李大人这回没有说对,这席酒是闵大人请的。"

李卫一怔:"闵大人请的?闵大人,这可要花去你半年的俸禄。"

闵靖元:"是呀。闵某手头也并不宽裕,但为了替朝廷分忧,半年的俸禄又算什么。"

李卫:"请一次客就能为朝廷分忧?"

闵靖元:"没错。李大人到来之前,我就已经跟大家商量好了,今年的盐税,他们都答应提高两成。"

李卫又是一怔:"提高两成?那可是六百万两银子……"

黄伯仁:"是。我们也知道提高这两成十分为难,但朝廷正在西北用兵,哪怕是从家里拿钱往外贴,我们也只有倾家效力了。"

闵靖元:"李大人现在来了正好,今后两淮的盐税就按五成计算,只要大家能够将五成盐税如数上缴朝廷,朝廷那边我会上折子去把事情说明。李大人今后也就不要为盐税的事操心了。"

李卫蒙在那里半天没有作声,这才知道闵靖元一到就做了一件割肉补疮抢功邀宠的事,心里气恼,还只得装出笑来:"原来闵大人一到就为朝廷争到了两成盐税,佩服,佩服。这杯酒还真得干了。"

闵靖元也举着酒杯站了起来:"好!现在我、季大人和李大人都在这里,五成盐税的事就这样说定了。大家都干了这一杯吧。"

所有的人都举起了酒杯，而且都开心地笑了。

7. 盐商总会内　日

黄伯仁、熊九如和冉成杰带着几个盐商正在拜财神。

黄伯仁口中念念有词："神灵保佑啊……这些年，三灾八难、坑坑坎坎，总算过来了……我们舍财舍命的去争，五成盐税总算是争下来了……"

盐商甲居然激动地哭了起来。

家人入报："季公子到。"

季允梅进来了。

黄伯仁："公子也上炷香吧。"

季允梅拿起一炷香："诸位，现在事情总算有了个结果。五成盐税是朝廷的，还有五成是我们的。现在旺季已到，各自抓紧时间，先把山东那三十船盐运了。"转对熊九如和冉成杰，"你们那里都准备好了吗？"

熊九如和冉成杰："早准备好了。"

季允梅："那就按商定的时间启运！"

8. 知府衙门岳思盈房间　夜

岳思盈正在灯下入神地翻看着他父亲的文集，突然似乎感觉背后有人，连忙回过头来。

李卫不知什么时候又扮上了"公孙酉"，静静地站在她的背后。

岳思盈站了起来："来了也不吭一声，又准备去盐帮？"

李卫点了点头，目光望向桌上的书："闵靖元送你的？"

岳思盈："是，怎么了？"

李卫："没怎么，还能怎么，你们读书人的事嘛。"

岳思盈："有什么话就直说，犯不着这么酸溜溜的。"

李卫："酸溜溜？这话你可说错了，酸溜溜也是读书人的事，我可不是读书人。"

岳思盈："你今天怎么了？说话老是夹枪带棒的。"

李卫："我干什么要夹枪带棒？盈姑娘，我李卫生下来是块什么料自己早就知道，要不然当年皇上赐了婚，我也就早跟你是那个了。现在你是我的义妹，我是你的兄长，你迟早也是要出嫁的，我迟早也会给你一份嫁妆。不过有句话我得告诉你，你可不能看走了眼，认错了人……"

"不要说了！"岳思盈气得泪花都在眼眶里转了，"我嫁不嫁人是我自己的事，用不着你来说三道四。"

　　李卫也是一阵心酸涌了上来:"算我没说,我刚才的话没有说还不行!我现在要去盐帮,抓住那些人的事能不能成功就在今天晚上,你跟不跟我去?"

　　岳思盈:"你这是在问我吗?"

　　李卫:"今天可不比以往,我当然得问你。"

　　岳思盈:"今天怎么不比以往了?你说清楚!"

　　李卫:"我还真说不清楚……我现在就要走了,你跟我去吗?"

　　岳思盈脚一跺:"不去!"说完转身就向里间走去。

　　李卫也是脚一跺向门外走去。

9. 一片林间空地上　夜

　　一堆篝火燃起,火上烤着大块的肉。

　　公买秋、四个堂主和李卫,正围着火,每个人捧着一只大碗,又将一碗酒干了。

　　李卫一抹嘴:"来,来,添上!"

　　甲堂主捧着酒坛又要来给他筛酒,公买秋伸手阻住了。

　　公买秋转对李卫:"还能喝吗?"

　　李卫:"不瞒师父老爷子,在当这个鸟官之前,我但凡赢了一点钱,第一件事就是把给我妈吃饭的钱留下,剩下的便是喝酒。想当年……有一回将一家酒铺的酒全喝了,他妈的就愣是不醉……"

　　公买秋:"帮规里有一条,不许打诳语!"

　　李卫:"什么叫打诳语?"

　　甲堂主:"就是讲假话,说大话。"

　　李卫:"说句大话也不行?"

　　公买秋:"不行!"

　　李卫:"好好好,那我就说真话。自从当了朝廷的鸟官以来,我就没有像这样敞开肚子喝过酒,自己想喝,钱又不够;别人请的,又不敢喝……真他妈不是味道。"

　　公买秋:"这话我信。今后跟我们在一起,别的做不到,大碗喝酒,大块吃肉,那还是有的。"

　　李卫:"过瘾!早一点认识你们,我也犯不着去受那些个读书人的窝囊气……添上。"

　　公买秋:"今天可不行,今天还要带你去踩盘子。"

　　李卫其实已经有些醉了,眼睛一斜:"你也不让我痛快?"

| 第二十八集 黄雀在后 |

公买秋一把夺过他的碗:"拿得起放得下才叫真痛快。师父知道,你是受了那个新任两淮巡盐使闵靖元的气,是不是?"

李卫又是一愣:"辣块妈妈,你真够当我的师父,什么事也瞒不过你。"

公买秋:"听我一句话,真是条汉子,就应该学会打掉牙和血吞!我被自己的弟子逼成那样,还不一样要忍?"

李卫精神大振:"说得好!酒不喝了,我们踩盘子去!"

公买秋笑道:"这才像我的徒弟!"

10. 岳思盈房间 夜

岳思盈仍然默默地坐在灯前,微低着头一声不吭。

任南坡在她面前慢慢踱着:"别的不说了,当初是你领着李卫把我请下山的,为什么?为的是我和令尊是多年的好友,还因为我喜欢李卫这个人。一身的邪气,骨子里却是正的。你因为他不识字,瞧不起他……"

岳思盈倏地抬起了头:"我什么时候瞧不起他了?瞧不起他这么多年我还帮他?"

任南坡:"你那是为了报恩!告诉你吧,不要说一个闵靖元,十个闵靖元绑在一起也顶不上一个李卫!"

岳思盈:"任先生,你越说越远了。我也就见了闵靖元一面,因他给家父出了一套文集,我感谢他,就招来你们这么多猜忌。"

任南坡:"我没有猜忌你,我怕你上了人家的圈套,坏了李卫的大事。"

岳思盈更委屈了:"我上人家什么圈套了,怎么就坏了李卫的大事?"

任南坡:"事情都摆明了,在这个节骨眼上,八爷为什么要把闵靖元派到扬州来做两淮巡盐使?只有一点,是和四爷抢功来了。"

岳思盈:"我不管他四爷八爷,家父在世的时候心里就只有一个朝廷,从来不认什么门户。"

任南坡:"今天不同。四爷是实心为朝廷办事,八爷是为了自己争功。帮四爷才是真帮朝廷。盈姑娘,我问你一句话,你可得如实告诉我。"

岳思盈:"什么话?"

任南坡:"你是不是把李卫打进盐帮的事告诉闵靖元了?"

岳思盈沉吟了片刻,抬起了头:"是的……"

任南坡:"难怪!他那么急于要和那些人达成五成盐税的交易……"

岳思盈:"可闵靖元要是实心为了将那些人偷漏的盐税追缴给朝廷呢?我们和他联

手，不是更能将事情办成吗？"

任南坡叹了口气："眼下也只能这样想了，我只是担心，到后来李卫会栽在闵靖元手里。"

岳思盈："闵靖元要是这样的人，我第一个便饶不了他！"

这时小满闯进来了："李大哥回来了，正找任先生呢。"

任南坡："有眉目了，一起去吧。"

岳思盈犹豫了一下，还是站了起来："好吧。"

11. 知府衙门客厅 夜

一张图在大案上铺开了。

李卫一手举着灯，一手在地图上找着："辣块妈妈，那个什么南里渡哪儿去了……"

岳思盈忍不住了，插言道："你手边那个点不就是吗？"

李卫："我手边可有四五个点呢。"

岳思盈轻叹了一口气，指向其中一个点："这里就是南里渡。"

李卫也叹了一口气："我他妈的不识字当的什么官呀。"

任南坡岔开了："别赌气了，说正事吧。公帮主说冉成杰他们一次要从这里走私多少盐船？"

李卫："平时都是五船十船的运，这一次大概有几十船。"

任南坡："那光靠知府衙门的人手就不够了。"

李卫："那怎么办？我又不能到其他地方调兵。"

任南坡一笑："四爷早就给你备下兵力了，还要你调？"

李卫："你是说年羹尧？那尊神我可不敢惹了。"

任南坡："你不懂年羹尧。论才干，他是上将之才，可统千军万马；论得失，有十分功，他绝不会只争九分。"

李卫："那我这回说什么他也不信了怎么办？"

任南坡："你怎么就知道他不相信？"

李卫："他上次跟着我栽了那么大一跟斗，这回还愿意来？"

任南坡笑了："你是太不了解年羹尧了，没栽跟斗，他可能不来，栽了跟斗，他准定会来。在熊九如那儿挨的那几棍子，你当他会白挨吗？"

李卫："照你这样说，他准会来？"

任南坡："你呀，你这不是不相信年羹尧，而是不相信四爷。在这个节骨眼上，他要

| 第二十八集　黄雀在后 |

是不来,四爷还把他安插到这里当什么参将?"说着,突然举起了手,拍了几下手掌。

李卫和岳思盈正纳闷间,便见一个身着便装、帽子低低地压着脸的人进来了。

李卫和岳思盈都睁大了眼。

那人将帽子一摘——是年羹尧。

12. 盐道衙门后堂　夜

这里也是一盏灯,季东平闭着眼睛坐在灯下,也是一声不吭。

季允梅显得有些浮躁,来回踱着步,走到季东平面前又停下了:"爹,您求稳是对的,可现在那么多客商等在那儿,再不把盐发出去,几百万银子就化成水了。"

季东平仍然没有睁眼:"我不是怕李卫,也不是怕闵靖元,可是福大人的态度让我担忧。在这个节骨眼上他要告老还乡,说明他一定听到了什么风声。你想想,要是他抽身走了,我一个盐道能扛得起这么重的担子吗?"

季允梅:"他就那么个人,又要当婊子又要立牌坊,也未必就真的会有什么事情。"

季东平:"不管怎样,再压几天。"

季允梅:"再压几天生意就做不成了!爹,这么多年都过来了,您就怕了这一回?"

季东平:"我都这么大一把年纪了还怕什么?真出了事,我们季家可就你一根独苗。"

季允梅:"我知道,先做了这一把,再想办法善后,好不好?"

季东平闭着眼没有作声。

管家在门边轻声唤了:"老爷,少爷,黄会长来了。"

季东平眉头皱了一下。

季允梅却连声说道:"叫他进来。"

"是。"管家在门外,"黄会长,请进吧。"

黄伯仁兴冲冲地进来了:"大人,公子,有好消息了!"

季东平和季允梅:"什么好消息?"

黄伯仁:"福桐福大人升了两江总督了!"

季东平和季允梅眼睛都是一亮。

季东平站了起来:"消息可靠?"

黄伯仁:"绝对可靠。我已经安排了人明天给福大人摆酒庆贺了。"

季允梅眉目舒展:"老爹,这下您可以放心了吧?"

季东平的眉目也舒展了:"你去准备一份厚礼吧。"

黄伯仁:"您该送的礼,我也已经备下了,是一幅用七百多块宝石镶成的马上封侯屏风，值一百万两银子呢。"

季东平笑了："你们呀……"

季允梅和黄伯仁也笑了。

季允梅对黄伯仁："天快亮了，我现在去见伊公子。你立刻去总会，将熊九如和冉成杰都叫来，安排在明天晚上就先将伊公子那三万担盐运了。"

13. 知府衙门客厅　夜

年羹尧俯身看图。

年羹尧："他们卸货的地点很集中，用不了太多的人，就可以全都扣住。"

李卫："这回你不怕进别人的地界了？"

年羹尧笑了："你以为这些日子我闲着了吗？我把我最好的两匹大宛马，送给了江苏提督，他准了我跨界带兵。"

李卫："告诉他是抓私盐？"

年羹尧："官场上能说真话吗？我告诉他我是追击水匪。"

任南坡："你的人都靠得住吗？"

年羹尧："我带出的兵你们放心。谁敢漏掉一袋盐，我砍谁的手。"

这个时候鸡又叫了，几缕晨光从窗户外泻了进来。

任南坡："没有时间再议了，年将军，你得赶快回去准备人马。"

年羹尧："一准是今天晚上？"

李卫："这回不会再错了，要是再错，你把在熊九如那儿挨的几棍子还给我。"

14. 伊林阿下榻的庭院　日

伊林阿急忙迎了上去，季允梅大步走了过来。

伊林阿："怎么样？我那三万担盐什么时候启运？"

季允梅："看你急的？今天晚上启运如何？"

伊林阿一喜："今天晚上就能启运？"

季允梅："怎么？嫌早了？"

伊林阿笑道："你答应我跟顾盼儿的花酒还没有来得及喝呢。"

季允梅也笑了："不耽误。那边运盐，这边我们喝花酒，怎么样？"

伊林阿将扇子在手掌一击："痛快！我要是个女的，真要嫁给你了！"

季允梅："我可不敢娶你这个花爷！"

| 第二十八集　黄雀在后 |

二人都笑了。

15. 盐帮议事厅　日

四个堂主围着冉成杰。

冉成杰："刚才黄胖子找了我，五成盐税已经争下来了。如今旺季已到，借他们松口气的时候，赶在官盐发运之前，先大走一批。"

堂主甲："多少？"

冉成杰："周围四省都有，先给山东出三万担。"

堂主甲："什么时候？"

冉成杰："今天晚上。"

四堂主都来了精神："今天晚上？"

冉成杰："对。"

堂主乙："咱们的成是不是也得提提？"

冉成杰："我要过价了。只要这四省的盐平安到位，我们多分一成红利。"

众堂主大喜。

堂主乙："帮主和大小姐那边呢？知道了这个事会不会跟我们过不去？"

冉成杰："什么也不要告诉他。你们手下的人都聚齐了吗？"

四帮主："齐了。"

冉成杰："好！还是照老办法，我在帮里坐镇，你们先到盐商总会将盐引领了，然后带领弟兄们到南里渡会齐。"

16. 河边的一个眺望台上　日

几个营官带着河防营的兵丁守在这里。

熊九如来了。

官兵们一齐行礼："参见管带大人。"

熊九如："免了。"

一名营官："船什么时候过？"

熊九如："今天晚上。弟兄们多上点心，这批船过去以后，当官的每人赏一千两，当差的每人赏二百两！"

众官兵大喜："多谢大人！"

17. 福桐的官邸后园　日

这里张红挂绿，宾客如云。

一台苏昆的班子正在唱堂会。

家人忙不迭地高声进报着：

"按察使刘大人入贺……"

"江苏学政叶尔根觉罗大人贺仪到……"

大小官员、当地士绅熙熙攘攘……他们都是来贺福桐升迁的。

福桐此时正在和官绅们应酬着。

福桐一脸谦和、甚至带有几分无奈："唉，怎么办呢。退也是皇恩，进也是皇恩，只怕这把老骨头对不起这点儿俸禄了。"

官员甲："两江重镇，是国家的仓廪之源，非福大人这样的能臣莫属。"

官员乙："是啊，老马识途啊。"

福桐："老马而已，识途不敢说了。去年春帏，前三鼎甲的平均年龄只有二十几岁，后生可畏啊。"

家人又在外面大声报了："盐道季大人贺仪到！"

众官员都本能地知道重礼到了，一齐瞩目望去。

季东平在前，四个家人在后抬着一幅沉重的屏风进来了。

福桐故意将脸一沉："来喝酒就喝酒，又送什么东西？"

季东平笑道："大人升任两江的制台，这不仅是两江百姓的福分，也是我们这些属下的福分，区区薄礼，也只是图个高兴而已。"

一个官员："高兴那是自然，要说你季大人送的是薄礼我们可不相信。"

众官员："打开看看！"

几个家人将屏风拉开了。

众人都是一惊——几百块翡翠宝玉镶成的"马上封侯"栩栩如生，耀人眼目！

18. 盐商总会　日

冉成杰手下的四个堂主来到黄伯仁面前。

黄伯仁："冉副帮主跟你们都交代了？"

四个堂主："交代了。"

黄伯仁拿出四张官方盐引："这是盐道衙门开出的官方盐引，你们带好。这边的关口上，河防营会保你们出去，到了山东地面有伊公子亲自押运，也没有关系。你们只要安全

| 第二十八集　黄雀在后 |

将船开到指定地点就行。"

四堂主各自收好盐引文票："也不是第一次了。放心就是。"

黄伯仁："话不是这样说，这次出盐的数目比以往都大，你们要格外小心。"

四个堂主："明白。"

19. 花船上　黄昏

这是一条一等的花船，里外两舱，这时任南坡和顾盼儿正盘腿坐在里舱的一张茶几前，隔着茶几上的那张琴，顾盼儿微笑地望着任南坡，任南坡却两眼低垂，望着下面。

顾盼儿伸出一指轻轻拨弄了一下琴弦："今天我们弹哪一段？"

任南坡："《十面埋伏》。"

顾盼儿："都埋伏好了？"

任南坡："万无一失。"

顾盼儿笑道："不会弹到最后又是一段《平沙落雁》吧？"

任南坡被她一笑便有些急了，抬起了眼："这回要是再栽在他手里，我就从这里跳下去……"

顾盼儿笑得更调皮了："都说你是当今的诸葛亮，说一句，你就急成这样？"

任南坡脸红了，尴尬地也一笑："好像《十面埋伏》的最后一段，你还不会，今天我就把这段谱子传给你。"

顾盼儿："这一段叫什么？"

任南坡："'合围'！"

20. 年羹尧军营　黄昏

人马都分成几行威严地排列在那里，却没有一点声音。

年羹尧的两眼中不断地闪着光，望着候命的将士："我也不多说了。今天晚上的事成了，你们当官的每人都能升一级，当兵的每人都有一百两银子给赏。谁把事情弄砸了，就自己砍掉了手再来见我！"

所有的人齐声吼应："是！"

年羹尧抬头望了望西沉的太阳："天一黑就出发。"

21. 花船上　夜

一缕茶烟袅袅飘浮。

外舱，季允梅和伊林阿正坐在那里，接过婢女给他们递来的茶盅。

伊林阿深吸了一口气，笑道："未见桃花人面，已闻主人茶香，果然不是凡品。"

季允梅也是一笑："顾小姐不出花船久矣，今天可是给了我们好大的面子了。"转对那婢女，"可否请你们家小姐早点出来？"

婢女笑道："快了。"

伊林阿和季允梅忍不住又将目光望向里舱。

22. 帮主内室　夜

公买秋、李卫和四个堂主都已聚集在这里了。

四个堂主这个时候都兴奋得一个个满面潮红，跃跃欲试。

公买秋却还是平时那个样子，浑若无事地望向李卫："徒儿，你猜猜师父这个时候最想干什么？"

李卫也是一副轻松的样子："不用猜，一说准中。"

公买秋："你说。"

李卫操起桌上的骰筒笑道："赌一把！"

公买秋也笑了："我真的该把帮主的位子传给你了。"

23. 花船上　夜

伊林阿和季允梅的眼睛都睁大了。

里舱的那扇舱门慢慢地移开了——先露出来的是一双纤纤细手和一张古琴，接着顾盼儿现身了！

伊林阿的嘴张得好大，那双眼睛更是直了。

顾盼儿莲步轻移，走到茶几前将琴摆好，浅笑道："劳二位公子久等了。"

伊林阿："不久，不久……"

季允梅："但不知顾小姐今天弹奏哪一曲？"

伊林阿："先来一段《梅花三弄》如何？"

顾盼儿摇了摇头："我新学了一首古曲，想就教于二位方家。"

季允梅："什么古曲？"

顾盼儿："《十面埋伏》。"

季允梅和伊林阿都是一怔，接着都望向顾盼儿。

| 第二十九集　张罗结网 |

1. 花船上　夜

顾盼儿仍然浅笑着："怎么？二位公子不喜欢？"

伊林阿："哪里哪里，能听到顾小姐这样的美人弹奏《十面埋伏》，自然更是别有一番味道。"

顾盼儿转对季允梅："季公子，你说呢？"

季允梅也敛住了心神："当然。"

顾盼儿："那我就献丑了。"说着五指一抡，兵戈之声立刻从琴弦中泻了出来。

2. 路上　夜

一匹一匹的马在夜幕中驰过，马蹄却没有发出声响——镜头推近，每个马蹄子上都包着厚厚的稻草。

镜头又摇了上来，年羹尧铁青着脸，嘴里横衔着一根筷子。

其他的将士嘴里也都衔着一根筷子。

这就是兵法上所说的人衔枚，马裹蹄。

马队还在往前疾驰。前面，一处停着船的码头遥遥在望了。

3. 南里渡　夜

黑暗中这里密密地排着十几艘大船。

冉成杰手下的四个堂主正在紧张地指挥盐帮的人将一袋一袋的盐背抱着运到船上。

岸上堆着的盐包不多了。

堂主甲对伊林阿带来的一位管事说道："马上就装完了，装完我们就起锚。"

那管事："我家公子还没到呢,再等等。"

堂主甲："我们平时运盐都是装好就走,这样的事可不能等。"

那管事："你们是运盐的,只管装运就是,什么时候走管得了这么多吗?"

堂主乙忍不住插嘴了:"要出了事怎么办?"

那管事："我家公子正和季公子在一起商谈大事,出了事用得着你们操心吗?"

几个堂主只得都把话咽了回去。

4. 花船上 夜

顾盼儿的琴已经弹到了《十面埋伏》的核心一段——"埋伏",这时候的琴声虽然没有前面几段激烈,是在轻抡慢挑,却暗伏杀机。

季允梅的脸是早已阴沉下来了,这时连伊林阿也似乎有所感觉,不禁将目光望向了季允梅。

季允梅仍然没有表情,在那里耐着性子听着。

5. 南里渡 夜

堂主甲忍不住了,冲着伊林阿的那位管事说道："我们的副帮主早有吩咐,说船一装完立即起锚,现在已经等了这么久,我们不能再等。"

那位管事也有些着急了,答道："要么这样,你们再耐着性子等一下,我去催催我家公子。"

堂主甲："你催不催我不管,我们得先开船。"说到这里将手一挥,"开船!"

几艘船上的锚都在慢慢往上升起,掌船的也都已拿起了篙子。

就在这时,一个声音在码头上响起:"走不了了!"

几个堂主和那个管事以及盐帮众人一齐向码头望去。

月光中,年羹尧带着几个人慢慢走了过来。

堂主甲厉声喝道:"你们是什么人?"

年羹尧："抓你们的人。"

堂主甲："就凭你们几个人?"说着便向腰间拔刀。

另外三个堂主也去拔刀。

年羹尧一伸手抓住堂主甲的手腕,将刀夺了过来。

跟着他的几个将官也早就拔出刀来逼住了另外三个堂主。

盐帮众人都纷纷拿起了兵器从船上跳下围了过来。

| 第二十九集　张罗结网 |

年羹尧一声冷笑："全数拿下！"

码头岸上，立时站起了许多兵将，快步向码头逼来。

那些帮众全都傻眼了，开始有人将兵器扔下了，接着所有的人都将兵器扔下了。

伊林阿的那位管事说话了："我看你们误会了，我们这些盐都是官盐，且都有盐道衙门的盐引，是运往山东的。"

年羹尧向他瞥了一眼："你是什么人？"

那管事："在下是山东巡抚公子伊林阿的管事。"

年羹尧笑了："我说呢，谁有这么大胆子一次就敢走私几万担盐。"

那管事："贵驾是……"

年羹尧："我是谁你不要管，我现在可以放你走，你去告诉你们家公子，这几万担走私的盐全部被缴获了。"

那管事："您总得……"

年羹尧："你走不走！"

那管事哪里还敢再问，急忙向码头上跑去。

年羹尧："将这些人全部带走！"

6. 花船上　夜

古曲已经弹到了第七段"鸡鸣山小战"，琴声激烈宛若兵戈齐鸣！

伊林阿已经有些坐不住了，再次望向季允梅，季允梅也有些坐不住了，两人交换了一个眼神，准备站起。

就在这时，河面上传来了喊声："公子！公子！"

季允梅和伊林阿同时向喊声方向望去。

一艘小船飞快地摇来，船头站着他的那名管事。

季允梅和伊林阿立刻站了起来。

顾盼儿的琴声也停了。

小船摇靠到花船边上，那管事气喘吁吁地："出、出事了……"

季允梅厉声喝道："什么事？"

那管事："盐、盐全被扣住了！"

季允梅："走！"说着一撩袍衫跳上了小船。

伊林阿也跟着跳上了小船。

花船上，任南坡从里舱出来了。

顾盼儿笑望向任南坡："'九里山大战'还没有弹呢……"

任南坡也笑了："不急，等着让季公子自己来弹。"

7．一座临时的军帐内　夜

松明火把，将帐内映得通明。

年羹尧坐在一把可能是从船上搬来的椅子上。

士兵们将四个绑得紧紧的堂主押进来了。

一名将官将那四份通关的盐引交给了年羹尧。

年羹尧看了看："你们这私盐走得挺硬气，居然还有官方的盐引。谁给的？"

堂主们不说话。

年羹尧："我这可不是文官衙门，还要什么招供画押，没那些乱七八糟的麻烦。只要进了我的营帐，按剿匪论，我把你们剁碎了也没人管。说吧，几万担私盐，居然怀里还揣着官方的盐引，手脚够大的。谁给的？"

堂主们还是不说话。

年羹尧："不想说……好，先给他们把宝剑背上！"

什么是"背宝剑"？四个堂主正在惊疑，几名兵士过来了，松开了绑在他们背后的绳索，然后两个侍候一个，将四个堂主的手，一只手从后面背部底下往上扳，另一只手从前面肩膀上面往下扳，就这样将两只手一前一后一上一下再用绳索绑住手腕，用力一拉——四个堂主都杀猪般号叫起来。

将官："大人，要不要押走？"

年羹尧："不急，踏踏实实地给我埋锅做饭，我还要等个人。"

8．盐帮总会　夜

黄伯仁和几个盐商的脸都白了，站在那里哪里还敢出声。

季允梅铁青着脸："赶快派人分头去找熊九如和冉成杰！叫熊九如带上人马务必要找到那些人和那些盐。叫冉成杰到盐帮内部去查，先抓住那个假太医再说！"

黄伯仁等人还愣在那里。

季允梅一跺脚："还不去！"

黄伯仁等人这才明白过来："是……"慌里慌张地奔了出去。

伊林阿这时的脸色更加难看，对季允梅说道："这几万担盐的钱我是已经付了，你这里如果出了事，山东那边我可没法子帮你说话……"

| 第二十九集　张罗结网 |

季允梅双目如剑逼了过来："放心，一粒盐也少不了你的！"

9. 知府衙门岳思盈房间　夜

岳思盈倏地站了起来。

任南坡走过来了："现在你可以去找闵靖元了。"

岳思盈："全都告诉他？"

任南坡："对。这是一件大功，他肯定会全力以赴。"

岳思盈点了点头。

10. 南里渡　夜

熊九如带着人马急忙赶到了这里。

这里空空荡荡，哪儿有一船一人？

熊九如："他娘的，这到哪儿找去？"

一个兵卒跑过来了："启禀管带，前面发现了一座营帐。"

11. 盐帮议事大厅前院坪　夜

冉成杰带着一群人也气势汹汹地闯过来了。

公春玉从里面迎了出来。

冉成杰站住了："那个什么太医在哪里？"

公春玉目光中露出了一丝哀悯："师兄，到了这个地步，你还要往前走吗？"

冉成杰当然惊悟了："果然是你们设的圈套……"

公春玉："没有人给你设圈套，是你自己挖了坑自己往里面跳。"

冉成杰："我真没想到连你也勾结外人来坑我。"

公春玉摇了摇头："事到如今你还这样说，难怪爹说你无药可救了……"

冉成杰："就是毒药我也喝了。到里面去搜！"

12. 年羹尧的营帐外　夜

熊九如带人来到。

远远看去，营帐内外，空无一人。

熊九如一挥手："给我搜。"

话音未落，一声炮响，火把齐明！

营帐后面,竖起了一面高高的旗子,上面大书一"年"字。

帐门开处,年羹尧走了出来。

熊九如想回身,但四面的伏兵已蜂拥而起。

年羹尧朗声地:"熊管带,我等你好久了。"

13. 盐帮议事大厅　夜

这里也已经灯火通明了。

冉成杰连同他带的人也已被公买秋的四位堂主率领的人团团围住。

四个堂主半围在冉成杰前面,一个个冷面如霜目光如剑。

冉成杰:"好,好……我就知道老家伙并没有把你们赶走……"

甲堂主:"就凭你敢把帮主叫作老家伙,今天我们就能用帮规处置你!"

冉成杰:"帮规?你们不要忘了,除了帮规,我的背后还有盐道衙门,还有官兵!"

"什么官兵?"话音起处李卫和公买秋走了出来。

两个堂主连忙将两把椅子摆好,让李卫和公买秋一左一右坐了下来。

李卫:"本人就是朝廷钦派的扬州知府,我现在就是奉了朝廷之命来拿你的。不知你说的官兵是哪个朝廷的?"

冉成杰:"李卫,你是扬州知府,你的头上还有道台藩台巡抚,现在还有总督福大人……"

"住口!"李卫厉声一喝,"你犯了王法,还敢牵出朝廷这么多命官,就这一句话我就要掌你的嘴。掌嘴!"

甲堂主和乙堂主逼了过去,冉成杰:"谁敢!"

公买秋说话了:"我敢不敢?"

冉成杰:"师父……"

公买秋:"我是你的师父吗?"

冉成杰:"当然是……"

公买秋:"那好,我现在叫你跪下。"

冉成杰怔了一下。

公买秋两眼放出光来直盯冉成杰。

四个堂主齐声喝道:"跪下!"

冉成杰慢慢跪了下去。

他身后的那些人也跟着跪了下去。

| 第二十九集　张罗结网 |

14. 营帐后的一块空地上　夜
这里已经挖出了一个大坑。

士兵将四个堂主拉到了坑边。

年羹尧拉着熊九如走到这里。

年羹尧对四个堂主指了指熊九如："他是谁你们认识吗？"

四个堂主低头不语。

年羹尧一扬手，士兵们像扔一口死猪似的将堂主甲扔进了坑里。

年羹尧冷冷的一个字："埋！"

士兵们二话不说就往里填土。

熊九如面如土色。

年羹尧一指堂主乙，还没等士兵动手，那几个人已经瘫了。

堂主乙："我说、我说……这是熊管带，我们认识……"

年羹尧："你们的私盐出码头，他知道吗？"

堂主丙："知道，每次都是他送我们过卡子……"

年羹尧："你们的盐引哪儿来的？"

堂主丙："是……季公子从盐道府里拿出来的……"

年羹尧指熊九如："他知道吗？"

堂主丁："知道、都知道……"

年羹尧冷笑着转向熊九如，拿出一个兵符："这是江苏提督给我的出兵的符印，这次我是名正言顺。几万担私盐我都扣住了。人证就在你面前。熊管带，那几军棍我不能白挨吧？"

熊九如倒退："你要……怎么样？"

年羹尧对士兵："上绑！拴在马后边，给我拖回扬州！"

15. 福桐的官邸后园　夜
庆贺福桐升任总督的酒筵定好了是三天，现在是第二天了。

酒筵还流水般在开着，堂会也换着戏码在唱着。

其实来贺的官员们很多都也累了，但还都硬挺着坐在这里应酬着喝酒看戏。

一个福桐的属员急匆匆从外面进来，问着里面的一个管事："制台大人呢？"

管事："累了，在里面歇着呢。"

那属员急匆匆地向里面走去。

16. 福桐卧室　夜

福桐正坐在椅子上闭目养神，他的一个小妾在他的背后帮他轻轻地捶着背。

属员悄悄地走到他的身边："大人，大人……"

福桐仍然闭着眼睛："什么事？"

属员低声地："刚接到消息，年羹尧带兵扣下了三万担私盐，据说还查出了盐道衙门开出的盐引。"

"哦？！"福桐猛地睁开了眼睛。

17. 军帐内外　夜

帐外警卫森严，站着年羹尧的兵将。熊九如和四个堂主还有河防营的官兵都绑在帐外，精神萎靡。年羹尧坐在帐内，参将在年的旁边侍立。

参将若有所觉，对着帐外大喊："谁？"

"不要嚷，是李大人。"正坐在帐内闭目养神的年羹尧连眼睛都没睁开。

"哦……"参将注目望去——果然是李卫和任南坡，还有公买秋手下的四个堂主押着冉成杰走进来了。

18. 福桐卧室　夜

这里，福桐的那个小妾早已退了出去。福桐这时正背着手来回踱步，突然他站住了，转过身来，对属员："快去，将季东平送的那份礼物退回去。"

属员："这个时候退回去，是不是太扎眼了……"

福桐："留在这里更扎眼！"

属员："属下明白了。"急忙走了出去。

福桐仍然微低着头在那里思索，接着他又喊道："来人！"

没有人应声，福桐一怔，有些愠怒地转过身，突然一惊。

闵靖元正微笑着站在门边。

福桐："你？"接着把目光盯向站在闵靖元身后的那个属员。

闵靖元笑道："不要怪他，是我叫他不要作声的。"说着转对那个属员，"办你的事去吧。"

属员不敢离去，眼睛望向福桐。

第二十九集 张罗结网

福桐知道闵靖元是要来跟他摊牌了，对那属员一挥手："去吧。"

那属员这才悄悄退了下去。

福桐："请坐。"

两人坐了下来，却都对望着，谁也不说话。

还是闵靖元先开口了："制台大人想必已经知道，年羹尧扣住了三万担私盐。"

福桐仍然没有回话，只是紧紧地望着闵靖元，在等他继续说下去。

闵靖元站了起来，一边踱着，一边继续说道："您也知道，西北的战事已经打到节骨眼上了，可国库里却一两银子也拿不出来，皇上急得是寝食难安哪。可是！"闵靖元倏地转过身来，"两淮的盐税今年却只交上去三成。扬州的盐道衙门和盐商总会这些奸商借口盐市行情不好，却在背地里大批贩运私盐！制台大人，现在人赃俱获，而且是落在四爷的人手里。下面的情形将怎么样，您大概不需要我再说吧？"

福桐这时当然不能够再沉默了，也站了起来："出了这样的事，我身为两江总督，当然难辞其咎。皇上那里我会上折子请罪的。"

闵靖元："请罪？但不知制台大人请什么罪？"

福桐："该什么罪便请什么罪吧。"

闵靖元："到底是什么罪！"

这也太有些咄咄逼人了，福桐也沉不住气了："你想给我安什么罪！"

闵靖元："要依下官看来，这件事情制台大人……没罪。"

福桐一怔，紧紧地望着闵靖元。

闵靖元："大人请想想，现在抓住的是三万担私盐，再挖下去，可能就是三十万担，三百万担！这个罪谁能担得起？！"

福桐一惊。

闵靖元："无论是谁，只要沾上了这个边，降起罪来都不是罢官革职就能够了事，最轻也是个斩立决的罪名！这个罪名，制台大人能担吗？"

福桐一屁股坐在椅子上。

闵靖元走近了他，低声说道："下官来的时候，八爷已经打了招呼，只要能将这几年偷漏的税银追缴上去，两江的官员能保的尽量要保。"

福桐眼睛一亮："八爷真是这样说的？"

闵靖元："要不然在这个节骨眼上八爷为什么要保举您升任两江总督？"

福桐精神一振，无限感慨地："真是贤王啊……"站了起来，"闵大人，你要我干什么？"

闵靖元:"要你立刻派兵包围盐道衙门和盐商总会!"

福桐:"这个不难。可有几个人要是活着就必定会牵扯出其他的人来……"

闵靖元眼神一犀:"那就别让他们活着!"

19. 军帐内 夜

帐外火把通明,警卫森严。

帐内李卫、年羹尧都蹲在地上,望着任南坡。

任南坡也蹲在那里,手里拿着一根树枝指着沙盘比画着:"下面我们兵分四路。年将军手下的人需要留下一半看守这批私盐和抓住的这些人;我带一拨人去抓季允梅和伊林阿;年将军带一路人去盐商总会抓黄伯仁和那四大盐商;李大人你带一拨人去盐道衙门抓季东平。"

"好!"李卫站了起来,"辣块妈妈!那可是我下跪的地方,这回我得在那儿多坐一会儿。"

任南坡诡秘地笑了笑:"能坐你就多坐一会儿吧……"

20. 福桐的官邸后园 夜

这里的戏还在热闹地唱着。

季东平俨然东家的样子,在酒席间不知疲倦地张罗着:"诸位大人,多饮几杯……这里没果盘了,上果盘!"突然他看见闵靖元走来了,连忙笑着迎了上去,"闵大人,您跑到哪儿清闲去了?也点一出?"

闵靖元也笑望着他:"好,我就点一出《劝善金科》吧。"

季东平略怔了怔,立刻又笑道:"《目连传》?"

闵靖元:"对。"

季东平:"《目连传》可要唱七天呢,哪一折?"

闵靖元:"就唱《滑油山》那一折吧。"

季东平:"方家,方家。"转身对戏台喊道,"下面一折是闵大人点的,唱《滑油山》!"

福桐的属员迎了上来,对季东平:"制台大人叫你。"

季东平:"哦?"急忙向里面走去。

闵靖元冷笑了一下,在一张空椅上坐了下来。

| 第二十九集 张罗结网 |

21. 福桐卧室 夜

季东平进来了。

福桐背身而站。

外面的昆曲声隐隐传来。

季东平："制台大人叫我？"

福桐无语。

季东平清了清喉咙，递着笑脸："……闵大人点了一折《滑油山》，那个目连的娃娃腔唱得不错……"

福桐："现在听《劝善金科》，有点儿晚了。"

季东平："制台大人？"

福桐："年羹尧带兵扣了盐，抓了熊九如，把令公子从你这儿开出的盐引也拿到了。"

季东平身子一晃。

福桐拿出一张银票："这是你给我的一百万两银票。抄家以后，你那里将会片瓦无存。这笔钱我替你留着，你的家人也许不至于冻饿街头。"

季东平扑通跪地。

福桐："可是你一旦被他们抓住，三审定罪，想保住你的家人也不可能。首先是你那个宝贝儿子性命难保，你的老母妻妾也都会发配充军。"

季东平："有大人在……不会、决不会。"

福桐："要想保全，必须做成个无头之案才行。你只有永不开口，我才能为你周旋。"

季东平："我明白……"

福桐："你不明白。人只要有一口气，总会开口的。"

季东平僵愣。

福桐掏出一个小瓶子："这是孔雀胆，服下之后，会沉睡而亡，绝无痛苦。"

季东平瘫倒。

福桐走出门。

门外有两名亲兵。

福桐："季大人有酒了，送他回府。"说着将药递给亲兵："多陪陪他。"

舞台处，一声高腔，喝彩声骤起……

22. 福桐的官邸大门外　夜

闵靖元领着福桐的亲兵头目和一群戈什哈大步走了出来。

换成男装的岳思盈在门外迎了上去："办成了？"

闵靖元笑着将手一指，岳思盈举目望去——两个亲兵架着面如死灰的季东平从门内走了出来。

岳思盈眼睛一亮："下面怎么办？"

闵靖元："盐道衙门，抄他的家！"

23. 盐道衙门大门外　夜

李卫带着一群兵驰马来了，到这里一齐勒住了缰绳。

李卫："一半人将前门后门都给我守住，其余的跟我进去搜！"翻身下了马，带着一群人便向大门闯去。突然，他脚步一停——望见岳思盈和一群亲兵正站在大门外。

"怎么回事？"李卫接着向岳思盈走去，"你们怎么在这里？"

岳思盈也已经向他迎了过来："任先生没有告诉你？闵大人已经请了兵，在这里抄季东平的家呢。"

李卫一愣："什么任先生，什么闵大人请兵抄家？乱七八糟的，我怎么一点儿也不知道？"

岳思盈也是一愣："你不知道？这就怪了……"

李卫："进去看看就知道了。"说着就要往里闯。

"站住！"亲兵头目拦住了李卫，"哪儿去？"

李卫："你问我？我还要问你呢，这个案子是我破的，你们都进去了不许我进去？"

亲兵头目："我不知道。我只知道总督大人有令，这里的事情由巡盐使闵大人处置，其他任何人不许插手。"

李卫："辣块妈妈，想捡现成的吃！"说完又要往里闯。

亲兵头目手一招，一排亲兵横刀挡在门外。

李卫愣住了。

岳思盈也有些吃惊了，走近亲兵头目："这是知府李大人，你难道不认识？"

亲兵头目："我不管是谁，没有总督大人的指令，不能放人进去。"

岳思盈转对李卫："那我先进去看看。"

"对不住。"亲兵头目又拦住了岳思盈，"你也不能进去。"

岳思盈也愣住了。

| 第二十九集　张罗结网 |

李卫:"辣块妈妈,找任先生去!"气冲冲地走到马边上了马,猛抽了一鞭向前驰去。岳思盈和其他的兵士也都上了马,向李卫追去。

24. 盐道衙门内　夜

镜头从第一进院子向里面推去,越过前后大门洞开的第一排正房,来到第二进院子——这一路都已经是哭喊声吆喝声乱成一片,兵丁差役如狼似虎地扛着大笼小箱进进出出正在抄家。

镜头推到第二排正房前停住了:正房的门是紧闭着的,台阶下站着四名亲兵,守在那里,以防其他人接近。

正房内,季东平失神地坐在那里,那只孔雀胆瓶子摆在他面前的桌子上。

闵靖元倏地转身了,把目光盯向季东平:"事情都到了这个地步了,你还不肯喝,真要等到你全家的人陪你去送死吗?"

季东平慢慢抬起了头:"我喝了,我的儿子真能没事吗……"

25. 伊林阿下榻的庭院　夜

任南坡和一个千总带着兵马闯进来了。

任南坡:"四面围住,一个人也不许放走了!"

一些兵丁散开了。

"干什么?干什么?"伊林阿带着管事急忙走了出来。

任南坡:"不干什么,来抓几个人。"

那管事:"瞎了眼的,这是山东巡抚的公子,你们敢到这里来抓人!"

任南坡:"我抓的就是山东巡抚的公子。拿下了!"

那千总手一挥,几个兵士冲了上去扭住了伊林阿和管事。

伊林阿还在那里挣扎:"妈的,敢抓我,叫你们一个个都死!"

任南坡:"让他闭嘴。"

千总劈脸一掌扇去,打得伊林阿晕头转向。

任南坡:"季允梅在哪儿?"

伊林阿的嘴脸已经肿了起来,哪儿答得出话来。

任南坡:"不说?"

那管事:"前不久才离开这里,不知道哪儿去了……"

千总望向任南坡,任南坡:"我知道,随我来。"

26. 庭院门外　夜

任南坡领着人押着伊林阿和管事走出来了。

不远处李卫、岳思盈也领着人马驰来了。

两拨人在门口相遇。

"搞什么鬼！"李卫从马上跳下，冲着任南坡就嚷了起来，"怎么让闵靖元插进来了！"

任南坡望了望李卫，又望了望岳思盈，佯装恍然大悟地："我忘了说了，是我叫岳姑娘请闵靖元插手的。盐道的官比你大，你去摆不平……"

"那你也早说啊！神神道道的。"李卫兀自在那里生气。

任南坡："这件事过后再说，现在你赶快到盐商总会去和年羹尧会集，将那些盐商们搞定。我和岳姑娘去抓季允梅。"

"搞什么鬼！"李卫一边嘟嘟囔囔，一边又翻身上马，领着他的那拨人马又驰去了。

岳思盈似乎察觉到什么，向任南坡问道："任先生，你是不是有什么事瞒着他？"

任南坡对岳思盈笑了笑："这件事过后我会向你们说明，现在先抓人去。"

27. 盐商总会大门外　夜

李卫领着人马赶来了。

远远地认出了门口是年羹尧的人，李卫才松了口气："辣块妈妈，这里总算没被他抢去。快走！"

一行人驰到了门边，翻身下马。

李卫问守门的将士："年将军呢？"

守门将士："正在里面抓人。"

李卫领着人走了进去。

28. 盐商总会内　夜

一走进大厅，李卫先是一愣，接着便乐了。

黄伯仁，还有那四个大盐商都被年羹尧用绳子反绑了手，吊在大梁上，两脚悬空，痛苦万状。

李卫走到黄伯仁的面前："黄商总，什么事不好玩，在这里荡起秋千来了？"

黄伯仁喘着气："李卫……果然是你干的好事……不要忘了，你头上还有比你大的

第二十九集　张罗结网

官……"

　　李卫："是吗？还有谁的官比我大，我正想知道呢，说出来听听。"

　　黄伯仁闭上了嘴。

　　盐商甲却忍不住了，憋着气嚷道："盐道大人，藩台大人……"

　　"住口！"黄伯仁连忙喝住了他。

　　盐商甲将话咽了进去。

　　李卫："怎么了？说呀，还有谁……"

　　黄伯仁闭上了眼睛。

　　四个盐商也闭上了眼睛。

　　李卫走向兀自坐在那里闭目养神的年羹尧："年将军，他们不开口怎么办？"

　　年羹尧依然闭着眼睛："放心，这样吊着的人，不要两个时辰，没有不开口的。"

　　李卫："真的？"

　　年羹尧睁开了眼睛："你没看见那些东西。"

　　李卫循着他目光所示的地方望去——只见地上堆着一个一个的小沙袋。

　　李卫："我明白了，你要给他们加点盐？"

　　年羹尧点了点头，接着对站在两边的兵士："先每人加两袋。"

　　"是！"兵士们拿起了地上的盐袋，在黄伯仁和四个盐商每人的脚上吊一袋。

　　黄伯仁和四个盐商头上的汗便下雨般流了下来，那个最胖的盐商首先受不住了，杀猪般号叫起来。

　　李卫："辣块妈妈，比我手辣！"向年羹尧望去。

　　年羹尧又闭上了眼睛。

第三十集 十面埋伏

1. 顾盼儿的住宅 夜

任南坡和岳思盈带着人刚一走进院子便都停住了脚步——一阵激烈的琴声从里面传了出来。

岳思盈望向任南坡："真在这里。"

"这个人真可惜了……"任南坡对岳思盈，"你能听得出这是什么乐曲吗？"

岳思盈摇了摇头。

任南坡："这是一首早已失传的古曲，叫作《十面埋伏》，十分难弹，我写了一份谱子给了盼儿姑娘，这个人居然看着谱子第一次便能弹奏，真是人才难得……"

岳思盈："不走正道，再有才又有什么用。"

任南坡："你明白这个道理就好。走，会会他去。"

一行人向里面走去。

2. 盐道衙门 夜

季东平手里已经捧着那只毒药瓶子，颤抖地拔开了上面的瓶塞，怔望了好一阵子，又突然抬头望向闵靖元："你真的答应不追究我儿子？"

闵靖元："你不死可能牵上他，你一死已经把罪名担了，我们何必节外生枝？"

季东平："你要是骗了我，我做鬼也不饶你！"

闵靖元猛地一拍桌子："你到底喝不喝？再不喝，我现在就派兵去抓你的儿子！"

季东平："喝……我喝……"举起瓶子向嘴里倒去。

| 第三十集 十面埋伏 |

3. 顾盼儿厢房前 夜

那琴已经弹到"九里山大战"一段，琴声激烈，似乎有千万个人在呐喊，千万匹马在嘶鸣。

任南坡和岳思盈都被琴声中发出的肃杀之气镇住了，站在门前呆呆地出神。

突然琴声一扫，"啪"的一声，是一根弦断了。任南坡惊了一下。

紧接着又是"啪"的一声，又一根弦断了，琴声也停了。任南坡大惊！

岳思盈也强烈地感觉到了，急问任南坡："他会不会自杀？"

任南坡重重地点了点头。

岳思盈越过任南坡便要去推门，任南坡伸出一手拦住了她，轻轻地说了一句："晚了……"

岳思盈睁着两只大眼，兀自不太相信。

任南坡："不信你就进去看吧。"说完径自转过身向外慢慢地走去。

岳思盈啪地将门推开，不觉大惊！

——季允梅和身趴在古琴上，眼睛里、嘴里和鼻子里都流出了黑血！

岳思盈似乎又惊悟了什么，举目搜索，这才看见顾盼儿怔怔地坐在一边出神。

这个时候天已经亮了。

4. 盐商总会 日

吊在梁上的五个人已经有两个人昏死了过去，因为他们的腿上都已经吊了几个小盐袋。

李卫望了望年羹尧，见他笔直地靠坐在椅子上，已经发出了轻轻的鼾声。

李卫："辣块妈妈，难怪任先生说他是大将之才……"走了过去，捅了捅年羹尧。

年羹尧倏地睁开了眼睛："干什么？"

李卫抬了抬下巴，示意那几个人已经受不了了。

年羹尧："下面是你的事，我不管。"说完又闭上了眼睛。

李卫瞪了他一眼，向黄伯仁走去，抓着他的腿摇了摇。

黄伯仁艰难地睁开了眼睛。

李卫："下面我问你的话，你答对了一句我就给你取下一个盐袋，怎么样？"

黄伯仁连点头的力气都没有了，只是将眼睛眨了眨。

李卫从怀里掏出了半根筷子："记得有人跟我说，欠债不欠赌债，请客不请嫖客。这话谁说的？"

黄伯仁眨了眨眼睛。

李卫："谁？孔子说的……孟子说的？"

黄伯仁使劲地眨了眨眼睛。

李卫："你说的？"

黄伯仁挤出力气点了下头。

李卫："还老实。给他取两个盐袋。"

两个兵士连忙上来取下了两个盐袋。真是立竿见影，黄伯仁哼出了一声。

李卫接着问道："辣块妈妈，我跟你们好话说尽，一成盐税也不给我加，闵靖元一到，你们就加了二成。你说到底能再加几成？"

黄伯仁已经能够喘气了，使劲挤出两个字："七成……"

"七成？"李卫又对兵士，"再取两个盐袋。"

兵士又取下来两个盐袋，黄伯仁能够连续地哼出声来了。

李卫："这样取你也不耐烦，我也不耐烦，我们干脆一锤子买卖做到底，你只要说能加到十成，我就把你放下来了。这样好不好？"

黄伯仁兀自在那里犹豫。李卫："把盐袋照旧给我挂上去！"

两个士兵又拿起了刚解下的盐袋。

黄伯仁连忙叫道："十成！十成……"

李卫："放下来！快给我放下来！"

5. 路上　日

任南坡和岳思盈并辔慢慢地走着，二人依然沉浸在季允梅之死的事件中没有出来。

还是岳思盈忍不住先说话了："任先生，顾小姐在里面吓成那样，你也不进去……"

任南坡抬起了眼睛望着前方："这就是我不愿意搅进世事纠纷中去的原因。刀光剑影，你死我活，不用非常手段又不能够成功，用了非常手段，人家不能理解你，自己也经常魂梦不安。我是再也不好意思去见盼儿小姐了。"

岳思盈："我想顾小姐不会怪罪你的。"

任南坡："就算她不怪罪，我明知季允梅会去，却又不能事先告诉她，我已经负她太深。"

岳思盈："任先生真是待人太真了……李卫但凡有你一半的心思……"

任南坡："你说错了。李卫待人才算是真。他那是拿得起放得下，我是拿得起放不下。对了，你不是问我为什么要将告知闵靖元的事瞒住李卫吗？我现在先告诉你一句，这

第三十集　十面埋伏

件事情我也已经将李卫给卖了……"

岳思盈一惊："将他卖了？不会吧……"

任南坡："但根子上我是为了他好，也是为了朝廷好，过后你们自会明白。但现在李卫肯定已经在过坎了。"

岳思盈："过什么坎？"

任南坡："过闵靖元的坎。"

岳思盈又是一惊。

6.　盐商总会　日

黄伯仁和那四个盐商都已经被放下来了，而且每个人都已经在李卫拿着的簿子上签了名。

李卫将簿子一合："辣块妈妈！就是交了十成盐税你们每年得到的利润也够养活一百个人了，黑了心肝的还要偷漏朝廷的盐税！带走！"

兵士们两个架起一个，将五个人架住就要往外走。

"且慢！"闵靖元带着人出现在门口。

李卫一见他便气不打一处来，却假堆起笑脸："原来是闵大人……您看天上是什么东西？"

闵靖元下意识地抬头看去，接着很快地醒悟了，低下头望着李卫："什么东西？"

李卫："馅饼呀。"

闵靖元："什么馅饼？"

李卫："什么馅饼还不知道。我们辛辛苦苦地破案，你什么事没做，这会儿出来捡现成的，那天上不是掉馅饼下来了？"

闵靖元气得脸都白了："李卫，我告诉你，我是两淮巡盐使，缉拿私盐、追缴盐税是我的分内之责。你掺和在里面要是把事情弄砸了，我第一个上折子参你！"

李卫被他这句话也气得眼睛有些翻白："哟嚯！这还真是不干事的管起干事的来了。我还真不知道你那个折子里怎么参我。"

闵靖元："就凭你私自与黑道盐帮勾结一条，就是个革职拿问的罪！"

李卫："慢着慢着，你可别把两件不相干的事连在一起说，黑道是黑道，盐帮是盐帮，可不是一回事。"

闵靖元："是不是一回事，我会弄清楚的。"说到这里转对福桐的亲兵们，"把这些盐商都给我带走！"

亲兵头目："是，带走！"

亲兵们便要上前带人。

"谁敢！"一直闭着眼睛的年羹尧站起来了，"这些人是我奉了提督大人之命拿下的，谁敢带走？"

"我要带走呢？"一个声音在门口响起。众人一齐望去。

福桐出现在门口。

首先是闵靖元，装出一副十分恭敬的样子，请下安去："卑职参见制台大人。"

年羹尧和李卫也只好请下安去："参见制台大人。"

福桐："免了。"

众人都站直了身子。

福桐："盐道衙门勾结盐商和盐帮贩运私盐，偷漏国税这件事情发生在两江地面，老夫真觉得愧对朝廷。兹事体大，我要亲自过问，然后给朝廷一个交代。闵大人。"

闵靖元："卑职在。"

福桐："你是朝廷派来专管盐务的官员，这件事就由你主要负责，一应人犯你都要把他们管好了，贩运的私盐也要管好了，偷漏的盐税一两银子也不能够少，全要追上来，及时解付国库，以解朝廷军费之急。"

闵靖元大声应道："是。把人带走！"

亲兵们上去把黄伯仁和四个盐商架了出去。

李卫气得在那里直翻白眼，年羹尧也气得铁青了脸。

福桐走到年羹尧身边，和蔼地笑道："回去告诉你们的提督大人，你这次干得很好，立了大功，在给朝廷的折子里，我自会保举你。"

年羹尧的脸舒展了，立马又请了个安："谢制台大人提拔。"

福桐转对李卫："你也辛苦了，只是有些事情做得不甚得体。我听说你堂堂一个朝廷命官居然跑到盐帮去拜什么盐帮的帮主为师，有这回事吗？"

年羹尧替李卫说话了："回制台大人，他这是为了破案。"

福桐："可毕竟坏了官体。这件事情今后再慢慢说吧。有关私盐的事交给闵大人去办，你就不要再插手了。"说完转身慢慢走了出去。

李卫气得在那里说不出话来。

7. 府衙院内　日

"都抓住了？"李母急问小满。

| 第三十集 十面埋伏 |

小满眉飞色舞："都抓住了。李大哥好手段，设下了十面埋伏，盐道衙门那个贪官和他儿子都自杀了……"

李母连忙念佛："阿弥陀佛！其他的人呢？"

小满："那几个盐商吊了一晚，都招了供。那个什么河防营的管带和盐帮的副帮主也都老实招供了。"

李母："这下我儿子可要升官了。"

说话间，石榴领着豆腐店的老板来到李母面前。

豆腐店老板托着一屉豆腐，走到李母面前便双膝跪下："小人叩见老太夫人！"

李母拖着长声："你来了？"

豆腐店老板递着笑脸："小人念叨着您老好久没吃小号的豆腐了，因此特地给您送豆腐来了。"

李母："这还是什么三脑豆腐吗？"

豆腐店老板："不敢，这是……普通的豆腐。"

店老板将豆腐交给了石榴。

李母："你的那些主子，说话就都抓起来了，你知道吗？"

豆腐店老板："回老太夫人的话，那些人不是小人的主子……"

李母："一夜间又不是你的主子了？我记得刚来的时候，吃一口豆腐都让你们算计了，弄得我母子俩吃了好久的青菜粗粮……"

豆腐店老板："那是误会、误会。"

石榴悄悄地绕到豆腐店老板的身后，将那屉豆腐放在了店老板的身后的地上。

李母围着他转了一圈："你这身衣服不错。"

豆腐店老板："这是太湖绸的，我那还有几匹，我叫裁缝给您老做两身。"

李母："我是清官他妈，知道吗？能受你的贿？"

豆腐店老板："是是，不受贿。"

李母："要不是看在吃过你两屉豆腐的面上，我让我儿子抓你个同党，让你到大牢里做豆腐去！"

豆腐店老板："老太太开恩……"

李母："退下去吧——"

豆腐店老板往后一退，正踩在那屉豆腐上，仰面朝天摔倒了，接着又连忙爬起一溜烟跑了出去。

李母高兴，笑骂石榴："你个小蹄子，真会算计人。"

石榴:"这不为了逗您一乐嘛。"

"李大哥回来了。"小满眼尖一下子看见了走进来的李卫。

李母连忙迎了上去:"总算立功了,儿子,升了官可得给我做几套衣服……"

李卫:"您就回到床上塞高了枕头做梦穿新衣服去吧!"说着气冲冲地走了进去。

李母愣在那里:"怎么了?这是怎么了?"跟着走了进去。

留下石榴和小满站在那里面面相觑。

紧接着岳思盈急匆匆地走进来了:"你李大哥呢?"

小满:"正说呢,突然不高兴了,在里面生气呢。"

岳思盈不再说话,急忙走了进去。

8. 府衙客厅　日

"到盐帮抓人?"李卫惊得倏地站起,"冉成杰他们都已经抓起来了,还抓什么人?"

岳思盈:"他们说整个盐帮都是贩卖私盐的黑窝,连同公帮主在内都要抓起来。"

"辣块妈妈!"李卫操起官帽便向外急忙走去。

岳思盈连忙跟了出去。

9. 府衙院内　日

李卫在前岳思盈在后,二人脚步匆匆。

李卫边走边说:"你就别去了,要不然见了那个什么闵大人,帮他也不是,帮我也不是,何必呢!"

岳思盈:"你说什么?"

李卫:"要不是你去找他,我能落得现在这个样子吗?"说着一甩手不再理她,冲了出去。

岳思盈被气得怔在当场。

10. 盐帮总舵大厅　日

里里外外都布满了闵靖元带来的兵马。

公买秋和四个堂主还有公春玉都被围在大厅里。

闵靖元在他们的面前慢慢地踱着,冷冷地说道:"奉公守法?你们要是奉公守法,这几年贩运的这些私盐就一斤也运不出去了。"

第三十集 十面埋伏

公春玉："那都是冉成杰和他的手下干的事情，与我们无关。"

闵靖元："冉成杰是什么人？不是你们盐帮的副帮主吗？副帮主干的事情帮主不知道？"

甲堂主："我们帮主受冉成杰的裹胁，都逼得装了两年的病了……"

闵靖元："住口。我不听你们这些啰唆，待会儿搜出了罪证，到大堂上说去！"

公春玉急了，对公买秋："爹，这些事李大人都知道，他为什么不来替我们说话？"

闵靖元一声冷笑："你说的李大人就是李卫吧？他现在自身都难保，还会来管你们？"

一直没有作声的公买秋这时笑了起来："闵大人，说到这一点老夫倒不认同你的话。如果我估计得不错，李大人在这一时片刻就会来了。"

闵靖元："你就这样有把握？"

公买秋："其实你不就在等他来吗？"

闵靖元一怔："什么意思？"

公买秋："他来了你才好抓住他的辫子参他呀！"

闵靖元被他一言猜出了心思，有些恼羞成怒了："住口！你现在是罪犯，本大人要是不高兴，你再大的年纪我也能上你的刑！"

"你还真不能上他的刑！"李卫的声音从大厅门口响起了！

盐帮的人眼睛都是一亮，一齐望去。

闵靖元也连忙回头望去。

李卫捧着官帽大步走了进来，首先直奔公买秋："师父，您就放一百二十个心，有我在，包你没事。"

闵靖元连忙插言："你刚才叫他什么？"

李卫："师父呀！怎么了？天地君亲师，哪儿错了？"

闵靖元笑道："没错，没错，一个扬州知府，堂堂的朝廷命官拜起盐帮的帮主为师来了，你还真没有错。"

李卫："我这样跟你说一句吧，凭老爷子的德行，你这样的人拜他为师，他还不收呢。"

"放肆！"闵靖元生气了，"这可都是你自己说的，到时候朝廷问起来，你不会抵赖吧？"

李卫："我一不贪污，二不受贿，拜一个人做师父要抵赖什么？"

闵靖元："那就好。告诉你，我现在要把你的师父和这些人都抓走，你不要妨碍我的公务。"

　　李卫："我也告诉你，这些人都是我破获贩运私盐偷漏国税的重要人证，一个人都不能抓走，你也不要妨碍我的公事。"

　　闵靖元："我可是奉了总督大人之命专办这个案子的！"

　　李卫："好大的来头，我可是奉了四爷之命来办这个案子的！"

　　闵靖元眼睛一亮："你说这话可得负责。"

　　李卫："看你这个样子还想参四爷一本！"

　　闵靖元："我可没有这样说。关键是你说是四爷叫你来办的，有什么凭证？"

　　李卫没有急于搭言，睁着眼望了闵靖元好大一阵子，接着转对公买秋："师父，您是洞庭湖的老麻雀，您说，他说这话是什么用意？"

　　公买秋："项庄舞剑，意在沛公！"

　　李卫："舞剑我懂，沛公是谁？"

　　公买秋："就是四爷。"

　　李卫："我明白了。"转对闵靖元，"我告诉你，四爷叫我办案的凭证我有，但就是不给你。这些人你不能抓，除非四爷发了话。"

　　闵靖元："那好，你写一个保单。"

　　李卫："什么保单？"

　　闵靖元："保这些人的保单。"

　　李卫："拿纸笔来！"

11. 福桐官邸　　日

　　福桐在奏折上签上了自己的名，又将笔递给了闵靖元。

　　闵靖元也恭恭敬敬地在奏折上联署了自己的姓名，又将奏折双手捧给福桐。

　　福桐拿着奏折轻轻吹了吹："这份折子上去，老夫这个位子迟早是闵大人的了。"

　　闵靖元："制台大人言重了。两江这个地方怎么能够没有您坐镇？再说卑职只是为了完成朝廷的托付而已，哪儿敢有此非分之想。"

　　福桐："江苏的藩台现在正出缺，闵公其有意乎？"

　　闵靖元暗喜："制台大人提拔，下官就怕难胜繁剧……"

　　福桐："夹片保单老夫早已写好了。"说着从袖子里拿出夹片，"一起发了吧。"

　　闵靖元不再作声，只是深深地作了个揖。

　　福桐对外高声地："拜折！"

| 第三十集　十面埋伏 |

12. 顾盼儿厢房　日

一炉香，一壶茶，三只茶盅。

顾盼儿、任南坡、岳思盈三个人围着茶几席地而坐。

任南坡长叹了一口气："如果我计算不错，就在这一两天朝廷就会有旨命下来了。闵靖元肯定要出任江苏的藩台。年羹尧再不济也要升个总兵干干。李卫……"说到这里他停下了。

岳思盈："他会怎么样？"

任南坡："大概会革职留任！"

岳思盈："如果这样，我们就太伤害他了……"

任南坡："你能这样想，我很高兴。但有一点我得告诉你，这不是伤害他，而是保全他。"

岳思盈抬起了头望着任南坡。

任南坡："你一直在问我，那天为什么要你去找闵靖元参与这个案子。现在我可以告诉你了。两淮盐税是国库的重要税源之一，这么多年来一年比一年上缴的盐税少，国税都到了哪儿去了？光凭一个盐道衙门和那些盐商就有这么大的胆子和这么高的手段？吃盐税的人在地方至少要牵涉到总督巡抚，在朝廷就可能牵涉到部院大臣甚至王公贝勒。如果让李卫去查，查到了这些人身上，怎么收场？那就会掀起天大的案子，最后就连皇上也难以决断。这么多人一齐对着李卫，到时候可能连四爷和十三爷也无法保他！"

岳思盈眼睛亮了："于是你就有意让闵靖元参与此案？"

任南坡："是呀。闵靖元才知道官场的规则。"

顾盼儿这会儿笑了："任先生如此深知官场规则，为什么不出仕为官呢？"

任南坡垂下了眼睛："你知道的，何必明知故问。"

岳思盈笑道："她知道什么？"

任南坡有些急了，站了起来："你还是管自己的事去吧，李卫这时候正需要人帮呢。"

岳思盈："我不去。他现在是越闹越上脸，官儿不大，经常甩脸子给人看。"

顾盼儿："盈姑娘，不是做姐姐的说你，你的脸子甩起来比他更难看。"

岳思盈："我给他甩脸子了吗？"

任南坡："应该甩。如果没有了你，李卫还真要飞到天上去了。"

岳思盈脸红了："任先生，你说话也越来越不正经了。"

任南坡严肃了面容："盈姑娘，我就给你说正经的。李卫这一次也许会过不了这个坎。如果他真有了难处，你会不会不顾一切去帮他？"

岳思盈："不就一个革职留任吗？有什么过不去的坎？"

任南坡："所谓坎，不在身外，而在心中。通过这一次事情，李卫一定会厌倦了官场，我算定他会辞官不做，到盐帮去！"

岳思盈大惊："不会吧？"

13. 盐帮总舵大厅　日

李卫李母石榴和公买秋公春玉四个堂主济济一堂，正围着一张大条桌在那里大吃大喝。

李卫又喝了一大口酒："这多痛快！你看看那边儿，一个个的沉着脸，哭也是假的，笑也是假的。说的那些话，办的那些事，就都跟有病了似的。要死了还得弹弹琴，你说他们心里都琢磨什么呢？累！太累！"

李母笑了："老帮主让你接位子呢，你干不干？"

李卫："干！只要兄弟们不嫌弃。"

四堂主："你是大哥！"

甲堂主端着酒杯站起来了，转对李母："老太夫人，还有件事情，今天当着您在这里，我就斗胆说了。您如果乐意，就说个好字。您如果不乐意，就当我是放屁。"

李母："说！"

甲堂主瞟了一眼坐在一旁的公春玉："我们帮主这位小姐，也就是我们的小师妹，您看着俊不俊？"

李母立刻便明白了："俊！要能给我做媳妇才好……"

公春玉的脸立刻红了，急忙站了起来："你们说什么呢……"慌忙走了出去。

四个堂主却立刻哄堂叫起好来。

公买秋也笑了。

甲堂主："我们这位老夫人才真是个痛快人。有您这句话，李大哥这把帮主的位子就算坐定了！"

李母连忙对着李卫："好！这件事我可真要做主了……"说着又转对公买秋，"亲家……"

"妈！"李卫站了起来，"您少说一句好不好？哪有这样上树掏鸟的……"

李母也站了起来："哦，我明白了，你还一直在惦记着那位盈姑娘是不是？不错，她人是好，可人家和我们不是一路人。她要瞧得起你，至少儿子都生了两个了，也不会现在

第三十集 十面埋伏

还……"

"不要说了！"李卫烦躁起来。

李母还要抢白，被公买秋伸手拦住："人在江湖，身不由己。想干的不一定干得了，不想干的恐怕还得接着干下去。刚才大家所说的接任帮主，做我的女婿都是一句玩笑而已。李大人迟早还得回去当他的官。"

李卫："师父，这句话您可没说对，自从带着我妈到这里来，我真还没想到要回去当那个劳什子官。"

公买秋："天上的鸟，水里的鱼是自在的，你是个人，而且是朝廷的人，你想自在朝廷不会让你自在，四爷也不会让你自在……"

一个家人慌慌张张地跑进来："来了好多兵，把咱们的门口给堵上了。"

众人一惊。

李母："来抓谁呀？"

李卫："放心，有我在，谁也动不了盐帮。"

大门一开，年羹尧走了进来。

李卫迎出："老年，你这是他妈的干什么？"

年羹尧："还真让四爷算准了，你果真躲到这里自在起来了。"

李卫："是四爷让你来的？"

年羹尧："当然。四爷料定你心里想不通会撂挑子，给我下了死命令，就是押也要把你押回去。"

李卫："想当官可以不让我当，我还没听说不想当可以押回去当的。老年，你就回去当你的总兵大人，四爷那儿替我说一声，我李卫给他追回了两千万两税银，总算报了他救命之恩。你们就饶了我，让我在这里多活几年……"说到这里他眼圈有些红了。

年羹尧也有些动情了："我知道，四爷和十三爷也知道，这件事你是受了委屈……可只要四爷他们在，总会给你一个交代……"

李卫："你还真弄错了，没当这个官以前，我是有点儿想当，当了这个官我是从心里不想当了。你看看，在这里大口喝酒，大块吃肉，赌钱骂娘，哪一点不合我的胃口？老年，念在我们兄弟一场，你就帮帮我。"

年羹尧："这个忙我还真帮不了。来呀！"

士兵闪开一条路，两个差役进来了，一个手捧着一身崭新的官袍，一个捧着一顶崭新的官帽。

李卫："这是干什么？"

年羹尧："四爷来了信，已经奏请了皇上，给你官加一级，外加赏戴单眼花翎。回京述职。"

众人都是一怔，望了望袍服顶戴，又望了望李卫。

李卫哈哈大笑起来，笑罢说道："我现在是盐帮帮主，不要说给我单眼花翎，就是把一只野鸡顶我脑袋上，这鸟官儿我也他妈不当了。"

年羹尧："所以我才带兵来。来呀，送李大人进京！"

两个士兵上来就架。

李卫倏地从身旁甲堂主腰间抽出一把刀，往脖子上一架："老年，你还真别逼我！"

这回年羹尧也怔住了，过了好久才说道："你小子，这又何苦呢……"

李卫："我不苦……"

"苦不苦只有心知道！"年羹尧的身后任南坡的声音传来了。

众人一齐望去，只见任南坡顾盼儿还有穿着女装的岳思盈还有小满徐徐走来了。

大家都是一怔，不觉回头向李卫望去。

李卫也怔住了。

四个人走到酒席前停住了。

首先是小满，立刻向李卫跑了过去："李大哥，你也太不够义气了，跑到这里来大吃大喝，把我撂下不管！"

李卫："你得跟着你姐走……"

小满："你跟谁走？真是。"说着自顾拿起筷子夹起一大块肉吃了起来。

这时顾盼儿笑对岳思盈："还不去，真要让他抹了脖子？"

岳思盈慢慢走了过去，两眼深深地望着李卫："想待在这里当帮主？还想当老帮主的女婿？你当这么多年我跟着你是干什么？当你的跟班？当你的奴婢？皇上当年赐婚的事，你忘了，我可没忘……"说着一伸手夺过他的刀，扔在地上。

李卫的眼圈红了："你说这么多干什么，我可配不上你……"

岳思盈："配不配得上，我心里明白。"说到这里转对李母，"婆婆，我可要把他带走了。"

李母开始一怔，接着一喜："叫我什么？你刚才叫我什么来着？"

岳思盈："婆婆。您答不答应我把他带走？"

李母："那我呢？"

岳思盈："您当然得一起走。"

李母："那还等什么？把他带走！"

第三十集 十面埋伏

岳思盈一把拉住了李卫的手,轻轻说道:"走吧。"然后拉着他慢慢向前走去。
所有的人都自动让出一条道来,让他们两个人一前一后向前走去。
走到门边,李卫猛地站住了,回过头来:"师父,你可得来喝喜酒呀!"
众人哄堂大笑。
定格。